Hari Kunzru

民のいない神

ハリ・クンズル　木原善彦［訳］

白水社
EXLIBRIS

民のいない神

Japanese translation published by arrangement with Hari Kunzru c/o Curtis Brown Group Ltd.
through The English Agency (Japan) Ltd.

Cover Photo: Getty Images

装 丁
緒方修一

ケイティーに

砂漠には何でもある。と同時に、何もない。砂漠は神だ。しかし、そこに民はいない。

――オノレ・ド・バルザック「砂漠の情熱」（一八三〇）

インディオと黒人から生まれるのが狼《ウルフ》。インディオとメスティーサから生まれるのがコヨーテ。

――アンドレス・デ・イスラス『人種《ラ・カスタス》』（一七七四）

信じられない！　星がいっぱいだ！

――アーサー・C・クラーク『2001年宇宙の旅』（一九六八）

動物が人間だった頃の物語

　動物が人間だった頃、コヨーテはある場所に暮らしていた。「ハイキヤ！　ここの暮らしにはもう飽きたぞ、アイキヤ。砂漠に行って、料理をすることにしよう」。コヨーテはそう言って、研究所を作る場所を探しにＲＶで砂漠へ行った。持って行ったのは食パン十斤とラーメン五十袋。ついでに、景気付けのウィスキーとマリファナも。長い間、あちこちを探して、いい場所が見つかった。「ここにしよう、アイキヤ！　ここなら広々。邪魔するやつは誰もいない！」

　コヨーテは仕事に取り掛かる。「そうだ、ハイキヤ！　プソイドエフェドリンの錠剤がたくさんあるぞ。これだけ集めるには長い時間がかかった。あちこちの薬局を駆けずり回って買い集めたものだ、アイキヤ！」。彼は肌理《きめ》の細かい粉末になるまでプソイドをすりつぶした。ビーカーに木精《メタノール》を満たし、粉末を溶かす。混ぜ物を取り除くために、溶液をフィルターでこす。その後、加温器にセットして蒸発させる。ところがコヨーテは温度計のチェックを忘れ、温度が上昇する。液はどんどん熱くなる。「ハイキヤ！　たばこでも吸おうか。今日はとても頑張ったからな、アイキヤ！」

　彼はたばこに火を点けた。爆発が起き、コヨーテは死んだ。

　ワタオウサギが通りかかり、彼の頭に杖で触れた。コヨーテが起き上がり、目をこする。「コヨーテ君！」とワタオウサギが言う。「ＲＶの扉を閉めなさい。ずっと閉めておくことだ。たばこは外で吸いなさい」

　コヨーテは泣きだした。「痛いぞ、アイキヤ！　俺の手はどこだ。手が吹き飛んでしまった」。彼は長い間、泣き、横になったまま悲しんでいた。その後、起き上がり、ウチワサボテンで自分の手をこしらえた。

　彼は再び作業を始めた。

　プソイドを粉末にする。それを溶剤に溶く。それをフィルターでこし、蒸発させ、またフィルターでこし、蒸発させ、完全に混ぜ物がなくなるまでそれを繰り返す。その後、彼は腰を下ろし、赤燐《せきりん》を集めるためにマッチ箱をこすり始める。こすり取った粉とヨウ素とたっぷりの水にプソイドを混ぜる。すると突然、フラスコ内の液体が沸騰する。空気中にガスが充満し、目の中や毛の隙間に入る。コヨーテは吠え、顔を引っ掻く。

彼は有毒ガスで窒息し、死ぬ。

ドクトカゲが通りかかり、その顔に水をかける。コヨーテは起き上がり、目をこする。「コヨーテ君!」とドクトカゲが言う。「ホースを使いなさい。フラスコに栓をして、バケツに吸湿剤を詰めて、そこにホースを挿す。そうすればガスは逃げない。ガスは逃がさずに、フラスコ内の沸騰を観察する。できれば息はしない方がいい」

コヨーテは泣きだす。「痛いぞ、アイキヤ! 顔はどこだ、アイキヤ。引っ掻きすぎて顔がなくなってしまった」。彼は川縁《かわべり》まで行き、泥で顔を作り、頭の前に貼り付けた。そしてまた作業を始めた。プソイドをつぶし、蒸留する。マッチ箱を削り、フラスコから出るガスを吸湿剤の詰まったバケツに集める。薬品を混ぜ、加熱し、濾過し、苛性ソーダを加える。温度計を見る。息をしないよう注意する。混合物を冷まし、キャンプ用燃料を加え、振り、液体表面に結晶が浮かんでいるのを見て、歓喜に飛び跳ねる。彼は溶剤を気化させ始めたとき、興奮しすぎてしっぽの先が火に触れたのに気付かない。研究所の中を跳ね回り、しっぽでそこら中に火を点けてしまう。研究所が焼け落ち、コヨーテは死ぬ。

キツネリスが通りかかり、弓の先で彼の胸に触れる。「コヨーテ君!」とキツネリスが言う。「しっぽを火に近づけては駄目だ。その用心なしには、決して火は使えない」「痛い、アイキヤ!」とコヨーテは泣いた。「俺の目。目はどこに行った、アイキヤ?」。コヨーテは一ドル銀貨を二枚使って目を作り、また作業を始めた。プソイドをつぶす。濾過し、蒸発させ、混ぜ、加熱し、ガスを封じ込める。彼はさらに濾過し、蒸発させた後、踊り回った。「やった、俺は天才だ、アイキヤ!」とコヨーテは叫んだ。「俺は他の誰より頭がいいぞ!」。その手には、百グラムの純粋な結晶があった。

そしてコヨーテはその地を去った。

めでたしめでたし。

一九四七年

初めてピナクルズを見たとき、シュミットはここだと思った。三本の岩の柱が古代生物の触手か、空を探る触角のように、大地から突き出していた。彼は占い棒と接地抵抗計を使って何回かテストをした。針は振り切った。間違いなし。ここにはパワーがある。エネルギーが断層に沿って流れ、岩を貫いている。天然のアンテナだ。土地の取引は簡単だった。所有者の老女に八百ドルを渡し、ヴィクターヴィルの法律事務所で必要書類に署名をすると、土地は彼のものになった。あっという間に、二十年の賃貸契約。彼は自分の幸運を信じられなかった。

彼は車の後ろにつなぐ長距離旅行用トレーラーをバーストーの中古屋で買い、そこまで引っ張ってきた。午後はずっとローンチェアーに座り、アルミ製トレーラーが光を反射する具合を見つめた。そうしていると、彼の思考は太平洋へ、そしてノースフィールド駐機場の〈超空の要塞《B―29》〉へと向かった。日の光に輝く爆撃機。あの光の中に教訓があった。すなわち、人が直接見ることのできない世界が存在するということ。

彼は最初の夜、全く眠れなかった。地面に寝そべり、毛布をかぶって天を見上げ、ずっと目を開けていると、黒が紫に変わり、灰色になり、水滴が小さなダイヤモンドのように羊毛に凝結した。砂漠に漂うクレオソートとセージの匂い。星の天蓋。動くものは地上よりも上空の方が多いが、都会を抜け出した者でなければそれには気付かない。視界を遮る建物、足元を這う鋼鉄のパイプやケーブルが人をがんじがらめにし、流れを邪魔している。人はこれまで、砂漠に手出しをしてこなかった。砂漠は人の邪魔をしない。

可能性は高い、と彼は思った。まだ肉体的な仕事ができる若さがあるし、仕事の邪魔になる妻や子供はいない。その上、信念がある。それがなければずっと以前にあきらめていただろう――通信販売で買った冊子を昼休憩に読みふけり、世の謎について最初のメモを手探りで書き付けていたあの頃に。今の彼には、余計なものは何も必要ない。町の人々の良識的な意見にも耳を傾けない。彼は礼儀正しく、必要な物を店で買うときには普通に挨拶もしたが、それ以上関わろうとはしなかった。男たちはほとんどが馬鹿だ。彼はグアムでそれを学んだ。馬鹿どもは決まって彼にちょっかいを出し、あだ名を付け、子供っぽい冗談で彼をからかった。怒りをこらえるのは大変だったが、リジーとのことがあった後なので、彼に仕返しの権利はなかった。だから彼は怒りを抑え、戦争だけに目を向けた。あの愚か者どもは数え切れないミッションに赴き、何百時間も空を飛び、見るチャンスはいくらでもあったにもかかわらず、いまだに現実の世界が存在するのは地上——食事の列、汚い寝台の上に貼ったピンナップガールの股の間——だと考えている。彼が出会った男の中で唯一、まともな感覚を持ち合わせていたのはマリガンだかフラナガンだかという名の、アイルランド系の爆撃手だった。その男は彼に、名古屋爆撃に行く途中で見かけた光の話をした。緑色の光点がとても零戦とは思えない速度で動いていたらしい。シュミットは彼に本を貸してほしいと頼まれ、貸したが、本はそのまま戻ってこなかった。男は一週間後、仲間とともに墜落し、海の藻屑となった。

少しずつ、土地の様子が分かってきた。トレーラーはひどく暑くなるので、どうにかして岩の影を利用しようと考えていたとき、試掘の穴らしきものが見つかった。バーで町の人から話を聞くまでは、何の穴か分からなかった。数年前、ドイツのスパイだという噂の変わり者の老人を追い出した後、穴はコンクリートでふさがれたらしい。この土地にはわずかな銀もないのだから、老人は実際、頭がおかしかったのかもしれないが、穴を掘る技術は確かなものだったようだ。岩の真下にある、四百平方フィートの広い空間。夏は涼しく、冬の夜の寒さからは断熱されている。よくできた掩蔽壕《えんぺいごう》だ。

おかげで仕事が楽だった。彼は地面をならして簡単な滑走路を作り、地中にガソリンタンクを埋め、軽量コンクリートブロックで簡単な建物を作り、トタン屋根に大きな白い文字で「歓迎」と書いた。これで開店。このカフェが大儲けするというのは考えられないが、別にゼネラルモーターズみたいな大会社を作ろうとしているわけではない。彼は誰とも顔を合わせずに生きていってもいいとさえ思っていたが、貯金はいつか尽きる。一年か二年は貯めた金で暮らしていける。それだけの時間があれば、店の経営も安定するだろう。

辺りを飛ぶ飛行機は多くなかった。週に一度くらい、誰かが滑走路に下りてきた。彼はその客にコーヒーを出し、卵を焼いた。こんな場所で何をやっているのかと訊かれれば、待っているのだと答えた。何を待っているのかと訊かれたら、まだ分からないけれど、街の渋滞の中にいるよりここにいた方がましだと答え、大体、それで話は済んだ。客を掩蔽壕に案内することはなかった。数か月が経ち、客が増えた。海岸へ向かう、あるいはそこから戻るパイロットたちが燃料補給に適した場所としてここのことを噂するようになったからだ。彼は丈夫なテーブルと椅子を買い足し、ビールをいくらか買い置きするようになった。

もちろん、トラブルもあった。発電機は何度か故障した。岩に登ろうとする先住民と衝突し、ショットガンを持ち出す羽目になることもあった。彼らが去った後、そこには絵が描かれていた。手形、蛇、オオツノヒツジ。別の日には、砂嵐のせいで一機の飛行機が不時着した。滑走路には時速五十マイルの横風が吹き、パイロットは着陸できただけで幸運だった。降下の際は左側からあおられて、横転しそうになった。シュミットはバンダナで口を覆い、滑走路まで出迎えに走った。そして何も考えず、当然の避難場所である地下に男を招き入れた。

パイロットは若い男だった。二十一歳かそこら。黒い髪に、控えめだがダンディーな口髭。金持ちのお坊ちゃんだ。男は上着を脱ぎ、ゴーグルを外すと、驚きの表情で周囲を見回し、ここは一体何をする場所なのかと尋ねた。

その頃には、計画がかなり進行していた。シュミットは既に、岩の中を流れる超物理学的エネルギーを抽出、貯蔵するための渦巻状コンデンサを作り上げていた。いちばん背の高い突起部にある遊動環《ジンバル》は金星の方角へ向けられ、水晶の結晶が取り付けられていた。彼はニコラ・テスラの研究に基づいて並行圧電システムを開発しようとしていたが、今のところは、物理的なトンとツーを超物理学的な搬送波の変調に置き換えるエーテル変換器によってモールス信号を送ることに甘んじていた。彼はこうした話の全てを打ち明けた。パイロットは機械や本とメモの山に目をやりながら、熱心に話を聞き、感銘を受けた様子だった。

「それで、どんなメッセージを送っているんですか?」

そこが重要なところだった。シュミットのメッセージは愛だ。銀河に生きる全てのものに対する友愛。毎晩地平線上に金星が見えると同時に、二時間の贖《あがな》いが始まる。二時間にわたり繰り返される、「歓迎」というメッセージ。彼はその話をしたくなかった――見知らぬ他人とは。だから、肉眼では見えないものがたくさんあるのだと言い、次元の違う存在に関する軽いジョークでごまかした。

パイロットはほほ笑んだ。「あなたは自分で理解しているよりすごいことをしているのかもしれませんね」

「そのうち分かるよ、たぶん」

以来、その青年は小型飛行機で、二週間おきにピナクルズに現れるようになった。父親はメキシコに近いインペリアル渓谷で大規模な農場を営んでいたが、デイヴィスは――それが彼の名だった――オレンジの果樹園やメキシコからの違法な出稼ぎ労働者とは縁のない人生を求めていた。シュミットからは何も要求しなかったが、デイヴィスは本と機械を買うための金を提供してくれた。こうしてクラーク・デイヴィスが一人目の弟子、シュミットの真の使命を理解する最初の人間となった。

ある夜、二人は飛行機でネヴァダ州境を越え、パランプ近郊の農場に着陸した。店の前にはセミトレーラーが並び、窓にはビールのネオンサインが光っていた。デイヴィスはシュミットを楽しませるつもりで、「一人きりの時間が長すぎるのはよくない」と言った。シュミットは気が進まなかったが――今回の外出自体が不本意だった――緊張した様子でグラスを握ったまま、じっと座っていた。その目の前に若い女たちが裸同然の格好で並び、口を尖らせたり、尻を突き出したりした。デイヴィスは世慣れた男のように振る舞い、胸の大きな女を選んで外に連れ出しながら、頑張れよ、というようにウィンクを投げてよこした――まるでシュミットが初めてのセックスに緊張しているティーンエージャーであるかのように。シュミットはその様子を見て腹を立てた。彼はブランデーを飲み干し、お代わりを頼んだ。リジーと一悶着あった晩以来、アルコールに触れずにいた彼は間もなく、長く酒を断っていた理由を思い出した。彼が選んだ小柄なブロンドはこの上なくかわいらしくて優しかったのだが、彼はなぜか彼女に対して、あるいは本当は自分自身に対して、腹が立ってきた。そのせいで彼女がおびえ、ボタンか何かを押したに違いない。というのも、しばらくすると彼は外に追い出され、ズボンを脇に抱えたまま、駐車場で片方のブーツを捜していたからだ。

彼はデイヴィスに説明しようとした。俺はやんちゃなガキで、弱り切った母親の手に余ったのだと。彼は学校の勉強をする気も、何かの仕事に就く気もなく、ただ硫黄の匂いのする空気を逃れ、青春をぶつけられる大きなキャンヴァスを求めていた。だから彼は貨物列車に飛び乗り、ペンシルヴェニア州エリーの煙突を一度たりとも振り返らなかった。十七歳になった頃には、アラスカのブリストル湾にある缶詰工場で働き、給料はバーの支払いに注ぎ込み、あらゆる厄介事に首を突っ込み、あげくに出会ったのがリジーだった。彼女は早熟な十四歳。先住民との混血で、彼よりも頭がぶっ飛んでいた。彼女が彼を埠頭の倉庫に連れ込み、フェラチオでいかせると、彼の頭の中はまるでバンドが演奏を始めたみたいになった。間もなく彼女が妊娠し、いよいよ彼は窮地に立たされた。彼女には男兄弟がいて、父親は町の大物だったからだ。二人は一家の名誉を守るため、引きずるように教会に連れて行かれた。父親は当然の理由でシュミットを嫌ったが、体面だけは保とうと、娘夫婦に小さな住まいを用意し、生まれてくる子供のために金まで与えた。ところがシュミットは施しを嫌がり、罠《わな》にはめられた気がすることにも腹を立てた。彼は赤ん坊の泣き声にいらつき、リジーに対する気持ちも冷めていたので、妻に暴力を振るうようになった。彼女の兄弟からは警告を受けたが、そのたび妻の膝元に泣きつき、二度とやらないと誓った。しかし、何かともめるごとに彼は傷つき、追い詰められたと感じ、いつもよりたくさん酒を飲んだある夜、口答えをした彼女の首を縄でくくり、トラックで引きずった。そして半マイル進んだところで正気に返り、ブレーキを踏んだ。

彼女は以前と同じ姿ではなくなったが、死にはしなかった。留置所で何人かの男が彼を押さえ込み、痛めつけた。それがリジーの父親から金をもらってやっていることだと知り、彼は自分がこのまま殺されるのだと思った。しかし、彼らはやることだけやると手を止めた。彼はズボンを上げ、留置場の隅に横たわり、ロシア人が保釈金を払いに来たときもまだ同じ場所に寝ていた。そのロシア人は彼に借りがあった。金曜の夜のカードゲームでもめた相手を三階の窓から落とそうとしていたところをシュミットが止めて以来の借りだった。シュミットが「臭い飯を食うことになってもいいのか？」と言うとロシア人は、かなりウィスキーの酔いが回っていたものの、素直に耳を傾けた。彼は泣き叫ぶイカサマ野郎の足首を持って窓からぶら下げ、いつ落としてもおかしくないほど酔っ払っていたが、中に引き戻し、顎に二発ほどお見舞いしてから、放免してやった。翌朝、酔いが覚めてから彼はシュミットに礼を言い、「いつかあんたが困ったら、必ず助けに行く」と誓った。ロシア人が払った二百ドルは最初の幸運だった。警察署長が留置場に現れ、今日中に町を出ていくならリジーの父親は告訴を取り下げると告げたのが、幸運の第二弾だった。これもまた、名誉を守るため。違う人種と血が混じった娘よりも名誉の方が大事らしい。

　こうしてシュミットは南に向かった。そして、厳しい現実に耐えようと、同僚や同室の人間に冗談めかしてその話を聞かせたが、徐々に罪悪感が募り、しまいに何も楽しいと思えなくなって、世界と仲直りする手立てを打たない限り、もはや自殺しか道が残されていないと知るに至った。俺はただの屑《くず》だ、と彼は話を聞いてくれる人間がいれば誰にでも言った。どうしようもない、昔っからそうなんだ、と。これからもずっとそう、変わることなんて不可能だ、と思っていた彼だが、ある日、「不可能という言葉は愚か者の辞書にしか載っていない」という引用を見つけた。それに続いて、「長い間、深淵を見つめていると、やがて深淵がこちらを見返すようになる」という諺《ことわざ》も見つけた。ともに古い『リーダーズ・ダイジェスト』誌で見かけた言葉だったが、それをきっかけに彼は――今まで一度もそんなふうに考えたことはなかったが――文字として書かれた言葉の中に真実があるかもしれないと思うようになった。その後、彼は日常的に、同じように書き記された言葉の中に真実を探し、それを書き写した。最初は紙切れに、その後はノートに、やがて、それが一つの体系に向かっているのを彼は実感した。それはほんの一握りの人間だけが知る、真の世界の姿だった。彼はできる限りたくさんの本を読んだ。寸暇を惜しんで読書し、酒は一滴も口にしなかった。デイヴィスに誘われて酒を飲んだのも一瞬の気の緩みで、他の人と同じことをしたいと思っただけのことだった――自分にはもはやそんな権利はない、と彼は心の奥で分かっていた。

　デイヴィスは何も口を挟まず、彼の話を聞いた。彼が再び現れたのは、それから数週間経ってからのことだった。

　シュミットは信号の送信と空の観察に忙しかった。二つか三つの引用から始まった孤独な研究はまず聖書に向かい、その後は別の本に移った。彼は以前から、意味のある真実は隠されているはずだと考えていた。探さなくても手に入るようなものには何の価値もない、と。一年か二年が経つと彼はシアトルにいた。格納庫の掃除をする彼の周りで技師たちがいじる飛行機の大きさと複雑さは、奇跡のように見えた。巨大な飛行機が離陸し、着陸する様子――地球が機械を放り出し、また優しく受け止める様子――を見ていると、そこに秘密が現れているように思えた。彼はパイロットになる決意を固めたが、視力検査で乱視と診断され、道が閉ざされた。

　彼は事務所を訪れ、飛行機の整備士になる方法を尋ねた。専門学校に行きなさい、と担当者が答えた。間もなくシュミットは昼間に専門学校に通い、夜は警備の仕事をするようになった。ヨーロッパで戦争が始まる頃には、ボーイングフィールドで定職に就いていた。バンガローにあふれる本の多くは、細々《こまごま》した書き込みで余白が真っ黒になっていた。ようやく彼がやろうとしていることの全貌が明らかになってきた。科学技術の謎と精神の謎をいかに結び付けるかという問題だ。ごちゃごちゃした電気ケーブルの配線、流体力学、燃料の残りとエンジン出力をモニターする精密な計器類。彼は自分が整備している飛行機に、そうした側面以外の部分があるのを知っていた。推力、回転力、揚力以外にもっと大きな、目に見えない力が働いている。それを統一するのが彼の任務だ。ひょっとするといつか創造主の前に連れ出されるとき、彼は怪物として裁かれるのでなく、人類に光をもたらした善良な人間と見なされることになるかもしれない。

真珠湾攻撃の後、彼はB-29の開発プロジェクトに配属された。日本を攻撃するための新型長距離爆撃機を大急ぎで作ろうとする計画だ。スケジュールは厳しかった。試作機はあらゆる問題を抱えていた。エンジンのオーバーヒート。原因をたどるのに何日もかかる電気系統の不具合。ある日、テストパイロットが乗っていた試作機が制御不能に陥り、近くの送電線を切って、缶詰工場に墜落した。地上要員がトラックと車で燃えさかる現場に急行し、瓦礫の中で生存者を捜した。三十人が命を落とした。

エンジンの問題はどうしても解決しなかった。爆撃機の生産が始まっても、できた部品にはことごとく欠陥があった。将軍たちは中国に爆撃機を配備し、作戦行動を仕掛けることに希望をつないでいたが、作戦当日になっても、準備ができた飛行機は一機もなかった。シュミットはウィチタに駐屯し、吹雪の中、二交代で働き、ナビゲーションシステムを最終調整するクルーを監督していた。彼らは二十分ごとに作業をやめなければならなかった。それが、凍傷にならずに外にいられる限界だったからだ。ようやく飛行機が東に向かって飛び立ったかと思うと、今度はエジプトで立ち往生することになった。セ氏零度で何とか動いていたエンジンが、五十度の暑さの中で不具合を起こした。新しい問題の解決のためエジプトに派遣されたシュミットは、カイロ飛行場の格納庫で、現場のチームとともに即席の冷却装置を設計した。

B-29の歩みはのろのろだった。シュミットはそのお供をした。コックピットの温度は七十五度を超え、ヒマラヤ上空ではマイナス三十度に下がり、激しい下降気流と横風で機体は限界ぎりぎりまで強度を試され、巨大な飛行機がバルサ材で作ったおもちゃのように宙を舞った。彼は雲間に目をやり、谷や川や村を見た。時々、黒い山肌にアルミの残骸が光るのが見えると胸が騒いだ。何かが彼を守っていた。彼はヒマラヤを越えた一週間後、新京《シンチン》の滑走路に立っていた。飛行場に隣接する田んぼで仕事をしていた農民が体を起こし、第五八部隊に属する九十機の爆撃機が鞍山《アンザン》にある昭和製鋼所に向かって飛び立つのを、まぶしそうに見上げた。シュミットは疲労で幻を見ているような気になった。直前の四十八時間はずっと、飛行中に起きれば恐怖の連鎖となるトラブルを防ぐために巨大なライト・サイクロン・エンジンを整備していた。まずバルブヘッドが吹っ飛び、次にシリンダーが抜け、作動液が少しずつ漏れ、パイロットが止まったプロペラをフェザリングできなくなり、すると空気の抵抗を受けてプロペラがもげ、あるいは最悪の場合、エンジンごと翼から外れる可能性がある。飛行機は巨大な白い鳥のように見えた――あるいは天使のように。彼は不安混じりの高揚感を覚えた。俺は罪を贖《あがな》っている。戦争を勝利に導く手伝いをしているのだ、と。

一九四五年の初め、作戦部隊はマリアナ諸島に移された。グアムに行ったシュミットは、休みの日にはノースフィールドの下士官兵用食堂でデッキチェアーに腰掛け、カルカッタの神智学専門書店で買った『ヴェールを剝がれたイシス』を読んだ。基地の外に広がるジャングルには、野生の動物と半分野生の日本兵――日本軍が撤退する際に取り残された兵隊――とが潜んでいた。他方、彼は堂々と光を浴び、外の空気を吸っている。彼は数年ぶりに幸福を感じた。乗組員からは焼夷弾による空襲の話を聞かされたが、特に何の感銘も受けなかった。やがて彼はテニアンに移動になった。第五〇九混成部隊は自分たちがまるでキリストの再来であるかのように振る舞った。太平洋全体が自分たちの持ち物で、自分たち以外は皆それを使わせてもらっている身分なのだと言わんばかりの態度。噂によると、彼らは何か新しい超兵器をテストするらしい。シュミットはエノラ・ゲイ号が広島に向かって飛び立つのを見ながら、そこに積まれているのが普通の荷物でないことに気付いていたが、それ以上は何も知らなかった。彼は世界の人々と同じく写真を通じて、何があったかを知った。焼けた子供たち。八時十五分で止まった腕時計。美しく輝く彼の飛行機、光をもたらす天使が、闇を放つために使われた。彼は裏切られたと感じた。

四六年の秋までに彼はシアトルに戻ったが、一般市民がするような普通の仕事には就けなかった。世界全体が新たな恐ろしい悪に向かって動きだしているように思えた。エネルギーの持つ霊的可能性が悪用された。貧困と飢餓をなくすはずの核エネルギーが地球を荒野に変えようとしている。彼は外に出ることに耐えられず、仕事をさぼりがちになった。バンガローは湿度が高く、寒かった。夜になると火の前に座り、寒さに震えながら、眠りが訪れるのを待ち、外の大きな針葉樹が窓に近づいて空を隠すことを願った。

彼は首になる前に仕事を辞めた。銀行から預金を引き出し、蔵書とメモをまとめてフォードの三八年型ピックアップトラックに積み、砂漠を目指した。彼は自分を、昔の預言者のようにイメージしていた。洞窟で座禅を組む修行者。体をいじめ、精神を浄化するのだ。世界は鉄のカーテンを境界として、二つに分断された。その傷を治すのが彼の役割だ。彼がやろうとしていたのは、共産主義と資本主義の両方を乗り越えられるほど強力な唯一のパワーを召喚し、破壊的エネルギーの連鎖反応を食い止めること。歴史が始まった最初の頃から、地球外知的生命体との接触は続いてきた。旧約聖書のエゼキエル書に描かれた輪の中の輪、マヤの石棺に描かれた宇宙船のパイロット、ヴェーダ時代インドの宇宙兵器――訪問者たちは地球の科学が生んだ粗悪なメカよりもはるかに進んだ霊的テクノロジーを持っていた。いよいよ彼らが姿を現し、人類の暴走を食い止めるべき時だ。

だから彼が送っているのは招待のメッセージだった。毎晩二時間。リジーを贖《あがな》い、空爆を贖い、地上に生きるもの全ての惨劇を贖う二時間。空を見ていると、いろいろな物が見えた。流星雨、テハチャピ山脈上空で編隊を組んで動く明るい光。時には軍用機が頭上を飛び、空に蒸気の軌跡を残した。

ある暑い晩、彼はいつものように缶詰のフランクフルトと豆の夕食を取り終わって、外でうたた寝していた。遠くでコヨーテが吠え、その声が眠りの中にまで届いた。彼は目を開け、たばこを取りに掩蔽壕に下りようかと思いながら伸びをした。とそのとき、見えた。地平線に近い低い場所を飛ぶ明るい光点。二日ほど前からの強風で空中にたくさんの土埃が舞い、空が霞《かす》んでいたので、何が見えているのか確信が持てるまでに数秒かかった。ぽかんと口を開けた彼の目の前で、その物体はどんどん大きくなり、信じられない速度で接近した。エンジン音は聞こえなかった。全くの無音。近づいてくると、彼にはそれが円盤状の形をしていることが分かった。外縁部が猫の目か宝石のように虹色に光っている以外は目立った特徴がない。彼の体は電荷を帯びてチクチクとした刺激を感じ、腕の毛が逆立った。巨大な楕円が、まるで地面を調べているかのように、ピナクルズの上で停止した。それから威風堂々と降下を始め、砂漠の砂を少しも巻き上げることなく、彼の前に着陸した。これほど美しい物は今まで見たことがない、と彼は思った。

　円盤は着陸すると鼓動《パルス》し始めた――それ以外には表現のしようがなかった。それは淡い緑色に光ったかと思うと、紫、薔薇《ばら》色へと色調を変えたのだ。心臓の鼓動みたいに優しいリズムで。船体横の扉が開き、熱帯植物の蔓のようにスロープが伸びると、彼は思わず息をのんだ。入り口には、人間のような姿をした者が二人立っていた。一人は男。もう一人は官能的な女。外は全くの無風だったが、二人のブロンドの髪の毛はエーテルの風に揺れていた。肌は透き通るほど真っ白で、顔立ちは高貴さを感じさせた。灰色の目は深い知恵と共感に満ちていた。二人が着ているのはシンプルな白のローブで、きらきらした金属製のチェーンを腰に巻いていた。二人が彼にほほ笑み、彼はあふれるような博愛の感覚に包まれた。「来なさい」と声が言った――頭の奥の方で、うるさくない、静かな声が。豊かで朗々と響くような声が祈りの言葉のように、彼の中で反響した。「中へ入りなさい。あなたに見せたいものがある」。ついにその時が来た、と彼は思った。彼は笑顔を浮かべながら、光の中へと進み出た。

二〇〇八年

オー、ベイビー、オー、おまえの夢は交差点で、俺の黒猫と衝突。「音楽のためにアメリカを旅する」とかいう今回の企画はもう冗談を通り越している、とニッキーは思った。仲間は大きな革張りのソファで大の字になっている。ロルはメッシュの野球帽をかぶったまま。ジミーは新品のパナソニックでスライドを映そうと奮闘中。彼はエセックスで電器屋の息子として生まれたヘロイン中毒のがりがり男だが、痰を切るのを聞いていると、まるで年老いたブルース歌手のようだ。おまえら全員ろくでなしだ、とニッキーは皆に言った。「なるほど《アー・ハー》、なるほど《アー・ハー》」とジミーが言った。ネッドはお抱えの会計士と電話中。誰一人顔を上げない。クソったれ、と彼は思った。こいつらも、あいつらも、みんなクソ食らえ。

駐車場では、ロサンジェルス《LA》の退屈な青い空から太陽が照りつけていた。ニッキーはたばこを吸い、いつもと同じように街角にたむろするメキシコ人を見た。音響技師から聞いた話によると、彼らは人足集めのトラックが通りかかるのを待っているらしい。庭仕事。建設現場の資材運び。何てこった。考えてもみろ、と彼はロルに言ったことがある。サイコロの目が違ってれば、俺たちはああなってたかもしれない。だろ？　いや、俺の場合それはない、とロル。俺は背が高いからメキシコ人にはなれない。

サイコロの目は実際、どう出たか？　彼らは三年前、カムデン辺りをうろつき、言葉巧みにライブの機会を得て、〈グッド・ミキサー〉という店のトイレで覚醒剤《スピード》をやっていた。何も考えることなく。

それが今はこうだ。

もちろん、彼らのような大物バンドになれるのなら自分のおばあちゃんだって売るという連中は山ほどいる。大物プロデューサーから声が掛かって、シングルがヒットし、テレビに出演するようになったらなったで、思っていたのと違うと愚痴をこぼすこともあるだろう。変人扱いされても、我慢しなくちゃならない。だって夢を生きているんだから。な？　だから、黙ってろ。彼は早い段階で、余計なことをしゃべらないようになっていた。ジャーナリストを前にしたら、笑顔ででまかせを言う。どうしてもっと幸せになれないのか思い悩んで夜も眠れない、なんてしゃべっちゃいけない。抗不安薬《クロノピン》、睡眠導入剤《アンビエン》、鎮痛剤《パーコセット》、精神安定剤《ザナックス》。とてもジミーのことを責められない。彼自身の洗面所も薬だらけなのだから。

　彼はノアの車に寄りかかった。古いメルセデスのおしゃれなコンバーチブルに、ヒッピー風のカラフルな模様をペイントした車だ。前に停められた車を見れば、どの建物がスタジオかは一目で分かる。この一角にある建物は全部、同じに見える。どれも金属扉を備え、大きな灰色の倉庫風だ。外に派手な車がたくさん停めてあるのはここだけ。アメリカ到着直後の興奮の中でニッキー自身が借りた、オレンジ色のカマロ。斜めに駐車して二台分のスペースを取っているジミーのポルシェは、助手席側によその車庫の柱でこすった傷がある。薬物でいかれていないときでも、ジミーの運転はひどい。彼がいまだに運転免許を剝奪されていないのが不思議なくらいだ。

　さて、どうしよう？　おとなしくスタジオに戻り、かつて仲の良かったろくでなしどもと一緒にまた歌を作るか？　彼にはその風景が思い描けない。そうする意味が全く見えない。いや、もちろん意味は大いにある。彼一人でも前払いを含め、二百五十万の意味がある――それが悪徳レコード会社の懐に入ればまたどこかに消えるとはいえ。彼らがアメリカ西海岸のＬＡに来たのは、サンセット大通りとかローレルキャニオンのオーラをまとった曲を作り、そのレコーディングをするのが目的だった。ところがこの三か月彼らがしたことといえば、ののしり合いと買い物、そしてまるで箱から出したばかりの高級音響機器みたいに高価そうな身なりをしたやつら――発泡スチロール、ポリ袋、ケーブルを体の周りにくっつけていそうな連中――が集うバーで酔いつぶれるだけ。

　三か月。アメリカをぶち壊す？　結果はその正反対。最初、彼とジミーは、ただ車で通りを走り回っていれば体に何かが入ってきて、バーズ（ＬＡで結成されたフォークロックの草分け的グループ）か誰かと心が共鳴《チャネリング》し、いい曲が書けると思っていた。二人は町を車で走った。できた曲はクソ。いや、自分たちが書いたとは思えないほど最悪なクソだった。これならロンドンにいた方がましだ。向こうは向こうで、ジミーと親しい売人がうろついていたり、アヌークがいたり、タブロイド紙が身辺を嗅ぎ回っていたりして、厄介だけれど。ニッキーは観光客みたいな気分だった。どうしたらいい？　ヤシの木の歌でも作る？　あるいは芝生のスプリンクラーの歌？　ビクラムヨガ（いわゆるホットヨガの一種で、カリフォルニアに本拠地がある）の歌？　彼はジミーに、イギリスに帰りたいと打ち明けたが、ジミーはまともに取り合わず、「そういえば昔、ダルストンで夜中にグラム・パーソンズを演奏しながら、宇宙的なアメリカ音楽について議論を戦わせたなあ」と思い出話を始めた。俺はまだこれからこの土地に溶け込もうとしてるところなんだ、と彼は言った。俺は女優さんとやりたいし、谷間の明かりを見下ろせるようなガラス張りのお屋敷のパーティーにも行ってみたい。どうせおまえがイギリスに戻りたいっていうのは、ケバブを食いたいだけのことだろ、と。

　ニッキーは時々やけになって、誰かとベッドを共にした。それで満足できたわけではないが、何だかんだ言っても悪いのはアヌークだ。もしも彼女がそばにいれば、そんなことはしないのだから。彼は一緒にアメリカに行こうと彼女を誘ったのだが、彼女にはモスクワで仕事があった。それが終わったら、プーケットでテレビコマーシャルの撮影。次は、パリのファッション週間。いつもどこかでファッション週間をやってやがる。

　駄々をこねるのはやめて、と彼女は言った。駄々をこねるあなたは好きじゃない。

　ニッキーには〝女のことでぐずぐず言わない〟という一つのポリシーがあった。結局、詰まるところ、世界の半分は女だ。でも、アヌークは違う。彼女は彼の策略に引っ掛からなかった。彼女は不思議といつも、彼の本心を見抜いた。彼は彼女との電話を乱暴に切るのは気が進まなかったが、演技をしないわけにはいかなかった。絶対に、女を上に立たせちゃならない。

　彼は最近、悩みがあると必ず決まった行動を取るようになっていたが、ファッション週間の話を終えた後もやはり同じことをした。つまり、ミニバーあさり。まずウオツカ、次はジン、ウィスキー。後は残っているものを何でも。彼はつまらないテレビを観、ユーチューブを眺めた。まるで螺《ら》旋《せん》を描きながら暗い場所へ吸い込まれているような感覚だ。彼女の声は妙に平板だった。彼女は今パリで、誰といるのか？　ファッション業界の連中は大半がおかまだ。その点は、モデルと付き合っている人間にはありがたい。でも、女に飢えたやつらもごまんといる。例えば写真家。あのスケベ野郎ども。そして、ファッションパーティーでしか出会わないような五十がらみのリッチな男ども。オレンジ色に日焼けし、ティーンエージャーに目がない親父たち。考えてみたら、業界のやつらは皆、病んでいる。

嫌な夜。翌朝も嫌な気分が残る。ホテル側が困っていると、テリーからお説教。警察沙汰にしないために金がかかっているらしい。狭い部屋に閉じ込めるからそうなるんだとニッキーは反論した。もっとでかいバルコニー付きの部屋に泊まりたかった、と。そのときのテリーの表情。翌日か翌々日、彼はアヌークと仲直りをした。しかし、しばらく彼女に会えないのはどうしようもない。彼は花を贈り、歌詞を書き、それを彼女に送ろうかと考えてから、破り捨てた。

ＬＡは悪夢だ。全てがやけにきっちりしてる。何をやっても不適切と見なされる。申し訳ございませんが、ここは禁煙となっております。申し訳ございませんが、私どもの白塗りレストランではお静かに願います。私どものキザなレストランでは、笑い声をお控えください。彼は角の店まで歩きたかった。バスに乗りたかった。駐車係に車を預ける？　何それ？　タクシーってものが存在しない町では、出先で酔っ払ったときどうやって帰ればいいのか？　誰もイギリス訛りの英語を分かってくれない。ツナサンドイッチをくれ。チーナ？　すみません、お客さん、チーナって何ですか？　ある日、彼は水を注文した。水《ウオーター》、と彼は言った。水。蛇口から出てくるやつ。ウェイトレスはいらついていた。分かりません、と彼女は言った。ご注文は何です？　仕方なくノアが口を挟んだ。水、と彼は言った。ワーダー。彼らはその周りで発音を繰り返した。ウォーターじゃなくて、ワーダー。

彼はアヌークに電話した。

「そっちの仕事、全部キャンセルしろよ。明日朝一番の飛行機を予約するように俺からテリーに話すから」

「無理よ。何もかも放り出すなんてできっこない」

「おまえが必要なんだ、ベイビー。マジで。駄々をこねてるわけじゃない」

「私にだって仕事がある」

「頼むよ、ヌーキー、会社勤めをしてるわけじゃないんだからさ。一回くらい、仕事を断ったっていいだろ？」

「ニッキー、アメリカに行くって決めたのは自分でしょ？　私があなたを置いてけぼりにしたんじゃなくて、その逆よ。あなたが選んだ道じゃないの」

「おまえを置いてけぼりにしたわけじゃない」

「スタジオなんてどこにでもあるのに。ただの、変な黒い箱だらけの部屋。窓さえない。あれじゃあどこのスタジオだって変わらないと思うけど」

「おまえには分かってないんだよ」

「ええ、もちろん分からない。どうせ馬鹿だから。私なんてどうせ馬鹿で、便利なセックス相手で、一緒に写真に写ったら見栄えがするだけの女」

「そんな意味で言ったんじゃない」

「あなたってほんと、自分勝手。甘えんぼの赤ちゃんだわ」

「へえ、俺が赤ちゃんか。じゃあ、男は誰？　おまえの人生に存在する本物の男は誰だよ？」

「え？」

「分かってんだよ。男がいるんだろ。誰だ？　本当のことを言えよ、アヌーク」

「馬鹿じゃないの。そんなことばっかり言うんだったら、もう話をしたくない」

ガチャリ。

彼は駐車場に立ったまま、アヌークのことを思い、こんなふうに胸がむかつくのは俺が彼女を愛しているからだろうかと考えた。彼はラブソングを書いた――あるいは、世間でラブソングと呼ばれているタイプの歌を。しかし、彼が実際に彼女に対して感じているこの気持ちの正体は何だ？　ただ、自分の望むものが手に入らないことにいらついているだけ。彼はスタジオに戻るための言い訳を考えた。角のメキシコ人たちの前でピックアップトラックが停まった。運転手が何かの仕草をすると、何人かの男が荷台に乗った。俺もあそこに乗ったらどうなるんだろう、と彼は思った。どこに連れて行かれるのか。どんな人生が待っているのか。

ドライブにでも行こうか。彼はノアの車の中に手を伸ばし、ダッシュボードの小物入れの取っ手を引いた。鍵は掛けられていない。開けてみる。中にキーは入っておらず、小さな茶色い物の入ったポリ袋がある。しわの寄ったコインみたいな、平べったい物体。それが何なのか彼は知っているが、実際に試したことはない。自分のトーテム動物を見つけて二つの世界の間にある隙間に入る、というのがノアの決まり文句だ。その薬物の袋の奥に、布に包まれた別の物がある。彼は手を伸ばし、それを取る。拳銃。金めっきを施したそのごつい拳銃は、横に〝イスラエル軍事工廠《こうしょう》〟と書かれている。アフリカの軍事独裁者がぶら下げたクリスマスの靴下に届けられそうな代物だ。

ノアが精神病質者《サイコパス》だとニッキーが納得するのには少し時間がかかった。ノアは少なくともアメリカでは、彼らよりもずっと有名だ。二、三歳年上で、もうすぐ三十になろうとする彼が作ったフリーク・フォークのアルバムは、自由にあこがれる新しがり屋の若者の間で馬鹿売れした。アメリカスギの森に差す木漏れ日、星空の下で入る露天風呂。それは、湿気の多いアパートの地下室に暮らすニッキーみたいなロンドンっ子が幻想する自由の風景だった。ノアはそのあこがれをハスキーなボーカルときしるギターに載せ、コオロギの鳴き声をバックに重ねた上に、奇妙に電気的なシタールもどきの低音を添えた。その結果、できた曲はまるで、火星から送られてきたサウンドのようだった。ニッキーのバンド仲間は、ノアなら自分たちのプロデューサーとして完璧だと考えた。

彼らが最初に顔を合わせたのは、山中にある彼の自宅だった。それは全く、ニッキーが想像していた通りだった。エスニックな布で壁を覆った、高級な丸太小屋。中でマリファナを吸っている、ビーズとヘアバンドをまとった若い女たちの姿は、金持ちでおしゃれなアメリカ先住民のよう。ノアは何かでハイになっていたので、ろれつが回らない状態でウッドデッキをうろついていた。おまえらイギリス人は何も分かってない、と彼は言った。おまえらイギリス人は今でも一八〇〇年代と同じ考えで、自分たちがボスだと思ってやがる。ニッキーは相手にしなかった。ある意味、そのために彼を雇ったのだから――そこにある〝アメリカ人らしさ〟のために。だが、ネッドが腹を立て、反論を始めた。ニッキーは彼を小突き、構うなと言った。どうせやつは人の話なんか聞いちゃいない、と。ノアは片方の手で腰に巻いたサロンを押さえ、マリファナを持った反対の手で適当な方角を指し示しながら、運命と辺境《フロンティア》とジム・モリソンについて訳の分からない話を続けていた。いいものを見せてやろう、と彼が突然言った。いいものを見せてやるって言ってんだよ、な？　彼は皆を奥の部屋に案内し、芝居がかった様子で厳重に掛けられた全ての鍵を開け、明かりを点けた。壁一面のガラス戸棚に銃が飾られていた。拳銃、ライフル、ショットガン、海賊映画にでも出てきそうな古い火打ち石銃。バーで特殊部隊の男から買ったという、クロムめっきのAK-47もあった。

彼らは裏のポーチで試し撃ちをした。ノアは女どもをテレビのゲーム番組のアシスタントみたいに使い、木のベンチに瓶を並べさせた。分からねえか、と彼は叫んだ。これが自由に生きるってことだぜ、ベイビー！　自由に生きるんだ！　コロナビールの空き瓶を銃で撃つことと自由に生きることとの間にどんな関係があるのかニッキーには理解できなかったが、射撃は面白かった。やがてパトカーに乗った警官が現れた。最後に話をつけたのはアールだ。テリーがニッキーの後始末をするように、ノアの尻ぬぐいをするのがアールの役割だった。

その夜以降、ジミーとニッキーは、ノアが素敵《クール》だということで意見が一致した。ロルも同じ意見。ロルはいつも、ニッキーとジミーに話を合わせた。ネッドはノアを嫌った。しかしネッドは、もしもジミーの幼なじみで、ビレリッケイでただ一人のドラマーでなければ、いまだに町の携帯電話ショップで働いていたはずの男だから、彼がどう思おうと問題ではなかった。ノアは彼らのガイド、導師《グル》になった。彼らは彼が勧める店で服や楽器を買った。朝のマリファナを吸った。ジミーは瞑想まで試した。スタジオにはシンギングボウル、レインスティック、口琴を持ち込み、暗くした室内で詠唱し、床に座って紙切れに戯言《たわごと》を書き付け、それを適当に混ぜて歌詞を作った。これと同じことをやったのがウィリアム・バロウズだ、とノアが言った。彼は意識のパイオニアだ。バロウズって誰だよ？と、手に付いた糊をカーペットでぬぐいながらロルが声を潜めて言った。子供番組に出てくる野郎か？

ノアには強烈なインパクトがあったが、バンドにとって有益な存在ではなかった。ニッキーの考えでは、ポップミュージックは本能的でなければならない。うつむき、音を出してみて、そこに何かの歌詞を重ねるだけ。ところがこれはどうだ。〝ベイビー〟と韻を踏む語を見つけるために筮竹《ぜいちく》を振る。できた歌詞はどれも仰々しい内容。ニッキーがメロディーを考えても、どれもしっくりこない。ジミーも同じ。いつもなら何があろうと、二人で一緒に歌を作ってこられたのに。歌ができないせいで口論が始まった。そしてののしり合い。ニッキーはバンド仲間と離れ、サンセット大通りのホテルに部屋を取った。彼は部屋で、ジミーはスタジオで仕事をした。しばらくの間、二人はファクスで連絡を取り合ったが、全くはかどらないのであきらめ、また話をするようになった。

アヌークさえそばにいてくれれば。

ある日、ニッキーは歌詞を思い付いた。

もう眠ってくれ
素敵すぎるから
目覚めている君は

それは歌の出だしになりそうだった。ノアはリハーサル室の隅で4トラック録音機を抱えるようにして、髭を噛んでいた。ニッキーが感想を尋ねると、彼はウーンとうなった。

「その〝ウーン〟はどういう意味？」

「別に。ただちょっと……うん、インパクトに欠けるかな」

ニッキーは今まで、批判なんて気にしていないというふりを続けてきた。その歌詞は、アヌークとベルリンのホテルで丸二日、食事は全てルームサービスにしてぶっ続けで覚醒剤《スピード》をやったときのことを歌ったものだ。アヌークの禁断症状が始まり、彼はテリーに電話をかけ、精神安定剤《ヴァリウム》を届けてほしいと頼んだのだった。人にどう聞こえようと、それは幸福な思い出だった。

ぎこちない沈黙があった。「オーケー」とようやくノアが口を開いた。「俺の言いたいことを説明してやるよ。もっと、こう、パンチが欲しいんだ」。彼はマイクの前まで行って歌った。

眠りに帰れ
カエルちゃん
素肌が触れると
素敵すぎるから

「彼女は〝カエルちゃん〟じゃない。カエルみたいだと思ったことは一度もない」

「オーケー。じゃあ、何でもいいさ。それなら、〝リス〟ってのはどう？」

「それが嫌なら、ヒルとか」と意地の悪いロルが言った。

ニッキーは外に出た。他に何ができるだろう？　彼は二日ほどノアたちと会わないようにして、LA近郊のヴェニスで自動車のカスタマイズをやっている若者たちと酒を飲んだ。彼はノアの秘密をつかんだ気がした。あの変人は生え抜きヒッピーの第三世代だった。彼の祖父母は北カリフォルニアでヒンドゥー教の施療院を開いていた。つまり、ビートルズが通っていたような場所だ。父親はシンガーソングライターで、アルバムを一枚出した後、薬物の過剰摂取で亡くなっていた。ノアの話によると、彼は砂漠の中にあるドームで暮らし、仲間とバンドを組み、UFOを探していたらしい。ノアは一度、父親が関わったというそのLPを聞かせてくれたことがある。ジャケットにはピラミッドの絵が印刷され、『案内人《ガイド》の演説』とタイトルが記されていた。中身は屑だった。かつて驚異に満ちて見えたノアの姿は全て、父親から受け継いだ威光にすぎないことが分かった。ニッキーが父から受け継いだのは、地元サッカーチームのトッテナム・ホットスパーと断熱材についての知識くらい。もしも子供の頃から書道を教わり、レナード・コーエンと一緒に馬に乗っていれば、人生は全く違ったものになっただろう。

　彼はゆっくりと風呂に浸かった晩にそのことをよく肝に銘じ、飛行機で帰国すべきだった。その日は皆、ノアの自宅にいて、ニッキーはいつになく気分が乗っていた。彼はウィローという若い女と一緒にジャグジー浴槽に浸かりながら、アヌークのことを忘れそうになっていた。とそこに突然、ノアが拳銃を手に、素っ裸で飛び込んできた。ウィローはかすかな悲鳴を上げ、浴槽から出て、服を探しに走った。

「何の真似だ」

「女のことはどうでもいい。おまえと話がある」

　ノアはまるで射撃場にいるかのように、両手で銃を構えた。「銃を構えると不思議と集中力が高まるんだよな。おまえも感じるだろ？　額がぴりぴりする感覚。考えてみろ。本当に撃たれたらどんな感じだろう？　中身がブシャッと飛び散る。脳味噌も」

「冗談じゃないぞ、相棒。銃を下ろさないと、その歯を折って喉にぶち込むぜ」

「俺だって、冗談じゃないぜ、相棒。マジだ。マジな顔してるだろ？　俺は嫌になってきたんだ。おまえたちは俺の時間を無駄にしてる気がする。俺の人生まで無駄にしているかもしれない。本気でレコードを作る気があるのか？それともマリファナを吸って、俺の風呂で女といちゃつきたいだけなのか？」

「どうかしてるぞ」

「答えろ、ニッキー。もう時間だ。おまえの頭には何のアイデアもなさそうじゃないか。どうやら創造力もからっきしだ」

　ウィローが他のメンバーを呼んだらしく、すぐにアールが駆けつけ、ノアを床に押さえ込んだ。ノアは激高し、「俺の体には鼓動する宇宙の生命がみなぎっているのに、ニッキーの野郎にそれが吸い取られてる」と叫んだが、やがてアールが彼から銃を奪い、部屋に引き戻して、落ち着かせた。テリーがニッキーに「ホテルまで送ろうか」と言ったが、ニッキーは誰とも話したくなかった。彼は自分で車を運転したが、センターラインもろくに見えないくらい興奮し、動揺していた。

　彼はアヌークに電話をかけた。電話はすぐに留守番サービスにつながった。

　それで終わりにすべきだった。ダルストンに戻り、手にはケバブとマルボロ・ライトの箱、五ポンドで買ったステラアルトワビールの六本パック。LAの悪夢はバックミラーの中でどんどん遠ざかる。ところが実際は、そう簡単にはいかなかった。翌日には、テリーとアールから彼をなだめる電話があった――ロンドンにあるレコード会社とマネージメント会社、そして状況を何も分かっていないニューヨークのコンサート主催会社からも。その後、宅配便で大きな段ボール箱が届いた。表向きにはノアからということだが、おそらく送り主はアール。中には包装紙にくるまれたカウボーイハットが入っていた。添えられたメモによれば、それはニール・ヤングが「ダメージ・ダン」を作曲したときにかぶっていた帽子だから、ヤングの魂を受け継ぐニッキーにはぜひとも持っていてもらいたい、とか何とか書かれていた。ニッキーはそんなお世辞で丸め込まれたくはなかった。飛行機に十二時間乗れば、コマーシャルロードにあるジョージの店でビールを飲める。外はぐずぐずの雨。隣に座ったサッカーマニアが、ロナウドにはあの契約金を払っただけの価値がなかったといつまでもぼやく。その方がよほど幸せな時間だ。

　もうたくさんだと彼がテリーに言うと、テリーがいつもと違う行動を取った――つまり、ニッキーを座らせて、「違う《ノー》」と言った。ニッキーは彼に、俺に口答えをするのはおまえの仕事じゃない、俺に「はい《イエス》」と言うのがおまえの役割だと言った。「それは分かってるが、あんたには自分がやりたいことがよく分かっていないときがある」とテリーは言った。レコード会社はレコードを欲しがってる。もしもLAでレコーディングができなければ、契約違反だと言いだすだろう。クソ食らえ、とニッキーは言った。契約なんか破ればいい。別のレコード会社と契約するまでだ。テリーは溜め息をついた。そうはいかない。既に大金が注ぎ込まれてる。彼はニッキーに、小さな事務室で計算機を叩いてるスーツ姿の男たちを想像してみろと言った。ニッキーは想像した。テリーが何を言いたいのか分からなかった。テリーは言い方を換えた。もしもアルバムを作らなかったら、レコード会社が金を取り返そうとするだろう。そうなれば破産だ。ニッキーは他に選択肢がないのかと訊いた。ない、とテリーが言った。ニッキーが普段からいちばん嫌っているのは、〝選択肢がない〟という状況だった。

　彼はたばこを吸い終え、吸い殻をスタジオ前駐車場の熱いコンクリートにこすりつけた。レコードを作るか破産か。あるいは、ノアの薬物と銃を盗んで町を出、次に見つけ出されるまでの間に問題が解決していることを祈るか。選択肢は常にある。問題は目の付け所だ。彼は車に乗った。

車の運転は、アメリカで自然に感じられるほぼ唯一の行為だ。伝統的行為。愛国的行為。アクセルを踏むと、周りが歓声を上げているような気さえする。カマロは一ガロンのガソリンでおよそ百ヤードというとんでもない高燃費。音も戦車が近づいてきたかのよう。一九七〇年代に作られたそのオレンジ色の稲妻は環境破壊の象徴だ。しかし、このスポーツカーに乗れるなら、未来がどうなってもいいと思えた——老後に温暖化した地球で筏《いかだ》生活を送ることになっても、あるいは遺跡となったビレリッケイの町でドッグフードを食べて生活していくことになっても。

LAは恩知らずな死の風景に変わっていった。砂漠と呼ぶのは正しくない。荒れ地。町の裏庭。目にしたくない、醜悪なものを捨てる場所。倉庫と加工工場。鉄塔とパイプライン。壊れたもの。廃棄物。サン何とかという名の、町ごとゴミになった一角もある。コンクリート以外は全てゴミ。人が住んでいる箱形のコンクリート、そしてゴミみたいな人々が買い物に通うコンクリートのモールの前にはコンクリートの駐車場。彼はハイウェイ沿いに並ぶそんな場所に立ち寄ることなく走り続ける。給水塔、虎をモチーフにしたどこかの高校のスポーツチームのシンボルマークが描かれた壁。数分ごとに携帯電話が鳴っていたが、彼は気に留めなかった。ラジオから聞こえるのはキリスト教の説教と甘ったるいジャズだけだったが、それも気にならなかった。道は骨のように白く、空はエアブラシで描いたように青く、彼が向かっているのは地図の中で最も空っぽな場所だ。何も考えずひたすら走る。速い車の隙間に割り込み、ジャンクションで分岐し、カーブを抜けながら立体交差をくぐり、さらに惨事から遠ざかる。

どのくらい走っただろう？　三時間。ひょっとすると四時間。腕時計はしていなかった。車にエアコンはなく、開けた窓から入る風は砂混じりで熱かった。脳がフライパンの上の卵のように頭蓋骨の中でチリチリと音を立て始めたので、彼はガソリンスタンドに車を停め、六十ドル分の燃料を足し、大きなボトル入りの水を買って、その大半を頭にかけた。膨張した哀れな脳細胞が普段のサイズに戻ると、彼は携帯電話に目をやった。十一件の不在着信。主にテリーからだ。あとはジミーから二回、ノアからも一回。

面倒なので留守番電話のメッセージは再生しなかった。

彼が今取っている行動は、バンドとは無関係だ。話をしたい相手はアヌークただ一人。彼は電話が鳴り、彼女の番号が画面に表示されることを念じた。

電話してくれ、ベイビー。

俺を捕まえてくれ。

一つのゴミの町を過ぎてから次のゴミの町に至るまでの間隔が徐々に広がってきた。間もなく生命の徴《しるし》は、ずらりと並ぶ巨大な風力発電タービンとカジノの看板だけになった。アウトレットモールが蜃気楼のように道路脇に現れた。そしてまた無。何マイルも続く、岩と灌木《かんぼく》の風景。やがて、空が暗くなってきた。視界の縁で小さな流れ星のような火花が飛んだ。それが時には、追い越しをかけてきた車のヘッドライトに見え、あるいはフロントガラスに飛び込んできたコウモリに見えた。名前の分からない町に近づいたところで、モーテルの看板が目に入った。道路沿いには同じように寂れたモーテルがいくつもあり、どれもデザート何々とか、パーム何々と名付けられていた。このモーテルの名前は〈ドロップ・イン〉（原文では Drop Inn。「立ち寄る」を意味する熟語〝drop in〟と小さなホテルを意味する〝inn〟をかけた命名）。彼にはもうこれ以上先に行く力が残っていなかった。

受付は、せいぜい食器棚ぐらいの小さな箱で、台の上にはポストカードを並べたラックとベル、横には建て付けの悪い網戸があった。奥の部屋から現れた女の髪の毛は、生身の人間で見たことがないほど大きく膨らんでいた。彼がそんな髪形を目にしたのは十三歳のとき、母が隠し持っていた八〇年代のエクササイズビデオで見て以来だった。女が着ているのは二十歳の子が着ればおしゃれ（あるいは少なくとも皮肉が効く）かもしれない紫色のつなぎ《ジャンプスーツ》だったが、それを着た女の姿にはどこか悲しいものがあった。その人物が美しかった最後の瞬間をそのまま切り取ってきたような服装。女性の年齢は読み取れなかった。四十五歳？　口の周りには小じわが寄っている。しゃべっていないときは、疲れたしかめ面のような表情だ——まるで今までの人生でずっと、言いたくないことばかりを言ってきたかのように。

「私はドーン。建物をぐるっと案内するわ」と彼女は言った。彼は疲れているから部屋の鍵だけを渡してくれればいいと言ったが、彼女は聞き入れなかった。彼女は、まるでこの数か月に来た客の中で彼が最もエキサイティングな人物であるかのように（事実、そうなのだろう）はしゃぎながら、あらゆる物を指差し、あらゆる〝細部《タッチ》〟を説明した。「娯楽室」にはコーヒーメーカーと古本の並ぶ棚があって、掲示板にはテークアウトのメニューが貼ってある。外には庭があり、地面から何本か、花の咲く灌木が生え、その陰に、石膏でできたキツネやウサギの像が置かれている。動物は皆、ペンキで紫に塗られていた。瓢箪形のプールを囲む波形鉄板のフェンスも紫。寝椅子を覆う古いカバーも、客室につながる扉も、コンクリートの小道の縁に埋められたタイルも紫。「スパプールは五時半から十時の間に使ってください」と、まるでそれが宿泊するかどうかの決断を左右する情報であるかのように彼女は言った。彼は目が閉じないよう必死に頑張りながらうなずいた。

ドーンがプールのジェット水流をデモンストレーションする間、彼は塗装のはがれかけたフェンスの向こうを見ていた。どこまでがモーテルの敷地なのか判然としなかった。フェードアウトするような感じ。プールの背後には、小屋が一つと地面に倒れたプラスチック製のローンチェアーが二つ。その向こうには荒れた大地がずっと続き、そのはるか先に草木のない丘があった。今は夕空に黒いぎざぎざの稜線が映えている。あそこに登ったらどんな気分だろう、と彼は思った。日中は無理。太陽が上から照りつける中、息を切らして這うように登るなんて。まるで苦行。手っ取り早い自殺の方法みたいだ。

「朝食は出してません」とドーン。「でも、コーヒーなら娯楽室で好きな時間にどうぞ」

「そろそろ部屋を見せてもらえます?」

「もちろん」

彼女はそこに立ったまま動こうとせず、急に寒くなったみたいに胸の前で腕を組み、空を見上げた。

「ここからはいろいろなものが見える」とようやく彼女が言った。

「部屋は?」

「あ、失礼。こちらです」

彼はその後、ラベンダー風の洗剤の匂いがするベッドに横になり、ハイウェイを走る車の音を聞いた。体が鉛のようだった。腹が鳴り、頭痛がした。部屋中にさまざまな色調の紫があふれていた。藤色のベッドカバー、ライラック色のカーペット、菫《すみれ》色のカーテン。まるで打ち身の中に閉じ込められたようだ。彼は少しの間、うたた寝した。点けっぱなしのテレビから聞こえる録音済みの笑い声や突然の発砲音で、時々目を覚ました。彼はやはり何かを食べなければしっかり眠れないと認めざるをえなかった。そして重い体を起こし、スニーカーを履き、事務室に向かった。

ベルを鳴らしても女は出てこなかった。結局彼は、プールのそばで彼女を見つけた。彼女はローンチェアーに腰掛け、望遠鏡で星を覗いていた。

「何を見てるんですか?」

「あら、特に何も」

彼は何かを食べたいのだがどこに行けばいいかと訊いた。

「この先一マイルか二マイルほどのところに食堂があるわ。ライトアップしてるから、見逃すことはないはず」

彼はすぐに動こうとはしなかった。望遠鏡に片目を押しつける彼女の口は少し開いたままになっていた。そこには何かを期待しているような緊迫感があった。彼女が昔どんな子供だったかが、突然見えた気がした。幸福で楽天的。女は彼の視線に気付き、顔をしかめた。

「ちょっと訊きたいんだけど」と彼女が言った。「ここへは、光を見るために来たの?」

「いや。あ、うん、まあ。そうかも。いろいろと厄介なことから逃げ出してきた、みたいな」

彼女は探るような目で彼を見、また望遠鏡の方を向いた。彼は車のキーを取りに戻った。

彼は町に入り、「海兵隊基地はこちら」という標識を通り過ぎた。遠くに、町のメインストリートよりも広い範囲を照らす光の格子が見えた。商店街にはビデオ屋とセブンイレブン、酒屋と二軒のバーがあった。散髪屋の看板には「軍人も、民間人も」と書かれ、ある一軒の家には窓に三つのネオンサインが掲げられ、一つには「ネイルサロン」、一つには「マッサージ」、もう一つには「中華料理」と書かれていた。食堂は簡単に見つかった。ドーンが言っていたように、煌々《こうこう》とライトアップされている。だが、空飛ぶ円盤の形をした建物とは言っていなかった。彼は外に車を停め、かつては金属風にペンキが塗られていたコンクリートのスロープを上がり、店に入った。〈UFO食堂〉は以前は賑やかだったらしい。曲線を描く漆喰の壁にはひびが入り、円盤の縁を飾る赤のネオンは所々が消えていた。模造革のソファと金属製のくたびれたスツールは、少なくとも三十年前からそこにあったものに違いない。壁に貼られたSF映画のポスターはすっかり日焼けし、淡い青と黄色に色あせている。ダース・ベイダーは幽霊に、ETは胎児を思わせるぼんやりした輪郭に変わっていた。ニッキーをテーブルまで案内した太めのティーンエージャーは彼にメニューを渡し、別のテーブルに集まっている若者たちとのおしゃべりに戻った。若者は五人。入れ墨、短い角刈り。

皆が彼を見ていた。うれしくない視線だ。レモンイエローのスキニージーンズにカットオフのTシャツを着て、八〇年代を思わせるスプレーペイントのハイトップスニーカーを履いているという姿は、このサン何とかという町ではあまり評判がよくないのかもしれない。

ニッキーはコーラをちびちびやりながら、平然とした態度を装った。彼は食べ物にこだわりがない。ツアーのときは、いかにもまずそうな料理でも喜んで食べた――油のプールに浮かんだ目玉焼きでも、名前もない豚の屑肉で作ったソーセージでも。しかし、イギリスの食事がどれだけまずいとしても、少なくとも何にでも砂糖を入れるようなことはしない。彼が注文したのは「母船《マザーシップ》チキンバスケット」だったが、そこに載っている料理の全てに――肉、ロールパン、ポテトチップ、サラダドレッシング、そして彼の舌が確かならレタスそのものにまで――甘みが加えられていた。これならウェイトレスがデブなのも当然だ。彼は空腹だったのでどうにか少しは腹に入れたが、途中でギブアップせざるをえなかった。彼は椅子を後ろに引き、二十ドル札をテーブルに置いた。若い海兵隊員たちが嫌な目つきで彼を扉まで見送った。

〈ディーのアメリカン・イーグル酒屋〉の前には人の列ができていた。そこにもまた角刈りの男と若い女がいて、彼はじろじろと見られた。二人の男はわざわざ店から出て、彼が車に乗るのを見ていた。コロナビールの六本パックとテキーラを一瓶。はっきり言って、今の気分を落ち着かせるには少なくともこれくらいのアルコールが必要だ。

彼は角を曲がり、メキシコ料理店〈タコ・ベル〉の駐車場に車を入れた。店に入ってサンドイッチを買ってもいいと思ったが、中にはまた海兵隊員がたくさんいて、とてもその雰囲気に耐えられそうになかった。被害妄想《パラノイア》で意識が高ぶった彼は、紫色の穴蔵に戻る気にもまだなれなかった。クソ。必要なものは全部揃った。ここまで来たのはこれのためなんだからよしとしよう。夜は外で過ごし、太陽が昇るのを待ってもいい。気温はまだ二十七度ある。凍えることはなさそうだ。

だから彼は運転を続け、二マイルほど走ったところで、国定記念物という標識を見つけた。先の空には雲がなく、濃い藍色だった。横道に入ると、ヘッドライトが路傍の巨大なサボテンの形を浮かび上がらせた。彼は三十分くらい走ったところで車を停め、エンジンを切った。暗闇に虫の声が響き、それが工場のような金属音に聞こえた。ボンネットに座り、ビールを一本空けると、徐々に心臓の鼓動が落ち着くのが感じられた。空《から》になった瓶を闇に投げると、地面に当たった瞬間、かすかに鈍い音がした。

彼は助手席の下に隠していたポリ袋を取り出し、ボタンみたいな形をした乾燥ペヨーテを二つ口に入れた。とても苦くて、飲み下すのが精いっぱいだった。その後味を消すためにテキーラをあおったのが間違いだった。およそ一分間、吐き気をこらえたあげく、限界に達し、全てを地面に吐き出した。空には岩でできた構造物のシルエットが浮かんでいた。丸みのある巨大な岩は、そこで眠る大きな動物の背中のようだった。その上に微妙なバランスで三本の岩が立っている。遠そうには見えない。彼は口をぬぐい、必要なものをポリ袋に入れて、岩の方へ歩きだした。袋の中で銃が瓶に当たり、大きな音を立てた。暴発するかもしれないと心配になった彼は、銃を取り出し、ジーンズのベルトに挟もうとした。ジーンズはサイズがきちきちだったので、その状態で歩こうとすると、便秘に苦しむ人間みたいな格好になった。走ったら、きっと暴発した銃弾が尻を貫通するだろう。彼はあきらめて、銃を手に持つことにした。

十分歩いても、岩は少しも近くならなかった。懐中電灯は持っていなかったので、そこら中でつまずいた。柔毛のある膝の高さくらいの小ぶりなサボテンがあちこちに生えていた。ほとんど目に見えないので、彼はそこに足を突っ込み、ジーンズに棘《とげ》が刺さった。思わず、蛇のことまで心配になり始めた。それに、この辺には狼もいるんじゃないか？　あるいはコヨーテとか？　泣き言を言うな、と彼は自分に言い聞かせた。おまえはバンドのリードボーカルだぞ。銃だって持ってる。おまえはジム・モリソンだ。冒険のヒーローだ。

彼が今いる場所は誰も知らない。世界の誰一人として。でもよく考えたら、砂漠に来たのはそれが目的じゃないか？　自分を見つけるには一度迷子になる必要がある。今のは、ノアが使いそうな言い回しだ。ノアなんてクソ食らえ。全部あいつのせいだ。彼は地面をよく調べてから腰を下ろし、もう一本ビールを空けた後、テキーラを二、三口飲んだ。誰も知らないからってそれがどうした？　人に知られているときの気分はどうだった？　どのみち誰も他人のことなんて気に懸けていない。彼はペヨーテをもう一度試すことにした。大きな塊を口に入れ、できるだけ嚙まないようにして飲み込んだ。何か明るく白いものが空を横切った。星が、空を覆う布に開いた穴のように見えた。暗闇の反対側にある、信じられないほどまばゆい世界が垣間見えているような気がした。

しかし、同じ思考が頭を巡った。誰も知らない。誰も知らない。彼は袋から携帯電話を出した。電波はまだ届いている。彼女はきっと分かってくれないだろう。でもとりあえず、彼は彼女の声を聞くために電話をかけた。

彼女は電話に出た。かすれた眠そうな声だ。

「ベイビー？　俺だ」

「ニッキー、今、真夜中よ。私はあと二時間したら仕事がある」

「話がしたかった」

「明日は本当に早いの。後でかけ直して、ね？」

「今でいいだろ？」

「このままだと寝不足の顔になっちゃう」

「自分のことしか頭にないんだな」

「仕事だもん」

「今どこ？」

「パリ」

「また？　誰かと一緒？」

「もう、ニッキー、いい加減にして。今寝てたのよ。私のことは放っておいてくれる？」

「どういう意味だ、〝放っておく〟って？」

「その声、酔ってるのね？」

「別に。少しだけ。愛してるって言いたくて電話した」

「ありがとう」

「おまえが必要なんだ、ベイビー」

「うーん」

「本気で」

「ニッキー、今何やってるの？　テリーから電話があったわ。あなたから電話がなかったかって。何かあった？」

「さあな。何もない。たぶん。セッションをさぼっただけさ」

「どうして？」

「いろいろあってな。やつらと一緒にいたくなかった」

「今どこ？」

「さっぱり。どこでもない場所のど真ん中」

「どこでもない場所のど真ん中ってどこ？」

「砂漠。聞いてくれ」

彼は携帯を虫の声が聞こえる方に向けた。

「すごくない？」

「どこの砂漠よ、ニッキー？　そんなところで何をやってるの？」

「おまえのことを考えてる。こっちに来てほしい。ここには俺の味方が一人もいないんだ、アヌーク。おまえしかいない」

「行けるわけないでしょ？　魔法の絨毯は持ってないんだから。他のみんなは？　ジミーは？　テリーとか？　テリーに電話したらいいのに」

「テリーなんて大嫌いだ。何もかも駄目になったんだよ、ヌーキー。大事なのはおまえだけ。本当に。俺を迎えに来てくれ。俺が今いるのはサン何とかって町の近く。飛行機でLAまで来てくれ、な？　あとの道順はおまえがこっちに来てから話す」

「ニッキー――」

「いいか？」

「私の話、全然聞いてないのね」

「イエスと言ってくれよ。来ればいいんだ、ヌーキー。俺にはおまえしかいない」

「それは違う。あなたは自分の芝居に酔ってるだけ」

「人の気持ちを芝居って言うな。本気なのに」

「私には分からない。あなたって、どうしていつもそうなの？」

「来いよ。来てほしいんだ。飛行機に乗るだけさ。俺が空港に迎えに行く。愛してる」

「どうして今なの、ニッキー？　どうしてそんなことを今言うの？」

「本当のことだから」

「あなたは怖いからそう言ってるだけ。私を失うのが怖くて、芝居みたいなことを言ってる」

「本気だ。おまえが来ないなら何が起きても知らないぞ」

電話の向こうに沈黙があった。彼女の溜め息と、ベッドの中で姿勢を変える音が聞こえた。彼は彼女の脇に別の男がいるのを想像した。別の男が今、彼女の首筋にキスをし、髪をなでている、と。

「アヌーク、俺は真剣だ。はっきり言っておくが、おまえが来なければ俺はきっと馬鹿なことをする」

「いつだって馬鹿なことをしてるでしょ、ニッキー。あなたはロックスターよ。馬鹿なことをするのが仕事」

「俺は自殺する」

「いいえ、しない」

「いや、する。拳銃を持ってる」

「どうかしてるわ、ニッキー。もう切るわよ」

「待て。どうかしてるって？　よく聞いてろよ」

彼は携帯を上に向け、闇に向かって銃を撃った。耳をつんざく発砲音。反動がこれほど大きいとは思っていなかった。腕が跳ね返り、彼は後ろ向きによろけ、携帯が手を離れた。

「あ、畜生。ヌーキー？　ヌーキー、聞こえるか？　聞こえたら大声で叫んでくれ。クソ」

携帯がどこに落ちたか全く見当が付かない。画面は暗くなっていた。彼は彼女の名前を何度か叫び、黙って返答に耳を傾けながら、犬のように四つん這いで周囲を探った。何てことをしたんだ。クソ、クソ、クソ。彼はライターを取り出し、火傷しそうになりながら五秒ずつ地面を照らした。携帯が岩の陰に入ったかもしれないと思って岩をひっくり返したとき、蛇が見えた気がした。彼は慌てて跳び上がり、そこに向けて銃を撃った。また反動で後ろに一歩下がると、小さなサボテンにつまずいて転んだ。痛みは尋常でなかった。左のふくらはぎは針だらけ。一部は相当深く刺さっていた。抜こうにも、何も見えない。車に戻らなくては。少なくとも、車に戻れば明かりがある。

落ち着け、ニッキー。何をするにしても、慌てちゃいけない。彼は酒の入ったポリ袋を拾い、来た方向だと思う向きによろよろと歩きだし、二、三分後に自信を失い、引き返した。大きな岩の構造物が見えた。理屈から言えば、岩から遠ざかる向きに歩けばいい。だがその確信が持てなかった。脚が痛くて何も考えられない。足元の地面がふわふわしている気がする。俺はこのまま死ぬのか？　相棒、しっかりしろ、マジで、と彼は自分に言い聞かせた。

口の中が乾いた。でもビールがある。ビールを飲めばいい。手探りで蓋を開けるとき、手が震えた。砂漠の真ん中、満天の星の下に存在するのは、酒の入ったポリ袋と彼だけ。地面が息をしている。不思議な感じだ。砂漠全体がゆっくりと息を吸ったり吐いたりしている場所に、彼といううけがを負った小さな生き物が立っている。昆虫たちのけたたましい鳴き声が耳に押し寄せ、彼は焦る。全ての岩、全ての砂粒が、昼間に吸収した熱をすっかり吐き出そうとしている。サボテンが天に向けて両手を掲げる。彼もサボテンと一緒になって、天に許しを乞うべきなのか。彼は吐き気に襲われた。アヌークは許してくれるだろうか？　他の連中はどうだろう？　彼はひざまずいた。俺が悪かった、と彼はささやいた。無意味なことをして悪かった。

彼は脇腹を押さえながら地面に吐いた。頭がずきずきした。ああ、神様、俺は一人きりだ。誰かと一緒にいればよかった。俺はロックスターだ。相手は選び放題。最低なことをすればするほどもてる。彼が現れるとみんながひれ伏す。男は嫉妬。女は服従。トイレでも、楽屋でも、ツアーバスのカーテンで仕切られたベッドでも。女どもがそれで何を得ているのか、彼には分からなかった。以前は彼もそれで満足していたが、あるとき、彼は気付いた――女がやっている相手は実は自分ではない、と。ロックスターとセックスする。そこがポイントだ。ニッキー・カパルディとやるんじゃない。彼がいけば、それが女の得点になる。女どもはイメージ、名声を相手にやってるんだ。自分は有名人をいかせた、そう証明したいだけのこと。

遠くから携帯の着信音が聞こえた。彼はふらつく足で音の方へ向かったが、近くまで来たところで音が止まった。彼はライターを使い、場所を特定しようとした。そのとき足元で、短いブザーの三連音符が鳴った。留守番電話だ。彼は携帯を拾い上げ、胸に抱き締めた。アヌークに折り返しの電話をかけるとき、彼の手が震えた。

「ベイビー?」

「生きてたの!」

「俺が悪かった。馬鹿なことをして――」

「ろくでなし! 自分勝手なろくでなし!」

「わざとじゃなかった」

「面白いと思う? ふざけてたつもり? 自殺するふりなんてして」

「わざとやったんじゃない」

「本当に頭がおかしいんだわ。どうかしてる」

「携帯を落としたんだよ」

「もうたくさんよ、ニッキー。もうこれ以上付き合うつもりはない。好きなだけ砂漠にいて、銃をいじってたらい い。私には関係ない。知りたいとも思わない。もう二人はおしまい。二度と電話してこないで」

「本気じゃないくせに」

「勝手なこと言わないで。私は本気。もうおしまいよ、ニッキー」

「でも俺、けがしてるんだよ。こけたんだ」

「ママ、僕、こけたんだ。けがしてるんだよ。まるっきり子供。自分勝手な子供だわ」

「でも、おまえを愛してる」

「いいえ、愛してない。悪いけど、ニッキー。あなたは誰も愛してない。愛しているのは自分だけ」

「そんなことはない。ヌーキー! ヌーキー?」

返事はなかった。電話は切れていた。彼は電話をかけ直したが、彼女は出なかった。彼は信じられなかった。こんなはずじゃなかった。みんなが俺を見捨てるなんて。俺がみんなを見捨てた。みんなが俺を見捨てたんじゃないはずだ。頭がくらくらした。脚がずきずきと痛んだ。彼がさらにテキーラを飲むと、砂漠が息をし、地面が流砂のように足を吸い込んだ。彼は今、本気で自殺することを考えた。銃で撃てば、彼の頭はスイカのように割れるだろう。どうしてこんなことになったのか？　いつから彼は自分を憎むようになったのか？　他の人がどうやって生きているのか、彼には謎だった。俺ももっと普通のことをやったらどうだろう？　洗濯とか料理とか。自分の銀行口座がどうなっているのかも全く知らない。俺には貯金があるのか？　世間の人は貯金をしている。人は欲しいものを、すぐには手に入らないものを買うために貯金する。

　少しずつ、空気から熱が失われていく。腰を下ろし、震え、吸血鬼を追い払う十字架のように銃を体の前に構えていると、いろいろなことが次々に頭に浮かんだ。テレビに映った彼を見て母親が泣いたこと。ジミーの父親がバンドの皆を初めてのコンサート会場まで車で送ってくれたこと。好きなバンドの楽屋に出入りできるパスを手に入れ、ぺちゃくちゃとしゃべりまくり、クリスタル《MDA》を飲み、サッカー選手に近づくチャンスを狙ってナイトクラブの前をうろついている彼の妹。妹は俺を愛しているのか？　母さんはどうだ？　母さんには家を買ってやったけれど。ついに夜明けのときが来た。山の向こうに細いオレンジ色の線が浮かび、空を照らし始め、ようやく周りが見えるようになったとき、彼はずっと車からわずか二、三百メートルの場所にいたことに気付く。

　彼は人気《ひとけ》のない道路をとてもゆっくりした速度で走り、モーテルまで戻った。蛇のようにのたうつ路面の感触がハンドルから伝わってきた。帰り着く頃には既に、太陽が地平線から昇り、脚の痛みは大きな赤い波のように押し寄せていた。彼は足を引きずってプールまで行き、半分空になったテキーラの瓶を持ったまま寝椅子に座った。目を閉じると瞼《まぶた》の裏に赤が見えた。全てを覆い隠す、熱くて病んだ、強烈な赤。

一七七八年

スペイン植民地北方行政区司令官、十字騎士テオドーロ・フランシスコ・デ・クロイ副王閣下

謹啓

恐れながら、閣下のご命令によりバック伝道教会へ赴いた私より、かの地の状況について極秘にご報告申し上げます。

聖ザビエル・デル・バック伝道教会は広大な谷に位置し、サン・アグスティン・デル・トゥーソンの新要塞から二十リーグの場所にある。泉の周囲を除き、草はまばらだ。北に四十リーグの所に広い松の森があり、建築資材には事欠かない。一帯にはメスキート、クレオソートブッシュ、ベンケイチュウが生え、ウズラ、ウサギ、シカなどが生息する。コヨーテを除けば、有害な動物はいない。生活必需品は全て大地から得られるが、空気はアルカリ性で人の活気を奪い、土地を訪れる者は皆、悪寒と高熱に苦しむ。ソノラ伝道団で最北に位置する聖ザビエル・デル・バック教会はたびたびコヨーテラ・アパッチ族による略奪に遭っている。彼らは教会ばかりか、ピマ族やパパゴ族の村を頻繁に襲う。そうした側面があるものの、かの地は新たな開拓地として、フェリペ二世の定めたインディアス法典第四巻第五章第一条に記された条件を満たしている。

教会は、アラゴン地方生まれで策略に富むフランシスコ会士フランシスコ・エルメネヒルド・トマス・ガルシス神父が運営している。野蛮人に聖なる教えを授け、カトリックの権威に従わせることにかけては、彼は全能なる神の思し召しによってほぼ完璧な能力を備えていると見受けられる。彼が先住民の一団とともに地面に座り、彼らの料理をさもうまそうに食べるのを――文明人の舌には嫌悪を催す不健康な食事であるにもかかわらず――私は目撃した。彼は何種類かの先住民の言葉に精通し、ソノラでは、供を連れず一人でコロラド川の向こうに渡り、戦《いくさ》好きの異邦人の土地を何度も旅したことが知られている。ガルシス神父は自らの属するフランシスコ会の秘密主義と教条主義を受け継ぎ、私がバックを訪れたことに疑惑の目を向け、これ

が教会の世俗化の始まりになるのではないかと疑っている。彼の聖なる務めについて閣下が敬意と配慮以外のお気持ちをお持ちでないことは、私からしつこいほどに説明をした。

ガルシス神父の気性については、私としては目をつぶりたい。というのも彼は信仰と信念により、荒れ果てた原野を彼の率いる一団が住める場所に変え、その過程で多くの苦難を経験したに違いないからだ。彼が聖ザビエル教会を訪れたとき、教会はおよそ百年前からそこにあったにもかかわらず、神聖なる出来事を祝福するために決して欠くことのできないものさえ手に入らなかった。ベッドはただの地面。食料を供給する者はおらず、神の恵みに頼らざるをえない。イエズス会が教会を創設した頃のさまざまな備品は全て略奪に遭った。子供同然のイエズス会士たちは、施設の維持をし損ない、畑は荒れ、建物は朽ち、家畜は逃げ出した。ガルシス神父がこの辺鄙な前哨地で十年を生き延び、教会が農業をここまで普及させたのは、いずれも彼の偉大な功績である。今では充分な量のトウモロコシ、小麦、大麦、豆の収穫が見込まれ、豊作の年には一部を要塞に売って現金を得ることさえできるようになった。ガルシス神父はまた、新改宗者に命じて、蠟燭《ろうそく》、獣脂、石鹸などの生活必需品を作ることを始めさせた。聖ザビエル教会には織機が三台あるので、麻布ならいくらか作れる。新改宗者の恥ずかしき裸体を覆うにはそれで充分だが、ガルシス神父は数反の赤く染めた布も所有している。カスティリャから輸入したその布は野蛮人に大層重宝がられており、神父はそれを庇護下にある者らへの褒美や励ましとして用いている。

ガルシス神父は四百人の先住民を指導している。そこにはメスティーソとコヨーテ（白人とインディオの混血がメスティーソ、インディオとメスティーソの混血がコヨーテ）も混じり、その大半はイエズス会士の時代にここに駐屯した兵士の子孫だ。ガルシス神父はスペイン人と先住民の親密な交わりを厳しく禁じているが、実際に交わりを断つのは難しい。ディアス隊長率いる十一人の兵士が教会の警備に当たっている。若き隊長と兵士の多くは未婚だが、総じて、よきキリスト教信者であるように見受けられる。

教会の建物は哀れな状態にある。粗末で小さな教会はイエズス会士らの手で石の基礎なしに、あるいは地面をならすことさえせずに築かれたもので、日干し煉瓦と平屋根で囲われたただの広間でしかない。未婚女性の住むバラックは、貞節を守るために夜間は施錠、警備されているものの、兵士の住まいと同様に傷みが激しく、修繕を要する。

新改宗者のバラックはそれに比べればましな状態にある。教会には現在、鍛冶屋も蹄鉄工もおらず、そうした多くの仕事については要塞にある作業場に頼らざるをえない。小さな穀物倉庫、窯《かま》、そして二、三の小屋――小屋の一つはガルシス神父の住まいである――を除けば、木造の鐘楼にかかる鐘と大きな十字架のみが、教会の有する物資の全てである。砦柵《さいさく》や幕壁《まくへき》など他の防御手段を持たない集落で最も守りの堅い建物は教会で、ガルシス神父率いる会衆はしばしばこの聖域に避難した。神父はしばしば地上での貧困と精神的な富を結び付ける話をしており、その点、彼の意見は神学的に正しい。しかしながら、この国を文明化するという我らの使命とより大きな神の栄光のためには、貧困はやはり厳しいものだと言わざるをえない。私がこの文章をしたためる間も神父は、メキシコから届くはずの教育用版画――それがあれば、言葉を使うよりも容易に野蛮人に教えを説くことができるはずのもの――の配達が遅れていることに心を痛めている。彼はまた遠からず、大燭台やハンドベルを含む、礼拝用の道具を取り寄せるつもりのようだ。

聖ザビエル・デル・バック教会がかくも惨憺《さんたん》たる有様にある原因の一つは、四十年前からほぼ絶え間なく続いているアパッチ族による襲撃である。神父の説明によると、彼が任に就いてからの被害のみでも総額は千レアルを下らないとのことだが、この見積もりにはやや誇張があるものと思われる。アパッチ族については、閣下もご承知の通り、ピメリア・アルタ地区に限ったことではない。この漂泊の民は驚くほど数が多く、ソノラ、ヌエヴァ・ビスカヤ、コアウイラ、ヌエヴォ・レイノ・デ・レオンの各植民地を気の向くままに移動している。サン・アグスティン・デル・トゥーソンの隊長はアパッチ族の敵意を和らげる意図で（私はそれが間違った判断だと考えるが）、彼らの一部が要塞の近くに住まうことを許可した。彼らは穀物とたばこをいくらか受け取るのと引き替えに、ガルシス神父のもとを訪れ、キリストの教えを学ぶことになっているが、強いられない限り約束を守らない。よき神父は忍耐強いとはいえそれにも限界があるゆえ、彼らが今以上に神に近づくとは考えていないようだ。彼らは卑猥《ひわい》な踊りや儀式、一夫多妻の婚姻を含め、他の面では野蛮な風習を守ることが許されている。些細な罪も黙認されている――要塞の家畜を盗むなどの行為でさえ。彼らに農耕を教える試みは全くなされていない。要するに彼らは、カトリックの財産を食いつぶす、仮面をかぶった敵である。

これらの困難にもかかわらず、ガルシス神父は教会をしっかりと確立しており、遠方にあるパパゴ族、ココマリコパ族、ヒレーニョ・ピマ族などの集落を訪れ、彼が教会を留守にする際も、教区民が逃亡したり、信仰を捨てたりすることは起きない。既に述べたように、聖なる信仰の普及と教皇の支配の拡大のため、彼はコロラド川の向こう岸にある、異教徒の国をも訪ねている。長期にわたるそうした不在の間は、サンタクルス・デ・ケレタロ使徒団団長がバックでの任を引き継ぐ別の神父を送ることになっているようだ。

　私の到着に際し、ガルシス神父は教会前の広場に新改宗者を集めた。その数およそ百。大半が女子供であった。「随分数が少ないですな」と私が言うと、神父はぶっきらぼうな口調で「夏は新改宗者の多くが村を離れ、食糧を集めたり、親戚を訪ねたりしているのだ」と答えた。この長期不在は嘆かわしいけれども、必要なことだと彼は説明した。彼らが集めてくる松の実やドングリが、教会に食べ物がなくなったときの食糧となり、また、ガルシス神父は明言しなかったけれども、冬の食糧不足のみが新改宗者の一部をこの土地に留まらせている節もある。監禁や物理的拘束によって彼らの放浪を防いではどうかと私は尋ねた。そうしたことは試したが、効果はなかったと彼は言った。しかしながら時に、兵士の一団を送って逃亡者を連れ戻すこともあるらしい。メンバーの多くが留守だというのに、教会の仕事はどう切り盛りしているのかと私が尋ねると、彼は笑い、まさにそこが問題なのだと言った――時には、村に残った者に食べさせるシチュー《ポソーレ》を調理する薪さえ足りないことがある。私は彼の態度に驚いた。ヴァージャーやデ・ラ・ペーニャ・モンテネグロのような権威によれば、労働こそ野蛮人が救いを得るのに最も効果的な手段だからである。ガルシス神父はこの点を認めた上で、千里の道も一歩からだと言った。彼は先住民の貧困を聖フランシスと同じ類いの神聖なる貧しさだと見なし、そこに一種の歓喜を覚えている。

　私は教会の新改宗者たちを観察したが、その結果、道楽、反抗、怠惰、短絡的思考、信頼の欠如、魂の揺らぎやすさなどの点で彼らは他の異教徒たちとほとんど変わらないことが分かった。メンバーには年老いた女と親のいない子供が多い。肉体的に健康な大人の男は先住民集落を離れたがらないらしい。先に冬の食糧について触れた通り、場合によっては食糧に窮した先住民が神に頼るという事情もあることを閣下にはご承知おきいただきたい。新改宗者たちは、その改心が真実であろうとなかろうと、病気と倦怠に陥りがちである。ガルシス神父によると彼らの間では死産が多く、男女ともに原因不明の衰弱や死が頻繁に見られるという。自分たちの土地を離れたことで、彼らが生きていくのに必要な特殊な蒸気が失われているのではないか、と神父は原因を推測している。

ガルシス神父は教え子たちを統御する意図も能力も全く持ち合わせていないようだが、規律が完全に欠けているというわけではない。私が教会に滞在したとき、一人の兵士が先住民の女に対して汚らわしき罪を犯した罰として家畜小屋につながれているのを見た。先住民が何人か、姦淫、仮病、窃盗の罰として、足かせをされているのも見た。その様子は賞賛に値するけれども、概して新改宗者の間には、放縦と不適切な行為に対する寛容が見受けられる。その唯一の例外はミサである。ミサの間は軍曹が常に通路を歩き、しゃべったり、立ち上がったりした者を鞭で打つ。

ガルシス神父は信徒が教会の十字架を勝手に紐で飾るのを許しているが、たばこや鹿肉をぶら下げるような偶像崇拝的慣習は禁じている。拙見を正直に申し上げるなら、その両者の区別はあまり明確でなく、そのような捧げ物は全て禁じる方が望ましいと思うが、神父の意見はそれと異なり、信徒の捧げる紐を正しい信仰へと至る踏み石と見なしている。我らの神聖なる宗教の原理に対する新改宗者の理解は原始的だというのが私の印象だが、その原因は、教える側の熱意が足りないというより、彼らの知的理解力の問題である。ガルシス神父は彼らの言語で公教要理を教えようと英雄的な努力を傾けている。「真正なる神はただ一人であること」「私たちの目に見えるもの、見えないものの全ては神が創りたもうたこと」「神は聖なる三位一体であること」「神の子が聖母マリアの胎内に宿り、受難し、死んだこと」「全てのよきものは天にあり、地獄は業火の世界であること」などを彼がさまざまな喉音を混ぜながらくどいまでに説くのを、私は何時間も聞いた。若い男たち（神父が特に目をかけている者たち）の中には、教えをしっかり頭に叩き込み、それを復唱することさえできる者もいるが、単に従順で、過ちを犯さず、キリスト教信者としての義務を全て果たすだけでなく、心の底から教えを信じることが大切なのだという神父の言葉を理解しているかどうかは疑わしい。ガルシス神父も、新改宗者の中で本当の懺悔《ざんげ》をしている者はわずかしかいないことを認めている。進んで懺悔をする先住民はほとんどおらず、告解聴聞室を見ただけでおびえ、中に入ろうとしない者もいる。しかしながら、死にかけている者の懺悔をガルシス神父が拒否することはまれだ。彼の言葉によると、全ての者に黄泉路《よみじ》の糧を与えなければならない。

　ガルシス神父は結婚前の素行調査を厳しく行い、新郎と新婦に真実を問いただし、嘘をつけば地獄に落ちると教えるのだが、肉体的な罪は野蛮人には深遠なる謎に見えるらしい。このことだけ見ても当然と思われるだろうが、親が子供を正しく教育し、鞭でしつけるように、神もよき神父が鞭を振るうのをお許しになるはずだ。彼らは野生のけだもののように、裸体を恥じることがない。一人の女が教会を離れ、もう人に見られていないと思った途端、脱皮する蛇のごとく着物を脱ぎ捨てるのを私は目撃した。ガルシス神父は信徒がそのようなことをするのを見ると、いつも厳しく鞭を振るう。とはいえその際も、彼は子供らよりも自らを戒め、彼の位階で定められた日のみならず、毎日自らの肉体を鞭打つ。先住民は何かにつけ、驚くほど無知である。近くの集落に住むパパゴ族は最初の頃、スペイン人の中に女がいないのを見て、神父の率いる一団はラバの子孫だと思い込んでいたようだ（ラバは雄ロバと雌馬との交配による一代雑種なので繁殖力がない）。

　ガルシス神父は昨年、トゥブタマでの療養中、辺境《フロンティア》にある異教徒の国を巡った記憶を綴っているが、私が神父との会話から得た印象では、記述は大半が正確ではあるものの、手記からは多くの細部が――とりわけ、そのような旅に当然伴うはずの肉体的、精神的苦難に関する詳細が――省かれている。手記によれば、彼はヒラ川とコロラド川の河岸に暮らす二万五千を超える先住民と出会い、彼らに洗礼を施し、改悛させ、神の御言葉とスペイン国王ドン・カルロス三世への忠誠を受け入れる準備をさせたとのことだ。注意すべきは、ガルシス神父はしばしば単独で、理性ある人間から何百リーグも離れた土地へ旅に出ていたという点である。聖なる貧困を喜ぶ態度にもかかわらず、彼は人目を離れた場所で自らへの戒めをいくぶん緩めていたのではないかと私は考える。彼が最近自らに最も厳しい戒律を適用しているのはおそらくその反動であろう。彼は繰り返し熱心に断食修行を志願しているが、自己への厳しさが尋常でないため、サンタクルス・デ・ケレタロ使徒団団長が彼の申し出を三度も拒絶したところでもある。神父は結局、もっと健康への影響が少なく、教会での任務遂行の邪魔にならない別の修行を命じられた。

　ガルシス神父はコロラド川の向こう岸があまりに荒涼としていること、そして神がそこに置きたもうた大きな障害の数々に驚いたことを記している。水はほとんどなく、時には砂漠に井戸を掘らなければ得られない。あるとき、彼はそのような砂漠の水場で敵対的なジャマジャブ族の一団と遭遇した。身を守る手段を何も持たない神父が殉教を覚悟したとき、神の送りたもうた霊感に従い、丸めて木の筒にしまっていた絵――聖母マリアとその子を描いた絵――を広げて彼らに見せた。聖母を目にした先住民たちは大層驚いて遁走し、彼はその後、ゆっくり水を飲めたという。彼は間一髪で救済を得たこの瞬間を祝して、井戸を「運命《カイロス》」と名付けた。放浪の最中に神によって与えられたもう一つの徴《しるし》は、三つの大きな尖った石から成る構造物である。父と子と聖霊の三位一体が神の慈悲と恩寵の象徴として砂漠にそびえていたらしい。彼はその場所で、人の形をした天使と出会い、会話をし、ある秘密を明かされた。彼の中にはいまだにこの遭遇による動揺が残っているようで、その話を私にしかけたときも、黙っておいた方がよいこともあると言って、話題にしたことを謝罪した。私はぜひ話を続けてほしいと言ったが、彼は拒否した。彼はおそらく遭遇した相手が主《しゅ》の使いか、敵の使いか確信が持てないのだろう、と拝察する。ガルシス神父は神秘的な経験を語りたがらないが、かの有名なアグレダ出身のイエズスのマリアについて言いたいことがいろいろあるに違いない。彼女もアルタ・カリフォルニアの異教徒に教えを説くよう、天使によってその土地へ運ばれたと伝えられているからだ。彼自身、ジャマジャブ族やチェメグアバ族の長老と直接話し、百年前に彼らの村に現れ、全能の神の御名において祝福を授けた〝空飛ぶ司祭〟のことを聞かされている。既に過去に説教師たちが辺境を訪れ、異教徒の魂を彼の来訪に備えさせていたのだ――ガルシス神父は方々を旅しながら徐々にそう確信を深めた。そして、我々が領土を広げ、ソノラとアルタ・カリフォルニアの布教活動をつなぐことができた暁には、きっと大きな霊的目覚めが訪れると彼は考えている。

私は、聖ザビエル・デル・バック教会に来てから二か月となる本日、トゥーソンの要塞に向けて旅立ち、かの地で閣下の指示を待つ。二つの些細な出来事があり、ガルシス神父との関係にひびが入ったため、この地にはもはや留まれなくなった。私のラバ追いが一人、トルティーヤとリボンを餌にして、先住民の若い女と肉体関係を持った。神父はその件で私に責任があると言う。また、革製の馬具を盗んだ新改宗者を私の従者が鞭打った際、あまりに熱が入りすぎたのも私の責任にされた。ガルシス神父は、その男が死んだことで仲間が騒ぎ、不機嫌になったと言った。私は問題の男に革の鎧で完全武装させて、八日連続で警備の仕事を命じた。夏の暑さの中では充分に重い罰だ。しかし、神父はそれで満足しなかった。彼はフランシスコ会士特有の傲慢さを持っており、表向きには謙虚に振る舞いながら、自分の権力が脅かされたり、ないがしろにされた途端に激高するのだ。これはどこの土地でもあること。フランシスコ会の権威を脅かす行為は聖なる使命への攻撃と見なされる。要塞の隊長はガルシス神父が新改宗者を労働力として送ってよこさないせいで、兵士が肉体労働に駆り出されている、と不満を唱えている。粉ひき、日干し煉瓦造りをしている現状は、スペイン人の沽券に関わる、と。

ガルシス神父がいかなる人物かは充分に分かった。真に貧しさに寄り添う神父は完全に神に信を置いている。彼は、自分の子と呼び、どうやら純粋に愛しているらしき先住民たちとの会話から、必ずしも真のキリスト教的友愛とは言えない大きな喜びを得ている。多くの挫折を経験している彼は、パパゴ族やピマ族の間で自らが果たす役割をしばしば、銀の抽出のために鉱石を砕く作業になぞらえる。彼は散らばった羊の群れをこのまま自分一人で導くことを望み、教会を中心とする開拓地の地位を引き上げることには一切興味を抱いていない。いずれにせよ、少なくともまだ数年、実際に開拓地の規模が拡大することは想像できないけれども。先住民が自分の利益を高める行動を取ることは不可能であり、この土地の世俗化が適切と判断できるまでにはまだ時間がかかるだろう。

教会と国家という双方の顔を充分に立てた上で、我らが君主は臣民に対し、これまでに多くの賢明なる宣告をなさいました。閣下が現に占める地位へ任じられたのも、その一例でございます。やんごとなき閣下におかれては、私の任を解き、この九か月離ればなれとなっているベラクルスの妻子のもとに戻らせてくださるよう、賢明なご判断をいただけるものと信じております。本報告書によって閣下がなにがしかの情報を得られることが私のささやかな望みでございます。

敬具

閣下の最も従順なる忠僕
ベラクルス郷士、フアン・アルヌルフォ・デ・フローレス・イ・ロハス拝
トゥーソン要塞にて、一七七八年八月二十一日

二〇〇八年

　ジャズは一瞬、息子がいなくなったのかと思った。しかし彼は汚れたウサちゃん《バニー》を引きずったまま、寝椅子に横たわるみすぼらしい若者を見守るかのようにプールのそばに立っていた。ジャズは濡れたタイルに滑らないよう用心しながら、急ぎ足で中庭を横切った。明らかに周囲を全く気に懸けていないラージは両方の手を拳にし、少し体を揺らしていた。例によってまるで頭を腋に埋めようとするかのように、苦しそうなほど首をS字に曲げている。若い男は横を向いてだらりと寝そべり、コンクリートの上に転がる空のテキーラ瓶に向かってやせぎすな腕を投げ出していた。彼はウィリアムズバーグ辺りで自転車に乗っているのを見かける今時の若者のように、ぴたっとした派手な服を着ていた。どうやらかなり深く眠っているらしい。見れば見るほど、好感が持てなかった。もつれた髭、首の片側に彫られた入れ墨、ズボンに付いた血の染み。まるで地面を転げ回ったみたいに、髪にも肌にも土が付いている。とそのとき、男が目を覚ました。二人がすぐ横に立っているのを見て、驚いた様子だった。ジャズは当たり障りのない表情を顔に浮かべようとした。

「すみません。この子がお休みの邪魔をしませんでしたか？」

「え、いいえ」。男の発音には訛りがあった。彼は顔をこすり、体を起こした。「ちょっとうたた寝してただけなんで」。イギリス人か。ひょっとするとオーストラリア人。

「おいで、ラージ」。ジャズがなだめるように言った。「ママが待ってるよ」

　ラージは少し体の揺れを大きくしただけで、動こうとしなかった。男が彼の方へ身を乗り出し、歯並びの悪い口を開いた。「分かったかい、坊や？」。当然、ラージは返事をしない。男は再び寝転がり、手で太陽を遮りながら、空を見上げた。ジャズはすえた汗の臭いに気付いた。この男は本当にモーテルの客だろうか？　ひょっとしたらハイウェイから迷い込んだだけの人間なのかも。

「おとなしいんですね、息子さん」

　ジャズはラージの病状についてこの人物と詳しい話をし

たいとは思わなかった。

「ええ。知らない人の前ではこんな感じで」

「へえ」

「オーケー、坊主。行こう。パパと行くぞ」

ラージは拒んだ。手をつなごうとするジャズに手を握らせず、抱きかかえられると今度は最も効果的なやり方で抵抗し始めた――ジャズの腕の中で魚のように身をよじり、力を抜くのと体を硬くするのを交互に繰り返すのだ。

「やめなさい。パパと一緒に来るんだ。パパはおまえに用事がある」

男は二人の格闘を見ていた。ジャズはその目を気にしないように努めた。彼はラージの父親として、いつもこういう場面を苦手にしていた。いつもみっともない騒ぎが人目を集めてしまう。二人はどうしても普通の家族みたいになじめない。リサは彼よりもしっかりしていた。けれども、それはある意味、当然のことだ。彼女は一日中ずっと、子供と一緒にいるのだから。ジャズは少なくとも日中は子供と離れ、仕事に行ける。


この四年間、平日は毎朝、ジャズは罪悪感を覚えてきた。玄関の扉を閉め、地下鉄に向かうときも、キオスクで『ニューヨーク・タイムズ』を買うときも感じる後ろめたさ。ラージの容赦ない癇癪《かんしゃく》から離れるときはいつも、心が安らいだ。面倒なことをやるのはリサだ。彼にはそれが分かっていたし、彼が分かっているのを彼女も知っていた。そしてそこに最初のひびが入り、二人の喧嘩が始まった。ラージが生まれる前、二人はうまくやっていた。息子のいる父がそう考えるのはひどい話だが、それは真実だった。仕事の忙しさ、口の悪いトレーダー、バックマンが最近考え出した黙示録的なプロジェクトに君も参加しろと言うフェントン会長からの圧力などにもかかわらず、家で待ち受ける子供に比べれば、会社は静穏のオアシスだった。玄関の鍵を開け、ただいまを言い、リサの顔色と態度から今日一日がどれだけひどいものだったかをうかがい知るときの、陰鬱な気分。ラージは生まれたときから、乳を飲みたがらなかった。抱かれることも嫌った。歯が生えると、動物のようにリサの乳首を嚙んだ。リサは彼のせいで人が変わった。そして、うつろな目をした泣き虫になった。スウェットのズボンを穿いて、分厚い靴下を履く、顔色の悪い女。かつてきれいだったブロンドの長い髪も今は頭に貼り付いていた。これは僕の子じゃない、とジャズは考えることがあった。もしも本当に息子なら、僕の美しい妻にこんな仕打ちをするはずがない、と。

いつも同じことの繰り返しだ。ノートパソコンの入った鞄を置き、妻に手を貸そうとする。いいよ、僕がやろう、その子は僕に任せて。ラージが新たに考え出した意地悪の話、抱いてもなだめても言うことを聞かなかった話を聞かされる。以前は赤ワインをこぼさないように注意していた非実用的な白いソファ——今では裏ごしした人参が飛び散り、染みだらけだ——に座り、リサの怒りを、黙って吸収する。彼女が大声で叫ぶのは、彼がそこにいるからだ。他には誰も理解してくれないから。その後、泣く彼女を彼が抱き締め、その髪の匂いを嗅ぐ。そこには赤ん坊の大便とミルク、そして彼が憎しみを抱くようになった神秘的で独裁的な甘草の匂い——つまり息子の匂い——が混じっていた。

ラージは普通の赤ん坊ではなかった。それは最初から明らかだった。彼は眠らず、ペンキ塗り立ての子供部屋に置かれた新品のベビーベッドに横たわったまま、獰猛かつ原初的な声で目いっぱい、絶え間なく泣き叫んだ。その声はまるで、壁に描かれた動物や、モビールやぬいぐるみで派手に飾られた仕切りの中で暮らさなければならないことに憤っているかのようだった。最悪なのはなだめようとする両親を頑なに拒む態度だった。リサにはそれがいちばんこたえた。ジャズ、あの子、びくっとした。私が抱こうとしたら、びくっとしたのよ。それは君のせいじゃないと彼は言った。君はいい母親だ、偉いよ、と。彼がそう言い、髪をなでると、彼女はそんなことはないと言った。赤ん坊が怖がっているのに、どうしていい母親なんて言えるわけ? 彼はその問いには答えられなかった。彼は答えられない問いが苦手だった。

そういうことは時々ある、と産婆は言った。ラージもすぐにおとなしくなる。赤ん坊は一人一人違う。親が経験することは赤ん坊によって違うし、それぞれがやりがいのある試練なのだ、と。ジャズはラージのことを〝やりがいのある試練〟とは思わなかった。狐か猫のような、人間離れした叫び声。ジャズが顔を近づけたときにラージが見せる野性的なおびえ。彼の母親はラージのような子供を指すパンジャブ語の言葉を知っていたが、ジャズは家の中でその言葉を口にするのを禁じた。

夫婦は何日も続けて眠れないことがあった。外にも出掛けなかった。玄関には千ドルもするベビーカーが、ハンドル部分のビニールもはがさず未使用のままで置かれていた。そこには二人が新生活に抱いていた全てのイメージがあった――彼女はスカーフ、彼は帽子を頭にかぶり、手をつないでプロスペクト公園を歩きながら二人で思い描いた夢。いかにもアメリカ的な家庭。二人はまだ、子供をそのベビーカーに乗せたことさえない。ジャズは育児休暇を一か月に延ばしてもらった。上司が技術者を家によこして、書斎に仮想プライベートネットワークを設置した。トレーディングシステムにつながれ、取引画面を表示する端末だ。彼は二階でデスクに向かい、最新データの変動を眺めながら、一階の混沌を聞いた。二か月後、彼はオフィスに呼び戻された。リサは理解した。ラージは彼女の仕事だ。要は、二人のうちどちらが社会で多くの金を稼げるかという問題だから。彼女の姿は幽霊のようだった。

二人はもちろん、子守を雇った。かなりの高額で業者に女を紹介してもらった。それはジャマイカ系の地味な中年女性で、名前はアリス、厳格な人物だった。彼女は三週間後に仕事を辞めたいと申し出た。プエルトリコ出身のエレナは若くてセクシーだった。彼女は台所のラジオをレゲエ専門の局に合わせ、アイロン台の前で踊った。ヤナはスロヴァキアからの留学生。もう一人、たった一週間で辞めたドミニカ人もいた。誰も長続きしなかった。全員、ラージが追い払った。

最初の二年はそんな暮らしが続いた。ジャズは以前、渓流ラフティングの最中に転覆を経験したことがある。パドルを握って水しぶきに突っ込んだ次の瞬間、体が水中で回転していた。まさにそれと同じ感覚を彼は味わった。突然陥った窮地。ラージに正式な診断が下る頃には、もはや驚きではなくなっていた。二人は二度目の誕生日の直前、息子を小児科医に診せた――三人目の、新しい小児科医に。医師は子供に簡単な質問を二つ三つし、物を指差すように言い、おもちゃの電話機で電話をかけるふりをした。ジャズはそのすぐ後、レキシントン通りを吹き抜ける十二月の風やミッドタウンの往来、歩道を行き来する人の波をものともせず、病院の外に立っていた。息子は自閉症だった。確率はどれほどなのか？　彼は正確に知っていた。七〇年代には一万人に一人。今ではそれが、百六十六人に一人になった。ジャズはあらゆる破局を予測し、証券売買に生かすための計算モデルを作ることで生計を立てていた。それがこのざまだ。グラフも時系列値も存在しない事件。リスクを全くヘッジされていない立場。

ダッシュボードの小物入れには、ジャズの母親からの新たな贈り物――今までのものと変わらないプレゼント――

が入っていた。包みには母自身が書いたのではない、のたくるような手書きの文字（彼女はパンジャブ語も英語も書けなかった）。中には、カジャル（インドで女性や子供が目の周り・額などに塗る化粧用の黒い粉）の入った小さな包みとロケットペンダント、そしてスクウィンデルマッシ伯母が書いた手紙が入っていた。手紙に書かれていたのはいつもと同じ繰《く》り言。ラージをボルティモアの実家に連れてきて、占星術師に見せなさい。ラージの額にカジャルを塗りなさい。お守りのロケットを首に掛けさせなさい。子供に取り憑き、正気を失わせた災いの元を払うための祈禱師を探しなさい。

ジャズの息子は恥ずべき白痴《パーガル》。この問題は一族で解決しなければならない。それは子供に同情するからでも、ジャズを愛しているからでもなく、マサル一族の家名を汚す事態だからだ。もしも年配の親戚たちの自由になるなら、子供は今頃どこかの天井裏に――詮索好きなパンジャブ人の目、噂好きなパンジャブ人の口から離れた場所に――監禁されていたことだろう。伯父や伯母は皆、ジャズが白人女と結婚することで家名に傷をつけた結果、どんなよからぬことが起きるか心の奥で分かっていたと言う。

もちろんリサはある程度、自身と彼の育ちの間にある〝文化的相違〟（ディナーパーティーで用いられる、あの口先だけのフレーズ）に理解を示したが、彼が自分の一族と彼女をつなぐためにどれだけ苦労しているかには全く考えが及ばなかった。彼の父母はともにインドのパンジャブ州ジャランダル出身で、ありえないほど幼い年齢で互いに結婚することを定められ、子供時代は小さな村の小麦畑やアブラナ畑で一緒に遊んだ。結婚から三日後、父は、ボルティモアの東部で暮らしていたマルキット伯父のもとに引っ越した。伯父と父はレマンスキーというポーランド人が所有する自動車修理工場で働いた。一族の伝説によれば、レマンスキーは典型的な白人のボスだった。貪欲で横暴な彼は、マルキットとマンミートの残業代をごまかし、彼らの宗教を馬鹿にし、つたない英語をからかった。実際のレマンスキーは必死に生きようとしていた普通の男で、近所の住人が変わったことに困惑し、彼が払える安い賃金で働いてくれるのが肌の浅黒い人間ばかりだということに弱り切っていただけかもしれない、とジャズは思った。自動車部品とエンジンオイルばかりを二年扱った後、父は修理工場を辞めて、電動工具を組み立てる工場に勤めた。その後間もなく、父は母を呼び寄せた。アメリカに来た母を最初に待ち受けていたのは、数百人の黒人女性と一緒にキャンディーバーを包む工場だった。彼女は他の従業員と交わらず、食堂でも、少数のパンジャブ人と一緒に隅のテーブルに固まっていた。ジャズはその光景を頭に描くことができた――長い三つ編みを衛生用ヘアネットに入れ、注意深く弁当箱に詰められたカレー《ダール》とパン《ロティ》を食べながら、辛辣な言葉と迷信で新世界と黒人を遠ざける女たち。

それが当時の流儀だった。必死に働き、黒人とは付き合わない。実家に仕送りをし、結婚費用や農機具を買う金に充ててもらう。二階建て、あるいは三階建ての新しい煉瓦造りの家を建てさせて、何々さんの家の息子はアムリカなりイギリスなりに行っているのだと隣近所に見せびらかす。ロンドン、ニューヨーク、バンクーバー、シンガポール、メリーランド州ボルティモア――世界のどこにいようと、そこは〝われらがパンジャブ《アブナ》〟だ。国際的なフランチャイズ。心の中のアブラナ畑。全ての大都市は金を稼ぐための工場であり、そこにある高層ビルや公園や美術館は、寒さを防ぐために身をくるむ電気毛布のような、垢抜けしない感傷的幻想にすぎない。

伯母たちは全員、ジャズの母と同じ職場で働くか、ジョンズ・ホプキンス大学で清掃係をするか、コンドーム工場で流れ作業をしていた。伯父たちはタクシーの運転。二人の娘の後、待望の男児ジャズが生まれたときには、一族はシク教寺院に近い田舎に引っ越していた。寺院は窓にカーテンの掛かった個性のない建物で、扉には手描きの看板が掲げてあった。そこが彼らの社会生活の中心であり、結婚式とお祭りの開かれる場だった。狭いアパートや長屋に数十人が押しかけ、床に座り、宗教賛歌を歌う。模様入りの絨毯の上に広げられた白いシーツ。金色のプラスチック枠に収め、花で飾られた導師《グル》の写真。新品のシャツ《クルタ》を着せられ、箱入りで育てられたジャズはそれ以外の世界が存在するとは思いもしなかった。彼が胸に手をやり、十字模様になった木綿の襞《ひだ》をなでながら、歌を歌う人の列を掻き分けて台所へ行くと、そこには油の匂いが立ちこめ、絹を着た女たちの脚が林のように並び、どれかの裾を引っ張れば、ヘンナで彩色した手が伸びてきて髪の束を直してくれたり、食べ物を一口くれたりする。大事に男児を育てるためのシャボン玉《バリア》。彼は砂糖菓子をもらったり、頬をつねられたりしながらも、大きくなるにつれ、その泡が被害妄想《パラノイア》的で、もろく小さなものだと悟った。警官の姿を見たり、玄関に郵便配達人が現れたりして、外の世界と軽く触れただけで泡は弾けた。母は首を横に振り、スカーフで顔を覆い、英語を話せる子供たちを呼んで、制服姿の白人の用件を訊かせる。故郷での収税吏や地主の子分のことを思い出し、男が何かを奪いに来たのではないかと常に疑いながら。

ジャズには両親がそれほどおびえている理由が理解できなかった。彼はパンジャブでなく、ボルティモアに生まれ育った。彼が通う学校で大きな顔をしているのは、アメリカの黒人だ——彼の一族同様に根っこを持たない家に生まれたソマリア人やフランス語話者ではない。彼は英語を話し、学校では忠誠の誓いを唱え、五十州の州都を覚えている。たくさんの白人の子供とも会っている。アメリカ人ばかりでなく、スロヴァキアやポーランドやウクライナからの新しい移民とも。ラテンアメリカ系移民とも。彼をはじめとする、ベトナム人、パキスタン人、イラン人、タミル人などの〝アジア系〟はいずれも個別に徒党を組むほどの数はおらず、学校内階層においてはほとんど力を持っていない。しかし彼は、妙に髪が長く、やせっぽちで茶色い肌をしていても、やはり自分はアメリカ人だと感じていた。スポーツと言えばクリケットでなく野球。彼がウォークマンで聴くのは全米トップ40《フォーティー》。彼が家族と一緒に公園に行くと、大きな世界が目の前に広がる。フリスビーを投げる人、ジョギングする人、日光浴をする人。頭のおかしな老女、ぶかぶかのシャツを着たスケートボーダー。誰もが自由で、気軽に広い空間を共有している。他方で彼の両親は、毛布を敷くことで周囲との境界線を引き、臆病なせいでラジオを持参することさえせず、子供らと一緒に額を寄せ合い、インド風の弁当箱やタッパーに詰めてきた昼食を食べる。

でも、ママ、どうして行っちゃ駄目なの？　ただのロックコンサートだよ、ただの音楽なのに。

お勉強があるでしょ、坊や《ベタ》。

お勉強。いつもそれだ。幸運にも彼は頭がよかった。得意科目は数学と理科。彼は数字を自由に操ることができた。指数や対数のパターンを容易に頭に思い描けた彼には、自分が置かれているのとは違うタイプの人生を思い描くこともできた——休暇で海外旅行に出掛けたり、ピアスをしたり、犬を飼ったり、庭を手入れしたり、ヨットを所有したり、バンドを組んでＭＴＶに出たり、自転車に乗ってベジタリアン専用カフェに行ったり、ドレッドヘアーの彼女といちゃついたりする生活。そんな人生なら、短いスカートを穿いた脚の長い白人娘と出会い、おしゃべりすることができる。今、彼の周りにいるのは、存在しないカレーの匂いを嫌がるふりをして鼻をつまむ女ばかりだけれども。しばらくの間は、同じクラスや近所にいるそういう少女たちが彼の人生の唯一の焦点だった。ベッキー、キャシー、キャリー、リー……。彼女らと寝るどころか、とりあえず仲良くなるにも、越えられない障壁があった。アジア系っぽい変なところ。例えば髪の毛。とりわけ髪の毛。彼は十五歳になる頃には頭に結わえていた髪の束をターバンで覆うようになっていたが、喉元には絨毯のような柔らかい髭、顎には黒く長い髭が生えていた。全く大人っぽく見えないぼさぼさな髭のせいで、ホルモンで乱れた思春期の肌がいっそうひどい状態になった。彼は怪物、最下層民《パーリア》だった。

シク教徒の男子の中には、考えられないことをする連中もいた。散髪屋へ行くのだ。彼らは父親からの殴打と母親の涙に耐えた。おとなしく親の言うことを聞いている兄弟、従兄弟《いとこ》らをあざけるかのように、彼らは何時間も鏡と向き合い、微妙な長さや形に髭を剃り、ジェルを使っておしゃれな形に整えた。そしてギャングのような身なりをし、マリファナを吸い、派手に改造した日本車に乗って首都ワシントンでのバングラダンスに出掛けていく（バングラは英国のインド人の間から生まれたポップミュージックで、パンジャブ地方の民俗音楽を土台にしている）。彼らこそ真の〝パンジャブの虎《シェー》〟、勇者だ。近所をうろつく汚らしい黒い猿や、白人の男と付き合う病んだ女の同類。ジャズには、仮にその勇気があったとしても、彼らの真似はできなかっただろう。彼はガリ勉、数学おたくだった。実家の台所にある冷蔵庫の上には、彼が十六歳だった頃の黄ばんだ写真が飾られていた。統計に関する展示品を作り、市の科学展で賞をもらったときの写真だ。彼はそこに写る自分の目が昔から気になっていた。今いる場所から逃げ出すことだけを考えている、生気のない目。

マサチューセッツ工科大学《ＭＩＴ》のことは誰もが知っていた。ダルジット伯父は何かのツアーでキャンパスを訪れたことさえあった。超一流の大学、最高学府だ。もちろんジャズには奨学金が必要になる。しかし教師たちは、奨学金がもらえる見込みがあると言った。お子さんは例外的だ、才能がある、と。その言葉は両親の耳にどう聞こえただろう。うちの子には才能がある。こうしてジャズがＭＩＴを受験することが決まった。家の中のことは全て、その使命を中心として決められた。テレビの音は消された。食事はトレーで運ばれた。母と姉たちは、移民が乗る月ロケットの打ち上げに従事する地上要員のように慌ただしく動き回った。彼は自分のことにかかりきりで、今まで姉たちの夢に同じエネルギーが注がれなかったのを不思議に思うことがなかった。病院の洗濯係になる前、シータルは何を夢見ていたのか？　あるいは、母と一緒にチョコレートバーを包んでいるウーマは？　二人とも成人する前に結婚していた。奨学金なんてなしだ。アマーディープ伯父とバルデヴ伯父がいただけ。

彼は必死に勉強した。物理的なレベルでは、エネルギーと物質は扱いやすかった。女の子みたいな高次の現象と違い、物理の問題は公式で手なずけることが可能だった。彼の大学進学適性テストのスコアは飛び抜けていた。そして彼はある日、蠟纈《ろうけつ》染めのネクタイとマルキット伯父のお下がりのスーツを身に着け、ＭＩＴのキャンパスを歩いていた。シータルの見事な腕前で仕立て直されたスーツは、居間のソファに並んだ家族の意見によれば〝とてもおしゃれ〟だった。勉強熱心な態度のおかげか、あるいは紛れもないマイノリティー的資格のおかげか、入試委員会は感銘を受け、彼は好成績の維持を条件に満額の奨学金を与えられ、一家は歓喜した。鷲《イーグル》は舞い降りた（アポロ計画で、11号の着陸船イーグルが月面に降りたときに用いられたフレーズ）。

九月のある朝、腰まである髪を鮮やかなピンク色のターバンにくるみ、首に花輪、額に赤い斑点《ティカ》を付けた彼は、インダーパル伯父が運転するタクシーで駅まで送り届けられ、新しい人生に向かう列車に乗せられた。母は既に将来の嫁のことを口にしていた。

ケンブリッジで彼が最初に――寮を見つけるよりも、授業の登録をするよりも先に――したのは散髪屋探しだった。学生証には絶対に新しい自分の写真を載せたかった。そしてその新しい自分は最初の夜、坊主刈りの頭をなで、今まで知らなかった頭蓋骨の形を確かめながら、涙をこらえていた。翌日彼はためらいがちに、今までと違うキャラクターを考え始めた。大学キャンパスのドームや塔で暮らしていくのに、ジャスウィンダー・シン・マサルよりもふさわしいキャラ。名字なしのジャズとして生まれ変わった彼は、インド系の集まりや出会い系コンパ、民族系同好会など、今逃れようとしている恥辱を思い起こさせるあらゆるものを避けた。ルームメイトのマーティーは、ボルティモアにいた頃の彼がレンタルビデオの若者向けコメディーでしか知らなかった活動にジャズを引き入れた。二人はビールを一気飲みし、マリファナを吸った。二人が出掛けた騒々しいパーティーでは、水着かシーツみたいな格好で現れた連中が、二階の寝室で体をまさぐり合っていた。ジャズはある日、そんなパーティーで童貞を失った。相手の女の子の名はアンバー。彼が昔から夢に見ていたタイプの白人娘だった――ただし、レッドブルとウオツカでへべれけに酔っ払っていたけれども。彼はその後、彼女を好きになり、二週間ほど追い回したが、最後には彼女に釘を刺された。あれは一回限り《ワンタイム》のことだったのだ、と。彼はマーティーにその言葉の意味を尋ねた。あんまりいい意味じゃないな、というのがその答えだった。彼女は他の白人娘たちと同じで、ただの汚らわしいあばずれ《ガンディ・ルンディ》だったんだ、とジャズは自分に言い聞かせた。

　こうして、最初の学期が終わりかけた頃、彼が両親と向き合い、自分がやったことをパンジャブ世界に見せなければならない機会が訪れた。従兄《いとこ》のジャティンダーがフィラデルフィアで結婚することになった。彼も否応なく出席しなければならない。少なくとも、おかげで一度で話が済む、と彼は思った。彼がホテルの宴会場で開かれている披露宴に現れた場面は劇的だった。外で来客に挨拶をしていたマルキット伯父は最初、それがジャズだと分からなかった。ジャズが挨拶をすると、マルキット伯父の目が丸くなった。両親は文字通り一言も言葉が出なかった。母は彼を抱き締める代わりに、驚愕の表情を浮かべたまま距離を置いて見つめた。父は握手をしようとさえしなかった。その後、ジャズに続いてトイレに入った彼は、苦悩の形相で息子の胸ぐらをつかんだ。そして長い間、必死に言葉を探していた。ジャズは、いつ殴られるかと身構えた。「まるでチンピラだな」と父は力なく言い、手を離した。

　姉の夫バルデヴが一族代表として、彼に説教をしに来た。おまえがそれで幸せならいい。毎日汗水垂らして働き、犠牲を払った両親の顔に唾《つば》を吐きかけて楽しいならそれでいい。ご両親の自慢の息子だったのに、家を出た途端に宗教を捨てたのか。おまえはもう大人だ。おまえの決めたことだ。自分の文化を守るのが大変なことは——特にこの罰当たりなアムリカでは大変なのは——俺にも分かる。でも、おまえにはこれがどれだけ残酷な仕打ちか分かってるのか？　おまえのやったことでお母さんの中の何かが死んだ。おまえはお父さんの名誉を踏みにじった。これでお父さんは世間に顔向けができなくなった——自分の息子がもう、猿みたいに通りをうろついて喧嘩ばかりしてる黒いろくでなしどもと変わらないのだから。ジャズは「自分の道を見つけたい」とか何とか、当時気に入っていた言葉をぶつぶつと口にした。

　ジャティンダーの結婚式の後、彼は罪の意識から勉強に打ち込んだ。パーティーへ行くのをやめ、酒を飲まなくなった。週に一度の散髪屋通いを除いては、両親の犠牲を自覚する、よきシク教徒の子供に戻ろうとした。やがて、母の方から沈黙を破り、休暇中に実家に戻らないかという電話がかかってきた。帰らない、と彼は言った。勉強があるから。勉強が許す限り家に顔を出すと彼は約束したが、次の二年間、帰省はほとんどしなかった。

人の気持ちに鈍感なマーティーには、弟子がパーティーについてこなくなった理由が理解できなかった。彼とジャズは疎遠になった。ジャズは二年目に違う友人たちを見つけた。彼はヨーロッパの小説を読み、ラバランプを買った（ラバランプは、粘性の輝く物質が形を変えながら中で動く装飾的なランプ）。昼夜を問わず、紫色のレンズが入ったジョン・レノン風眼鏡を掛けた。木の下に腰掛け、誰かが声を掛けてくれるのを切望しながら、読書するふりをした。そんなふうにして、初めての本当の恋人と出会った。生物学専攻でゴスっぽい雰囲気のリンジーは彼を、周囲との軋轢《あつれき》に苦しむ知識人として受け止めているようだった。交際は約二年続いた。キャンプに行ったりレストランで食事したりという、二人がやった単純な事柄はジャズに、より大きなアメリカという世界にはやはり素敵なものが存在する――彼の性的幻想よりも豊かなものがある――ことをはっきりと認識させた。

新しいジャズは一家にとって理解しがたかった。朝食の席で『ニューヨーク・タイムズ』紙を読み、ビル・クリントンやボスニア情勢について辛辣にコメントをする彼は、自分が周囲を気まずくさせていることに何となく気付いていた。もし彼がその気持ちを言葉にできたなら、皆の世界を広げようと努力しているのだと言っただろう。ある夏、彼は従兄のマダンが経営するコンビニエンスストアで二交代で働き、パスポートを取って、友人とヨーロッパに行った。帰国すると、車で家に戻り、何も考えずに繁華街のデリカテッセンに行き、いくつかの買い物をして、母の冷蔵庫にそれをしまった。母が腹を立てたのは見慣れない食べ物（カマンベールチーズやボローニャソーセージ）に対してだけではなかった。それは彼女の縄張りへの侵略であり、彼女がする家事への暗黙の批判だった。彼が今いるのは母の家だ。彼に食事を与えるのは母の仕事。自分の物が全部ゴミ箱に捨てられたのでジャズは腹を立てた。それから、今いる場所を思い出した。ここでは豆の缶詰を温めるだけで挑発行為になる。

彼は休暇中に撮った写真を現像し、父にエッフェル塔やブランデンブルク門を見せた。彼は父が興味を持つのを期待し、あるいは少なくとも、息子がそんな異国を訪れたのを誇りに感じるだろうと思っていた。彼はナポリで覚えた少し下品な言葉を繰り返し、父を笑わせようとしたが、父は意気消沈した様子だった。ジャズは当時、その態度を非難だと解釈していた。後に彼はそれが一種の悲嘆だったことに気付いた。父は息子の気持ちが理解できないのを悲しんでいたのだ——短パンとTシャツを着て、坊主頭で笑顔を浮かべ、日焼けした白人青年と一緒に酒を飲み、ステーキとフライドポテトを食べている息子の写真を見ながら。

リンジーは彼と別れた。彼の人生に入っていきたかったのに、彼がそれを拒絶した、というのが彼女の言い分だった。彼はそうじゃないと説明しようとした。白人娘を家に連れて行く、ましてや恋人として家族に紹介するのがいかに不可能なことか、どうすれば説明できるだろう？　彼の友人も誰一人、彼の両親には会っていなかった。父と母が二、三度ＭＩＴを訪れたときも、彼は二人のキャンパス滞在時間をできるだけ短くするようにした。彼は拷問のような昼食に耐え、レンタカーで町を案内した。二人は息子の話に耳を傾け、ずっと丁重に振る舞っていたが、帰りの時間が来たときには、明らかにどちらの側もホッとした様子だった。

こうして家族と距離を置いた彼の生活が続いた。彼はＭＩＴに大学院まで残った。一つにはそれで、職業を選ぶ時期を遅らせられるから。彼は昔から、実験よりも理論の方に興味があったので、指導係《アドバイザー》が彼を量子確率論の領域に向かわせた。彼はそこで、物理的世界の説明において競合している数学モデルを調和させ、正確性と不確定性とが接する部分で人生を理解しようと努力した。

まるで当時、彼が不確定性の持つ真の意味を理解していたかのように。

子供は今、四歳。言葉を話さない。人と目を合わせることもない。トイレトレーニングもできていない。そして、ジャズは安モーテルのプールサイドでその子供と格闘している。彼がこんな場所に今いるのは——家族に最高の物を買い与えるだけの金はあるのに安モーテルに泊まらざるをえないのは——彼とリサが昔泊まっていたようなロマンチックなホテルが面倒を嫌うからだ。いつも同じパターン。フロントからの電話。もっとお子様に優しいホテルをお探しになった方がよろしいのでは、という控えめな提案。ＬＡ国際空港からの途上でも、最初はホテルに入った。客室主任がやって来て部屋の扉をノックした。問題はございませんか？　おくつろぎのところをお邪魔して申し訳ありませんが、別のお客様から苦情がございまして。

休暇どころじゃない。ラージのせいで一睡もできなかった。朝の五時、一晩中眠れず、腹を立てていた二人はホテルを出ることにした。車を走らせていると、ハイウェイから看板が見えた。ドロップ・イン。空室あり。時刻は十時近かった。三人は朝食を取っていなかった。ジャズにはそれ以上先に進む気力がなかった。こんなモーテルならきっと誰も彼らをさげすんだりしない。フロントの女性は礼儀正しかった。おそらく普段から、もっとややこしい客に接しているのだろう。彼は用心のために、建物の端の二部屋を借りた。寝泊まりするのは一部屋で、隣の部屋は遮音のため。こうすれば誰も、彼の息子が立てる騒音を薄い壁越しに我慢しなくてもいい。

「行くぞ、ラージ。ママの荷ほどきを手伝おう」

彼は息子を持ち上げ、荷物のように脇に抱えた。ラージは当然のように叫び始めた。極限まで増幅した単調な悲鳴。ジャズは一瞬、息子をプールに投げ込み、彼が底まで沈んでいく場面を想像した。怒りに満ちた顔がさざ波の下に消え、後に沈黙が続く。

一九五八年

ジョウニーはあまりのまぶしさに、目の上に手をかざさずにいられなかった。彼女は全体をよく見渡すため、大変な暑さの中、崖によじ登っていた。サンドレスがべとべとと体に貼り付き、麦藁帽の顎紐を汗の滴が伝うのが感じられた。だが、そんなことは気にならなかった。辺りはそれほど壮観だった！　メスキートとクレオソートブッシュが生える砂漠に雑然と停められた車とトラックとトレーラーの輝き。テントや屋台の間を行き来する人の群れ。何という賑やかさ！　まるでお祭りだ！

娘のジュディーを最後に見かけてから二時間ほど経つことに彼女は気付いた。かわいそうな子。あの子、長いドライブなのに、ずっとおとなしくしていた。ポモーナの郊外で迷い、農夫に道を尋ねたときもぐずらず、「もう着いた？」とも言わなかった。娘は幼いのに、本当に大人だ。立派なレディー。ところで今、何時？　あと十五分で五時。長く伸びた影と夕方の太陽の光。下にはきっと数千の人が集まっている。はっきりした数は分からない。間違いなく六、七千。一万人いるかも。周囲数マイルのモーテルは全て満室という話だ。でも、彼女は元々モーテルに泊まるつもりはなかった。砂漠の星の下でキャンプができるのに、どうして部屋で眠ろうなどと思うだろう。こんなに素敵な星空があるのに！　昨晩、テントを設営しているとき、ジュディーはうれしそうだった。マニー・ヴァーガスが火をおこし、幹部全員でマシュマロを焼いて、歌を歌った。その後、寝袋に入ったとき、ジュディーが空を指差しながら星座を教えてくれたが、ジョウニーは娘ほどたくさんの星座を知らなかった。これもまた勉強リストに加えなければならない。人間はより高い次元とよりよい関係――もっと親密な関係――を築かなければならない、と案内人《ガイド》はいつも言っていた。星の名前もきっとその一つだ。そして、祝福の言葉の残りを暗記して、自分の経験を文章にして、上級マスターに捧げる詩を仕上げて――ああ、しなければならないことが山ほどある！

昼食の後、ジュディーはよその子供たちと一緒に――ちょっとした集団だ――このイベントに集まったさまざまな驚異を探検しに出掛けた。ジョウニーは心配していなかった。円盤族は皆、いい人たちだし、娘は自分のテントの場所を知っている。彼女が下を見下ろしていると、人の流れが微妙に変わり、全体がメインステージに向かい始めたのが分かった。司令部は案内人《ガイド》を通じて指示を送り、ステージをピナクル・ロックの前に作り、白い吹き流しと丸い反射板で飾らせていた。反射板は、ピラミッド形の枠から紐で吊され、さまざまな講演者にエネルギーを伝え、とてもきれいに太陽の光を跳ね返していた。案内人《ガイド》が演説をする予定時刻までまだ三十分あったが、ジョウニーはそろそろ下に下りて支度を始めた方がいいだろうと考えた。彼女は幹部の一人で、彼が演説をする間、緑色の飾り帯とチュニックというでたちで後ろに立っていなければならない。岩山に登った後だから、先に体をきれいにした方がよさそうだ。彼女はコダックのレンズキャップを外し、写真を二枚ほど撮ってから(どうせまともに写っていないだろうけれど)崖を下りた。

すごい一日! 一度で見切れないほどたくさんのものがここに集まっている。いろいろな物を売る人。自分の理論を売り込む人。円盤との遭遇体験を互いに話す人。誰もが信頼と善意に満ちている。そう、その様子ははっきり言って卑屈なほどだ。彼女はこの光景を録画して、身の回りの懐疑的な連中に見せてやりたかった。本物の円盤好きはこんな感じなのだ。当局は、インチキな人々というイメージを人々に植え付けようとしているけれども。全く。彼らが使う汚い手口を考えると、彼女は腹が立った。大衆には、本当に起きていることを知る権利がある。なのに、政府は——私たちの政府は——これ以上ないほど重要な真実を民衆から隠している。彼女は少なくともここでなら、自分でいられる。彼女が勤めるオフィスの上司、ボブ・ラスムッセンみたいに嫌なやつはここにいない。いつもタイプ室をうろつくスケベ親父。ここでは誰も、彼女をからかったり、彼女の研究を馬鹿にしたりしない。明らかになったら誰もが仰天するような秘密がこの世にはある。この砂漠に集まった人たちは、何か大きなことが進行しているのを知っている。

彼女は二列に並んだ屋台の間を歩きながら、日除けの下に辛抱強く座っている売り手の数に驚いた。客は陳列された本やパンフレットや雑誌を気ままに眺めていた。準備のいい売り手は折り畳みテーブルを持参していた。そうでない売り手は、自分の車のトランクを開けてそのまま陳列台にしたり、ピックアップトラックの荷台に物を並べたりしていた。一人の女性は、ウィスコンシンにある自宅の裏庭で出会ったという生き物の像を売っていた。黒い吊り目で、頭の尖った小柄な生物。トラックに掲げられた看板に〝実物大〟と書かれている。ふむ。ということは身長は約一フィート。その背の低さは、なぜかジョウニーには不自然に感じられた。彼女は他の誰にも劣らず心が広いつもりだが、経験上、地球外からの訪問者はスケールが大きいものと結び付いている気がする。接触《コンタクト》は人類の歴史において最も大きな、最も荘厳な出来事だ。かわいらしいものはそこに似つかわしくない。でも、ここは自由の国。ひょっとするとこの女性は、実際にその通りのものを見たのかもしれない。ジョウニーは絶対に、人が自分だけの個人的真実を探求するのを否定したくない。

お手製の服を着た年配の男女が、無料で通行人にベジタリアン食を提供していた。男の方はわらじを履いていた。ジョウニーは豆で作ったらしき小さなマフィンのような物をもらった。彼女はそれを食べながら、さまざまな興味深いテーマの本を売っている店の前で立ち止まった――数秘術、心霊治療、鉱物療法、天体物理学、精神美容術、ヨガ、ソロモン神殿の図面、テレパシーによる通信……。歴史上、磔刑《たつけい》に処された救世主は一人でなく十六人いるらしい。聖書の大半は、古代アイルランドの祭司《ドルイド》の教えを写したもののようだ。店のオーナーは小さな人混みを前に、ピナクル集会の重要性を熱く説いていた。この強烈なエネルギー！　彼はまるで別の次元に引き込まれているようだった。彼の肩には光と愛の存在、天使が乗っていた。

ジョウニーは男に向かって大きな笑みを浮かべた。素晴らしい！　彼女は聖書がらみの話にさほど興味がなかったし、他の話も一部は結局、突き詰めてみれば数字の問題だった。数学の才能がない彼女は、そうした問題に興味が持てなかった。本を売るこの男はある意味、少し混乱しているのかもしれない。しかし愛に関連する部分は、彼女にも共感できた。この集会は、恐ろしい傷が入った世界を癒やしたいと思う人々が作り上げた愛の空間だ。そこに加わりたくて遠くからやって来た彼女は、今のところ失望させられていなかった。ワシントン州オリンピアからここへ来るには丸三日かかった。途中はずっと、ぽんこつのビュイックがオーバーヒートしたり、パンクしたり、オイル漏れしたりしないかと気懸かりだった。財布に余裕はないし、業突張《ごうつくば》りな修理工は困った人間に付け込むのが得意だ――まして相手が女一人と見ればどれだけふんだくられるか分からない。幸運にも、車は持ちこたえ、彼女は安いけれどもさほど汚くはないモーテルを見つけることができた。ただフレズノ郊外のモーテルに泊まった晩だけは、同じ棟でやかましいパーティーをやっていたせいで、かわいそうなジュディーはろくに眠れなかったけれども。

仏教徒の小さな集団が太鼓を叩き、詠唱しながら通り過ぎた。大半は本物の東洋人だが、二、三人は他よりも背の高い白人で、オレンジ色のローブをまといながらも、彼女の目には少し照れがあるように見えた。仏教のお坊さんって小さい頃からそうなるべく育てられるんじゃなかったかしら。選ばれた子供の家にお坊さんたちが行って、親元から連れ去るという話だった気がする。何て残酷な。でも逆に、その土地ではとても幸せなことだと考えられているのかもしれない。建ち並んだ屋台の列の半ば辺りで、彼女はビル・バージェスを見かけた。彼を取り囲むファンたちは、いつものようにグッズを手に取り、へつらうような質問を投げかけていた。ビルは接触者《コンタクティー》仲間の間で大物だった。案内人《ガイド》は今回、彼を舞台上での演説に招いていた。朝早い時間の登壇だったので、最高の扱いとまではいかなかったが、栄誉であることは確かで、ジョウニーはとても興味深く演説を聴いた。彼の経験は仲間内で真剣に受け止められていた。そのイラストが雑誌『円盤人《ソーサリアン》』の表紙を飾ったこともある。ある深夜、彼がニュージャージー有料道路を車で走っていると、楕円形のぼんやりとした光が目に入った。彼はそれを目で追ったが、やがて光は遠方に消えた。しかし、消える前に二つの子機を放出し、それが近くの野原に着陸した。ビルは、車を降りると急に頭がボーッとなり、まるで何かの放射を身に浴びているかのように肌が熱く、むずがゆく感じられた。声が着陸機から彼に語りかけた。後に案内人《ガイド》とのやり取りの中で明らかになったのだが、その訪問者たちは実際、案内人《ガイド》が最初にピナクルズでチャネリングを始めた相手とは部署《セクター》が異なるけれども、やはり最高司令部を代表するスペース・ブラザーだった。

ビルが彼女に手を振ると、彼女はファンの群れを掻き分けて彼に近づき、ジュディーを見かけなかったかと尋ねた。彼の話では、他の子供らと一緒にマックス・タワーの方で遊んでいたらしい。安心した彼女は礼を言い、彼が集めている注目度の高さに少し嫉妬しながら、着替えのためテントに向かった。もちろん、彼女自身の体験は彼のほど劇的でない。それは身体的な遭遇というより、感覚に近かった。家の近くの森を歩いているときに彼女を包み込んだ至福の感覚。それは冬の夕方で、たくさんの雪が積もり、何もかもが完璧に静まり返っていた。と突然、彼女はその感覚に〝包まれた〟――そうとしか言いようがない。この宇宙で私は孤独ではない、愛に満ちた存在によって見守られ、導かれているという神々しい感覚。彼女がそこにじっと立ち尽くしていた時間はわずか数分だったかもしれないが、数時間が経過していたかもしれない。それからまた家に向かって歩きだし、暖炉の前に座ったが、あまりに動転していたせいで全く何も手につかなかった。やがて、その日もまたどこかのバーで飲んでいたジェイクが帰宅し、晩飯はどうなってるんだと訊き、こいつは絨毯の上で濡れたブーツを履いたまま何をやってるんだと独り言のように文句を言った。

　手掛かりを見つけたのは、こともあろうに安食堂でだった。誰かがカウンターに、栞《しおり》代わりにページの端を折った雑誌を置き忘れていた。彼女はそれを手に取り、案内人《ガイド》とスペース・ブラザーとアシュター銀河司令部に関する記事を読んだ。そして本能的に、自分が出会ったのはまさにこの種の存在だと感じた。それはまるで何かのお告げのようだった。彼女は案内人《ガイド》が発行するニューズレターの定期購読を申し込み、間もなく、地獄のような材木屋の事務所で送り状のタイプ清書をしている時間以外は全て、宇宙の隠された謎の解明に費やすようになった。もちろんそれはジェイクの気に入らなかったが、彼にはそれを非難する資格などなかった。

　テントにジュディーの姿はなかったが、物が散らかっていたので、彼女が一度そこに戻ったことは間違いなかった。ジョウニーは水を一杯飲み、少しだけ座った。息が落ち着くと、手ぬぐいを水で濡らし、手早く顔と首、腋と股を拭いた。そして下着を替え、チュニックを着る。幹部用の衣装をまとうのはこれが初めてなので、テントから出るときは気恥ずかしかった。丈が少し短い気がする。見苦しい脚ではないと思ってはいるが、もう二十歳やそこらの娘というわけではない。彼女は高校の頃でも、肌を露出するタイプではなかった。しかし、心配は無用だった。彼女がステージに向かうと、周囲の人は笑顔でうなずいた。見とれる男さえいた。彼女は髪を押さえ、背筋を伸ばした。そう。考えてみたら、私だって特別な存在の一人だ。彼女は幹部がまだからかい半分に〝歓迎委員会〟と呼ばれていた頃からの中心メンバーだ。入会するために郵便で金を送り、証明書とバッジ、そして会則が書かれた紫色の小冊子を受け取った。当時、ジュディーは幼く、ジェイクはまだ家にいた。徐々に夫婦喧嘩がエスカレートし、家族をまとめるために必死だった時期だから、最初の頃は二、三度集会に参加できなかった——子供の頃から思い返しても、あれほど何かをやりたいと思ったことはなかったのに。ようやく彼女がサンフランシスコを訪れたときには、案内人《ガイド》がホールいっぱいに集まった聴衆に向かってマックス・タワーの話を語り、司令部からの最新メッセージを伝えるのを聴くことができた。生身の彼を目にしたのはそのときが初めてで、彼ほど強い存在感を持つ男に会うのも初めてだった。その後、彼女は一番弟子のクラーク・デイヴィスと話をし、幹部との食事に誘われた。食事の際、案内人《ガイド》がロブスターの殻を割り、アシュターの指令でマックス・タワーに備え付けようとしている電子コンピュータの説明をする間に、クラークは恥知らずにも彼女の太ももをもんだ。彼女はほとんど話についていけなかったが、にもかかわらず幸福を感じ、その気分はオリンピアまでずっと残り、そのまま数週間続いた。それ以来、彼女は自分の人生を、ポスト接触《コンタクト》時代の始まり——人類が完全なる銀河的意識の重荷を引き受ける用意が整ったと司令部が考える日——までの長い準備期間と考えるようになった。

彼女は舞台に向かう途中、マックス・タワーの脇を通り、ジュディーを捜した。そこにはアーティーとカレンの娘二人と、ワンダ・ギルマンの息子に間違いなさそうな赤毛の腕白坊主を含む子供たちが集まり、カプセルの中で遊んでいた。カプセルはタワーの主要部から離れた所にあって、誰でも中を覗けるようになっていた。子供らはその内部に寝そべっていたが、大人用に作られたカプセルなので、子供が手足を伸ばしてもまだスペースに余裕があった。彼女がジュディーを見かけなかったかと訊くと、子供たちは真顔になった。

「ジュディーは光る男の子《グロー・ボーイ》と一緒よ」と一人の女の子が言った。

「何それ?」

「さっきまでここにいたけど、その子と一緒に遊びに行っちゃった」

「分からないわ。どんな男の子?」

「光る男の子《グロー・ボーイ》。宇宙から来た子」

少女が何を言っているのか確認する時間はなかった。ちょうどそのとき、マニー・ヴァーガスがやって来て、彼女を急かした。すぐに案内人《ガイド》の演説が始まる。もう整列する時間だ。チュニックに飾り帯という格好のヴァーガスはとても素敵に見えた。ギリシア人みたい。皆が舞台袖に集まり、たばこを吸いながら待機していた。そこには宇宙時代のスリルと異国的な雰囲気が漂っていた。

案内人《ガイド》がピナクル・ロックの下にある管制室から現れ、妻のオリアナと並んで階段を上り始めた。彼はいつもと同様に重々しいオーラを放っている。しっかりした額からなびく灰色の髪と、銀色のローブの襞《ひだ》から伸びる筋肉質な二本の腕。その姿は、円盤好きの間で語られるドクター・シュミットそのままだ。元テスト・パイロットで、ハイデルベルクとオクスフォードで学位を取った科学者でもある伝説の人物。オリアナはいつもと変わらず肌が真っ白。それは彼女が砂漠の太陽の下で暮らしていることを考えれば驚くべきことだ。彼女の長い髪は、宝石を埋め込んだ金属製のティアラで押さえられている。おかげで彼女の姿はまるで、古代の女司祭のように見える。確かに神秘的だ！　彼女が案内人《ガイド》と結ばれたのは十年前のこと。伝説によると、彼女は徒歩で砂漠から現れ、彼の伴侶になることを運命づけられていると告げたらしい。彼女は言語に達者で、サンスクリットやマヤ語に加え、砂漠に住む先住民の言語もいくつかしゃべれるそうだ。顔は妙に凹凸がなく、周囲を見るときもまるで実際にそこにあるのと違ったものを見ているかのような妙な目つきをしている。普段はかすかに訛りが感じられる英語を滑らかに、ほとんどロボットのような口調で話す。オリアナは明らかに地球外の存在か、あるいは少なくとも地球外の血が混じった存在だ――ジョウニーが一度か二度、耳にした意地の悪い噂によれば、実は単なるフランス系カナダ人にすぎないという話だけれど。

沈みかけた太陽が、地平線上で大きなオレンジ色の染みに変わっていた。舞台の左右で幹部が松明《たいまつ》に火を灯し、台に立てた。ジョウニーは前列に並び、腕を組み、少し脚を広げて立った。案内人《ガイド》が〝パワー・スタンス〟と名付けた立ち方だ。大地に根を張り、空との接触《コンタクト》に備える体勢。彼女は群衆が前に押し寄せるのを見ながら、必死に笑みをこらえた。自分は、今地球に起きようとしている画期的変化を理解し、大人数での初めての接触《コンタクト》に必然的に伴う騒動に関与する心構えのある人間なのだから、それにふさわしい厳粛な表情を浮かべなければならない。しかし、それは困難だった。あまりにも気持ちが高ぶっていた。砂漠の地面がまるで目の前で海に変わっていくかのように、ひんやりした淡い青の混じる柔らかな桃の色に染まった。胸の鼓動の高まりは新たな来訪を予感させた。司令部は今この瞬間、地球に暮らす補助者たちの前に姿を見せてくれるだろうか？　ああ、そうなったらどれほど素晴らしいだろう！

とそのとき、案内人《ガイド》とその妻が舞台に上がった。二人が階段を上がりながら手を振ると、観客は熱狂的な歓声を返した。案内人《ガイド》はマイクのそばに寄り、スイッチが入っているのを確認するために二度ほどマイクを叩いてから口を開いた。彼の声を聞くと誰もが、そして何もかもが（とジョウニーには思えた）静かになった。それはまるで、巨大なガラス鐘《ベルジャー》が上から下りてきて、この人混みを世界の喧噪から隔離したかのようだった。

「兄弟、そして姉妹よ」と案内人《ガイド》が言った。「兄弟、姉妹、親友の皆さん――ようこそ。皆さんご存じの通り、人間の精神は宇宙で最も強い力でありながら、私たちはその力を百分の一、いや、十万分の一も使っていない。今晩、私から皆さんにお話ししたいことはたくさんあるが、まずはその素晴らしい潜在力を解放する鍵となる数字についてお話ししよう。それは聖なる数字、四百八十六だ。私たちが今いるピナクル・ロックの緯度は正確に、北緯二〇五七・六二一五分。この値の逆数を取ると〇・〇〇〇四八六になる。ギザの大ピラミッドは元の高さがぴったり四百八十六フィートだった。つまりこのパワースポットの緯度はそのまま、大ピラミッドの高さの調和的逆数ということになる。ピラミッドと言えば、われらが惑星の精神的プログラムを指揮する存在と人類とを結ぶ、比類なき重要性を持つ古代の通信装置だ。四百八十六という数字は時空間の高調波《ハーモニクス》においても中心的な役割を果たしている。〝オーム〟という宇宙の次元結合的定数と結び付いているからだ。四百八十六は次元の入り口を開く鍵だ。それは私たちが今から取り掛かろうとしている挑戦と変成のサイクルを示している。この数字を覚えておきなさい。今から始める話を聞きながら、この数字を頭に刻んでおきなさい」

ジョウニーはここの岩が特別な場所にあるのを知っていた。この場所で何本かのパワーラインが交わっていると言う幹部もいたし、その線をたどってダウジングを試した者も今までに何人かいたが、エジプトのピラミッドとの関係を彼女が耳にしたのはこれが初めてだった。彼女は数字を頭に刻もうとして、声に出さずに何度か復唱した。案内人《ガイド》は歓迎の賛歌をオリアナと一緒に唱えるよう、群衆に呼びかけた。彼女はマイクのそばに寄り、腕を広げ、口を開いた。

「ああ、偉大なる者たちよ！　ああ、光の兄弟《ブラザー》よ！　私たちはあなた方に愛の美酒を注ぐ！」

オリアナは一行ごとに間を置き、群衆が彼女の言葉を繰り返した。効果は絶大だった。ジョウニーはますます、何か普通でないことが今起きようとしているという確信を深めた。

「私たちが注ぐ美酒の一滴一滴が――」

私たちが注ぐ美酒の一滴一滴が――

「受け取り主へ、そして再び送り主へと祝福をもたらす！」

受け取り主へ、そして再び送り主へと祝福をもたらす！

「ようこそ！　ようこそ！　ようこそ！」

ようこそ！　ようこそ！　ようこそ！

賛歌が終わる頃には、砂漠は桃色からライラック色に変わり、太陽は地平線上で震えながら消えかかっていた。案内人《ガイド》が再びマイクの前に立ち、自分の経験を語り始めた。

「私が今日、皆さんの前にいるのは」と彼は言った。「まさにこの場所で以前、あることが起きたからだ。十一年前、私は一人きりで友人もいなかった。この砂漠へは、答えを求めてやって来た。もし真理を見つけることができなければ、探求の中で死んでも構わない。そう思っていた。ある晩、星空の下で横になり、無限の時空を前にして自分がいかにちっぽけな存在かを考えているところへ、彼らがやって来た。乗り物がどんなだったかはご存じの方もいるだろう。星空を飛ぶ巨大なトパーズのような、音のしない乗り物だ。それは私の目の前に着陸した。降下は完璧に無音だったから、着地の瞬間も自然の音がずっと聞こえていたほどだ――虫の声、風の音、私と同様に孤独なコヨーテが遠くで吠える声。私の体は霊的な電荷を帯びたように感じられた。それまでに経験したことのない刺激だ。私の目の前で、全く継ぎ目がない球に見えていた船体が開き、スロープが現れた。そこには二人の人間が――私にはそう見えたのだが――立っていた。容姿にも態度にも気品が漂い、まるでそこにいるのが神に近い存在のように感じられた。純粋なアーリア人タイプ。肌は白く、目は灰色。私たちの遠い祖先のようにシンプルな白のローブを羽織っていた。

『『何がお望みですか？』と私は尋ねた。彼らは私に、恐れることはないと言い、船に乗るように誘った。彼らはコミュニケーションするのに、私たちみたいに肉声を使うような真似はせず、心の言葉、精神のテレパシーを用いた。言葉が私の脳の中で形を取り、私が声として理解する衣装をまとった。美しく、明瞭で、穏やかな声だ。船に入るとそこは驚異の世界だった。壁は曲線を描き、温かみのある柔らかな光に照らされた内部は、心地のよい、子宮みたいな空間だ。私は気が付くととても喉が渇いていた。すると、まるでそれに応えるように、脚の長いクリスタルのグラスが手の中に現れた。グラスは透明な液体で満たされていて、液の中に緑色の宝石のような物が入っていた。驚いた私はグラスを手から落としそうになった。『恐れることはない』と主人が言った。『飲みなさい。渇きが癒えるだろう』。私は二人をじっと見た。彼らほど完璧な存在に私は出会ったことがない。彼らは私の心の中を隅々まで知っていると私は感じた。私は暗黙のうちに彼らを信頼していたが、同時に、心まで完全に見抜かれているという気まずさも覚えた。肉体的に裸にされたときと同じく、精神的に裸にされたような恥ずかしさだ。グラスの液体はネクターのようで、この上なく美味だった。疲れはすっかり吹っ飛んだ。その驚くべき者たちが洞窟の前に着陸する前まで私が抱えていた憂鬱な考えや不愉快な気持ちも、それと同時に消えた。主人たちは私にくつろぐよう言ったが、私はそう言われて当惑した。腰掛ける場所がどこにもないように見えたからだ。しかし、主人の一人がさっと手を動かすと、床に切れ目が入り、クッションの付いたシートがそこから現れた。私たち三人は腰を下ろした。すると、座席のクッションが微妙に動いて、私の体の輪郭に形を合わせているのが感じられた。

「『われわれはメルクとヴォルトラだ』と新しい友人は告げた。『われわれの故郷をあなたは〝遠い場所〟と考えるかもしれないが、別の意味でそれは、あなたの親指と人差し指の間ほどの距離でしかない。われわれは、星々の間でアシュター銀河司令部として知られている組織の代表だ。司令部はあなた方の文明を、歴史の夜明けからずっと監視下に置いてきた。われわれの監視用ディスクはこれまでに、たくさんの情報を伝えた。われわれの盗聴用アンテナは人類の霊的バイブレーションを注意深くモニターした。われわれは何千年にもわたり、地球上の出来事に干渉しないというポリシーを貫いてきた。人類が時折、われわれと接触することがあったのは事実だが、大半は手違いによって起きたことだ。しかしながら、われわれは今回、ルールに反して干渉する決断をした。あなた方が今、大変な危機にあるからだ。人類は物質をある未熟なやり方で扱う方法を発見した。あなた方が原子力と呼んでいる、原子を分裂させるテクノロジーだ。あなた方は今、大変な善も、大変な悪ももたらしうるエネルギー源を手にしている。残念ながら、あなた方は科学技術の面では確かに進歩したが、道徳的能力がそれに伴っていないと言わざるをえない。人類はまだ、野蛮な感情に支配された原始的な種族だ。怒りや恐れに突き動かされている。だからもう既に、その新たな道具を戦争で使う誘惑に屈してしまった。あなた方は今、原爆で武装した二つの陣営に分かれ、まだ幼い惑星を完全に破壊しようとしている。アシュター銀河司令部はあなた方を見て、深い友愛を感じる。ああ、地球人よ！　われわれは深い共感と親近感を覚える。銀河の偉大な諸文明の粋《すい》を代表する司令部は、人類の行動に介入し、破壊を事前に防ぐ決断をした』

「『直ちに核実験をやめなさい。愛と洞察を持ち合わせないあなた方が自然の力をもてあそべば、恐ろしいことが起こるだけだ。われわれはあなた方を平和的軌道に戻すための最善の方法を長い間、真剣に考えた。最初は、人類の通信システムを乗っ取り、各国の指導者にメッセージを送り、戦争をなくすために話し合いの席に着くよう指示することを考えた。しかしながら、計算機が出した結果によると、突然高次の存在が姿を現し、しかも自分たちの文明が比較的遅れているという事実を知らされた場合、望ましくない結果が生じる可能性が高い。要するにわれわれは、地球の指導者の中に不安定な精神を抱える人物が多いことを危惧している。自分の手から権力が奪われるのを恐れる彼らは、権力を手放すくらいなら、いっそのこと、核による自滅の道を選ぶだろう』

「『われわれは結局、人類自身の間から変化と救済のメッセージが生まれなければならないという結論に達した。ある種の能力を備えた人間と接触する道を選んだのだ。われわれは人類の中で、特に他よりも高い霊的バイブレーションを持つ少数の個人を探し出した。その方がコミュニケーションの窓口としてふさわしいからだ。あなたはその一人として選ばれた』

「分かってもらえると思うが、私はそれを聞いてとても不安になった。世界の終わりが迫っているという可能性については確かに、私も何度か考えたことがあった。しかし、それが裏付けられたのだ。しかも、意外な存在によって！　地球外からの訪問者に見込まれたような重要な任務を果たす能力が自分にあるかどうか、私には分からなかった。彼らはこう言った。今回は初めての通信だから物理的に姿を見せたけれども、もうわれわれの間には恒久的な霊的回線が開かれたので、次回からは物理的な移動は必要ない、と。要するに私は一種の生きる送信機、人類にメッセージを届ける道具になったのだ。

『あなたは特別だ』と彼らは言った。『なぜならあなたは勇気を持って空を見上げ、物理的世界を超えるエーテルの世界に目を向けたのだから。われわれはエーテル的次元に存在していて、あなた方の感覚はわれわれの存在を知覚するようにできていない。われわれは第七密度の存在であり、人類は第一から第三密度までしか理解できない。しかしながら、われわれは最先端の霊的テクノロジーを通じて自らのバイブレーションの階層を下げ、乗り物のバイブレーションも物理的世界の原子の波長に同期させることができる』。私はこの話を聞いて、驚くとともに納得した。なぜなら、地球外からの訪問者が壁などの固い物体を通り抜けたという話や、彼らの乗り物が基本的な物理法則に反する振る舞いを見せたという話は、これで完璧に説明が付くからだ。

「私たちはその後、さらに話し込んだ。彼らは極めて複雑な概念を伝授してくれた。口で伝えるのに何十時間もかかり、相当努力しなければ意味が理解できないような概念だ。ところが驚いたことに、そうした概念がわずか数秒で私の頭に飛び込み、瞬時にそこに刻まれた。封蝋にスタンプを押すように、精神に型を押す感覚。私がその驚異の学習法について彼らに尋ねると、彼らは一瞬で膨大な情報を吸収したり、伝達したりできるのだと教えてくれた。連続ラジオドラマの一話分を聞くくらいのわずかな時間で、人類の全歴史を伝えることができるらしい。こうして私の人生の新しい局面が始まり、メルクとヴォルトラという友人から託された重要な任務にわが身を捧げることになった。十一年前のあの運命の日以来、私は数百のメッセージを受け取った。彼らは今夜、この集会を地上二千三百四十マイルを飛ぶ宇宙船から見守ってくれているという話だ。友人たちよ、危機はこれまで以上に切迫している。だから彼らは、それを阻止するためにさらに多くの人間が活動に加わることを強く望んでいる。私が連絡を取っている司令部メンバーには、メルクとヴォルトラをはじめとしてアレフ、マイトレーヤ卿《ロード》、サナンダ＝ジーザス、サンジェルマン伯爵、そして時には局長のアシュター自身も含まれる。彼らの指導の下、私はひたすらメッセージを広め、ボランティアを集め、訓練する努力を続けてきた。私の周りにいるのは、人類の歴史を次の段階に引き上げ、戦争を乗り越え、銀河時代の到来に備える作業を行うための高度な精神的能力を備えた人々だ。人類は彼らの力を借りて、いつか光明連合議会に議席を得る。では、そのボランティアの方々を皆さんに紹介しよう。緑色光宇宙幹部団に大きな拍手を！」

　群衆が拍手喝采する間、ジョウニーは今まで経験したことがないほどの幸福を感じた。その姿をジュディーがどこかからしっかり見ていてくれることを願った。高度な精神的能力を備えた人間として壇上に立っているママを見れば、きっととても誇りに思うだろう。

彼らが舞台を下りるとき、マニー・ヴァーガスが彼女の肩を叩き、今から管制室で特別な会議が開かれるとささやいた。そこには限られたメンバーしか呼ばれておらず、案内人《ガイド》が特別に彼女の名前を挙げたとのことだった。彼女は興奮し、彼に質問を浴びせた。私の名前を？　本当に？　間違いない？　一度テントに戻る時間がある？　彼女は娘の居場所を一度確かめたかった。それはワンダかミシェルに任せたらいい、と彼は言った。会議は十分後に始まる。ジョウニーはワンダを捕まえ、頼みがあると言った。ワンダは顔をしかめたが、彼女の手を握り、心配要らないと言った。ジョウニーには彼女が嫉妬しているのが分かった。他の問題はさておき、ワンダは明らかにマニーに気があった。全く、女子学生レベルの焼きもちだ。ジョウニーはワンダの不安を取り除いてやりたかった。ジョウニーはマニーのことが好きだが、二人の間に疑われるような関係は全くないのだから。

彼女が管制室に入るのは今回が初めてだった。それはピナクル・ロックの真下に掘られた、本物の洞窟だった。見た目にはかなり古い感じ。案内人《ガイド》は夢のお告げでこの洞窟を見つけたらしい。それは地下にあり、空気は天井に近いところにある二つの小さな天窓から入るだけだが、湿気や臭いは全く気にならず、むしろ逆に居心地がよかった。中はオイルランプで照らされ、壁際にクッションと低いベンチが置かれ、中央にスペースが取ってある。案内人《ガイド》は以前、ここで全ての作業を行っていたようだが、今では少し離れたところに小さな家を建て、そちらでオリアナと一緒に暮らし、作業をしている。部屋には一つだけ機械が残されていた。それはアンテナとディスクがいくつも付いた、複雑そうに見える真鍮製の装置で、全体を回転させるための小さなハンドルと、透明の大きな水晶《クリスタル》を囲ったケージのような部分があった。機械は木製の箱に取り付けられ、箱からはワイヤーが延び、電話交換手が使いそうなヘッドホンにつながっていた。

招待されたメンバーが中に入ると、案内人《ガイド》とオリアナがそれを出迎えた。案内人《ガイド》は一人一人と心のこもった握手を交わし、オリアナは東洋風に両手を合わせ、軽く頭を下げて挨拶をした。その場にいたのはわずかに二十人ほどだ。外には、この部屋に入るためなら何でもするという人が一万人はいた。私にそれだけの価値があるのだろうか？　高度な精神的能力があるにせよ、ないにせよ、彼女は必ずしも自分が特別な存在だとは感じなかった。顔に手をやると、指が汗で濡れた。彼女は経験から、緊張が極限に達していることが分かった。それから一分間、彼女は実際、今にも嘔吐しそうな気分だった。そんなことになったら本当に大変だ。案内人《ガイド》との特別ミーティングに招かれながら、管制室の床を反吐《へど》で汚すなんて。しっかりしなさい、ジョウニー・ロバーツ。深呼吸。彼女が部屋を飛び出そうとした瞬間、案内人《ガイド》が側近との会話をやめ、高い背もたれの木製椅子に腰を下ろした。椅子は部屋の中央、奇妙な装置の隣に置かれていた。彼は両手を挙げ、静粛を求めた。

「よく来てくれた」と彼は言った。「今日ここに来てもらったのは、みんなが私にとって特別な存在だからだ。君たちはここ地球と他の惑星の両方で数多くの転生を経験してきた魂の持ち主、スター・ピープルだ。君たちがエーテル的な世界に惹かれるのは、普通の地球人と違って、過去の転生の記憶を保持しているからだ。君たちはその光によって、他の人が知らない印象や経験を素直に受け入れられる。私が取り組んでいる仕事にみんなが力を貸してくれたことについて、心からお礼を言いたい。みんなも、外の群衆から強烈なエネルギーを受け取ったことと思う。これはいい兆候だ。われわれの使命は今、重要な局面にある。ソビエトの人工衛星スプートニクが今、頭上を周回し、世界はこれまで以上に破局に近づいている。われわれはそろそろ次の段階に移らなければならない。親愛なる、そして敬虔なる友人たちよ、君たちはマックスに関する研究が今どこまで進んでいるかを知る資格がある。装置の背後にある科学的原理を既に理解している者も多いだろうが、まだ理解していない者、理解するのに苦労している者のために——かなり高レベルな科学の学位を持つ人でなければ、専門用語に圧倒されてしまうのは無理もないと思うから——基本的な説明から始めよう。みんなも知る通り、私はこの十年、マックスのことばかりを考えてきた。あの装置が地球を原爆による破壊から救う中心的な役割を果たすことになると私は思う。アシュター銀河司令部の仲間も同じ考えだ。〝マックス〟というのは多重通信《マルチプレックス》のことで、通信関連の世界ではなじみのある概念だ。複数のメッセージを一つの信号にまとめ、それを共用の回線《メディア》で送信する。回線は電線でもいいし、無線電波を使う場合なら空気でもいい。地球の電話システムは多重通信を用い、多くの通信を一つに束ね、同軸ケーブルで送信している。マックスの原理もそれと同様だが、信号が桁違いに多い。マックスをエーテル的な送受信システムと見なすこともできるだろう。多くの個人からの入力を受け、それぞれを異なる周波数に乗せて一つの信号を生成する。その結果生まれるのは、多くの個別のメッセージを含んだ複雑な信号だ。どうしてそれが重要なのか？　君たちは司令部のベテランメンバーの多くを個別の人格として知っているはずだ。メルク、ヴォルトラ、マイトレーヤ、クートフーミといった上級マスターは、われわれ地球人にも一人一人見分けがつく。しかし、彼らの個別性は私たちが考えるものとはかなり異なる。一人一人のスペース・ブラザーは、さまざまな文明に暮らす他の全てのメンバーと常に通信を交わしている。それは私たちが理解するコミュニケーションの枠を大きく超えている。それは実際、一種の精神融合のようなもので、互いばかりか宇宙全体と完全な意思疎通を行うことになる。残念なことに、人類はその完璧な至福を経験するだけの進化をまだ遂げていない。仲間との霊的交わり《コミュニオン》を果たすためにはどうしてもマックスの力を借りなければならない。

「一般の人の前でも話したように、司令部は、心の狭い兄弟たちを接触《コンタクト》による圧倒的なショックから守るために、宇宙的平和のメッセージが人間の代弁者を通じて伝えられることを願っている。この場所と銀河艦隊内の研究室の両方で行われてきた研究の結果、われわれは一人の人間ではこの仕事を成し遂げられないという結論に達した。詰まるところ、歴史を通じてずっと、預言者や予見者が何人も現れたにもかかわらず、彼らはほとんど例外なく無視され、支配者による迫害を受けてきた。そこで出た答えがマックスだ。マックスを使うことによって、人間を組み込んだ通信装置が何千もの霊的通信を一つの信号に変え、密度の異なる多数の恒星間存在の信号を伝える回線《メディア》となる。この技術を使えば、たった一つの通信装置でたくさんの人、全ての人間、全ての惑星の意思を代弁することが可能になる。全ての知恵と癒やしの力がその一点に集中するのだ。地上では、新たな組織のメンバーが相互に、そして司令部と完全に意思を通じ合うことが可能になる。つまり、第一世代のマックスが作動し始めると、人類の孤独は終わりを迎えるのだ。少なくとも、その恩恵にあずかれる幸運な人々にとっては。

「今までは、私が君たちの案内人《ガイド》役を務めてきた。マックスのスイッチを入れた後、私は自分の個別性を犠牲にして、次の段階の旅に出る。そして、最初の託宣者《オラクル》となる。今のうちにはっきり言っておきたいのだが、これは自分勝手な願望ではない。むしろその逆だ。マックス化されると、私は完全に宇宙的な信号に変わる。それに加え、先ほども言ったが、無知蒙昧な惑星の強力な懐疑派たちを説き伏せ、破壊の道をあきらめさせるには、託宣者《オラクル》一人ではとても力が足りない。互いの精神にどっぷりと浸り合える託宣者《オラクル》のネットワークが必要になる。中国、ヨーロッパ、アフリカの奥地、ペルーのジャングルにメンバーを有する、地球規模の組織を思い描いてみなさい。託宣者《オラクル》が皆、マックスにプラグインし、エーテルを通じて司令部と通信し、高層大気を通信媒体として用いながら地上の全人類と電磁的に会話するのだ。これはかの偉大な科学者ニコラ・テスラが考案した技術だ。要するにマックスは、人類の意識が次の一歩を踏み出すための飛び石。われわれの進化を促し、創造主の高度な意思と調和的に一体化するための手段なのだ」

ここで彼は間を置き、水を飲んだ。ジョウニーは周囲を見た。聴衆の顔に浮かんだ表情はどれも同様だった。〝感銘を受けている〟というだけではとても足りない。今、自分たちは歴史的な場面に、まさにその場所に立ち会っているのだ。独立宣言の署名や、アメリカ大陸に来た清教徒が初めてプリマスの岩に上陸したときのような歴史的事件に。案内人《ガイド》は質問はないかと尋ねた。ジョウニー・ロバーツの口から言葉が出るのを聞いていちばん驚いたのは本人だった。

「危険はあるのですか？」と彼女は訊いた。

案内人《ガイド》はうなずいた。「当然だ。これまでになされたことがない試みなのだから。いかに高いレベルに到達していても、人間の精神ではこの種の仕事を行うことに耐えられない可能性もある。司令部の同僚の意見によると、私の場合、危険はわずからしい。しかし、危険であることは間違いない。いずれにせよ、個人的なリスクはあまり重要な問題ではない。これはあまりにも重大な任務だからだ。もしも私が失敗したら、誰か別の者がまた新たに挑戦するだろう」

ビル・バージェスが部屋の反対側から声を上げた。「マックスの設計についてもっと詳しく話してもらえませんか？カプセルの方は見せてもらいましたが、他はどうなっているのでしょう？」

「うん。実際の回路はアラルターの研究室――この銀河象限を管轄する磁力学者――から送られてきた設計図に従って作ってある。主要部分はカプセル横の封印された木箱に収められている。詳細な説明となるとあまりに専門的な話になるから、基本的な部分だけを話すことにしよう。この装置においては、紫外線と原始線を水晶が焦点に集めるのだが、その水晶の尖端が、託宣者《オラクル》を収めるチェンバーの外装に刺さっている。紫外線は多重通信化されたエーテル通信を伝える役を担う。紫外線と交差するように配置された原始線が、送られてきた信号を、人間が扱えるレベルの精神的バイブレーションの信号に変換する。地上の託宣者《オラクル》の間での通信は、チェンバー内に取り付けられた通常のマイクを用いる。高出力無線送受信装置でメッセージを送り、電波を電離層で反射させ、互いに連絡を取り合う」

「どうしてタワーはあれほど背が高いのですか？」

「ああ、それはいい質問だ。われわれはマックスを円錐形タワーの内部に設置するのが適切と判断した。送信用水晶の尖端をソロモンの神殿の寸法と正確に調和させるための設計だ」

「ロケットみたいですね」

「念のために言っておくが、物理的な宇宙旅行のためにデザインされているわけではないからね」

皆が笑った。案内人《ガイド》は笑顔のまま静粛を求めた。

「では、秘密の話をしよう。実は今晩、今からちょうど一時間後に、マックスの試運転を行うつもりだ」

誰もが息をのみ、自然に拍手が湧いた。

「これは単なる試作機で、地上に他の託宣者《オラクル》もおらず、マックスもないから、その方面の性能はテストできない。私は短時間、司令部および全宇宙との完全通信を試みる。実験後は、数時間か数日の休養が必要になると思う。肉体的な負担は大きそうだが、どうなるかは全く分からない。マックスの用意を整えるため、システムにエネルギーを注入し、バッテリーを充電しなければならない。それが今晩、君たちに集まってもらったもう一つの理由だ」

彼がそう言うと、クラーク・デイヴィスとマニー・ヴァーガスが重そうな木箱を部屋の中央に持ち込み、高い三脚の上に置いた。それは昔のカメラ――高校の卒業写真を撮るときに写真屋が使いそうなカメラ――のようだった。

「私の協力者の中で、君たちは特に精神的なパワーが強い」と案内人《ガイド》が続けた。「マックスは使用者の霊的な力を増幅するために電気的なエネルギーとエーテル的なエネルギーの両方を使う。このバッテリーはエーテルを溜める装置だ。祈りのエネルギーを固形化するように設計されている。では今から、オリアナが真言《マントラ》を先導する。君たちは一人ずつ、箱の前に出ている銅線を通じてバッテリーに祈りを注いでもらいたい」

彼らは装置の前に並んだ。オリアナは片方の手のひらを箱から数インチまで近づけ、空手《からて》風に構えた。クラーク・デイヴィスの先導で、彼らは詠唱を始めた。オーム・マネ・パドメ・フム、オーム・マネ・パドメ・フム……。熱狂的で切迫感のあるそのテンポはジョウニーに、なぜか映画『キング・コング』を思い起こさせた。あるいは別の映画で、ヒロインが先住民に捕まり、生贄《いけにえ》として原始的な神々に捧げられる場面を。オリアナは祈りの言葉を唱えた。「賢き人々は幸いだ。彼らは世界の闇と蒙昧の中を歩き、光を広めるからである」。彼女は最後の言葉を言いながら、体をひねって手を突き出し、目に見えない力を機械に送った。続いてクラーク・デイヴィスが同じ祈りを唱え、同じ仕草をした。ジョウニーは、ここにいる人の大半が以前、この儀式をやった経験があるのだと悟った。今の今まで知らなかったが、もはや間違いなかった。中枢の中にさらに中枢があった。そして彼女はそこに仲間入りする資格を認められた。次のレベルへの昇進だ。彼女は順番を待ちながら、必死に台詞を覚えた。自分の番が来て、祈りが唱えられなかったら台無しだ。彼女は箱の前に立ち、正しい仕草をし、何かの手応え、エネルギーを手に感じてから、それをバッテリーに送り込んだ。箱に近づき、台詞を言い、祈りのパワーを箱に送るという儀式は三度繰り返された。儀式が終わる頃には、詠唱のテンポが異常に速まり、彼女は息が切れて、めまいがした。

案内人《ガイド》はその間ずっと座ったまま、様子を見ていた。ようやく彼が手振りで皆に座るよう合図した。デイヴィスとヴァーガスがバッテリーを持ち去ると、彼は彫刻を施した木の椅子に深くもたれかかった。疲れている様子の彼を見て、思わずジョウニーは、彼は本当は何歳なのだろうかと考えた。年齢の印象は固まりかけた瞬間、また消えた。彼は横の真鍮製機械に取り付けられたヘッドセットに手を伸ばし、装着した。すると突然、まるで体に電気が流れたかのように彼の頭が激しく後ろに反り、体が硬くなった。彼はまるで体が言うことを聞かないかのように、苦しみながらその電流を統御し、顎を引いた。そして口を開いた。ジョウニーは衝撃を受けた。声が完全に変わっていたからだ。耳障りな低い声が喉の奥深くから聞こえた。

「ごきげんよう！　私は磁力学のマスター、エソラだ。第八六〇〇投射、第五二五波。スタンバイオーケー。どうぞ」

再び彼が痙攣し、頭が反った。彼が再び口を開くと、今度は女性的な高い声を発した。

「私は記録係のケンドラ。第三六投射、第六波。こちらもスタンバイオーケー。どうぞ」

それから案内人《ガイド》が自分の声で二人の通信相手に実験の評価を尋ねた。エソラが最初に答えた。

「私の計測では、バッテリーは完全に充電されている。どうぞ」

「宇宙的台帳にはエネルギーの移動が記録されている」とケンドラが言った。「あなたが多重通信装置《マルチプレックス》を試す用意は完全に整った。どうぞ」

案内人《ガイド》は二人に礼を言い、心のこもった挨拶と祝福を交わしてからヘッドセットを外した。どうやら司令部は実験にゴーサインを出したらしい。彼は立ち上がり、オリアナの手を取り、手振りで皆に後をついてくるよう指示して、階段を上がった。

外に出ると、空に雲はなく、空気はひんやりしていた。頭上の星々は、暗青色の空に針で開けた明るい光の穴のように見えた。ぺらぺらの幹部服しか着ていないジョウニーは肌寒く感じ、セーターを持ってくればよかったと思った。砂漠の方にはキャンプファイアーの明かりが見えた。その手前を行き来する人間は亡霊のようだ。大地と空の境目がぼやけている。彼女はもう宙に浮かび、惑星の間にある澄んだ冷たいエーテルの中を泳いでいるかのように感じた。調理の匂いが周囲に漂い、断片的な会話や、叫び声や笑い声が方々から聞こえた。どこかで誰かがギターを弾いている。彼らはマックス・タワーに向かった。三本の指のような形をしたピナクル・ロックの大きな影に隠れそうな円錐形の影。誰かが発電機をスタートさせると、エンジンが動きだし、安定したリズムを刻み始めた。そこから延びたケーブルがマックスの本体につながっている。別の誰かが劇場のスポットライトみたいに大きな明かりを持ってきて、タワーを照らした。周囲に人垣ができ始め、あれこれの質問をし、何が起きているのかを知ろうとした。クラーク・デイヴィスが幹部に指示をして土台の周囲に円陣を組ませた。マニーと数人が祈りのバッテリーをタワーまで運び、カプセルの中にセットした。ジョウニーは見物人の中にワンダが混じっていないかと思い、暗闇をにらんだ。彼女がちゃんとジュディーを寝かしつけてくれていますように、とジョウニーは願った。技師らが再び下りてきて、デイヴィスと案内人《ガイド》と少しだけ話をした。見物人たちが指を差しながらささやきを交わす中、案内人《ガイド》はオリアナを抱き締め、梯子の段を握り、登り始めた。

二〇〇八年

リサはベッドの上で荷物を広げていた。部屋は小さく、狭苦しく、壁紙に描かれた紫色の花柄も気に障った。ラージは、ジャズに抱えられて部屋に連れ込まれた途端に泣きやみ、その腕を振りほどくようにしてバスルームに向かい、トイレの水を流した。ジャズにはそれをやめさせる気力がなかった。ラージはトイレが大好きだ。水の中に指を入れ、水流をよく見るために便器の奥まで頭を突っ込む。彼は水槽が満杯になる前に、また水を流そうとした。ジャズには息子が取っ手を引くときの手応えのない音が聞こえた。同じ音がもう一度。それが何時間も続くこともある。

ジャズは肘掛け椅子に座った。部屋は人工的な匂いがした。発癌性のあるラベンダー精油の香り。

「手伝おうか?」

リサは首を横に振った。

「大丈夫?」

「うん」

彼は手を貸そうとして、自分のシャツを一枚取り、ハンガーに手を伸ばした。

「やめて」

「え?」

「あなたがやるとかえってごちゃごちゃになるから」

彼はまた腰を下ろした。ラージが部屋に飛び込んできて、リサのTシャツの裾を引いたが、彼女はどれだけ激しく引っ張られても、荷ほどきの手を止めようとしなかった。

「ほらほら」とジャズが言った。「ママの邪魔はしちゃ駄目だ。ほら、ウサちゃん《バー》だよ」

ウサちゃん《バー》。かつては白いウサギだった。今ではまだらに毛が抜け、灰色の毛が房になっている。チューチューと吸われ、汚れをぬぐうのに使われ、床を引きずられ、唾や鼻水を吸い込み、バクテリアの住処《すみか》となったウサちゃん《バー》。

ラージはウサギを母の頭に投げつけた。彼女はそれを無視し、荷物の整理を続けた。シャツ、ズボン、水着、ラージのオムツ。ラージは今度は、カーテンにくるまって遊び始めた。最近、リサの顔には表情がなくなっていた。ジャズが初めて出会ったときの彼女は、短いスカートを穿き、下品なジョークを言い、恋をもてあそぶタイプの女性だった。彼女はいつも衝動的に物事をやっていた。突然鞄を持って空港に向かったり、テレビを観るためにホテルにチェックインしたり。あるときはロウアーイーストサイドにある寿司屋で、ATMにお金を下ろしに行くふりをして友達を席で待たせたまま、トイレの個室で彼とセックスをしたこともある。ジャズが人生の中で知っている女性の数は少なかったが、彼女に似たタイプは一人もいなかった。彼女は彼の五感を驚かせた。彼はまだ心の奥では典型的な移民の子供で、人前で失態を演じないよう常にびくびくしていた。彼女は彼に〝冒険をしてもいい、自分の好きなように振る舞ってもいいのだ〟という手本を見せた。彼は彼女のそんな姿を思い起こそうとした。そんな女性がまだ、塔に幽閉された王女のように今の彼女の奥に閉じ込められているはずだ、と。

「国立公園に行くかい？」

リサは肩をすくめた。「そうね。そのために来たんだから」

「ピクニックの用意をしなくちゃな」

「何なのよ、ジャズ。用意しなくちゃならないことは分かってる。でも、今は荷物を出してるの。何もかも一度にできるわけがないでしょ？」

「そんな意味で言ったんじゃない。僕が親方を連れて町のスーパーに行くよ。食料とプラスチック皿と、何か必要な物を買ってくる」

「うん」

「昼寝でもするといい」

「したくない――オーケー、うん、昼寝でも何でもさせてもらう。ありがとう」

親方。ご主人様。彼らは息子をそう呼んでいた。二人は彼の小さな封建的王国における農奴だった。ジャズは彼を追い、顔に無理やり日焼け止めを塗り、車のキーとサングラスと黒いケーブルにつながったポータブルGPSを持った。彼らが部屋を出るとき、リサはベッドの端に腰掛け、機械的にテレビのリモコンをいじっていた。

モーテルの支配人は事務室の外をうろついていた。ジャズはチェックインのとき、あまり彼女に注意を払わなかった。彼女は風変わりな身なりをしていた。パーマのかかったたてがみのようなヘアスタイルと、トルコ石を使ったたくさんのアクセサリー。

「お部屋は問題ありませんか？」と彼女が訊いた。

「ええ」とジャズは姿勢を正して言った。「全く問題ありません」。何か苦情を言われるのだろうか？　ラージはまだ何もやっていないはずだ。少年が手を離し、地面の何かを調べ始めた。女性はほほ笑んだ。

「部屋は気に入っていただけました？」

「ええ、とても。今から何か食べ物を買いに行こうと思っているんです。国立公園でピクニックをするために」

「いいですね。丘を下る方へ向かって走ると、右手にスーパーがあります。すぐに分かるはず」

「ありがとう」

「楽しんできてください。水をたくさん持っていくこと、日なたに座らないことに注意して」

こうした挨拶を交わす間に、ラージが消えていた。ジャズは周囲を見回したが、息子はどこにも見当たらなかった。

「うちの子、どこに行ったか分かります？」

「え、さあ。玄関から出てなければいいんですけど」

ジャズは建物の端まで走り、ハイウェイを見た。彼は行き交う車と戯れる息子の姿を目にするのを半ば期待していた。

「すみません。すみません、あそこ？」

モーテルの支配人が指を差していた。薬物中毒らしきイギリス人が腰に小さなピンク色のタオルを巻いて、部屋の扉の前に立っていた。裸だと、その骨張った体は見る者に不安を覚えさせた。入れ墨の入った青白い体は、ボールペンで落書きをした生の鶏の下腿《ドラムスティック》のように見えた。

「ねえ《メイト》？　お子さんを捜してます？　ここにいますよ」

ジャズは男の所へ近づいた。男が指差した先のバスルームでは、ラージがトイレの水をしつこく流していた。「すみません」と彼は気まずそうにタオルを指しながら言った。「俺今、うたた寝してたんです。昨日の夜はよく眠れなかったんで。水の音が聞こえたと思ったら、あの子がいました。でも、どうにも動いてくれなくて」

「すみませんでした。ラージ、そんなところに入っちゃいけない。ここはうちの部屋じゃない。この人の部屋だぞ」

「叱ったりしないでくださいね。単に、何て言うか、小さな子供に入ってこられて困っただけですから。お子さん、ちょっとゲイリー・グリッターに似てますね（ゲイリー・グリッターはイギリスのグラムロック歌手（一九四四― ））」

彼は男の訛った言葉を理解しているふりをしてうなずき、ラージの腕を強く握り、もう一度謝ってから車に向かった。ラージはあまり抵抗せず、おとなしくチャイルドシートに座り、シートベルトを締めさせた。ジャズは運転席に座り、今からの買い物がどれだけ大変な旅になるかを考えた。リサも彼も相手に対する優しい気持ちを思い出すために二、三日、本当にゆっくり休まなければならない。

　彼女はいきなり現れた。それは彼が大学院に通った最後の夏のことだった。彼女はある持ち寄りパーティーで彼の隣に座った。ブラウン大学で比較文学を学び、もうすぐ修士課程を終えようとしている、華やかなブロンド女性。彼女はヘンリー・ジェイムズやマラケシュ、コソヴォ戦争やクシシュトフ・キェシロフスキの映画について話をした（クシシュトフ・キェシロフスキ（一九四一―一九九六）はポーランド出身の映画監督）。彼は彼女の口の動きを見るだけで顔がにやけそうになるのを必死でこらえなければならなかった。彼がためらいがちに、そして（後に彼女から聞いたところでは）真面目くさってしゃべるときも、彼女は熱心に耳を傾けたので、彼はまるでサーチライトを当てられているかのように感じた。少しの間、食卓に男が彼一人になった。建物に男は彼一人。メインコースが出される頃には、彼はすっかり彼女のとりこになっていた。

　リサは自分が気に入られていることに気付いていた。仲間がコートを取りに立ち上がると、彼女は別の人にもらった名刺の裏に自分の電話番号を書いた。これを使って、と彼女は言った。彼は喜びに顔を赤らめながら礼を言った。彼女は誘惑するような笑みを浮かべた。

「何のためか知りたい？」

「うん」

「あなたは来週、私を劇場に連れて行くから」

「何を観るのかな？」

「さあ、あなたが決めて。でも、面白いのにしてよ。私、退屈なのは受け付けないから」

　その週は、確率論的モデルの研究よりも上演中の芝居調べの方にエネルギーが注がれた。集中できなくなったというわけではない。数字そのものが結束性を失ったように感じられた。分布は全てありそうもないものに思え、分散パターンは小さな魚の群れに見えた。彼は『かもめ』のチケットを買い、落ち着かない気分で土曜の夜を待った。

　ジャズには、リサのような女性が自分をデートに誘うなんて、ましてや恋に落ちるなんて信じられなかった。しかし、『かもめ』を観た次の週、彼女はお礼にと言って、彼を弦楽四重奏による反復的なミニマリスト音楽の演奏会に連れて行き、彼はそれを実際以上に楽しんでいるふりをした。その後、二人は夕食に出掛け、彼は帰り際に勇気を振り絞ってキスをした。間もなく二人は定期的に会うようになった。彼の人生に花が咲いた。彼女と彼女の野心、彼女の知性と自信に彼は酔った。アカデミックな世界は自分に向いていないと彼女は気付いた。彼女はニューヨークに行き、出版社で編集の仕事をしたいと思った。彼は彼女が未来を明確に思い描いていることに驚いた――子供のこと、玄関まで続く階段のある家、初版を並べた本棚、ウィットと魅力に富む友人たち。彼女は彼に物理に関する質問をし、彼の研究に本気で興味を持っている態度を見せて、彼を驚かせた。彼女は彼の家族についても質問をし、彼は初めて、ある種の真実を語るというリスクを冒した。彼女の反応に彼は驚いた。彼女はからかいもせず、さげすみもしなかった。むしろそのことで、さらに彼に興味を持ったように見えた。

二人の関係が真剣さを増すにつれ、彼は彼女を手放さないためには継続的な努力が必要だと悟った。彼女は元の交際相手数人と、ずっと仲のいい友人だった。それは彼には耐えがたかった。彼は夜中にしばしば、彼女がそんな元恋人とセックスしている様を――体位や行為を――思い浮かべ、悶々とした。彼女がこの世に生まれたのは自分が初めて会った日だった、彼女に自分以外の恋人が存在したことはなかった、と彼は思いたかった。彼が妙なことを口走っても、賢明な彼女はむきにならなかった。彼は自分の故郷では、処女でない女性と結婚するのは屈辱的なことだと説明しようとした。「結婚?」と彼女は言った。「よく考えてからしゃべった方がいいんじゃないかしら」。彼は顔を真っ赤にしてしどろもどろになったが、しばらくして、ただからかわれただけだと気付いた。「受け入れてもらう以外にどうしようもないわ、ジャズ。私はベールをかぶった十代の花嫁さんとは違うんだから。もしそういう女がお望みなら、他を当たった方がいい」

彼女はよく、自分には根っこがない気がすると口にした。彼女は一人っ子だ。彼女が家を出た途端、両親は彼女が育ったロングアイランド郊外との絆を一切断ち切り、アリゾナに引っ越した。「パパはゴルフコースの上で生活をするため、ママは皮膚癌になるため」と、彼女は恨みたっぷりに説明したものだった。ジャズは、失ってショックを受けるほど、どこかの土地を自分のものとして感じたことがなかった。彼は一生懸命、彼女に同情した。

感謝祭に二人は飛行機で、彼女の両親が住むフェニックスに行った。シュワルツマン夫妻は牧場風の大きな平屋が並ぶ一角に暮らしていた。夫妻は親切で、彼に興味を持ち、彼の家族や〝文化〟について質問をした。彼らは〝文化〟という語をまるで、手荒に扱うと壊れそうなもろい物を示す言葉のように使った。彼女の父親は彼を車に乗せて近所の店まで昼食用のワインを買いに行き、周囲の町並みを自分の所有物であるかのように見せびらかした。テニスコート、水泳用プール、病院前の庭園。その全てが彼にとっては重要だった。その全てに彼は関わっていた。ジャズは居心地が悪かった。彼がこの男の娘に対してしたことときたら！　彼はリサの父の顔をまともに見られないと思ったが、彼が何かを口にしたせいで空気が変わった。後にリサから聞いた話では、「あっぱれなお心構え」というフレーズがシュワルツマン氏を爆笑させる引き金となったらしい。

　リサがニューヨークに引っ越すと告げたとき、彼は足元の排水孔から水が抜けていくように感じた。その頃には論文をほぼ仕上げ、博士課程修了後《ポスドク》の仕事に願書を出すことを考え始めていた。彼はボストンとプロヴィデンスのシェアハウスを行き来するような生活が〝長期的〟には続けられないのを知っていた。しかしニューヨークに引っ越すとなれば、それは短期でなく、まして今だけの問題でなく、まさに長期的な話だ。彼は幸福だった。何も変わってほしくなかった。

「ジャズ、最初に会ったときからずっと話してたことよ。今、初めて持ち出した話じゃないわ」

「うん、でも何となく――その、何となく、少なくとも相談の余地はあると思ってた」

「何を相談するの？　あなただって私の望みを知ってるのに」

「でも、僕らはどうするんだい？」

「あなた次第よ、ジャズ。私に対する気持ちが真剣なら、何か考えて」

「真剣さ」

「どうかしら」

「どうしてそんなふうに言うんだ？　愛してるのに！」

「あなたはそれで愛してるつもりなのよね」

「どういう意味だよ、それ？　僕には自分の気持ちが分かってないとでも？」

「じゃあ、あなたの家族はどうなの？　難しいのは私にも分かる。でも、家族に紹介すらしてくれないっていうのはどういうわけ？　ジャズ、あなたは心の奥底でやっぱりパンジャブ娘を望んでいるんだと思う。あなたが私と付き合ってるのは単に居心地がいいから――それに、分からないけど――セックスが気持ちいいからよ。でも、決して本気じゃない。そして結局は別の女と結婚する。あなたのママと一緒にサモサを作れる女の子とね」

「リサ、それは間違ってる」

「私は間違ってないと思う」

「じゃあ、そうするわけ？　ここを去る気？」

「ええ。どうやらそうみたいね」

二人は数日間、口を利かなかった。彼はソファに丸まり、エイリアン来襲のテレビドラマを数シーズン分、まとめて観た。そして彼女は去り、アパートを探す間、ブルックリンの友人宅に寝泊まりした。僕の人生は終わった、と彼は思った。友人が説明してやらなければならなかった。

「会いに行けよ、ジャズ。おまえが追ってくるのを彼女は待ってるんだ」

それは彼の人生で最善の選択だった。彼は車を借りてニューヨークに向かい、クイーンズ区のどこかで恐ろしく迷った。結局土曜の深夜、彼はウィリアムズバーグの古い工場のような建物でブザーを押していた。返事はなかった。彼が外を一時間以上ぶらついていると、カクテルで酔いの回ったリサが友達のエイミーにしがみつくようにして現れた。

「君と離れたくない」と彼はリサに言った。気が回らずに近づきすぎたエイミーは両手で口を押さえ、密かに、冷やかすような声を上げた。「僕はどこで暮らしてもいい。君のことは家族に紹介する。従兄弟《いとこ》も、伯父や伯母も全員。あまりにも数が多いから君の方がギブアップするかもね。とにかく、僕とは別れないと言ってくれ」

後になって、エイミーはこの場面を脚色し、手の込んだ物語に仕立て、「今までに見た中でいちばんロマンチックな愛の告白だった」と方々のディナーパーティーで語った。リサはいつも顔を真っ赤にし、軽く話を遮ろうとしたが、彼女自身も話を楽しんでいるのは明らかだった。それはほとんどプロポーズと呼んでもよさそうな告白だったが、ジャズは本物のプロポーズを、約束を果たすまで取っておいた。彼は親戚回りの旅行の手配をしながら緊張している様子を見せないように努め、服装や態度についてあまりたくさん指示をしすぎて彼女をおびえさせないようにした。彼は紹介がうまくいかないのは分かっていた――問題はただ全てが終わったときに、おびえすぎた彼女が彼の元を去ったりしないかということだ。彼は彼女と一緒に車でボルティモアに向かいながら、電気椅子に向かう死刑囚の気分を味わった。

　彼の両親はリサという恋人の存在を予想通りの態度で受け止めた。母は電話で彼女の名字と、両親の住所を尋ねた。彼が彼女を紹介するために家に行きたいと切り出すと、母は冷淡な中立性でそれに応えた。もしもそれが神の思し召しなら来ればいい、と彼女は言った。父の反応はもっと温かかった。親戚もみんなおまえに会いたがってるぞ、坊主《ベタ》。ずいぶん久しぶりじゃないか。ジャズはモーテルに部屋を予約したので、誰がどこで寝るかという問題は考えなくてもよかった。リサは夏の蒸し暑さにもかかわらず、パンツスーツと長袖のシャツを着た。空き家になった長屋の並ぶ前を車が通ると、彼女は不安げな表情に変わり、両親の家の外に車を停めたときには目に見えてホッとした様子だった。家は小さかったけれども、少なくともその辺りは人気《ひとけ》のない区画ではなかった。

　彼らは昼食を取った。彼の母がシータルとスクウィンデルマッシ伯母の手を借りて作った料理だ。いつもの騒々しさやドタバタはなく、冗談やおふざけもなし。年季の入ったエアコンの立てる音だけが長い間、部屋の中に響いた。彼の父はリサにウィスキーを勧め、彼女がいただきますと答えると不機嫌になった。彼女が食卓でウィスキーを飲む間、ジャズは絶え間なく足をもぞもぞと動かし、話が途切れないように努めた。彼は母に近づこうとするリサの言葉を——家に関する質問や食事に関するお世辞を——通訳したが、手応えはなかった。母は何も反応せず、そそくさとキッチンに戻り、調理に忙しいふりをした。リサは勇敢にも食事の間ずっと辛抱を続け、共通の話題を探そうとむなしい努力をし、空いた皿を片付けるシータルとウーマを手伝い、皿洗いさえしようとした。ウーマが彼女を丁重に居間に連れ戻すと、そこではジャズが伯父たちと不動産の話をしていた。彼女は完全に気落ちしていた。彼は控えめに彼女の手を握ったが、おかげでまた父の不興を買った。

　その後、二人は家の外に停めた車に戻った。リサは腹立たしそうにハンドバッグからティッシュを出した。

「君の問題じゃないよ」と彼は言った。「分かってるだろ？　相手が誰であれ、みんなああなのさ」

「相手が白人なら、ね」

「いや、インド人だって大体同じだよ」

　彼女は力なくほほ笑み、涙をぬぐった。「まあ、どうってことなかったわ」

「いや、ひどかった」

「そうね。ひどかった」

彼女は彼の表情を見て、その手を握った。「心配しないで、ジャズ。私は逃げたりしないから」

数週間後、彼は彼女をウェストヴィレッジの高級フランス料理レストランに連れて行き、結婚を申し込んだ。彼はそのときまだ、彼女がノーと答えるのを半ば予想していたが、彼女は指輪を見て、にっこりと笑い、彼にキスをした。ウェイターがシャンパンを持って現れ、他の客が上品に拍手をし、彼の人生最高の一年の始まりを祝った。二人はブルックリンの一角、コッブルヒルの、エレベーターのないアパートに引っ越した。彼は指導教授に会うためにケンブリッジに通い、彼女は小さな出版社で原稿を読むようになった。二人はフリーマーケットで家具を買い、長い時間散歩した。騒々しいセックスを頻繁にしたせいで、頭のおかしな階下のフランス系女性が管理人に苦情を言うようになった。彼らはパスタやリゾットを作って別の若いカップルを招き、揃いでないグラスで赤ワインを飲みながら、本や映画の話をした。二人は一度、リサの両親のためにローストチキンを作り、狭い食卓に四人で身を寄せ合い、窮屈な格好で鶏を食べた。彼の両親は一度もアパートに顔を見せなかった。忙しくてニューヨークに行く時間がない、と両親は言った。「何がそんなに忙しいの？」と彼は訊いた。「いろいろとな」と父は消え入るような声で言った。

彼はシータルに愚痴をこぼした。「行けるわけないでしょ？」と彼女はぴしゃりと言った。「あなたはまだ結婚してないんだから。それに彼女は——」

「彼女は何？　さあ、言えよ」

「あなたが自分で選んだ道だからね、ジャズ。どういうことになるか、分かってたはずだわ」

ジャズは論文の試問を無事に終え、郊外に住む大学進学予定者の個人指導という割の悪い仕事をしながら、大学での研究職を気乗りのしないまま探して夏を過ごした。そんなタイミングに彼は、MITで友人だったザビエルに出会った。ジャズとリサは、上品に変身したブルックリンに急に増えてきた新しいレストランの一つで食事をしていた。以前、その場所にあった古い薬局の名残が感じられる店構えで、ステーキやオイスターを出しているレストランだ。ザビエルが近づいてきてジャズに声を掛け、結局、デザートは三人で一緒に取ることになった。彼は素粒子物理学の研究者だったが、今は大学を離れ、ウォール街で仕事をしていた。ジャズがそんな経歴を人から聞くのはこれが初めてではなかった。物理モデルを金融市場に応用するのがちょっとした流行となっていた。銀行やヘッジファンドは、いわゆる量的金融の専門家、国際的な資本の流れの不確定性を手なずけられる数学者やコンピュータ科学者を求めていた。ザビエルは〝変革〟や〝革新的〟といった単語を何度も使った。その世界では大金が動いている。ジャズが若手講師として稼ぐのに二年かかりそうな額以上の金を、彼はひと月で稼いでいた。彼は帰り際、一枚の名刺と特注の香水の匂いを残していった。翌日、彼から電話があった。会社で求人があるのだが興味はないか、と。興味は大ありだった。ジャズは特段の期待をせずに面接に行った。雇われるとは思っていなかった。しかし六週間後、彼はモニターの前に座り、量子確率論の問題を解くために使ったのと同じモデルを元にして、債券市場の変動を追うためのプログラムを作成していた。

ジャズは金のおかげで家族と和解できたことに腹を立てないように努めた。他には何をやっても無駄だった。九・一一以来、両親はますます人目におびえていた。彼らはイスラム教徒だと思われないよう、大きな星条旗を玄関に掲げた。テロの後、初めて実家を訪れたとき、母が父の作業用オーバーオールに星条旗のワッペンを縫い付けているのを見て——これもまた、白人に意地悪をされないためのお守りだ——ジャズは憤りを覚えた。テロに対する戦争が強まるにつれ、両親は〝周囲に溶け込む〟ことを選んだ息子への共感を深めているように感じられた。ジャズの反逆が今は、移民としての慎重な態度に形を変えていた。

ウォール街勤めの給料で二人の共同預金口座は膨れ上がり、彼とリサはパークスロープにメゾネットを借りることにし、結婚式の準備を始めた。彼はどうしても一族をそこに呼びたかったので、賄賂を送るという手段に訴え、両親の家のローンの残りを支払い、長らく支払いが遅れているウーマの幼い息子の歯医者の代金を精算するために現金を送った。偶然か否か、ようやく両親にニューヨークを訪れる時間ができた。それは悲惨な週末になった。まずペン駅で二時間待たされ（二人は列車に乗り遅れたのだが、携帯電話を持っていないために、それを彼に伝えられなかった）、次に家庭内のことを細々《こまごま》と訊かれ、さらに観光もレストランの食事も拷問のようだった（二人ともイタリア料理は食べないと言い、インド料理には一皿ごとに母がパンジャブ語でひそひそとけちをつけた）。自由の女神像を訪れたのがクライマックスだった。ジャズは、フェリーの手すりにもたれる格好で自分の父と母に挟まれて立つリサの写真を撮った。三人は風の中で勇ましい笑顔を浮かべていた。

二人は結局、二度結婚式をした――一度はプロスペクト公園のユダヤ教礼拝堂で二人の友人とリサの親戚を集めて、二度目はジャズが子供時代を過ごしたシク教寺院で。ジャズの近しい親類はブルックリンで行われたユダヤ教の結婚式に出席し、おとなしく相手方の作法に従い、さまざまな祈りの言葉、天蓋《フッパー》、グラスを割る儀式などの説明に丁重に耳を傾けた。ボルティモアでは、リサは介添え役としてインド系の友人を呼んでいた。彼女がリサの着付けを手伝い、さまざまな準備に口を出そうとする伯母たちとリサとの間で緩衝の役割を果たした。リサの両親とブルックリンの友人もそこに来ていた。近くのコミュニティーホールで開かれた披露宴では、双方の両親がウーマを通訳として会話を試みる一方で、ジャズの従弟がDJとして耳をつんざくボリュームのバングラ音楽を流し、それに合わせて若者たちが踊った。ジャズはブルックリンの友人たちにパンジャブ語が通じなくてよかったと思った。彼は披露宴で酔っ払った親戚が〝白人の売女《ばいた》〟と口走るのを聞き、その場から男を叩き出そうとして周囲に止められたのだった。

結婚生活は順調だった。リサは出版社で編集助手の仕事を得た。ジャズは最初のボーナスをメルセデスの七〇年代モデルのクラシックスポーツカーに変えた。リサはその車が気に入らないふりをした。二人は一緒に街に出掛け、新しいはやりのレストランを試し、週末には地下鉄で郊外に足を伸ばした。彼らはチャリティーイベントにも参加した。そこでは、ジャズと同じ会社のトレーダーたちがダイビング体験やニューヨークメッツに一日加われる権利を数千ドルで競り落としていた。ジャズは出版パーティーにも出席し、彼のような金の稼ぎ方を嫌う芸術家気取りの文系連中に囲まれて、〝ウォール街野郎〟として冷遇される気分を味わった。アパートには少しずつ本が増えてきた。二人は夏の別荘をアマガンセットに借り、トライベッカのデザインストアで一九五〇年代風《ミッドセンチュリーモダン》の家具を買った。リサがロウアーイーストサイドの画廊ではやりの若い画家が描いた絵に一目ぼれすると、二人はそれを暖炉の上に飾った。丁寧に彩色された小さな頭や渦巻状の体を集めたような絵が妻に不可解な喜びを与えているのを見て、ジャズは満足を感じた。

その後、リサが妊娠した。彼女は六か月の産休で足りると思うと職場に伝えた。スキャンに映し出されたラージは白くて小さな幽霊、心霊体《エクトプラズム》の切れ端のようだった。ジャズは両親に電話をし、男の子だと言った。彼は母の声に感じられる喜びにひどく心を動かされ、すすり泣きの声を聞かせないために受話器を顔から遠ざけなければならなかった。ラージが生まれた。オリーブ色の肌をした美しい赤ん坊。ふさふさした黒い髪。パンジャブ風の大きな鼻と茶色い目。そうした特徴は、その背後に人間的な存在を感じ取れたならジャズの人生の喜びとなっただろう。

それは遠い昔のことのように感じられた。

彼は車のエンジンをかけ、外の空気を味わいながら、しばらくそのままじっとしていた。モハヴェ砂漠の太陽は空高く昇り、町へ続く黒いアスファルトの道路を除き、あらゆる物を真っ白に変えていた。彼はダッシュボードの小物入れに手を伸ばし、いちばん新しい母からの手紙を探った。スクウィンデルマッシ伯母がミミズの這うような文字で宛名を手書きした手紙だ。ラージが後部座席でうなり、シートベルトの中で身をよじった。ジャズは封筒を開け、母が同封した小さな魔除けのロケットペンダントを取り出した。効かないにしても、別に害はないだろう。彼は後ろに手を伸ばし、それをラージの首に掛けた。少年が一瞬紐に手を掛けたので、ジャズは紐が引きちぎられるのではないかと心配したが、すぐにぐずるのをやめ、反対側の窓の外にある物を見つめていた。

ジャズはハイウェイに出ると反射的にラジオのスイッチを入れ、またすぐに消した。最近のラージは音楽を怖がるようになった。医者の話では、耳が異常に繊細だということらしい。赤ん坊の頃は掃除機の音を聞くと泣き叫んだ。地下鉄に乗るなんて考えられない。落ち着いて車に乗るようになるのにもかなりの時間がかかった。それでも、赤ん坊の頃は音楽を聞けばおとなしくなっていた。これもまた気のめいる事実、新たな喪失だ。ＬＡからのドライブはずっと沈黙の中だった。一酸化炭素ガスのような退屈が車を満たした。

車は坂を下り、弁護士や退職者居住施設を宣伝する道路脇の看板を脇に見ながら町へ向かった。日差しは強烈だった。陽炎《かげろう》がハイウェイに蜃気楼を映し出し、ジャズは一瞬、目の前の光景が現実のものではないような錯覚に陥った。アフガニスタン風の空色のブルカをかぶって路傍を歩く女の集団。どこか別の場所のテレビ映像が迷子になって彼の網膜に映っているかのようだった。彼は速度を落とし、バックミラーに目をやった。女たちは実際にそこにいた。どこかからどこかへ移動する、コバルト色の謎めいた幽霊。彼は思わず、他の物——看板や送電線、クレオソートブッシュ——が現実かどうかを確かめるために後ろを振り返った。彼はまるで、いつの間にか別の空間に瞬間移動し、突然、軍用ジープの強化ガラスの向こうに泥煉瓦造りの村が現れたかのように感じていた。

スーパーでは、入り口のすぐそばに駐車スペースが見つかった。ラージはおとなしく店内についてきた。二人は通路を進みながらカートに商品を入れていった。スライスした七面鳥、ボトル入りの水、クラッカー、ピクニックの昼食に必要な物全部。ラージは缶詰を積んだ棚に興味を持った。彼は物を整然と並べるのが好きだった。積み木を積んだり、おもちゃを一列に並べたり。ここにはそんな彼が大好きな、統制された秩序があった。彼は舌を鳴らし、腕をばたばたと動かした。彼はジャズにも分かる喜びの表情を浮かべていた——普段のジャズならそれを見てうれしくなるところだ。ラージがカートにトウモロコシの缶詰を入れ始めると、ジャズはオレンジを手渡して彼の気を逸らした。ラージは昔からオレンジが大好きで、いつもまるでぬいぐるみかペットみたいに何時間でもいじり回していた。少しつぶれかけたオレンジをレジに通すときには少しだけ泣いたが、それを除けば二人の遠出は順調だった。車で戻る途中、ジャズは口笛を吹き、ハンドルを握る指でコツコツとリズムを刻んだ。ラージも舌を鳴らし、ハミングをした。ジャズは空色の女たちをまた探したが、一人も見つからなかった。

モーテルに戻ると、リサがプールサイドの寝椅子で、長い脚を広げて日光浴をしていた。ビキニ姿の彼女は美しく、ジャズは一瞬、妻に対していつもと違う情熱を感じた。彼は彼女に手を触れ、キスをし、太ももに指を這わせた。日焼け止めと汗のいい匂いがした。

「ただいま」

「おかえり」

彼女は体を起こし、ラージの額に手をやった。

「暑そうね。さあ、水着に着替えましょ」

ジャズは彼女に再びキスをした。「大丈夫。僕が着替えさせる。ゆっくりしててくれ」

二人は部屋に戻った。ジャズが水遊び用のオムツを穿かせ、日焼け止めを塗っても、ラージは抵抗しなかったが、ロケットを外そうとすると大きな悲鳴を上げ、紐を握って放そうとしなかった。ジャズは無理やり外させる必要はないと考えた。大したことじゃない。外したくないならそのままでいい。

「さて。ママの所に行こうか」

二人がプールに出ると、リサがモーテルの支配人と話をしながら、何かの冗談に笑っていた。彼が近づくと女は去り、リサが肘をついて体を起こし、まぶしそうに目の上に手をかざした。

「それ何?」

「何って?」

「首に掛けてるがらくた」

「ああ。母さんが送ってきたんだ。この子は気に入ってて、外させてくれない」

「あなたが掛けさせたの?」

「うん。単なる——お守りさ。母さんからのプレゼント」

「何なのよ、ジャズ。もうその話は終わったと思ってたんだけど。うちの子は絶対にお母さんの迷信に関わらせないって」

「別に害はないだろ」

「〝害はない〟? あなたが白人女と結婚したせいで一家が呪われた、お母さんはそう信じてる。ラージがその罰だと思ってるわけでしょ?」

「それは言いすぎだ」

彼女は息子を引き寄せ、首からロケットを外そうとした。彼は紐をつかみ、わめきだした。

「痛がってるじゃないか」

「ラージ、手を放しなさい!」

ついに紐が切れた。リサは毒づき、お守りをフェンスの向こうに放った。ラージは前後に体を揺らし始め、冬眠中の鳥のように首を肩に埋めた。ジャズはプラスチック製の椅子に腰を下ろした。

「完璧。よくできました」

リサは彼をにらんだ。彼はプールに入り、怒りを抑えるために二、三回往復した。ようやく彼はプールサイドに上がり、足を水に浸したまま、そこに腰掛けた。背中で熱が水を蒸気に変えるのが感じられた。

「リサ?」

「何?」

「頼むから——何て言うか——僕の難しい立場を分かってくれないか? あの人は僕の母さんなんだよ」

「何てこと、ジャズ。ひょっとしたらあなたもお母さんと同じ考えなんじゃないかと思うことがあるわ。あなたもラージがおかしいと思ってる」

「ああ、実際、おかしいじゃないか」

「呪われてる？」

「僕に何を言わせたいんだ？　父さんも母さんも無学だと？　僕らは君たちの現代アメリカみたいな大きな世界のことは何も分からない、肌の茶色い貧乏な移民だと？　僕の家族と君との間を取り持つなんて——全く、君には何も分かってない。僕がどれだけのことをしなくちゃならないか、どれほど大変なことか……。ていうか、見ろよ、リサ！　あの子は普通じゃない。言い方をどれだけ当たり障りのないものにしたってその事実は変えられない。この際だからはっきり言わせてもらうけど、ああ、そうさ、僕も時々呪いみたいに感じることがある。罰《ばち》が当たっているように思うことがあるよ」

彼は言いすぎたと思った。

「リサ——」

「もういい」

「言いすぎた。僕は君に劣らずあの子を愛してる。でも、このことのせいで僕らがどうなったかを考えてくれ」

「あなたが言いたいのは、彼のせいで私たちがどうなったかでしょ？」

「昔の僕たちはこんなじゃなかった」

「あなたが時々手を貸してくれさえすれば、これほど大変じゃなかったはずよ。これじゃあまるで、私が厄介者みたい」

「なあ、ベイビー。そんなことはないよ」

「いいえ、そうだわ。せめてあなたが私を家族から守ってくれればよかったのに。私にはあなたの家族が考えていることが分からないと思ってるの？　あの二人の考えでは、私が悪者なのよ」

「そんなふうには思ってない」

「いいえ、思ってるわ、ジャズ。なのにあなたはそれを放置してる。あなたは口答えをしたことがない。一度も」

「その代わり、めったに会うこともない」

「それは話が別。逃げるのは戦うのと違う」

「じゃあ、僕にどうしろって言うんだ？　縁を切れって？　僕には義務がある。家族だから。僕らにとって家族は全てだ——それが君らには全然分かってない。僕は両親を愛してる。そして僕は息子も愛してる」

彼女はまるで平手打ちをされたかのように彼をにらんだ。

「〝君ら〟って？」

「僕が言いたいことは分かってるだろ」

「何なの。今度は私まで〝君ら〟の仲間入り。ええ、いいわ、そんなに息子を愛しているなら、私の手を借りずに、あなたとあなたの素敵なパンジャブ一族様が彼の世話をするといい。皆さんそれでご満足でしょう？　魔女は死んだぞって、鐘を鳴らして祝うがいいわ！　ろくでなしの白い魔女は消えますから、幸福な村人たちでお祝いをしなさいよ。〝君ら〟？　全く信じられないわ、ジャズ。車のキーはどこ？」

「何するんだ？」

「いいから、車のキーがどこにあるかを教えてよ」

「ベッドの脇のテーブルの上」

「分かった」

彼女はタオルを手に、部屋へ向かった。ジャズはラージと座り、今起きたことを理解しようとした。数分後、彼女は顔が隠れそうなほど大きな、フクロウみたいなサングラスを掛け、Tシャツ、ショートパンツ姿で現れた。彼女はプールの方には目もくれず、大股で車に向かって歩いた。乱暴にキーを回してエンジンをかける音が聞こえた。それからタイヤがきしる音がして、彼女は車で去った。

一九六九年

彼女たちは子供の頃、何度も岩山に出掛け、事故の現場を見た。残骸は大半が回収されていたが、ロケットか何かの一部は見ることができた。ねじれ、曲がった円筒状のものに銃弾による穴が開いていた。男の子たちが射撃練習の的に使っていたからだ。しかし、あれほど大きな的を使ってそれが何の練習になるのか、ドーンには分からなかった。きっとむしろ、錆びた金属が立てるカーンという音が面白いのだろうと彼女は思った。ひびの入ったコンクリートの土台と焦げ跡もあった。それでほぼ全て。特に見るほどのものはない。

事件の経緯については、語る人間の数だけ違う物語があった。何か電気系統の問題があったとか、どこかの子供がいたずらで花火に火を点けたとか。しかし、数千人が見守る前で、全体が松明《たいまつ》のような火に包まれたことは間違いない。中には男がいた。何でもよく知っている年配の常連客によると、男は共産主義者だった。敵対的な外国のスパイ。だからといって、生きたままあんな缶詰みたいなものに閉じ込められて、焼かれるなんて。誰であれ、そんな苦しみを味わうべきじゃない。

フランキー・デュケットはぽんこつみたいなプリマスを持っていたので、二人はよくそれに乗って岩山に行き、ドリフトやドーナツ走行をやって土埃を舞い上げた。ただの気晴らしだ。誰にも迷惑は掛けない。その後、二人で岩の上に腰を下ろし、砂漠を眺め、あるいはボンネットに横たわり、ラジオを聴き、夕日を見つめた。暗くなるとヘッドライトを灯した。黄色い光線の中で埃の粒が踊り、二人は愛撫した。フランキーは彼女のシャツの下に手を入れたが、それ以上のことはしようとしなかった。彼は臆病で、死ぬほど牧師を恐れていたからだ。彼女がフランキーと夜遅くまで岩山で遊んで家に帰ると、伯父のレイがひどくわめき立てた。引き取ってやったのにおまえは恩知らずだと彼はドーンを責め、伯母は口に手を当て、冷たい目を向けた。

その後、頭のおかしな女が現れた。彼女はトレーラーでやって来て、ピナクル・ロックの真下でままごと遊びを始めた。誰の土地か誰も覚えていなかったけれども、実はそこは私有地だった。誰もが連邦政府の土地だと思っていた。彼女は誰にも世話を掛けることなく、必要なものがあるときだけフォードのピックアップトラックで町に来た。車は元の色が分からないほど、何度も塗装と修理の手が加えられ、ほとんど赤錆色になっていた。彼女がなぜそこへ来たのか、そして、どうやって生計を立てているのかについては、さまざまな噂があった。仕事をしていないのだから、どこかから金を得ているに違いない。彼女が一日何をして過ごしているのか、誰にも分からなかった。

ある日、店の少年が勇気を出して彼女に質問をした。彼女は娘を待っているのだと答えた。最初、その言葉の意味は誰にも分からなかったが、事故当時、集会だか何だかで現場に居合わせたレイ伯父さんの話を聞いて、彼らは行方不明になった少女のことを思い出した。男が銀色の服を着て塔に登り、塔が炎に包まれた後、全体が崩れ落ち、三人が死亡した。問題の子供もきっと中で遊んでいたのだろう。どうやらその場には、たくさんの子供が集まっていたようだ。女の子はきっと、火事に巻き込まれたに違いない。

ドーンは時々放課後に店でアルバイトをしていたので、頭のおかしな女が次に店に来たとき、じっくりその姿を見ることができた。油染みだらけのオーバーオール、日焼けした腕とうなじ。ドーンは彼女を怖いと思わず、その目をしっかり見ようとした。そう、ドーンは彼女の目を見た——ただし、頭のおかしな女は床に視線を落としていたけれども。彼女は釣り銭を手渡すとき、女の爪や手のひらのしわに土が詰まっているのを目にした。男みたいな、労働者の手。あんな手は死んでもごめんだわ。

「あそこでの暮らしは楽しいですか？」。彼女は質問したことを後悔した。クロー爺さんがハムを切る手を止め、彼女に鋭い視線を投げた。頭のおかしな女が顔を上げると、ウサギか鹿のような、小さな茶色いマーブルチョコみたいな目が、汚れてぼろぼろの麦藁帽の下から世界を覗いていた。ドーンはその目の中に何も読み取れなかったが、その後、学校の友達には、あの女は全然狂ってなんかいないと思うと話した。

翌年、岩山にまた数人が住み着いたようだった。彼らはトタン屋根の小屋を二つほど建て、周囲をワイヤーフェンスで囲み、施設みたいなものを造った。様子を調べるため、保安官がカールズバッド巡査を現場にやった。戻ってきた巡査は、汚い施設だが、法を犯している様子は見られなかったと報告した。頭のおかしな女は眼帯をした年配の男と一緒に町に来るようになった。ドーンは男とまともに目を合わせることができなかった。目の下の頰はケロイド状に滑らかでピンク色をしており、顎からずり落ちそうに見えた。

そして彼女は、円盤族がこの土地に戻ってきたことを確信した。間違いない。彼女がその話をするとレイ伯父さんは、誰だか知らないがそんな連中に近寄るんじゃないぞと言った。それが一種の公式な対応だった。町の者は皆、失礼な態度は取らないが、深入りはしない。若者たちは彼らに近づいてはいけないことになっていた。だが、そう言われるとかえって興味を持つのが若者だ。さまざまな噂話には事欠かなかった。彼らは近くまで何度も車で出掛けた。

そして彼女はある日、町から五マイルほど離れた場所で、日中の暑さの中、道路脇を歩いている少女を見かけた。ドーンは車を停め、大丈夫かと尋ねた。何か事情があると思ったからだ――馬鹿な恋人に道の途中で放り出されたとか。ところが少女は、大丈夫だと答えた。名前はジュディー。家に帰るところだという。

「家?」

「うん」

「歩いて?」

彼女はブロンドで、ジーンズに袖なしの白いシャツを着て、子供か先住民の女みたいに髪を三つ編みにしていた。その髪形はドーンを驚かせた。最近の女の子は皆、カーラーやスプレーを使って何時間もかけて髪のボリュームをふわっと出すのがはやりだったからだ。少女は十九歳くらいに見えた。そして化粧っ気がないのに美人。さっきまで日差しの中を何マイルも歩いていたようには見えず、まるで今シャワーを浴びたかのようにすがすがしく清潔。彼女がトラックをUターンさせ、町に向かおうとすると、ジュディーが「そっちじゃない。私は岩のところで暮らしてる」と言った。ドーンは笑わずにいられなかった。

「あの人たちと一緒に? あそこで暮らしてるの?」

「ママと、ママのお友達と一緒に」

その事実をどう受け止めればいいのだろう? 施設にたどり着いたとき、ジュディーはドーンを中に招くことをせず、ただ「ありがとう。じゃあまた」と言っただけだったので、ドーンは少し腹を立てた。ソフトクリーム屋でフロートを飲みながら友達にこの出来事を話すと少し気が晴れたが、結局、次にジュディーの姿を見たのはおよそ一年後、少女が町の暮らしに本格的に入ってきたときのことだった。ドーンはその頃には学校を卒業し、店でのアルバイトだけを続けていた。ある日の午後、彼女が用事を片付けるふりをしていると、見たこともないような奇天烈な風采の三人を引き連れてジュディーが店に入ってきた。ドーンは何も見逃さないよう、まばたきの時間さえ惜しんで彼らを見た——彼らの服が放つ光、彼らが口にする奇妙な言葉、彼らが身に着けた帽子やサングラスや羽毛の様子を。一人の男はシルバーとトルコ石のアクセサリーをたくさん身に着け、ビーズの帯を巻いた黒い大きなカウボーイハット、蛇革のブーツ、メキシコ風の長い口髭といういでたちだった。もう一人の男は緑色のバレエ用タイツらしきものを穿いていたが、股の辺りの形がほとんど丸見えだったので、視線は上半身に向けざるをえなかった。彼は素肌の上にウサギの毛皮のベストを着て、ブロンドの髭には小さな三つ編みがしてあった——かなり気持ち悪いセンスだ。もしも上半身を見ないで、中心部分も見ないとなると、残る選択肢は裸足の足しかないが、その汚さは目に余った。もう一人の人物は何と黒人《カラード》の少女だった。彼女がバスローブのように羽織っていた長めの黄色いシルクガウンは少し破れかけており、その下はノーブラだった。髪は大きな丸いアフロ。何かの薬物でラリっているのが見て取れた。そんな連中の中にジュディーがいた。きれいにアイロンを掛けた白いシャツとジーンズ。以前見かけたのと全く同じ格好だ。

「やあ」と彼女は言った。

「やあ」とドーンは言った。

「みんな、この人がドーン。仲間よ」

メキシコ風の口髭男が喉の奥でうなるような音を立て、引き寄せられるようにドーンに近寄り、歯をむき出しにしてカウンターに身を乗り出した。ドーンはたちまち顔を真っ赤にした。彼女はそんなふうに反応した自分が嫌になった。他の二人が突然笑い転げ、ジュディーだけが今から詩をそらんじようとするかのように爽やかな笑みを浮かべ、そこに立っていた。

「ごめんね」と黒人の少女が言った。「あんたの顔がおかしくて。鏡を見てみたら？　漫画みたいに目が点になってたんだ。分かる？」

ドーンには分からなかった。そして正直に言うと、黒人と直接話をするのはこれが初めてだった——一度、学校の社会科見学で行ったサクラメントの州議会議事堂で、別の貧しい地域の学校の生徒と一緒になったときを除けば。きっと彼女の表情に困惑かおびえが表れていたのだろう。

というのも、クロー氏が店の奥から現れ、客を一瞥し、彼女を見やり、用のない客は出て行けという感じの声を出したからだ。

「ご用件は何かな、お嬢さん？」

クロー氏はカウンターの下に、野球のバットと鉄の鎖と一緒に、三八口径を常備していた。彼は銃に手が届く位置に立った。

「ご用件は何かと訊いたんだがね、お嬢さん？」

ジュディーは大きな笑みを彼に向けた。「はい、ブラザー。食べ物をください」

「どんな食べ物を？」

「麺とか米とかチーズとか。食べ物を」

「もっと具体的に言ってもらわないとね」。彼はカウンターの下で、土曜の連続テレビドラマに出てくるガンマンのように指を曲げたり伸ばしたりした。

「リストがあります」

クロー氏は少し不意を突かれた。妙なやり取りがもう少し続けば、銃を使っていたかもしれない。クロー氏は朝鮮戦争で捕虜となった経験があり、今は人と交わるのを避けていた。結婚はしていなかった。ほぼそれだけでクロー氏の人柄は知れるだろう。この連中が妙なことをしでかして彼に嫌な過去を思い出させないことをドーンは祈った。

彼らは結局、五袋分の食料を抱え、無事に店を出た。彼女は入り口に立ち、彼らを見送った。彼らは外に、カラフルな模様を描いたスクールバスを停めていた。後ろ半分には派手な布地が何ヤード分も積まれていた。あまりにたくさんで、窓が割れそうなほどの詰め込みようだった。車は屋根に天体観測に使われるタイプのパラボラアンテナを備え、周囲に少なくとも三、四人がうろついていた。しかし彼女がしっかり見ることができたのは、フットボールのヘルメットをかぶり、マントを羽織った男だけだった。というのも、クロー氏が彼女を店に引き戻し、退役軍人病院に配達物を届けるように言いつけたからだ。

その後すぐに、ワグホーン保安官が機会を見つけて飛行機でピナクルズを訪れた。彼は岩山近くの乾湖に着陸し、周辺を視察した。それから街に戻り、〈マリガンズ・ラウンジ&グリル〉の奥の部屋で会合を開いた。集まったのは五人ほどのいつものメンバーだ。市長、マリガン、ガソリンスタンドのハンセン氏ら、基本的にはロータリークラブ会員。こうして町の住人は、顔に火傷を負った男の名がデイヴィスであることを知った。デイヴィスは保安官を連れ、丁重に内部を案内し、パン工場や風車のような施設を見せたらしい。しかし、内部は精神病院同然で、ゆうに二十人を超える人がそこで暮らし、中には裸の娘や二人の黒人もいた。こうした詳細な情報は、郡の歴史が始まって以来、最大のビート族発生事件だということを公式に意味すると同時に、ドーンと友人のリーナとシェリが人生経験を豊かにするために、すぐにそれぞれの彼氏の目を盗んで現場に向かうことを促してもいた。

金曜の夜、パーティーを思わせる明かりが岩山に灯っているのが見えた。彼女たちは何度も電話でやり取りして口裏を合わせた後、リーナのトラックに乗り、口論をしていた。三人はトミー・ジェイムス&ザ・ションデルズがいかしてるかどうかについて喧嘩しているように見えて、実際は、メソジスト派教会のバーベキュー&ダンスパーティーでロビー・モリーナがパンティーに手を入れてきたのをリーナが黙認し――つい最近ドーンのパンティーに手を入れたばかりなのに――しかも、バスケットボールチームの仲間にその自慢話をしたことが許せるかどうかでもめていた。

施設に着くと、しばらくの間、暗闇に車を停めたまま、次にどうするかをめぐる口論をした。周囲には妙な音楽が流れていた。ドーンは落ち着かなかった。三人の少女がようやくトラックを降りようと覚悟を決めたとき、目つきの悪い連中がそばまでバイクで近づいてきて、エンジンを空ぶかしし、車の中を覗き込んだ。彼女たちは一瞬、ひどい輪姦を覚悟したが、意外にも、ボスらしき男が穏やかな声で「そんなところでじっとしてないで、中に入ればいいのに」と言った。それは他でもない、店でカウンターにもたれかかってきた、肌の浅黒い例の男だった。メキシコ人風の口髭を生やした二枚目。男はウルフと名乗った。ほほ笑むと大きな白い歯が覗いた。

実際、言われた通りにする以外に選択の余地はなかった。三人はトラックから降り、平静を装いながらウルフたちに続いて施設の門をくぐった。中に入るとすぐにウルフは若い女と一緒になり、彼女に腕を回して歩きだした。ドーンは何となく、女と同じ側を遅れないようについて歩いた。岩にはカラフルな光が投影されていた。スライドや液体砂時計が映し出す模様。たくさんの人が火を囲むように輪になって座り、中央の何か――マイクを備えた箱状の電子装置を積み上げたような物――に向かって太鼓や笛などの楽器を演奏していた。

彼女たちが輪に入っても、誰も気に懸けている様子はなかった。二人か三人は軽く会釈をした。皆、ひたすら演奏を続けた。普段聞き慣れている音楽とは全く違っていたが、ドーンはその曲が気に入った。「ここって何なの？」彼女は、ナバホ族の毛布にくるまっている隣の少女に尋ねた。

「ここは」と少女が言った。「アシュター銀河司令部が地球に置いた主要中枢《ハブ》」

「何それ？」

「秘密の地球基地。ここが第一号。今後はもっともっと増える予定よ」

ドーンは何と応えたらよいか分からなかったので、ただうなずき、顔にかかった髪を払って、興味がある素振りを見せた。

「基地を増やすの」と少女は想像を膨らませながら言った。「何百も。ある段階を超えれば、たくさんの人が再統合されることになる。そうすれば当然、基地も増える。この眼鏡、掛けてみる？」

彼女は老女が使うような風変わりな眼鏡を掛けていた。レンズは宝石のような多面体に加工されていた。ドーンは眼鏡を掛けた。炎が虹色に分光した。

「ウリムとトンミム（ユダヤの大祭司が神意を問う際に用いたもので、金属または宝石製と思われる実体不明の品）」と少女が言った。「それを使えば過去と未来が見える」。ドーンは少女が何の話をしているのか分からなかった。

「さっきの話はどこで聞いたの？」

「さっきの話って？」

「基地とか何とか」

「さあ、よく覚えてない。昔から知ってる気がする。あたしはLAの街でジュディーと出会って、ジョウニーとクラークに紹介されて、ここに来て、一緒に暮らさないかって訊かれた。ただそれだけ」

「ジョウニーとクラーク？」

少女は焚き火を挟んだ反対側を指差した。一つだけ確かなことがあった。頭のおかしな女は、この岩山ではあまりおかしく見えなかった。花柄のマキシドレスを着た彼女は、どことなく懐かしく、先駆的な風采に見えた。ストレートで長い髪の毛はきれいに櫛が通り、灰色のカーテンのように顔の両脇に垂れていた。彼女と片目のデイヴィス氏は、他のメンバーと違い、地面にあぐらをかいてはいなかった。二人は高い背もたれのついた木製の肘掛け椅子を与えられていた。丈夫そうな椅子はまるで粗野な玉座のように見えた。ママとパパ。そしてその足元にミス・ジュディー。彼女は朝礼のときのように両手で頭を支え、相変わらず完璧にアメリカ人らしい格好で、明るく爽やかな表情を浮かべている。

ドーンは彼女にほほ笑みかけたが、ミス・ジュディーの目はまるで見知らぬ人を見るかのように、遠くを見つめていた。

ナバホ族の毛布にくるまれた少女が話を嫌がる素振りを見せなかったので、ドーンは質問を続けた。その結果、年配の女性はマー・ジョウニーと呼ばれているということが分かった。ただし、東洋の言葉が元になっているので、〝マー〟と長く伸ばして発音する。マー・ジョウニー。マーーー……。それであの人、頭はおかしいの、おかしくないの？　ドーンから離れて座っていたリーナとシェリが、〝何て失礼なことを訊くの？〟というように目を丸くした。

「あの人はあなたや私が見たことのないものをたくさん見てきた」と彼女は言った。「とても先のレベルまで進んだ人よ」

その返事は一種の〝イエス〟のように聞こえた。

リーナが口の形で〝帰ろう〟と言った。ドーンは残りたかった。彼女には見たいものがたくさんあった。例えば光のショーや体格のいい若い男。男たちは焚き火のそばで裸で踊り、あそこを左右に揺らしていた。そんなことはフランキーやロビーでは考えられない。というか、彼女たちの知る男ではありえない行動だ。

「ジュディーは？　何だかみんなと距離がある感じだけど」

ナバホ族の毛布にくるまれた少女は声を潜めた。「ジュディーはここでいちばん重要な人物よ。ジュディーが案内役《ガイド》なの」

「何の案内役？」

「あのさあ、その眼鏡、返してくれる？」

こうして、ナバホ族の毛布にくるまった少女はさよならも言わずに立ち上がり、歌を口ずさみながら去った。ドーンは困惑したが、すぐに立ち直り、心を落ち着け、平静を装わなければならなかった。というのも、ウルフがすぐ横に片方の肘をついて寝そべり、細長いマリファナを差し出してきたからだ。こういうときは、馬鹿みたいなことを言ったり、したりしないのが重要だ。

「やあ」と彼は言った。

「ドーン」とシェリがささやいた。「帰ろうよ。こんな所にいたら何かの病気がうつりそう」

ドーンはシェリたちに何と言われようと、初めてのマリファナを目の前にしてその場を立ち去る気は全くなかったので、〝放っておいて〟という鋭いまなざしを返し、しばらくの間、音楽に耳を傾けた。ドーンはマリファナを吸い、それをシェリに回したが、彼女は吸わなかった。一服し、病気の猫みたいに咳き込んだリーナの姿は少し笑えた。それからウルフがみんなに紹介しようかと尋ねると、彼女はイエスと答え、彼の手を借りて立ち上がった。シェリがいらついた様子で時計を指差し、リーナは車のキーを掲げていたが、ドーンは二人を無視した。彼女はウルフと一緒に、ダンスか行進をするような足取りで焚き火の反対側まで歩いた。

「夜明《ドーン》けか」と彼は言った。「その名前なら変える必要はなさそうだな」

二〇〇八年

リサは車のギアをドライブに入れながら、自分の手が震えていることに気付いた。今にも涙があふれそうだ。そしてなぜかそう感じた途端、余計に腹が立った。ファストフードのレストランが並ぶ一帯まで坂を下る間、その悪循環が彼女の喉を詰まらせ、視界をぼやかした。彼女はぶつぶつとつぶやいた。ジャズのろくでなし。彼はしばしばこんなふうに科学者代表――客観的審査を経た理性の声――を気取り、人の神経を逆なでする。違うよ、ダーリン、こうやるんだ。そんなことはしちゃ駄目だ、機械が壊れるじゃないか。

トラックが前に割り込んだせいで、彼女はブレーキを踏まざるをえなかった。彼女は悪態をつき、クラクションを鳴らしたが、巨大な白い車体に向かって中指を突き立てる間も、自分に非があることは分かっていた。落ち着くのよ、お嬢さん、と彼女は自分に言い聞かせた。睡眠不足だろうが何だろうが、しっかりしなくちゃ。もしも死んだらどうなるの？　かわいそうな子供の面倒は誰が見る？　ジャズには無理。それは確かだ。最初から途方に暮れるに違いない。

彼女はデニーズの駐車場に車を停めた。気を落ち着かせるため、少しの間、シートに座ったまま鏡を見ながら髪を整え、リップクリームを塗り、ハンドバッグを確かめてから、店に入り、コーヒーを注文した。

とりあえず、〝癒やしの家族旅行〟は失敗。フェニックスに着くまでに、ジャズと彼女の関係は最低レベルにまで悪化するだろう。彼女の父親がきっと取りなそうとするだろうが、実は彼はジャズのことを何も分かっておらず、それどころか密かに少し恐れていて、彼に接するときも、まるでイグアナかキンカジューみたいな、インパクトはあるけれど謎の多い珍獣を相手にしているかのようだった。彼女の母親はきっといつものように、恐ろしいほどあどけない目で心のない同情を見せる。するとリサは、きれいにメークされた母の顔からその目を掻き出したくなるだろう。

若い男の集団が隣の仕切り席に座っていた。あまりにも若いせいで、最初に見たときには地元の高校生か、クラブか、運動チームかと思った。その後、角刈りの頭と無愛想な態度を見て、ようやくそれが海兵隊基地から来た連中だと気付いた。一人はギプスをした脚を通路に投げ出していた。松葉杖が二本、床に置かれていた。フットボールによるけが？　それとも戦争での負傷？　この子たちはイラクから戻ってきたのかしら？　彼女は彼らの話を盗み聞きした。話題は車でもガールフレンドのことでもなく、国家の現状について。彼女には、**名誉**、**品格**、たばこ《ファグ》という言葉が聞こえた。

彼女はジャズを紹介する前から、両親がどう思うか、およそ見当が付いていた。父は単純だ。パピーはかわいい娘が幸せなら何でもいい。時々ハグしたり、役に立たないゴルフ用品を誕生日にくれたりしながら、死ぬまでずっとパピーと呼んでくれさえすればオーケー。だから東インド人《イースト・インディアン》だって問題なし——彼はどうしても〝東《イースト》〟を添えなければ気が済まないらしかった。両親がフェニックスに引っ越してからそんな習慣が身に付いたようだ。まるでフェニックスの郊外にホピ族やアパッチ族がたくさん住んでいて、そうしたインディアンからきちんと区別しなければ紛らわしいと思っているかのように。ジャズは高学歴で、礼儀正しく、稼ぎもよく、娘に優しい。チェック、チェック、チェック、チェック。全項目合格。必要な配慮は行った。だからパピーは話を了解し、日曜午後のフットボール観戦のため、私室に戻った。ママの方は厄介だった。心の中で人生の予定表を作り、現実がそこから逸脱するとパニックを起こすタイプの女。ジャズは大きな逸脱だった。未知の不確定要素だ。パティー・シュワルツマンは彼について見解を述べようとして、娘に醜い姿を見せた。彼女は結婚式の直前、母娘《おやこ》水入らずで温泉《スパ》に出掛けたいと言い張った。何かを企んでいるのは明らかだった。そしてリサは温泉《スパ》でマニキュア、ペディキュアを施され、ホットストーンマッサージを受けた。やがて全てが終わり、お揃いのローブで長椅子に寝そべり、顔に糞便みたいなおぞましいチョコレート色（こともあろうにチョコレート色）のパックをしたまま、ヨーロッパから輸入したおしゃれなミネラルウォーターを飲むのを待ってから、パティーは小言を切り出した。二分も経たないうちに二人は、互いに「大きな声を出さないで」と言い合っていた。パティーは娘に理解してもらえないことで傷ついているふりをした。

「あの人たちは私たちと違うの。これは別に悪口じゃないわ」

「ここでまたジェイソン・エルズバーグのことを持ち出したら、ママのことをひっぱたくからね」

「彼が婚約したのは知ってるでしょ。そんな目で見ないで。私が言いたいのはただ、男は女のこととなるととても保守的だってこと。男はそういうものなの」

「どうしてママにはそれが分かるの？　人類学者と付き合ったことがあるから？　ジャズはオサマ・ビン・ラディンじゃない。彼が着てるのはポロシャツ。私の友達はみんな、彼が共和党員だと思ってる」

「あなたって子供のときからずっと、自分で厄介な道を選んでばかりね」

「ねえ、ママの顔、まるで誰かにウンチを塗りつけられたみたい」

リサは自分でも疑いを持ったことがあるとは決して認めたくなかった。彼女はジャズと初めて出会った頃、彼の些細な振る舞いに危険な兆候を探ろうとした――彼がいつ何時穏やかな仮面を脱ぎ捨て、東洋の青髭という本性を見せ、彼女を台所につなぎ止め、よその男に足首を見せたと言って彼女に暴力を振るうのではないかと。もちろん、それは全て単なる杞憂だったが、同時に彼には、インド的、あるいはアジア的、あるいはパンジャブ的と呼ばざるをえない急所があった――彼女の元恋人たちに対する嫉妬や身体的な潔癖さだ。あるいはそれは文化とは無関係かも知れない。単にジャズ個人の性格なのかも。リサはもうその頃には、そんな問題に慣れっこになっていた。

ジャズと家族の問題は多かれ少なかれ彼の頭の中のことだ、と彼女は気軽に考えていた。彼女はいい人物で、彼らの息子を愛している。彼女の人柄を知れば、息子と結婚するのを喜ばない親がいるだろうか？　彼女は、インド版『若草物語』みたいな古風な大家族物語に自分も加えてもらえるのではないかという幻想を抱いたことさえ、一度ならずある――大テーブルを囲む食事やパーティーで、きれいな東洋風の服と銀のアクセサリーをまとい、茶色い目をした姉妹たちと一緒にケラケラと笑う光景を。ところが現実にあったのは、ボルティモアへのあの悲惨な旅。荒れ果てた町、奇妙な匂いのする手狭な家、そしてそこにあふれる、不可解な怒りを抱えた人々。彼女はできる限りの努力をし、皆に取り入ろうと手を尽くした。しかし、誰も彼女を知ろうとしていないのは明らかだった。自分が自分であるだけで憎まれ、それについて何もできないなんて！　料理を入れるのはプラスチック皿、部屋にあるのは安物の家具、外に停められているのはおんぼろのターセル——そんな〝移民〟みたいな生活を送る人々に、慇懃な仮面の背後で憎まれるなんて。考えただけで恥辱的。口にできないほどの恥。そこがいちばんつらかった。彼の家族といると、彼女は自分が共和党的な偏屈者に——まるで母と同じタイプの人間に——なったみたいに感じられた。

　リサはプライドがあったので、ジャズの実家が怖かったとは誰にも言わなかったし、ジャズはとても優しく痛ましかったので、なぜかそれで万事オーケーだと感じられた。彼は家族とは違う。家族とはちっとも似ていない。彼がその日一日の悲惨な出来事に関して神経質な冗談を言いながら彼女をモーテルまで送り届けたときも、彼女は自分が彼のどんな部分を愛しているかを一つ一つ思い起こした——彼の優しさ、彼女の悩みをまるでルービックキューブを扱うみたいに解決するおたく的な手さばき。彼は彼女が知る男の中で最も親切で上品だった。二人の生活は素敵だった。もちろん彼女は彼と結婚したいと思った。

　最初の結婚式は彼女が望んだ通りの一日になった。二人の友人全員に囲まれ、幸福を胸いっぱいに溜め込んで、その勢いで一週間後のシク教式結婚式に臨んだ。寺院では、おとなしくじっと座ったまま、視線を低く保った。新郎側の一族が賛歌を歌い、聖典を覆う布を直していた。昔のルームメイトのスニタが横にいてくれたのはありがたかった。スニタは彼女の手を握り、母が花嫁を連れてくる手伝いをしてくれた——そう、サリーを着たパティー・シュワルツマンは寺院で、皆に失礼のないようにどぎまぎしていた。パピーは男の集まる側であぐらをかき、頭にハンカチを載せ、ビデオカメラを手に、まるでそれがハワイ風の宴会や自分が別荘で開いているパーティーと大して変わらない儀式であるかのように振る舞っていた。

　その後、二人の結婚生活は無事に続き、関係者は皆ほっとした。二人は普段の生活に戻った。カクテルパーティーと出版パーティー、レストラン巡りと劇場巡り。そして家庭生活は万事順調だったが、やがて彼女が妊娠すると、またもや周囲の世界が、まるで介入する権利を持っているかのように、二人の生活に割り込んできた。ジャズは何時間も受話器を耳に当てたまま、ひたすら〝はい《ハアン・ジ》〟を繰り返しながら親戚からの指示に耳を傾けた。彼女の母は「六か月くらいなら」、家のことを手伝いに行ってもいいと申し出た。その危機を乗り切ったと思ったら、今度はジャズが赤ん坊の名前の話を始めた。リサは何かの儀式があるかもしれないとは思っていたが、神が名前を決めるとは予期していなかった。彼女は自分が子供にふさわしいと思う名前、自分が親しみを持てる名前——男の子ならコナー、ルーカス、セス、女の子ならローレンかディラン——を提案した。『グル・グラント・サーヒブ』という聖典をランダムに開いてイニシャルを決めるという、まるで籤《くじ》のような要素をはらんだ名付け方は不当に思えた。結婚相手の親族を納得させるために、正装をして二時間ほど退屈を我慢するというのと、幼子を胸に抱くときに口から発する音を彼らに決めさせるというのは全く話が別だ。ラージが元気に産声を上げたとき、二人は名付けを先送りにして、彼を〝ベビー〟とか〝卵《エッグ》〟と呼んだ。その後、ジャズが彼女に、シク教では割礼が厳しく禁じられていると説明し、複雑な問題の全貌が次第に明らかになった。彼女は自分たちが周囲のことを気にしないもっといい加減な人間で、家族や伝統や神——頭にかぶっているのが帽子だろうとターバンだろうとヤムルカだろうと——なんてどうでもいいと言えたらよかったのに、と思った。しかし、二人で話をすればするほど、気のめいる事実が明らかになってきた——要するに二人とも、感情的な部分で、自分の親族の期待にちゃんと応えたいと思っていた。

「けど、割礼くらい何だって言うんだ？　単なる皮膚の端くれじゃないか」

「それは——分からないわ、ジャズ。要はアイデンティティーの問題。私たちは何世代にもわたって抑圧されてきて——」

「へえ、じゃあ、君の通った私立学校で誰に抑圧されたかを教えてくれよ」

「くだらないこと言わないで。つまり、象徴なの。いろいろあったでしょ……ホロコーストとか、ポグロムとか。私が子供に割礼をさせなかったら、彼らの勝ちってことになる。私たちを地上から消そうとしたやつらの勝ち」

「ナチ」

「そう、ナチ」

「それにロシア皇帝」

「ええ、そうね」

「自分が言ってることの意味をちゃんと考えろよ。馬鹿げたことを言ってるのが分からない？　君は神を信じてさえいない。君がユダヤ教寺院に行ったのは、僕らの結婚式のときだけだ」

「宗教の問題じゃない。文化の問題よ」

「じゃあ、僕の文化はどうなる？　聖典の言葉を変えることを拒んでムガル人に処刑された導師《グル》アルジャンは？　あるいは、密かに火葬しなけりゃならないほどひどい拷問を受けた導師《グル》テーグ・バハードゥルは？　シク教徒だって迫害されてきた。イスラム教徒は僕らを力で改宗させようとした。力で割礼しようとしたんだ。分かるかい？」

「あなたは無神論者だと思ってた」

「不可知論者さ」

「昔は〝神は死んだ〟とか、いつも言ってたくせに。私に向かってよくニーチェを説いてたわよね」

「君の口ぶりだって、まるで神の言いつけに従って僕の息子に割礼しようとしてるみたいじゃないか」

「私たちの息子よ、ジャズ。それに、衛生的な理由もある。例えば、性病の感染を防ぐとか」

　そうした議論は果てしなく続いた。何日も何週間も、同じ話の繰り返し。彼女はシク教の聖典に記された内容に敬意を払った。それはまるで、ボルシチベルト（ニューヨーク州キャッツキル山脈にあるユダヤ人避暑地のホテル群）で、ひだひだのタキシードシャツを着たでぶ男が語るジョークのようだった。おお、兄弟よ、俺はそんな話は信じないね。もしも俺がイスラム教徒になることを神がお望みなら、包皮は自然に千切れるだろうさ。彼女はムガル人がシク教徒を迫害した話を読んだ。シク教徒もユダヤ人同様、記憶に刻まれる権利があると彼女は思った――親身にそう感じたとは言えなかったけれども。ユダヤ人の経験には何か特別な要素が絡んでいた。少なくとも、彼女は昔からそう教わってきた。ひょっとすると、彼女が自分の宗教について持ち続けている実感はそれに尽きるのかもしれない。自分たちは選ばれた民族だという漠然とした感覚。ジャズは拷問に遭った導師《グル》たちを熱心に弁護してはいるが、彼女より深い何かを感じているとは思えない。

　こうして二人は結論を先延ばしにし続けた。他にも考えなければならないことがあった。彼女はジャズが別の点で譲歩することを期待して、名付けの儀式には同意した。彼女の息子ラージ（セスでもコナーでもなく）はあの我慢ならないシク教寺院――ヘアーオイルと足の臭いが充満する汚い部屋――で祈禱《きとう》を受けた。赤ん坊が鳴き声を上げると、まるで彼女が何か悪いことをしたみたいに女たちににらまれた。あの白いあばずれをご覧なさい。子供の育て方を知らないのは明らかだわ、という視線。儀式の後、彼女は一人バスルームに閉じこもり、出てこなかった。ジャズは彼女に出てこさせるため、必死になだめた。彼女は彼に、二度と同じ思いをさせないこと、親戚の女たちから彼女を守ることを約束させた。

「ジャズ、あなたが盾になってくれなくちゃ。あなたはあなたの一族から私を守ってくれないじゃないの」

「これからは守るよ、ダーリン。守ると約束する」

彼は約束をした。ところが今回、また向こうの肩を持っている。彼らのくだらない迷信、原始的な戯言《たわごと》の味方だ。

彼女は支払いを済ませ、車に戻り、長い間シートに座ったまま、食堂に出入りする客を見ていた。彼らのことを考えるでもなく、人として見るでもなく、単に動く影として眺めた。たくさんの車がハイウェイを走り、一部が駐車場に出入りし、無意味な影をさらにたくさん中から吐き出した。気が付くと彼女は町中の、大きなショーウィンドーのある店の前を走っていた。コンピュータ用品。減量クラブ。彼女は横道に入り、さらにもう一度、角を曲がった。割れたコンクリートと金網フェンス。枯れかけたヤシの並木の背後には貸し倉庫群があった。コインランドリーとセブンイレブンだけが町の目印となっている小さなコミュニティー。運のない人々が暮らすトレーラーハウスが並ぶ駐車場。少しだけ運のある人々が暮らす粗末な平屋の並ぶ一角。車が二台入るガレージと、子供のおもちゃが散らかる茶色く枯れた芝生。至る所に黄色いリボンが掛けられていた。リボンを図案化したバンパー・ステッカー。街灯やフェンスに縛り付けられ、色のあせた布切れ。**われわれの軍隊を応援しよう。**戦勝祈願。マクドナルドの横の壁には、砂漠で戦う海兵隊の姿が描かれていた。ゴーグルにヘルメットという格好の男たちが燃える油井《ゆせい》とヘリコプターに囲まれ、大声で叫びながら何かを指差している。二人の兵士が負傷した市民を両脇から抱え、救助する。

彼女は車を降り、壁画を眺め、ハンドバッグにカメラがあることを思い出した。画面いっぱいに撮ろうとして前に進むと、割れたガラスが足元で音を立てた。写真を撮るのは数か月ぶりだ。カメラは、今から休暇に出掛けるという気分を高めるために持参したものだ。彼女はどうして自分がその壁画を記憶に留めたいと思ったのか、そもそも本当にそう思ったのかどうかさえ、分からなかった。ぴかぴかの黒いトラックが、開いた窓から猛烈な低音《ウーファー》を響かせながら横を通り過ぎた。車を運転していた十代の少年が濃いサングラスの奥から彼女を見つめ、投げキスをした。彼女は驚いた。最後に男に迫られたのはいつのことだったっけ？

腹が鳴った。時刻はもう昼なのに、まだコーヒーしか口にしていなかった。彼女はモーテルに戻ることを考えた。きっと、そうするのが正しい選択だ。でもやはり、クソ食らえ。道の反対側に、偽物の教会の鐘楼を備えたメキシコ料理の店と、三ドル九十五セントの特製ランチを提供しているピザ屋があった。窓に貼られた紙には〝オープン〟と手書きされていた。〝オープン〟というのは〝営業中〟とは意味が違うようだ。駐車場にはゴミが舞っていた。窓には洗剤の跡が残っていた。彼女はハイウェイの方へ逆戻りして〈UFO食堂〉を見つけた。昔、おそらくニクソン政権の頃に賑やかだった感じのする、安っぽいテーマレストランだ。店は意外に混んでいた。彼女はチキンシーザーサラダとドレッシングを注文した。そして、ティーンエージャーのウェイトレスが腰を振りながら注文を取るのを眺めた。ラテンアメリカ系の下働き。なかなかのスタイルだ。サラダが来た。ちょうど彼女がクルトンをつつきかけたとき、テントみたいに頭から足先まであるイスラム教徒の服――ヒジャーブだか何だかいう着物――を着た二人の女性が窓のすぐ外を通った。一人はベビーカーを押し、もう一人は小さな男の子の手を引いていた。その後ろには、ジーンズとTシャツ姿のもう少し大きな少年がスケートボードを抱え、猫背で歩いていた。それはまるでバグダッドからの通信みたいに、周囲と不調和な光景だった。

彼女は気を落ち着かせる必要があった。父は何と言うだろう？　辛抱だ、お嬢。悩みは全部、鞄に詰め込んで、道路にポイすればいい。でも、パピー、それは無理。無理？〝無理〟なんて言葉は辞書にないよ、ベイビー。ラージの診断が初めて下されたとき、彼女の両親の反応はさすがだった。彼女が涙声で電話をかけると、いつもまともな話をしたことのない父が、本当にこれしかないという言葉を掛けた。それは特別な言葉ではなかった。ただ、よしよし、いい子だ、よしよし、いい子だというだけ。電話の向こうから聞こえる、大丈夫だ、もう大丈夫だ。少なくとも彼女は二、三日したら父の所に行ける。彼の腕に飛び込み、懐かしい匂い――プレッツェルと古雑誌のむっとする匂い――を嗅ぐことができる。

呪いだとかいう戯言に耳を傾けるなんて！　あの汚らしい紐を子供の首に掛けるなんて！

ラージが自閉症だと診断されたとき、ジャズは完全に落ち込んだ。数週間、ほとんど口も利かず、ただそこらをうろつき、ぐずったり、叫んだりする子供の世話をする彼女をぼんやりと眺めていた。何もしない彼の態度が彼女をいらだたせた。どうしてしっかり現実に向き合わないのか？彼女は試練に立ち向かうように育てられた。父は彼女に闘うことを教えた。もちろん、二人とも罪悪感を感じていた。彼女はいくら努力しても、自分たちが何か間違ったことをしたのではないかという疑念を振り払うことができなかった。妊娠している間に何かのルールを破っただろうか？携帯電話を使った？マグロのステーキを食べた？友達とレストランに行ったとき二度ほど、食事と一緒にワインを一杯飲んだ。ジャズは全く嫌な顔を見せなかった。むしろ、背中を押したといってもいい。二人はいつも一緒に決断をしてきた。なのに、彼女には対処できて、彼にはそれができないとはどういうこと？

何事にも理由がある。どんな問題にも解決法がある。もしも夫がそれを示してくれないなら、自分で見つけるしかない。彼女はインターネット上の支援フォーラムを覗き、自分と同じように必死な母親たちからの投稿を読むようになった。彼女はメモを取り、アマゾンで本を注文した。ある夜、自閉症児を持つ親の集会が開かれることを知り、チケットを買った。彼女はジャズに、どうしても会いに行きたい友達がいるから、ラージの面倒を一日見てほしいと話した。彼は彼女に、狂人を見るようなまなざしを向けた。

彼女は自分がどうして本当の行き先を話さなかったのか分からなかった。彼に話しても、彼女を止めたりはしなかっただろう。彼女が恋人に会いに行くという可能性が彼の頭をよぎるのが彼女には分かった。しかし二人とも、他人とはもちろん、互いともセックスする気力が残っていないことは彼にも分かっていた。彼女が荷造りする間、彼は苦しそうな表情を浮かべたまま、寝室の入り口を出たり入ったりしていた。じろじろ見るのをやめてよ、と彼女は言った。ちゃんと戻ってくるよな、と彼は尋ねた。当たり前でしょ、と彼女は少し言葉に詰まりながら言った。馬鹿なことを言わないで。

集会はボストンで開かれた。行きの列車で、彼女は窓の外を見ながらいらだった。外は暴風雨で、コンベンションセンターまでタクシーに乗った。会場は〝こんにちは、私の名前は○○〟という名札を付け、タイルカーペットの床に雨の滴を垂らす人であふれていた。彼女は小さな店の並ぶ通路を歩いた。どの店にも子供の親らしき人がいて、さまざまなものを熱心に売り込んでいた――マグネシウム注射、抗真菌クリーム、バイオフィードバック訓練、頭蓋仙骨マッサージ、高圧酸素治療、漢方薬、抗生物質、ビタミンB12……。血液検査、視力検査、唾液や毛髪、尿や脳波を使った検査器具も置かれていた。そうした治療法の中には、明らかにおかしなものも混じっていた。彼女は自分の必死な気持ちが他人の目に映るのが怖くて、怪しい療法を売り込む人とはまともに目を合わせられなかった。彼女はパンフレットを集め、会場にみなぎるエネルギー——魔法の特効薬、奇跡の治療を求める共通の願望——から距離を取ろうとした。

その晩、リサが参加したセミナーには、テレビの深夜番組司会者のように陽気な医師がヘッドセットを装着して登場し、自閉症の原因はワクチンの保存剤として用いられる水銀化合物のチメロサールだと説いた。対処法としてはどうやら、キレート療法と呼ばれるものがあるらしい。薬剤を使って子供の血液から重金属を取り除くのだ。医師自身の息子が自閉症で、キレート療法後、ほほ笑むようになったという。子供の笑顔を見てどんな気持ちになったか、ここにいる聴衆の皆さんなら分かってくださるでしょう、と医師は言った。子供が初めてパパの目を見て笑ったのです！　医師は両腕を広げ、人が変わったように、高揚した表情を浮かべた。リサは医師が自費出版した本を一冊買った。翌日、家に帰る列車の中で、彼女は興奮に酔った。

ひょっとしてこれがラージの病気の根源なのか？　彼女とジャズはこれまで、医師に言われた通りにワクチンを接種させてきた——肝炎、ポリオ、髄膜炎、ジフテリア、MMR……。もしもそのせいで赤ん坊が中毒になったのだとしたら？　子供を大事にしようとした結果、かえって害を与えたのだとしたら？

彼女は自分が行ってきた場所のことをジャズに打ち明け、泣いた。彼はどうして前もって話してくれなかったのかと訊いた。彼女は彼の肩にもたれてすすり泣きながら、他の親たちが抱える大変な悩みを説明しようとした。彼女を抱く彼の腕の弱々しさと頑なな声音から、彼女は二人の間で何かが変わってしまったことを本能的に悟った。彼女はボストンに行くことで主導権を握った。今後、ラージのために何をするかを決めるのは彼女の役割だ。翌日、彼女は尿のサンプルを採り、三百ドルの小切手を添えて研究所に送った。二週間後、ラージの水銀レベルがわずかに高いと診断する検査結果が届いた。その頃には、ジャズは自分で少し調べ物をし、水銀と自閉症との関係は証明されていないと反論した。彼はある科学者の挑発的な言葉を借りて、「水銀原因説はかなり怪しい」と言った。おかげで大喧嘩になった。あなたはあきらめたの？　息子のために闘う勇気がないわけ？　彼はこうした質問に対する答えを持っていなさそうだったので、彼女は勝ち誇ったように、キレート用薬剤一式を購入するウェブサイトに彼のクレジットカードの番号を入力し、二、三日後に品物が宅配便で届いた。

ラージは治療を嫌った。薬はひどい臭いがし、尿が黄色くなるからだ。しかし彼女は粘った。ラージが抵抗しても、ジャズがやりすぎだと言っても、無理に喉に薬を押し込んだ。そして、症状が改善したように見えた。ラージはおとなしくなった。集中力も出てきた。彼女は友達に電話し、喜びを伝えた。そう、その通り。今日は脇目も振らずに十五分間、積み木で遊んだわ。公園でも、ラージの方から手を握ってきたの。

ジャズは調子を合わせたが、彼女は夫のやる気のなさに腹を立てるようになった。ある晩、彼女は彼を問い詰め、ラージの行動に大した変化が見られないと思っていることを認めさせた。「あなた、目が見えないの？」と彼女は尋ねた。あなたには本当に見えてないの？　彼は肩をすくめ、言い訳がましく両手を挙げた。哀れでささやかなその仕草に腹を立てた彼女は、ランプを投げつけた。それは寝室の反対側まで弧を描き、壁にぶつかって壊れた。彼の顔には奇妙な表情が浮かんだ。今まで見たことのない、恐怖と哀れみの混じった顔。彼は穏やかな声で、君はあまりにも頑張りすぎだと言った。ゆっくりした方がいい、と。その途端、彼女が彼に攻撃を仕掛け、すねを蹴り、頭と胸を拳で殴りだした。しばらくすると彼がその手首をつかみ、ベッドに座らせた。二人とも涙を流していた。彼女は自分が叫ぶのを聞いた。どうしてあなたは、どうしてあなたは？　どうしてあなたは人のことを頑張りすぎだなんて言うの？　自分では何もしようとしないくせに。

問題の核心は、希望対測定の闘いになった。ジャズは彼女の姿勢を不合理だと見なした。彼にとっては合理性が全てであり、二人の生活を飲み込んだ混沌を抑えるものはそれしかなかった。それは彼女にも理解できた。馬鹿ではないのだから。でも本当にそうか？　測定可能な改善。客観的基準。全くピント外れで、頭の固い、いつもの言い回し。彼女は、彼がそういう言葉を口にすると、壁から古い蔦《つた》をはぐようにその偉そうな態度を引きはがしたくなった。主流医学界の現行理論に取って代わるものはないと思っているその自信満々な態度は、どこか独りよがりで想像力に欠け、何か愚かしく感じられた。結局のところ、今までだってどれだけ間違いを繰り返してきたのか。一昔前には、ラジウムを万能薬だと思って飲んでみたり、女性が列車で旅をすると子宮によくないと考えたりしていた。ジャズは渋々そうした事実を認め、ラージが薬を飲む時間には手伝いをするようになったが、それで休戦以上のものは得られなかった。彼女には分かっていた——彼が手を貸し始めたのは、治療を信じるようになったからではなく、それが間違っていることを気付かせようとしているのだ、と。そのせいで事態は悪化した。まるで彼がラージの具合がよくなるのを願っていないみたいだったからだ。薬は効いている。彼女ははっきりそう感じた。その後、ひと月が経ち、ふた月、三月が経つにつれ、確信が持てなくなった。最初に見られた改善の兆候が続かなかった。彼女は結局、ラージの症状が変わっていないと自らに認めた。非難の矛先は、漠然とジャズに向かった。治療がうまくいかないのは彼のせいだ。もしも彼が信じていれば、本当に信じていれば、うまくいったかもしれないのに。彼女はその考えがピーター・パンじみているのを自覚していたが、それでも構わなかった。

ある夜、ジャズが帰宅すると、彼女が台所の戸棚を空《から》にし、缶詰や袋物をゴミ箱に放り込んでいた。ＧＦＣＦ。グルテンフリー、カゼインフリー。有機食品を食べていないのが自閉症の原因だと本当に思っているのか、とジャズは訊いた。偉そうなことを言わないで、と彼女は言った。もしもラージにアレルギーがあるなら、食事を変えれば、少なくともお腹の調子くらいはよくなるかもしれない。ジャズは朝食用テーブルに腰を下ろし、両手で頭を抱えた。「君は本気でまたこんなことをやるつもりなのか」と彼は訊いた。このときほど彼女が彼を軽蔑したことはない。私が結婚した相手は実は臆病者だったのか。自分の息子のために努力しようともしない腰抜けなのか？

こうして一家は小麦と乳製品を摂《と》らない食餌療法を始めた。既に、水銀汚染を考慮して魚介類は禁止だった。ジャズは肉を食べなければ自分の文化を見失ってしまうと言って、菜食主義的な食事は断固拒んだ。リサはそれを鼻で笑った。本当にそんなことで脅威を感じてるわけ？　ラージの割礼だってあなたの〝文化的感受性〟のために延期したのに。そのフレーズには、あざけりの引用符が添えられていた。彼はその後、顧客や銀行の人と会うなどと理由を付けて外で食事をするようになった。

彼女は別の治療法を調べ始めた。腸管ホルモンの注射でラージのお腹の具合がよくなるだろうか？　高圧酸素室治療はどうか？　個々の治療は徐々に重要性を失い、逆に、前向きな心構えという姿勢そのものが大事になってきた。彼女は自己治癒やポジティブイメージの視覚化に関する本を読んだ。以前勤務していた出版社の同僚が、ニューエイジ思想にかぶれたゲラを彼女にこっそり読ませてくれることがあった。

その瞬間に生きること。夢の方向へとつながる道を歩むこと。最悪の事態を想像するのではなく、最善の状態を思い浮かべること。明るい気持ちと愛に満ちた心で日々の用事を片付けること。私たち一人一人が内面に持っている喜びを心の底から味わわなければなりません。喜びを表に出す方法を身に付けたなら、新しい形の意識が開けてきます。それが充溢と幸福と物質的な富をもたらしてくれる。前向き《ポジティブ》な気持ちを宇宙に向かって解き放つことができれば、それが千倍にもなって戻ってくる。パワーを秘めた超越的な光があなたという存在を根底から変えてくれるのです。

彼女はそうした本を半ば隠れるようにして読んだ——かつて東ヨーロッパの不満分子が、地下出版されたヴァーツラフ・ハヴェルやソルジェニーツィンの著作をむさぼり読んだように。彼女はそんな本から、ジャズとは共有できない大切なもの、今にも壊れそうなもろいものを得た。自分の望みを視覚化しなさい。それが夢を実現させる第一歩です。彼女は間もなく、以前から読んでいたタイプの本を読まなくなった。荒涼としたエンディングの純文学。環境保護や人権を訴える本。今ではそうしたものが贅沢に感じられた。そんなものは自分自身の闘いを抱えていない人々の子供じみたお遊びにすぎない。彼女はすっかり自分に希望が持てなくなっていた。ソマリ族や路上生活児童やヤノマミ族に劣らず。

痛いほど白い真昼の光がフロントガラスから差し込んでいた。砂漠の中の小さな町の裏通りをいつからぐるぐると走っていたのだろう？　何時間も、何日も経ったような気がした。彼女は遅かれ早かれ、モーテルに戻らなければならない。それはずっと同じ場所で彼女を待っていた。彼女の人生に仕掛けられた怪物的な罠。

でもやっぱり、クソ食らえだ。彼女はハイウェイに乗り、町の外を目指した。当然、周囲に建物はなくなり、ジョシュアツリーが点々と生える砂漠の盆地で、彼女は山並みに向かうアスファルト道路に一人取り残された。人の痕跡はほとんどなかった。日差しでほとんど真っ白になった看板には〝神を畏れよ〟と手書きされていた。砂漠にまばらに置かれたトレーラーと小屋はポケットから落ちた小銭のようだ。彼女は運転を続けた。間もなく、そんな生命の痕跡さえ消えた。そこにいるのは、空虚の中で小さな車を操る彼女だけ。

彼女は車を脇に寄せ、ドアを開けた。まぶしさを抑えるため目の上に手をかざしながら立ち上がると、熱い空気の固まりが体に当たった。上を見上げると、青が紫そして黒へとグラデーションを描いていた。宇宙の色だ。大気は希薄に感じられた。彼女はエンジンを切ったが、車の中の何か――エアコンか冷却ファン――が動き続け、長くゆっくりと息を吐くような音を立てた。やがて音が切れ、静寂が訪れた。彼女は砂漠に何歩か踏み出した。道路脇の灌木に絡まったプラスチックゴミ。ウサギかネズミのものらしい、小さな哺乳類の足跡。さらに数歩歩く。さらに数歩。すると車からかなり離れ、車体が小さな白い光の反射に見えた。前方おそらく一マイルか二マイルの所に、岩でできた奇妙な地形が見えた。三つの石の塔が、宇宙を指す三本の指のように立っている。もしここで横になったらきっとそのまま死ぬのだ、と彼女は思った。私は服を脱ぐみたいに自分の体から抜け出して、あの青い空に昇っていくのだろう。

一九二〇年

男の名はデイトン。しかし、先住民《ピープル》は彼をその顔の火傷から〈皮をむかれた男〉と呼んだ。どうして彼が他の白人からひどく嫌われているのかは誰にも分からなかった。彼は金《かね》を持っていた。物語を話して聞かせると、ぴかぴかの銀貨をくれた。自動車も持っていた。ひょっとすると、病気のせいで嫌われているのかもしれない。ある夜、彼がキャンプに泊まったとき、咳をするのが聞こえたことがある。〈石のエプロン〉がそのせいで眠れず、寝床から出て、ラビットブッシュ（北米西部産の黄色い花を付けるキク科植物）の茶を淹れてやった。効き目はなかった。今にも死にそうな咳の仕方だった。

彼は長身で、身なりはみすぼらしかった。コートには油の染みが付いていた。顎の片側はピンク色の傷痕がむき出しになっていて滑らかなのに、反対側には一週間剃らない髭が生えていたので、顔が歪んで見えた。彼が最初に村に来たときは、男の子たちが彼に石を投げつけ、水辺の物陰に隠れた。彼を追い払うために現れた男たちは、彼がしゃべるのを聞いて驚いた。彼はコロラド川の反対側で暮らしたことがあり、先住民から言葉を教わっていた。妙な訛りがあり、女言葉を使ったり、間違った単語を使ったりすることも間々あったが、彼らの言葉をしゃべれる白人がいるというだけで驚きだった。男には〈双頭の羊〉という別名もあった。自然が生んだ怪物だ。

彼の望みは何か？　彼は年配の村人に会いたいと言った。いちばん賢いのは誰か？　たくさんの歌や植物の名前を知っているのは誰か？　先住民は怪しんだが、彼は執拗に迫り、金を見せたので、彼らは男をまず〈棘《とげ》の赤ん坊〉のところへ連れて行った。彼は英語が得意で、ミュールジカがまだ群れをなして大地を走っていた時代を覚えていた。男は〈棘の赤ん坊〉には白人の知識がありすぎると言ったので、先住民はやはり彼は頭がおかしい――いつも自分の白さを裏返そうとするタイプの白人――と結論を下した。彼らは男に立ち去ってもらいたいと思ったが、彼はいつまでも周辺をうろつき、彼らもそれに慣れた。彼は子供らにプレゼントをやり、滑稽な訛りで〝こんにちは〟を言った。彼らは結局、セグンダと話すことを彼に勧めた。

噂話の好きなその女は、若い男たちに〈空《から》の土鍋〉と呼ばれていた。土鍋は、指で叩くとうつろな音を立てるからだ。彼女は自分がそう呼ばれているのを知っていた。彼女は耳が不自由なのだと誰もが思っていたが、彼女は知っていた。頭のおかしな白人は彼女のもとを訪れ、その後は満足しているようだった。皆が言った――二人は相性がいい。割れ鍋に綴じ蓋だ、と。

間もなく、パターンができてきた。〈皮をむかれた男〉が車でキャンプに来て、丸一日、セグンダが籠を編むのを見ながら、動物が人間だった頃の物語に耳を傾ける。彼が話を聞いてメモを取るのを見た先住民たちは、法廷や登記所で見せられる手品――いつも白人が得をする手品――を思い起こして不安を覚えた。

彼女は男の存在を気にしなくなった。二人が話をした彼女のあずま屋《ラマダ》からは、水飲み場のそばのヤシの木立が見えた。彼女は敷物の上で脚を組み、彼は小型のトランクで持参した小さな折り畳み椅子に座った。トランクには寝袋とコーンビーフの缶詰も入っていた。缶詰はユッカやメスキートの食事に飽きた先住民の垂涎《すいぜん》の的だ。トランクから食料が消えていても、彼は気が付かないふりをした。その気なら鞄に鍵を掛けることもできたが、そうはしなかった。

彼はセグンダの作る籠を褒めた。籠の編み方は誰に教わったのか？　どんな材料を使うのか？　何種類の編み方を知っているのか？　彼は彼女が柳を切り、ユッカの根とツノゴマをすりつぶして染料を作るのを見た。彼女は籠作りを彼に見られ、誇らしく感じた。最近では雑貨屋で器やバケツが手に入るので、大半の者は籠をないがしろにしているからだ。彼女は彼を溝まで連れて行き、ユッカの繊維を糞に浸すところを見せた。彼がとりわけ知りたがったのは、籠編みについての昔話がないかということだ。もちろんある。しつこくせがまれた彼女は話を聞かせた。彼女は〈海の女〉が籠を使って太陽をすくう物語、卵を背負うアメンボみたいに背中に籠を載せたコヨーテが、人々を西から連れ戻す話を教えた。彼女は他の話も聞かせた。村に住み着く犬と周りを放浪するコヨーテが別の道を歩むようになった物語。コヨーテと兄の狼《ウルフ》が〈雪の山〉に暮らし、オオツノヒツジを狩っていた時代の話。

そしてある日、彼は彼女から汚い言葉を聞き出そうとした。彼女は動転し、彼と口を利かなかった。その後は、彼の車の音が聞こえると、籠を持って姿を隠すようになった。彼女は甥に愚痴を言った。〈小さな鳥〉が男を座らせ、子供に言い聞かせるようなゆっくりした口調で事情を説明した――死者の名前を口にすることは禁じられているのだ、と。男はメモ帳を取り出した。興味深い、と彼は言った。じゃあ、名前はその人物と一緒に死ぬということか？　彼の言葉は意味を成さなかった。もしも名前が死ぬのなら、それを使うことを禁じる必要などないはずだ。

〈小さな鳥〉は彼に、二度と村に来ないでほしいと言った。男には意味が分からなかった。彼はメモ帳にたくさんのことを記していたにもかかわらず、〈小さな鳥〉の説明には納得できなかった。白人にありがちな反応だ。彼はセグンダともう一度話したいとさえ言った。〈小さな鳥〉は顔を赤らめ、そんな人物は知らないと言った。

すると男は奇妙な行動に出た。彼は妻を村に送り込んだ。彼が筋張った年寄りなのに比べて彼女は若くて美しかったので、先住民たちは笑った。大きな麦藁帽をかぶった彼女の顔は塩のように真っ白だった。土埃まみれのスカートとつぎはぎだらけのブラウスを着た姿はみすぼらしかった。彼女は宝石類を身に着けておらず、ビーズ紐さえ持っていなかったし、地面に座ると靴に穴が開いているのも見えた。そして、彼女が金持ちでないことを先住民は知った――夫のデイトンは車に乗っているのに。二人の間はうまくいっていないに違いない、と彼らは噂した。

〈塩の顔の女〉は話をしようとしたが、誰にも分かってもらえなかった。すると彼女は〈棘の赤ん坊〉と〈立つ炭〉に英語で話をした。二人の説明によると、彼女は夫の口と耳として村に使わされたということだった。村の女たちは彼女を哀れに思った。村人の手を借りて、彼女は小屋を建てた。〈皮をむかれた男〉はもうこの土地を去り、彼女は小屋に戻っていた。

ある夜、彼女はセグンダと一緒に焚き火のそばに座った。〈棘の赤ん坊〉は彼女の言葉を通訳するのに困惑した。彼女は塵の話をした。そして死者の名前を聞き出そうとした。セグンダは耳を覆った。彼女は恐れていた。白人は死にまみれている。彼らは獣の皮をまとうように、死にくるまれている。セグンダはその場を逃げ出した。〈棘の赤ん坊〉は彼女を涸れ谷で見つけ、二度と嫌な質問をしないと女が約束したことを伝えた。

〈塩の顔の女〉は長い間、村に滞在した。しばらくすると、彼女はその生活を受け入れたようだった。間違いなく、夫よりも物覚えがよかった。彼女の声は徐々に大きくなった。セグンダにも少しは言葉が通じるようになった。しかし、彼女の存在はセグンダをおびえさせた。セグンダはもはや話をする気がなかった。〈塩の顔の女〉のせいで彼女は口を利かなくなった。誰もがその噂をした。〈空《から》の土鍋〉がしゃべらない？　一体どうしたことだ？

誰かが死ねば、人は黙るのが当然だ。死者を呼び戻すことはしてはならない。そんなことをすれば死者にとっても、生者にとってもろくなことにならない。ひょっとするとあの女は人間ではないのかもしれない。人の皮をかぶっているだけなのかも。

その頃、牧場の手伝いに雇われてしばらく村を離れていた〈走るマネシツグミ〉が村に戻ってきた。白人が水場をめぐる戦争をした時代からずっと、要所の警備に先住民が雇われていた。〈走るマネシツグミ〉はライフルを携帯し、おしゃれなブーツを履いていたが、〈オオツノヒツジの歌〉の所有者でもあった。先住民の話によると、彼は昔の人の走り方を知っているのでその名が付けられたらしい。彼の祖父は有名な医者で、コウモリを使い魔とし、おかげで寒さから守られていた。〈走るマネシツグミ〉には、若いながらも、特別な力があった。彼は〈塩の顔の女〉の噂を聞き、会いに行った。セグンダが次に気付いたときには、二人はあずま屋《ラマダ》に腰を下ろし、彼女がメモを取っていた。

二人が何を話しているのか聞こうとセグンダはそのそばまでそっと近づいた。〈走るマネシツグミ〉はコヨーテが兄の狼《ウルフ》と一緒に〈雪の山〉で暮らしていた時代の話をしていた。コヨーテと狼《ウルフ》は熊の一族と戦争になり、狼《ウルフ》が殺された。熊の一族は彼の頭皮をはぎ、コヨーテは自分のペニスを分身にして、二人で革をかぶって熊族の老婆に化け、薪にするメスキートの枝を集めてきたふりをして村に忍び込んだ。

〈走るマネシツグミ〉が話を語り、女がそれを書き留めていた。もちろん彼は〝ペニス〟という単語は使わなかった。彼はそれをコヨーテの〝しっぽ〟と言った。

ウィリー・プリンスというのはあなたの英語の名前で、本名は違うのよね、と女は言った。

その後間もなく、デイトンという男が村に戻り、妻を連れ去った。セグンダは喜んだが、にもかかわらず、村の場所を移すよう〈小さな鳥〉を説得した。行く場所ならたくさんある。インペリアル渓谷にも、〈涙のように垂れ下がる黄色粘土〉に近い川岸にも先住民はいる。このままカイロにいればトラブルが起きるのは間違いない、と彼女は確信していた。蛇が聞き耳を立てている。どこか別の場所に移動するべきだ。〈小さな鳥〉はある銀山で、ラバを追う仕事をしていた。だからそこへ戻らなければならない。彼はセグンダに「ここが嫌なら別の村に行けばいい。後で追いかけていくから」と言った。しかし、彼女は高齢だ。一人で長い旅に出るのは難しい。

その後、デイトンがまた妻を連れ戻った。彼は妻と缶詰の箱を残し、立ち去った。去る前に、彼女に向かって声を荒らげ、「おまえは何もできないくせに無駄遣いが多い」となじった。〈塩の顔の女〉は自分の小屋に隠れ、人目を忍んで泣いた。その夜、〈走るマネシツグミ〉が彼女の横に座り、言葉を教えた。動物の名前、岩や星の名前。いろいろな種類の雨。肌に打ちつける雨。羊歯《しだ》の胞子のように細かな春の雨。

ウィリー・プリンスというのはあなたの英語の名前で、本名は違うのよね、と女は言った。本当の名前は何？

セグンダは〈走るマネシツグミ〉に、こんな質問をされた場合のことを警告していた。彼は笑い、「あんたは愚かな空《から》の土鍋だ。中で小石がカラカラと音を立ててるよ」と言った。向こう見ずな男だ。蛇が目を覚ましていても気に懸けないなんて。彼は物語を語るとき、精霊に聞かれるかもしれないと心配したりしなかった。セグンダは彼が〈塩の顔の女〉に、伝道学校で負わされた背中の傷痕を見せるのを見た。そして彼がそこで教わった歌の一つを歌って聞かせるのを聞いた。女が三回目に尋ねたとき、〈走るマネシツグミ〉は本当の名前を教えた。

見知らぬ村に妻を置き去りにするとはどういうつもりだろう？　デイトンが〈塩の顔の女〉をちっとも愛していないことは明らかだ、とセグンダは思った。誰もがそう言った。彼女がひどく泣くのはそのせいだ。夜は寒かった。彼女が持っているのは薄い毛布だけ。セグンダは〈走るマネシツグミ〉が彼女にキルトを渡すのを見た。二人が焚き火を見つめながら話すのを見た。〈走るマネシツグミ〉が彼女の横で寝転がるのを見た。

「死については俺から彼女に説明をする」翌朝、水で体を洗いながら〈走るマネシツグミ〉が言った。その必要はない、とセグンダは言った。その話なら、あたしやあなたよりも白人の方がよく知っている。しかし、彼は言うことを聞かなかった。〈塩の顔の女〉が知りたがっているんだ、と彼は言った。俺はあの人を喜ばせたい。

その日の午後、恋人たちは一緒に岩に登った。セグンダはもう何年もこれほど遠出をしたことがなかったし、ましてや岩を乗り越えたり、狭い谷間を歩いたりしたことはなかったが、最後まで二人の後を尾《つ》けた。彼女は二人が物陰に腰を下ろすのを見た。彼女は〈塩の顔の女〉がメモ帳を広げるのを見た。セグンダはさらに近くへ忍び寄り、耳を澄ました。恐れていた通りだ。〈走るマネシツグミ〉はコヨーテが〈黄泉《よみ》の国〉へ旅した物語を話していた。

コヨーテはいつものように、辺りをぶらついていた。たくさんの仲間がドクトカゲとの戦争で死んでしまったので、彼は悲しんでいた。

「ハイキヤ！　俺は寂しい。俺が殺した獲物を運ぶ手伝いをしてくれるやつが一人もいない。アイキヤ！　友達はどこだ？　焚き火のそばで手遊びをしたり、歌を歌ったりした仲間はどこだ？　ドクトカゲの一族がみんな殺してしまった」

彼は自分よりも物知りなペニスに尋ねた。「ペニスよ」と彼は言った。「どうしたらいい、アイキヤ！　昔は一緒に踊る仲間がいたのに、ドクトカゲの一族が全員殺してしまった。アイキヤ！」

ペニスがしばらく考えてから言った。「友達に会いたければ、〈三本指の岩〉まで行き、その下の洞窟の中を覗かなければならない。そこでは〈ユッカの女〉が籠を編んでいるだろう。彼女は目が不自由だから、音を立てない限り、おまえが何をしているか分からない。彼女はこの世とあの世を編み合わせているから、そのツノゴマの端にしっかりつかまれ。彼女が柳の枝に隙間を作るとき、二つの世界の間に通り道ができる。だから〈黄泉の国〉に忍び込むことができる。でも、何が起きてもツノゴマの端から手を離してはならない。もしそんなことをしたら、あの世から出られなくなる」

こうしてコヨーテは山を越え、白い砂漠を越えて、ついに〈三本指の岩〉までやって来た。果たしてその下の洞窟に目の不自由な〈ユッカの女〉がいて、籠を編んでいた。

「そこにいるのは誰だい？」と〈ユッカの女〉が言った。

「誰もいない、アイキヤ！」とコヨーテが答えた。「子供が木の枝で叩くような、ただの小さなつむじ風だ」。すると〈ユッカの女〉はまた籠編みを始めた。

コヨーテは体をとても小さく、平べったくしてツノゴマの端にしがみついた。〈ユッカの女〉の器用な指が、枝の間にツノゴマの角《つの》を通す。その端が枝の下をくぐると、コヨーテは黄昏《たそがれ》の中にいた。寒くて灰色の世界。遠くに目をやると、たくさんの薄暗い緑色の光が見えた。死者が燃やす焚き火の明かりだ。彼は目を細めて闇を見つめた。ついに仲間の顔が見つかった。ドクトカゲとの戦いで死んだ若い兵士たちだ。彼は仲間に呼びかけた。「ハイキヤ！　やあ、兄弟！　会えてうれしいよ！　ここの暮らしは幸せか、アイキヤ？　腹いっぱい食べてるか？」。友人たちは返事をしたが、死んでいるせいで声はか細く、聞き取りづらかった。とそのとき、〈ユッカの女〉の器用な指がまた枝の間にツノゴマの角を通し、コヨーテは再びこの世に戻った。

彼はがっかりしたが、ペニスの賢明な助言を思い起こした。〈ユッカの女〉が再び枝の間に角を通し、コヨーテはまたその端にしがみついて〈黄泉の国〉に入った。彼はまたしても仲間が青い焚き火の回りに座っているのを見た。再び彼は呼びかけた。今回は仲間が火の横に座る場所を用意したことを仕草で示し、彼を手招きした。彼らの声はまだ聞こえなかった。三度目に〈黄泉の国〉に入ったとき、彼は手を離さずにいられなかった。彼は地面に落ち、仲間と一緒に火を囲んで座った。「懐かしい友よ。また会えてうれしいぞ、アイキヤ！　近況を教えてくれ。〈黄泉の国〉では何を狩りしているんだ？　相撲ごっこやり投げごっこはこっちでもやっているのか？」。友人たちは何も言わなかった。

「コヨーテよ！」とペニスが言った。「おまえは何て愚かなんだ！　自分がしたことを見てみろ！」。コヨーテが闇を見上げると、若い兵士がツノゴマの角によじ登っているのが見えた。「バイバイ、コヨーテ！」と兵士が叫んだ。「バイバイ。そして、ありがとうよ。おまえのおかげで〈黄泉の国〉から出られる。ドクトカゲとの戦いで槍に刺されてからずっとここにいたが、これで日の光を浴びられる。原野を走り、狩りをし、女と寝られる」。コヨーテは拳を振った。「ハイキヤ！　だましたな、アイキヤ！　ここに来たのが失敗だった」。彼はだまされたことに気付き、泣き、わめいた。「俺は何て馬鹿だったんだ。ツノゴマの端から手を離すなんて。こうなったら、別の間抜けが来るまでこの薄暗い場所で待つしかない」

セグンダは話に耳を傾け、〈走るマネシツグミ〉が数々の能力にかかわらず罠にはめられたことに気付いた。彼女は灌木の陰に隠れ、恋人たちが服を脱ぐのを見た。そして男の赤い体と女の白い体が寄り添うのを見、赤ん坊が生まれるのを予感した。それはきっと半分この世、半分あの世に属するコヨーテの赤ん坊になるだろう、と。

二〇〇八年

「とりあえず」とジャズが言った。「ママを待つのがよさそうだな」。ラージは寝椅子の足元に立ち、空を見上げ、揺らめくような高い声でハミングをしていた。普段なら空腹の合図だ。ジャズは彼の髪をくしゃくしゃにした。ラージは父の手が届かないところまで一歩下がった。

「ま、いっか。やっぱり何か食べることにしよう」

彼はツナ缶とライ麦のクラッカーで昼食を作った。二人はプールサイドで一緒にそれを食べた。ラージは立ったまま、小さな熱い拳に食べ物を握っていた。父は不機嫌に、折り畳み椅子に腰を下ろした。ラージはリンゴジュースを飲んだ。父はビール。彼はサンダルの踵でテカテビールの赤い缶をつぶし、ゴミ箱として使われている金属製のバケツに向かってそれを投げた。一体リサはどういうつもりだ？　彼女は言いたいことを言った。僕は謝る気満々だった。もしも僕が自分の過ちを認めれば、みんなでまた観光にでも何でも出掛けられる。こんなとんでもない場所に旅行に行きたいと言いだしたのは彼女の方だ。彼女が車で戻ってくるまで、僕とラージはここから一歩も動けない。

一時間が経った。彼はラージをプールに連れ出し、抱いたまま水遊びをさせた。息子は腕の中で体をよじった。アザラシの子供かイルカみたい。その後、子供の体にさらに日焼け止めを塗り、リサがＬＡからここへ来る途中のウォルマートで買ったつばの大きな帽子をかぶらせようとした。ラージは帽子を嫌った。顎の下で紐をくくっても無駄だった。ジャズが背中を向けた途端、ラージの指は器用に結び目をほどいた。

リサのことを考えれば考えるほど、目の前のペーパーバックの文字がさらに宙を泳いだ。君ら。実際、彼女は時々〝君ら〟と同じ振る舞いをする。お守りなんてどうせ、ただの紐切れにすぎない。単にそれだけのものなのに。

さらに一時間が経った。ジャズはラージの手を取り、道路を見に行った。そうすれば何かの魔法で、陽炎に揺れるアスファルトの向こうから妻とレンタカーが現れるのではないかという期待があった。空気はピンク色に霞んでいた。彼は徒歩で町に向かうことを考えた。どのくらいかかるだろう？　一時間？　この子を連れて？

彼はストレスや怒りを感じると、いつも仕事に逃げた。太陽は低くなり、山のようなレポートを前に集中力が切れかけた頃、ポケットの携帯電話がバイブレーションし、「ヴァルキューレの騎行」の金属的な多声旋律が聞こえてきた。リサではない。この着信メロディーは、フェントン・ウィリス会長に当てつけて彼が密かに考えた趣味の悪いジョークだ。会長は、仮に雇い主でなかったとしても、おそらく冗談を言って通用するような相手ではない。

「ウィリス会長」

「ジャスウィンダー君」。ジャズの生涯で両親以外に彼のフルネームを呼び続けているのはこのCEOだけだ。彼の発音では〝ジャス・ワイン・ドゥア〟。ひどく堅苦しく音節を区切るせいで、ジャズは時々、ベトナム戦争で行われた〝人心掌握キャンペーン〟みたいなものの対象にされているような気分を味わった。第一のステップ。相手の目を見て、正しい敬称で呼びかけること。第二のステップ。村に空爆を仕掛けたのは遺憾だと伝えること……。休憩室で交わされる噂によると、ベトナム戦争でのウィリスの任務は、ベトコンの掘ったトンネルを見つけ、懐中電灯と三八口径を持って暗闇を這い、敵を掃討することだったらしい。ジャズは時々地下鉄に乗りながら、あるいは喫茶店の列に並びながら、そこにいる人のうち何人がそんな経験を持っているだろうかと考えることがあった。F列車で吊革にぶら下がっている男のうち何人が戦争経験者か？『ワシントン・ポスト』紙やパソコン用鞄を持った男のうち誰が、人を拷問にかけたり、殺したりしたのか？

「それで、砂漠旅行は楽しんでいるかな？」

「ええ、とても、ウィリス会長。家族みんな、すごく楽しんでます」

「それはよかった。私も以前、そっちで小さな宿泊施設に滞在したことがある。放牧場体験さ。牧場の牛を駆り集めたり、牛に縄を掛けたり、そういう作業。詳しい資料をそっちに送るよう、リンダに話そうか？　いい所だぞ。放牧場で一泊するんだ。ブリキの皿で豆を食べる。先住民からお化けの話を聞く。そして、大きな大きなメスキートの焚き火」

「素敵ですね。でも、それは次回にします。今回の旅程は決めてあるので」

「なるほど。いいかね、君の休暇を邪魔するつもりはないのだが、昨日、サイ・バックマンと昼食を取ったときに聞いた話によると、君らはあまりうまくいってないらしいじゃないか」

「〝うまくいってない〟というのは少し違います」

「じゃあ、どうなのかな?」

「僕らの仕事は順調に進んでいると思います。それに、サイさんには才能がある。それは間違いありません」

「でも?」

「損失可能性《エクスポージャー》が高すぎる気がします。一つ間違うと大変なことになる」

「それは当然だ。たくさんの金を賭けているのだから」

「会社の損失にとどまりません。システム全体に影響が及びます」

「説明を聞かせてもらおう」

「ウォルターの利用法について、僕らはまだ充分に議論を尽くしていないと思うんです」

「君はリスクを避けているだけだと、サイは言っていた。彼の話だと、君は甘っちょろい道徳的議論を持ち出して、彼のモデルに基づいて負債比率《ハイ・レバレッジ》の高い取引をするのは良心に反すると言ったそうじゃないか」

「それは違います」

「じゃあ、何と言ったのかね? あのモデルが役に立たないなら、はっきりそう言えばいい。問題を見つけたのに、それを秘密にするというのでは困る。そんなことのために君に給料を払っているわけじゃない」

「いえ、それは――」

「ついでに聞かせてもらいたいのだが、一体どうして米の値動きが君の良心に関わるのかね」

ジャズはそんな会話をしたくなかった。今日は。できれば永遠に。しかし特に今日は勘弁してもらいたい。彼は会長に「後で電話をかけ直してもいいですか」と尋ねることを考えたが、実際にはそんな選択肢は存在しなかった。もしもサイ・バックマンやウォルター・モデル、そしてジャズがまだ二、三日現状のまま留保しておきたかったいろいろな問題についてフェントンが今、話をしたいと考えたなら今、話さなければならない。バックマンが会長に何を言ったかは明らかだ。二人の関係は最初からややこしいものだったが、バックマンはついに、口論を経て、ジャズをチームから外したいと言いだしたのだ。この電話はフェントンが特別にジャズに与えてくれた申し開きの機会だが、おそらくは形を整えているだけのこと。ジャズは自分のセキュリティー・パスは既に無効になっているだろうと思った。オフィスにあるジャズの私物はきっと今頃、箱詰めにされて、宅配便に渡されている。

　こうなることはしばらく前から分かっていた。


　彼がサイ・バックマンに初めて会ったのは二年前、金融街のステーキハウスで昼食をともにしたときのことだった。いかにもウィリスが会合に好みそうなその店は、オーパス・ワンの高級ワインを飲みながら八十五ドルの和牛バーガーを食べるようなレストランだった。バックマンはベジタリアンだった。ウィリス会長は明らかにそれを知っていたが、予約の際には考慮に入れなかった。サラトガの厩舎から馬を買おうかと考えているというCEOの退屈な話を聞きながら、ジャズは五十がらみの優美な男を見ていた。頭を剃ったその男はフレンチカフスの袖を汚さないように気を付けつつ、巨大なボウルに盛られたルッコラと格闘していた。その大きさは、蛋白質の欠如を量で補おうとする厨房の努力を反映しているかのようだった。ひょっとするとそのサラダはジョークなのかもしれないと彼は思った。というのもその店は、凸版印刷されたクリーム色のメニューに〝ウサギの餌はございません〟というモットーが大きく刻まれていることで有名だったからだ。バックマンは気付いた素振りも、気に懸ける様子も見せなかった。

　ウィリスが馬の話を終えると、バックマンがジャズにほほ笑みかけ、彼がMITで書いた共著論文を褒めた。粒子の集合の振る舞いをシンプルに記述する統計的技術を概説した論文だ。身構えていたジャズは気持ちが和らいだが、同時に警戒した。バックマンはウォール街で最も才能ある金融エンジニアだと噂されていた。ウィリスが新しい研究チームのために彼を大銀行から引き抜いたのは公然の秘密だった。今日は、バックマンの下で働いてもらいたいと伝えるためにウィリスが自分を昼食に呼んだのだと、ジャズは思った。論文に関するコメントは、新しいボスが部下のことをしっかり分かっていると伝えるための手段だった。後にジャズは知ったのだが、バックマンの生活にはあらゆる側面で、同様に注意深く几帳面な性格が表れていた——こだわりのあるおしゃれな服装から、データの見せ方に関する神経質と言っていいほどの執着に至るまで。小数の末尾に不要なゼロが添えられているのを見つけると、彼は激怒した。単なるプログラマーであっても、チームのメンバーが〝きちんとした身なり〟をすることを彼は求めた。

　ウィリスはバックマンのオーラを全く感じていないようだった。アングロサクソン系の白人プロテスタントであることと莫大な金を持っていることが、知的能力から効果的に身を守るシールドとなっていた。「食事はどうかね、サイ？」と彼は笑いながら言った。

　バックマンは顔をしかめた。「実はこれは復讐なんだ」と彼は説明した。「前回は私が彼をグリニッチヴィレッジのローフードレストランに連れて行ったから（ローフードは、加工していない生の食材を用いた食品のこと）」

「あのときはピスタチオで作ったコーヒーまで飲まされたよ」

　ジャズは心から笑った。彼はフェントンのあけすけな態度にだまされるほど愚かではなかった。穏やかな社交家という仮面――簡単に人を信じる連中をだますための豪華な昼食という煙幕――の奥には、無慈悲な策士がいた。彼は金を手に入れる際、偏見や感情を全く交えることなく完璧に実務に徹した。その手際はとても見事だった。判断を留保し、新しい状況を冷静に分析する能力。それはどうしても、ジャズの頭の中で、銃を手に手探りで真っ暗なトンネルを這い進む男のイメージと結び付いた。

「さて、ジャスウィンダー君。サイは君の論文を読んで、ウォルターのプロジェクトに加わってもらいたいと思っているんだがね」

「ウォルターって？」

「地球規模の新しい量的分析モデルだ」

「いわば万物理論だよ。違うかな、サイ？」

「そう呼んでも構いませんよ、会長。全ては一種の大きなデータと見なされるのですから」

　ジャズは興味を持った。「現在、研究はどの段階にあるんです？」

「個人的には」とウィリスが口を挟んだ。「既に相当進んでいると思う。私に判断が任されていれば、もうゴーサインを出して、金儲けを始めているところだ。しかしサイの話では、ウォルターの半減期は二十秒。ここで焦ってスタートすると、先で大儲けするチャンスを失うというんだ」

「しかし結局、判断するのは会長ですよ。いつでも言ってください」

「サイ。今日の一ドルを取るか、明日の三ドルを取るかと言われれば、私は三ドルを選ぶ。欲求の充足を先延ばしにできる――猿や子供と文明人とはそこが違う。既存のモデルでそこそこの儲けは上がっているのだから、しばらく待つことは構わん。ルネッサンスみたいなヘッジファンドやゴールドマン・サックスみたいな投資銀行に先を越されない限りはな」

「会長、この戦略に彼らが興味を示すとしたら驚きですよ」

「私は驚かない。ひょっとするとやつらはこの店のテーブルにも盗聴器を仕掛けているかもしれないし、ソムリエに金を渡しているかもしれない。それで思い出したが、ワインをもう一本もらおう」

　翌日、ジャズがバックマンのオフィスに顔を出したとき、彼は何か込み入った手続きを教えられることを予期していた。ウォルターは極秘のプロジェクトだった。建物が本社とは別で、扉をくぐる際にも暗証番号と生体認証が必要。バックマンのオフィスはハドソン川を見下ろしていた。机の背後のショーケースにはたくさんの骨董品が収められていたが、万一それをじっと見たりすると籠細工や陶器や根付けに関する会話が始まり、あっという間についていけなくなりそうだったのでジャズはそちらに目をやらないように努めた。幸い、バックマンはすぐに仕事の話を始めた。彼はそのモデルを理解するには、実際に触ってみるのがいちばんだと言った。なるほどその通りだろう。ジャズが基本的な原理について尋ねると、彼は手を振って質問をかわした。

　バックマンのモデルは、市場におけるある種の予測可能な振る舞い——規則性、追跡可能な循環性——を見つけ出し、その知識を取引に利用することに依拠している点では、従来のものに似ていた。しかし、最初の説明——一通り話を聞くのに三時間近くかかった上に、終わった後に、異次元のゴリラとスパーリングをやったようなダメージが残ったのだが——からジャズが把握した限りでは、ウォルターが探すタイプの規則性は特に不安定で流動的なものらしい。モデルは一時的な値動きを利用するのみでなく、完全に場当たり的に五つ、六つ、七つの変数から構成される組み合わせ、時間的には短いが眩惑的な現象、稲妻のような相関の閃光を追跡する。そこで用いられている数学は今まで目にした中で最も美しい部類に属する、とジャズは思った。難問がうるさい子供のように彼をせっついてくることはまた別の問題だ。ウォルターは入力に反応し、貪欲にデータを求める。コンピュータプログラムというより、有機体のようだ。それはまるで生きているように感じられた。

　彼は最初の数か月間、ウォルターの内臓——パターンを特定し、取引を実行するソフトウェア——にほとんどタッチしなかった。彼の仕事は特定のデータセットを取り出して、バックマンが〝韻《いん》〟と呼ぶ統計的関連を探すことだった。素材は（それは謎の処理を経たもので、バックマンはその処理方法について口出しをさせなかったのだが）、一見無関係な数字の塊という形で、それぞればらばらなまとまりとして与えられた。中には見慣れた数字もあった。物価、株価、国債の利回り、利率、通貨変動。しかし、別種のデータもあった。ショッピングモール建設数、小売り店の売り上げ、医薬品特許出願数、自動車購入台数。先天的欠損の発生数、労働災害件数、自殺者数、規制薬物に関する検挙件数、携帯電話基地局建設数。ウォルターはこの上なく秘儀的な数字も消化した。ソマリア半島における携帯用武器の販売数。一九四〇年から二〇〇八年にかけてのインディアナ州ゲーリーの人口。同じ期間のシベリアのマグニトゴルスクの人口。アメリカ大都市における売春検挙件数。ＴＰＥ太平洋横断ケーブルを流れるデータ量。北西アフリカ各地域における地下水面の高さ。

データの中には非常に突飛なものが含まれていたので、ウォルターのことを冗談めかして〝万物理論〟と評したウィリス会長の言葉はあながち的外れではなかったと、ジャズは思わずにいられなかった。バックマンはまるで、世界全体を自分のモデルに閉じ込めようとしているみたいだった。ウォルターに外部はあるのか？　それが理解しようとしないものは存在するのか？　ジャズがためらいがちにそうした疑問を口にしようとしたとき、サイはいきなり込み入った独白を始めた。話が終わっても、事態は、最初と比べて少しも明瞭にならなかった。サイ・バックマンは、独房で体を動かす囚人のようにオフィスを歩き回りながら言った。ウォルターにとって内部と外部という対立は存在しない。世界を単純化するためにいくつかの変数を選び、他を無視するような安物のからくりとは訳が違う。逆にウォルターには、求めるパターンを発見するために初期時点ｔにおける〝万物〟の状態を知る必要がない。それとは根本的に考え方が違う。「川に手を浸けて魚を捕まえるような感じだよ」と彼は言った。

懐疑的だったジャズもしばらくすると、実際に韻が存在すること、そして非常に奇妙な場所にそれが出現することを認めざるをえなかった。彼はある日、一九六〇年以降のＣＰＵトランジスタ数と、アフリカ系アメリカ人単親家庭男児の知能指数と、タイと東南アジアにおけるメタンフェタミン系覚醒剤〝ヤーバー〟蔓延の疫学的分析との間に周期的相関サイクルがあることに気付いた。寄せ集めのような統計的数値の動きに奇妙な調和が存在するだけでなく、それは、通貨市場の変動を示すある種の一般的なリズムをたどっているように見えた。彼は二度、三度と数値をチェックした。計算間違いはなかった。彼が奇妙な胸騒ぎを覚えながら発見を報告すると、バックマンは満足げにうなずいた。

「完璧だ」と彼は言った。「私はフェントンに、この男ならできるはずだと言っていたんだ。やはり間違っていなかったな」

ジャズはどう受け取られるか分からなかったので、言葉を選んでしゃべった。「僕にはまだよく分かりません、サイさん。これって、何の意味もない偶然の一致ですよね。こうした事柄の間には何の関係もない」

バックマンの手が上がり、完璧なウィンザーノットで結んだ首元のネクタイをチェックした。彼は椅子を回転させて、窓の方を向き、川――二つの塔の黒い滑らかな表面に挟まれた灰色の帯――を見た。季節は二月の初旬で、窓ガラスに雨が当たり、外の世界がにじんで見えた。

「コートを着なさい。見せたいものがある」

二人はバックマンの車で昼食時の渋滞を抜け、町外れに向かった。バックマンは袖口をいじりながら、山のようなレポートをおざなりに読んだ。ジャズは携帯電話でメールを書きながら、ゴム長靴を履いた通行人が横断歩道を渡り、風の中で傘と格闘するのをぼんやりと見ていた。路上でギリシア風サンドイッチを売るのにも、手を挙げてタクシーを止めるのにも向かない日だ。縁石寄りの水溜まりの上をトラックが勢いよく走り抜け、泥水の波しぶきがアーチを描く。慌ててサラリーマンが避難する。なかなかたばこをやめられない人たちが玄関前の屋根のあるスペースを奪い合う。もう少し雨が激しくなったらカヤックが登場し、人々は水面に浮いた漂流物にしがみつくことになるだろう。

運転手は二人を、セントラルパークに面する東八十丁目辺りのタウンハウスの前で降ろす。控えめなプレートによると、そこは〈ノイエ・ギャラリー〉。この美術館についてはリサから話を聞いたことがある。だが、ジャズは入ったことはなかった。スタッフはバックマンの顔を知っているようだ。警備員は二人を招き入れながら、バックマンに名前で呼びかけた。二人は階段を上がり、絵画の掛かる部屋に入った。バックマンが先に立ち、観光客に囲まれた派手なクリムトの前を通り過ぎ、時計やガラス製品、宝石など各種の小さな装飾品を収めたガラス張りの陳列棚の前まで行った。客を奥の特等席に案内したウェイターのように、彼は手を伸ばし、銀のコーヒーセットを指し示した。飾り気がなく滑らかで、理科で使う器具のようなポットと水差しには幾何学的な形の大きな持ち手が付いており、底に近い部分を囲むように鋲が並んでいる。それが、コーヒーを温めておくためのアルコールバーナーとトングと一緒に小さなトレーの上に置かれている。

「ウィーン工房はいかが?」

ケースに収められた品々を形容するのに、ジャズならおそらく〝アールデコ〟という言葉を使っただろう。居心地が悪そうな彼の様子を見て、バックマンは顔をしかめた。

「申し訳ない。美術史について講釈するために君をここに連れてきたわけじゃない。このコーヒーセットは第一次世界大戦直前のウィーンで、ホフマンという男の手で作られたものだ。非常に才能のある建築家でもあり、家具のデザイナーでもあったこの人物が、ウィーンで一つの美術ムーブメントのようなものを生んだ。どうして私がこれを見て心を動かされるのか、よく分からない。だって、コーヒーセットなんてあまりにも日常的じゃないか。コーヒーを淹れるだけの道具にこれだけの労力と技術を注ぐなんて! それに、作られた時代のことを考えたら……」

ケースに陰鬱な視線を向ける彼の言葉が途切れた。少して、彼は眠気を覚まそうとするかのように突然、首を横に振った。ジャズは自分がサイ・バックマンのことを何もはっきりと知らないのを実感した——ものの考え方も、趣味も。現在という時間を深く冷たい湖に張った薄い氷としか考えない男のイメージがふと、ジャズの頭に浮かんだ。

彼は当惑し、後ろを向いて、背後の壁に掛かる絵を眺めるふりをした。バックマンは彼の腕を軽く取り、再び優しくホフマンのコーヒーセットに向かわせた。彼はまるで秘密を打ち明けるように声を潜め、こう言った。

「私はここへ来るといつも考えるんだ。これを所有していた人はどうなったんだろうってね。きっとユダヤ人だったんじゃないかという気がする。ウィーンに暮らす裕福なユダヤ人。彼らはいつ頃まで生き延びたのか? まず彼らの国そのものがなくなる。次にナチスドイツによるオーストリア併合。そして強制退去。こんな贅沢品を使う暮らしはいつ頃まで続けられただろう?」

彼は深く溜め息をついた。返事が期待されているのだろうか、とジャズは思った。

「ジャズ、君はウィーンに行ったことは?」

「いいえ。ありません」

「とても心をざわつかせる街だ。少なくとも私はそう思う。中央墓地は広大だ。街で今暮らしている人間よりも、墓地で眠っている死者の方が多いと言われている。墓地は全体がとてもきれいに管理されているよ。ただし、ユダヤ人を埋葬した区画は違う。そこだけはすっかりなおざりだ。誰も残されていないということさ。墓を世話する親戚や子孫が一人もいない。いろいろなものを所有し、豪邸を構え、召使いを抱え、高尚な〝趣味〟を持っていた一族が皆、姿を消した。火葬場の煙突から出て、灰になった」

　彼は今や、急き立てられるような口調で話を続けていた。片手はジャズの腕をつかみ、他方の手は、演奏会の常連が譜面を追うみたいに小さな弧や円を描いた。

「芸術はたいていそうだが、これもまた、時間の外に出ようという試みの一つだ。おそらくそれが最も贅沢な特質だ。退廃《デカダンス》の徴《しるし》と言ってもいい。あのタイミングで歴史を否定するとは！　歴史が全てを――コーヒーとケーキという儀礼のみならず全てを――踏みつぶそうとしていたあの時代に！　一つの文化全体を！　世界が粉微塵になったという古くからの考え方がある。以前は一つにまとまっていた美しい世界が、今ではバラバラの破片になっているという見方。大半は修復不能だが、破片の一部には昔の状態の痕跡が残っている。だからそれを見つけ、中に隠された閃光を探り当てれば、最後には、堕落した世界を一つに復元できるかもしれない。ここにあるのはガラスケースに収められた残骸でしかない。でも、そこには何かが宿っている。救いがある。それは見た目よりも大きな何かの一部なんだ」

「なるほど」

「いいや、君には分かっていない。まだ。その隠れた存在を探るためにはどうすればいいのか？　ガレージセールで掘り出し物を探すみたいにやみくもにやっていては駄目だ。耳を澄まさなければ。しっかりと注意を向けるんだ。世界には、直接目で見られないタイプの物がある。そういう物はこちらがうまくあしらって、向こうから姿を見せるようにしなければならない。私たちがウォルターを相手にやっているのはそういうことなんだよ、ジャズ。われわれはいろいろなものを並置して、こだまを聞き取るために耳を澄ます。昔ながらのサイバネティクス（通信と制御の問題を研究する科学）は結果を予測するために世界全体をモデル化しようとした。しかしウォルターは、指揮《コマンド》と管制《コントロール》から成るそんな愚かしい夢とは違う。はっきり言って、あれは万物理論ではない。何に関する理論でもない。私が扱っているのはもっとはるかに深遠なものだ」

「つまり何なんです？」

「ユーモアのセンスだよ」

ジャズは、やせたその顔に何かの手掛かりを探ろうとした。こちらを見つめる澄んだ灰色の目に浮かんでいるのは――何だろう？　愉楽？　謙遜？　そこには、決定的な解釈を許さないものが感じられた。彼には無数の暗号が刻まれているようだった。

「私たちはジョークを探っているのさ」。バックマンは子供に話しかけるようにゆっくりとしゃべった。「錯誤行為。宇宙的な言い間違い。それが開かずの間への鍵になる。それが発見の手掛かりだ」

「発見って、何を？」

「神の顔だよ。他に何を探るというんだ？」


ジャズは寝椅子に腰掛け、爪先でラージのプラスチック製おもちゃを押しやりながら、サイ・バックマンと神の顔が怖くなってきたということを説明しようとして、フェントン・ウィリス会長に対してそれをどう言葉にすればよいのか考えた。「良心の問題じゃないんです、会長。そんなことを考える余裕がないのは分かっています――それにもちろん……。ええ、そうです、実は直感みたいなものなんです……。いいえ、ウォルターは強健《ロバスト》です。それは間違いありません。とても強力なモデルです」

そこが問題だった。ウォルターの力が。観察された物事に影響を及ぼし、出来事の流れを予想によって変えてしまう力。

それはありえないことに思えた。ジャズは〈ノイエ・ギャラリー〉を訪れた後、バックマンが狂人である可能性を疑い始めた。彼はしばしばジャズをオフィスに呼び、回帰性、計算不可能性、そして数学的知識の限界について、かなり一方的で難解な議論を始めた。時折、彼は神秘主義的な面をはっきりと見せ、フィボナッチ数列、コンドラチェフの波、予定説を論じることもあった。格言的に見解を述べたかと思うと（「価格が時間と触れ合うのは、変化が迫っている証拠だ」）、金融とは無関係に思える書籍からの引用を読み上げた。『バガヴァッド・ギーター』や『老子道徳経』。彼はコンピュータを扱う人間であるにもかかわらず、ペンと紙に強いこだわりを持っていた。彼のデスクは往々にして手書きのチャート――小さな数字を添えた六角形のグラフが描かれていることが多い――で覆われていた。ダウ・ジョーンズ平均株価を土星の相と対比させたグラフをジャズに見せ、株価や物価の重要なサイクルは木星・土星サイクルと呼ばれるものの倍数か調和級数だという可能性を〝探っている〟と語ったこともある。彼は時々、モントークにある屋敷のことを話した。引退後のそこでの生活を想像したり、そこを売ってヨーロッパのどこか、できればベルリンに新しい家を買う話をしたり。「本当に過去のことを理解しようと思えば、あそこでしかできない」と彼は言ったことがある。「でも、未来はどうだ？　あそこに未来の可能性があるか？　ムンバイか北京は？」

どうして話し相手に自分が選ばれたのか、ジャズには分からなかった。バックマンの話についていくのに適した人物なら、会社の中に間違いなく他にいた。彼は時々躁状態になり、窓の外に目をやり、明かりの点いた高層ビルの無数の窓を見つめた。その姿は、山の中の隠れ家にいるアニメの悪玉のようだった。また別のときには気落ちした様子で椅子に沈み、「世界は鏡の間だ。解けないパズルだ」とつぶやくこともあった。ジャズはあるとき彼が窓辺で、リオデジャネイロのキリスト像みたいに両腕を広げているのを見かけた。ブロードストリートを祝福する、絹のスーツを着た救世主キリスト。

「君はどうしてこの仕事をしているのかな、ジャズ？　今さらこんなことを訊くのも妙だが」

「何の不思議もない話です。僕には妻と息子がいる。二人にいい生活をさせてやりたい」

「それだけ？」

「もちろん、興味深い仕事だからというのもあります」

「おいおい、つまらない言葉を使うなよ。ブルックリンの地図は興味深い。ペンギンのドキュメンタリーも興味深い。つまらん。〝興味深い〟なんてことじゃ、朝、目を覚ます理由にならない。ずばり訊こう。君は神を信じているかね？」

「いいえ、信じていないと思います」

「信じていないと思う？」。彼は間を置いた。「なるほど。私にも同じことを訊いてくれるかな？」

「はい。神を信じていらっしゃいますか？」

「君がその質問をするとは興味深い。しかし私が思うに、本当の問題は、神が私を信じているかどうかだ」

彼は笑いだした。最初は低い声で、徐々に甲高く。ジャズはいらだった。ラージのせいで夜はほとんど眠れなかった。しかも前日には、また新たな子守りが辞めたところだった。バックマンの形而上学的なジョークに付き合う忍耐力は残っていなかった。

「あのですね、サイさん。僕がなぜこの仕事をしているか知りたいですか？　運がよければこれで会長が大金を稼いで、僕もそのおこぼれがもらえるかもしれないからですよ。あなたのおっしゃる通りかもしれません。ウォルターは深遠なのかもしれない。でも、いいですか？　そんなことは僕にとってどうでもいい。取引《トレーディング》に使えるモデルを作りたいだけ。僕には世界を救う必要はない」

バックマンはデスクに向かって座った。長い間、彼はじっと押し黙り、左右の長い指を胸の前で三角に合わせたまま、少しだけ左右に体を揺らした。

「すみません、サイさん。昨晩、寝不足だったもので。うちの息子が――いや、乱暴な口を利くつもりはなかったんです」

「来月から、ウォルターを動かそうと思う。最初は小額の取引。でも、試験段階と同じ成績が出るようなら、すぐに金額を引き上げる」

「はい。分かりました」

「話はそれだけだ」

ジャズは腹を立てたままオフィスを出た。どうして僕は口を閉じておけなかったのか、と。その夜、彼はリサに、何があったかを話そうとした。バックマンに会ったことのない彼女は、中世の錬金術師のようにオフィスで苦労を重ねる浮世離れした学者気質の男というロマンチックなイメージを作り上げていた。実際のバックマンはテーラーメードのスーツを着て、おしゃれな靴を履いているような人物だとジャズは妻に言ったが、彼女は金が第一の動機ではない銀行家というイメージを振り払えなかった。

「あなた、本当に上司に向かって怒鳴ったの？」と彼女は訊いた。

「彼の理論には興味がないと言ったんだ」

「ああ、ジャズ、どうして？　会社でいちばん面白そうな人なのに」

「面白い？　よく言うよ」

「首になるの？」

「それはないと思う。退屈したときの話し相手は代えるかもしれない。家庭生活みたいなものを彼は知らないんじゃないかな。奥さんはいない。子供も。失業者数の中に神を探る新しい手法を考えることしか頭にないのかもな」

バックマンは彼を首にしなかった。データの流れは途切れなかった。バクー・トビリシ・ジェイハンとドゥルージバのパイプラインを流れる石油の量、オーストラリアにおいて人種がらみで起きた傷害事件の件数、コンゴ民主共和国における紛争に関与しないコロンバイト・タンタライト鉱石の産出量、同地域におけるマールブルグ出血熱の発症数、日経で毎時間取引されるハイテク株の数……ジャズはもはやこれらのクラスターを自分で分析しているわけでなく、ただデータを食わせているだけで、ウォルターが勝手に驚くべき勢いでつながりを見つけ出していた。全てが全てに結び付いているように思えた。フロリダ州ボカラトン在住の年金受給者の正味財産が、ロングビーチ港で荷揚げされる貨物量と調和する形で増減し、アメリカ南西部の住宅所有権回復数がアジアにおける人気オンラインゲーム内のアバター数をなぞっていた。ジャズは最初、このモデルがサイ・バックマンの頭の中にしか存在しないインチキだという可能性を考えたが、今ではその力に困惑していた。もしも実際にこれを使って取引を始めたら何が起こるだろう?「川に手を浸けて魚を捕まえるような感じ」とバックマンは言った。ウォルターはどれだけの波紋を引き起こすだろう?

　バックマンはウォルター2と呼ばれるシステムを動かす用意をしていると、ほとんどこともなげにジャズに話した。会社は既に、ニューヨーク証券取引所《NYSE》内に装置を備え付けるための金を支払ったらしい。数ミリ秒のタイムラグで競争的利得を失ってしまうような、非常に頻度の高い取引に必要な準備だ。技師たちがニュージャージーの高度セキュリティーデータセンターに会社のシステムを接続する際、バックマンはどうやら和解の印として、ジャズを作業の視察に招待した。同じ施設には、ＮＹＳＥのマッチングエンジン——買値《ビッド》と売値《オファー》を整理して取引を完了させるコンピュータ——も収められていた。市街地から二時間離れた寂れた工業団地にあるその吹きさらしの施設は、背の低い倉庫風の建物で、テロリストの攻撃の標的にされないよう、目立たない造りになっていた。二人はリムジンを駐車場に待たせて、うなりを上げるコンピュータが並ぶ棚の間を歩いた。彼らに同行した神経質なＮＹＳＥの職員は、バックマンが歩きながら指先で機械をなでる——子供が棒切れで塀をなぞるように——のを明らかに嫌がっている様子だった。

　彼はジャズに、時間の地平がミリ秒レベルにあるウォルターを想像してみるように言った。最初のサイクルでパターンを同定し、二度目か三度目のサイクルで他と照らし合わせ、四度目で取引を実行し、その後はエントロピーの彼方に消える。光速そのもの——究極の物理的地平——がトレーダーとしての日常の一部となる。データセンターの局長がうろつく前でバックマンは、ウォルターの能力について語り始めた。このモデルは取引を数千の商いに分割し、他社の目をくらますことができる。「それがどれほどの影響を及ぼすか、まだはっきりとは分かっていない。われわれは市場において安定したフィードバックを引き起こし、望み通りのトレンドを広め、他の動きを封じる。それは単なる反応とは違うんだ、ジャズ。われわれは市場を作る。われわれ自身の現実を生み出す。だからウォルターを高速で運用した場合、その影響は甚大だ。もちろん、規制庁がこれに感づけばきっと、われわれがやっていることはギャンブルと同じだと言うだろう。その通りだ。実際、われわれはギャンブルをやるのだ。結局のところ、そこに社会的な値打ちはない。われわれは市場のおかげで資源《リソース》を効率的に配分できると言われている。市場は有益な存在らしい。しかし、市場はもはや資源の配分とは無関係だ。光の速度でコンテナ船を行き来させたり、歯磨き粉の生産量を調整したりしているわけではない。それはガラス玉演戯だ。それをして遊ぶ理由を持っているのは私だけかもしれない、と私は時々思うよ」

　ウォルターが動きだすと、ジャズはパニックを起こした。彼にはどちらがより恐ろしいことか分からなかった——うまく作動しない場合か、うまく作動した場合か。彼は取引が始まった最初の数分、トイレの個室にこもり、どうなったかを知らずにいた。トイレから出たときには、誰もがお祝いムードに変わっていた。その収益率にはバックマンさえ驚いているようだった。アメリカの市場が閉じる頃には、フェントン・ウィリス会長は歓喜を隠せなくなっていた。トレーダーたちは互いにハイタッチを交わし、九五年もののシャンパン〝クリュッグ〟の瓶を開け始めた。彼の周囲では誰もがネクタイを緩め、新しくできたラップダンスクラブに繰り出す計画が練られていた。彼はリサに電話をかけ、今から帰ると言った。

　その週、人々は車を買い、超高級レストラン〈パー・セ〉で一万ドルの小切手を切った。ジャズは〈ハリー・ウィンストン〉に行き、リサのためにネックレスを選んだ。手の中でとても高価な蛇のようにとぐろを巻く、プラチナ製の繊細な鎖。利潤は最も夢想的な予想をも上回り続け、ウィリス会長はさらなるリスク分析を待たずに、はるかに大きな金額の取引をウォルターに許可した。ジャズは周囲の熱狂に感染していた。彼の心配は単にストレスと過労の影響にすぎず、馬鹿げているように思えた。

　その後間もなく、バックマンが彼らをモントークの屋敷に招待した。それはよく晴れた五月の週末で、ジャズは一刻も早く街を抜け出したかった。予定では金曜の夜に車で出掛けるはずだったが、ぎりぎりになって、ラージを置いていくことはできないとリサが言いだした。ジャズは彼女に、それは過剰反応だと言ったが、そのせいでまた苦々しい口論が始まった。

「分からないかな?」と彼は大声を上げた。「僕らにだって僕らの生活がある。あの子のせいで永遠に自由を奪われるわけにはいかない」

「でも実際にそうだもの。あの子は私たちの子供なのよ」

「週末だけの話。わずかこの土日だけのことだぞ」

彼は怒りを静めるように努めながら、寝床で眠れずにいた。横には彼女の体が感じられた。彼女は彼の方に背を向け、自分の空間を守っていた。

翌朝、とても信頼できる子守が一晩子供の面倒を見てくれるということで、彼はようやく彼女を納得させた。二人は旅行鞄をトランクに放り込み、ロングアイランド高速道路で街を出ようとする長い車の列に加わった。リサは数分ごとにブラックベリーの携帯をチェックした。それはまるで、家に帰る言い訳となる事件が起きるのを待っているかのようだった。

カーナビを使ったにもかかわらず、バックマンの家を見つけるのは容易ではなかった。彼らは、三度目にその前を通りかかったとき、オールド・ハイウェイから横に延びる細い砂利道を見つけた。その先にはセキュリティーゲートがあり、車が近づくとゲートが自動的に開いた。彼らは何の変哲もないモダニズム様式の屋敷の外に車を停めた。しゃがんでいるみたいに背の低いその建物はまるで、急勾配の傾斜屋根を背負ったまま地面に潜ろうとしているかのようだった。

玄関の扉を開けたのは、J・クルーのカタログのモデルのような身なりをした、驚くほど美形の若い男だった。全身リンネルずくめで、布製の平底靴《エスパドリーユ》を履き、髪は砂色だった。男はチェイスと名乗り、二人の荷物を受け取って、「バックマンさんとウィンターさん」は外のデッキにいると言った。室内を見たとき、リサは少し息をのんだ。そこに置かれているのが高級品であることはジャズにも分かった。バウハウスのランプ。台座の上に置かれたブランクーシらしき抽象彫刻。最も壮観なのは部屋からの眺めだった。屋敷は崖の上に建てられており、上から下までガラス張りになった奥の壁が額縁のように灰色の大西洋を切り取っていた。

チェイスは二人をデッキまで案内した。そこには昼食のためのテーブルが用意されていた。ジャズはこの日、スーツ姿でないバックマンを初めて見た。彼はテニス用の短パンを穿いていた。そこから下に伸びる二本の脚は白い枝のようだった。彼と一緒にいたかなり年上の男はエリスという名で、彼のパートナーだということだった。エリスの健康状態があまり芳しくないのは明らかだった。彼はチェイスの手を借りて立ち上がり、二人に挨拶をした。握手する手は弱々しく、力がなかったが、目つきは鋭く、ユーモアが漂っていた。ジャズは自分を愚か者のように感じた。どうしてサイはこの男性——（おそらく）三十年以上付き合いのある恋人——のことを一度も話してくれなかったのだろう？　僕が嫌悪感を抱くと思ったのか？　その話をする場面が彼の頭に思い浮かんだ。そう。僕らはそういう問題にとても敏感だ。とても保守的。

長時間の運転でかいた汗を感じながら、彼らは少し話をした。エリスは以前、形成外科医で、火傷や交通事故で顔に損傷を負った人の回復手術をしていた。「美容整形みたいなことは一度もしていない」と彼は言った。「昔の私は理想主義者だったんだ」。その後、部屋に案内されたとき、ジャズは自分がいらだっている理由をリサに説明しようとした。僕はバックマンを嫌っているわけではない——エリスが随分年上であっても、若いおかまが口に手を当てて笑いながら辺りをうろついていようとも。問題はただ、僕がそれを聞かされていなかったことだ。かなり前からバックマンと一緒に仕事をしているというのに。

「まあね」クロゼットにイブニングドレスを掛けながらリサが言った。「あなたの観察眼は決して鋭いとは言えないから」

二人がプールに戻ると、チェイスがアイスティーを淹れてくれた。フェントン・ウィリス会長と三番目の妻ナディアがタオルと水を持ってビーチから上がってきた。週末用の服を着たウィリスはやや間抜けに見えた——鯨の模様をプリントしたサーモンピンクのズボン、シャツの首元にはシルクの黄色いアスコットタイ。社内の噂によると、ナディア（リサより数歳若いのだが）は会長と出会ったとき、街中のレストランで接客係を務めていたらしい。彼女は、銀色に光るワンピースの水着を着て腰にサロンを巻いていたが、その水着は実際に水に濡れることを想定しているとは思えなかった。ジャズは思わず、ジムで鍛えた彼女の体型に目を奪われた。きっと大事なのは、海に入ることではなく、スタイルを見せることなのだろう。サイとエリスは長い間生き別れになっていた妹と出会ったかのように彼女と挨拶を交わした――つまらない女を相手にしているのでなく、さも面白い女性と話しているような顔をして。こうした大袈裟《キャンプ》な振る舞いも、バックマンのこれまで隠れていた一面だった。それをどう受け止めたらよいのかジャズには分からなかった。

チェイスはロブスター・ロールとチャウダーの昼食と一緒に、とびきりうまい白のブルゴーニュワインを出した。ジャズはナディアと、彼女がウクライナの孤児を救うために立ち上げようとしている基金について話した。彼女は秋にチャリティーを予定していた。「有名人をたくさん集めて、みんなの財布の紐を緩めるための雰囲気を作るつもり」。室内のどこかに備え付けたシステムから流れる音楽がデッキに聞こえてきた。ピアノの伴奏に合わせてドイツ語の歌を歌う男の声。リサはそれがシューベルトを歌うフィッシャー＝ディースカウだと気付き、映画でその曲を使ったオーストリアの映画監督についてエリスと長話を始めた（『未完成交響楽』（一九三三）の監督ウィリー・フォルストのこと）。リサは明らかに、サイとエリスに気に入られた様子だった。昼食後、サイはリビングの壁に掛けられたシーレのスケッチに見入っているリサを見つけ、家の中にある美術品を一通り見せると言いだした。

ジャズは二人の後についていったが、そうしたのは、ケニヤでヘリコプターに乗ってサファリ観光をした話を延々と語るウィリスと一緒に部屋に残されるのが嫌だったからだ。どの椅子にも、どの装飾品にも豊かな歴史があるようだった。これほどのコレクションを収集するには一体どれだけの時間がかかったのだろう？　その背後にある知識を得るのに、さらにどれだけ長い時間がかかっただろう？

サイが特に自慢にしている様子だったのは、オーバーオールと帽子という格好の若い男をあからさまに性的に描写した絵画だった。その男は表現主義風に描かれた小路で、煉瓦の壁にもたれていた。ジャズは内心でひどい絵だと思った。塗りたくったような緑と茶色。下品な股間の膨らみ。作者はどうやら一九三〇年代の有名な黒人芸術家で、雇用促進局に雇われたニューヨーク在住の共産主義者だったらしい。

ジャズはその日の午後、サイとフェントンが米中貿易について論じるのに半分耳を傾けながら、プールの脇でうたた寝をした。フェントンは上海で長い時間を過ごしてきたことから、二国間が相互依存関係にあるという考えに取り憑かれていた。リサとナディアはソーホーにオープンした新しいブティックの話をしていた。リサがその店で買い物したことがないのをジャズは知っていたが、彼女の口ぶりはまるで常連客のようだった。『ニューヨーク』誌のバックナンバーで仕入れた情報だろう、と彼は思った。エリスは発泡スチロールの浮きを二つ着けて、プールに浮き沈みしながら泳いでいた。チェイスがその補助をし、脚を支え、日除けの帽子が脱げるたびに拾い、またかぶらせた。ジャズはサングラスの奥から二人を見ていた。老人の弱々しさと、若い男の優しさ。その親しげな様子には何か、心を掻き乱すものがあった。金のやり取りに基づいたこの関係は、どの程度の世話まですることになっているのか？　どこに線引きがあるのか？

　リサは夕食のために着替えをしながら、屋敷の主人たち、彼らの教養と美的感覚について熱狂的に語った。「私にもあの人たちのことを教えてくれればよかったのに！」と彼女は言った。

「でも、僕も知らなかったんだ。一緒に仕事をしているだけで、仕事の話ばかりだし」

「え、そう？　ウィーン工房の銀器を見に連れて行ってもらったって話していたじゃない」

「え？　ああ、あの美術館。うん、それはその通りだ」

「彼が他の人と違うことはあなたにも分かってたはず。あなたの会社の同僚で私が会った他の人はみんな、フェントンさんみたいな人ばかり」

「君は妙だと思わないのかい？　エリスがサイよりもかなり年上なこととか」

「素晴らしいと思うわ。二人が恋に落ちたのはサイが二十代前半だった頃なんだって。エリスは彼をグリニッチヴィレッジの路上で見かけて、家まで後を尾《つ》けたの。サイはとても美形で超然としてた。エリスは必死に口説いたそうよ。十九世紀の求婚みたいに。花や扇や手書きの手紙を使って」

「どうしてそんなことまで知ってるんだい？　今日会ったばかりなのに」

「サイから聞いた」

「やれやれ。たった半日でそこまで聞き出したんだね」

「あなたはきっと、今まで尋ねなかったんでしょ。それに――ねえ、ジャズ、こういう話はあなたの苦手な領域かもしれないけど――」

「苦手な領域？」

「ちょっとガードを下げたらどうかしら。あの人たちはあなたが私の夫だと知ってる。誰もあなたに飛びかかって、陵辱しようとしてるわけじゃない」

「何の話だよ?」

「あなた、今日一日、ずっと緊張してるみたいだったから」

「そんなことはない」

「それならいいけど。私はただ、あなたにも楽しんでほしいだけだから」

「もしもし? 君を連れ出すのに苦労したのは僕の方だぞ。ところで、この五分間に家に電話した? ビアンカはラージに手こずってないかな?」

「あなたって本当に嫌な人」

「君こそ僕のことをホモ嫌いだって責めてるじゃないか」

「そんなことは言ってない」

「暗にそう言ったよ」

「今はやめましょう、ジャズ。それに、大声を出さないでよ。階下《した》まで声が聞こえちゃうわ」

夕食にはさらに二組のカップルが加わった。一組は、隣の家を賃借りしているヘッジファンド経営者夫妻。もう一組はゲイのカップルで、イーストハンプトンにアトリエを構える有名な芸術家とそのパートナーだった。食事は素晴らしかった――ブルーポイントで採れたオイスター、獲れたてのサーモンを丸ごと一匹調理したもの、エリスがヨーロッパで買い集めた高級ワイン。ジャズ以外の全員がディナーを楽しんでいるようだった。中でもリサは、ジャズがここしばらく見たことのなかった社交的エネルギーを放ちながら芸術と本と音楽の話に積極的に加わり、皆を笑わせていた。場面が違えば、彼もきっとそんな妻を誇りに思い、彼女の幸せそうな様子に歓喜しただろう。しかし今はそんな気分ではなかった。時折、フェントンが話を金融に向けようとしたが、会話の大半はそれと無関係だった。芸術家は最新作の説明をした。それは中古品屋で買った絵画に人工的な染みを付け、できたものを木の箱の内側に貼るという作品だった。サイは偽のジョゼフ・コーネル作品を売りつけられた知人の話をした。イタリア、アイスランド、モルジブなど、旅行の話も多かった。そのときだけはリサも黙った。二人が最後に旅行に出掛けたのは大昔だった。

ジャズはリサが二階で話していたことの意味を考えた。彼女の言う通りなのか? 僕は偏屈か? バックマンのような生き方が理解できないということは認めざるをえない。第一に年齢が離れすぎだ。ひょっとすると、フェントンとナディアの年齢差と変わらないかもしれないが、サイは努力して手に入れるほどの夫だろうか? サイの方が金を持っているということか？　二人は家族ではない。少なくとも、ジャズが考える意味の家族とは違う。もしもそれを引き継ぐ者がいないのなら、これだけの富と文化に何の意味があるのか？　ひょっとすると、そのためにチェイスがいるのかもしれない。息子の代わりとして。ジャズはどうして自分があの青年を嫌うのか分からなかった。あの態度と関係があるのかもしれない。美形の容姿を何とも思っていなさそうなあの態度。チェイスはなぜか、隙のない、神々しい存在に見えた。まるでロングアイランドの太陽が彼を骨の髄まで温めているかのように。ジャズは彼がだるそうにワインを注ぎ、サラダを取り分けるのを見て、叫びたくなった。まともな仕事を探せ！　人に寄生するのはやめろ！

　夕べの風が吹いていたが、デッキの空気は湿っぽく、むっとしていた。ジャズはハンカチで額の汗をぬぐった。皆がテーブルを離れ、酒を飲み始めると、サイとリサは書斎に向かった。ジャズはスパイになった気分で――あるいは嫉妬に駆られた夫の心持ちで――後を尾《つ》けた。馬鹿なことをやっているという自覚はあったが、部屋を覗き込んだ瞬間に妻が気付き、驚きの表情を浮かべたことにはいらだちを覚えた。ジャズがこれ見よがしに妻の腰を抱える一方で、サイは新たな宝物を見せびらかした。ユダヤ教神秘主義に関する初期の書籍のコレクションだ。これは一五八〇年代にアントワープで印刷された『光輝の書《ゾハール》』のテキスト。こっちは十八世紀にポーランドで出版されたイサーク・ルリアの『生命の樹』……。サイはルリアの本を手に取り、いくつもの円が互いに結び付いている図表が描かれたページを開いた。それは有機化学の教科書に描かれた分子のようだった。リサは「ああ」とか「おお」と小さな驚嘆の声を上げた。それは単なる社交辞令ではなかった。彼女は本当に心を動かされていた。ジャズは感じてもいない深い共感をリサに伝えようとして、腰に回した手に力を込めた。

「すごいね。なあ、ダーリン？」と彼はつぶやいた。彼女はうなずくことさえしなかった。

　サイはいつものように熱のこもった話を始めていた。

「もちろん、私が手に入れていないものもたくさんある。一五五九年にマントバで出版された『光輝の書』も入手したい。一六二三年にルブリンで印刷された版が来週、モスクワでオークションに掛けられるから私も入札している。既に各地で印刷された版を持っているけれどもね。サロニカとか、スミルナとか、リボルノとか。どれもいろいろな記憶を呼び覚ます地名だと思わないか？　民族離散《ディアスポラ》の歴史そのものだ」

「素晴らしいコレクションだわ」うっとりとリサが言った。

「ありがとう。これを分かる人に見てもらうのはいつだってうれしいものだ。最近ではカバラと言ったって、マドンナが腕に巻いている赤い紐しか思い浮かばない人ばかりだ（カバラはユダヤ教の神秘思想のこと。米国の歌手マドンナは、カバラに由来するという赤い紐を腕に巻いている）。ユダヤ人でもね」

「残念です」

「われわれはこの伝統の中で仕事をしてるんだってことを君のご主人にも話しているんだが、まだ信じてもらえていないようだ」

ジャズは、妻を感動させる話に自分を加えてもらった喜びを隠しながら、肩をすくめた。背後にいた彼には、リサの表情は見えなかったが、彼女の反応を見て明らかにサイは面白がっているようだった。というのも、彼は眉を上げ、にやりと笑ったからだ。「ウォルターの話はご主人からどこまで聞いてるのかな？」と彼は尋ねた。

「コンピュータプログラムのこと？　少しだけ。彼の話では、あなたのおかげで会社は大儲けしているとか」

「それは確かに間違いない。でも、われわれがやっているのはそれ以上のことだと私は考えたい。私たちはデータを相手に仕事をしているんだ、リサ。バラバラなことを比較し、結び付きを探す仕事。カバラ信奉者にとって、世界は記号で成り立っている。これはポストモダンな比喩ではない。文字通りの意味だ。世界創造以前にトーラー（ユダヤ教で律法のこと。狭義では「モーセ五書」を言う）は存在した。そして、万物はトーラーの謎の文字から誕生した。現代の世界はもちろん、ひどく壊れてしまっている。完璧な世界がバラバラになっている。しかし、こうしたさまざまな現象の間につながりを見つけることで、ジャズや私のチームはささやかながらその記号を読み解き、破壊された世界を元に戻す手助けをしているのだ」

「素晴らしい考え方です」

「ジャズがそう思ってくれているかどうかはよく分からない」

「え？　ええ、僕もそれは素晴らしい考えだと思います。ただ——その——僕はもっと具体的な言葉で考えたいだけです」。彼はリサの顔をよぎったあざけりの表情に腹を立て、その言葉は先細りになった。二人の間にある共犯的な関係を察した彼は、ラージの割礼に関するくだらない議論をして以来久しぶりに、妻がユダヤ人であることを改めて思い知らされた。この神秘主義的な戯言《たわごと》もまた、彼女とサイとの共通点だ。彼は愚かしくも、この男――このおかま――が故意に彼を仲間外れにし、彼女を奪おうとしていると感じた。

彼は汗だくになり、自分が癇癪を起こさない自信が持てなかったので、口実を作って客間に戻った。彼はバーで自分用にウオツカをたっぷりと注ぎ、気さくなフェントンの言葉を軽くいなして、一人で飲むためにデッキに出た。頭の中が鼓動とともに脈打った。シャツが背中にぺったりと貼り付いていた。何が起きているのか？　僕はパニック発作を起こしているのか？　彼は自分がそこに何をしに来たのかを考えた。彼には他の人たちとの共通点がない。本当のところ、深い部分では共通するものがない。彼らの芸術や文化、書籍や絵画、シャブリ・グラン・クリュのワインに対抗できる何を彼が持っているだろうか？　田舎の村と泥の煉瓦、地酒と名誉の殺人――そんなものから、彼は一世代しか隔たっていない。単なる成り上がりの農民だ。

彼は何か恐ろしいこと――何か屈辱的で、物理的な出来事――が自分に起きようとしていると感じ、小道を伝って海岸まで歩いた。月は満月に近く、道をたどるのは容易だった。ウオツカはなくなっていた。瓶ごと持ってくればよかったと彼は思った。やけになって空のグラスを闇に向かって放ると、サイの高価なクリスタルガラスが砂にぶつかる鈍い音が聞こえた。確かに、彼の方にも文化がないわけではない。シク教の英雄集団であるカールサの栄光とか。しかし、それが彼にとって何の意味があるのか？　インドは彼の国ではない。彼がインドを訪れたのは一度きり。十四歳のときに家族旅行で三週間滞在し、右も左も分からず、暑さの中で腹を壊しただけだ。アムリッツァルの騒音と匂い。殺人的に混沌とした道路事情。果てのない緑の野原に囲まれた水漆喰の小屋が数戸建っているだけの、一族の村。あれは別の惑星だ。従兄弟たちは彼をトム・クルーズと呼び、彼にクリケットを教えようとした。一家は甘い茶を飲み、伯父宅の居間でパコラを食べた。部屋の壁は深海のような青緑色に塗られ、安手のカレンダーと、花で飾った親戚の遺影が掛けられていた。幼い子供らが玄関口にひしめき合い、彼のスニーカーをじろじろ見ていた。彼はレースで覆われた古い家具調テレビでインド映画を観たりして、休暇の大半をその部屋で過ごした。

いいや、ボルティモアの少年よ、インドはおまえの国ではない。彼は海岸沿いを背を丸めて歩きながら、本当に自分が持っているものの名を一つ挙げようとした。サイとリサ、彼らのシューベルトや古い本に対抗することのできる切り札を。どうしてあんな女性が僕と一緒にいることを望んだのだろう？　僕の中に何を見たのか？　何もない。少なくとも、もう。彼女はおそらくついに、真実に気付いたのだ。彼にはそう感じられた。彼の上司に付きまとい、くだらないコメントをし、インテリユダヤ人らしい戯言を抜かしやがって。

そして、これ。根底はこれ。少し酒を飲むだけで、憎悪が下痢のようににじみ出る。おかまとユダヤ人。彼は伯父たちと変わらない。何年か大学に通って、合板《ベニヤ》みたいな文化を身に付けたって、結局は、臆病で常にいらついている無教養な田舎者にすぎない。彼はそんなことを考えながら重い足取りで突端の岩まで歩き、そこで向きを変えた……再び屋敷に戻ると、疲れたふりをして床に就いた。階下の話し声や笑い声が聞こえた。ピアノの音が閉めた扉越しに響いた。彼は眠りが訪れるのを祈りながら、経帷子《きょうかたびら》のように体の周りにシーツを巻いた。リサはかなり遅い時間にベッドに来た。朝、二人で帰宅の用意をしたとき、彼は妻の目をまともに見られないほどみじめな気分だった。

数週間が経った。ウォルターは順調に利益を生み続けた。ある日、ジャズはシステムを監視しながら、いくつかの数字が予想値から外れていることに気付いた。一部の取引がわずかながら予想よりも多くの利益を生んでいた。逸脱はごくわずかで、ほとんど目立たなかったので、もしも通貨と債券の波乱相場と同じタイミングで生じていなければ、彼はそれを見過ごすところだった。ウォルターは二日ほど、アジアとラテンアメリカの小規模通貨に重点的に投資していた。ウォルターが空売りしたホンジュラスのレンピラは急激に価値が下落し、逆に会社は数千万ドル儲けた。ウォルターの存在は世界中に散らばる数千の少額取引に見せかけてあったので、結果として、多くの投資家が何か深刻な事態が起きていると思い込んだ。ホンジュラスは今、海外資本が逃げ出し、債権者が債務の取り立てを始めたため、国家的危機に瀕していた。ホンジュラスが通貨取引を停止し、国際通貨基金との話し合いを始めるのをジャズは目の当たりにした。

僕らのせいだ、とジャズは思った。僕らが銀行強盗みたいにあそこに侵入し、全てをひっくり返したんだ。

あれはそういうゲームだ、と彼は知っていた。彼はいつも、そうした側面についてはあまり深く考えないようにしていた。バックマンはあの夕食の席で、これまたリサの追従的な質問を受け、自分の役割をおどけて何と表現したか？　〝腸卜僧《ちょうぼくそう》〟。古代ローマで皇帝のために生贄《いけにえ》の獣の腸を調べて神意を占った神官だ。皇帝はフェントン・ウィリス。彼が帝王然とした仕草で親指を下に向ける。その奴隷は死ななければならない。トレーダーは思わぬ成功を喜んでいた。ジャズも一緒に飲みに行った。誰もが金融市場分析家とインテリをからかうジョークを言った。皆は彼を酔わせ、彼は成り行きに身を任せた。彼は既に夜中の一時になっていることに気付かず、リサにロウアーイーストサイドのクラブから電話をかけた。次に気が付いたときにはミッドタウンのホテルで眠っていた――ありがたいことに一人きりで。彼は真っ直ぐオフィスに向かい、ニュースをチェックした。

翌日は丸一日、レンピラは下落し続けた。ホンジュラス政府は動揺していた。テグシガルパの路上には人があふれていた。ジャズはコーヒーを急いで飲み、ウォルターがトレーディング担当者に出した助言を調べた。レンピラのことは記されていなかった。ウォルターは新たに別の資産、別の地域に目を向けていた。今はどれも、アメリカ合衆国が保証した証券だ。彼は安心した。ウォルターは少なくとも、とどめを刺せという指示を出してはいない。

その後の数日間、ウォルターはオーストラリアの鉱山株を大規模に買い、西アフリカの国債市場でいくつか不可解な取引をした。バックマンはその地域の金融組織に関するデータをインプットするようチームに命令し、ジャズのモニターはそれらの活動内容で埋め尽くされた。マリ開発銀行、西アフリカ国際銀行、アフリカ銀行、セネガル＝チュニジア銀行、西アフリカ金融サービス、エコバンク……。もしも彼がデスクトップ上のファイルの一つを間違って開き、西アフリカ地域証券取引所の情勢を示す図表を目にしていなければ、きっと何もおかしなことには気付かなかっただろう。上昇と下降のそのパターンには見覚えがあった。それを通貨危機に陥った際のレンピラの値動きと比較すると、両者はほとんど同じ動きをたどっていた。もちろん偶然だ。その二つを結び付ける理由は何もない。しかし、アビジャンの証券が破局的に下落する要因も皆無に思える。大きなニュースもないし、戦争が起こるという噂もない。レンピラと違い、回復は早かった。三日後には元のレベルの取引に戻っていた。

彼の瞼《まぶた》に奇妙な湿疹ができ始めた。リサはほとんど彼と口を利かなかった。彼は疲れ切っているのになかなか眠れなかった。閉じた瞼の裏では一晩中、ウォルターによって可視化された分散パターンが害虫の群れのように明滅していた。彼は何度か夜に自宅二階のオフィスに置いたコンピュータに向かい、机に置かれたランプの明かりでサルサソースをつけたポテトチップを食べながら、レンピラの時系列データと思い付く限りのアフリカに関する変数とを比較し、眠れない時間を過ごした——為替相場、国際収支、国際流動性、利率、物価、生産高、国際取引、政府収支、社会会計、人口。一通りアフリカを調べ終わると、次は東アジアの国々をチェックした。

それはタイの銀行株で見つかった。これもまた、同様の急落。同じ時間経過。彼は自分に問いかけずにいられなかった。これも僕らがやったことなのか？　それは理性に反する。量子状態の重ね合わせのように、常識に反している。ウォルターは反響効果を生んでいるのか？　それともこれは別の現象か？　だとすると、サイ・バックマンが〝火花《スパーク》〟と呼ぶ、神聖なる知性の痕跡なのか？　ジャズの首が痙攣を起こしていた。彼は洗面所の棚を調べ、眠りを助けてくれそうな薬を探した。

翌朝、彼が仕事に出掛ける前に、「あなた、少し休暇を取れない？」とリサが訊いた。彼は狂人を見るようなまなざしで彼女を見た——おかしくなっているのは自分の方かもしれないという自覚はあったけれども。会社では誰も、ホンジュラスの件を気に懸けていない。心配しているのは彼一人だ。彼は妻に、会社に尋ねてみると言い、バックマンの助手に電話し、彼とオフィスで直接話せる状態になったら教えてほしいと伝えておいた。

バックマンはバンコクに行っていたようだ。レンピラが通貨危機に陥ってから二週間近く経ってようやく、バックマンと話す時間が二、三分だけ取れそうだという連絡が助手からあった。ジャズが急いでオフィスを訪れると、バックマンがノイズキャンセリング機能付きのヘッドホンを着けて窓の外を眺めていた。禿げた頭を両側から挟んでいる黒い耳当ては、そこに寄生している甲虫みたいに見えた。太陽は沈んだばかりで、ビルと空との境目が魔法のように溶解し、三次元の建物がちらつきながら二次元に変わり、さらに光のチェッカー模様と化した。ジャズは彼を驚かせたくなかった。丸一分そこに立ったまま辛抱強く待っていると、やがてバックマンが椅子を回転させて、こちらを向いた。

「ガーシュウィンだよ」ヘッドホンを外しながら彼が説明した。「私はよくこれをやるんだ。音楽を聴きながらビルを眺める。よくない習慣だということは分かっている。癖になっているのかもしれない。ところで何の用かね？」

「お話があります」

「なら話したまえ」

「サイさん、私たちはシステムを欺いている、もてあそんでいる、という意味のことを以前あなたはおっしゃいましたよね」

「それが何か?」

「だから、そろそろやめた方がいいと思うんです。ウォルターは――その、ウォルターは金融市場の非常に深いところまで手を突っ込んでいます。何となくウォルターにはすごい力があるような気がして――つまり、その――何と言ったらいいのか分かりませんが。しかし、サイさん、僕もいろいろ考えました。ウォルターにはすごい破壊力がある。やはり心配なんです。どんな結果を生むか、予期しない影響を及ぼすんじゃないかって」

「〝予期しない影響〟というのは具体的にはどういうことかな?」

「安定性を失うとか。予想変動率《ボラティリティー》が増大するとか」

「リスクは適正にヘッジされているよ、ジャズ。会社のことは心配しなくてもいい」

「会社のことだけじゃありません。ちょっと疲れているので、うまく表現することができないのですが。例えば、ホンジュラスの件。ウォルターはあの国の通貨を危機に陥れました。たった半日で、いとも簡単に」

「ウォルターはそんなことはしていない。〝気配〟がレンピラを嫌っただけさ」

「あの国は僕らが破滅させたんです」

「それは少し大袈裟だな、ジャズ」

「加えて、西アフリカ地域証券取引所とタイの株式市場も同じ動きをしました。もしもウォルターにそれほどのことができるなら、他には何ができるでしょう? しかも、進化してるんですよ。さらに知性を磨いている。同じ技術を高速で用いたらどうなると思います? 市場関係者が反応できない速度で動きだしたら?」

「システムはわれわれが設計した通りに作動している。発見的《ヒューリスティック》な取引エンジンだよ、ジャズ。作動しながら学習しているんだ」

「会長がもっと大きな取引を許可しようとしているのを僕は知っています。ウォルターがあれと同じようなことをまたやったらどうします? システムに関わることをしでかしたらどうするんです?」

「〝システムに関わる〟? われわれがグローバル経済を崩壊させると君は考えているのか? 通貨の鞘《さや》取り戦略で

一度中規模の勝利を収めたというだけで、そんなことを言いだしたのかな？　確かここは連邦準備銀行じゃなかったはずだがね、ジャズ。われわれはヘッジファンドだ。中国人民銀行じゃない」

「僕はただ、撤退という選択肢を考えた方がいいと思っただけです」

バックマンは笑った。「そんな言葉はフェントンに聞かせない方がいいぞ」

「真面目に聞いてくださらないんですね」

「私が君の話を理解していることは信じてくれ。君はあの取引について少し後ろめたい気持ちを抱いている――法人としての社会的責任という観点で。あるいは別の呼び方でもいい。しかし、われわれはいかなる場所でも、何も引き起こしていないのだ、ジャズ。悲劇は起きる。われわれがやらなくても誰かがやる。まあ、ボーナスを手にしたら、君の気分もよくなるだろう。遠からず、君と私はモントークでお隣さん同士ということになるかもしれない。君の奥さんも美術館で理事を務めることになるかもな」

「〝神の顔〟はどうなったんですか？　あなたはいつも、もうすぐ宇宙の秘密が明らかになるみたいなことをおっしゃっているのに、今日は違うんですね」

「大丈夫か、ジャズ？　何か家庭内で問題でも？」

「いいえ、僕の家のことはどうだっていい。どうして話をちゃんと聞いてくれないんです？」

「落ち着きなさい。あれは一つのモデルだ。何も引き起こしてなどいない。君はいわば、地図と実際の領土を取り違えているんだ」

「僕らはモデルに基づいて取引をする。行動しているんです」

「ジャズ。ウォルターは二年もすれば存在しなくなる。少なくとも、このパターンのモデルではなくなる。いつか市場が適応するからね。そうなれば、また新しい道具が必要になる。われわれは市場の効率化に貢献しているだけだ。効率が増せば、利益が目減りする。われわれはまた前に進む。そうやって人生は続いていく」

「どうして分かってくれないんです？　僕はあなたのおっしゃる通りだと言おうとしているんですよ！　あなたが前々からおっしゃっていたことがやっと分かったんです。問題は金じゃない。僕らは今、何かに触れようとしている――何か、物事の根本に関わるものに」

「何と言えばいいのかな。君の口ぶりはまるで、フランケンシュタインの映画で干し草用のフォークを振り回している農夫みたいだ。魔女を火あぶりにしようというのか？サイ・バックマンを処刑しろと言いたいのか？」

その後、彼はお決まりのフレーズを使った。二、三日休暇を取りたまえ。休んだ方がいい。ジャズは地下鉄でブルックリンに帰る途中、自分が今、最後の一線を踏み越えたことを悟った。

太陽が激しく照りつけた。プールは青いガラスのように輝いた。モーテルの屋根の向こうで、ぎざぎざの山並みが損益のグラフのように地平線を縁取っていた。ジャズは携帯電話を通じて、フェントン・ウィリスのざらざらした耳障りな大声を聞きながら、ラージが温水浴槽の脇でプラスチック製の椅子を重ねるのを見ていた。ニューヨークの喧騒。逃げることはできても、隠れることはできない。詰まった排水管、プレッツェルを売る屋台、募金を呼びかける人、家賃が高すぎるアパート――そんなニューヨークの全ては地獄に落ちればいい。ここにあるものだけで今は精いっぱいだ。ほとんど空っぽの世界。雑然と散らばる岩と砂。

「僕はそろそろ出掛けなければなりません、会長。すみません」

彼は電話を切り、偶然に手の中で暴発した銃を見るような目でブラックベリーを見つめた。フェントン・ウィリスとの電話を勝手に切る人間はいない。誰一人として。だからおしまいだ。ウォルターは終わり。会社も終わり。これで彼も終わり。彼は数か月ぶりに、深い心の平安を覚えた。

一九七〇年

単純なことだった。彼女は徐々に町の生活を離れ、司令部に入り浸るようになった。大きなシャボン玉が小さなシャボン玉を取り込むみたいに、司令部が彼女を吸収した。

未来について考えるとき、〝シャボン玉〟っていうのはいいたとえだ、とウルフは言った。あちこちの建物は間もなく、シャボン玉みたいになるだろう――柔らかく、流動的なものに変わり、いつでも自由に漂いだして、別の塊にくっつく。自分の生き方を変える決断は一瞬でできる。町の一部になるのも、村に加わるのも、一人で生きていくのも自由。ただ周囲とのもやい綱を解き、そこを離れるだけ。それが自由の真の姿だ、と彼は言った。

ドーンには自由の意味がよく分からなかった。自分が望む人生に含まれていないものははっきりしていた――それは、店での仕事、フランキーのプリマスの後部座席で取っ組み合いをすること、伯父がまるでおいしい食べ物を見るような目で彼女をじろじろと見ること。

司令部には十人ほどの人がいた。彼らは彼女が子供の頃から知っていた経路で岩山に登り、先住民が記号を書き残した岩に横たわった。赤黒い表面に刻まれた渦巻模様や網状の線。白くなった乾湖の底が山並みの方へと続いている。彼らはマリファナを回し喫《の》みした。誰かが太鼓でゆっくりとした穏やかなリズムを刻んでいた。ウルフは笑い、岩棚の上で大の字になって日の光を浴びた。ドーンは岩の縁から下を覗き、建設工事の進み具合を見た。崖の下では、地面から五十フィートあるドーム状屋根の骨組みが途中までできており、それが割れた卵の殻のように見えた。人がその屋根に上り、三角形に溶接された金属製のポールをウィンチで引き揚げ、ボルトで屋根に固定している。どこからか寄り集まった変人たちが慈善団体から買った古着をまとい、巨大な建造物の上を蜘蛛《くも》のように這う。今まで暮らしてきた小屋やトレーラーハウスは既に、小さな仮の宿に見え始めている。

一つの小屋から長いケーブルが伸びている。それは岩の下を通り、穴の中へ消えていた。

「あの下には何があるの?」

ウルフは下を見た。「ああ、俺の弟がいる。たぶん今も、俺たちの下で聴いてるはずだ」

「〝聴いてる〟って?」

「弟は聴くのが仕事なのさ。こそこそとな」

「私は会ったことがある?」

「ないんじゃないかな。一度会ったら忘れないだろうから。俺にそっくりで、でももっと醜男《ぶおとこ》。鼻が高くて斜視」

彼女は笑った。「そんな人、会ったことない」

「な、言った通りだろ。会ってれば忘れるはずがないって」

ドーンは夏の間、暇があれば岩に登り、ウルフたちと時間を過ごした。そして、たくさんの人と知り合いになった。巡礼者《ピルグリム》ビリー、フロイド、サル、マルシア、〈ユッカの女〉、そして〈空の綿毛の兄弟〉。皆、彼女より年上で、思いもよらないほど興味深く、多様な人物ばかりだった。〝再統合〟や〝黄泉《よみ》の国〟、何だかよく分からない惑星の共同体などを語るときの彼らの口調には、どこか怪しげな、気味の悪いところもあった。中でもいちばん不気味だったのは片目のクラーク・デイヴィスだ。身なりはパナマ帽にケッズのシューズ、聖書に出てきそうなシーツみたいなローブという格好で、まるで道化のようだった。かつては古風な意味での、エロール・フリン風の二枚目だったのだろう。事故に遭う前までは。

　ドーンは、いやになれなれしく接してくるデイヴィスと距離を置くようにしていた。ジュディーを見かけることはほとんどなかった。彼女は普段、買い出しに出掛けているか、あるいはマー・ジョウニーと一緒に瞑想をしていた。少女は施設にいる他の誰とも似ていなかった。服装には全くこだわらず、いつも同じ白のシャツを着て、ジーンズを穿いていた。しかしとても清潔でこぎれいにしていたので、あの砂埃と混沌のただなかに暮らしているとはとても思えなかった。もしも町で彼女に出会ったら、きっとどこかの会社の秘書か、出来のいい学生に見えただろう。よきキリスト教徒。彼女は皆と一緒に歌を歌ったり、音楽を演奏したりすることがなかった。健全なタイプが好みなら彼女はまさに魅力的な女性だったが、実際には誰とも親密な関係にならなかった。彼女は健康的であると同時に超然としていた。それはまるで、日常生活に関心を持つために必要な部品を誰かが外してしまったかのようだった。

　ドーンはマウンテンという名の女性と親しくなった。彼女には南部訛りがあり、その緑色の目はまるで未来を見通しているかのように、話し相手の背後にある何かを見ていた。ある夜、二人が岩山に登ったとき、マウンテンはドーンに、ジュディーとジョウニーのこと、そして昔何があったかを話した――地球を宇宙連合に再統合しようとした最初の案内人《ガイド》が亡くなったときのことを。それは大変な火事だった。スペース・ブラザーたちと交信するために設置した機械の故障が原因らしい。男はカプセル内に閉じ込められ、焼け死んだ。死者は他にもいた。クラーク・デイヴィスも現場にいて、人を救出する作業の際に片目を失った。現場が片付いた後、まだ行方が分からない人物が一人いた。それが、当時まだ八歳だったジョウニーの娘だ。遺体は見つからなかったが、きっと亡くなったのだろうと誰もが思った。ジョウニーは皆の言うことを信じなかった。幼いジュディーは死んだのではなく、艦隊に連れて行かれたのだ。だから、遅かれ早かれまた戻ってくる、と彼女は言い続けた。辛抱強く待っていれば、スペース・ブラザーは娘を返してくれると彼女は確信していた。だから彼女はこの場所に戻った。そして、実際に彼女が信じていたことが起きた。ジュディーはある日、まるで散歩から戻ってきたみたいな様子で、砂漠から現れた。もちろん、船の中でも地上と同様に時間が経過するから、彼女は成長して大きくなっていた。しかし、ジョウニーにはすぐにそれが娘だと分かった。ジュディーは軌道上で十年を過ごす間に教育を受け、高度な知識を得ていた。そして、新たな案内人《ガイド》となるべく、地上に戻されたのだ。

ドーンはその話をどう受け止めたらよいのか分からなかった。彼女はアシュター銀河司令部の世俗的な仕事の手伝いをして気を紛らわせた。物を取りに行ったり、運んだり、おいしくない野菜シチュー――皆、これ以外の料理は食べていないみたいだった――を巨大な鍋で作るためにニンジンとジャガイモを切ったり。食べ物はこの場所で最も受け入れにくかったものの一つだったが、地球を救うという重大任務に向き合っている新しい友人たちのことを思えば、多少のつらさは我慢できた。

ドーンが望んでいたもの。それは自分自身になること、シャボン玉の中で生きること、ウルフと親しくなること、神聖なる普遍的愛を経験すること。彼女は玉ねぎを角切りにし、足場を組むためのポールを運び、焚き火を見つめているうちに、少しずつ、埃っぽい町よりもピナクルズの方がリアルに思えてきた。高校よりも、ハンセンのガソリンスタンドよりも、ソフトクリーム屋よりも雑貨屋よりもリアルな場所。とはいえ実際には、彼女はまだカウンターの後ろで夢を見ながら長い時間をやり過ごし、道徳や共産主義、棚に袋入りパスタを積み重ねる正しい方法についてくだくだと説明するクロー爺さんの話を聞き流した。地球を宇宙連合に再統合するのがアシュター銀河司令部の目的だとウルフは言った。彼女は最初、それを聞いてただ笑い、彼もまるでそれを本気にしていないかのように一緒に笑った。でも、彼は真剣だった。誰もが皆、大真面目だった。何かの計画が進行している。そう考えるだけで彼女は少し怖くなった。しかしとりあえず今は、自分より大きな何かのために力を尽くすこと、人の輪に加わって手を叩き、時には一緒に踊るのが彼女の望みだった。

間もなく、ドームが輝き始めた。司令部はバーストーの解体屋で手に入れた一枚二十五セントの自動車屋根でドームを覆った。男たちはスクールバスで金属板を買いに行った。金属を切るためのトーチもなかったので、車の屋根に上って斧を振り、巨大な缶切りを使うようにして屋根板をはがした。基地に戻ると、今度は板を炎であぶってハンマーで叩き、三角にした。ドームは足の土踏まずで少しつぶされた輝く球のように見えた。金属の表面が信号灯《ビーコン》のように太陽の光をとらえ、それはまさしく彼らが望んでいた通りの効果だった——ただし彼らが信号を送りたかったのは、町ではなく外宇宙に向けてだったのだが。町の人はそれを無視できなかった。毎日ある時刻、特に午後の遅くになると、そのギラギラが町で仕事をしている人の目に入り、気を散らした。多くの人がそれを挑発ととらえた。

町の人は不満を訴えた。岩山の近くでは若い女が地面から三十フィートの所に座り、ナットやボルトに向かって小槌を振るたびに裸の胸を揺らしている、と。

「あたしたちの仕事は」ある日、マウンテンが秘密を打ち明けた。「再び地球を霊的な影響の潮流に結び付けること」

「どうして?」

「あたしたちは今、負のエネルギーに囲まれてて、おかげで地軸が傾き始めているから」

「地軸が傾いたらどうなるの?」

「津波。大規模な破壊。地上のほとんどの生き物が絶滅する」

マウンテンがその後、彼女の頬をなでてくれたのをみると、ドーンは相当おびえた顔をしていたに違いない。

「心配要らないわ、ハニー。あなたはもう、光明《ライト》のメンバーだから。司令部はあらゆる周波数であたしたちをモニターしてる。だから、いざというときは必ず救い出してくれる。あたしたちが心配しているのは他の人たちのこと。全員を救うだけのスペースはないから」

　ドーンは砂漠を覆う津波を想像しようとした。洪水みたいだが、規模は百万倍。学ぶべきことはまだたくさんある。彼女は負のエネルギーを生む源がいろいろとあることを後に学んだ。

戦争
水爆
都市
貪欲
人工繊維
金融市場
テレビ
針を使う薬物
プラスチック
恐怖光線
その他の暗黒面の武器

　中でも、水爆が最悪だ。原子力を使うからというだけではない。水素を使うからだ。水素原子を分裂させることは生命力を脅かす。水素は空気中にも水の中にもあり、地球の魂そのものの一部となっている。それに、石炭や石油などの炭化水素（その分子には、恐竜が闊歩し、人類が内なる真実に目覚めていなかった太古の地球の記憶が刻まれている）を燃やすことは、現代の人間が生む負のエネルギーと結び付いてスモッグを生み、それが大都会を覆い、おかげで光の子《ライトワーカー》が艦隊に信号を送るのが難しくなっている。地球の基地が砂漠に置かれているのはそれが一つの理由だ。つまり大気汚染。

　地球を再び宇宙とつなげるというのは美しい話だ。数十億の生命が救われるだろう。だから、ドーンは学校の友人たちがそれを理解する様子がないことにいらだった。司令部の話を口に出した途端、狂人扱いだ。彼らにとって施設は、エアコンのない、砂埃だらけの、野菜シチューばかり食べさせられる場所でしかない。アシュター銀河司令部での生活には素晴らしいもの——何かリアルなもの——がある、と彼女は皆に伝えようとした。

「ここの何が〝リアル〟じゃないっていうの？」とシェリが言った。「どこか一つの場所が別の場所より〝リアル〟だなんて、ありえない」

　彼女たちはソフトクリーム屋に座っていた。ドーンは肩をすくめた。同じ席で彼女を囲むシェリとジャネット・グレイヴズとダイアン・コスティロの表情を見れば、それ以上何を言っても無駄なことは明らかだった。ドーンが一日中話を聞かせても、彼女たちの耳には全く届かないだろう。

シェリは疑っていた。「あの人たちから何を吹き込まれたわけ?」

これもまた答えられない問いだ。もちろん、いろいろな話を聞かされた。エネルギー、現実《リアリティー》。それを何と呼ぼうと構わない。しかし、彼女たちがその存在を知らないようなものが世界にはある。一つの都市みたいに大きな宇宙船が誰にも見られることなく、この町の一千マイル上空を飛んでいる。

「問題は愛よ」と彼女は言った。「どう言えば分かってくれる? 内なる輝きを放つってこと」

「はいはい」とシェリが言った。「はいはい」

朝晩が肌寒い季節になると、伯父夫婦との関係はすっかり悪化していた。ドーンは、あまりにも頻繁に店を空け、ウルフと一緒に出掛けたせいで、クロー爺さんの店を首になった。レイ伯父は彼女に「稼ぎのないやつを居候させるつもりはないから、さっさと仕事を見つけろ」と言った。彼には言いたいことがたっぷりあった。品格が大事だとか、ベトナムで戦っている若者のこととか、自分と同じ屋根の下で暮らす人間には当然一定の義務があるとか。彼女はそれに口答えした。「私は戦争に反対。それに、伯父さんだってこのぼろ屋根を取っ払って、自分だけのシャボン玉に乗って町を離れてみれば、そのいらいらが治まるんじゃない?」と。すると伯父は激怒し、彼女の顔を平手打ちした。伯母のルアンがそこで止めに入っていなければ、もっとひどいこともしていたかもしれない。

ドーンはこのろくでなしがどうしてそれほどいらだっているのか、その本当の理由を知っていた。伯父は彼女が連中と〝性的な関係〟を持っていると疑っていたのだ。彼は仕事(掘削機でホウ砂を掘るのが仕事だ)から帰宅すると、いつもすぐに、いろいろな性的関係について説教を始めた。彼女はそれを聞いて思った——伯父は掘削機のレバーをいじりながら、よその男が彼女のパンティーに指を入れる場面を想像しているのではないか、と。そして、彼女が庭に干した白いコットンのパンティーを事細かに思い浮かべているのではないか。伯父は昔からスキンシップを好んだ。幼い彼女が伯父夫婦と一緒に暮らすようになった最初の頃からそうだった。彼はドーンの太ももをつねり、単なるしつけ以上の意味で尻を叩いてきたが、この一年かそこらは、いよいよやることが露骨になってきた。彼女が日光浴をしていると、彼も何かの口実を見つけて外に出、雨樋をいじったり、トラックを触ったりした。彼女がバスルームにいると、伯父はいつもシャワーの音が聞こえなかったふりをして中に入ってきた。彼女は扉が開かないように椅子を置いたが、それでも彼は強引に開けようとした。彼女は彼の願望を知っていたし、彼も彼女に気付かれているのを知っていた。おそらく伯父は、彼女が〝不良〟と関係を持っていると考えることに耐えられなかったのだ。

彼女は自分一人でやっていける自信さえあれば、息の詰まりそうなその小さな家を、弾丸のような勢いで出て行っただろう。そのときの彼女はいずれ〝試練の時〟が来る、という確信が半分しか持てなかった。それに、もしもその時が来ればお金など問題にしていられないだろう。心の残り半分は、五年後には自分がはどこにいて、どうやって生計を立てていくかという不都合な懸念でいっぱいだった。だから彼女は、モロンゴに新しく店を開くというハンセン氏に仕事の口を尋ねた。格好に気を付けさえすれば雇ってもいい、と彼は言った。どうしてもっと髪の毛を構わないのかね、と彼は尋ねた。彼女はしばらく前からスプレーやヘアアイロンを使わなくなり、ストレートにするか、司令部の他の女たちと同じようにバンダナでまとめるかにしていた。リーナとシェリはその様子を見て、ドーンは心の底で助けを求めているに違いないと断言した。

レイ伯父は結局、ドーンがピナクルズに行くことを禁止し、彼女もしばらくの間は言いつけに従った。そして、開拓者の日（七月二十四日。モルモン教の指導者ブリガム・ヤングがソルトレークシティーに到着したことを祝ってユタ州で設けられた法定休日）になり、司令部の連中がスクールバスで町に来た。彼らはバスをパレードに加えてもらうつもりで新たに銀色に塗り直し、NASAのロケットみたいに仕上げていた。ロバートソン市長と町の委員会は彼らが加わることを許可しなかった。パレードと言っても小さなもので、高校のマーチングバンドと退役軍人、消防署員、今年〝サボテンの女王〟に選ばれた女性とそのお付きの若い娘らがコンバーチブルの後部座席から手を振るだけのイベントだ。司令部が参加すれば、きっと派手な衣装とギラギラのバスで祭りを盛り上げただろうが、委員会は事前の申し込みがなければ駄目だと突っぱねた。それを聞いて、彼女はとうとう辛抱できなくなった。いよいよ、どちら側につくか決断すべき時が来た。その日の午後、大きな銀色のバスが町を出て行ったとき、彼女はそこに乗っていた。

　問題は彼女が未成年だったことだ。レイ伯父はきっと、ワグホーン保安官を彼女のパンティーのイメージで釣ったに違いない。翌朝、ワグホーンは紫色の顔で岩山を訪れ、自分は彼女が〝無傷〟であることを確認するための医学的検査を任されて来たと大声でわめき、検査の結果次第ではあらゆる法的手段が下されると脅した。「君は自分の意志でここにいるのかね」と彼は何度も質問した。それはまるで、同じ質問を三度、四度、そして――彼女としては勘弁してほしいが――五度尋ねれば、違う答えが引き出せると思っているかのようだった。「彼らに何かをされたことは？　注射とか？　何かを食べさせられて眠くなったことは？」。もしも心底おびえていなければ、きっと彼女は笑いだしていただろう。彼女が一緒に家に戻ることをきっぱりと拒否すると、保安官は憤慨し、雄牛のように激しく鼻から息を吐いた。

　彼女は司令部がきっと自分を追い出すだろうと思っていた。彼女のせいで厄介な問題を抱えることになったのだから。しかし、クラーク・デイヴィスはマー・ジョウニーの小屋に彼女を連れて行き、彼女と引き合わせた。それは施設の中でも一種の立ち入り禁止になっている区画にあり、彼女はそこに入ったことがなかった。小屋の中には部屋が一つしかなく、さまざまな本や書類、宗教的な品々、水晶や仏像や蠟燭、心臓から血を流すイエス・キリストの絵など、雑多な物が散らかっていた。マー・ジョウニーがクリスマス用の電飾で部屋を飾っていたせいで、中はまるで、ドーンが以前、レイ伯父とルアン伯母と一緒に出掛けたメヒカリ（メキシコ北西部バハカリフォルニア州の州都）の酒場のようだった。小さなベッドはパッチワークで作った掛布団で覆われ、昔風の化粧台の上には洗面器と水差し、大きな丸い鏡といくつかの写真立てが載っていた。写真に写っているのはぴかぴかの制服をまとった人の集団だ。皆、チュニックに飾り帯という格好で、ブリキの兵隊か鼓笛隊みたいな小さな帽子をかぶっている。

　マー・ジョウニーは揺り椅子に座っていた。背後にはジュディーが立ち、銀のブラシでその髪をとかしていた。彼女はその作業に没頭し、まるで何かの宝物を見つけたかのように目を輝かせていた。

「眠る前に百回ブラシを通すの」満足げに、半分うとうとしているような表情でマー・ジョウニーが言った。クラーク・デイヴィスは木の椅子を前後ろ反対にし、そこにどっかりと座って、手の中で神経質に帽子をくるくると回した。

「さてさて、ドーン。君は鳩の群れの中に猫を呼び込んだようだな」

「そんなつもりはなかったんです。私はここにいたいだけ。光明《ライト》の仲間になりたいだけ」

「それは分かる。でも、ワグホーン保安官がしつこく言っていたように、君の法的な後見人は今もあの伯父さんのままだ。君にとって何がいちばんいいかを決める権利は伯父さんにある」

「伯父さんなんてクソ野郎だわ」

「そうかもしれないが」

「出て行ってもらった方がよさそうね」二人の方に目をやることなく、夢見るような表情で遠くを見つめながら、マー・ジョウニーが言った。

「帰るか?」とデイヴィスが訊いた。

「いや！　みんな、分かってない。あの伯父は気持ち悪いの。なのに伯母さんは何もしてくれない」

「それってどういう意味?」

「え――さあ」

「伯父さんに何かをされたってことかな?」

「え……」彼女は少し考えた。「うん」。それは真実だった。それが彼の考えていることだ。

「はっきりさせよう。体に触れるとか、そういうことがあった?　いやらしい感じで?」

「うん」彼女はよりはっきりと答えた。

「クラーク、これはちょっとまずいわ」とマー・ジョウニーが言った。「私たちはただでさえいろいろと問題を抱えているんだから」

「でも、もしドーンの言うことが本当なら、伯父さんは〝暗黒の勢力〟と結託していることになる。ジョウニー、この子を見ろよ。まさに星の子供《スターチャイルド》じゃないか。額に印が刻まれている。ただ追い出して、それでおしまいってわけにはいかない。俺たちには義務がある」

「連中はまた彼女を捜しに来る。そして私たちに対しても嫌がらせを始める。今の私たちはそう簡単によそへは移れない」

「じゃあ戦おう。俺たちがここにいるのはそのためなんだから」

「今はまだ〝試練の時〟じゃない。まだ違う」

「時は近い。みんなそれを知ってる。これについては助言が必要だ。司令部に尋ねた方がいい」

話の間、ジュディーはだらりとした手にヘアブラシを持ったまま、マー・ジョウニーの背後に立っていた。口元にはかすかな笑みが浮かんでいた。何が面白いのか、ドーンには分からなかった。今、話題になっているのは彼女の人生だ。

　マー・ジョウニーは立ち上がり、燭台で燃えている一本の蠟燭だけを残し、クリスマス用の電飾を消した。皆が腰を下ろした。ドーンは何をすればよいのか分からず、皆にならって膝に手を置いて座り、教会で祈るときのように首《こうべ》を垂れた。この場面で主人公がジュディーなのは明らかだった。彼女は妙な呼吸で息を整え、話し始めた。

「地球より司令部！　地球より司令部！　親愛なる司令部、こちらをモニターしていますか？　信号を受信したら返信願います。地球は光明《ライト》との接触を希望します」

　少し沈黙があった後、男性らしい低い声がしゃべった。ドーンには目を開ける勇気がなかったが、声はジュディーが座っている場所から聞こえている気がした。

「ごきげんよう！　こちらはアルガス。第三二五波地球ミッション司令官だ。スタンバイオーケー。どうぞ」

　マー・ジョウニーが口を開いた。

「親愛なるアルガス司令官！　ごきげんよう。アシュタール最高司令官にもよろしくお伝えください。ジーザス＝サナンダ卿《ロード》の名において、われわれは助言を必要としています。地球基地は今、暗黒の勢力と結託した法執行官に脅かされています。われわれは一人の若い光の子《ライトワーカー》を保護すべきでしょうか、それともより大きなミッションのために組織との結び付きを切るよう説得すべきでしょうか？」

「親愛なる者よ、話は聞こえた。あなたの感情は私の魂に刻まれた。迷っているのだね。そのような事態が生じたのは残念なことだ。問題は込み入っている。評議会のメンバーに相談してみよう。そのまま待機しなさい」

　沈黙は永遠に続くように思われた。もしも本当にジュディーが変な声音を使っているのだとしたら、〝宇宙人〟のお告げで自分はきっとレイ伯父のもとに送り返されるだろう、とドーンは思った。彼女の思考はさらに思いを巡らせた――クロー爺さんにもう一度考え直してもらうよう頼み込むか、あるいはグレーハウンドの長距離バスで町を出るか、どちらがいいだろう。でも、どこへ行く？　LA？　サンフランシスコ？　とそのとき、ジュディーがまた妙な呼吸をした。

「親愛なる者よ、今、テレパシー会議を行って、全員の意見が一致した。その娘は特別な存在だ。その額には太陽の封印が記されている。あなた方は彼女を暗黒の勢力から守ってやるべきだ。必要なあらゆる手段を用いなさい。私からの祝福と全ての太陽系階層からの祝福をあなた方に授ける。光明とともにあれ。私はアルガス。通信終了」

ドーンは驚いて顔を上げ、ジュディーを見た。ジュディーはほほ笑んだ。そして間違いなく、ウィンクをした気がした。しかしひょっとするとそれは、光の加減にすぎなかったかもしれない。

その結果、ドーンはマー・ジョウニーとクラーク・デイヴィスとともにヴィクターヴィルの法律事務所を訪れることになった。デイヴィスは駝鳥革《オーストリッチ》のブーツを履き、ループタイを締め、このために新調したフェルト帽をかぶっていた。ドーンは彼に助言された通り、シャワーを浴びているときに伯父がバスルームに入ってくること、なれなれしく体に手を触れてくること、不適切な発言をすることを説明し、このまま同居を続けると伯父が罪を犯すことになりそうだという懸念を語った。ワグホーン保安官はじっと座ったまま目を見張り、レイは悪態をつき、手を振り回したが、若い女性の前でそんな振る舞いをするのは品がいいとは言えないと弁護士がたしなめた。保安官はレイに引き下がるよう言った。彼女が嫌がっているのに、無理に連れ戻そうとしても労力の無駄だ、と。レイは素手で彼女の首を絞めたそうな顔をしていたが、彼女を〝売女《ばいた》〟と呼ぶことで我慢した。その間ずっと、ルアン伯母は激しく泣いていた。ドーンはそれを気の毒に思った。伯母はレイみたいな豚野郎と同じ扱いを受けるようなことは一度もしていなかったからだ。

振り返ってみると、町とアシュター銀河司令部の間で本当に戦争が始まったのはそのときだった。双方ともに相手方が暗黒の勢力と結託していると考え、どちらも、正義のためなら何でもする覚悟を決めていた。数日後、サルとマルシアが体中をペンキで真っ赤にして町から戻ってきた。メインストリートで、緑と白のマーキュリーに乗った若い男たちが追い越しざまにペンキをかけたらしい。ドーンは犯人に心当たりがあった。フランキーとロビー、ドニー・ハンセンとカイル・マリガンとその不良仲間がピナクルズまで車で来て、たむろするようになった。車に寝そべり、音楽をかけ、ビールを飲んで、空き缶をフェンス越しに施設に投げ入れるのだ。ウルフやヒラみたいな男が中から出てくると、彼らは逃げて行ったが、時には大声でドーンをヒッピーの売女《ばいた》となじり、黒《ニ》んぼ《ガー》とファックして気持ちいいだろ、とあざけった。心無い言葉――ましてや、以前はいつもすごく優しかったフランキーがあんなことを言うなんて。

もちろん、マリガンの店に集まる町の有力者たちが岩山で行われているのではないかと推測していた事態は実際に起きていた。いや、それ以上のことが繰り広げられていた。時にはとてもおしゃべりな人たちがどうして一日中静かにドームの中で横になっていたり、乾湖の上を裸でぐるぐると歩き回っていたりするのか、ドーンがその理由を知るまでには少し時間がかかった。食料と建築資材を買う金の少なくとも一部は、LAとサンフランシスコへの麻薬運搬で稼いだものだった。それが〝光明の子供たち〟の多くにとってはフルタイムの仕事のようになっていた。売り買いされているのが何であろうと、彼女にとってはどうでもよかった。「無傷」という問題については――それが何を意味するのであれ――開拓者の日の夜、ウルフが彼女を岩山に連れ出し、静かにパンティーとホルタートップを脱がせ、長い舌でプッシーをなめ、ゆっくりと丹念にファックすると、彼女はあえぎ、彼の背中を引っ掻いた。彼女はその後、生まれてからこれまでになかったほど自分が「無傷」になったように感じた。

しかし、決して万事順調というわけではなかった。彼女は自分とウルフが付き合っているのだと思い、彼も多かれ少なかれそのように振る舞っていたが、ある夜、彼は寝袋を抱え、静かに、そして何でもないことのように、ウィスコンシンから新しく来た女の隣に寝に行った。ドーンは熱心に勉強をしていた。なので独占欲は一種の負のエネルギーで、光明の真の魂は無差別に世界を愛で照らすという理屈は理解していた。それでもやはり心は傷つき、何となく彼に付きまとっていたが、結局、ウルフにやめてくれと言われた。彼女が彼を愛していると言うと、彼はこう言った。「俺も君を愛している。でも俺の愛は大きすぎて、一人の人間や一つの物に限定することはできないんだ」。それからしばらく、彼女は引きこもり、施設を去って町に戻ることさえ考えたが、巡礼者《ピルグリム》ビリーに説得されて思いとどまり、今度は、チクチクする先住民の毛布にくるまって彼の隣で寝るようになった。大きくて優しい大工のような彼の手が彼女の体をまさぐると、世界はそれほど悪いものじゃないと思えた。

その頃は、それぞれ自分の小屋を持っているジュディーとジョウニーとクラーク・デイヴィスは別として、メンバーは皆、大きなドームの中で眠っていた。金属の板で覆われているせいで、日中、ドームの内部は息が詰まるほど暑く、夜でも汗ばむような熱気で、落ち着かなかった。体臭、調理の火から漂うメスキートの煙、おなら、咳、明滅するパイプとマッチの火、寝るスペースを探す人が照らす懐中電灯の明かり。皆がほとんどいつも裸だった。彼女は最初ためらったが、裸になることにも、裸を見ることにも、セックスを聞いたり見たりすることにも徐々に慣れた。恐れと罪の意識に満ちた〝情交〟とは異なり、セックスは自然で美しい。彼女はレイ伯父とフランキーと赤ら顔の保安官のことを思い出した――彼らがいかにおびえていたかを。すると驚いたことに、少しだけ彼らが哀れに思えてきた。

またしばらくすると、何事もただでは手に入らないことを彼女は思い知らされた。彼女は人に愛を与える存在、星の子供《スターチャイルド》だ。しかし場合によって、愛を与えやすい相手もいれば、与えにくい相手もいる。ビリーの後は導師《グル》ボブ。その次はフロイド。彼は肌の状態がひどかったのでできれば相手をしたくなかったが、負のエネルギーを生み、暗黒の勢力に力を与えることなく誰かを拒むのは難しかった。そしてある夜、「クラークがあなたに会いたがってる」とマウンテンが彼女に言いに来た。彼女はそれが何を意味するか知っていた。彼はそれまでにも何度か彼女に、貸しがあることをほのめかしていた。彼にはマーとの関係があるはずだったが、彼はセックス好きで、しかも執拗で、断ることを認めなかったので、面倒を避けるため、誰もが遅かれ早かれあきらめざるをえなかった。もしも惚れられたら、そのときは運が悪いとあきらめるのね、と周囲は彼女に言った。ドーンは彼に早く飽きられるように努めた。彼が何かをしている間ずっと、彼女は死んだ魚のようにじっと横たわり、彼が法律事務所でレイに向けていた廉直で道徳的な態度を思い出し、また、彼と伯父はおそらく同じくらいの年齢だろうと考えた。

嫌なことがあっても問題ではない。今は、他の星から来た存在とつながり、アシュター銀河司令部の地球救済ミッションに加わっていることの方が重要だから。ウルフたちが使う決まり文句があった。音楽はメッセージだ。つまり、音楽はコミュニケーションであり、司令部と通信するための手段だということ。施設にいるほぼ全員が楽器を演奏し、ドーンのように楽器を演奏しないメンバーは詠唱するか、リズムに合わせて手や物を叩いた。

聴きなさい。繰り返す。聴きなさい。

彼らはドームで集会を開き、あるいは星空の下で大地に腰を下ろした。すると演奏が始まる。トロニクスから響く低いベース音が同じコードを何度も繰り返し、その合間で太鼓がパターンを刻む。弦楽器と笛がそれぞれのメロディーを添えると、巨大な騒音が沸き起こり、人が詠唱を始める。これはわれらのメッセージ、これはわれらのメッセージ、聞こえますか、聞こえますか、どうぞ。間もなく彼らは他者の存在を感じる。高密度な存在が宇宙の音楽に美しい倍音を加え、やがて、皆が宇宙場の調和的振動と一つになる。

　宇宙第三十三区画の有感覚存在の名において、上級マスターと次元間統一体会議の名において、われらは語る。スター・ピープルにこの歌を送る。どうぞわれらを理解したまえ。

　もちろんそういうときには、角砂糖や紙にＬＳＤを吸わせたものや酒にＬＳＤを混ぜたものが回された。彼女はそうして、恐れることなく心を開くことを覚え、森羅万象の驚異に目を開き、広大な宇宙を受け入れる術を身に付けた。それによって彼女は分子レベルで変わった。幼かったドーニー・コーニッグが真の星の子供《スターチャイルド》に生まれ変わり、彼女の実体が時空間の中で大きく広がり、何かとつながり、ジーザス＝サナンダとアシュター銀河司令部が存在する天空の領域に近づいた。

　それは薬物による幻ではなかった。薬物は単なる道具で、扉を開くための鍵にすぎない。もう一つの道具は、姿を見せることのないウルフの弟が作ったトロニクスだ。コヨーテは岩の下に掘られた部屋にずっと一人でいて、いつもワイヤーとバルブとはんだを使って工作をしていた。発振器と音源モジュールを作り、濾波《ろは》器と中央処理装置を組み立てた。彼は演奏家が奏でた音楽を宇宙エネルギーに変換し、宇宙へと送信した。コヨーテは科学者だった――とはいえドーンは、彼が自分で作ったと吹聴しているものの多くはどこかで盗んできたものではないかと疑っていたけれども。トロニクスは岩の下にある埃っぽい穴で組み立てたにしてはあまりにきれいで、高級そうに見えた。

　セッションは重要な天文学的出来事に合わせて行われた。夏至や冬至、ペルセウス座流星群。楽器やアンプを持参した参加者は何日も前から、クローム色に輝くバイクやくたびれたマイクロバスに乗って集まり、蛇のようなケーブルが何本も走るドームの中で一緒に食事をし、寝泊まりした。灰まみれのシタール奏者。ペダル・スティール・ギターを抱えてロデオ用スーツ姿でナッシュヴィルから来たジャンキー。一度は、アリゾナ州境の向こうにある先住民専用教会から会衆を丸ごと連れてきた平台型トラックが施設に横付けしたこともある――作業着を着たいかめしい顔の男たちが巨大な太鼓を乱暴に叩き、その後ろから現れた女たちはトウモロコシ粥がいっぱいに入った鍋とアルミホイルに包んだ揚げパンを持っていた。年老いた太めの詩人はしなびた尻をサロンで覆い、口琴を爪弾いて、神聖なムードを作り出していた。薄い髪の毛を長く伸ばした入れ墨のある退役軍人は寝袋とハーモニカを持って辺りをうろつき、自分一人がこもるためのたこつぼ壕を掘れる場所を探していた。皆がここへ来た目的は一つ。トロニクスに音を入れるためだ。自分の音をエーテルの波に変換してもらうため。そして低い音がはるか遠くへと広がるのを聴きながら、宇宙の秘密が明らかになるのを肌で感じる。

施設が見知らぬ人間でいっぱいになり、セッションが始まると、コヨーテがあちこちを駆け回り、マイクをセットし、設定を調整する姿が見られた。穴を出た彼の姿が見られるのはほぼこのようなタイミングだけだ。彼はひどく秘密主義だったので、ドーンは一時期、ウルフは自分のことをからかっていたのだ――本当は弟などいないのだ――とさえ思っていた。二人は似ていなかった。でも、コヨーテが醜男《ぶおとこ》だったということではない。見ていて不快という感じ。みすぼらしさの漂う風貌。ゴミをあさって食べている人間という雰囲気。ずっと顔を合わせることがなくて徐々に誰もが彼の存在を忘れ始める。そして突然また彼が現れ、人は驚く。毎回その繰り返し。人が彼を見かけるときはいつも、彼は何か下品で気持ちの悪いことをしている。汚いジーンズからペニスを出していたり、人の持ち物をあさっていたり。彼を避けようと努めても、彼は突然どこにでも姿を現す。昼食のテーブルで食べ物を手づかみし、口を閉じないでくちゃくちゃと噛んでいたり、人が寝ようとしているとみだらな言葉を掛けてきたり。歯は歯垢だらけ。垢まみれの手は指がねじれ、爪は真っ黒に汚れていた。あの手で電子部品が扱えるなんて驚きだ。清潔な手でなければそんな作業はできない、とドーンは昔から思っていた。セッションの前になると彼は、湿ったマリファナを下唇に貼り付けたままドームの中を走り回り、テープをつなぎ、切れた接続を生き返らせ、急に人の前に顔を出して皆を驚かせたが、いつもどうにか全てをまとめ、セッションを成功させた。そんなバタバタの中で彼は、間違ったケーブルをつないだり、瓶の水をこぼしたりして、一日に一度か二度、感電死しそうになった。セッション前の彼はいつも、焦げた髪の臭いを漂わせていた。それは偏頭痛が始まる直前に感じるのと似た臭いだった。

クラークとジョウニーはまだ被害妄想《パラノイア》にとらわれていな

い最初の頃、皆を先導するように祈禱を唱えた。偉大なるマスター、ジーザス＝サナンダと光明連合司令官アシュターの名において……。彼らは計画について語った。暗黒から発する津波のような負のエネルギーに対しては、各銀河をまたにかけた光明連合の力で応じなければ、地球の地軸が傾き、人類の文明は滅びることになる。偉大な知の貯蔵庫、図書館はどうなるか！　金でできた宝の家はどうなるか！

あらゆる人の手になる、あらゆる労働の産物。

われらは恐れないとクラーク・デイヴィスは言う。トロニクスの低音が徐々に響き始める。もつれた世界がほどけ、体の奥が振動を始め、骨まで響く波が送り出される。われらの仲間は四千万人、四千万の魂がともにある！

誰かがきっとこのメッセージに耳を傾け、理解してくれる。

避難の際、迷子になる者も出るだろうとマー・ジョウニーが説明する。しかし、母船までたどり着いた者は驚くべき経験をする。そこで浴びる光線によって精神は活性化する。青い光線、緑の光線、紫の光線、そして高次元のあらゆるコミュニケーションを伝達する原始光線。体の細胞が再生される。あなた方は二百年生きるだろう。

われらは恐れない。

心得なさい。地球上の権力者たちはあなた方に間違った信念を植え付けようとしてきた。スター・ピープルとしてのあなた方の現実は偽物だ、と。われわれは、暗黒に強く引き付けられたそれらの権力者に対して徹底的に抵抗しなければならない。彼らはあなた方を破壊し、物質の野蛮な負の側面に放り込もうとしている。

われらは純粋な魂。

われらは高度な神。

恐れるな

光明の子供たちよ、恐れるな！　巨大なコンピュータから成るわれらの脳の中で、あなた方の名は記録カードに刻まれている！　われらはあなた方のいる場所を正確に把握している！

われらはあなた方のいる場所を正確に把握している！

恐れるな！

恐れるな！　十五の艦隊が地球の周回軌道にある。一定数の魂を割り当てられた数百万の船が待機している。避難の際に離れ離れになった家族は再び出会うだろう。子供たちは特別な世話を受ける。取り残される者たちから手を放しなさい。彼らが地上に残るのは、心の奥の声が彼らにそうするよう語りかけるからだ。彼らの魂を無限の世界的霊魂の中に放ちなさい。そこは父の体であり、多くの部屋を備えた屋敷なのだから。船は美しい。船は喜びに満ちている。あなた方の子供たちは光に満たされた柔らかく巨大な部屋で戯れるだろう。

その時が来ても取り乱さないこと。不確定なことは何もない。偶然は存在しない。全ては計画されたこと。

船は美しい。
船は喜びに満ちている。
取り乱さないこと。

恐れるな
恐れるな
恐れるな
恐れるな
恐れるな
恐れるな
恐れるな
恐れるな
恐れるな
恐れるな
恐れるな

恐れるな
恐れるな
恐れるな
恐れるな
恐れるな
恐れるな
恐れるな
恐れるな
恐れるな
恐れるな
恐れるな
恐れるな
恐れるな
恐れるな
恐れるな
恐れるな
恐れるな

恐れるな
恐れるな
恐れるな

恐れるな

通信終了。

二〇〇八年

ジャズは改めて周囲を見回した。午後の太陽、内側が空色に塗られたモーテルのプール。戦術的撤退。彼はまた日焼け止めを顔に塗り、壊れそうなプラスチック製の寝椅子に寝そべり、ハイウェイを走る車の音に耳を澄まし、自分たちが借りたレンタカーがモーテル前の駐車場に停まる音が聞こえるのを待った。

彼はしばらくの間眠り、喉の渇きを覚えて目を覚ました。椅子と日除けの黒く歪んだ影が亡霊のように、地面に長く伸びていた。彼は外に出ると、子供の手を握って道路脇に立った。退屈したラージは体を左右にねじり、チッチッと舌を鳴らした。二人はしばらくの間、道行くトラックを眺めた。大きければ大きいほどいい。ラージはトラックが好きだった——目の前を通り過ぎるときには耳を手でふさいだけれども。

モーテルの支配人が事務室から出て、二人の様子を見ていた。

「今日はずっと出掛けなかったんですね?」

彼女は派手な服装をしていた。光沢のあるズボン、星と惑星から成る不思議な模様が描かれたつづれ織りのベスト。

「大丈夫ですか? その子、具合が悪いとか?」

「妻を待ってるだけです。用事で出掛けたもので。もうすぐ戻ると思うんですが」

女支配人は口をすぼめて細いメンソールたばこを吸い、彼の言葉を信じていない様子で煙を吐いた。「あ、そうですか。何か必要なら声を掛けてくださいい。お腹が空いたら、娯楽室にテークアウト用のメニューが置いてありますす。ピザ屋が配達してくれますよ」

彼はリサの携帯に電話をかけた。どこかでふてくされているなら、そろそろいい加減にしてもらいたい。電話はすぐに留守電に切り替わった。十分後、彼はもう一度電話した。空の光はピンク色がかった金色に変わり、ガーゼのようにプールを覆った。彼とラージは際限のないゲームをした。ラージは小石を拾い、椅子の周りに弧を描くように置く。ジャズはそれを反対側に置き換える。ラージはそれを元に戻す。これで一つのシステムの出来上がり。秩序。協力関係。彼はその合間にリダイヤルボタンを押した。

留守電。

そしてもう一度。

カチッ、ブーンという音とともに、モーテルの明かりが点いた。看板の赤い光が浮かび上がった。軒を飾るクリスマス風の電飾が突然、色とりどりの光の点に変わった。もしも彼女が事故に遭っていたらどうしよう？　あのときは興奮していたから、衝突事故でも起こしているかもしれない。

沈む太陽に呼び出されたかのように、イギリス人青年がだるそうに尻をポリポリ掻きながら部屋から現れた。ラージは石を放り出し、せわしなく両腕を羽ばたかせながらプール脇を走り、真っ直ぐ彼に駆け寄った。そしてフットボール選手がタックルをするみたいにその膝に飛び込んだ。イギリス人青年は当惑した様子だった。

「あ、やあ、坊や」

「すみません。普段はこんなことをする子じゃないんです。ラージ、こっちへ来なさい。パパの所に来て」

「いいんですよ。ところで、今の時間、分かります？　携帯の充電が切れちゃったんで」

「八時十分です」

「クソ。丸一日無駄にしちまった」

彼がニコッというよりニヤリに近い笑顔を浮かべると、前歯が抜けているのが見えた。彼の訛りはイギリスのミュージカル『オリバー』から抜け出してきたみたいに不気味に響いた。ジャズは驚いた。ラージは今まで、見知らぬ人には決してなつかなかった。ストレスを感じたときでなければ、両親にさえ触れようとしない。そんな子供が今突然、ロンドン訛りのいかがわしい吸血鬼にまとわりついている。「普段、うちの子はこんなふうじゃないんです」とジャズは繰り返した。

吸血鬼は困惑した表情を浮かべていた。ジャズは説明する必要があると感じた。「実はこの子、自閉症で。だから、人と仲良くするのは得意じゃないはずなんです」

「なるほど」

「ところで私、ジャズ・マサルといいます」

「ニッキーです」

「その子はラージ」

「よし、ラージ？　さあ、顔を上げて。恥ずかしがらずに」

ラージはニッキーの股に顔をうずめたままだった。ニッキーは顔をしかめた。「つまり、心を閉ざしてる、みたいな?」

「ええ。まあ言えば」

「気の毒に。まあ、うまくいかないときもありますよ」

ジャズは肩をすくめた。「確かに、〝うまくいかない〟って感じかな」

「さてと。俺は今からマクド行きます」

「は?」

「だから、飯を食いに。ハンバーガーを」

「ああ、はい。お話できてよかった。前に停まってるカマロがあなたの車? エアロ仕様でパール仕上げの?」

「ええ。スピードもすごい」

「いいですね」

「ありがとう。レンタカーですけど」

「レンタカー? へえ。僕が借りたのはおんぼろのダッジ。ていうか、借りたのは僕だけど、妻が――妻が今朝乗って出て行ったきりで。ちょっと家族に急を要することがあって」

「じゃあ、ここから一歩も動けないわけ?」

「ええ。ラージも少しいらついているみたい」

「お茶が飲みたいのかもね。じゃあ、乗ります?」

「は?」

「車に。町まで。この子に何か食べさせてやらないと。お安いご用です」

「いや、そんなつもりじゃ――ありがとう。本当に構いません? 聞いたか、ラージ? 親切なお兄さんが僕らをご飯の場所まで連れて行ってくれるって」

「車のキーを探してきます」

モーテルの夜間担当の支配人は両腕ともに入れ墨だらけの陰気なヒスパニック系で、ジャズの携帯番号を控え、リサが戻ったら電話すると約束した。三人はカマロに乗り込んだが、そのバケットシートの表面は、まるで車の天井が砂嵐の中で開きっぱなしになっていたかのように、埃と砂利に薄く覆われていた。ラージは渋々やせ男から離れ、ジャズの膝に座った。坂を下りて町に向かう頃には、東の間オレンジ色に燃えていた夕日がかすかな残照に変わっていた。エンジンの爆音と開いた窓から入る風の音は会話を殺すに充分だった。ラージは両耳をしっかりと手で押さえ、戦争に向かう兵士のように口をへの字に結んでいた。何か硬いものがジャズの靴に当たった。足元に目をやると、空になったテキーラの瓶が転がっているのが見えた。

繁華街に入ったとき、ジャズは自分たちが借りたレンタカーを見たような気がしたが、世界には白のダッジ・チャージャーはいくらでも走っているし、それが停まっていたのは暗そうなバーの外で、とてもリサが行きそうな場所には思えなかった。さらに先へ行くと、中国風のマッサージ屋とマーケットに挟まれた一角にバーガーキングがあった。ニッキーはそこに車を入れ、煌々《こうこう》と照らされた店の中を用心深く覗いた。

「昨日の晩、ここは変なやつらがいっぱいいたんだ。この辺には陸軍のでっかい基地があるらしいよ」

「正確には海兵隊のようだね」

「『コールオブデューティ』（第二次世界大戦を舞台にしたシューティングゲーム）みたいな？とにかく、今日は静かそうだ。中で食べます？」

「はい、とりあえず。ラージはたまに、こういう店を嫌がることがあるから分からないけど」

ラージは彼の手を拒み、ニッキーにしがみついた。彼はすっかり落ち着いた様子で、よその子と同じように満足そうにフライドポテトを食べた。今晩だけはジャンクフード。リサの目が届かない間に。

「ところで」と彼はニッキーに尋ねた。「仕事は何をしているんだい？」

「ロックンロール・ミュージシャン」

「へえ？　じゃあ、何か楽器を？」

「ギターを。それとボーカル」

「かっこいいね。それで食べていける？」

ニッキーはほほ笑んだ。「何とか」

「僕は金融関係」

「ほんと？　投資銀行とか？」

「まあ、そんな感じ。取引戦略を考えるのが仕事だ」

「投資銀行か、たんまり持ってるんだろうなあ」

二人は笑った。しかし、同じ意味で笑っているのかどうか、ジャズには確信が持てなかった。ニッキーには、はやりの人気者らしく、いかにも試験に落第しそうな雰囲気があった。ジャズは彼がミュージシャンだと聞いてホッとした。変な髪形や服装は一種の制服みたいなものだと考えれば納得しやすかったからだ。

ラージがあくびをし、手を羽ばたかせた。

「大丈夫、この子？」とニックが訊いた。

「ええ、ご機嫌ですよ」

ラージがこれほど行儀よくしていたなんて、リサは後で聞いても到底信じないだろう。彼が大袈裟に話していると思うか、彼女の機嫌を取るために話をでっち上げていると思うに違いない。息子のこととなると、分かっているのはリサ一人みたいな話になる。ジャズが何を言おうと、いつもまともに聞き入れてはもらえない。まるで、彼はただの助手で、検証作業が済むまでは意見を聞くに値しないかのように。

彼とニッキーは食事を終え、世間話をした――主に車の話を。ニッキーは仕事のことを詳しく語ろうとしなかったから、おそらくバンドはそれほど売れていないのだろう。

彼らは車でモーテルへ戻った。まだリサが戻った気配はない。ラージは眠そうだ。ジャズは息子がほとんどぐずる様子を見せないことに感謝しながら、すぐにベッドに寝かしつけた。そして、寝入ったのを見届けてから、事務室に行き、入れ墨の夜間支配人に郡保安官事務所の電話番号を尋ねた。交換手から彼の電話を回された保安官代理は、交通事故は起きていないし、彼の妻の特徴に一致する女性に関する報告は何も入っていないと言った。もしも朝になってもリサが戻らない場合、改めて電話をすれば、行方不明者として登録するが、今の段階ではまだ早すぎるらしい。男の声は暗に、この手の話は聞き飽きたと言っていた。頭を冷やす時間を与えることですよ、と彼は言った。花でも買ってあげたらいい。

彼はラージの布団を直してから、椅子を外に運んだ。病院にも電話をしてみた方がいいだろうか？　ニッキーがプールサイドに立ってたばこを吸い、空を見上げていた。彼は声を掛けた。

「ビールはどう？」

「いただきます」

彼はプラスチック製のライターで瓶を開け、キャップを地面に飛ばした。二人は瓶同士で乾杯した。ジャズはキャップを拾い上げた。ニッキーは大半を一気飲みし、ジャズにたばこを差し出したが、よく見るとそれはマリファナだった。

「いや、結構」

「お好きなように。ところで、失礼かもしれないけど、どうしてこんな所に泊まってるんです？　おたくみたいな人が泊まる場所と違うんじゃないかな」

「え。どうして？」

「だって、ほら。一泊五十ドルのモーテルにいるような、典型的なお客さんには見えないから」

ジャズは思わず自分の格好を見た――ポロシャツと高価なローファー。彼は肩をすくめた。「あの子のことがあるからね。時々その――手に負えなくなるんだ」

「おとなしそうに見えたけど」

「今晩のあの子は——正直言って——いつもと違ってた。何度かホテルを追い出されたこともある」

「へえ」

「文句を言う人がいるのさ。あの子はすごくいらいらが溜まることがある。すると攻撃的になるんだ」

「俺だって一緒かも」

「あなたも攻撃的になる？」

「いや、いらいらが溜まる。てか、あの小さな頭の中に閉じ込められたら、そこから出たくていらいらするだろうな」

「子供があんなふうだから、うちの妻にはすごく負担がかかってる」

「じゃあ、時々こんなふうに家出を？」

「妻は家族の用事で出掛けただけだよ」

「心配ないって。戻ってきますよ。女はいつだって戻ってくる」

二人はしばらく黙って座っていたが、やがてニッキーが電話をかけなきゃならないと言って部屋に戻った。ジャズは星を眺めた。星がとても明るく辺りを照らしていたので、周囲には少し普通の世界と違う雰囲気が漂っていた。

時刻は遅かったが、うっとうしい熱気はまだ残っていた。彼は部屋に戻り、エアコンを強にして横になり、読書をしようとした。文章が目の前を泳いだ。部屋にはテレビがあったが、多くのチャンネルは〝砂嵐〟を映していて、リアリティー番組と連続ドラマ以外には大したものをやっていなさそうだったので、彼はノートパソコンを開き、電波の途切れがちなモーテルのワイヤレスLANに接続し、ニュースフィード、株価速報、自動車関連サイト、『スター・ウォーズ』のコスプレ写真を載せたブログなどを眺めた。そして最終的にポルノサイトに行き着いた。プラスチック製の女性器の森をクリックして進んでいるうちに、彼は興奮してきた。容赦なく交錯する舌とペニス、傷のような穴。まるで機械的な仕事、流れ作業のようだ。バナー広告が偏頭痛を引き起こしそうなピンク色をちらつかせる。彼は気乗りしなさそうに短パンのウェストに手を突っ込んだ。そして、また一人の女がうっとりと横目でカメラを見つめ、顔に精液をかけられる姿を見せられることに耐えられず、パソコンを閉じた。彼は明かりを消し、息を整え、気を静めようとした。

おい、リサ。戻ってこい。

彼は目を閉じた。その後は、いつの間にか眠っていた。

彼が目を覚ますと、世界は薄暗かった。灰色の世界。彼の知らない部屋。ドアの取っ手が回る。人影が静かに動こうとしながら、扉の脇にぶつかって枠を揺らした。

「リサ？」

彼女は声を抑えて悪態をついた。「疲れてるの。話は朝にして」

「もう朝だろ。一体全体どこに行ってた？」。彼は体を起こし、冷静に話そうとした。

「しーっ。ちゃんと話すから。でも今は勘弁して。ね？駄目。今は無理」

「どこに行ってたかだけでも話せよ。警察にも電話したんだぞ、リサ。死ぬほど心配したんだから」

「シャワー浴びなきゃ」

彼は立ち上がり、彼女のそばに行って裸の肩に手を触れた。近くで見ると彼女は動物のようで、汗ばみ、震えていた。

「やめて」彼女は少しひるんで言った。

彼の怒りに火が点いた。「たばこの臭いがするぞ。酒の臭いも。バーに行ってたのか？　全く、やっぱりあれは君だったのか。繁華街のバーの外に車が停まっているのを見た気がしたんだ」

「大きな声を出さないで」彼女は厳しい口調で言った。「ラージが目を覚ますでしょ」。彼女はバスルームに入り、扉を閉めた。シャワーの音が聞こえた。十分、十五分、その音は続いた。気を失っているのではないかと心配になり、様子を見るために彼がベッドから出ようとしたとき、扉が開いた。彼女は一言も発さず、タオルにくるまったまま、うつ伏せにベッドに倒れ込んだ。

「リサ」と彼は言った。「ちゃんと話をしろよ」。無駄だった。彼女はもう眠っていた。彼は片方の肘を立てて横を向き、濡れたままの彼女の裸の脇腹に手を触れた。彼女の息は深く、規則的だった。彼は仰向けになった。彼女もしばらくすると仰向けになり、いびきをかき始めた。

それから間もなく、ラージが目を覚ました。ジャズが放っているとラージはリサの上に這い進んだ。リサはうなり、弱々しく身を守るように手を上げた。それを見てジャズは意地の悪い喜びを覚え、Ｔシャツを着て、コーヒーを飲みに悠然と娯楽室に歩いていった。太陽は既に激しく照りつけていた。彼は部屋に戻ると、妻の手が届くところに紙コップを置いた。彼女はシーツを繭のように体に巻き付け、滑らかな塊に化けていたが、息子がそれをリズミカルに、容赦なく叩いて低い音を立てていた。

「コーヒーだ」と彼は言った。「サイドテーブルの上に置いたから、こぼさないで」

彼女の服はバスルームの洗面台の前で脱いだまま、床に放り出されていた。彼はそれを拾い、匂いを嗅いだ。彼女らしい匂いはしなかった。服は砂だらけだった。

彼はシャワーを浴び、挑戦的な几帳面さで普段と同じことをした。シャツと長ズボンを選び、髪をとく。事務的に。それが彼の理想だ。存在感のない存在。身支度が整うと扉を大きく開け、猛烈な熱気をベッドにもたらす。

「さあ、出掛けなきゃ」

リサは疲れた様子で起き上がった。ラージはうれしそうな声を上げ、彼女を叩いた。ジャズがカーテンを開けると、彼女はまぶしさに目を覆った。彼女は床に足を下ろし、その格好で少しの間座ったまま、深呼吸して息を整えていた。それから急いでバスルームに駆け込み、大きな音を立てて扉を閉じた。中から、嘔吐の音が聞こえた。ジャズはスーツケースをベッドの上に置き、服や靴を放り込んだ。リサがバスルームから出て、彼を押しのけ、下着とショートパンツを取り返した。「何してるの?」と彼女は訊いた。

「だって、こんな汚い部屋にいつまでもいたくないだろ?」

「公園はどう?」

「どうって?」

「行ってみたくない?」

「観光に行こうと誘ってるわけ? 冗談だろ」

「大きな声を出さないでよ」

「ああ、頭が痛いからな。夜更かししたから? どこに行ってたんだよ、リサ? 一体、どこに行ってた?」

「国立公園に行きましょう。どうせここまで来たんだから。公園に行くのがいいと思う」

「警察にも電話した。事故に遭ったんじゃないかと思ったんだ。ラージと僕は一日中この場所に置き去り。子供にご飯を食べさせるために、麻薬中毒みたいなミュージシャンに車で町まで送ってもらわなきゃならなかったんだぞ」

「警察に電話を?」

「もちろん、警察に電話したよ。君は一晩中戻らなかったんだから。当然だろ?」

「ごめんなさい」

「はい、出た出た。皆さん、よく聞いてくださいね。言いたいことはそれだけ? どこに行ってた? どこに行ってたかを、今ここで聞かせてもらいたいね」

「大袈裟よ。一人になりたかっただけ。キレそうだったの」

「大袈裟？　僕の反応が大袈裟？」

「昨日何があったか、忘れたみたいね。私はあなたに腹を立てた。今でも怒ってる。例のお守りの件。私たちの世界にお義母《かあ》さんの戯言《たわごと》を持ち込むから喧嘩になったんでしょ」

「ああ、じゃあ、僕に対する罰だってわけ？　バーに行ってべろべろに酔うのが？　上等だね。他には何をした？」

一瞬、つらそうな表情が彼女の顔をよぎった。一瞬だったが、彼は見逃さなかった。彼は喉が締め付けられるような気がした。それはまるで自分の声ではないように聞こえた——めそめそした甲高い声。

「何があったんだ、リサ？　どこに行ってた？」

「どこにも。しつこいわね。何もなかったわ」

ラージは険悪な雰囲気を察し、手を羽ばたかせながら周囲を行き来していた。リサはしゃがみ、両手で息子の顔を挟み、自分に注意を向けさせた。彼は徐々に落ち着いた。

ジャズは椅子に座り、二人を見た。

「あのね」と彼女は言った。「私はあなたにすごく腹を立ててた。一日中、車を運転して、食堂で昼食を取った。その後は——よく分からない。車で砂漠に行った。一人になりたかったから」

「その後は？」

「ええ、お酒を飲みに行った。バーに行って酔っ払った」

「で、戻ってきたと」

「文句ある？」

「へえ、大したもんだ。全く。信じられないほど無責任な行動じゃないか」

「はあ？　くだらない。何それ？　無責任な母親。赤ん坊を任せられない悪い母親。何様のつもりなの、ジャズ？　いつからそんな独りよがりになったわけ？」

ラージが泣きだした。リサが再びひざまずいた。「ごめん、ごめん、ごめん。ごめんね、大丈夫よ、うん、ダーリン、ママはここにいる。朝ご飯を食べに出掛けましょうね。うん、分かった、分かった、お腹空いたのね。ママもお腹空いた。パパもお腹空いた。おいしい朝ご飯を食べに行きましょうね」

彼女は嘆願するようにジャズを見上げた。「何か食べさせないと。何か食べに行きましょうよ。ね？　お願い」

二人は黙ったまま荷物を詰めた。彼らは外に出て行くとき、モーテルの支配人に会った。彼女は揃いのサンバイザーを着けた中年夫婦を部屋に案内するところだった。

「体は大丈夫、ハニー？」と支配人がリサに訊いた。リサがうなずき、彼女をハグしたのでジャズは驚いた。

「よかったわ」と支配人が言った。「ホッとした」

ジャズはキーを車に向けた。ロックがカチャッという音とともに解除された。彼らはラージをチャイルドシートに座らせた後、自分たちも乗り込んでシートベルトを締めた。リサが支配人に手を振ると、彼女も事務室に向かいながら手を上げた。

「あの人と一緒にいたのか？」

「たまたまバーで会ったの」

「やっぱりな。ヒッピーばばあだ」

「そんな言い方はやめて。親切な人よ」

「どこが？」

「二分間だけ、その尋問口調をやめてくれない？　コーヒーが飲みたい。あのモーテルよりもましなコーヒーを出す店はないのかしら」

「ここはブルックリンのパークスロープとは違うからね」

彼はゆっくり走ってほしいという彼女の頼みを無視して加速し、坂を下り、デニーズに車を入れた。彼らは中に入り、黙って窓から外を見た。他の席は若い海兵隊員でいっぱいで、皆、卵料理をがっついていた。ジャズはパンケーキを食べ、薄いコーヒーの入ったマグカップを抱えるリサを見つめた。彼の頭から独善的な考えが薄れ、代わりに、何かの惨事が起きた——しかも自分はその事実を最後に知らされることになりそうだ——という確信が深まり始めた。

「誰かに会ったのか？」と彼は訊いた。

彼女には彼の言葉の意味が分かった。「ドーン」と彼女は言った。「ドーンに会った。あのモーテルの女性に」

「他には？」

「いろんな人と話した」

「どんな人？」

「分からないわよ、ジャズ。とにかく、いろんな人。男。酔っ払って男と話をした。さあ、家名を汚した私の首を刀でちょん切ったらいいわ」

「話をしただけ」

「話だけ。ビリヤードもした」

「帰ってきたのは六時だ。この辺のバーはそんな時間まで開いてない」

「あのね、電話をすればよかったことくらい分かってる。私は怒ってたの。とりあえず、こうしましょうよ。謝るわ。埋め合わせはする。公園を見に行きましょう。そのためにわざわざここまで来たんだから」

「本気でそう言ってるのか？」

「ええ。あまり暑くならないうちに。モーテルに取りに戻る物は特にない。私は外の空気を吸いたいの。あの部屋じゃ息が詰まる」

「昼食の用意をしてないよ。水も部屋に置きっぱなし」

「水は買ったらいい」

「ラージの帽子も置いてきた」

「トランクに鞄がある。とにかくあの部屋には戻りたくない。さっさと行きましょ。私と口を利いてくれなくてもいいから」

「馬鹿なことを言うなよ」

「私の言いたいことは分かったでしょ」

彼らは公園に向かって道を曲がり、公園管理事務所に行って入場料を払い、引き換えに地図を受け取り、外から見えるようにチケットをダッシュボードに置いた。車の周囲は月面のような風景で、断崖や尾根の間には壊れた岩の破片が散らばっていた。道が上り切った先には峡谷があり、丸い岩の転がる平原の所々には小山や塔のような場所があって、幻想的な形に浸食されていた。光は目がくらむほどのまばゆさだった。谷を走るコンクリートの舗装道路では直線部になると蜃気楼が見え、ジャズの目には、ジョシュアツリーが点在する巨大な平原に現れた幻の湖に車が向かっているように見えた。湖はバラバラになり、水溜まりと小川に変わった。水溜まりと小川は干上がり、白く平らな塩の平原になった。全てが幻。全てが偽物。

「そこは左折」交差点でリサが言った。

「どこを目指してるんだ？」

「あそこの岩、見える？　あれを見てみたいの」

ジャズはハンドルを回した。

「どうして？　パンフレットには何て書いてある？」

「知らない。昨日、あの岩を見たのよ。遠くに見えた。歩いていこうと思ったんだけど、遠すぎた」

「昨日もここに？」

「ここと逆の側だった気がする。公園の敷地には入らなかったから」

彼らは、砂の中からやせ細った腕を空に向かって突き出しているみたいな、三つの尖った岩を目指した。どの方角を向いても、地平線にぎざぎざの山並みが見えた。それはこの世の絶対的な境界線だ。周囲が開けた。果てしない平原には数本のねじれたジョシュアツリーがあるのみ。リサはまるで今にも何かが起ころうとしているかのように、岩をじっと見ていた——今にも岩が動きだし、手や指が生えてくるかのように。

彼らは道路の脇に作られた小さな駐車場に車を置き、ラージをベビーカーに乗せて、岩に向かって歩きだした。地面はでこぼこしていて、子供の乗ったベビーカーはやけに重かった。リサはベビーカーをジャズに任せた。ジャズはシシュポスになった気分で、眠った息子を押した。道は溝を越え、穏やかな上り坂になった。所々にクレオソートブッシュがあった。靴の下の砂利の音と、ベビーカーのベアリングがきしむ音以外は何も聞こえなかった。ジャズは意識の隅でかすかながら高周波の音を聞いた気がして、空に飛行機雲を探した。晴れたセラミックブルーの空には高い所に完璧な円盤形のレンズ雲が浮かんでいた。ふわふわの宇宙船みたいだ。彼は肉眼でそれを見ようとしてサングラスを外し、光の壁に打たれた。世界が真っ白になった。あらゆる色彩が強烈な陽光によって漂白されていた――リサの緑色のホルタートップも、ベビーカーの赤いナイロン製のフードも。まるで露出過度の写真の中を歩いているみたいだった。

彼らはようやく岩の麓にたどり着いた。岩の影に立ち、瓶の水をほとんど一本飲み干し、一部をラージのためにプラスチック容器に移した。所々が砂漠漆（鉄やマンガンの酸化物により砂漠の岩石の表面に生じる黒光りのこと）で黒光りする平らな土台の上に、三本の巨大な塔が微妙なバランスで立っていた。それは向日性植物のように、光に向かって真っ直ぐに伸びようとしているみたいに見えた。ジャズは腕時計を見た。正午だ。車が遠方に見えた。砂漠の真ん中にぽつんと置かれた銀色の光。ラージはまた眠ったので、二人はベビーカーを岩の影に置き、小道伝いに歩いて反対側の風景を見に行った。不毛な盆地が山並みの方までずっと広がり、その中心には、まぶしすぎて見ていられないほど真っ白な、吹きさらしの塩類平原があった。

辺りの地面には、最近まで人が住んでいた痕跡があった。足跡、使用済みの薬莢《やっきょう》、つぶれたビール缶。二人は岩の周りを一周した。途中、少し囲われた場所には、コンクリートを流し込んだ基礎の残骸があった。何かの建物の土台らしい。崩れかけた表面は火で焼け焦げていた。

「私はここに来たことがある」とリサは言った。「そんなはずはないけど」

ジャズは缶を蹴った。「誰かがここでパーティーをやったみたいだな」

彼は地面で黄色く光るものを見つけ、割れたガラスでもあるのかと思いながら、爪先で掘り出した。まだらに金属光沢のある石だ。彼はそれを拾い上げ、差し出した。

「これで僕らは大金持ちだ」

リサは石をひっくり返した。「金なの?」

「ただの黄鉄鉱」

突然、大きな音がした。まるで卵みたいに空が割れる音。二人は思わず身をかがめ、両手で頭を守った。音は長い余韻に変わり、ジェット戦闘機が上空を通り過ぎた。砂漠の地面からわずか数百フィートという超低空飛行だ。それは数秒で点になり、山並みの上に消えた。

リサは大きく息を吐いた。「私たちの頭に突っ込んでくるのかと思った。あんな飛び方が許されるのかしら?」

「軍は何でも好きなことをやっていいのさ」

「きっとラージも怒ってるわ」

「だけど、声がしないね」

二人が元の場所に戻ると、ジャズは様子がおかしいことに気付いた。ベビーカーの赤いフードが後ろに畳まれている。安全ベルトも外されている。

「遠くには行ってないはずだ」。彼は本能的にそう言った。口にしたことが現実になるという、魔術的思考だ。リサは既に大声で呼んでいた。「ラージ? ラージ!」。彼も加わった。「ラージ? ラージ? どこにいるんだ?」

ジャズは視界を広げるために少しだけ岩に登り、目の上に手をかざし、灌木の間を動くものがないか目を凝らした。リサは岩の反対側に回り、口に手を添えてラージの名を呼んだ。

荒涼とした砂漠は、巨大で非人間的だった。

「ジャズ、こっちに来て!」。彼は無意識にリサの声音に反応し、つまずきそうになりながら、声のした方へ走った。彼女は四つん這いになって、地面に開いた穴を覗いていた。岩の下まで続いていそうな一種の洞窟だ。

「この中にいるのか?」

「分からない。ラージ? ラージ?」

ジャズは腹這いになり、体を半分中に入れて、暗闇を覗いた。見えたのは割れた瓶と錆びつきもつれた柵用針金だけ。穴は石と木切れでふさがれているようだ。

「明かりが要る」

「そんなの持ってない」

「車にあるはずだ。懐中電灯が。緊急用キットとかそういうのがない?」

「知らない。ないと思う」

「早く。見てきて!」

「車まで戻ってたら三十分かかるわ」

「ラージ！　ラージ！　畜生。何にも見えやしない」

「ラージ！　ママの所へいらっしゃい」

ジャズはさらに中へ這い進もうとした。何も見えなかった。石とビール缶が転がり、変な臭いがするだけ。まるで何かの動物のねぐらみたいだ。コヨーテか？　彼は今さらながらに蛇がいるかもしれないと思い付き、慌てて地表に戻って荒い息をした。

「あそこにはいないと思う。あまり奥までは続いていないし、石ころだらけだ」

リサは立ち上がり、少し走ってからラージの名を叫んだ。それから向き直り、逆の方向へ走った。彼女はサングラスをしていたので、ジャズはその目を見ることができなかった。重苦しい気分が経帷子のように彼を包んだ。何かが起きた。何か取り返しのつかないことが。

二人は歩き、叫び、また歩き、また叫び、徐々に大きな円を描きながら岩の周囲を回った。やがて渇いた喉で声がかれ、白く細かな砂が服を覆った。ジャズは目が回り、背中は汗びっしょりになったが、点滴で血管に冷たいジェルを入れられているような気分だった。世界ははるか遠くに感じられた。どこか別の場所にとらわれた感じ。時間や空間の外にある、真っ白な死者の世界。足跡を探せばいいかも、と彼は思った。子供用スニーカーのぎざぎざ模様の靴跡を。しかし、それは同じ所を何度も行き来した彼自身の足跡によって完全に掻き消されていた。

一八七一年

彼の手は震え、目の下の皮膚が燃えた。北から頭上に旋風が近づき、その中心から炎を伴う大きな黄色い雲が現れた。雲の中には、彼に付きまとう飛行船が隠れていて、船にはひづめの割れた飛行士が乗り、その体は磨いた真鍮のように光っている。何らかのメッセージが空に記されているのではないか、あるいは彼の髪をつかみ、空へと引き上げる手が見えているのではないかと思い、彼は天を仰いだ。しかし、そこにはメッセージも手もなく、ただ、狭い山道で足元が不確かになったラバの一頭が後ろから綱を引っ張っているだけのことだった。鞍に座ったまま後ろを振り向くと、炭を背負ったラバが体勢を立て直すのが見えた。彼が信頼してデリケートな蒸留器とフラスコを任せた先頭のラバは、黄色い目でじっと見つめ返した。彼はその長い顔に向けて悪態をつき、名もない馬の横腹を踵で蹴った。足の悪い老馬は、気が進まない様子で歩きだした。やがて光の雲が薄れ、彼はまた砂漠で一人きりになった。皮膚には小さな星がチクチクと刺さり、指先は熱い蒸気にさらしたようにずきずきと痛んだ。泣け、そしてうめけ。彼はそうひとりごちた。ネフィ・パーよ、泣け、そしてうめけ、なぜなら主《しゅ》は焼き尽くす火だからだ（神を〝焼き尽くす火〟とする比喩は申命記四の二四などに見られる）。

眼下では、塩類平原のまばゆい白が琥珀色に和らいでいた。パナミント山脈は深い影を刻まれ、山腹は熟れた桃の色を帯びていた。偽りの色だ、と彼は思った。あそこに甘いものは存在しない。あの方角でいちばん近い水場は三十マイル先だ。白くて細かい砂が彼の服と肌を覆い、眉と腕の毛にまとわりついた。この平原全体がかつては海だった。幽霊みたいな巨大帆船がここから船出し、救われない魂は永遠に洪水の上をさまよう。彼は砂埃に目をくらまされ、日が昇ったときには既に砂漠に入り、荒れ野の斜面を上り下りしていた。太陽が南中する頃には彼は古代の乾湖に達し、岩の中の金属がきらびやかな声で歌うのを聞きながら、峠に向かう道をたどっていた。

あと一時間もすれば、太陽はすっかり沈む。神の恩寵を得て、できれば暗くなるまでにロストプロミスに着きたい。夜の闇にはあらゆる不気味なものが潜んでいたが、それらが怖かったわけではない。というのも、彼はこの密やかな世界における月の使者、変化と変成の使節だったからだ。彼がダナイト団（モルモン教徒の秘密結社で、暴力的な組織）のポーター・ロックウェルの部下として初めてこの地を訪れたときは、キリストの血が深紅色のリボンとなって空を染め、太陽が頭蓋骨の中でハンマーを振るい、大いなる怒りと威厳、そして心と目を惑わす数多くのものが存在した。若かった彼は九人の仲間のうちの一人だった。メンバーは皆、誓いを立て、常に、預言者を殺害した国家への復讐を全能なる神に祈り、同じことを子にも、孫にも、その子孫にも教え伝えることを誓っていた。心を愛で満たした彼らは、恐ろしく素早い剣のように山脈《シエラ》を駆け下りた。

彼が水筒からぬるい水を飲むのと同時に、尾根に人影が現れ、片手を上げて挨拶をした。間もなく、小屋が見えてきた。坑道入り口の横には選鉱屑の山があった。二人のドイツ人兄弟のうち、年かさの方が馬勒《ばろく》を取り、つたない英語で「ごきげんよう」と声を掛けた。彼はうなずき、荷物を下ろし始め、水銀の入った鉄のフラスコを慎重に持ち上げ、整然と並べた。弟の方は四頭のやせたラバに鞭を入れ、重い石塊で鉱石を砕くアラストラ（垂直軸に取り付けた水平の腕から石塊を吊り下げ、ロバがその腕を引いて軸の周囲を回ると石塊が鉱石を粉砕する仕掛け）を操作していた。彼は濃い藍色の砂を見た。細かい砂に近い肌理《きめ》だ。ここまでにするには、数日前から粉砕作業を続けていたに違いない。

「今日は水を加えた？」

若いドイツ人は首を振った。

「加えた方がいい。乾いてしまっているから」

トロッコの陰にもう一人、男がいた。男はレールの横で身をかがめ、ハンマーで鉱石を割っていた。

「中国人がこんな場所で何を？」

ドイツ人は肩をすくめた。「仕事さ」

「黄色い猿野郎めが」

彼はいらだちをそれ以上表には出さなかったが、一瞬、大きな滝の音のような羽音が聞こえた。中国人は手を止め、つばの広い麦藁帽の下から彼を見つめた。

「俺を見るんじゃない」

中国人は目を逸らし、作業を再開した。少なくとも、やつは黒んぼ《ニガー》じゃない。黒んぼ《ニガー》に対するパーの態度ははっきりしていた。主なる神は、非道の報いとしてレーマン人《びと》に呪いをかけた（『モルモン書』によると、レーマン人はアメリカ先住民の祖先。アメリカ大陸では神に従順なニーファイ人の子孫と神に背くレーマン人の子孫が対立、抗争していたとされる）。彼らは神に背き、神は彼らの姿を醜いものに変えた。彼は南北戦争の際、そうした悪魔を一人ならず殺したことがある。そして、彼が妻たちを失い、砂漠を放浪することを余儀なくされたのは、それと同様のある殺人事件が原因だった。その男はこともあろうに説教師の格好をしていた。彼はやや色の薄い黒人で、渡し船に乗るために硬貨を差し出すときもお高くとまったような口を利いた。パーが何よりも嫌ったのは黒人と白人の混血だった。黒人に関する神の掟を教えてやろうか、と彼はその説教猿に言った。もしも白人がカインの末裔と血を混ぜた場合、その場で殺害するというのがその罰だ、と。そんな掟は聞いたことがない、とその黒んぼ《ニガー》は言った。彼は男の顔面を撃った。

　ドイツ人兄弟は小さなだるまストーブに火を入れた。彼は二人と一緒に腰を下ろして食事をし、その後、たばこを吸った。兄の方が彼に、アマルガム法による銀の抽出がどんな結果になりそうか、占ってみてほしいと言った。彼はくだらないと思ったが、好ましい感じの男だったので頼みを聞き入れ、帽子を取り、ウリムとトンミム（一〇一頁参照。モルモン教では、教祖ジョセフ・スミスが『モルモン書』の翻訳に当たってウリムとトンミムを使ったとされる）を目に装着した。すると頭上で空が割れ、七つの車輪を内側に組み込んだ大きな車輪のようなものが現れた。内側の七つのハブは永遠に外縁とスポークを生み出し続けている。この神聖なる飛行船はどこからともなく現れ、長年、彼の魂を導いてきた。飛行船の光の中には彼の生涯における全ての瞬間が見えた。それはまるで、全てがつづれ織りとして彼の前に掲げられているかのようだった――マローボーン川沿いのアンブロシアの町で生まれたときから、双子の宝石を目にかざし、予言を語っているこの瞬間まで。彼は見た。母が産着を着た自分を持ち上げ、ミズーリ州ジャクソン郡にあるエデンの園の真の跡地を見せている姿。木に登り、川で釣りをする自分。果樹園と池、蜜蜂の巣箱とトウモロコシの貯蔵箱に囲まれた自分だけのエデン。彼は他宗徒が彼の父をリンチにかけ、小屋が燃え、撃たれた牛たちが野原に倒れているのを見た。聖人たちが土地を追われ、顔を黒塗りした民兵が極西部地方まで馬で追ってくるのを見た。縄と井戸、そしてその底でもつれ合う手足を見た。そして彼は理解した――あらゆるものは何かを媒介として何かから生じるのであり、自分の人生における出来事も全て、一つのことの適応として存在している、と。太陽が父、月が母。風がその腹に彼を宿し、大地が産婆となった。彼は予言の言葉を語り、その後、辺りは静寂と闇と空虚が支配した。

　翌朝、彼は目を覚まし、アマルガム化の作業に取り掛かった。兄の方がラバを御し、弟とパーが水を注いだ。アラストラの臼の中で鉱石が適度な肌理にまで粉砕されると、彼は兄弟に作業をやめさせ、鉱泥を手に取って指触りを試した。水分が多すぎることもなく滑らか。豊かに含まれた銀が「ここから出してください」と彼に向かって歌いかけている。パーは弟の手を借りて――作業をしているそばには中国人を近寄らせず――混合物に岩塩と秘薬を加え、再び感触を確かめた。その頃には、時刻は午後遅くになっていた。彼らはラバを休ませ、腰を下ろして、月が昇るのを待った。たばこを吸い、コーヒーを飲み、山の上に満月に近い白い月が現れると、彼は立ち上がり、二人の方を向いて両手を掲げた。

「イエスの名において私は告げる」と彼は宣言した。「これは真実の息吹そのものである。世界の始まりから、全ての聖人はその顔を拝むことを願い求めてきた」。ドイツ人兄弟は儀式におびえつつ、両手にブリキのカップを持ったまま顔を上げた。月光に銀色に照らされた、髭だらけの二つの顔。彼は二人に、山脈《シエラ》で採掘、精錬をした水銀の入ったフラスコを見せ、蓋を取り、貴重な液体を鉄の容器に注いだ。水銀はそこで、矛盾をはらんだ神秘的な姿で揺らめいた。「キリストに誓って言う。私は偽りを口にしない。今おまえたちが見ているのは、物質という闇に流れ込むイエスの光だ。光は炎のような形で空に宿り、地球を天へと導く。原初から隠された大いなる秘密。聞くがよい。それは生と死を超越するのだ」。そして、このような口調で語ったときはいつもそうだが、彼は感極まり、むせび泣いた。というのも彼は、自分の言葉でまた井戸と縄の光景を思い出したからだ。血と綿布に覆われた女の手足。他宗派の連中にレイプされ、井戸に放り込まれた三人の妻たち（アメリカ合衆国のモルモン教においては、一八九〇年に廃止されるまで一夫多妻制をとっていた）。彼は十二歳でいちばん体が小さかったので、腰に縄をくくりつけられて井戸に下り、女たちの遺体を中から出した。兄のジェッドが女たちの夫を、吊られた木から下ろした。あまりのことに彼は気を失い、以後、故郷を目にすることはなかった。というのも、次に意識が戻ったときには、彼は既に仲間と一緒に川を渡り、イリノイ州に入っていたからだ。

一緒に水銀を見つめていたドイツ人兄弟は、彼の指示の下、それを粗布袋に注ぎ入れるのを手伝った。彼はアラストラの周囲を回りながら袋を絞り、こね、細かな金属の雨みたいな小さな滴を泥の上に落とした。彼は水銀をまきながら、神秘について兄弟に説くことを続けた。彼らがそれを理解しようとすまいと、そして中国人が話を横で聞いていようといまいと、彼にとってはどうでもよかった。彼は唯一なる者について語った。そこから水銀と硫黄と塩《えん》という三位《さんみ》が生じ、さらにそこから世界のあらゆる物質が生まれたのだが、本当は全ては一つの本質から成り、そこにまばゆいばかりの神の愛が吹き込まれている。それから数日間、そんな話と作業が続いた。彼らは鉱泥水を混ぜ、水気を切り、照りつける太陽の光にさらし、アポロの火が作用を及ぼすのを待った。彼は説教をし、信念を語った。水銀は泥の中で貴金属を探し、自らそれと結合し、真っ黒な卑《ニガー》しい物質から美しい神の光を引き出した。

彼は毎朝、銀色の泥を指先に取って感触を確かめ、沈殿物をガラス製のフラスコに入れて振り、沈下の様子を見つめた。ラバ十頭と中国人に足で鉱泥を掻き混ぜさせた。時に鉱泥が熱くなったり、冷たくなったりすると、彼は二つの原理に従い、必要に応じて銀と秘薬を加えた。アマルガム化は徐々に進んだ。彼らが鉱泥を洗い、ゆすぎ、純化し、還元すると、日毎に、フラスコ内の灰色の廃物が減り、底に沈むアマルガムの輝く小球が以前よりも大きく、明るく光り始めた。そして二十三日目、ネフィ・パーは最後の仕事に取り掛かるべき時が来たと感じ、炉に火を入れるよう命じた。

月が昇るのを兄弟が待つ間に、彼は望遠鏡を持って鉱山の頂に登った。太陽は沈みかけ、砂漠はまるで夜の酒宴に備えるかのように、そのローブを赤く染めていた。彼は頂に登りながら、ついに死に神に追いつかれたのかもしれないと感じていた。というのも、大きな羽ばたきの音が聞こえた気がした上に、天空は瑪瑙《めのう》や緑柱石、斑岩《はんがん》や緑玉髄《りょくぎょくずい》を点々とはめ込まれたサファイア色の玉座のようだったからだ。彼の左半身はしびれ、シャツの下で背中から皮膚がめくれていた。主よ、私が最後の仕事をやり遂げるまでは、まだ審判の場には呼ばないでください、と彼は乞うた。そして望遠鏡で砂漠を眺めた。足元の切り立った崖の下には虚無が広がっていた。彼は自分を罪人《つみびと》の一人だと自覚した――骨は砂漠で真っ白になり、自分だけの水晶玉にしがみついた魂は仲間を失い、天の王国に入ることを許されない。というのも、砂漠の白い大地に広がる光は、神の放つただ一つの不動の光とは違い、水銀の放つ移り気な光――愚か者の笑い声、賢者の驚嘆――のように見えたからだ。その瞬間、彼は一つの啓示を得て、望遠鏡を手から落とし、それが地面で砕けるのを見た。望遠鏡で拡大して見たとき初めて、ロストプロミスの鉱山が〝三本指の岩〟を見下ろす位置にあったことに彼は気付いた。それはかつて、揺るぎのない目的意識を持ち、迷いを感じることもなかった彼がポーター・ロックウェルとともに、自らの罪を贖《あがな》うためにイリノイからはるか遠く旅してきたライマン・ピアースという男を〝救済〟しようと待ち伏せをした場所だった。

唯一なる者から三位が生じる。彼は当時まだ若く、神秘について何も学んでいなかった。彼には今やっと、この場所の真の意味が分かった。全ての物は一つの物から生まれる。彼自身の運命も最初から定められていた。ここへ、死と生成のこの場所へ、この神秘のゆりかごへと戻ってくる運命だったのだ。

彼らはあの岩山にたどり着くまで何週間も馬で旅をしていた。尊い血が復讐を求め、祭壇の下で叫んでいた。ブラザー・ロックウェルはピアースという男に関して証言を得ていた。ピアースはサンタフェにいて、移住者の集団を連れてスパニッシュ・トレイル（ニューメキシコ州北部のサンタフェとカリフォルニア州ロサンジェルスを結ぶ歴史的な交易路）沿いに進む用意をしているとのことだった。預言者が生きていた頃から、〝贖罪〟がロックウェルの仕事となっていた。彼はカリフォルニアの金鉱に引き寄せられたせいでザイオンから離れていたものの、聖人たちとの連帯意識を断ち切ったことは一度もなく、はるかサンフランシスコの地でもモルモン教徒の用心棒《サムソン》として知られていた。教祖ジョセフ・スミス自身が彼の肩に手を置き、髪を切らない限り、いかなる銃弾も刃も彼を傷つけることはできないと予言した。ポーター・ロックウェルは、敵からは〝破壊の天使〟、味方からは〝神の獅子〟と呼ばれた。というのも、彼は多くの罪人をイエス・キリストの名の下に片付け、バーで酔いつぶれていた何人かの若きモルモン教徒を主の命じる任務に就かせたからだ。ネフィ・パーもそんな若者の一人だった。彼はゴールドラッシュでカリフォルニアのアメリカン川に来たものの一攫千金はならず、たまたま〈マーダラーズ・バー〉を訪れたのだが、そこはロックウェルが他宗派の客を相手に女と酒を売っている店だった。山のように大柄な男は彼に覆いかぶさるようにして、奇妙に高いいつもの声で、慰めの言葉を掛けた。こうして、パーはロックウェルの手下となり、秘密の合図を学び、他の者たちと一緒に誓いを立てた——ロックウェルから任された仕事について沈黙を破った場合、自らの内臓を引き出し、喉を掻き切るという誓いを。憎むべき殺害対象となっていたピアースは、その五年前、カーセージ監獄の外で顔を黒く塗って変装し、わめき、はしゃぎ、暴徒に撃ち殺された預言者に唾をかけたり、蹴ったりするなど、あらゆる形で遺体に侮辱を加えたとの証言がある。

だから彼らは山並みを越えて東に向かい、砂漠に入った。砂漠では唇が割れ、風景の白さに目がくらんだ。日中、砂漠は息をし、鼓動しているように感じられたので、ネフィは生きた地球の白い胸の上を旅していると考え、〝いと高き存在〟の大きさにおびえ、圧倒された。彼らは何日も旅した後、父なる神が祝福の徴《しるし》に砂漠に置いた〝三本指の岩〟にたどり着いた。岩の麓には粗末な格好のパイユート族が寝泊まりしていた。ロックウェルは彼らの言語を知っているだけでなく、彼らと出会うことも予期していたらしく、首長に挨拶をし、一緒に腰を下ろしてたばこを吸い、話を始めた。彼は野蛮人に、モルモン教徒はアメリカ人《メリキャット》と戦争をしていると説明し、手を貸してほしいと頼んだ。首長は贈り物のライフルを受け取り、二つの隊が待ち伏せに出掛けた。その間、ネフィよりもさらに若いホジーア・ドイルが熱に倒れ、仲間が彼の体に手を当て、主の御名において病を咎《とが》めた。その後、彼は回復したので、誰もがそれを神に守られている徴と受け止めた。

何事もない日が何日も続いた後、移住者の隊列が現れた。ネフィたちが顔に絵の具を塗って、髪に鳥の羽根を立て、野蛮人になりすまし、夜陰に紛れて隊列を襲うと、主なる神は敵を自らのしもべの手に送り届けた。ライマン・ピアースはしぶとく生き延び、三本指の岩まで逃げ、慈悲を乞うたが、しまいには仲間の三分の一が剣によって死に、女子供を含む別の三分の一が四方に散り、ようやく残りが観念し、彼を差し出した。仕事が済むと、彼らはさらに野蛮人の襲撃らしく見せかけるため、遺骸の頭の皮をはぎ、衣服を脱がせて、そのまま砂の上に放置した。ネフィ・パーはデザレットに戻り、グリーン川のほとりで落ち着いた生活を送るつもりで、従順で見目麗しい妻を二人めとったが、三本指の岩やそこに刻まれた異教の印を忘れることはできなかった。彼は船着き場にある小屋の外に座り、渡し船の客を見ながら、考えにふけった。天空の都市以外の世界は邪悪にまみれ、魔法使いや売春業者、殺人者や偶像崇拝者、嘘を愛する人や嘘をつく人だらけだと彼は感じた。そして間もなく、全てが彼の口の中で砂と灰に変わった。というのも、周囲では血と戦争、戦争の噂と政治──あるいは、彼が好んだ言い方では〝奸計《かんけい》〟──が渦巻き、仲間たちはしっかりと踏みとどまるどころか、彼の妻と財産を奪ったからだ。そして周囲に裏切られ、仲間を失った彼は、大地をさまよった。

彼は壊れた望遠鏡を地面に置いたまま、鉱山小屋へと細い道をたどった。昇る月が行く手を照らし、彼が主坑道に近づくと、ドイツ人兄弟が最後の精製に備えて炉に火を入れているのが見えた。彼らは炎の中でアマルガムを加熱した。銅のフードで集められた水銀蒸気は精妙な形態を捨て、滴となってフラスコの中に溜まり、るつぼには純粋な銀だけが残った。空には徴《しるし》と驚異が現れていた。彼が両手を掲げると、尾をくわえた蛇の姿が見えた。彼は一瞬、紫と緑と黄色のオーラに包まれ、二つの世界の境界に立っていた。彼が自らの技《アート》を通じて解放した自然の光が今、目の前で、世界全体を救済の知に浸し、世界を救い、再びそれを十全なものに変えていた。

翌日、彼が目を覚ますと、手足はむくみ、目の奥がずきずきと痛んだ。彼にはもはや、中国人の言葉ばかりか、二人の兄弟が言っている言葉の意味も分からなかった。というのも、主が彼の耳をふさぎ、聾《ろう》にしたからだ。兄弟はジェスチャーで彼にこう伝えた。「あなたは興奮で気を失った。霊があなたに取り憑いている間、自分たちが体を押さえていたが、やっと霊が出たかと思ったら、今度は死んだみたいになった」と。彼が気を失っている間に、二人は銀を型に注ぎ入れていた。彼らが労働の果実を彼に見せると、彼は報酬として二本の延べ棒を受け取り、それを鞍袋にしまい、馬に乗った。

彼は三本指の岩に向かった。真っ直ぐには座ることができず、馬の首に寄りかかるような格好になっていた。上空では飛行船が円を描き、何もかもが変化を起こし、形を変えていた。馬に乗ったまま顔の前に手をかざすと、中の骨が光っているのが見えた。コヨーテが吠え、太陽の光が、まるでガラスを透かすように手のひらを通り抜けた。それを見て、彼は自分の体が動物的な性質を脱ぎ捨てようとしているのだと知った。もうすぐ俺の体はもう一つの世界へ行くのだ。ああ、神様、と彼はささやいた。俺の言葉をお聞きください。すると彼の人生で起きた全ての事柄が周囲を巡った。冬の切り株で切って血だらけになった裸足の足。刀。燃える車輪。ラクダ。コロラド川の氾濫原で組み立てられた蒸気船。自分の息子や娘の肉を食べさせられる人々の姿、ぼさぼさに伸びたロックウェルの髪を彼は見た。そしてついに、飛行船が舞い降り、天使モロナイ（ジョセフ・スミスのもとに何度も現れ、『モルモン書』の基礎となる金版のある場所に彼を導いたとされる天使）とたくさんの世界から来た神々が姿を見せ、彼を高みに引き上げた。

二〇〇八年

　ニッキーの足はうずいた。夜はほとんどずっとパンツ一枚でベッドに座ったまま、ふくらはぎに刺さった黒い棘を抜きながら、ケーブルテレビで古い映画を観て過ごした。女のたばこに男が火を点け、兵士が仲間のために自分を犠牲にし、カウボーイが駅馬車を駆るのを先住民が山の上から眺める。そんな場面がぐるぐると繰り返され、やがて彼は話を追えなくなり、いつの間にか眠りに落ちた。目が覚めると部屋はあまりにも暑かった。カーテンの向こうから太陽が照りつけるのが分かった。壁の向こう側で誰かが掃除機を使っている。決断が必要だ、と彼は思った。LAに戻るべきだろうか？　そんな気にはなれなかった。戻れば弁明が必要になる。リハビリも。バンドのミーティングでは、ジミーがまたお説教を垂れるに決まっている。

　誰かが扉をノックし、スペイン語でこちらに呼びかけた。彼は待ってくれと叫んだ。とりあえず朝飯。朝飯の前には面倒なことは何も考えられない。彼は足を引きずりながらサングラスと車のキーを探し、坂を下る方へ車を走らせ、宇宙船みたいなデザインの古びた食堂に入った。カウンターに座った彼は、ベーコンに関してウェイトレスと妙な口論になった。炭みたいに焦げちゃってるじゃないか、と彼は言った。ベーコンだもん、と彼女はあざけるように言った。ベーコンはカリカリなのが当たり前。カリカリが嫌ならハムを注文すればよかったのに。

　彼は服に付いた食べ滓《かす》を払いながら店を出、町をぐるっと眺めてみることにした。多少なりとも魅力的に見えた唯一の場所は——というか、板で閉鎖された店かファストフード店以外で歩いていける範囲にあるのはそこだけだったのだが——倉庫みたいな中古品屋だった。おもちゃや家具が外の歩道に山積みされていた。入り口の扉の左右にはコンセントにつながれていないマッサージチェアが置かれ、二人の超肥満体の女がまるで太った狛犬《こまいぬ》のように寝そべっていた。彼が近づくと、二人の女は嫌な視線を向けた。店の中は、大量消費社会の墓場となっていた。七〇年代後半以後のあらゆる文化的流行の残骸が、奥まで続く金属製の棚に積まれていた。ゲームのカートリッジ、バービー人形、ＶＨＳのビデオテープ、額に入ったまま埃をかぶっている車のポスター、塗料を吹き付けたコーラの缶。通路に置かれた一つの段ボール箱から古い『リーダーズ・ダイジェスト』誌があふれていたせいで、陶器の置かれた棚には近づけなかった。店の裏には大きなスペースがあって、電化製品や安物家具が置かれ、黄色に日焼けしたペーパーバックが並ぶ本棚もあった。一台のジェットスキーがシュールに停められた背後には冷蔵庫が一列に並べられ、どこまでが店の裏庭なのかを示していた。砂漠用の迷彩服がずらりと掛けられたラックの端に一着だけ、海兵隊の礼装軍服があった。ニッキーはその上着を羽織った。いい感じ。これを光り物と組み合わせてブリックレーンを歩けばかなりおしゃれだ。彼は誰かが後ろに付きまとっているのを少し意識しながら、上着を着たまま再び裏から店に入った。

　彼はようやく、隅に置かれた牛乳用の木箱に収められたレコードを発見した。ありがちな品揃え。『ハーブ・アルパート＆ティファナ・ブラス』『オレンジネクタイ娘が歌う二億のクリスマスソング』。燃えやすそうな髪形をしてネオンカラーの衣装を着た八〇年代のアーチストによる、よさそうなレコードも二、三枚あった。それから次に、犬の頭をした人物を漫画的な線で描いたジャケットのレコードを見つけた。犬頭の人物はジョシュアツリーの横に立ち、その背後には妙に生き物のように見える岩らしきものがあった。その風景にはなぜか見覚えがある気がしたが、どこで見たのかは思い出せなかった。クラウトロック（一九七〇年代のドイツのシンセサイザーを多用したプログレッシブロック）のレコードっぽい。『転移の時／アシュター銀河司令部』。やっぱりドイツ的な響きだ。

『転移の時』がバンド名なのかアルバムタイトルなのかははっきりしなかった。彼はジャケットを裏返し、反射的に中身をチェックした。レコードには少し埃が付いていたが、それ以外の点では状態がよかった。中央のラベルには一九七一年と記されていた。きっと自主制作レコードみたいなものだろう。ジャケットの裏にはトラックリストがあり（「転移の時１」と「転移の時２」という長い曲が二つ収録されているだけだ）、さらに誰かによる推薦文も添えられていたが、そこは紫色の文字がぼやけて判読できなかった。

　五ペンスか十ペンスくらいの値打ちはあるかも。だとしても、それはまさしくこの数か月、ノアが勧め続けていたヒッピーかぶれの戯言という感じがして、買う気にはなれなかった。彼は海兵隊の上着と八〇年代のレコード二枚をカウンターに持っていき、片方の巨体の女が立ち上がってレジまで来るのを待った。女が上着を彼に売りたくないと思っていることが彼にも分かった。構うもんか。彼は店を出ながら上着を羽織り、ブリキの兵隊みたいな仕草で彼女に敬礼をした。彼はむしゃくしゃした気分で通りをぶらぶらと歩いた。〈ウェイト・ロス・クラブ〉と書かれた建物を見つけ、本当に太った人がエクササイズをしているのか確かめようとして窓を覗き込んでいると、後ろから子供が近づいてきて、彼に声を掛けた。少年は十三歳くらいに見えた。パキスタン系っぽくて、いかにも不良という格好。シャツもズボンもふたサイズ大きすぎ、野球帽はつばに値札が貼ったままになっていた。

「兄弟《ブラ》、あんたニッキー・カパルディだよね」

「ああ」

「すげえ！　だと思ったよ！　姉ちゃんは違うって言ったけど、やっぱ当たりだ。ライラ！　ライラ！　やっぱ、そうだって」

少し離れたところに少女が悔しそうな顔をして立っていた。黒い髪がカーテンのように顔にかかっていた。暑さにもかかわらず、服装はエモ系の黒ずくめ（「エモ」は感情的な音楽性によって特徴づけられるロックの一種と、そこから派生したファッションを言う）。首までボタンを留めたドレスシャツ、ジーンズ、爪先を鋼鉄で保護したドクターマーチンの十穴ブーツ、銀のアクセサリー。彼女はとぼとぼと近づいてきて、挨拶代わりに弱々しく片手を上げた。

「ごめんなさい」と彼女は言った。何を謝っているのかはよく分からなかった。

ニッキーはファンに対応するのにうんざりしていた。いつも妙なことになるからだ。ファンがくれるプレゼントも、編み物で作った似顔絵とか、自分の血で書いた詩とか。美人ならましだが、それはそれで別の問題が付いてくる。彼は、女の子に楽屋やトイレで追い詰められ、助けを求めて、一度ならずテリーに電話したことがある。彼がもう思い出したくないあることを、もししてくれないなら、自分の手首を切る／彼に切りつける／レイプされたと泣きわめく／物を食べるのをやめる／恋人に／兄に／パパに言いつける、と言って脅されたのだ。

この女の子は背中にレコードを持っていた。

「それにサインをしようか？」

「どっちでも」と彼女は言った。「あなたが見てるのを見てたの。ただそれだけ」

それは彼が買わなかったヒッピーのアルバムだった。

「あ、そっか。俺たちのレコードかと思った」

「いえ。ごめんなさい」

少年が声を張り上げた。「あんたがサンディエゴでコンサートしたとき、ライラは行こうとしたんだよ。でも、伯父さんが許してくれなかった」

「うるさい、サミール」

「バス停から連れ戻されたんだ」

「厳しいんだな、じゃあ、その伯父さん」

少女は肩をすくめ、髪を払った。彼女が首を横に傾けると、喉元の浅黒い肌が見えた。彼女は顔を真っ白に化粧していた。おそらく年齢は十七歳くらいだろう、と彼は見積もった。

「うん」と彼女は言った。「アメリカ人に比べたらね」

「じゃあ、君らはどこの出身？」

「世界で最も偉大な国！」と少年が口を挟んだ。「アメリカ合衆国！」

「イラク」と少女が言った。「でも、注意欠陥障害《ADD》の弟は自分はアメリカ人だって触れ回ってる。私はライラ。この子の本当の名前はサミール。ファン＝カルロスとか、スカーフェイスとか、いい加減な名前を名乗ったかもしれないけど」

「馬鹿姉貴」

「馬鹿はあんたよ」

ニッキーは面食らっていた。「イラク人か。じゃあ、ここへは——何——休暇で？」

「あたしたち便所みたいなこの町で暮らしてるの。伯父さんが基地で働いてる」

「てことは、伯父さんは軍人？」

「別の話がしたいな、できれば」

「ライラはスペイン語の文法の教科書にあんたの写真を挟んでる」とサミールが内緒の話をするみたいに言った。

「さて」とニッキーが車までの距離を確認しながら言った。「そりゃすごい。曲を聴いてくれてうれしいよ。そんなふうに言ってもらうとやりがいがある」

ライラは悲しそうな顔になった。「行かないで」と彼女は言った。「もうちょっとだけ。弟が馬鹿なのはその通りだけど、私たちの世界がどんなにひどいことになってるか、あなたには分かってない。あの時のコンサートには、行けるものなら行きたかった。あたしが正気でいられるのは、ほとんどあなたの音楽のおかげなの」

「ありがとう」とニッキーが言った。「うれしいよ。ただ、あんまりむきにならないことだね」

彼女は彼が持っているレコードを指さした。「レコードプレーヤー、持ってるの？　てか、あたし何言ってんのかしら。きっとおしゃれなホテルに泊まってるんでしょうね、大画面テレビとか、プール付きの所に」

「ただのモーテルさ」

「あたしたちの家にはプレーヤーがあるんだ」

「へえ」

「ハフィズ伯父さんが昔のエジプトではやったクールな曲のレコードを持ってるの」

「猫の声みたいじゃん」とサミールが言った。「全然、低音がない曲」

「お邪魔したいところだけど、そういうわけにもいかない」

「やっぱね」

「でも、会えてよかったよ」

「こちらこそ。あたしにとっては今年最大のニュースだわ」

サミールが後ろに跳び退き、携帯電話で二枚ほど写真を撮った。ニッキーは機械的に笑みを浮かべ、少女の肩に手を回した。彼女は彼に寄り添うように立った。

「さてと、ぼちぼち行かなきゃ」

彼は海兵隊の上着の硬い襟を首に感じながら、車まで歩いた。後ろを振り向くと、二人は歩道に立ったまま、彼を見送っていた。

彼はモーテルに戻る途中、スーパーに寄り、洗面用具、酒、白の肌着、尻にヤシの木が描かれた水着を買った。モーテルに帰ると水着に着替え、プールで仰向けになって泳ぎ、まぶしさに目を細めた。バンドとアルバムのことを考えようとしたが、ほとんど何も思い浮かばず、おかげで薬物のことを思い出した。例のペヨーテをかじれば少し気持ちが落ち着くかもしれない。しばらくプールサイドで時間をつぶし、日が暮れるのを眺めて、車のラッシュが落ち着いた頃にピザを食いに行こう。よし、決定。彼が寝椅子に寝そべって体を乾かし、自己満悦にふけりながらたばこを吸っていると、警官がモーテルにやって来て、大きく膨らんだ髪形のモーテルの支配人と会話を始めた。警官が本当にカウボーイハットをかぶっているのを見て彼は、前の晩にたくさんの映画を観たことを思い出した。彼は頭の中で、最近やったことを振り返った。たまたま銃を見つけたこと以外、特に違法なことは思い出せない。もしもあの銃が見つかったのなら、テリーに電話するしかない。しかし、警官は支配人と話をしただけで出て行き、彼の方を見ることさえしなかった。

彼はビールを取りに部屋に戻り、また寝椅子に寝そべった。数分後、今度は男女二人の警官がジャズの妻を連れて現れた。彼は彼女の姿を見てうれしくなり、ジャズの言葉を通じてしか彼女を知らないのを忘れて手を振った。彼女は彼に奇妙な視線――当惑というより空虚な表情――を向け、自分の部屋に消えた。

彼はペヨーテをかじる計画をやめにした。

ジャズの妻が女性警官に寄りかかるようにして部屋から出てきた。支配人が事務室から飛び出し、彼女に腕を回した。そうした光景が繰り広げられているのは事務室の周辺なので、彼らが何をしゃべっているのかニッキーには聞こえなかったが、どうやら彼女は本当にパニックを起こしているようだった。彼は気分のいいときに、気がめいる話を聞かされるのが大嫌いだった。本当に気のめいる出来事――戦争とか、ニュースチャンネルで取り上げられるような事件とか――を耳にすると、何かの薬を飲まずにはいられなかった。イラク侵攻のニュースの後、彼が三日間酒浸りだったことについてリポーターに尋ねられたとき、彼はこう説明した。あれは別に抗議という意味じゃない。どちらかというと、神経が自動的に反応したって感じだ、と。

警官はジャズ夫人と去った。彼は何があったのか確かめることにした。彼はタオルを寝椅子に置いて事務室に行き、建て付けの悪い網戸をノックした。

「こんにちは？　こんにちは？」

支配人が奥から出てきた。げんなりした様子だ。

「お邪魔して悪いんですけど、何かありました？」

「実はそうなの。あのご夫婦と坊ちゃんの家族。ピナクル・ロックの近くで坊ちゃんがいなくなったんですって。今、捜索中」。彼女はたばこに火を点けた。「警察と公園のレンジャーが総出よ。両親がちょっと目を離した隙にいなくなったみたい」

ニッキーが水着姿でそこに立っていると、首に当たるエアコンの風が寒く不快に感じられた。ジャズの子。何てこった。彼が女に礼を言い、プールに戻ろうとしたところで、網戸越しにしゃがれた声が聞こえた。

「ドーン？　いるか？」

彼が振り向くと、真正面にカウボーイハットの警官が立っていた。その中年の警官は、青くてしまりのない大きな顔が驚くほどやせた体に載っていて、まるで全く違うタイプの二人をつなぎ合わせて作ったみたいに見えた。剛毛の口髭とパイロット風のサングラスという顔自体も、まるで仮面のようだった。

「やあ、こんにちは」

彼は一瞬、鏡面レンズに自分と瓜二つの姿が映るのを見た。

警官は彼の入れ墨に目をやり、嫌悪に満ちた表情を浮かべた。ニッキーは自分の身を守るように、やせた胸の前で腕を組んだ。いろいろなアクセサリーを身に着けた男と話していると、彼は自分が無防備に感じた。警官は帽子、サングラス、バッジ、ポーチと手錠の付いた太くて黒い革のベルト、警棒、ホルスターに収めた拳銃を持っているのに、彼は何も持っていない。ドーンはカウンターに身を乗り出し、たばこで彼の方を指した。

「トム、さっきこちらのお客さんが子供のことを尋ねてたわ」

彼はニッキーの方を向いた。「へえ、そうかい。サンバーナーディーノ郡のルースモア保安官代理だ。あんたは？」

「ニッキー・カパルディ」

「どちらから？」

「ロンドン。イギリスの」

「ロンドンの場所くらい知ってるさ。二年ほど前に行ったことがある。あんまり好きな町じゃなかったがな。足はどうした？」

「サボテンの上で転んだ」

「化膿してるみたいだ」

「単なる事故ですよ」

「で、子供のことは？」

「子供はどうなったんです？」

「それはあんたが教えてくれ」

「はあ？」

「子供と何かあった？」

「何かって？」

「子供と話をした？　ドーンの話だと、あんたは子供を部屋に入れてたらしいじゃないか」

「あの子は話はしない――普通の意味では。俺は昨日の晩、あの子と父親を車に乗せてバーガーキングに行った。ジャズの奥さんが車に乗ってっちゃったって話を聞いたから」

「母親が車にね」

「それはさっき私が話したでしょ？」とドーンが口を挟んだ。「〈マリガンズ・ラウンジ〉で男といちゃついてる彼女に会ったって」

ジャズが聞いたらあまりいい気分はしないだろう。その手のことに鷹揚な男には見えなかったから。「誰かに誘拐されたと考えてるんですか？」と彼は訊いた。「何も悪いことが起きてないといいんだけど。かわいい子だったから」

保安官代理は再び彼を上から下まで見た。「じゃあ、あんたは子供が好きなのか？」

「ええ」彼は用心深く答えた。部屋には妙な雰囲気が漂っていた。

「ほう。で、子供はいるのか？」

「いいや」

「俺は三人いる」

「よかったですね」

「娘が二人と息子が一人。あの子たちに何かが起こるなんて考えたくもないね。で、あんたは昨日の晩、マタハリさん父子《おやこ》と親しくなったってわけだな」

「マタハリ――いや、名字ははっきりと聞かなかった。さっきも言ったけど、晩飯を食べに行きたそうだったから、俺が車で送った」

「そのお客さん、男の子とはかなり仲がよかったわ」とドーンが横から言った。「私もちょっと驚いた。人見知りする子供だったから」

彼女は一体どういうつもりだ？　あの髪、たばこ、緑のアイシャドー。「自閉症なんだって」と彼は毒のある目を彼女に向けながら言った。「一種の病気。だから親父さんはあの子が人になつくのを見て喜んでたよ」

「で、あんたも子供になついたわけだ。かわいい子だから」

保安官代理はサングラスを取った。彼の目は小さくて色が淡く、上下の黒ずんだ瞼は粉をふいていたので、その目元はまるで傷んだ肉に蛆《うじ》がわいているように見えた。ニッキーは突然、自分がまずい状況に置かれていることに気付いた。彼はノアの拳銃を始末することを心の中で誓った。それと薬物も一緒に。そしてリハビリ施設に入ろう。あるいは修道院に。この蛆虫みたいな目から逃れられるならどこだっていい。

「ここ、エアコンのせいか、ちょっと寒いな。シャツを取ってきます」

「ちょっと待って。まだいくつか訊きたいことがある」

「すぐ戻りますよ」

保安官代理はドーンの方を振り向いた。「この人の部屋は？」

「五号室。その棟の真ん中」

「よし。じゃあ、一緒に行こう」

「一人でいいですよ、ほんとに」

「いいから、先を歩いて」

部屋までの二十歩はまるで広い野原をトレッキングしているように感じられた。薬物を隠したのは間違いないが、拳銃はどこにやったんだっけ？　ボガートの映画を観ながらいじったような気もする。あの映画には確か、発砲シーンがあった。ベッドの上に置きっぱなしになっているかも。彼は恐る恐る扉を開けた。見たところは大丈夫。彼がジーンズとTシャツを探す間、保安官代理は戸口に立っていた。彼が着替えをするためにバスルームに入れば、保安官代理は彼の持ち物を調べるかもしれない。彼は水着の紐を緩め、親指をウェストに掛けた。

「着替えたいんだけどちょっといいかな」

「どうぞ」

彼が渋々やせた尻を戸口に向けると、保安官代理はたばこに火を点けた。

「ちなみに、あんたはギャングの一味なのか？」

「いいや、バンドです。音楽をやってる」

「白人のラッパーとかいうやつか？」

「違う」

「へえ。さて、ズボンが穿けてよかったな。ちょっと落ち着いたかな？」

別の警官がやって来て、保安官代理に何かを言うと、彼はニッキーに動かないよう指示するジェスチャーをしながら外へ出た。

保安官代理がまた部屋に入ってきた。「さてと、俺は別の場所に行かなきゃならんが、あんたからこの保安官代理にもっと詳しい話を聞かせてくれ。俺はまた後で戻るから、いいと言うまでどこにも行かないでもらいたい。参考になる話が聞けそうだから」

彼は返事も聞かず、大股で出て行った。もう一人の保安官代理は上司と同じ鏡面サングラスと三つ編みの髪という格好のヒスパニック系の若い女性だった。彼女はメモ帳を取り出した。

「身分証明書を見せていただけますか？」

彼はテレビの上に置いた財布を見つけた。彼女は運転免許証を見、怪訝な笑みを浮かべながらそれを返した。

「気のせいかしら。お顔に見覚えがある気がするわ」

ヘリコプターが上空を飛び、ローターの轟音が彼の返事を遮った。

二十分が経ち、彼女のためにサインを一枚書いた後、彼はまた一人になった。ペヨーテをトイレに流し、カーテンを引き、扉にチェーンを掛け、床に座ってベッドの足元にもたれ、たばこを吸い、ローカルニュースで、ヘリコプターから撮影した砂漠の風景を見た。まばらに停められた車。一帯を捜索する警官のバラバラな隊列。

状況は最悪だ。

彼は太陽が沈むまでテレビを観、もう大丈夫という確信を得てからモーテルの裏に回り、拳銃を捨てる場所を探した。厄介な、大きな金色の拳銃。きっと世界でいちばん派手な銃だ。どこかもっと遠い場所に捨てた方がいいのは分かっていたが、途中で警官に車を停められるのが怖かった。彼は長い間砂漠に立ち、砂から放射される最後の熱を感じ、遠くに響くローター音に耳を傾けた。数マイル離れた場所でヘリコプターが地面に向かって照明を投げかけていた。彼はマッチ棒のような光が空中を漂うのを見た。

彼はようやく部屋に戻り、テレビのスイッチを入れた。夜の間中、外では物音がしていた。人の声、車のエンジン音、警察無線の音。彼はまだ、少年が手を握ってきたときの感触をはっきりと覚えていた。

彼は翌朝早く、けたたましいノックの音で起こされた。慌ててジーンズを穿いて覗き穴から外を見ると、そこにいるのは警官ではなかった。スーツにネクタイ姿の男だ。男はしばらくノックを続け、やがてあきらめた。ニッキーはシャワーを浴び、服を着て、覗き穴から外を確かめた。誰もいない。外に出ると、スーツ男が建物の端にいるのが見えた。背後にはもう一人、ビデオカメラを持った男が立っている。

彼は扉を静かに閉め、彼らの注意を引かないようにプールサイドを回り、駆けださない範囲で早足で歩いた。突然、事務室の扉がガタガタと開き、支配人が飛び出した。

「うちの敷地から出てってちょうだい。ほら。今すぐ。不法侵入よ。あんたたちはモーテルの客じゃないし、立ち入りの許可も出してない。だから、さっさと出て行って」

「すみません」とスーツ男が言った。「俺たちだって仕事でやってるんですよ。おっしゃることはよく分かりますけどね」

ドーンがお客さんに手出しをしないでもらいたいと彼らに言うと、スーツ男は言論の自由が何とかかと文句を言った。ニッキーが忍び足で角を曲がると、モーテル前の駐車場が車でいっぱいになっているのが見えた。警察の車、テレビの中継車、何かの動きを期待する地元の若者たちが乗ったステーションワゴン。警官たちは発泡スチロールのカップでコーヒーを飲んでいた。ニュースのリポーターはモーテルの看板を映像に入れるため、箱の上に立っていた。辺りには奇妙にも、祭りのような雰囲気が漂っていた。

名前を呼ばれた気がして彼が振り向くと、若い男がぶらぶらと歩いて近づいてくるのが見えた。十七歳くらいか。リーゼントに白縁のサングラス。

「ニッキー・カパルディ？　俺、『サウンズ・ウェスト』でブログ書いてる者なんだけど、ここで何してるんですか？」

「朝飯を食いに行こうとしてる」

「例の行方不明の子供との関わりは？　てか、親戚とかそういう関係？」

「何が言いたいんだ？　クソ、あれじゃあ俺の車は動けない」

「あの、あなたがここにいるのって、あまりにも偶然が重なりすぎな気がするんですけど？　こういう、何ていうか、誘拐が起きたタイミングに。てか、今から、何かテレビでアピールするんですか？」

「一体どんな話になってるんだ？」

「ただ、子供が一人、行方不明になってるってだけ」

ニッキーは視野の端にルースモア保安官代理の姿を見つけた。どうやらブロガーはニッキー以上に警官が苦手らしく、たちまち姿を消した。保安官代理はいちばん近いフォード・クラウン・ビクトリアに寄りかかり、彼をしげしげと見た。数人のティーンエージャーがにじり寄り、会話している二人の写真を撮った。

「アルヴァレス保安官代理の話だと、あんたは有名人らしいな」

「子供に関して新しい情報は？」

「何も。俺たちは総出で捜索に当たってるから、手掛かりがあればどんなことでも教えてもらいたい。あんたは少年と会っていた。協力してもらえるだろうね」

彼はセールスマンのように車に向かって手を差し出した。ニッキーは車に乗り、助手席の窓の所まで来て携帯を向ける若者たちには無関心な表情を見せようとした。

「あんたは何だかまるで、ハーメルンの笛吹きみたいだな」とルースモアが言い、その言葉をガラガラヘビのようにニッキーの膝の上に落とした。彼らは車の中では黙ったままだった。署に着くと、ニッキーはささやかな慈悲でゴムみたいな食感のデニッシュパンとコーヒーを与えられ、一瞬、その糖分で元気になり、楽観的な展望を持った。

テープレコーダーの回る取調室で、彼は一通りの説明をした。子供が部屋に入ってきたこと。バーガーキングまでのドライブ。ジャズとのおしゃべり。じゃあ、どうしてそんなに起きるのが遅かったのか？　昼間はどこへ行っていたのか？　彼は保安官代理に、中古品屋で子供らに会ったことと、食堂でウェイトレスともめたことを話した。取り調べは延々と続いた。休憩の間に、彼はトイレに行きたいと言って個室に入り、テリーに電話をかけた。


「一体どこにいるんだ、ニッキー？」

「助けに来てくれ」

「どこにいる？」

「いいからさっさと来い、今すぐに」

「ニッキー、よく聞け。大丈夫なのか？」

「大丈夫じゃない。今、警察署にいる。早く助けに来てくれ」

「逮捕か？　逮捕されたのか？　インターネットには、おまえが子供を誘拐したって書かれてるけど」

「俺が何をしたって？」

「やってないんだな？」

「誰が言ってる？　誰がそんなことを言ってるんだ？」

「ニッキー、とりあえずしっかりしろ」


「何で俺がこんな目に遭う？　今すぐだ、テリー。来てくれ。マジで」

一九二〇年

先住民の男は岩山に追い詰められていた。彼は塩類平原を馬でやって来る追っ手の姿を見て、そこで最後の抵抗をすることに決めたのだろう。追跡隊が岩に登り始めたとき、彼が二度発砲したので、隊は地面に伏せ、悪態をつきながらいったん退避した。籠城は永遠には続かない。食料、弾薬、水。いつかどれかが尽きる。そうなれば次は単に、誰がやつに縄を掛けるかという問題だ。それまではひたすら待つだけのこと。

デイトンは空を見上げた。まだ午前九時にもなっていなかったが、太陽の光は強烈だった。陽光は呪いのように――心に引きずっている罪悪感のように――彼の頭に降り注いだ。彼がいなければ、そして彼がついた嘘がなければ、この人狩りが行われることはなかった。彼は自分がストップをかけなければならないと知っていた。それで自分がどんな目に遭おうと、あれは自分の間違いだった、自分は幻を見ていたと白状しなければならない。しかし、誰も耳を傾けないだろう。ボストンの知識人である教授先生の言うことになど。この場所での彼は下《げ》の下《げ》、白人の中で最低ランクの存在だった。

彼はその場所を知っていた。その点が彼にとっては最も恐ろしかった。風景そのものが恐ろしいわけではない。エリザが書き取った最後の物語に出てきた場所だ。友達に会いたければ、〈三本指の岩〉まで行き、その下の洞窟の中を覗かなければならない。そこでは〈ユッカの女〉が籠を編んでいるだろう。それはスペイン人神父が謎とされる時期に訪れた場所だ。彼女はこの世とあの世を編み合わせている。それは秘密の場所、謎の子宮だ。

空には、そして目をくらませる骨の色をした光の中には、死があった。死が足元の砂の中を流れていた。

彼はその味を口で感じた。

彼は自分が何を見たのか、自信が持てなかった。しかし、もしもそれが彼の頭が生んだものなら、もしもそれが無意識が生んだ幻なら、自分で説明ができたはずだ。刺激がないのに生じる知覚。あるいは戦争でおかしくなった脳が仕掛けたトリック。

事の発端は、エリザの仕事をチェックするために彼がカイロの先住民保留地を訪れたことだった。「おまえの記録はいつも杜撰《ずさん》だ」と彼が言うたび、決まって彼女は不機嫌になったが、このときも同じことがあった。彼は妻に記法を教え、彼女はフィールドでは文法と発音を厳密にチェックすることの重要性を学んでいたが、いつまでも初歩的な間違いを脱することができずにいた。彼がきついことを言うのは当然だ。砂漠に住む先住民の文化について記録を残すなら、今しかない。先住民は死滅しかけている。既に彼らは純粋でなくなっている——文化的にも血統的にも。情報提供者《インフォーマント》のウィリー・プリンスだってそう。彼の祖父は白人だ。少なくとも部分的には文明的な文脈で育ち、部族的な知識にも大きな欠落がある。だが、役に立つ人材の一人だ。村には黒色人種の血が混じっていると思われる者も少なくとも二人いる。彼らは皆、到底純粋さを保っているとは言えない。

思いがけず、エリザが泣きだした。彼は妻に、子供みたいな振る舞いをするなと言った。結婚した後の生活がどうなるか、彼女も知っていたはずだ。彼が彼女に甘い生活を夢見させていたわけではない。彼は彼女にプロポーズしたとき、もしも自分にその仕事が向かないと思えばニューヨークに戻って教員か何かの仕事を見つけたらいいと言った。彼女はあのとき、彼を愛していると誓ったのだ。とはいえ所詮、彼女も女だ。彼は彼女が優しくされたがっているという印象を受けた。彼が初めて妻をカイロに残していったとき、彼女は理屈を全く理解していなかった。二人が別々に作業をすれば二倍の資料が集められる。もちろんある程度つらいこともあるが、彼女が口答えをしても、つまるところ、それはわがままでしかない。

彼女の仕事をチェックする作業には時間がかかり、彼は予定よりも長く村に滞在することになった。彼には町で用事があり、ワシントンに書き送らなければならない手紙があったが、砂漠を車で走るには暗くなりすぎていた。彼はエリザに、焚き火のそばに寝場所を見つけるように言い、寝袋を取りに車まで戻った。寒さは厳しかった。服の間から吹き込み、骨にまで染みる強い風が盆地に吹きわたっていた。彼の手は既に痙攣《けいれん》していて、とても寝つけそうになかった。

彼が戻ると、驚いたことに、そこにエリザは待っていなかった。いちばん大きな小屋の中で十数人の先住民に紛れている彼女を見つけるのにしばらくかかった。彼は妻の体を揺すり、どういうつもりでふざけたことをしているんだと訊いた。彼女は冷たく「出て行って」と言った。彼女の脇で横になっていた人物が肘を立てて起き上がった。それはウィリー・プリンスだった。デイトンは男の率直な視線にたじろいだ。先住民は普通、人と目が合うのを避ける。なのに、この男は白人の妻の横で寝ていたのを見られて後悔している様子を微塵も感じさせず、無感情に、大きくて平坦な顔で彼を見つめていた。

デイトンは最初、反射的に二人ともぶちのめしたいと思ったが、その気持ちを抑えた。研究対象者の前で口論をするつもりはなかった。

「外に出なさい。今すぐ」

エリザは気が進まぬ様子で立ち上がったが、その直前に、彼女とプリンスとの間で誤解しようのない視線が交わされた。デイトンは文字通り、吐き気がした。エリザの教育はまだ中途半端だ。彼は彼女を一生懸命教育し、研究の手伝いができるまでに育てた。彼はあらゆる点で彼女に思いやりを見せてやった。だから、感謝とは言わないまでも、少なくとも、彼の妻である彼女には越えてはならぬ一線があるという認識は持ってもらいたい。

二人は立ったまま、寒さの中で向き合っていた。

「一体、何が起きてるんだ？」

彼女は肩をすくめた。「何かが起きたの」

「おまえはいつもはっきりものを言わないから腹が立つ。正確に、はっきりと言ってみろ。一晩中ぐだぐだ話をするつもりはないぞ」

「もうあなたの妻ではいられない」

それは考えられないことだった。彼はあの男を決して野蛮人と呼ぶことはできなかった。というのも、先住民の文化に対して大きな敬意を抱いていたからだ。むしろ〝原始的〟と呼ぶのがふさわしい——想像しがたい形で視界が限定された意識のことだ。彼は以前から自分を寛容だと考えてきたが、混血という事態を現実の身体的行為として思い描かざるをえない状況に追い込まれてみると、嫌悪の波が喉の奥から込み上げてきた。彼女は（彼の母はあのひどい手紙で彼女を何と呼んでいたのだったか？）〝つまらない売り子〟かもしれないが、そうはいっても白人の女であることに変わりはない。

彼がどう反応すべきか戸惑っていると、彼女は「もう寝る。明日の朝、ちゃんと話しましょう」と言った。彼は考えをまとめられず、顎にある傷痕の滑らかな皮膚をなでた。
彼はセグンダのあずま屋《ラマダ》を勝手に接収し、消えかけた焚き火のできるだけそばに毛布を広げた。ストレスのせいか、あるいは普段からの体調不良のせいか、彼は突然、腹痛を起こし、用を足すために砂漠に歩いて出た。彼はしゃがむ前に、用心深く周囲に目をやった。予想通り、村の犬が何頭か彼の後を尾《つ》けてきて、周囲を嗅ぎ回り、新鮮な排泄物を食べようと待ち構えていた。先住民の村の汚さは特に気に懸けなかった彼だが、このことだけにはいつも大変な嫌悪感を感じた。特に一頭、時にはまだ用が終わらないうちから彼を押しのけようとする大型の黒いマスチフがいた。ありがたいことに、そいつはこの群れの中にはいないらしかった。彼が二つ、三つ石を投げつけると、犬たちは少し距離を取り、チャンスをうかがうようにそこらをうろついた。

彼は括約筋を緩めようと、息を吐いた。白い息が風に掻き消される前に少し見えるだけの明るさがあった。二、三分、そうしてしゃがんでいると、ふと、何かが砂漠で動いているのが見えた。それはかすかに緑色がかった白い光を放っていた。彼は一瞬、自分が古代の深い海の底にいて、不気味に生体発光する魚を目にしているという幻想を抱いた。それが何なのか分からず、目を凝らした。彼は好奇心を掻き立てられ、正体を突き止めようと、ズボンを上げ、歩きだした。

彼は震えながら風に向かって歩き、腕で胸を包むようにしたが、寒さは防げなかった。近寄ってみると、驚いたことに、先住民の男が五歳くらいの白人少年の手を引いて歩いていた。二人とも荷物を持っている様子はない。二人は軽装だが、寒そうには見えない。向かっているのは村とは違う方向だ。二人が向かっている方に村はない。少なくとも百マイルは不毛な砂漠しかない。とりわけ不思議なのは、その子供自身が光の源に見えたことだ。

二人は彼に注意を向けなかった。彼の存在に気付いた様子も見せなかった。彼は催眠術にかけられたように二人の後を追った。彼は後に、どうして二人に声を掛けようと思わなかったのかと不思議に思うことになる。何かが邪魔をしていた。恐怖とか、遠慮とかとは少し違う。声を掛けるのは妨げになるという感覚。月光に照らされた平らな砂地を楽々と歩む二人の足取りに遅れないよう、彼は後を尾けた。やがて胸が動悸で痛むほど早足になった。しかし、それでも彼らとの距離が縮まる気配はない。ならば、信じられる説明は一つしかない。夢を見ているのだ。光る少年と先住民の男は、いらいらした脳が生んだ幻、ただの影にすぎない。彼が歩を緩めると、奇妙な人影は闇に消えた。

あの光。デイトンは自分の目に自信が持てなかった。月は輝いていた。ひょっとすると、子供の白い肌に月の光が反射していただけかもしれない。

彼が村に向かって歩いている間に世界はまた現実感を取り戻し、世界が平常に戻るのとともに彼は不安を感じ始めた。彼は数歩ごとに、後を尾けられていないかと背後を振り返らずにはいられなかった。村の端に、焚き付けを抱えたピート・メイソンがいた。さっき何か見なかったか？ ピートは首を振った。ジョー・パインがセラーノ・ジャッキーと酒を回し飲みしていた。デイトンが近づくと、二人は瓶を隠した。彼はウィスキーを咎めるつもりはないことを示すために両手を振った。先住民の男と白人の少年を見たか？ いいや、そんなのは見てない。

結局、彼はセグンダ・ヒパを揺すり起こした。

「セグンダ、さっき、男と少年がいたぞ」

「あっち行って！」

「男と幼い白人の少年だ」

「あたしは何も見てない。寝てるんだから」

「分かってる、分かってる。でも、何か知ってるだろ。白人の子供は誰の子だ？」

「白人の子供は白人の母親の子供。早くあっち行ってよ」

「私は見たんだ、セグンダ。少年は光っていた」

いらだった彼女は何かをつぶやき、目をこすった。「寝なさい、〈双頭の羊〉。あなたが見たものは何も特別なものじゃない」

そう言うと彼女は毛布を頭にかぶった。彼は声を潜めて悪態をつき、大きな小屋の中に頭を突っ込んだ。ぶつぶつ言う体の間を掻き分けるように歩き、エリザを見つけた。彼女の横には一人分のスペースが空いていた。

「やつはどこだ？ ウィリー・プリンスはどこにいる？」

「あっち行って。私のことはほっといて」

彼女は寝返りを打った。彼はいらだち、あずま屋《ラマダ》の自分の場所に戻った。周囲は静まり返っていた。彼はピート・メイソンの焚き付けから枝を数本くすね、ちろちろと燃える火の前にしばらく座ったまま、自分が何を見たのかを解き明かそうとした。やがて彼はあきらめた。考え事をするには寒すぎる。彼は体を毛布にくるみ、眠ろうと努力した。

彼はベローの森（第一次世界大戦中、一九一八年六月六日、アメリカ軍がドイツ軍と交戦したフランスの激戦地）に戻っていた。時刻は早朝で、彼は森の北端の塹壕《ざんごう》に立っていた。

塹壕は最近、急いで掘ったせいで浅く、固めていない側面から水が染み出し、足元に深い水溜まりができていた。戦場には白いスカーフのような霧が漂い、夜明けのコーラスが賑やかだったが、顔を上げても鳥の姿は全く見えず、焦げて折れた枝があるだけだった。頭上高くにドイツ軍の観測気球が浮かび、膨らんだ目が恨めしそうに彼を見下ろしていた。泥に足を取られながら塹壕を歩いているうちに、彼は自分が完全に一人きりであることに気付いた。部隊はこの場所を放棄したのだ。彼は恐ろしくなって、木々の間に何かが動く気配がないか、敵が迫ってくる様子がないかと目を凝らした。黒く焦げた切り株の周囲に実体のない光が漂っていた。不気味な藻のような光が。

夜が明ける頃、彼は激しい咳の発作に耐えた。胸が燃えるように熱く感じられ、ポケットから汚れたハンカチを出して口に当てると、そこに血が付いた。医者たちは砂漠の空気は肺にいいと言っていたが、彼はしばらく前からそれが間違いなのを知っていた。彼の確かな意見によれば、健康というのは大部分、精神状態の問題だ。ニュージャージーの退役軍人病院には神経衰弱で早くから老け込み、よろよろと歩き回る案山子《かかし》みたいな連中がいるが、彼はそんなふうにはなりたくなかった。あいつらは魂の大部分をフランスに置き忘れてきた人間たちだ。

彼はエリザがコーヒーを淹れているのを見つけた。彼女は何も言わず、彼にブリキのマグカップを渡した。二人は仲よくコーヒーを飲んだ。それはまるで、彼がやっと自分にも仲間が見つかったと思い、初めて彼女を砂漠に連れ出した頃のようだった。

「どうした、エリザ?」

「別に」

「私は町に戻らなきゃならん。おまえも来るか?」

「いいえ」

「そうか。で、おまえはこの荒野でこれからどうするつもりだ?」

「一人でやっていくわ」

「それは現実的な考えじゃない。無防備な白人の女としては」

「今まではそんなふうに思っていなかったみたいだけど」

「おまえは私が守ってきた」

「本当に、デイヴィッド? 私は今まで、あまり守られていると感じたことはなかったわ」

「おまえはどこに行く? どうやって暮らしていく?」

「それがあなたに関係ある?」

「訊かないわけにはいかない――例のウィリー・プリンス……」。彼は言いたいことを言葉にできなかった。

「彼はいい人よ、デイヴィッド。優しい人。あなたは私にいろいろしてくれたけど、決して優しくはなかった」

彼はその気になれば愛について話すこともできた。一緒に町に戻るよう、彼女を口説く努力をすることもできただろう。しかし、そういうことは以前から、馬鹿げているように感じられた。彼にはそういうキャラクターは演じられない。必死になって女に付きまとうような真似はできない。たとえそれが、顔が無傷だった頃であっても。

彼が車に戻ると、残っていた食料は全てなくなっていた。朝食は抜きだ。町に帰って温かい食事を取れるのは昼過ぎになるだろう。彼がトランクを引っ掻き回すのを子供の集団が見ていた。おそらく彼らが食べ物を盗んだ犯人だとにらんだ彼は、いつも自分に課していたルール――礼儀正しく振る舞うとか、情報提供者と良好な関係を守るとか――には反するが、子供たちを怒鳴りつけ、ろくでなし、浮浪児とののしり、口にしている本人が恥ずかしくなるような馬鹿げた悪罵を投げつけた。もちろん、子供たちはただ無表情に、彼がしゃべり疲れ、また咳の発作に襲われるまでじっと見ていただけだった。彼は腹を立てたまま、エンジンのスターターを回した。フォードは寒さの中で機嫌が悪かったが、一、二分後にはエンジンがかかり、車体が揺れだした。彼は運転席で背中を丸め、サイドブレーキを外した。村を出ようと共同ゴミ捨て場の前を通ったとき、その姿を見ている少女がいた。少女は蓋の開いたコンビーフの缶を持ち、脂っぽいその中身を指ですくっていた。

彼は、数か月にわたるカイロ通いでほとんど自分が刻んだ轍《わだち》に沿って、でこぼこ道を走った。徐々に速度を上げると、道沿いにクレオソートブッシュが均等な間隔で生えているのが見えた。彼はクレオソートブッシュが格子のように規則的に生えているのはどうしてだろうと疑問に思ったことがある。水の供給が限られていることと関係がありそうだ。四十エーカーの自作農場を与えられた入植者同士が互いに離れて家を構えるのと同様に、クレオソートブッシュ同士が互いに距離を置いている。車を運転しているうちに、顔と手に血の気が戻ってきた。朝の空気は爽やかで、空は明るく、山々は蜂蜜色に見えた。彼は徐々に気分がよくなり、子供たちに向かって癇癪を起こしたことを後悔した。車が幹線道路に出て、新しい小屋が並ぶ辺りまで戻ると、彼は大戦の頃の歩兵の行進曲を口ずさみ、警笛でリズムを取っていた。笑え！——笑え！——笑え！
彼は思っていたよりも早く町に着き、〈マリガンズ・ホテル〉の前に車を停め、いつものように玄関ポーチに番犬みたいに座っている、涙っぽい目をした年配の係員にぼそっと挨拶をした。男は拡大鏡の助けを借りて新聞を読んでいた。部屋はいつものように、床板の下で何かが死んでいるような臭いがした。全ては自分のせいだとデイトンは納得していた。十四歳かそこらの臆病なメキシコ系のメイドが、書類をいじったことで彼に怒鳴られて以来、部屋の掃除をしなくなったからだ。

彼は洗面所の水差しから生ぬるい水をカップに注いで飲み、床のほとんどを占めているピラミッド状の箱に向かって服を放り投げ、下着姿になった。箱の中身は何千ものインデックスカードだ。一部は彼自身の、右に傾いた小さな手書き文字、一部はエリザの丸っこい文字。それが一年の苦労が生んだ果実だった。大半は彼が研究しているユート＝アステカ言語群に関するメモで、一枚のカードに一つの単語、あるいは語幹、あるいは文法の一要素が記されている。その他のカードには、形として現れる先住民の文化、彼らの哲学、彼らが記憶している昔の歌の断片などが書かれている。雇主であるアメリカ民族学局は彼に、準備的な報告を書くためとして六か月分の研究助成金を支給した。興味深い発見があれば、さらなる資金を提供してくれそうな雰囲気もある。彼はこれまで極端な節約によって、予定の半分の資金で研究をやりくりしてきた。食料の乏しさやアクセサリーの禁止についてエリザが不平を漏らすこともあったが、彼女も犠牲の重要性を理解しているものと彼は思っていた。彼女が落伍したのは全くの誤算だ。彼女の訓練に費やした時間と労力は完全に無駄になった。

アメリカ政府はモハヴェ砂漠の民族学にほとんど興味を持っていないが、勲章を授けられた退役軍人を病から回復するための土地へ送り届けるというアイデアは気に入っていた。デイトンは志願兵としてフランスへ行く前に、オレゴン州とワシントン州の沿岸部に住む先住民を相手に研究を行ったことがあった（自分は現在生きているどの白人よりも鮭の神話学について詳しく知っているというのが彼の自慢だった）が、退役軍人病院の医者は北西部でのフィールド調査など問題外だと言った。「雨と霧の多いあの土地？あんな所に行ったら一年もしないうちに死んでしまいますよ」。デイトンは「失明する」と言われるのではないかと心配していた。彼はシャトー＝ティエリーの野戦病院で一週間、包帯に覆われた二つの腐った卵のような目から涙を流しながら、暗闇の中で過ごしたことがあるからだ。

彼は共同のバスルームまで廊下をとぼとぼと歩き、湯船に入り、数インチの深さの塩辛い水に身をかがめて浸り、かさぶたのような土と汗をこすり落とした。それから部屋に戻って清潔な服を探した。彼が鏡のそばに貼ったグアダルーペの聖母の礼拝用ポスターが悲しげにそれを見守っていた。聖母像は密かなジョークだった——若い頃のプロテスタント信仰への皮肉。偶像をさげすむピューリタン的な態度、決して冷静さを失わないプロテスタントへの当てつけだ。苦悩と救済、レースと金箔。彼の意見では、それこそが本当の宗教だった。

彼は一瞬、片方の靴を持ったまま立ち、それから床にひざまずき、ベッドの下に詰め込まれた葦《あし》の茎と柳の枝の山——セグンダの籠編みを自分で覚えようとしたときの名残——の中からもう片方の靴を捜し出した。ようやく服装を整えた彼は顎に手を触れ、髭を剃り忘れていたことに気付いてうんざりした。いつも何かを忘れる。今さらシャツを脱いで、お湯を沸かし、剃刀を当てるなんてあまりにも面倒だ。それに、彼が髭を剃っていようがいまいが、それに気付く人も、それを気に懸ける人も町にはいないだろう。

彼は通りを渡り、〈チャイナマンズ食堂〉に行き、扉の下から吹き込む冷たい風からできるだけ遠いテーブルに座った。チャイナマンの娘が彼に持ってきた皿には、少しだけ鶏肉の味がする何かが載っていた。彼はいつものようにその娘に向かって、広東語のフレーズをいくつか語りかけた。女はいつものようにけらけらと笑い、意味が分からないふりをした。

彼はホテルに戻ると、エリザのがらくたを机からどかし、ランプを灯して新しいメモの整理に取り掛かろうとした。集中することは不可能だった。彼がスペイン人神父ガルシスの『日記』を読むのはこれで百回目だ。ガルシスは高地砂漠を旅した最初の白人男性、あるいは少なくとも、その旅について記録を残した最初の人物だ。デイトンはできることならその老フランシスコ会士と話がしてみたかった——十字架と聖母マリアの絵以外にはほとんど何も持たず、旅の途中でいろいろなものを見るという特権を持った男と。彼が持っているのはカウズ教授による英語訳だった。そこにはたくさんの注釈が添えられていたが、彼にとってはかなり不満な内容だった。スペイン人神父は先住民に福音を伝えるのに必死で、彼らの言語や文化についてはほとんど記録を残していない。それに日記には、数日から時には数週間に及ぶ奇妙な欠落があり、その間の出来事は何も書かれていない。特に気になる欠落が一つある。ガルシスは一度カイロの泉を訪れ、そこからまたコロラド川の方へ引き返したようだ。しかし、『日記』は沈黙している。カウズ教授も何も説明していない。デイトンが最もよく知る土地が、この物語から抜け落ちている。それはまるで、ガルシスがそこで姿を消し、また別の場所に現れたかのようだ。

ようやく彼はベッドに横になった。するといつの間にか意識を失い、ベローの森で夜間の激しい爆撃にさらされていた。青い稲妻が、裂けた木々の輪郭を浮かび上がらせた。走る人影と岩と土の奔流を砲弾の炸裂が照らした。彼はクレーターの縁に立ち、もはやそこにいない部隊に檄《げき》を飛ばしていた。場面全体が静寂の中で展開していた。地面の振動、下草のもつれなど、周囲の物に手を触れるのも、それを見るのも可能だが、音だけが昆虫の放つ高周波の鳴き声のようだった。まぶしく差し込む冬の陽光で目を覚ました彼は、今いる場所も、自分が誰かも分からなかった。彼は至福の数秒間、真っ白できれいな閃光の中の存在、単なる意識となった。光をただ光として理解し、何の物語も目的も、いかなる不足もそこにはなかった。

彼が服を着て、〈チャイナマンズ食堂〉に行くと、地元の有力者が一つのテーブルに集まり、脂っぽい卵料理を食べながら、世界の不正をただしていた。その中に、先住民保護官のエリス・ワグホーンがいた。ワグホーンがどうして先住民保護局に勤めているのか、デイトンには全く理解できなかった。彼はできるだけ、管轄下の保留地を訪れないようにしていた。地元の噂によると、彼が本当に考えているのは、先住民の福祉でなく、サザン・パシフィック鉄道のために保留地の境界線を書き換えることらしい。彼は薬剤師と雑貨屋のオーナーに向かって話していた。デイトンが近づくと彼らが会釈をした。口にコーンブレッドを詰め込んだワグホーンがにやりと笑った。

「おはよう、教授。カイロで面白い病気でももらったかい？」

デイトンは肩をすくめた。ワグホーンは何か月も前から、デイトンがオアシス近くの先住民集落に興味を抱いている本当の理由は〝インディアン女〟に違いないと嫌みを言い続けていた。当てこすりには腹が立ったが、彼は一度も挑発に乗らなかった。ワグホーンが話を続けた。

「俺たちは今、パーカー爺さんが二、三日前の晩に見かけたっていう光の話をしてたんだ。先生がいた所から、何か見えたかい？」

「光？」

「空飛ぶ光。ビル・パーカーの話だと、エジソンの電球みたいに空中にぶら下がってたらしい」

「そういうのは見たことがない」

「星を見るのが目的じゃないなら、先生は砂漠で一体何をやってるんだい？」

デイトンは大声で笑う他の男たちを無視した。「いつもと同じ。主に言葉の研究だよ。彼らの言語の文法構造はかなり変わっているんでね」

「へえ、そうかい」

「実は、ワグホーンさん、一つ尋ねたいことがある。カイロの先住民の間で最近、異人種婚があったという話を聞いたことがないかな」

「どういうことだ？」

「例えば、先住民の男と白人の女の結婚」

「さあ、聞いたことがない。連中は仲間内で結婚をするからな」

「実は——その、白人の子供を見かけたんだ」

「混血ってことかな？」

「いいや、白人。本当のことを言うと、真っ白だった。五歳くらいの男の子。先住民の男と手をつないで歩いていた」

周りのテーブルに座っていた客たちも徐々に話に興味を持ち始めていた。

「聞いたか、ベン？　先住民の男が白人の少年の手をつかんでいたってさ」

「〝つかんでいた〟ってどういうことだ？」

「教授が見かけたそうだ」

「間違いないか？」とワグホーンが訊いた。「場所はどこだ？」

「そういうことじゃないと思う——つまり、強引に手を引っ張ってはいなかったと思う。少年はうれしそうな顔をしていたから」

「子供が行方不明になったって話は聞いたことがない」と薬剤師のトムキンズが言った。

ワグホーンも小首をかしげた。「俺も聞いてない。で、それはカイロでの話だな？　先住民の男というのは誰だった？」

「それは——よく分からない。顔は見えなかった」

「おそらく何でもないだろう。ただの混血児だ。肌が白いのはたくさんいるから」。それで話は終わったように思えた。しかし、デイトンは皿の料理をつつきながら、余計なことを言ってしまったと後悔していた。そして一日中、用事を片付けながら、自分が言ったことのせいで何かの事態が引き起こされるのではないかと悩み続けた。彼は手紙——民族学局宛てにはさらなる資金を求める手紙、ボストンに暮らす妹宛てにはクリスマス休暇は一緒に過ごせそうにないという手紙——を書き、その後、小包で届いた本を郵便局で受け取り、食堂の隣でクリーニング屋を経営しているチャイナマンの弟の所に汚れた洗濯物を預けた。夜になると、スペイン人神父の本を読み、一人きりで高地砂漠を旅する気分を想像しながら遅くまで起きていた。

翌朝、彼は窓の外の物音で起こされた。砂だらけのサッシを上げると、ジョー・パインを含む、粗末な格好の先住民の一団が保安官事務所に連行されているのが見えた。彼はズボンを穿き、慌てて階下に下り、事務所の扉にできるだけ近づこうとするかなりの数の野次馬に加わった。

「何の騒ぎです？」

「誘拐だってさ。保安官が事情聴取のために先住民を連行したみたいだ」

「誘拐されたのは誰？」

「ラドローの方の少年らしい」

「俺はカイロだって聞いたぜ」

デイトンは人を掻き分け、行く手を遮ろうとした保安官代理を押しのけた。事務所の中では、ジョーとその友人たちがカルフーン保安官の前に一列に並ばされていた。保安官はその前を行き来しながら、鬼軍曹みたいに大声で次々と質問を投げかけていた。同じ部屋にはワグホーンと一緒にもう一人男がいた。デイトンはそれが、カイロに近い先住民保護局の土地に隣接するバーT牧場の所有者、ダンヴィル・クローだと分かった。

「教授」

「ワグホーンさん。保安官」

「今、忙しいんだ、デイトン」

「少年を最初に目撃したのが教授なんですよ。三日前の夜だったかな？」

「そうだ。私はカイロにいた。日が沈んだ少し後だ。先住民の男と一緒に小さな男の子が歩いているのを見た。どこに向かっていたのかは分からない。まさか誘拐だったのか？」

カルフーン保安官は禿げた頭をハンカチで拭いた。酔っ払い特有の顔つきに猪首という保安官の風貌は、やせたハイエナのような先住民保護官と牧場主の姿とは対照的だった。「さあ」と彼は言った。「何があったかはよく分からん。だが、どうやらそうらしい。クローさんは昨日の夜、自分の土地で彼らを見たそうだ」

「わしは馬で後を追ったんだが、やつらはどこかに隠れたに違いない。パイユートホールに近い荒れた土地だから、岩や何かがたくさんある。とにかくわしはやつらを見失った」

「バーT牧場はカイロの西だな？」

「その通りだ」

「私が見たときは、人影は東に向かっていた」

「なら、きっと引き返したんだろう」

「ここにいるのが容疑者か？」

「まだ尋問には取り掛かってない。こいつらがその直後に同じ場所でキャンプしているのをクローさんが見つけたんだ。他人の土地で何をやっていたのか、誰一人白状しようとしない。だから、ここに連行したというわけさ」

ジョーと仲間たちは皆、ぼんやりと床を見ていた。ジョー以外は見慣れない顔だ。デイトンは彼らが、コロラド川の反対側にある牧場で働いている連中ではないかと思った。

「話をしても構わないか？」

「教授はやつらの言葉を知ってるんです」

「遠慮してもらおう。これは警察の問題だ」

デイトンは彼らがパイユートホールで何をしていたか、おおよその見当が付いた。セグンダが以前教えてくれたミュールジカの歌に、その場所の名前が出てきた。白人がもたらした病気と強奪の前の時代、歌は狩猟のルートの伝達と、秘儀的な部族の知識をまとめるために使われた。歌は物語になっていて、先住民の誰かが亡くなると、歌の全てを日暮れから夜明けまで歌い続けるのが伝統だった。そうすることで、亡くなった人が生前に慣れ親しんだ場所を一つ一つたどりながら、その魂を黄泉《よみ》の国に送り届けるのだ。デイトンはそうした弔いの仕方に魅了されていたが、その伝統は大方失われてしまった。年配者は歌を伝えることなくこの世を去り、血族の集団はバラバラになった。ジョーとその友人たちはおそらく、死んだ仲間に歌を聞かせるためにあの場所に行ったのだろう。そこがクローの土地だということは彼らにとって無関係だ。人が土地を〝所有〟するということ自体、彼らの文化においてはほとんど何の意味も持たない。しかし、彼らとしてはそれをカルフーンに説明する気もないし、しようとしてもできない――特にワグホーンのいる前では。

「エリス」と保安官が言った。「こいつらはおまえの管轄だ。こいつらが何か事件に関わっていると思うか？」

「分からない、デール。ジョー、クローさんの所の水溜《ウォーター・ホール》まりで何をこそこそやっていたのか、保安官に説明したらどうだ？」

「俺たちは道に迷った」とジョーが言った。「政府の土地から出ていないつもりだった」

クローは床に唾を吐いた。「嘘だ！」

「じゃあ、少年のことは？　おまえたちの仲間が白人の子供に何をしていたのか、誰か説明してくれないか？」

誰も口を開かなかった。

「子供は誰なんだ？」とデイトンが尋ねた。「行方不明という届け出は、いつあった？」

カルフーンが勢いよく座ると、体重で椅子がきしんだ。

「いや、実は届け出はまだ受け取っていない。こっちからヴィクターヴィルに電報を送ったところだ。保安官代理の一人を谷に派遣して、聞き込みをやらせてる」

「つまり、誰もまだ被害を届け出ていないってことか？」

クローは怒りに満ちた顔を彼に向けた。「何なんだ、教授！　細かいことを言ってる場合じゃないだろう。白人の子が先住民に砂漠を連れ回されてるんだぞ。何をされるか分かったもんじゃない――」

「〝される〟？　〝される〟って何のことだ？」

クローが先住民の方を顎で指した。「やつらが俺たちの肝《きも》を食ってたのは遠い昔の話じゃない。黒い心臓で何を企んでるか、誰にも分からんぞ」

「いいか、教授」とカルフーンが口を挟んだ。「こんなことになったのはあんたにも責任があると俺は思っている。あんたはその子供を目撃したのに何もしなかった。クローさんがこいつらを連行した後、もしもエリスが参考までにと言って情報を提供してくれていなかったら、当局は何も知らずじまいだったかもしれないんだぞ」

「でも、ここまで大騒ぎをする理由が私には分からない」

クローは純粋に驚いた顔をした。「何を言ってる。今の言葉、聞いたか、みんな？　キリスト教徒の子供が哀れにも生きたまま食われちまおうとしてるのに、あんたはこれを〝大騒ぎ〟だって言うのか？」

カルフーンは不機嫌な顔で彼を見た。「おそらくその男はカイロに住んでるやつだ。教授、あんたは目撃者だ。本当に見覚えはなかったか？」

デイトンは一瞬考えた。それから、大きな罪を犯した。

「うん。男が一人、あの後、村からいなくなったみたいだ」

「それは誰？」

「名前はウィリー・プリンス」

「やつなら知ってる」とワグホーンが言った。「偉そうな野郎だ」

「カイロに行ってみた方がよさそうだな。教授、案内してもらおうか」

彼らが事務所の外に出ると、新しい情報を聞こうとして野次馬が押し寄せた。醜悪な雰囲気が漂っていた。警察が先住民を勾留しており、〝後ほど事情聴取の予定〟であることをカルフーンが認めると、後ろの方の誰かが「野蛮なやつらは木に吊せ」と叫んだ。

オアシスへの道中は果てしなく感じられた。車は高地砂漠に向かう坂で不平を漏らした。途中、建築中の小屋と建材の山が新たな土地所有権を主張している一角が見えた。デイトンはカイロに向かって速度を落とさず道を曲がり、遠い山並みを正面に見ながら凍った道を進んだ。地平線にぎざぎざと並ぶ鉄灰色の山はその日、生気がないように見えた。砂混じりの風が北から吹き付け、頬に刺さり、彼はゴーグルを着けていてよかったと思った。ありがたいことに、同行している二人の男は何もしゃべろうとしなかった。彼らは目深に帽子をかぶり、首をすくめて上着に顎をうずめていた。ワグホーンは両手をポケットに突っ込み、カルフーンの両手は、演奏の順番を待つ音楽家のように、膝のカービン銃の上に置かれていた。

前方に村が見えると、ワグホーンとカルフーンは座席でそわそわとしだした。デイトンは目を凝らして前を見た。

「誰もいないみたいだ」

カルフーンはうなり、たばこに火を点けた。彼らは砂埃の中に車を停め、外に出て、足踏みしたり手をこすったりして血流を戻そうとした。カルフーンとワグホーンは辺りをうろつき、覆いをめくり、小屋を覗いた。熾火《おきび》にはまだぬくもりがあった。数頭の犬がゴミを嗅ぎ回っていた。男たちが歩いていると、食べ物を期待した犬たちが寄ってきた。ワグホーンが一頭に蹴りを入れると、犬は足を引きずりながら少し離れた所に移動した。「やつらが何か企んでいることはこれではっきりしたな」と彼は言った。

「やつらはどこへ行ったと思う、エリス？」とカルフーンが訊いた。

「サドルバック山地の方かな。向こうには洞穴がたくさんある。後を追うのは難しくない。少年も一緒だと思うか？」

カルフーンは別の小屋の入り口に頭を突っ込み、すぐに頭を引っ込めた。「誰かいる。畜生、ここはクソみたいに臭いぜ」。デイトンがしゃがみ、中を覗いた。目が暗がりに慣れるのに少し時間がかかった。とんでもない悪臭だ。排泄物と嘔吐物、そして彼が戦場で嗅いだことのある臭い。瀕死の体が発する臭い。年配の男が毛布にくるまれ、地面に横たわっていた。息は苦しそうで、空箱の中を転がるビーズのような音が肺から聞こえた。男の脇にはセグンダ・ヒパが座っている。彼は先住民の言語で彼女に話しかけた。

「セグンダ。具合が悪いのか？」

老婆の目は恐怖に見開かれた。

「大丈夫だ。何でもない。どうしてみんなはあなたをここに置いていったんだ？」

彼女は一緒にいる男の名を口にした。「彼は今、死にかけている。一人で置いていくのはよくない」

「セグンダ、エリザはどこだ？〈塩の顔の女〉はどこ？」

「ここにはいない。あなたに見つからない場所に行った」

「ウィリー・プリンスと一緒か？」

セグンダは何も言わなかった。

「何を話してる？」デイトンより奥の暗がりに何があるのかを見ようとしながらワグホーンが訊いた。

「ちょっと待って」

老人がうなり声を上げた。セグンダが布切れを手に取り、その顔を拭いた。

「セグンダ、少年のことを教えてくれ。あなたが何かを知っているのは分かってる」

「どうして彼らをここへ連れてきた？」

ワグホーンがデイトンを押しのけて小屋に入ると、その足が硬い地面に置かれた何かを踏みつぶした。おそらく籠だ。

「こっちへ来い、婆さん。話がある」

彼は一方の手で口と鼻にハンカチを押し当て、他方の手でセグンダの腕をつかんだ。彼女はすぐに立とうとしなかったので、彼はさらに手に力をこめ、力ずくで戸口の方へ引っ張った。彼女がわめき始めると、悪臭を放つ空気を高音の泣き声がつんざいた。

デイトンは愕然とした。「頼むから、彼女に手出しをするな！」

「邪魔するんじゃない」

デイトンがセグンダの腕をつかんだワグホーンの手をほどこうとし、三人は外で砂まみれになってもつれ合った。セグンダはそのまま地面に投げ出され、二人の男はののしり合い、もみ合いながら立ち上がった。

「畜生、デイトン、邪魔をするなと言っただろ。さて、そこのノミだらけの婆さん、何があったか聞かせてもらおうか。子供はどこだ?」

デイトンはカルフーンに懇願した。「保安官、何とかしてくれ、じゃないと私も黙ってないぞ」

「エリス――」とカルフーンが言った。「その女は放っておけ、エリス。質問するだけ無駄だ」

ワグホーンは手を放した。セグンダは土の上で体を起こし、ショールに顔をうずめた。デイトンは拳を握り締めて先住民保護官に近づいた。「教授」とカルフーンが警告した。「もうやめた方がいい」。デイトンが振り向くと、保安官が腹の位置で水平に構えているカービン銃が見えた。彼の一部が――客観的に事態を眺めている冷めた部分が――どうしてこれほど手に負えない展開になったのかと尋ねていた。彼は一歩後ろに下がった。ワグホーンの手はくたびれた革のコートの下に伸び、ホルスターに収められた銃身の長い回転式拳銃を握っていた。三人は用心深く互いに目をやった。

「あなたは馬鹿か?」デイトンはワグホーンに言った。

「彼女は話したくなかっただけなのに、こうなったら絶対に何も言わないだろう。他の連中はきっと、ジョーたちが連行されたという話を聞いて、逃げ出したんだ。ある意味、当然だと思うよ」

「へえ、当然かい?」。ワグホーンは手の甲で口をぬぐった。カルフーンはカービン銃を下ろし、苦しそうにしながらしゃがんだ。風船から空気が漏れるように、彼の口から息が漏れた。

「なあ、婆さん。あいつのことは気にしなくていい。誰もあんたを傷つけたりしない。だから、ここで何があったか教えてくれないか? 俺たちは行方が分からなくなった子供を捜しているだけだ。小さな男の子」

セグンダは何も言わず、目の前の地面をじっと見ていた。ワグホーンはいらだって地面を蹴った。

「話してくれ。さもないと、他の連中と一緒に臭い飯を食ってもらうことになるぞ」

老婆は頑なに沈黙を守った。デイトンは気分が悪くなった。

「頼む。もう行こう。彼女に訊いても無駄だ」

「ああ」とカルフーンが立ち上がりながら言った。「無駄かどうかは分からんが、協力する気はないようだ」

「デール、まさかこのまま婆さんを放免するんじゃないだろうな？」

「エリス、よくそんな調子で先住民相手の仕事ができるな。おまえ、狂犬病の犬よりたちが悪いぞ」。彼は腕時計を見た。「もう町に戻るには遅すぎる。それに、これ以上あのおんぼろ車に乗ったらきっと俺の尻がもたない。メリッシュとフランキー・ロボに、バーT牧場の様子を確認しに行くように言っておいたから、あそこで夜を明かして、この件は朝考えることにしよう」

ワグホーンとカルフーンは車に向かって歩きだした。デイトンはセグンダの隣にしゃがんだ。

「大丈夫か？　けがをしてないか？」

彼女は何も言わなかった。彼は彼女のショールから軽く土埃を払い、立ち上がる手助けをするために手を差し出した。彼女はそれを無視し、目の前の地面をじっと見続けた。ようやく彼は歩きだした。彼らが車で去っていくとき、犬たちが舌を出しながら後を追った。その様子はまるで、犬が彼らのことを笑っているみたいだった。

クローの牧場では、デイトンは夕食を断り、すぐに宿泊所に向かったが、壁と向かい合ったまま何時間も寝つくことができなかった。ずっと時間が経ってから、他の者が部屋に入るのが聞こえた。一人は彼の上の寝台に上がった。彼は寝ているふりをした。

夜明けに、二人の保安官代理と、ヴィクターヴィル近くにある大きな保留地を担当している先住民の警官が町の公用車で到着した。４ドアのスチュードベーカーだ。バーT牧場の三十マイル北にある停車場で作業をしているユニオン・パシフィック鉄道の労働者が、夜の何時かに幼い白人少年を抱えて砂漠を走る先住民の姿を目撃していた。彼らの話では、男はサドルバックと呼ばれる山地に向かっていたようだ。デイトンはそれを聞いて、真夜中に外にいた男たちにどうしてそんなに遠くが見えたのだろうと疑問に思った。

「その人たちはひょっとして、光のことを何か言ってなかったか？」

「どういう光？」

「男の子の光。少年が光を放っていたって言ってなかった？」

誰もが彼を狂人を見るような目で見た。

別のニュースもあった。パームスプリングスの温泉近くに暮らす入植者家族の男の子が二か月前にいなくなっていた。十歳のその子は、古い鉱山の近くにある岩山で遊んでいるのが目撃されたのを最後に、行方が分からなくなった。ダンヴィル・クローの家で傷だらけのテーブルを囲んでいる男たちの大半にとっては、状況証拠はそれで充分だった。一方に行方不明になっている少年がいて、他方に誘拐犯がいる。残る問題は、どうやって人狩りに取り掛かるかだ。デイトンが再び意見を言った。

「私が見た少年が十歳ということはありえない。せいぜい六歳か七歳だ」

「教授」と注意深くカルフーンが言った。「ご心配には感謝しよう。しかし、先生はもう、研究の世界に戻ってもらって結構。ここから先は俺に任せてもらいたい」

「サドルバック山地に追っ手を送るのか？」

「まあ、そういうことになるだろうな」

「私も一緒に行かせてもらいたい」

「何？」

「聞こえただろ？　私も保安官代理に任命してほしいということだよ」

「はばかりながら、教授。あまりいい考えとは思えないな」

テーブルに足を上げてコーヒーを飲んでいたクローが、軽蔑するように笑った。デイトンは彼に顔を向けた。「私は彼らの言葉を知っている。それに間違いなく、エリス・ワグホーンの馬鹿よりもはるかに先住民の扱いがうまい。フォードだって持っている。きっととても役に立つと思うがね」

カルフーンは首を横に振った。「自動車で彼を追うつもりか？　やつは道をたどったりしない。今頃はサドルバックで必死に山を登っているだろう。あんたの車は鉄道の停車場より向こうでは何の役にも立たないさ」

「私は馬に乗れる」

「馬を持ってるのか？」

「こちらのクローさんに借りる」

「わしは貸さん」

「なら買い取る。それなりの値段で買おうじゃないか」

カルフーンは少し考えた。「うん。俺たちはできるだけたくさんの男を集めたい。しかし遠慮なく訊かせてもらうが、あんたの体の具合はどうだ？　みんなのペースについてこられないようなら、容赦なく置いていくぞ」

「私の体のことは心配無用だ」

「それならいいだろう。あんたにも加わってもらう」

「ありがとう、カルフーン保安官」

「教授、あと一つだけ約束してもらいたい。あんたには人の神経を逆なでするところがあるようだ。今回捜索隊に加わるなら、俺の指揮に従ってもらう。あんたが大学出で、戦争では士官を務め、それを証明する傷を負っていることも俺は知ってる。だが、今は士官じゃない。単なる保安官代理だ。だから俺の言うことを聞いて、余計なことはしゃべるな。特にエリス・ワグホーンの周囲では。昨日みたいなもめごとは絶対にごめんだ」

デイトンはそれを聞いて腹が立ったが、おとなしくうなずいた。

「よし。右手を挙げて。サンバーナーディーノ郡の安寧を維持し、あらゆる乱闘、暴動、謀反を鎮圧し、これらの目的のため、そして民事および刑事事件に関わる訴訟手続きのため、そして平和を脅かし、あるいは重罪を犯した人物を逮捕するため、必要とあればいつ何時たりとも召喚に応じることを誓いますか?」

「誓います」

「私は与えられた権限において、あなたを一時的に郡の保安官代理に任命する。ダンヴィル、教授に馬を与えてやれ」

デイトンはクローと一緒に、宿泊所のそばにある檻《おり》まで歩いた。そこはめちゃくちゃな状態だった。今にもつぶれそうな小屋に木箱が山のように立て掛けられ、馬をつなぐ支柱から馬具が乱雑にぶら下がっていた。中では、五頭の半分野生のムスタングが跳ね回り、男たちが近づくと後ずさりした。クローは当てにならない口ぶりで、うちの馬は「まだ調教が不充分」だと言った。デイトンは内心、それはいいように言いすぎだと思った。

「ちゃんと調教した馬は一頭もいないのか?」

「そう言うと思ってた。ああ、もちろんいい馬はいるよ。問題はうちの連中が全部連れて行ったってこと。さあ、ここにいる馬に乗ってみる気があるのか、それとも気が変わったか?」

数人の馬丁が柵のそばまで様子を見に来た。デイトンは他よりも少しだけおとなしそうな鹿毛《かげ》を指さした。クローはしゃがんでフェンスの下をくぐり、頭に面繋《おもがい》をかぶせた。そして、足を踏み鳴らし、後ずさりしようとする馬を引き綱で操った。デイトンは自分が選んだ馬にこだわった。柵にもたれかかっている連中がその馬をどう思っているかは分からなかった。彼が乗ろうとすると馬は左右に体を揺らし、頭を後ろに向け、怒った目で彼を見た。彼は馬に檻の周りを無事に二周ほど歩かせてから、支柱につないだ。デイトンは東部でイギリス流の乗馬を習ったのだが、ここは事情が違った。馬具でさえ見慣れない形をしている。四角いあおり革のある大きな鞍は、鞍頭《くらがしら》が高く、馬勒《ばろく》も形が違う。クローは値踏みするような目で彼を見、金額の交渉を始めた。双方がある値段で合意すると――それはあまりに法外な額で、デイトンは口には出さなかったが、到底自分には支払えないと分かっていた――デイトンは、準備を始めていた他の捜索隊メンバーに合流し、水筒を水でいっぱいにし、車から寝袋を持ち出し、革の鞄に豆とフランクフルトの缶詰、剃刀、石鹸、ガルシス神父の本を詰め込んだ。周囲では、男たちが馬に鞍を着け、カービン銃をケースに差していた。彼はエリス・ワグホーンが唇を歪めて自分の方を見ていることに気付いた。デイトンは彼が榴弾砲で宙に吹き飛ばされる場面を頭に思い描いた。

彼らは一時間後に出発した。そして太陽が高く昇る間、先住民保護局の保留地とバーT牧場とを仕切る有刺鉄線の柵に沿って進んだ。隊列は白い石灰岩の細かな埃の雲を巻き上げ、それは小麦粉をふるったように乗り手の上に降り注いだ。前方では砂漠が、白い平地から急にぎざぎざとそそり立つ黄土色のサドルバック山地の方へ広がっていた。クローの土地から離れるにつれ、丸い岩の転がる緩やかな上り坂が続き、そこから再び広大な砂地に下りた。そのリズムが変わり始めたのは、砂丘が近づいてからだった。昼頃にようやく、電信柱が見えた。三十分後、鉄道に行き当たり、そこから線路伝いに進んで、日干し煉瓦でできた建物と金属製の巨大な水タンクのある停車場にたどり着いた。

カルフーンとワグホーンは地図をにらみ、ルートを検討した。デイトンは素焼きの大きな瓶《かめ》の水で水筒を満たす列に並んだ。順番が回ってくると、ブリキの柄杓《ひしゃく》から直接水を飲み、頭にも少し水をかけた。追跡人のフランシスコ・ロボはたばこを吸い、山並みを見ていた。彼は身長五フィート足らずと小柄で、鼻は鉤鼻、丸い顔に髭はなく、年齢不詳だった。短く刈り込んだ髪、しわの寄った細い縦縞のスーツジャケット、目深にかぶった麦藁帽というその格好は、妙にかしこまったいでたちに見えた。デイトンはそばまで行き、隣に立った。

「誰だと思う?」

ロボはぽかんとしていた。

「逃げている男だよ。どんなやつだろう?」

「たぶん、ただの男さ」

「先住民が白人の子供を育てたという話は以前、聞いたことがある。でも、それは大昔のことだ。開拓者の時代。やつがどうして少年を連れて行ったのか、私には分からない」

「少年なんて、いるんだかどうだか」

とそのとき、カルフーンが口笛を吹き、指示を出すから集まるようにと叫んだ。何人かがトロッコで東隣の駅まで行き、そこで馬を手に入れ、逃亡者が山地の反対側に逃げるのを防ぐことになった。他のメンバーは先住民の足跡を探しながら、山地を目指す。彼らはまた馬に乗り、二手に分かれ、それぞれが山を抜ける二つの古い鉱山用の道を進んだ。停車場を出て一時間も経たないうちに、ロボが手を挙げた。男たちは馬を下り、彼が見つけたものを見に集まった。その楕円形のわずかな砂のくぼみは、デイトンの目にはほとんど見えなかった。ロボは少し先まで歩いた。彼は二つ目の足跡を見つけた。そして三つ目も。

「男は走っていたようだ」と追跡人は言った。「山地に向かって、かなりの速度で」

カルフーンは信じられないという顔で首を横に振った。

「歩幅を見ろ。どれだけある？　六フィート、七フィートか？　とても信じられん」

クローは疑っていた。「きっと本物じゃない。何か細工をしたんだ。足跡をごまかすために」

「そんなことができるかな」

「以前、話を聞いたことがある」とロボが言った。「でも、自分の目で見るのは初めてだ。男は真のランナーだ。昔の人間の走り方を心得ている」

「昔の人間の走り方？」

「普通の走り方とは違う」

ロボは目の上に手をかざし、山並みを見た。

「追いつくのは無理そうだ」

カルフーンはいらだっていた。「やつが昔の走り方をしようと今の走り方をしようと俺にはどうでもいい。永遠にそのペースで走れるはずがない。それに、向こうには食料がない。バーTからここまでの間にも食料を得られる場所はどこにもなかった。疲れて、腹が減って、スピードが落ちるだろう。追いつけるさ」

ロボは首を横に振った。「そうとは限りませんよ、保安官。山にはあなたが思っているよりたくさんの食べ物がある。それに、先住民の中には、狩りのときに備えて山に食料を隠している者もいます。松の実とか、ジャーキーとか。ひょっとしたら隠れ家も用意しているかも」

カルフーンは口答えされるのが好きではなかった。彼は地面に唾を吐き、ポケットから手鏡を出して、数マイル南にいる別働隊に合図を送った。彼らが進路を変更するのを見て、彼は再び馬に乗るよう、隊に命じた。彼らは山に向かう足跡をたどりながら、丸い岩とオコティーヨとセージが点々と散らばる平原を進んだ。徐々に影が長くなり、暖かな夕べが風景を和らげ、白い岩を蜂蜜色に変えた。空気からぬくもりがなくなる頃、山の麓に着いたが、一時間以上前から逃亡者の痕跡を見つけていなかった。彼らは黄昏時に、下の砂漠から最後のオレンジ色の光が消えるのを見ながら、唯一ありえそうなルート――険しい尾根に上がる細い山道――をたどっていた。細道の先には、そそり立つ二つの岩の壁に囲まれてできた天然のシェルターがあった。羊飼いがそこに小さな放牧地を作り、粗末な石造りの小屋を建てて、扉に馬の頭蓋骨を釘で打ち付けていた。小屋が最後に使われたのは何年も前らしく荒れ果てていたが、中には薪が積まれ、石のタンクには水が溜められていた。彼らはそこでキャンプを張った。もう一つの捜索隊が到着する頃には、火とコーヒーの用意ができていた。馬は足を引きずりながら飼料をむさぼり、人間は豆とトルティーヤを食べた。デイトンは皿を持ってロボの隣に行き、腰を下ろした。特に誰も注意を払っている様子はなかったが、追跡人は誰かと話をするのを人に見られたくないだろうと考え、彼は声を潜めた。「追いつくのは無理だと言ったのはどうしてだ?」

「さっきも言った通り。やつが真のランナーだからだ」

「それはどういう意味?」

「昔は一日で二百マイルを走る伝令がいた。真のランナーだ。彼らは普通と違う走り方を知っていた」

「よく分からない」

「俺が子供の頃、一族はコロラド川の向こう側に住んでいた。そこには一緒になって走る男の集まりがあった。どこかに目的地があるわけじゃない。走る喜びのために走るんだ。その中に、ジョン・スミスという名の若い男がいた。そいつは他にもいくつも名前を持っていた。彼は友達といるときには普通の走り方をするが、一人になると別の走り方をした。みんなはそれを〝昔の人間の走り方〟と呼んでいた。ジョン・スミスについては一つ伝説がある。彼は仲間とパイユートホールのそばでキャンプをしていた。すると彼が、〝じゃあな〟と言って立ち上がり、ずっと上流にある〈涙のように垂れ下がる黄色粘土〉と呼ばれる場所に向かった。友達は彼が駆けだすのを見た。いつもと同じ、軽い走りだしだ。みんなは彼が一人のときにどんなふうに走るのか見てみたかったので、後を尾けることにした。最初に見つけたのは、さっき俺たちが見つけたのと同じ、歩幅の大きな足跡だ。ところが、歩幅はどんどん広がり、十フィート、二十フィートと間が開き、しまいに足跡自体がなくなった。ジョン・スミスの友達は道をたどって上流に走った。何日か経って彼らは〈涙のように垂れ下がる黄色粘土〉に着き、そこにいる人たちに〝ジョン・スミスを見なかったか？〟と尋ねた。すると彼らは〝見た〟と言う。〝いついつの日、ちょうど太陽が昇るとき、ここに来た〟と。それは彼がパイユートホールを発《た》った日の朝だった」

「じゃあ、そのジョン・スミスは呪術師《シャーマン》だったのか？」

「いやいや。彼は魔法の杖を持っていなかったし、幻を見ることもなかった。ただの男だ」

「でも、魔法みたいな方法で旅をした」

「魔法じゃない。彼が魔法を使ったことはない。単に走り方を知っていただけだ」

それがロボの話の終わりだった。デイトンは火のそばに横になり、鞍を置いてそれを枕にしたが安定しなかった。多くのことが一つに収斂《しゅうれん》するように思えた。消えたかと思うとたちまちまた目的地に姿を現すランナー。放浪するスペイン人神父。葦の茎につかまり、黄泉《よみ》の国に入るコヨーテ。ガルシス神父が謎の時期に訪れたのはこの場所だったのか？　走る先住民は故意に私たちをこの場所に導いたのか？　足を縛られた馬がごそごそと動くのを聞きながら眠りに落ちた彼は、ベローの森の泥と混乱でなく、エリザの夢を見た。彼は猛烈な寒さで夜明け前に目を覚ました。肩はこわばり、どれほど抑えようとしても激しい咳が止まらなかった。

その日は一日中、体がつらかった。骨の髄まで寒気がし、太陽が頭上高くに昇った頃にようやく震えが収まった。彼は馬に乗り慣れていなかった。背中の筋肉と脚も痛んだが、胸の痛みの方がさらに深刻だった。馬の動きがそれを悪化させているらしく、彼はカルフーンの言うことが正しかったのかもしれないと思い始めた。ひょっとすると、やはり、皆についていくのは無理かもしれない。

山の上の方で彼らは、打ち捨てられた銀鉱山を見つけた。坑道は落盤し、鉄のレールがまるで手品師が何かをやったかのように、石ころの山の中に消えていた。栓をされた坑道口の脇には、粗末なアラストラと選鉱屑の山があった。前の晩に誰かがここでキャンプをしたらしい。灰の中にトカゲの骨があった。ロボはそのそばにひざまずいた。カルフーンがブーツの先で灰をつついた。

「なるほどフランキー、おまえの言う通り、やつはここで飯を食ったようだ。大して腹の足しにはならんだろうがな、このチャクワラでは（米国南西部の砂漠に生息するイグアナ科のトカゲ）。おまえも食ったことあるのか？」

　ロボは食べたことがないと言った。彼の一族は川の近くの出身で、トカゲを食べるのは砂漠に暮らす先住民だけだ。彼らは鉱山用の道をたどり、何もない広大な盆地を見下ろす断崖の縁に出た。盆地は少なくとも三十マイル続き、その先にはまた次の山並みがそびえていた。デイトンは以前、この場所に来たことがなく、砂漠ではよくあることだが、人間の存在を感じさせるものが全く目に入らないその風景に圧倒された。彼はもはや疑っていなかった。ガルシス神父が謎の時期に訪れたのは、この静寂の空間に違いない。沈みかけの太陽が広大な砂漠を赤く染めていた。唯一目立つ地形は、平坦な砂地からニキビのように飛び出た円錐形の丘だけで、その麓は既に不気味な闇に包まれていた。カルフーンは双眼鏡を出し、長い間、砂漠をなめるように見ていた。

「しめしめ」しばらくしてから彼が言った。「やつを見つけたぞ」

　彼らは順番に双眼鏡を回した。空気中には水分が全くなかったので、視界は完璧だった。デイトンは人影を見つけるのに手間取った。空虚の中に巻き上がる小さな砂埃。長い影を投げかける青い揺らめき。超自然的な風景に見えた。距離はどのくらいだろう？　十マイル、いや、十五マイル？　青いシャツを着た、走る男。何かの荷物を肩に担いでいる。子供か？　正体は分からなかった。

　鉱山用の道は途切れた。彼らは注意深くルートを選びながら斜面を下りた。馬は綱渡りをするような慎重さで脚を進めた。デイトンがついに鞍から投げ出されたのはこの斜面だった。名前のない鹿毛は二日間、おとなしかった。檻で見せたあの激しい気性は、砂漠に来た途端、消えたように見えた。デイトンは深まる闇の中でも馬が自分で適当なルートを見つけるのを当てにして白日夢を見ていた。と突然、馬が後ろ足で立ち上がり、彼を後方に振り落とした。彼は反射的に地面に手をつき、腕をひねる格好になった。馬が暴れ、脚が危うく彼の頭に当たりそうになった。それから砂利に脚を取られて転びそうになりながら、斜面を少し滑り降りた。斜面の下の方で、落石に気付いた先頭集団が叫び声を上げた。パニックが前後の動物たちに広がった。薪と食料を背中に載せていたロバが頭絡《とうらく》を外して逃げ出した。

　デイトンは骨が折れているのを覚悟して手首を曲げ伸ば

しながら立ち上がった。腕は捻挫だけで済んだようだ。被害は数か所の切り傷と打ち身、そして破れたズボンだけ。手当てをしてくれたのはクローの部下で、サイラス・ヘンリーという名の白髪交じりの老人だった。世界をあざ笑う彼の口の中にはぴかぴか光る歯が並んでいた。彼はそれがスキドゥーの鉱山で自分が掘った金を自分で細工したものだと言い、さらにそこから訳の分からない話を続けた。

彼らは斜面の下でキャンプをした。吹きさらしの陰鬱な場所だった。大地から熱が逃げるにつれ、冷たい風が平原をむち打ち、焚き火から火花を巻き上げ、それが流れ星のように宙に舞った。ロバが背負ってきたメスキートの枝は燃えるのが早く、皆は慌てて食事を終え、残り火のそばに寄り集まって床に就いた。

翌朝早く、紫色の霞の中でデイトンがコーヒーを飲み、豆を食べていると、ワグホーンがそばに来て彼のブーツを蹴った。

「俺はおまえのせいで眠れなかったぞ。咳ばかりしやがって」

デイトンは疲れと痛みのせいで反論できなかった。熱が上がっている気がした。ポケットに押し込んだハンカチは血だらけになっていた。

夜が明けると彼らはペースを上げた。そうして平坦な場所では調子よく進んだが、幻想的にねじれた岩や泡立つような石が点在する溶岩原に達すると、また速度が落ちた。時々立ち止まって双眼鏡を覗いても、走る先住民の姿は見えなかった。「やつに逃げ場はない」。まるで口にすることでそれが真実になるかのようにカルフーンが言った。そろそろ水が底をつきそうで、馬も疲れていた。もう一度坂を登る気のあるメンバーは一人もいなかった。デイトンは休憩のたびに安堵した。彼の中で、追跡の果てにあるもの——自分の言葉が発端となった事件の結末——を恐れる気持ちよりも、痛みと疲労の方が勝っていた。

南に何マイルも離れた場所で鏡がぴかぴかと光るのが見えたとき、太陽は既に山の上に昇っていた。彼らは合図があった方角に馬の鼻を向けた。デイトンは馬に乗りながら、うとうとした。頭の中でちかちかとした光が見えた。彼にはもはや、目の前の世界が本物かどうか分からなくなっていた。それは移ろいやすく、不確かなものに見えた。最初に彼がいたのは、まばゆいほど白く、完璧に平らな塩類平原だった。次に気が付いたらそこは高地で、水のない峡谷が広がり、子供が作った粘土細工のような巨大な岩が転がる世界だった。象。ガスマスク。頭蓋骨。隊はウチワサボテンの庭園を抜けた。鷹が頭上を飛んだ。やがてようやく立ち止まり、何人かの男が水を得ようと、涸れ川の下を掘った。数フィート掘ると水が出た。最初はちょろちょろと染み出す茶色い水。その後、途切れることのない水が湧いた。馬がそれを飲んだ。

彼はその水に、死の味を感じた。そして、自分たちが逃亡者のすぐ近くまで迫っていることを知った。

間もなく、二つの隊が合流した。潜めた声と握手。もう一つの捜索隊には町から来た男が加わっていた。それはサンフランシスコから来た新聞王ハースト傘下のジャーナリストで、カメラと三脚を鞍の後ろにくくっていた。でかいニュースだ、と彼は皆に言った。頭のおかしな先住民の話。東部の人間は未開の西部みたいな話に目がないんだ、と。

デイトンには横になって眠った記憶がなかったのに、頭上には満天の星がまるで鉢を伏せたように——水晶でできたドームのように——輝いていた。彼はいきなり揺り起こされた。辺りはまだ暗かった。周囲では男たちが銃に弾をこめ、馬に鞍を着け、準備を整えていた。

「やつの焚き火が見えた。あとせいぜい五マイルといったところだろう」

彼らは灰色の薄明かりの中、乾湖を横切った。昼でも夜でもなく、その境目の時間帯だ。彼は錯乱し、まるで自分が半ば体からはみ出て、エーテルのような存在になっているように感じた。遠くに三本の岩が立っているのが見え、彼には今いる場所がこの世と黄泉《よみ》の国とをつなぐ入り口だと分かった。岩の上に光が見えた。それは炎の明かりのようには見えず、何か別の、奇妙で怪しげな光だった。

ああ、神よ、と彼は祈った。神よ、もし本当にいるなら、何とかしてください。全ては私の嫉妬心から始まったことです。神よ、今から起ころうとしていることへの罪責の念から私を救いたまえ。

彼らは座ったまま待った。太陽が空高く昇ったが、空気はひんやりしていた。デイトンが空を見ると、そこに何かが記されているのが見えた気がした。秘密のメッセージ。知恵の言葉。彼はウィリー・プリンスと一緒に岩を登っているのは誰だろうと考えた。子供ではない。子供はとても連れて上がれないだろう。では、エリザか？　お願いです、神様、と彼は再び祈った。エリザがやつと一緒にいませんように。

子供が爆竹を投げているみたいな銃声が響いた。

　捜索隊は待つのにうんざりしていた。彼らは身をかがめながら、走って前進した。岩の上の人影が矢継ぎ早に発砲した。デイトンが見ていると、ダンヴィル・クローが脚を撃たれて負傷した。その後、隊は地面を這い、岩陰に隠れながら少しずつ登った。それは統制の取れていない、乱暴な攻め方だった。ドイツ軍の砲列を前にして、誰も一分後には生き残っていないだろう。鉄条網を切るか?と彼は訊いた。誰も返事をしなかった。誰かが抜け道を作らなければ、全員が鉄条網に絡め取られてしまう。空からは青白い目が彼を見下ろしていた。ドイツ軍が空に浮かべた神の目。

　それは今いる場所ではなかった。どうしてあのときのことを思い出したのか?　それは今いる場所とは全く違う。

　ワグホーンが叫んでいた。甲高い声で、絶え間なく。

　デイトンは立ち上がった。彼は自分が丸腰であることを示そうと両手を大きく広げた。そして、大きな声で呼びかけた。

「ガルシス!　ガルシス神父!　神の名の下に《エン・ノンブレ・デ・ディオス》!」。彼は前進しながら繰り返した。「伏せろ、馬鹿野郎!」とカルフーンが叫んだ。デイトンは保安官を無視して登り続け、地面に倒れたまま太ももの傷口を手で押さえているクローをまたいだ。銃弾が足元の岩で跳ねた。次の瞬間、彼は誰かに背後から体当たりされて大の字に倒れた。地面は氷のように冷たかった。

　彼は長い間横になったままで必死に息を整えた。肺にどろどろしたものが溜まり、まるで溺れかけているみたいに感じられ、息を吸うたびに口笛のような音が鳴った。今どこにいるのかも、どうしてそこにいるのかも分からなかった。しばらくすると、銃声がやんでいることに気付いた。岩山の方から耳障りな歓声が聞こえた。

　彼は老人のようにゆっくりと起き上がり、数秒ごとに立ち止まりながら上に登った。他のメンバーは皆、先に行っていた。前方のいちばん背の高い岩の下でフラッシュが焚かれているのが見えた。男たちが地面に横たわる遺体の周りに集まっていた。

「俺が撃った!」とワグホーンがうれしそうに言った。「俺が仕留めたんだ!　一発でな!」。サイラス・ヘンリーが金歯を光らせながら辺りを跳ね回っていた。

　ジャーナリストが記念写真を撮っていた。ワグホーンとカルフーンが遺体の胸をブーツで踏み、銃を交差させ、並

顔が火を囲み、貪欲な目で炎を見つめるのをデイトンは見た。

んで立った。クローは包帯を巻いた脚に体重をかけないよう、誰かの肩を借りた。デイトンは遺体を見下ろした。手指は鉤爪のように曲がり、足は裸足だ。誰なのか見分けるのは不可能だった。顔が吹き飛ばされていたからだ。

「誰なんだ?」と彼は訊いた。

フランシスコ・ロボは不思議そうに彼を見た。「見たことのない男だ」

「少年はどこ?」

「子供はいなかった」

彼らの周りでは、疲れ切った保安官代理たちが互いの背中を叩き、ウィスキーの瓶を回していた。一人の男を砂漠で何日も追い回し、理由もなしに殺害したことを気に懸けている者は一人もいなかった。皆がハンターとして獲物を仕留めたことを喜んでいた。写真を一通り撮り終わると、彼らは灌木を刈って、遺体の上にそれを載せ始めた。デイトンは止めようとした。遺体が誰かは分からなかったが、麓まで運んできちんとした形で埋葬するべきだと彼は思った。クローの部下二人がデイトンを引き離し、地面に放り出した。ただの先住民だ、と一人があざけった。本人だって何とも思っちゃいない。

彼らは一歩下がり、薪に火を点けた。髭の伸びた凶暴な

二〇〇八年

しわ隠し。メーク係の若い女は手際よく、何も言わずに彼女の周りを動いた。濃くも薄くもない化粧。白粉《おしろい》を少しだけ。電球に囲まれた鏡に映るリサ。寝不足な顔は見せないこと。

Q　なぜそんなことを？　どうしてそんなことをしたんでしょうか？

そうしたかったから。それでは答えとしては短すぎる。人はもっと聞きたがる。人はもっと説明らしい説明を求めている。

最初の日、彼らは公園内をへりであちこち捜索した。東西南北に、範囲を拡大しながら。徒歩でも捜索が行われた。さあ、とドーンが物陰から言った。彼女に質問していいわよ。壁に掛けたオオツノヒツジの頭蓋骨の下に置かれた揺り椅子にはジュディーが座っている。前、後ろ、前、後ろ。膝には老婆のようにナバホ族の毛布。何でも好きなことを尋ねていいわ。

あの一帯をくまなく捜索するのは不可能です。

白粉を少しだけ。

奥さん、われわれは道路では検問をやって、ハイカーには職務質問をしました。定石通りに手を尽くしています。でも、いつかは結論を出さなければなりません。いつかは結論を出す必要がある。いつかは。

あなたの結論はつまり、これは誘拐事件で、子供は別の州へ連れて行かれた可能性があるということですね。

そういうことです。手は尽くしました。

地上と上空からの捜索。

司会の女が楽屋に来て挨拶をした。彼女は実際の方が老けて見え、現実の人間という感じがした。お気の毒です、と彼女は言った。ジャズは隣の椅子で襟に白いナプキンを着け、メークをしてもらっている。彼はぎこちない仕草で振り向いた。リサは鏡の中にいる二人の女を見た。一人がもう一人の方へ身をかがめている。胸が痛みます、と司会者が言った。個人的には怒りを覚えます。鏡のおかげで彼女と目を合わせるのが楽だった。みんなで力を合わせましょう、という言葉でリサは気が楽になった。

その司会者は特別番組の前にはいつも出演者を励ますことにしていた。番組が生々しい現実の生に関わるからだ。ジュディーは椅子に座ったまま揺れている。私は本当にあの部屋に行ったのか、とリサは思った。三角形の窓、動物の革の敷物、ぴかぴかに磨いた床。ドームのような星空の下で。石造りの暖炉と揺り椅子に座る女だけに実体があった。他の全ては影と溶け合っていた。

眠気、肌のかゆみ、激しいアレルギー反応などの副作用が起きる可能性があります。次のような症状が現れた場合には直ちに服用をやめ、医師に相談してください。

廊下に集まった人々は彼女の味方だった。彼女には味方がいた。犯罪被害者支援団体、国立公園広報室。彼女の両親は弁護士か代理人らしき男を雇った。彼はいかにも代理人らしく振る舞った。プライスという名のその男はシルクのダブルのスーツを着て、ウェスタンブーツを履いていた。シャツはイニシャルの刺繡入りで、彼女に語りかける口調はまるで〝今週の名画〟の一場面のようだった。テレビでインタビューを受けたとき、彼は〝一家のスポークスマン〟だと名乗った。彼女の母は様子が変で、彼女に向かって訳の分からない打ち明け話を始めた。しばらくしてからやっと、母はユダヤ人でない男を雇った理由を説明しようとしているのだと分かった。私たちにはこの土地のことは分からない、と彼女は言った。ここのことは土地の人間に任せるのがいちばんなの。

少しの間、リボンキャンペーンも行われた。訪問者を数えるカウンターと送金ができるボタンの付いたウェブサイトが作られた。

もう少ししたら彼女はしゃべらなければならない。ヘッドセットを着けた若い女がもうすぐ収録の準備ができると言った。女がすぐそばまで体を寄せると、息からイチゴ風味のガムの匂いがした。皆がすぐそばまで近寄ってくるのは奇妙な気分だった。まるで妊娠していた頃みたいだ——あのときは、みんなが幸運のまじないとしてお腹をさすりに来た。今は、少し手を握ったり、体を抱き締めたり。手首をつかんだり。意志の力を使って一歩一歩を踏み出し、歩くたびに次の地面を作り出しているような状態のときは、信じる気持ちが必要だ。信じる気持ちと静かな環境が。体に触れられたり、話しかけられたりしたら、それだけでバランスを失いそうになる。

彼女の〝味方〟。本当は皆、彼女を、担架に乗せた患者のようにあっちやこっちに引きずり回しているだけ。彼女はできる限り、何も口出ししないようにした。

ひょっとすると写真のせいかもしれない。バーカウンターの後ろには写真が何枚も貼られていた。互いに肩を組み、あるいは女の子を乱暴に抱き寄せる、笑顔の若い海兵隊員たち。天井近くにはさらにたくさんの写真が並んでいた。額に収められた白黒の写真では、無地の背景にいかつい顔の男たちが映っている。下の写真では、誰もが世界を持っている——フラッシュの中で光る殺風景なカウンターの一角、車のボンネット、ビールのポスター、テーブルと椅子。上の写真では英雄たちが、害悪の届かない場所で英雄的《ヒロイズム》行為という、白く濁った羊水の中に漂っている。汚れた鏡の前に並ぶ瓶、もつれたクリスマス用の電飾。それは彼女が以前、メキシコの道路脇で見かけた礼拝堂に似ていた。彼女が写真を撮る間、ジャズが灯明に記された名前を読み上げていた。グアダルーペの聖母。邪気を払い、幸運を招く。目を真っ赤にしてボトルを振り回すこの男たちのうち、何人が死んだのか？　あるいは脚を失ったのか？　今はそこが違う。現代医学の驚異。脳の一部が吹き飛ばされ、あるいは心的外傷後ストレス障害《PTSD》になり、あるいは手足をなくして帰還する。まるで、死に損なったことで、義務的なプロセスを遂行し損ない、白黒で宙に漂う頭部写真に変身する正しい手順から逸脱してしまったかのようだ。

ちょうどそのとき、彼が近づき、ビリヤードをしないかと誘ってきた。ややこしいことはなかった。彼女には既に、未来の彼が、車椅子に乗って動き回っている姿が見えた。ショッピングモールで向けられる人々の視線。車椅子には米軍の除隊記念章。不思議な気分だった。彼女は今までに未来を予見したことはなかったが、今回はとてもはっきりと見えた。

悲しみのマリア。

彼女は自分の砂まみれの髪の毛、汗臭い服のことを考えた。そしてウオツカのソーダ割りを一気飲みした。

彼は質問を繰り返した。

唇、顔、喉、舌の腫れ。車の運転や重機を操作する能力が損なわれる可能性があります。この薬を服用した後に車を運転したり、電話で会話したりした人が、後にそうした行動を記憶していない場合があります。

時間だ。彼女はイチゴ味のガムの女に従い、腰に添えられた手に押されるままに、その腕に身を任せた。彼女自身の手はジャズの手に握られていた。紙のような彼の手に握られた、湿った魚のような手。彼はぬくもりのある口調で——手を差し伸べるような口調で——彼女に話しかけていた。光に向かって歩いてください、とイチゴ味ガムの女が言い、二人をセットの上に送り出した。

拍手が起きた。司会者がハグし、背中を優しく叩き、手首を握って励ます仕草をした。彼女のつけた制汗剤は強烈なライラックの匂いがした。オフィスのトイレみたいな匂いだ。彼らはソファに腰を下ろした。

今日はどうもありがとうございます。心から。大変なところを。ぜひお話を。

ええ、サリー。私は彼と話して従兄《いとこ》のネイトを思い出しました。私が女として美しいことを感じさせてくれた。母親にとってはとても大事なことなんです。ええ、サリー。訊いてくれてありがとう。それは助けを求める叫びでした。分かってください。自閉症は周囲を巻き込みます。両親。世話をする人間。私たちはみんなすごいストレスを抱えている。とてつもないストレスです。サリー。視聴者の皆さんにはどれだけ大変か分かっていただけると思います。どれだけすごく大変か。今日もここに来て、アルコール、薬物、肥満、ギャンブルへの依存を認めるのはすごく大変でした。今までもずっと苦しんできました。でも今は、神の恩寵と夫がそばにいてくれるおかげで。私の夫。私の
ジャズが椅子に掛けたまま姿勢を変えた。司会者が何かを言った。ジャズが何かを言った。司会者が何か別のことを言った。観客の目が彼女に集まった。リサ・マサルという魔女。息子のために泣かない女。

結局、彼らがそこに来たのはそのためだ。約束のため。魔法によって責任のありかを突き止めるため。悪いことは理由なしには起こらない。悪いことは悪い人に起きると考える方が都合がいい。私たちは常に悪いことを思い浮かべる。私たちの思考はどこかへ向かわなければならない。もしも悪い人が悪い人間らしく見えないなら――そしていい人間に変えることができないなら――ちゃんと悪く見えるように私たちが手伝わなければならない。しかしそのためには、厳しい基準を適用する必要がある。
Q　きっと今、とてもおつらいでしょうね。ラージを連れ去った人間に対しておっしゃりたいことはありませんか？
息子を捜すためには皆さんのお力添えが必要です。だから私はテレビの前の方に言いたい。もしも事情をご存じの方がいらしたら、電話をお願いします。息子を返してください。息子には家族が必要なんです。

移動カメラが静かに近づき、涙を写すためにズームインした。テレビに何度も出演しているのに、一度も涙を流し

ていない。これは普通ではない。この番組で二人の女性が自分のことを論じるのをリサは見たことがあった。リサが会ったことのない女たちが、彼女の服のセンス、子育ての仕方、精神状態について意見を述べていた。

これらの症状を感じた場合は医師に相談し、別の治療を受けてください。この薬を服用した場合、車の運転や

彼はまだ子供だった。二十二歳。赤ん坊だ。髪は砂色で坊主刈り。田舎くさい口説き文句を並べ、映画で仕入れたようなポーズでカウンターにもたれかかった。男は自分のことをあれこれ彼女に話した。まるで就職の面接を受けているみたいな詳しい話。高校のフットボールのチームカラーに塗られた給水塔のある町。車で古い石切り場に行って泳いだ話。退屈で間の抜けた話を聞いていると彼女は気分が重く、悲しくなり、自分が年を取った気がした。この若者は何も知らない。これまでの人生で全く何も経験していない。彼が背後に立ち、彼女のショットの角度を直したとき、彼女は泣きたくなった。しかし泣かずに、彼の頬をなでた。猫をなでるように。

首に彼の息がかかった。中西部訛りの声が耳元でささやき、言い寄り、誘った。彼の友達が席から二人の様子を見ていることに彼女は気付いた。すると彼女は十九歳に戻った――大学の女友達と行き当たりばったりに南部を旅したときの彼女に。テネシー、ミシシッピ、アーカンソー。扉を開けると男の視線を感じる。入り口からカウンターまで歩く間に、自分が穿いているショートパンツは短すぎたと思う。

テーブルを囲む男たちがどっと笑った。

あいつらのことは気にしないでくれ、と男が言った。焼きもちを焼いているだけさ。彼女はそのとき、私は今から何をする気だろうと考えた。しっかりしなければ。外の空気を吸わないと駄目だ。彼女はキューを置き、途中で手をつきながらテーブルを回った。それから部屋を横切り、バーの扉を開けた。外に出ると、夜の空気は冷たく、濃紺色の空にドリルで穴を開けたように星が光っていた。お腹が空いているのか？　ひょっとすると何かを腹に入れた方がいいのかもしれない。隣は中華料理屋だった。五目焼きそばでも食べて、酔いを覚まそうか。

弱い風が吹いていた。彼女が隣の店に向かって駐車場を歩きだしたとき、誰かが腕に手を掛けた。振り返ると彼がそこに立っていた。彼は何も言わず、彼女を見つめた。無表情で、若く、人生が全く刻まれていない男の顔を見て、彼女は体の力が抜け、顔を近づけた。

彼は彼女を誰かのトラックに押さえつけ、髪の毛をわしづかみにした。彼女が彼に激しいキスをしながらズボンに手を入れてペニスを探ると、彼は彼女のTシャツを腋までめくり上げて赤ん坊のように乳房を吸い、両手で尻をつかみ、ショートパンツに指を差し入れてパンティーを探った。二人は一瞬動きを止め、大きく二度、息をした。それから彼が彼女のジッパーをまさぐり、彼女は両脚を彼の腰に巻き付け、その格好を保とうとした。少し格闘があった後、彼が彼女の中に入り、彼女は彼の背中と尻の引き締まった筋肉を感じながら、声を上げないように彼の肩を強く嚙んだ。彼は顔をしかめ、彼女の歯を振りほどき、彼女の喉に片手をかけ、いくのと同時に、ああクソ、ああクソとうなり、熱のある患者のように体を震わせた。彼女は一瞬、宙に浮いたまま、一人だけの夢に浸って震える彼の髪をなでた。それから二人は地面に沈んだ——舗装のない地面にひざまずき、再び別々の二人の人間となって。

物陰に潜む人の姿が見えた。彼の友達が見物のために出てきたのか？ どうでもいい。これは現実ではないのだから。今起きたことには何の意味もない。それ自体を超える意味は皆無だ。彼女は普通の世界から一千マイル隔たった場所、はるか宇宙をさまよっているのだ。

プライスは二人に、マスコミで取り上げられる時間を尻すぼみにさせないため、ロサンジェルスに滞在し続けるように言った。大事なのは情報を小出しにすることだ、と彼は言った。毎日何も進展がなければ、放送局は記者を引き上げ、別の事件を取材させる。彼は彼女の膝に手を置いた。でも、この話は出来がいい、と彼は言った。とてもいい話だ。おたくにとってはそこが利点。彼は彼女の膝に手を置いたが、ジャズは何もしなかった。彼女の方を見ることさえしなかった。青年は犬のようにあえいでいた。彼女は彼を押し戻した。まさか私の中でいったの、と彼女は訊いた。ああ、と彼は言った。よかった。年上の女は最高だ。

毎日一つの話。

彼らはカリフォルニア州リヴァーサイドのホテルに移った。五日目の朝、プライスは〝散歩〟を企画した。二人は記者らを乗せた車やバンを引き連れて国立公園に行った。取材陣は前よりも増えたようだった。西部で途方に暮れている、二人の裕福なニューヨーカー。世間の注目度は高かった。ジャズは報道で、〝金融界の天才〟、あるいは〝ウォール街の風雲児〟と呼ばれた。他方、彼女は何者でもなかった。ただの母親。プライスが指示を出し、写真撮影の段取りをした。ヘリコプターが上空を飛んだ。二人は手をつないで、岩山に向かって歩いた。少なくとも、二人に笑顔を期待する人間はいなかった。

子供はどこ？　ひょっとしてあの丸い白い岩の向こうから現れるのか？　マスコミが彼女のためにそんな企画を？　びっくりさせるために？

その後、ミニバンの後部座席で、プライスはいつものように手首を握った。シュガー、と彼は言った。今日はなかなかよかった。誇りに思うよ。ホテルに戻ると、プライスと彼女の父親と医師が彼女に飲ませる薬について話し合った。ベッドの端に座ってテレビを観ようとしている彼女の周りで彼らは立ったまましゃべった。彼らはテレビを観るのに邪魔になった。

黒いオニキスと二十八個のダイヤモンドの組み合わせで、大変見栄えがします。中心だけを見てもとても美しいですが、周りが黒いオニキスになっていることによって全く違う魅力が生まれています。美しく深い色合い。全て天然石。人工ではありません。指輪の部分は金。美しい、美しいデザインになっています。ご存じの通り、半年で六回の分割払いなら金利手数料は無料で、今すぐあなたのものです。ご覧ください、この見栄え。しかも、送料・金利手数料は無料。さて次は

二人がまだモーテルに泊まっていた頃、ある朝、彼女が扉を開けると、そこに若いヒスパニック系の女がいた。髪は長い巻き毛で、顔にかかり、大きな輪っかの金のイヤリングをしていた。彼女は拳を振って叫んだ。あれは私の息子よ。あなたたちの子供じゃない。あの子に手出しをしないで。リサには意味が分からなかった。私の息子、と女は繰り返した。息子はロス・ピナクロスで消えた。うちの息子よ、あなたたちの子供じゃない。そして、彼女はリサの顔を引っ掻いた。実際にはただ、伸ばした手の爪が引っ掛かっただけだった。ジャズが跳び上がり、女を押すと、女は後ろによろめき、地面に倒れた。彼はすぐに扉を閉め、開けられないように背中で押さえた。彼の目は涙でいっぱいだった。彼女ははっきりとその涙を覚えていた。一体どうなってるんだ、と彼は訊いた。まるで彼女が悪いかのように。彼女が自分の顔に手を触れると、指の先に血が付いた。

女がスペイン語で何かを叫びながら扉を叩いた。見たことのない人よ、とリサは言った。ジャズはうなずいた。女は、警察が来てパトカーに乗せるまで、しばらく外をうろついていた。こういうことは覚悟しておいた方がいいと二

人は聞かされていた――マスコミに露出することの副作用だと。あれって本当かしら、とリサは訊いた。あの女の息子も本当にいなくなったの？　彼女はあの女と二人で落ち着いて腰を下ろし、コーヒーを飲みながら、一緒に話をしたかった。

素敵なイヤリングね。

ありがとう。

それが息子さんの写真？　かわいい子だわ。

駐車場では、くぐもったジュークボックスの音が聞こえた。空気は何か、乾いて苦いものの匂いがした。ぶかぶかのジーンズのポケットに手を突っ込んだ彼の友人が、一人また一人と物陰から現れた。彼らは最初からずっと見ていたのだ。彼女がトラックに押しつけられ、ファックされる姿は見られていた。一瞬、男は彼女に目をやり、それから仲間を見た。彼はにやりと笑ってたばこに火を点けた。彼女はパンティーを上げ、地面からショートパンツを拾った。どいて、と彼女は言った。彼は一歩下がった。彼の友人たちは後を追おうとはしなかった。彼女はショートパンツのジッパーを上げながら立ち去った。ゴムのサンダルが踵にこすれて柔らかな音を立てた。
Q　その後、周囲との人間関係はいかがです？　いろいろなストレスがあるんじゃありませんか？　あなたは今、こうしてマスコミの脚光を浴びていて、いろいろときついことが言われていますよね。
彼女は嘘をつけなかった。それは彼女の望み通りだった。きついことを言われるのは悪い気分ではなかった。彼女は見ず知らずの男とファックするのを楽しんだ。楽しんだから罰を受けているのだ。インターネットではさまざまなことが言われていた。彼女をさげすむようなコメント。ずんぐりした男がウェブカメラに向かって侮辱の言葉を叫ぶ。例えば
恐竜のおもちゃを持っている画像1のラージと、ケーキの前でおばあちゃんに抱かれている、青いシャツを着たラージ。この二人のラージは全然違うと思う。どちらも同じ三歳ってことはありえない！
その通り。染色体異常の多くは実際、異人種間結婚を何代かにわたって繰り返したせいで生じてる。異人種間結婚がなかった五十年前には耳にしなかったような問題が最近になってたくさん起きてるのは、それが原因に違いない。でも、忘れちゃならないのは、遺伝的

な問題を抱えた赤ん坊の多くは、昔なら、出生時か生まれてすぐに死んでたから、当時、死因はよく分かっていなかったこと。癌や多発性硬化症でも同じ。昔は誰も原因を知らなかったから、医者に行くこともなかったわけだが

やつらの話はどう考えてもインチキだ。まともな親なら、具合の悪い子供を辺鄙な砂漠に連れ出したりするわけがない

@TruFree200!!　マサル一家に関する詳しい情報に感謝！　ほんとにありがとう。ニューヨークのユダヤ系メディアが垂れ流すプロパガンダの嘘を大衆が見抜くためには、あなたみたいな情報通が必要ですね

皆さん！　夫妻がカメラに写っていないと思って笑う、ビデオ冒頭から一分二十五秒の場面に注目!!　明らかに二人が平然と嘘をついている証拠!!!

彼女は毎朝目を覚ますたび、一瞬の間があってから、今置かれた状態を思い出し、それから鎧《よろい》を着た。〝事件前〟という時期があったことを思い起こし、鎧を着たままで生きていこうとしたが、それには大変なエネルギーが必要だった。彼女にはそれだけの気力が残されていなかった。リポーター、ニュースキャスター、一家についてブログを書いたり、ツイートしたり、コメントを投稿したりし始めた見知らぬ人間たち。彼女はある日、何かが気に入ったときのラージの顔を自分が忘れていることに気付いた。思い出そうとすればするほど、思い出せなくなった。彼女はラージの好きなものをリストアップし――生のニンジン、トラック、プラスチック製の恐竜、空の段ボール箱など――それを手にしたときの姿を想像しようとしたが、何かがおかしくなっていて、頭にはっきりした映像を思い浮かべられなかった。息子が徐々に遠い存在に変わりつつある。彼女はパニックを起こした。これが兆候だったらどうしよう？　誰かが死んだときにこうなるのだったら？　あるいはさらに悪いことに、死の必須条件だったら？　つまり、ちゃんとした姿で思い出すことがなくなったせいでラージが遠ざかっているのだとしたら？　もしも彼が今死んだら、それは私のせいだ。どのみち私のせい、私に対する罰なのだけど。ジャズは彼女がホテルのバスルームに倒れているのを見つけた。彼は妻が薬を飲みすぎたのだと思

い、電話に向かって叫び始めた。彼女は、本当は何があったかを彼に伝える言葉を見つけられなかった。その言葉を口にできなかった。あの子には死んでほしくない、と彼女はささやいた。ジャズには聞こえなかった。彼女は落胆した。聞こえたはずなのに。救急隊員は彼女の目を小さな懐中電灯で照らした。そして質問をした。彼女は言った。あの子には死んでほしくない。言うべきことはそれだけに思えた。彼女はラージに死んでほしくなかったし、彼女がその死を望んでいると神に思ってほしくなかった。

その頃には、ラージがいなくなって三週間が経っていた。

プライスはいろいろなことを彼女に言おうとした。あなたはよく踏ん張っている、と彼は言った。ある意味、踏ん張りすぎかもしれない。世間の人は混乱している。私はあなたが上品な女性だと知っている。取り乱したりしないレディーだと。しかし、あなたはそのせいで損をしている。本当のあなたをもっと見せた方がいい。

そのためにはどうすればいいのか？　本当の自分を見せるって、どうやって？　彼女は努力してきた――きちんとカンペを読み、目を指さす合図が出されたらしっかりとカメラのレンズに目を向けた。彼女はカメラを通して、その向こうにある世界、息子を誘拐した人物の心を見ようとした。ラージを返して。もしも情報があれば、こちらの番号にお電話をお願いします。全くの匿名で構いません。私たちは息子さえ返してもらえたらそれでいい。しかし、彼女は視聴者に好かれていないようだった。視聴者は歯切れのよい彼女のしゃべり方、薄い唇を好まなかった。世間はジャズの方を好んだ。彼は視聴者に期待された口調で期待された通りのことをしゃべった。この数日は私たちの人生の中で最もつらいものでした、とか、この大変な時期に、警察をはじめとして関係者の皆さんがさまざまなお力添えをしてくださったことに感謝します、とかいった言葉。ジャズは眠れているようだった。彼は本当にその気持ちを持っているのか、そして、私と同じように本当にラージがいなくなったのを悲しんでいるのだろうか、と彼女は疑問に思い始めた。

それに、ニッキー・カパルディというロックスターに関わるややこしい問題があった。彼女は彼についても、彼のバンドについても聞いたことがなかった。彼はテレビで観ると、ベッドフォード辺りを自転車で走っているのを見かける若い男の一人――やせっぽちで髭を生やし、ぴちぴちのジーンズに詰め込んだ脚をせっせと動かしている男――

に見えた。ジャズはカパルディがそれほどの有名人だとは知らなかったと言った。プールサイドの寝椅子で寝ているのを最初見かけたときには、ホームレスの男だと思った、と。ラージは彼の部屋に駆け込んだらしい。彼女には理解できなかった。あの男には息子と結び付きそうな部分は何もなかった。野蛮で、どことなく嫌悪感を抱かせる男。彼はきっと薬物をやっていると思う、とジャズは言った。

テレビではコンサートの映像が流された。そしてカメラ付き携帯電話の森に囲まれて、マイクを握るカパルディの映像。シュールな経験だった、と彼はインタビューに答えた。俺はただ考え事をしてただけ。ほら。砂漠と心を通わす、みたいな？　煩わしいことから逃れようとしたら、結局、もっとややこしいことに巻き込まれたってわけ。

地元警察は彼を一晩勾留した。その後、ＬＡから弁護士の一団がやって来て、警官たちは大きな過ちを犯したことに気付いた。インターネットは盛り上がった。事件を偶然だと考える人間はいないようだった。何かの理由があるはずだ。イエス・キリストが、悪魔が、銀行が、彼をこのタイミングに砂漠に送り込んだに違いない。彼は今、イギリスに帰国し、自分を取り上げたテレビの特番に出演して、勾留のつらさ、特に、訳も分からず勾留されることの恐ろしさを語った。ラージは彼をハグし、彼の手を握った。彼女は彼のうつろな目を見たが、そこには人間らしさが全く感じられなかった。

世間はそれを皮肉だと思うだろう。カパルディは皆に好かれている。世間に嫌われているのは彼女の方だ。

最初の数週間、マスコミは彼女にどんなレッテルを貼るか、手探りしていた。この大変な時期にも威厳を保つ苦悩の母。変化は、何の予告もなく訪れた。あまりに急に風向きが変わったので、彼女は全く心の準備ができていなかった。彼女はある記者に皮肉を言った。それは真珠のイヤリングを着け、ブロンドの髪をぴたっとセットした女だった。その記者はリサに泣いてほしいと思っていたようだ。地元のニュース番組で、感傷的な音楽に合わせてラージの写真、家族の写真、誕生日パーティーのビデオを映す予定で、それに合う映像が欲しかったらしい。彼女は執拗に地面を掘る犬のように、しつこく質問を繰り返した。どうして私が泣き崩れる姿をあなたに見せなければならないんですか、とリサは尋ねた。赤の他人なのに、と彼女は言った。女記者は敵意をむき出しにして彼女を見た。マサル夫人、と彼女は訊いた。息子さんの事件については自分にもいくらか責任があると思いませんか？

それから二人は互いに大声を張り上げた。何てことを。息子さんをあそこに連れ出したのはあなたですよね。そんな質問はプロとは思えない。無責任な行動。監督不行き届きですね。その様子が全てカメラに収められた。

映像はウイルスのように拡散した。

物語の論理が何か新しいものを要求していた。新たなひねりを。「リサ・マサルが本性を現した!!!」。挑発に乗っちゃ駄目だ、とプライスが言った。図々しい連中だと思うかもしれないが、こっちはそれをうまく利用しなければならない。何でもこちらの計画の一部にしてしまうんだ。

誰かがうちの子を誘拐したんです、と改めて彼女は言った。息子は計画と関係ない、息子は息子です。

蠟燭を吹き消すラージ。プールサイドのラージ。ブランコに乗るラージ。

テレビに映し出されるラージには、どこか不気味なところがあった。彼は小さな聖人のように描かれていた。日ごとに現実感が薄れていた。息子を生かしているのは自分の意志の力だけなのではないかという疑念が彼女の中で膨らんだ。私が錨《いかり》となって、彼が死の世界へと漂っていかないように引き留めているのだ。彼女はその頃から、しゃべるのをやめた。どのみち誰も、彼女の話をまともに聞いてはいなかった。彼女は息子の姿を正確に思い出すことに集中した――特に、ひどいときのことを。ぐずりだしてから二、三時間後のラージ。彼女が寝不足のときのこと。叫び声がカラスの鳴き声に似てくるときのラージ。十歳になっても、十四歳になっても、この子はトイレに行くようにならないのではないかと考えながら、おむつを替えるときのこと。

そうであればいいと思うし、犯人が誰であれ、ちゃんと裁かれるべきだ。でも、やっぱりジャズじゃない気がする。リサの方は信用できない。それにリサはラージが手に負えなかったと発言してた。ところで、ラージが学習障害だとか、アスペルガー症候群だとかいう記事を見かけたことはない？　テニスボールを持ってる写真を見たら、明らかにアスペルガーっぽいんだけど

ニッキー超超超好き。ニッキー・Cのことが好きなら、「彼が誘拐犯」とか「彼は邪悪な吸血鬼」とかいうくだらないコメントを見かけたら反論すべき。彼はすごいアーチスト。悪口を言う連中は病的な暇人。病

的な疑いを持ってても根拠は皆無。音楽のことだって何も知らない。偏見って怖い

ラージは自閉症ってことになってるけど、それはバチカンが流したインチキ情報だと思う。罪が九世代下の子供まで引き継がれるみたいに、父親や祖父の病気が子供に遺伝すると見せかけるためのでまかせ。父と娘の間の近親相姦から自閉症児が生まれ、嚢胞《のうほう》性線維症はきょうだい間の近親相姦から生まれる。バチカンはそう人々に信じさせたいのだ！

そんな妄想を抱くおまえなら、きっとマサル夫妻のインチキを弁護する人間を殺して、マサル夫妻がラージ殺害を隠蔽したのと同じように細工をするんだろうな！　恥を知れ!!!

いつかあのあばずれはムショに行く。シャブ中の手を借りて一人息子を殺し、遺体を砂漠に埋めたんだから、当然の報いだ

ラージの目を写真で撮ってフォトショップで読み込んで、色を取り除いたら〝太陽の車輪《ゾンネンラート》〟と呼ばれる黒い太陽が浮かび上がる。この画像は病院に保管されたラージの網膜スキャンを使用

この夫婦は詐欺師。ラージを捜そうとするキャンペーンも詐欺。自分たちの血塗られた犯罪を隠すために〝FBIは無能〟という図式を描こうとしている。何とかしてやつらの尻尾をつかまなければ、あるいは尻尾を出すよう追い込まなければ、いずれ真実が明るみに出たときに、やつらは姿をくらましているだろう

自白はしないだろう。悪魔教の儀式に従ったラージの殺害について真相を明らかにする唯一の方法は、証拠を挙げることだ。そうなれば彼らはみんなから集めた金を持って遠くの島に逃げ、貪欲という病で死に至るまで、身を隠そうとするだろう

彼女は皆に嫌われていた。

一か月が経った。彼女は自分がリヴァーサイドに閉じ込められていると感じた。私はホテルに監禁されている。光

沢のあるカーテンとカーペットの匂い、そしてルームサービスに電話したときに応対するアジア系男性の声によって閉じ込められている。ジャズは彼女に、家に帰りたいかと優しく尋ねた。その方が気分が楽じゃないか、と。ラージが一緒じゃないと嫌、と彼女は答えた。彼はそれ以上何も言わなかった。彼は何度かニューヨークに戻っていた。仕事上の用事があったようだが、それについて詳しく話そうとはしなかった。彼女はテレビを観、薬を飲み、警察からの電話を待ったが、新しい情報も、手掛かりも、信頼できる目撃情報もなかった。警察は何度も何度も失踪当時の状況を尋ねたが、彼女もジャズも有益なことは何も思い出せなかった。ジャズはネットであるサイトを見つけ、それについて義父とプライスに相談した。それは男だけの話し合いで、彼女は招かれなかった。そしてある天気の悪い朝、彼らは車でパサデナに向かい、自然食品の店の二階にある診療所のような場所を訪れた。スキー焼けの肌にレモンイエローのポロシャツを着たスキンヘッドの男が十分間、犯罪捜査のための記憶回復術について講釈した。パワーポイントのスライドを使ったその説明は、今までに何回も繰り返された前置きらしかった。リサはデスクの後ろの棚にずらりと並べられた自転車競技のトロフィーを見つめた。彼がブラインドを閉めて部屋を暗くし、彼女を長椅子に寝かせて規則正しく息をするように言ったとき、彼女は次に、ぴかぴかのトロフィーの一つをじっと見るように指示されると思ったが、そうではなかった。懐中時計を使うわけでもなければ、彼の目を見るように指示されるわけでもなかった。ビーチの光景を思い浮かべ、体の力を抜くようにと彼が静かな声で、言い寄るように語りかけると、彼女の体は徐々に重くなった……。そうして自由連想と言葉遊びを三十分続けたが、彼女は役に立つことを何も思い出せないまま、待合室に送り出された。彼女はそこに座り、半年前のファッション雑誌を手に取って、写真を見ることなく、あるいは記事さえほとんど読まずにぱらぱらとめくりながら、紙が次々にめくれるかすかな音だけを聞いていた。その音の反復性、予見可能性が心地よかった。雑誌のページをめくるとこうなる。待合室は暖かく静かで、受付の女性はこちらを見るでもなく、同情的な表情を浮かべるでもなく、ただ彼女を無視し、電話を取り、キーボードで文字を打ち込んでいた。リサはゴムの木の鉢植えと並んでソファに座っていると心が落ち着いた。それは数週間ぶりの気持ちだった。そして、ページをめくる音以外に何の刺激もなく、何も考えず、何も期待していなかったので、ジャズと催眠療法士が携帯電話を手に持ち、興奮した様子で身振りを交えてしゃべりながら施療室から出てきたときは煩わしく感じられた。ジャズに抱き締められても、彼女にはその意味が理解できず、疑似科学でラージの居場所が分かったのかと思った。彼女は笑顔になり、彼をハグし返したが、彼が思い出したという話を聞いてみると、それはあまりに些細な事実だったので、彼を抱き締めるのをやめた。もう一台の車。彼らが乗ってきた車の横にもう一台、彼らが岩に向かって歩きだしたときには停まっていなかった車が停められていた。ジャズは催眠術によって、後ろを振り向いたときのことを思い出した。そのとき、白か銀色の車――間違いなく明るい色――の屋根が四角く光るのが見えたらしい。ジャズを希望で満たし、目に涙を浮かべさせるには、馬鹿馬鹿しいほど小さなこの手掛かりで充分だった。

　それはプライスにとってもちょうどいい話だった。マスコミは新たなネタを与えられ、再び大衆に向かって情報提供が呼びかけられ、連絡係の警官はリサに、どこかの部局の専門家が料金所やガソリンスタンドの監視カメラ映像を調べていると請け合った。もちろん、新情報は何も出てこなかった。翌週にはまた、捜査は振り出しに戻った。

　ジャズはニューヨークに戻りたいと言った。もしも進展があったらまた飛行機でカリフォルニアに来ればいい。〝もしも〟？と彼女は聞き返した。〝もしも〟ってどういう意味？ 彼は腹を立てた。どうしていつも揚げ足を取るようなことばかり言うんだ？ 心配してるのは自分一人だとでも思ってるのか？ 私はここに残る、と彼女は言った。それは具合が悪い、と彼は言った。誰が君の面倒を見る？ 君のお母さんもお父さんもフェニックスに戻ってしまった。もしも近くにいたいならしばらく実家にいたらどうだ？ 彼女を遠ざけたいかのように彼は言った。それはまるで、仕切りで隔てられた二つの動く歩道《ムービング・ウオーク》のようだった。隣同士で進んでいるのに、手は触れられない。

　ええ、実は、サリー、私たち夫婦はあまり会話が多くありません。その件は夫には話していませんが、夫も馬鹿ではありません。何かがあったことは察しています。私はしばしば思うんです――考える時間はたっぷりありますからね。視聴者の皆さんには既に話したように思いますが、私は不眠症に苦しんでいて、毎日大量の薬を飲んでいます。それでも夜中に一人で目を覚まし、暗い中で孤独な時間を過ごすことがあります。そういうとき、壊れた夫婦関係について考えて時間をつぶすのです。ええ、彼は私が何をしたか、おおよそ見当が付いていると思います。ですから、息子が仮に帰ってきたとしても、その奇跡によって夫婦の関係も修復できるとは思えないのです。

照明のせいで彼女は汗をかいた。ドレスが背中に貼り付き、胸の谷間に汗が溜まった。プライスはこのインタビューで、「マスコミ報道における彼女のイメージをリセットする」のだと言った。彼女はもはや誰も注目していないだろうと思った。マサル夫妻の話題は既に古びていた。次のシーズンまで新たな展開はなし。彼女はメークの下で顔がむずむずするのを感じ、自分は赤面しているのだろうかと思った。彼女の体は最近、頻繁に反乱を起こした。ほてり、湿疹、吹き出物。じっとしていると体の震えを感じた。今は膝の上に手を組んでいたが、その手がまるで別の生き物みたいに――手が鳥になってスタジオ内の暑い空気の中に飛び立ち、逃げ出そうとしているかのように――震えだした。ジャズはきちんと要点を押さえながら話をしていた。どうして彼にはあんなことができるのか？彼女はパニックを起こした自分の手が羽ばたき、照明器具に体当たりしながら出口を探す光景を想像した。

彼女は時々深く眠った――睡眠薬の海の底で、マスクと耳栓をして、死体のように仰向けに横たわって。時には、あの岩山について、訳の分からない夢を見ることもあった。恐ろしくもないが友好的でもない、犬のような頭を持つ人物がラージの手を握っている姿も夢に見た。暗闇に縁取られた三つの尖った岩が見える。夢の中はいつも夜だ。彼女は砂漠でラージと遊んでいる。育児書に書かれた助言――大袈裟に励まし、褒め、決して叱りつけないこと――に従って彼女はラージにおまるを使わせようとする。そして、犬の頭を持つ男の方を振り向き、「これをやっているときがいちばんストレスが溜まるの」と言う。これをやっているときがいちばんストレスが溜まるの

すると犬の頭を持つ男がラージを抱え上げ、一瞬、そこに立ったまま、計り知れない黒い目で彼女を見た後、遠くに向かって走りだす。

Q　あなた方はニューヨークでは同情されているようですが、他の土地ではあまり理解を得られていないようです。旅先でトラブルに巻き込まれた裕福な都会人というイメージを持たれていることについてどう思われますか？

彼女が駐車場を歩いていると、ゴムのサンダルがぱたぱたと踵に当たった。内ももには、ぬるぬるする精液の感触があった。彼女は自分が酔っていることに気付いた。相当酔っ払っていた。突然、通り過ぎる車のヘッドライトが砲

撃のように彼女を襲い、目がくらんだ。車がバックし、窓が下がった。

「大丈夫、ハニー？」

運転しているのがモーテルの女支配人だと気付くのに少し時間がかかった。リサは後ろを振り返った。バーの男たちがポケットに手を突っ込み、遠巻きにこちらを見ていた――何かを待っているみたいに。

女が手を伸ばし、助手席の扉を開けた。

「乗った方がいい。バッグとか何か、持ち物はない？手ぶら？」

次に見えたのはヘッドライトの中で前に伸びる道路だった。香水とたばこの匂い。電波障害のためラジオから途切れ途切れに聞こえる、もの悲しいカントリー音楽。あまり話はしなかった。

「ドーンと呼んで」と女が言った。「あそこはあなたみたいな人が飲みに行く店じゃない」

彼女は今どこに向かっているのかと訊いた。

「遠くじゃないわ。私の友達の所。その後で、連れて帰ってあげる」

「私は連れて帰ってほしくない」

車は幹線を逸れて横道に入り、ドーム形の家の前に停まった。おとぎ話に出てきそうな家だ。玄関に鍵は掛かっていなかった。それははっきりと記憶に残った。鍵の掛かっていない扉。ドーンが敷居をまたぎながら中に呼びかけると、女が現れ、足が言うことを聞かないリサを両脇から二人で抱えた。家の中は薪を燃やした煙の匂いがし、籠と素焼きの水差しが置かれ、インド風の敷物が敷かれていた。横になると気分がよかった。

二人は彼女に毛布を掛けてくれた。
Q　これはあなたの新たな側面ですよね。とても感情的な側面。それが本当のリサ・マサルということなのでしょうか？
……。
Q　野生の動物――ひょっとするとコヨーテ――がお子さんを連れ去ったのかもしれないという説についてはどう考えますか？

一九七一年

強制捜査は突然に、そして野蛮な形で訪れた。彼らは朝の四時半にやって来た。未明の未舗装道路を疾駆する、人員輸送車とパトカーの車列。陶酔《トリップ》から覚めかけた二人の女が目を覚ましており、岩の上に座って、日が昇るのを待っていた。後に、彼女たちは太陽が沈むのを見たと語った。ライフルとショットガンの鈍い輝き。ドームから追い立てられ、地面にひざまずかされる仲間たち。

ファシスト的なアメリカ。

ドーンはドームで、〈空の綿毛の兄弟〉の兄の方と一緒に寝ていた。警官たちが中になだれ込み、何の警告もなしに人々を蹴り、警棒で殴った。あっという間の出来事に、誰も何もできず、ただ必死に毛布で体を守り、押されるままに外に出た。男たちは髪をつかんで引きずられ、裸の女は強力な懐中電灯の明かりに照らされながら、胸や尻をつかまれ、一列に並ばされた。ワグホーン保安官が台所のテーブルの上に立ち——テーブルはその体重できしんだ——拡声器で指示を出した。豚どもが捜索する間、物が壊れる音、ガラスが割れる音が響いた。彼らは壊せる物を一つ残らず壊した。

警察が捜していたのは薬物と武器だった。それは実際に見つかった。台所の包丁、狩猟用のライフル、錠剤、そしてマリファナ。本当はそれ以外の物もあったが、それらは砂漠の安全な場所に埋められていた。

逮捕者は三十人。六人が刑務所に行った。町がスパイとしてドニー・ハンセンという男を送り込んでいたことが後に分かった。身長六フィートのでかい図体、スポーツ万能なクオーターバックだ。ドニーは高校では乱暴なグループのリーダー的存在で、酒も飲むし女好きだったが、柵の向こうの光や歌やかわいい女たちの姿を見て、楽しいことから閉め出された幼い子供みたいな気分を味わっていた。彼の父親はガソリンスタンドとホームセンター、そして町の南にある数百エーカーの牧場の持ち主だった。ドニーは以前からドーンを嫌っていた。そのきっかけとなったのは、ドライブインで一物《いちもつ》をくわえさせようとしたら彼女が抵抗し、ロビー・モリーナのトラックに逃げ込んだことだった。

ある晩、ドーンはドニーがドームの中にいるのを見つけた。彼は房飾り《フリンジ》の付いた〝潜入用〟の鹿革ジャケットを羽織り、麻薬を手に入れようとして周囲の人に次々に声を掛けていた。彼は皆の肩を叩き、握手の手を差し出した。よう、相棒《マン》。何か麻薬《ブツ》ある？ 誰もその手には乗らなかった。彼の口調はまるで教育用ビデオの俳優みたいだった。彼女は急いでウルフとフロイドに相談に行った。その結果、彼の振る舞いは麻薬捜査官のようだということになり、ドニーは追い出された。ドニーはフットボール部の仲間に度胸試しをけしかけられたのだと言ったが、誰も信用しなかった。しかし、それ以上はどうしようもない。何事もなく一週ほどが過ぎると、彼らは無事に危険を避けられたと安心した。

実は、彼を送り込んだのは町のロータリークラブだった。その場面は想像が付いた。〈マリガンズ・ラウンジ＆グリル〉の奥の部屋に男どもが集まり、山盛りのポテトチップスをつまみながらフォア・ローゼズのバーボンを飲み、汚れ仕事を誰にやらせるかの相談をする。ドニーはロータリークラブのメンバーを尊敬し、彼らによく思われたがっていた。彼は結局そのためにベトナムに行き、戦死することになるが、それはこの二年ほど後の話だ。

彼はフロイドからLSDを買ったと証言し、その証言に基づいて令状が出された。裁判にはカメラマンが何人かやって来て、おかしな格好をしたおかしなヒッピーを撮影しようとした。司令部は味方をしてくれそうな地下メディアに連絡を取ろうとしたが、無駄だった。自称〝事情通《ヒップ》〟の阿呆ども。彼らは車に乗って自分の町から外に出ることさえ面倒がる怠け者か、あるいは何らかの理由で司令部の話を理解できないか、そのどちらかだ。後者だとすれば、ドーンにとっては不思議だった。ほとんどの人には話が通じると思っていたからだ。対抗文化《カウンターカルチャー》というのはそもそも、光明のために力を尽くすということではないのか？ それなのに、報道は〝カルト〟一色だ。

彼女は六人の少女と一緒に傍聴席に座った。皆、自分で作った銀色のミニドレスを着て、その上に羽織った袖なしの外套には、天から遣わされた弁護側の証人である上級マスターの名前が縫い込まれていた。コートン、カッション、ソルテック、アンドロメダ・レクス、グー＝リン、ブラヴァツキー——ドーンはサンジェルマン伯爵だ。皆の視線が彼女たちに集まったが、それこそが目的だった。それはマスターの存在を否定する法廷に対する公式な抗議だった。チャネリングでマスターから証言を得れば、フロイドがドニーとロータリークラブにはめられたことは明らかになるはずだ。彼女はスーツにネクタイ姿の男たちを眺めながら思った。ほら、ドーン、これがやつら、暗黒の勢力。いよいよやつらが正体を現した。

フロイドに対する判決は彼女の胸を引き裂いた。懲役十年。ドニー・ハンセンの証言のせいで十年。マリガンの店に集まるやつらの勝ちだ！　裁判所は彼らの味方！　〝町を作ったのは自分たちで他のやつらは怠け者だ〟と触れ回るろくでなしどもの勝ち。でも、それは実のところ真っ赤な嘘だ。彼らは何一つ作っていない。ただ拳を固め、奥の部屋で取引をし、彼らの父、あるいは父の父が他のみんなから奪い取った物を守るためにあれこれ策を練っているだけ。

彼女たちはフロイドの裁判だけでなく、全ての審理に出席した。それは恐ろしい時間だった。地面を覆い尽くそうとするコンクリートや、ひしめき合うように建つ建物を見ながら、四六時中、町に向かうバスに乗っているような気がした。体は疲れ、胸は痛んだ。プラカードを持って歩き回ったり、暗黒面の代理人が〝証拠〟と呼ぶものを説明する間、何時間も何日も、じっと座って話を聞いたり。二人の被告は懲役五年、その他は二年から五年。マルシアは実は、ＦＢＩの指名手配犯だった。彼女は武装強盗の罪でニュージャージーの刑務所に送られた。政治的な事件だったとドーンは噂で聞いた。マルシアは銃身を短く切った散弾銃を手に、プロレス用の覆面をかぶった黒人過激派グループと一緒にチェース・マンハッタン銀行に押し入ったらしい。

多くのメンバーはもはや、ピナクルズに残りたいとは思わなかった。毎日、一人か二人が荷物をまとめて出て行った。友達と抱き合い、キスし、手紙を書いてね、と約束させながら、ドーンは怖くなった。彼女にとっては岩山に集まる人が仲間だ。もしも皆がいなくなったら、彼女も消えるしかない。そうしないとドニーとレイ伯父、保安官とハンセン氏、ロビー・モリーナをはじめとするろくでなしどもを相手に、彼女一人で戦わなければならなくなる――町の連中は老いも若きも皆、彼女をやり込めようとしているのだから。結果は火を見るより明らかだ。彼女は戦いに敗れるに決まっている。

たくさんの物が壊されていた。台所と作業場はほとんど一から作り直さなければならない。昼も夜も見張りを一人配置した。武器はなし。ただ見張りを立て、また町の連中が来たら少しでも早く逃げ出すだけだ。クラークとマー・ジョウニーは自分の小屋にこもり、めったに姿を現さなかった。ジュディーはまるで一時的に赤い靴と黄色い煉瓦の道を失っただけだとでもいうように、作り笑顔を浮かべ、皆に元気を与える前向きな言葉を口にしながら、行ったり来たりしていた。巡礼者《ピルグリム》ビリーは、共同体《コミューン》を解散して、ばらばらに生きていくべきだと言った。砂漠でならそれぞれ生きていける、と彼は言った。彼は都会生まれだった。彼女の記憶では、ボストン出身。

ウルフは答えを持っていた。俺たちはセッションを開くべきだ、と彼は言った。この場所を清めるためにセッションをやろう。

気球が使われるのを彼女が目にしたのは、このときが最初で最後だった。気球は元々、ある芸術家集団の持ち物だったが、彼らはその後、空に見切りをつけ、イルカと一緒に暮らすと言って海に向かった。彼らは貴重な気球をなぜか、コヨーテに譲り渡した。ウルフは皆を引き連れて乾湖の中心に行った。光がまぶしかった。彼らは乾いた塩を踏みながらぞろぞろと列になって歩いた。そして巨大なポンプで気球を膨らました。縦横五十フィートの銀色の巨大枕が二つ。地面から六フィートの位置に浮かぶ柔らかな町。ドーンはこれほど美しいものを今までに見たことがなかった。

彼らはそこで二十四時間、裸でセッションを続け、強制捜査がもたらした負のエネルギーを払いのけるためにトロニクスのベース音を響かせ、音楽を演奏した。それに疲れると気球の上に登り、そこで横になって、平らな白い世界を眺めた。彼女にはようやく分かった——私たちが今生きているのは時の終わりなのだ、と。〈空の綿毛の兄弟〉と一緒に、反射する光に目をくらませながら、銀色に輝く気球の上を這っている自分の姿が、その後、ドーンの記憶に残った。それは純粋な美の世界、神聖なる光明の美しさの世界だった。そしてその後、彼女が闇に落ちたとき、アシュター銀河司令部の思い出として彼女がいちばん大事にしたのはこの記憶だった——体の中に螺旋状に染みわたるトロニクスの偉大なる低音を聴きながら、神聖なる光明の美しさの上で跳ね回る場面。

二日後、彼女は他のメンバーと一緒にフォルクスワーゲンのオレンジ色のマイクロバスに乗り、LAに向かっていた。それは〝勧誘任務〟と呼ばれた。送り出されたのは彼女を含め、四人の女。トラヴィスという背の高いテキサス出身の男も一緒だった。彼は一応、女たちの用心棒として同行していることになっていたが、実際にはそれとは別に、ヘロインの取引が行われていた――彼女はそれを知らないことになっていたけれども。彼は少なくとも一日に一度、クラークと電話で話した。しかし、彼女はややこしいことで頭を悩ませる必要はなかった。全く。バスをいっぱいにしろ、とクラークは言った。たくさん連れてこい。俺たちはまた組織を大きくしなければならない。

夕方が近づくと、彼女はサンセット大通りなんてもう見たくないと思った。彼女はいつもタワーレコードの前で車から降ろされた。歩道を行ったり来たりしろ、とトラヴィスが言った。通行人に話しかけるんだ。トラヴィスは女たちにセクシーな服を着せた。ホットパンツにホルタートップ。交差点に立っていると、車がクラクションを鳴らして通り過ぎた。目的は仲間に加わりそうな人物――主に若い男――を探すことだ。レコード店に出入りしたり、ナイトクラブの〈ウイスキー・ア・ゴーゴー〉やホットドッグ屋の〈スニーキー・ピート〉の前をうろついたり。もしも相手が話に乗ってきたら、LPを買わせ、光明に関する説明を聞かせる。スモッグについて考えたことある？　それは彼女が得意な切り出し方の一つだった。スモッグって負のエネルギーなのよ。分かる？　私の話を信じるかどうかの問題じゃないわけ。だって、頭のすぐ上に現物が見えるんだから。もしもあれが負のエネルギーじゃなかったら、一体何なのかしら。

「場合によっては同伴もオーケーだ」とトラヴィスが言った。「基地まで連れて行くにはそれが必要だと判断した場合はな」

「同伴？」

「かまととぶるなよ」

もしも男が食いついたら、隠れ家に案内する。それはエコーパークにあるビクトリア朝様式のぼろ家だった。屋敷にはたくさんの寝室があったが、どこも動物の死骸の臭いがし、周りの建物にいるのは、スペイン語でいやらしいことを叫んだり、卑猥なジェスチャーをしたりする麻薬中毒者やメキシコ人ばかりだった。彼女は二、三度、後を尾けられたことがある。彼女は夜中に時々、食堂に寄って熱いコーヒーをテークアウトすることがあった――単に、投げつけるための物を手に入れるため、あるいは、気分を変えてまた仕事に取り掛かるために。

男が泊まる場所を必要としたら、泊まらせてやる。食事を作り（マカロニ・アンド・チーズとか、家庭的なものがいい、とトラヴィスは言った）、他の皆に紹介する。女の子は四人とも若く、美人だったので、居間の汚いソファで司令部の話を聞かせる男を見つけることに苦労はしなかった。彼女は連れてきた男の何人かとファックした。そして別の女の子が連れてきた男の何人かともファックした。トラヴィスは普段、二階にいた。時々、二階に行って、彼の相手をしなければならないこともあった。

隠れ家にいると、時間が止まったような気がした。そこは昼も夜も全く同じだった。トランジスターラジオから聞こえるトップ40の音楽。キッチンの入り口に掛かったプラスチックビーズ製のカーテンが立てるシュッという音。彼女の部屋は深紅色に塗られ、天井から吊った裸電球で照らされていた。扉の外では常に誰かが誰かとしゃべっていた——避難の話について。考えてみて。例えば地震とか。危険だと思わない？　司令部は何世代も前から西海岸をモニターしてる。六十秒以内に全住民を避難させることができる。彼らはいつ何時でも私たち一人一人がいる場所を把握しているの。

やらせろ、あばずれ、さあ、やらせろ。

船は美しい

船は喜びに満ちている

クラークは金を欲しがった。必要なのは新メンバーを探すことだけではなかった。LPも売らなければならなかった。毎日午後、繁華街に出掛ける前にトラヴィスが執拗に繰り返した。今日は何枚売るつもりだ？　その数字を考えろ。数字を頭に思い浮かべろ。ある夜、トラヴィスは彼女を椅子に座らせ、一つの提案をした。「レコードを売るのも一つの仕事」と彼は言った。「他にも仕事はいろいろとある。俺が言いたいのは、今までおまえがただでやらせていたことで金を取ってもいいんじゃないかってことさ」

LPは最初、とてもいいアイデアに思えた。それはセッションを生で録音したテープから作ったものだった。クラークはコヨーテをうまく説得してテープを手に入れ、今後は電波を通じて世界中にメッセージを届けたいとミーティングで発表した。来たるべき危機の知らせを、聞く耳を持った人間に——そして五ドルを持った人間に——届けるのだ、と。ドーム内で開かれた賑やかな集会で、残された光の子《ライトワーカー》たちは心を一つにして、LPジャケットのデザインとキャッチコピーについて案を出し合った。クラークがテープを再生すると皆はがっかりした。それはまるでマイクに靴下をかぶせて録音したような音だった。文句を言おうにもコヨーテの姿はそこになかった。司令部のメッセージは音楽の搬送波に刻まれているから音質は大した問題ではない、とクラークは言った。たとえそれが聞こえなくても人々にはちゃんと伝わるはずだ。それは素敵なことだ。でもレコードでは、トロニクスの実際の雰囲気がちっとも伝わってこない。彼らはもっといい音源を期待していた。

　コヨーテがどうしてジャケットに登場することになったのか、彼女には分からなかった。明るいジュディーの顔、あるいはローブを着たクラークとマー・ジョウニーの姿がジャケットを飾るだろうと誰もが思っていた。絵を描いたのはクリステルという名の少女だった。彼女はしばしば〝キリス＝テレ〟と自分を呼び、それは〝ジーザス＝サナンダの啓示〟という意味だと説明した。彼女は、コヨーテが司令部の宇宙船の前に立ち、感電死している姿を絵に描いた。クラークは文句を言わなかった。彼はおそらく自分にも同じ啓示が見えていると皆に思わせたかったのだろう。

　クラークはLPを売れと言った。だから彼らはLPを売った。客がそれを繰り返し聴くかどうかは別問題だ。誰か男がLPに金を払い、家庭的なマカロニ・アンド・チーズを気に入り、セクシーな少女たちが昼も夜もセックスを求めている砂漠の中の施設に興味を持てば、トラヴィスのバスに乗せる。あるいは念入りに包んだ荷物を持たせて、あとは自分でグレーハウンドの長距離バスに乗って現地まで行くように指示をする——目的地に着いたら特別な謝礼が待っているからと言い添えて。ドーンはいつも、荷物とバックパックを持って出発する彼らを、手を振って見送った——サーカスの芸人が人間大砲の筒に入り、今から打ち上げられようとしているかのように。うん、ベイビー。二、三日したら私も帰る。心配は要らないわ。船は美しい。

船は喜びに満ちている

　彼女は淋病にかかった。トラヴィスに連れられて性病専門医に見せに行くと、抗生物質を与えられ、説教を聞かされた。夜になると繁華街をうろつき、ライブハウスに入りたがる若者の群れに加わり、屋台で売られているものを食べ、〈76ガソリンスタンド〉の前の歩道を歩き、看板を見上げる。**香りのある国、マルボロの国。**ロッキー＆ブルウィンクル（一九五九年から一九七一年にかけてアメリカで放映された人気アニメ（邦題『空飛ぶロッキー君』）のキャラクター）の巨大な像があり、通りの反対にあるカジノの看板に映し出される女の衣装が替わるたびに、ブルウィンクルのシャツの色が変わった。生協の売店では、裸足に汚い服装で列に並び、LPの売り上げと引き替えにトラヴィスからもらった食料切符《フード・スタンプ》で食べ物を買った。しばらくすると、時間の感覚がなくなった。店に行く、店から戻る、繁華街に行く、繁華街から戻る。シラミが兵士の一団みたいに汚いマットレスの上を這うのを眺め、いつまでもその数を数えた。彼女はクリステルとマギーと一緒に二十四時間営業のドラッグストアに麻薬を買いに行き、売人の手が木で作られた義手であることに気付いた。皆、笑いがこらえられなかった。彼女はどこかのオフィスで最初の注射を打ちながら、「避難の話を聞いたことある？」と尋ねていた。そして、売人の木製の義手を思い出し、げらげらと笑い転げ、店に行き、繁華街に戻った。タコスを売る屋台、喫茶店、トップレス・バー、通りすがりの車、通りすがりの車、通りすがりの車、通りすがりの車……。

彼女は三か月滞在し、一九七一年の春と初夏を過ごした。当時はそう思わなかったが、その間に彼女は何かを失った。新鮮さを。彼女はトラヴィスが運転するフォルクスワーゲンのバスの床に座って砂漠に戻った。肩が触れ合う隣には、彼女が最近勧誘した、アイオワ出身の赤毛の青年が座っていた。彼は自分の鞄の中に半ポンド近いラオス産の高純度ヘロインが仕込まれ、自分が運び人にされていることに気付いていなかった。汚れた小さな丸窓から眺めると、アシュター銀河司令部の地球第一基地は、彼女の記憶にある姿よりもみすぼらしく、古びて見えた。ドームはまだ大きくそびえていたが、パネルは錆び、光沢を失っていた。マー・ジョウニーの小屋は火事に遭い、焼け落ちていた。皆の話題はそのことで持ちきりだった。誰が火を点けたのか？　ＦＢＩか、町の連中か、暗黒の勢力が内部に送り込んだスパイの仕業か？　ドーンの見る限りでは、誰が犯人でもおかしくなかった。施設にいるのは見知らぬ人ばかりだった。彼女を含む勧誘部隊がここに送り届けたのは二十人ほどだったが、居候らしき人間が他にたくさんいた。入れ墨のある男ばかり。一人か二人は明らかに逃亡者。少なくとも三人は暴走族〝ジプシー・ジョーカー〟（一九五〇年代にサンフランシスコ湾岸地域で結成された一種のギャング組織）のワッペンを付けていた。最初の夜はバイクのエンジン音と瓶の割れる音、そして奇声しか聞こえなかった。夜中の二時頃、女の子の悲鳴が聞こえ始めた。ドーム内部の、ドーンのそばで寝ている人は誰一人、気に懸けていないようだった。誰も起き上がることさえしなかった。ドーンは外に出て、懐中電灯で辺りの様子をうかがったが、出所を突き止める前に悲鳴はやんだ。

翌朝、彼女は赤毛の青年がヒッチハイクをしようと道端に立っているのを見た。目の周りが黒いあざになっていた。どうかしたのかと彼女が尋ねると、地獄に落ちろと彼は答えた。ここがクールな場所だなんて大嘘をつきやがって、と彼は言った。

　古いメンバーの多くがいなくなっていた。その日、夕食の席で（食事の内容はあろうことか、以前よりもひどくなっていた――ありふれた金属製のトレーに盛られた味のないレンズ豆の水っぽいシチューとひとすくいの米だ）、ドーンは自分が留守にしていた間の話を聞いた。いいニュースは一つもなかった。町からの締め付けは、さらに厳しくなっていた。ほとんどの店で、地球基地の人間には何も売ってもらえなかった。ガソリンを買うのに二十マイル先のガソリンスタンドまで行かなければならなかった。町の有力者たちは、考えられる限りの法的手段に訴えた。建築基準法、衛生管理法。彼らはドームを危険な構造物と判断し、ブルドーザーを送り込んで取り壊そうとした。

　クラークは彼女を呼びつけた。そして彼女にひざまずかせ、ひとまず奉仕をさせた後で、施設の中には光明の仲間でないものが混じっているから気を付けるようにと警告を与えた。「ドーン、彼らは左方の放射なんだ（「左方の放射」はおそらく、十三世紀に書かれたカバラの文書から取られたフレーズで、〝悪の光〟のような意味と思われる）。彼らが発する光線は、われわれには重みとして、一種の憂鬱として感じられる。もしもそんな重みを感じたら、そいつの名前を私に知らせなさい。司令部が手を貸してくれるだろう。君はすぐに名前を知らせるだけでいい」

　彼女はその後、岩に登った。考え事をしながらマリファナを吸っていると、誰かが近づいてくるのが聞こえた。ジャラバを着て、尖ったフードを目深にかぶった人影が岩の陰から現れた（ジャラバはアラブ人が着るゆったりした長い外衣で、袖が広く、フードが付いている）。

「そこにいるのはドーン？　私よ、ジュディー」

　ジュディーは長い間離ればなれになっていた姉妹のように彼女の腕に飛び込み、ハグし、顔にキスを浴びせた。よく晴れた夜で、月は満月だった。ドーンはショックを受けた。少女はまるで千年も年を取ったように見えた。誰かが白い粘土を二本の親指で押したみたいに、二つの目が落ちくぼんでいた。

「どうしたの？　何があったの？」

「分からないわ、ドーン。何もかもがバラバラになりかけてる」

　ジュディーは何かを信じつつ、同時にそれを疑いながらしゃべる能力を持っていた。喜んだり、泣いたり、心をときめかせたりして感情的になったときでも、心の一部は完全に客観的に自分を見つめている――彼女はそんな印象を与えた。時には彼女が他人の真似をしているだけに感じられることもあった。それはまるで、他人と同じことをすれば、実際には自分が持っていない感情を手に入れられると思っているかのようだった。しかし、その夜は違った。彼女の手は凍えていた。彼女は追い詰められた動物のように震えていた。

二人は三本のうちでいちばん背の高い岩の麓まで登った。そこには水のない風呂桶のような丸いくぼみがあって、中に座ると風を避けることができた。ジュディーは膝を胸まで引き寄せ、前後に体を揺らした。そして、ドーンがマリファナを差し出すと、首を横に振って断った。

「ドーン、私は殺される」

「え？」

「私には分かる。あの人たちは私を始末しようとしている」

「どういうこと、殺すって？　誰が？」

「マーとデイヴィスさん。何かを企んでいるみたい。二人は私を川から救い出してくれたけど、今はまた、私を川に放り出そうとしているの」

彼女は再び例の奇妙な口調になった。皮肉な声音。ドーンは吸いさしのマリファナをクリップに挟み、身をかがめてマッチをすった。

「分からないわ、ハニー。誰かがあなたの命を狙っているとは思えない」

「私たちが町の人に嫌われているせいで、いろいろと問題が起きているの。デイヴィスさんはとりあえず下水設備を整えようとしているけど、それでは大した時間は稼げない」

「ジュディー？」

「あなたには分からない。ずっとここを離れていたんだから」

「話がこんがらがってるわ。一つずつ話してくれる？」

「私は彼女の娘。彼らは何度も何度もそう言った」

「ジュディー、あの人たちはあなたを崇拝してる。あなたをあがめてる。何といっても、船に乗ったことがあるのはあなたなんだから。絶対に手出しをしたりしないわ」

「デイヴィスさんは銃を持ってる。砂漠に埋めて、隠し持ってる。メンバーに射撃の訓練もさせてるわ」

「怖いこと言わないでよ」

「実際に、怖いことが起きてるの。彼は放射能バッジ（原子力関連施設の係員が胸に付けるもので、放射能漏れによる被爆の有無を調べるために、定期的にこれを回収・検査する）をみんなに配ってる」

「クラークがそんなことを？」

「放射能を検知するためよ。放射能には色も臭いもないから、バッジを胸に付けてチェックするしかない」

「ここには何か、放射能を出す物質があるの、ジュディー？」

「きっとそう。デイヴィスさんはそういうことで嘘をつく人じゃないから」

「ジュディー、クラークは何か放射能を出すものを持ってるの？」

「暗黒の勢力よ、ドーン。左方の放射。感じない？　その影響がここを覆ってる。デイヴィスは生贄《いけにえ》の話ばかりしているわ。生贄を捧げなければ駄目だって。光明のために。いつもその話。他のことは何も考えられないみたい」

「で、その生贄というのはあなたのことだっていうの？」

「どうして彼は私を殺すの、ドーン？　大昔に私を見つけて、拾って、ずっと育ててくれたのは彼なのに」

「分からない。彼があなたに手出ししようとしてるというのも信じられない。いえ、待って。今、彼があなたを見つけたって言った？」

「ソルト・レークで。私が覚えているのはそれだけ。幼かったから。彼は、落ちていた金貨を拾うみたいに私を拾った」

「私はあなたが砂漠から歩いて現れたのかと思ってた。マー・ジョウニーがずっと待っていたら、あなたが戻ってきたんだって聞いたわ」

「私は彼女の祈りに対する答えだった」

「あなたは本当は彼女の娘じゃないってこと？」

「ドーン、もう過去の話をしても仕方がないわ。私たちは終わってしまったことの話をするのは好きじゃない」

彼女は身を乗り出し、ドーンを強く抱き締め、もたれかかり、体をぴったりとくっつけた。助けて、とドーンは頭の中で叫んだ。上級マスターよ、もしもそこにいるなら、私を助けて。これは私の遭難信号。狼煙《のろし》。

誰も来なかった。高次の存在の影はなく、空の光もなし。恐れるな、と彼女は自分に言い聞かせた。

恐れるな
噂。葉巻形ＵＦＯ、側面にマークが記されたものには注意すること。それは暗黒の船だから。仮に目に見えなくても、それが発する負のエネルギー――地球基地に向けられた黒く太いビーム――は感じ取れる。放射能は至る所に存在する。メンソールたばこ、紫色の紙に染み込ませたＬＳＤ、水、レンズ豆のシチュー。左方の放射と結託した、信頼できない人々がいた。彼らは放射性物質を施設のあちこちに埋めていた。ウランのペレットだ。彼らは自分たちのマスターに、赤外線を使って信号を送っていた。

ドーンはウルフとコヨーテが小屋で反逆の歌を歌っているのを見つけた。メスキートの煙が辺りに充満していた。彼らは虹色の生地を服に縫い付けていた。

近いうちにまた強制捜査が入ることは誰もが知っていた。FBI、CIA、公式な名前のない秘密の政府機関。組織の名前は無関係だ。背後で政府が糸を引いているのは間違いない。彼らは光明連合を追い詰めようとしている。精神に影響を及ぼす超低周波。海外にある秘密の収容所。拷問を受け、姿を消す光の子《ライトワーカー》。政府が否定すれば、こちらには何の証拠もない。対破壊者諜報活動《COINTELPRO》。放射能？ 地上のもの、それとも上空の？ 誰にも知りようがない。ここは僻地で、大都市の精神的影響が及ばない土地だ。ひょっとするとピナクルズは実験的な場所として選ばれたのかもしれない。

選んだのは誰か？

「何をしてるの？」彼女はウルフに訊いた。

「銃の掃除さ」

「何のために？」

「使えるように」

コヨーテは彼女の隣に座り、自分が穿いたジーンズの股の縫い目の所でジッポのライターを構えていた。そして大きな音でおならをした。すると、小さな緑色がかった炎が広がった。

「火花さえあれば草原は一気に燃える」と彼は言った。

「最低」

彼は大きく口を開け、黄色い歯をむき出しにして笑った。「船なんてないんだって、おまえも知ってるだろ？ 喜びに満ちた船なんて嘘っぱちだって分かってるだろ？」

噂。岩山では、マスクと防護服を着けたスパイがうろつき、一帯をくまなく調べ、捜索していた。クラークは検査のため、放射能バッジを回収した。闇が蛇のようにキャンプに侵入し、人々の間で鎌首をもたげ、喧嘩を引き起こした。コヨーテは放射能測定器《ガイガー・カウンター》を作った。持ち手の付いた小さな箱からコードが延び、その先にマイクがつながっていた。彼がマイクを掲げると、針が大きく振れ、スピーカーからパルス電流の音が出る。食べ物、皮膚、血液、骨髄など、どれも汚染されていた。誰もがそれぞれに除染の工夫をした。手洗いとうがい。紅水晶、アルミホイル、レモンヴァーベナのお茶。施設全体が汚染されているのか？ ひよこ豆も。農薬散布用ヘリコプターからの空中散布。微小な粒子。顕微鏡レベルの微粒子。コヨーテは自然放射線と宇宙線の影響があるからとか何とかと忍び笑いをしながら、水晶の塊をばらまいた。10 ppm、20 ppm。トロニクスは壊れた。破壊工作？　彼らに身を守る術《すべ》はなかった。回路に侵入する暗闇。紫外線、緑色線、絶望の黒色線。

毎日、新たに人が去り、別の人がやって来た。放浪者、バイク乗り、密告者、スパイ。ドーンは毎朝、目を覚ますとジュディーを捜した。彼女を見つけるまでは安心できなかった。キャンプは二つの党派に分裂した。放射能マニアはクラークとジョウニーの周辺に集まった。その他のメンバーはウルフとコヨーテに味方した。人々がライフルを携帯し始めた。新たな段階、新たな哲学。

武装した愛。

豚を殺せ！　プラスチックでできたやつらの心臓に恐怖を叩き込め。クラークとジョウニーはクリスマスツリーみたいな格好で基地の中を歩きながら、大声で司令部について語った。上級マスターは地球を見下ろし、戦慄を覚えている。ウルフとコヨーテは黒い船から命令を受けている。やつらの神々を殺せ、とコヨーテはささやいた。立ち上がって、自由になれ。それは宣戦布告だった。ドーム内は一触即発の状態になった。放射能主義者対武装愛主義者。怒号、挑発、宙を殴る拳。クラークは秩序を回復しようとした。階層構造《ヒエラルヒー》には意味がある。誰でも神聖なチャンネルで空にメッセージを送れるわけではない。われわれは地球の運命を握っている。団結が重要だ！　彼の声は高く、かすれていた。誰も彼の言葉に耳を傾けていないようだった。コヨーテはあぐらをかき、クラークの地位をあざけった。ウルフは野次を飛ばした。武装した愛だ！　人々を隔てるもの、障壁は一つしかない――生きている人間と死んだ人間の区別だけだ。それをぶち壊すときが来た。みんなで天国を目指そう。

聴聞することによる解脱。死者はトンネルをくぐり、蛇のように這い進んでいる。船はどこにある？　喜びに満ちた美しい船は？

死がドーム内に入り込んだ。骸骨のような居住者が生者の要塞に侵入した。クラークは拳銃を振り回していた。数発の発砲。皆が床に伏せた。ドーンは倒れた若者の名前を知らなかった。ブロンドの髪。死に神に魅入られた青い目の若者が自分の胸をつかむ。われわれは定住者ではない、と彼は焚き火をつつきながら言った。逆に、定住者を掻き乱す存在だ。われわれは水を学び、動物を学び、火、太陽、月、食べられる植物を学ぶことを望む。落伍者の国を作り、ワイルドに、自由に生きたい。骨を鳴らせ。骨と石。古代と未来。彼のシャツに薔薇の模様が浮かんだ。一人の若者が血を流しながら震える。彼はしゃべることができないまま、中有《バルド》に向かっている（「中有」とは人が死んで次の生を受けるまでの期間のこと）。どうしてそうなったのか、ドーンは結局知ることがなかったが、皆は若者を病院に連れて行かず、楽器を持って周囲に集まった。コヨーテはあちこちを駆け回りながらＬＳＤを染み込ませた紙を配り、支離滅裂な言葉を発しながらケーブルを接続した。そうして若者をトロニクスにつなぎ終わると、最後のセッションが始まった。

それが臨終の瞬間の中有《バルド》だった。

詠唱も祈禱もなかった。ただ低い音だけが響き、生者の国と死者の国との間にある扉を開けた。光明と融合せよ、と低音は促した。自らが真実の澄んだ光の一部であることを悟れ。他のあらゆるものを捨て去れ。

銃があった。包丁と山刀《マチェーテ》、ダクトテープとのこぎり。車のバッテリーとブースターケーブル。

死んだ若者は第二の中有《バルド》へと導かれた。

それはドーンの生涯で最も恐ろしい夜だった。まるで冷たく真っ暗な井戸の底にいるようだった。儀式はどのくらい続いただろう？　数日？　数週間？　彼女は光明の世界から転落し、地獄の光景を見た。血と闇。腸のようにのたうつ蛇。若者の体は防水シートにくるまれ、砂漠に運び出された。穴を掘り、彼をそこに放り込む人影。

太陽が山並みの上に昇り、みずみずしいオレンジ色の陽光がドームの入り口から差し込むと、ドーンは安堵に涙した。その朝、皆がまぶしそうにしながらおぼつかない足取りで外に出始めた頃、彼女は荷造りをし、ハイウェイの入り口に向かった。誰にも別れは告げなかった。ジュディーにも。誰にも。考えられるのはその場を離れることだけだった。

彼女はＬＡに向かうトラックに乗せてもらい、まるで川を下る水のように、気が付いたときにはもう、ＬＡの繁華街に立っていた。最初の二、三日は路上で寝泊まりし、続く二、三日は行きずりの相手と寝、その後、女の子がスーパーヒーローのコスプレで客に飲み物を出すバーで、檻に入って踊りを踊る仕事を見つけた。最初はウエストハリウッドに部屋を見つけ、次にサンタモニカに引っ越した。そこのオーナーはドライクリーニングのチェーン店を経営する敬虔主義のユダヤ人で、家賃を体で払わせてくれた。時が経った。彼女は派手な生活を送った。アシュターがらみの話は決してしなかった。大昔のこと。彼女はホットパンツを穿き、高さ五インチのスペースブーツを履いて、イングリッシュ・ディスコの外にたむろする若い娘やゲイっぽい青年に混じり、ミュージシャンの追っかけをした。しばらくの間はバンドを追いかけ、マネージャーやエージェントとファックし、ボウイやローリングストーンズに近づこうとした。その一人に連れられてラスヴェガスに行った彼女は、熱いバスタブの中でドゥービーブラザーズの曲に合わせて、三人の男にレイプされた。その後は何が何だか分からなくなった。毎晩五交代。トップレス、フルヌード、お触りなし、お触りあり。しまいには食べ物と引き替えに、二十四時間営業の喫茶店のトイレでフェラチオをしていた。腕も足もあざだらけ。頭は空っぽ。ある夜、コカインの線を追ってウサギの穴に飛び込むと、奇跡が起き、生きて一九八六年に目を覚ますことができた。彼女はマイアミにあるホテルの一室で、十八万ドルの現金を手に、ベッドに座っていた。部屋の家具は壊れ、何か血なまぐさい場面の記憶が残っていたが、それについては一生、口にしないと誓った。

彼女はその金でモーテルを買った。紫とライラック色――癒やしの色――で建物のペンキを塗り直しているとき初めて、彼女の頭を疑問がよぎった。ドームでの最後のセッションは本当に終わったのだろうか？　私が今まで送ってきた人生もまた中有《バルド》、別の中間状態なのではないか？　目を覚ました意識も一つの中有《バルド》、過去と未来の間にある存在だ。夢も中有《バルド》。私は今、夢を見ているのか？　あるいは、これは死に至る中有《バルド》の一段階か？　彼女は自分が光明の世界から墜ちていくのを感じた。あの低音が体の中でいまだに響いているのが感じられた。

二〇〇八年

レコードプレーヤーを持って行くと言うライラに賛同する者は一人もいなかった。

「どうしてこれが要るんだ？」とハフィズ伯父が訊いた。「音楽が聴きたいならｉＰｏｄとか、何でもあるだろうに」。ハフィズ伯父は新しもの好きだった。もしも彼の望みが叶うなら、今頃は一家で宇宙ステーションに暮らし、チューブを通じて食事を取っていることだろう。

伯母は砂埃を心配した。「私のだもん」とライラは言った。「手入れの仕方も知ってるし」

「放っておいたらいいよ」とサミールが言った。「キ印《ロコ》なんだから」。彼は最近、スペイン語を話すようになった。学校の友達にはエルサルバドル出身だと言って威張り散らし、手でギャング同士がやるような秘密の合図《ハンドサイン》をした。彼は敵討ちに人を殺したことや、切断された首がダンスフロアに転がったことなど、恐ろしい話をよくした。彼女は弟が実はいじめられているのかもしれないと思った。

　彼女はレコードプレーヤー本体をタオルにくるみ、スピーカーの裏から伸びる長いコードを注意深く巻き集め、ステーションワゴンに載せた。そしてその両脇を、自分のスーツケースと、市長役を務める伯父の小道具を詰め込んだ段ボール箱で保護した。彼女は道すがらジャケットを眺められるように、レコードを膝の上に置いた。彼女のレコードコレクションは多少、他の人の趣味に影響を受けていた――つまり一部は、誰かがかつて好きだったけれど、もはや聴かなくなったレコードだった。二年余り前、伯父が皆を連れてサンディエゴからこちらに引っ越してきて以来、彼女は定期的に中古品屋に通い、マーチングバンド用の曲と九〇年代ポップスが詰め込まれた、埃をかぶった木箱の中身をチェックしていた。それは最初、必要に迫られて始まった行為だった。車を持っていないと町ではほとんど何もすることがないからだ。間もなく、店に通う回数をひと月で何回以内と決めなければ、新しい商品を見つけられなくなった。大体は髪型を見て決めた。いい髪型のバンドなら、あるいは少なくとも髪にボリュームがあるバンドなら、たぶん一ドルを払って聴く値打ちがある。彼女のお気に入りは八〇年代のパワーバラード、シンセポップ、ジェリーカールの髪をした古いタイプのラッパー。新しい曲は周りの皆と同じようにネットで見つけたが、昔のレコードには単なる音楽以上のものがあった。アルバムのジャケットを顔の前に持ってくるとガレージや天井裏の匂いがする。見開きジャケットの内側を指先でなぞると、前の所有者がボールペンで書いた署名が読み取れる。デジタルな音楽はただそれだけのもので、それを包む空気が存在しない。

彼女は頭の中でニッキー・カパルディとの会話を再現した。これが百回目の再現だ。個人的には今年最大の事件？ああ、神様。彼はいかにもイギリス人という雰囲気で、退屈そうにそこに立ち、じっとこちらを見ていた。ていうか、どことなく間が抜けていた。彼女は少し前に、飛躍的に人が変わっていた——それは音楽や哲学、あるいは神や宗教と結び付いた変化というよりも、英語の語学力が新しい段階に達し、ようやくある種の口調が聞き取れるようになったことと関係しているようだった。そしてその結果、アメリカというものの意味が急に分かるようになり、それ以来——そう、かなり久しぶりに——この上なく幸福な気分が続いていた。そんな彼女を包んでいたのが彼のバンドだった。いや、特に一つの曲。彼女はそのコーラス部分の歌詞を、腕に巻き付けるような形で入れ墨にしたいとさえ思った。

信じること、信じることを信じること、信じることを信じること。

しかし、それは一年前のことで、最近は入れ墨を入れるというアイデアはあまり格好良く思えなくなっていた。とはいえ、もちろん単なる夢の話だ。現実には入れ墨など許してもらえるはずがない。

改めて考えてみると、最初から、ボーカルよりもギタリストの方が素敵だと思っていたような気がする。

伯父が車のエンジンをかけた。サミールとサラ伯母がポーチから手を振った。ライラは力なく手を振り返した。彼女はまるで、プラスチック製のシャボン玉の内側から世界を見ているような気分だった。あなたのように繊細で進化した生き物は外の空気を呼吸に使うことはできない、だから、あなたが今生きていられるのはこの車のおかげだ、そう想像してみるがいい。サラ伯母さんは貪欲な隣人の目から自らの名誉を守るためにスカーフを直し、すぐによたよたと家の中に入った。サミールはライラに向かって中指を立てた。彼女はお返しに舌を出した。私はこの世界ではただの訪問者、よそ者だ。彼女は膝の上に置いたレコードの山からアシュターのレコードを探した。それはローラー・ディスコのコンピレーションでもなければ、妙な色のタキシードを着た太めの黒人がジャケットに写っているタイプの、変なソウルミュージックのアルバムでもなく、それよりもはるかにいいものだった。インターネットでも調べてみた。手掛かりなし。検索結果は〇件。彼女は目に見えないものに不慣れだった。それはまるでハリー・ポッターの世界から飛び出してきた物、秘密の力を備えた品物のようだった。

　ジャッカルの頭を持つ男。磁力線。そして宇宙船。

　パチパチという音の後、最初の歌が聞こえる。

音楽はメッセージだ

　ジャケットの裏には何かが書かれていた。紫色の印刷文字はすっかりぼやけていたので、ベッドに寝そべりながら解読するのにかなりの時間がかかった。

　聴きなさい。繰り返す。聴きなさい。これはアシュター《A》銀河《G》司令部《C》の声だ。宇宙第三十三区画の有感覚存在の名において、上級マスターと次元間統一体会議の名において、われらは語る。スター・ピープルにこの歌を送る——あなた方が宇宙の中で自分のいる位置をもっと十全に理解するために。ＡＧＣは人間とさらに高密度な存在とによって構成されたアンサンブルである。〝光明の子供たち〟であるわれわれは電子楽器と音響処理装置を用い、出力を宇宙的場の調和振動に変換する。心得なさい。地球上の権力者たちはあなた方に間違った信念を植え付けようとしてきた。スター・ピープルとしてのあなた方の現実は偽物だ、と。われわれは、暗黒に強く引き付けられたそれらの権力者に対して徹底的に抵抗しなければならない。彼らはあなた方を破壊し、物質の野蛮な負の側面に放り込もうとしている。このメッセージは、聞く耳を持ち、理解する能力を持つあらゆる人に向けられている。偉大なるマスター、ジーザス＝サナンダと、われらが主、光明連合司令官アシュターの名において！

　ハフィズ伯父は『ビバリーヒルズ・コップ』のサウンドトラックに合わせて歌を歌っていた。ヒート・イズ・オン、と彼は歌いながらハンドルを叩いた。伯父は出発前に大量の紅茶を飲んだ。新しいローテーションに興奮していたのだ。「間違いなく最高に楽しい時間になるぞ」と彼は何度も言った。伯父はある意味、優しい人物だったが、同時に、正気と思えない部分もあった。彼はオフィスを飾るために、フランクリン・ミント社刊行の『チャールズ・

ディケンズ全集』を一揃い、トランクに積み込んでいた。彼女が中古品屋でプレゼントに買ってきた剣とアクリル製の表彰楯も持参した。楯はマルチ商法における優秀者を賞するものだったが、伯父は翼を模したその形が気に入っていた。素晴らしい贈り物だ、と彼は言った。心がこもったプレゼントだ、と。

ライラは〝最高に楽しい時間〟が過ごせるとは思わなかったが、とりあえずお金が必要だった。もしも来年、大学に進学できなかったら、絶対に手首を切ってやる。あるいは、州間高速道路五号線の真ん中に飛び出してやる。そのどちらかだ。ハフィズ伯父がこの仕事を見つけてくれたのは確かにありがたい。でも、できれば別の場所がよかった。まだしばらく基地には着かないが、彼女は既に緊張を感じ始めていた。

ハフィズ伯父が正気でない最も明白な証拠は、その陽気さだった。ライラにとっては、今の生活で笑えることはほとんどなかったが、伯父は何を見ても楽しそうだった。彼は〝砂漠の嵐〟作戦（湾岸戦争（一九九一年）のコードネーム）の前から二十年あまり、サンディエゴに暮らしていた。イラクで戦争を経験しなかったのも、愉快なことの一つだったかもしれない。ハフィズ伯父とサラ伯母はいろいろな意味で、夢の世界に生きていた。ある種の事柄については伯父夫婦の前で触れてはならなかった。イラクを出たのは生涯で最高の決断だった、と伯父はいつも言った。「わしはおまえの両親を気の毒に思う。さっさと国を出るように言ったんだが、二人ともどうしても耳を貸さなかった」。彼はバグダッドで幸福な青年時代を送り、大学時代はサッカーをし、友達とカフェにたむろした。一族は金持ちだった。しかし、イランとの戦争が始まり、物資の不足と空襲に悩まされるようになった。当時、サダム・フセインはアメリカの味方だったので、永住許可証《グリーンカード》を手に入れるのは可能だった。彼には「カリフォルニアは美人の女に似ている」で始まるお気に入りのジョークがあったが、いつもかっとなったサラ伯母が遮るせいで、話がそこから先に進むことはめったになかった。ついに話の全体を聞く機会があったとき、その後はLAとサンフランシスコを乳房にたとえるいやらしい解剖学的比較が続くだけだと知って、ライラはがっかりした。

ハフィズ伯父はカリフォルニアを愛していた。カリフォルニアの川と森、フリーウェイとレッドカーペット、そしてスモッグを愛した。彼は彼女が知る中で、誰よりも誇り高きアメリカ人だった。ブッシュ一族の知恵や資本主義の魅力、あるいは一ドル九十九セントで買えるどんな食品よりもマクドナルドのハンバーガーが優れていることについて、誰かが目の前で疑問を口にしようものなら、彼は、もしも実際の店がそばにあれば〈ハッピー・ゴールド現金払い持ち帰り店《キャッシュ&キャリー》〉を手で指し示し、あるいは近くになければ、財布にしまっているラミネート写真を取り出し、それだけで容易に議論に勝った（彼に関する限りは）。ハフィズ伯父にとって、〈ハッピー・ゴールド〉はラシュモア山とアーリントン国営墓地とアラモ砦を掛け合わせたような存在だった。それは彼が帰化した国の奥深さと高貴さの全てを象徴していた――機会、競争、そして、決して小売価格を払わないこと。スーパーにその名前を付けたのは前のオーナーの中国人だったが、彼は靴の工場を買うために中国に戻った。ハフィズは店の名をもっと嘘のない、分かりやすいものに変えることも考えた。ひょっとすると彼の頭にあったのは、お気に入りの大統領ロナルド・レーガンのニックネームだったかもしれない――というのも彼はいつも、二人が古い友人で、一緒に新聞を読み、バックギャモンをする仲であるかのように、大統領のことを奇妙なニックネームで呼んでいたからだ（「ザ・ジーパー」みたいな音に聞こえたが、ライラはその言葉が文字として綴られているのを見たことがなかった）（レーガン大統領には「ザ・ギッパー」というニックネームがあった）。しかし「ザ・ジーパー」は、仮に誰も文句を言わないとしても、スーパーの名前としては妙だ。それに比べると「ハッピー・ゴールド」はややそれっぽいというので、結局、名前は「ハッピー・ゴールド」のままになった――ただし看板には、愛国的な雰囲気を添えるために赤と白と青の色彩を加えたけれども。彼はあるときから息子のサイードに店を任せた。わしには果たすべき義務がある、と彼は引っ越しの際、家族に向かって宣言した。今、国は戦争中だ。彼は毎晩、電話で売り上げを尋ねた。

サイードはしばしばCNNの報道に向かって怒りの拳を振っていたが、父の前で戦争の話題を持ち出すほど愚かではなかった。彼はイラク戦争におけるアメリカの大義の正当性を説く話を日々聞かされるよりも、仕事を任される方が幸せだった。妻のジャミーラはしばしば目をむき、ぶつぶつと義父に文句を言った――サイードは彼女に、決して父に口答えをするなと命じていたのだけれども。「反論してもこっちがいらいらするだけだ」ライラがキッチンで小さくなっているときに、サイードが妻にそう言ったことがある。「父さんか？　父さんは人の話なんか聞いちゃいない。馬の耳に念仏さ」。二人は何度もそんな言い争いをした。サイードは妻に余計なことを言うなと言った。ジャミーラは泣いた。彼女にはファルージャに家族がいた。三人の従兄は皆、亡くなった。ハフィズが戦争の話をしている間、彼女は無言で家事を続けた。包丁を使うジャミーラの横で鍋を混ぜていたライラは、時々ジャミーラの手が止まり、白い拳に握られた包丁が震えるのを見た。

　車は基地につながる長い直線道路を走った。基地は隣にある小さな町よりもはるかに大きかった。夜になると基地の明かりが谷を照らした——信号やファストフードの看板、碁盤の目のような道路はライラの寝室の窓からも見え、それはまるで並行世界《パラレル・ワールド》のようだった。メインゲートは母国の検問所に似ていた。蛇行するように配置されたコンクリート製の防護柵。車の中を覗き込む、だるそうな海兵隊員。彼女はゲートに近づくにつれ、落ち着かなくなった。その目は速度計を何度もチェックした。伯父さんはゲートが近いのにスピードの出しすぎだ。海兵隊員を驚かせるのがいかに危険か、彼らがいかに容易に発砲するか、伯父は知らないようだった。

　海兵隊員が窓の脇にかがんだ。ハフィズ伯父は久しぶりに会った親戚のように挨拶をした。海兵隊員は顔をしかめ、二人のＩＤを要求した。彼は数分後に事務所から出てきて、そのまま車庫まで進み、車両チェックを受けるように指示をした。ライラはチェックの間、車の外に出ることを許された。彼女はスニーカーの底で地面をこするようにして辺りを散歩した。見るべきものはほとんどなかった。ただ車庫があるだけ。ハフィズは絶え間なくおしゃべりを続けた。主な話題は大統領選挙と共和党候補の英雄的行為《ヒロイズム》についてだ。その候補は以前どこかの戦争で捕虜になったことがあるらしい（二〇〇八年の米国大統領選挙で共和党の候補だったジョン・マケインはベトナム戦争で捕虜になった経歴がある）。ライラは伯父に口をつぐんでほしかった。彼は必死すぎて、愚かしく見えた。誰も彼の話の相手をしなかった。彼女はトイレに行きたいと言ったが、受付センターに着くまで待たなければならないと言われた。車両チェックをしている若い海兵隊員の一人が彼女と目を合わせようとしていた。

　ようやく先に進む許可が出た。車はバラックと格納庫、そしてバスケットコートの前を通り過ぎた。大きなディスカウントストアのウィンドーには、「スニーカー特売中」と書かれていた。そして彼らは別の事務所の前に車を停め、中に入った。玄関ホールにはたくさんのイラク人が待機していた。ハフィズ伯父はその全員を知っている様子で、一人一人ハグし、頬にキスをし始めた。彼はトイレから戻ったライラの肩に手を置き、この子もお国のために義務を果たしに来たのだと自慢げに言った。彼女は、移民手続きが完了するまではまだアメリカは私の〝お国〟ではないと言いたかったが、面倒なので口には出さなかった。誰もが彼女の伯母か伯父として紹介された。みんながおまえの面倒を見てくれる、と。それはまさに彼女が恐れていたことだった――お節介な大人が束になって、彼女が何をしたか、誰としゃべったかを告げ口し、ファッションのことなどろくに知らないくせに彼女の服装について口を出す。ここにいるのはアメリカ人の服を着た寄せ集め集団だ。その唯一の例外は、伯父がアブ・オマールと呼ぶかなり年配の男だった。彼はヤシュマーグとディッシュダッシャーをまとい（ヤシュマーグはアラブの男性が頭にかぶるスカーフのようなもの。ディッシュダッシャーは袖の長い、ゆったりした外衣）、お祈りの数珠をパチパチと鳴らし、壁に掲げられた〝禁煙〟の看板を堂々と無視していた。

彼女はしかめ面で紹介をやり過ごし、イヤホンを耳に戻した。しばらくすると誰かが彼女を小突き、彼女の名前が呼ばれているのを教えてくれた。

兵士の格好をした女が彼女を登録し、免責書類に署名をさせた。今から先、何が起ころうと、それは基本的に彼女の自己責任だ。それから女は彼女の写真を撮り、通行証《パス》を作った。ライラはその女の気持ちを考えた――たくさんの男と一緒に仕事をするのはどんな気分だろう、と。男たちは破廉恥なことをしないのか？　あるいは付きまとったり、彼女がトイレに入っているときに扉を開けたり、くだらないことを言ったりしないのか？

彼女は自分の荷物を持って、皆と一緒に駐車場で待つように言われた。彼らは通行証《パス》を手に長い列を作り、海兵隊員が一人一人リストと照合するのを待った。集まっている人数はライラが思っていたよりも多かった。百人は優に超えている。彼らは何人かずつまとめてトラックに乗せられ、砂漠へと運び出された。

彼らと一緒に車に乗った軍曹が大きな声で指示を出し、瓶に入った水を配った。村の名前はワジ・アルハマム。ここから〝五十クリック〟離れた所にある。健康と安全を考え、車が動いている間は席を立たないこと。車は平原を走った。トラックの後輪から土埃が舞い上がり、後続の車を覆い隠した。互いに向き合ってベンチ席に座った乗員は、上下に揺れ、左右に滑り、真ん中に積まれた荷物は難民が持ち出した俗っぽい品々に見えた。午後の明かりで皆の顔が黄金色に輝いた。虫歯だらけのやせぎすな男、必死に芸能雑誌を読んでいる二人の女性。見世物《フリークショー》のようだ。これから二か月、私はここで生活するのか。

ワジ・アルハマムは異様だった。村は彼女の母が育った小さな町にそっくりだった。軽量コンクリートブロックとセメントと泥煉瓦でできた壁。水漆喰を塗った光塔《ミナレット》。屋根より高い木製電柱に絡む電線。見渡す限り、四方には砂漠しかない。車が停まったのはシャッターの閉まった商店街の前で、建物の二階にはワンルームの居室が備わっていた。〝仕立て屋〟〝自動車修理〟などとアラビア語で手書きされた看板。桃色とライラック色が入り交じった空も手描きに見えた。

「見なさい」とハフィズ伯父が言った。「これがわしのオフィスだ」。彼が指さす建物には、〝市長室〟と英語で書かれた看板があった。彼女はより注意深い目で周囲を見回した。建物は全て正面が張りぼてで覆われ、家らしく見せかけてあるだけで、実際には輸送用コンテナでできていた。就任式のために皆で講堂に向かっているとき、彼女は電話線の先がどこにもつながっていないことに気付いた。煉瓦とセメントは、型に流し込んだプラスチック板を木枠に貼り付けだけのものだった。全てがそれらしく見えた。手の込んだ芝居のための舞台装置。

心得なさい。地球上の権力者たちはあなた方に間違った信念を植え付けようとしてきた。スター・ピープルとしてのあなた方の現実は偽物だ、と。

その夜、誰もが夜更かしをし、歌を歌った。母国の結婚式のようだった。女は部屋の一方に固まり、男は反対側に集まっていた。スナックを食べ、甘いお茶を飲んだ。アラビア語で噂話をする人々に囲まれるのは心地よかった。肩の荷が下りたような心持ちだ。彼女は最初、場の雰囲気を楽しみ、他の人たちと一緒に笑い、ジョークを言った。その後、胸の中で塔が壊れたかのように、楽しい気分が全て崩れた。何もかも無意味だ。歌も、拍手も。全ては母国を思い出させた――昔の生活、いい思い出、悪い思い出、そして最後に、空港近くのゴミの山に横たわる遺体という最悪の思い出。彼女はそっとその場を抜け出して寮に戻り、音楽が聞こえないように寝袋を頭までかぶった。

彼女は兵士に囲まれるのは妙な気分だろうと予期していたが、伯父が一族を連れてこの砂漠に引っ越して以来、たくさんの兵士――トラックを乗り回し、スーパーでビールをケース買いするいかつい顔の若い男たち――を見かけるようになったせいで心の準備はできていた。だから、その部分では心構えができていたのだが、こうなるとは思っていなかった——まさか、実際にイラクに戻ったような気分を味わうとは。彼女は思い浮かぶ場面を美化しようとした。情熱的なギターをBGMに加え、美しいハートと花を添え、ロマンチックな白黒映像に加工しようとしたが、にもかかわらず父《ババ》は、息絶えたぼろぼろの姿でそこに横たわっていた。彼は一人ぼっちだった。恐ろしい思いをしたに違いない。彼女が父の遺体との対面を許されなかったことが、さらにひどい結果を生んだ。おかげで父の亡霊がより強力なものになった。

　折に触れて頭をよぎる記憶がいくつかあった。ある晩、親戚の家でのことだ。彼女は何歳だっただろう？　九歳、十歳？　暑さのせいで皆が外に出て座り、ライラはサミールと鬼ごっこをしながら笑い、きゃあきゃあと大声を上げていた。彼女の父は他の男らと一緒にバーベキューコンロを囲み、たばこを吸いながらおしゃべりをしていた。そのときはいつものようなスーツ姿ではなく、ディッシュダッシャーを着ていた。彼はリラックスした様子で、久しぶりに故郷の村に戻ったような雰囲気を楽しんでいた。彼女は当時の自分の姿を思い出した——ブランコみたいになった椅子の上で正座をして読書をする姿。

　彼らは父にドリルを使った。彼女はほんの数か月前にサイードがそう言うのを聞いた。そんな話は誰からも聞いたことがなかった。

　戦争が始まった直後は爆撃が激しく、皆で居間に集まり、タイル張りの床にマットレスを敷いて寝た夜もあった。部屋は大きかったが、窓のそばは危険だったので、結局、互いにくっついて寝ていた。そんな夜に誰が眠れるだろう？　子供たちは暴れた。大人もヒステリックに振る舞った。彼女の母をはじめとして女は皆、くだらないことで言い争い、大声を張り上げ、涙を流した。男たちは時々屋根に上がり、川向こうの官公庁街に目をやり、たばこを吸いながら〝衝撃と畏怖〟作戦の展開を眺めた。彼女はいつも自分も屋根に上がらせてほしいと言ったが、許してもらえなかった。そんなある夜のことだ。親戚が皆泊まりに来ていて、停電のせいでアパート全体がオーブンみたいに暑くなった。誰かが外に出掛けたまま戻ってきていなかったので、一家は落ち着かなかった。彼女は国営放送で観たミュージックビデオの断片から適当な歌詞とメロディーを拝借して、蠟燭の明かりの中でサミールと踊った。

セクシー、セクシー！

セクシー、セクシー！

二人は跳び回りながら、みだらな言葉を連呼し、大声で笑った。すると父親が部屋に入ってきた。二人は叱られると思ったが、父は叱るどころか一緒になって歌い、腰を振り、踊りだした。

セクシー、セクシー！

セクシー、セクシー！

母とアミーラ伯母が部屋に入ってきて、一体何の騒ぎかと訊いた。最初、二人はいかめしい顔で入り口に立っていたが、しばらくすると笑いだした。父《ババ》は両腕を突き上げ、口をすぼめ、口髭を左右によじった。彼はライラの手を取り、部屋いっぱいに動き回りながら踊った。

ぐるぐると。父が。私だけの父が。

しかし彼はいろいろなことに関わり続けた。彼女は父が泣く――実際に泣いていた――姿を覚えている。国立博物館の収蔵品が略奪されたのを知ったときのことだ。彼は何か手を打ってほしいと頼むためにアメリカ軍の担当者を訪ね、一日中、日なたで他の男たちと陳情の列に並んだ――まるで、しばらくしたらオフィスに招き入れられ、お茶を出されて、ピンク色の肌に制服を着た汗かきの男にお説教ができると思っているかのように。あのねえ、君、私はちなみに歴史学の教授なのだが、君たちが態度を改めない限り、単位は出さないよ。まるで、何かの約束か返事を得られると思っているかのように。彼は二度か三度、車を停め、偶然目にした犯罪について兵士に説明しようとしたことがある。彼女の夢の中で、父は生き返り、同じことをした。父の遺体が外国人に銃を突きつけられて、戦車の脇に立っている。抗議するように挙げられた両手。顔と首に開いたほくろのようなドリルの穴。

母は違った。彼女にはもっと出来のよい生存本能が備わっていた。しかし、父は母の言葉に耳を貸さなかった。

机と椅子に血を滴らせながら、荒らされた研究室で何かを探す父の遺体。彼女は父と一緒に研究室を訪れた。なぜそうしたのかは思い出せない。泥棒たちは大学全体を略奪していた。コンピュータは全て消えていた。至る所に砂埃と割れたガラスが散らばっていた。泥棒はエアコンさえ窓から外して持ち去っていた。

しばらくすると、人々は外出しなくなった。都市はどうなったか？　ガソリンを買う車の列、爆弾、誘拐。道路で車間が近づきすぎると相手構わず撃ってくる、頭のおかしな外国人傭兵。あいつらにとってここは単なる遊び場だ、と父《パパ》は言った。この砂場なら、金属製のでかいおもちゃで存分に遊べると思っているんだ。彼はあるパイロットがふざけて、〝勝利の手〟の交差した剣の下をヘリでくぐるのを見たことがある（〝勝利の手〟はバグダッドの中心部にあるモニュメント）。彼はサダムが大嫌いだったが、それには震えるほど腹が立った。彼女にはその理由が理解できなかった。もっとひどいことが起きていたからだ。大学は閉鎖された。危険だらけの現状では再開の見込みは全くない。最初、父《パパ》は家で仕事――読書と執筆――をしようとしたが、間もなくやめた。彼は金のことが心配になった。父母は車を売った。次には母の宝石を。父の遺体と伯父――二体のゾンビ――が階下に洗濯機を運び下ろした。

しばらくすると大学が再開した。一家はとても喜んだ。父《パパ》が再び給料をもらえるからだ。車がないので、同僚に大学まで乗せてもらわなければならなかった。彼は毎朝、スーツを着て、台所のテーブルの前にブリーフケースを持って座り、迎えの車が来るのを待った。間もなく、母は父の身を案じて半狂乱になった。暗殺隊が次々に学者を殺していた。最初は社会学科の講師。次は人文学部長。殺害に理由はなさそうだった。被害者の一人は年配の哲学の教授だった。古代アラム語写本を一筋に研究してきた人物。これにはさすがの父《パパ》もショックを受けた。「何てことだ《アク・ラー》！」彼は受話器を手にしたままつぶやいた。「どうしてこんなことに？　虫一匹だって殺さない男なのに！」。背後で糸を引いているのが何者か、誰も知らないようだった。イラク・イスラム革命最高評議会、内務省、モサド。ライラは父に気を付けてと言った。「心配するな」と彼は答えた。「私には何の関係もない」。亡くなった人物はおそらく政治か闇市に関わっていたんだろう、と彼は言ったが、自分の考えを信じているようには見えなかった。あなたは家族のことを考えて、人前では何も言わないようにしてね、と母《ママ》は大声を上げた。彼はしばしばアメリカ人や暫定政府のメンバーの悪口を言った。彼はまるでそこが自由の国であるかのように、何でも言いたいことを言った。

彼は多くの危険を冒した――職場でも、普段のおしゃべりでも――が、結局、ひどい目に遭うきっかけになったのは愚かな隣人のせいだった。アル・ムサウィ氏の家はテレビの映りが悪かった。彼はテレビアンテナの近くにライラの一家が電気のケーブルを設置したのがその原因だと言った。もちろん嘘だ。一家はケーブルを全く触っていなかった。アル・ムサウィと父《パパ》は塀越しに「電線を元の位置に戻せ」、「うちには今、電気が来てないのに、馬鹿なことを言うな」と怒鳴り合った。父《パパ》はおそらく彼を侮辱するべきではなかった。隣人はただ、サッカーかバラエティー番組、あるいはポルノ映画か何かを観たかっただけなのだ。戦争のとき、人はささやかな贅沢にしがみつこうとする。些細なことがとても重要に思える。

アル・ムサウィのせいで強制捜査が行われたと証明することはできなかったが、別の隣人が母に、彼の仕業に違いないと言った。アル・ムサウィには、アメリカ軍のために通訳をしている従弟がいたからだ。だから、必要なのは一家の名前を教えることだけ。兵士たちが家にやって来て、一家を床にひざまずかせ、引き出しとクロゼットの全てを調べ、あらゆるものを投げ散らかした。彼らは父《パパ》に、おまえはテロリストだろと怒鳴り、私は何者でもありません、ただの歴史の教員ですと彼が説明しても聞き入れようとしなかった。武器はどこだ、と彼らは何度も訊いた。少なくとも本はもっと丁寧に扱ってもらえませんか、と彼は懇願したが、彼らは本を全部棚から落とし、書類は適当につかめるだけつかみ、床に放り投げた。誰もが泣いていた。しかし、きれいに整理していた書類が床に放り出される光景がいちばんショックが大きかった。「私がテロリストだって？」と彼は英語で訊いた。「これを見ろ！」。それは馬鹿げていた。彼はDVDを振り回した。それは一家が前の晩に観た白黒のアメリカ映画だった。ボーイスカウトのリーダーが上院議員になる物語（『スミス都へ行く』（一九三九年）のこと）。「テロリストがこんな映画を観ると思うか？ そう思うか？」。父は頭にフードをかぶせられ、連行された。

父が戻ってきたのは約二週間後だった。それは恐ろしい時間だった。最初は、彼がどこにいるのかを知ることさえできなかった。アメリカ軍が監獄で恐ろしいことをしているという噂があった。これじゃサダムと同じだ、と一人の隣人が言うと、すぐに母《ママ》が怒り、子供のいる前でそんなことを言わないでと注意した。結局、伯父の一人が内務省の役人に賄賂を渡すことで、父は釈放になった。帰宅したときには無精髭が伸び、疲れた様子だったが、大丈夫だと言った。「何もなかった」大泣きしながらしがみつくライラに彼はそう言った。「少し寒くて、不潔だったけれどな」。しかしその後、彼は変わった。父と母は寝室で声を潜めて話をした。父は老人のように足を引きずりながら家の中を歩いた。

母《ママ》が出国しようと言いだしたのはその頃だ。電話が使えるとき母は、電話料金を考えろと言う父《パパ》を無視して、アメリカにいる兄と長電話をした。ライラとサミールは外出禁止で、学校にも行かなかった。サミールはクラスメイトにスンニ派かシーア派かと尋ねられた。彼はまだ幼く、答えも知らなかった。戦争前には、そんな違いは問題ではなかった。母は被害妄想《パラノイア》に陥っていた。そこら中に誘拐魔の姿が見えた。だから子供たちは家から一歩も出ず、停電していないときにはテレビを観、停電のときは絵を描いたり読書をしたりした。通りに並ぶ家の前には、〝貸家〟という看板が増えた。毎日のように、誰かがシリアやヨルダンに引っ越すという噂を聞いた。父《パパ》はイラクを離れたくないと言った。イラクは自分の故郷だし、ここに留まって、再び普通に生きていける場所にすることが自分の義務だと思う、と。

その後、ある金曜の午後、彼は出掛けたまま戻らなかった。玄関で〝さようなら〟の手を振る父の遺体。父が会いに行った同僚は、父は家に来なかったと言った。暗くなると、止めどなく泣いている母をライラが慰めた。伯父たちが一人また一人とやって来た。家に女子供を置いてくるわけにはいかないので、皆、家族連れだった。家の中がぎゅうぎゅう詰めになった。一族が電話のそばに座り、たばこの煙で部屋の空気を青くしながら、何かの知らせを待った。その夜は誰も眠らなかった。彼らはこれは誘拐事件だと考え、仲介人から身代金を要求する連絡が入ると思っていた。ところが翌朝、父《パパ》の遺体が道端に捨てられているのが見つかったと警察から電話があった。ゴミの山の上で、と警察は言った。愛しい父が、猫の死骸みたいにゴミと一緒に。

今回はアル・ムサウィのせいにはできなかった。彼は既におんぼろテレビを持って、他の隣人と同じように立ち去っていた。誰かが車で安置所まで行き、遺体を引き取ってきた。ライラは母《ママ》とサミールと一緒に家に残った。あまりにも体から力が抜け、ソファから一歩も動けなかった。

一家は管理人に賄賂を渡して過密な墓地の一角を確保し、遺体をすぐに埋葬した。ライラはその場に立ち会わせてもらえなかった。殺害の三週間後、母《ママ》は彼女に荷物をまとめるように言った。そしてマーケットでスーツケースを二つ買った。サミールには黒、ライラにはピンク。アメリカに行き、母《ママ》の兄であるハフィズと一緒に暮らすのだ。いつまで、と彼女は訊いた。もっと安全になるまで、というのが返事だった。サミールは母《ママ》の服にしがみつき、離れるのは嫌だと言った。母は、できるだけ早く家を貸す相手を見つけてすぐに後を追うから、とサミールをなだめた。彼女はライラを抱き締め、サミールのことを頼むわね、と言った。それから姉弟《きょうだい》はアンワール伯父が運転する車に乗って国境を越え、ヨルダンに入った。二人はアンマンでアメリカ合衆国行きの飛行機に乗った。座っている間ずっと、書類の入った大きなビニール製のバッグを首に掛けていた。飛行機が目的地に着くと、ハフィズ伯父とサラ伯母が二人を待っていた。

　飛行機に乗ったのはその一度きりだ。ワジ・アルハマム村のベッドで眠りに就くとき、彼女はそのときのことを思い出していた。電子レンジで温めた食事の目新しさ。座席の背に取り付けられた小さなモニターに映し出される映画。サミールはまだ幼かったので、すっかり興奮した。彼女は弟に静かにするように言った。父《パパ》にあんなことがあったばかりなんだからはしゃいだら駄目、と。彼は泣きだし、周りの乗客ににらまれた。客室乗務員が色鉛筆と小さな熊のぬいぐるみで彼の機嫌を取ろうとした。

　翌朝、彼女は自分がどこにいるのか分からなかった。上空を飛ぶヘリコプターの音が聞こえ、乾いた熱い空気には懐かしさが感じられた。ここには電気が来ているのか？　その後、他の人々が動き回る物音が聞こえ、彼女は目を開けた。いや、故郷ではない。海兵隊の基地だ。彼女は洗面所で歯を磨きながら、赤の他人がたくさんいる場所で服装を整えていないのを恥ずかしく感じた。他の女たちは髪をタオルで乾かし、顔に日焼け止めを塗っていた。彼女はできるだけ急いで洗顔を済ませ、部屋に戻って黒のコンバットブーツを履き、Tシャツを着て、朝食を取りに食堂に行った。日は既に高く昇っていた。丘は猛烈な陽光の中でほとんど真っ白に見えた。

　ハフィズ伯父は合成樹脂のテーブルに向かって座り、たばこを吸い、友人、副市長、警察署長、導師《イマーム》と話していた。誰もが既に要人のように振る舞い、得意げで、訳知り顔をしていた。警察署長はリムジンの運転手だった。導師《イマーム》はベンチュラで美容院を経営していた。伯父は彼女に手を振ったが、隣に呼ぶことはしなかった。作法は守らなければならない。彼女はトレーを持って離れた席に着き、別のテーブルの人と目を合わせないようにしながら一人で食べた。彼女は再び、担当者を探し、家に帰りたいと言おうかと思った。

　朝食の後は説明会の時間だった。イラク人は全員、メインホールに集められた。ヘザーという名の小柄な非戦闘員がE地区のシミュレーション責任者として自己紹介をし、パワーポイントを使って説明をした。彼女はスウェットの上下を着て、ポニーテールに野球帽をかぶり、携帯電話を首から紐で吊していた。銀色のランニングシューズが、高校の体育教師みたいなその風貌を完璧に仕上げていた。彼女の横には、軍の〈赤組〉側担当者として、アルヴァラード中尉という軍服姿の無愛想な士官が立っていた。ヘザーは見るからに気負っていた。アルヴァラードは、トイレ掃除でもやらされる方がましという顔だった。中尉に熱意が欠けている分、ヘザーはやる気に燃え、ヘリウムを吸ったような甲高い声で「〝紫の薔薇〟作戦は私が担当することになりました」と告げた。彼女は、「非戦闘員である演技者の皆さん」（つまり、その場に集められたメンバー）には「国家の安全に関わる重要な役割を演じている」ことを肝に銘じていただきたいと言った。そして、「常に百十パーセントの力で演技をしてもらいたい」と言い添えた。ライラはそこに座ったまま、呪いの視線をビームに変え、ヘザーの額に狙いを定めた。

イラクに派遣された際にどんな状況が起こりうるかをアメリカ兵に理解させるのが、ワジ・アルハマムに住む村人の仕事だ。彼らはそれを、親米的住人と反米的住人の演じ分けなど、リアルな役割分担によって行う。一人一人が個別の名前、生育歴、経験を与えられる。それぞれのキャラクターがさまざまな状況に応じてどう反応するかを各自が考え、兵士と向き合ったときにできるだけ自然に振る舞えるようにしてほしい、とヘザーは言った。「これは非常に肌理の細かいシミュレーションなのです」と彼女は説明した。「時計の中の歯車みたいに、ご自分を小さな動く部品だと考えてください」

ライラは〝小さな動く部品〟になりたいとは思わなかった——ヘザーの声帯に組み込まれた部品なら話は別だが。自分が演じるキャラクターの説明が収められた封筒を開けたときには、さらにやる気が失せた。彼女が演じるのは、生まれてからずっとワジ・アルハマム村に暮らし、将来は看護師になりたいと考えている、ラファフという田舎娘だ。ラファフは以前、父親が検問所で撃ち殺されたことから、アメリカ人を憎んでいる。このゲームの中で彼女は反乱軍に共感し、できる限り彼らを支援する。指示書を読む彼女の手が震えた。どうして軍は私に、父親が死んでいる少女の役割を与えたのだろう？ ハフィズが父《ババ》のことを話したのか？ 彼女はヘザーの所へ行き、経歴を変えてほしいと言った。ヘザーは不思議そうな顔をした。「これは単なるシミュレーションよ、ハニー。演技をするための設定にすぎないわ。性格分類のグラフを見て——アメリカ軍に対して強い反発を抱いてる役柄ってこと。その路線でやってみて」

「でも、このラファフの役は嫌」

「この段階で変更は無理よ」

「どうして？」

「ごめんなさい。でも、無理なものは無理。この役が必要なの。あなたはこの少女を演じなければならない。そうそう、ついでにちょっとだけ言わせてね。目の周りはあまりそんなふうにお化粧しない方がいい。非戦闘員の演技者にはできる限り、伝統的な格好をしてもらいたいの。ベールとか、持ってきてるでしょ？」

「ベール？」

「あの、何て言うの、頭を覆うやつ。それからローブとか、そういうの」

　ライラは再びイヤホンを差し、席に戻った。勝手にして、と彼女は思った。首にしたけりゃすればいいわ、あばずれめ。私は別に構わない。ハフィズ伯父が近寄ってきて、彼女に話しかけた。彼女はしばらくの間、アーケード・ファイア（カナダのモントリオール出身の七人編成のバンド）の曲をＢＧＭにして彼の口が動くのを見ていた。やがて彼はあきらめた様子で両手を挙げ、立ち去った——市長室ということになっているコンテナ内の棚に置かれた小道具の整理とか、おそらく何か重要な行政上の仕事をしに戻ったのだろう。彼女はその日一日皆から離れて、偽のモスクの光塔《ミナレット》が投げかける影に隠れ、ニール・ゲイマンの小説を読んで過ごした。

　その晩、村人はホールに集まり、テレビを観た。ニュースでニッキー・カパルディの話が取り上げられていた。彼が警察署から出てきて、大きな黒いステーションワゴンに乗り込む映像が映し出された。サングラスを掛けた彼は、うんざりした表情をしていた。彼女には信じられなかった。どうやら彼は、ある子供の失踪に関して尋問を受けたらしい。コンサートのビデオと、何かの賞を受けたときの映像が流れた後に、行方不明の少年の写真が映った。ライラはショックを受けた。ニッキーが犯行に関与しているわけがない。彼の所属事務所は、少年を返すよう犯人に呼びかける声明を出していた。落胆した表情の保安官が登場し、ニッキーは容疑者リストから削除されたと言った。ライラの家に近いメインストリートの映像が映ると、そこにはテレビ局のバンとカメラマンがたくさん集まっていた。サミールもあの野次馬の中にいたのだろうか、と彼女は考えた。

　彼女はまだニッキーのことを考えながら寮に戻り、レコードプレーヤーのスイッチを入れた。周りで本を読み、手紙を書いている女性たちのよそよそしい視線を無視して彼女は大きなヘッドホンを着け、ベッドに横になり、アシュター銀河司令部のレコードのA面を聴いた。

　それは彼女のコレクションにあるどの音楽とも違っていた。最初は震えるような電子的低音。昔のSF映画で見かけるような装置――上下に波打つグラフを映すモニターと大きな金属のダイヤルが付いた機械――で作り出される雰囲気の音だ。そこに、まるで靴箱の中で録音したような、ギターの弦をこする音と原始的な太鼓の音が加わる。そして容赦のない鈍い音が全く変化なしに、延々と続く。時々別の音も混じる。バンとか、カンとか。小さなハウリングの音か、硬い床に落とした弦楽器の音。さまざまな音に混じって、ほとんど聞き取れないレベルで、はっきりしない言葉をささやく声が聞こえた。宇宙第三十三区画の有感覚存在の名において、上級マスターと次元間統一体会議の名において、われらは語る……。それを聴いていると、バスの中で頭のおかしな人の隣に座ってしまったときのように、ぞっとすると同時にうんざりした。初めて聴いたときは、今までに耳にした中で最悪の曲だと思った。おそらくそれだからこそ、もう一度聴いてみる気になったのだ。こんなにひどい音楽があるはずがない。これほど何というか……音楽的でない曲を誰が好きこのんで作るだろう？　こんなレコードはきっと誰も買わない。ひょっとすると、本当に誰も買わなかったのかもしれない。アシュター銀河司令部というのもぱっとしない名前だ。

　聴きなさい。繰り返す。聴きなさい。

　彼女は言われるがまま、聴いた。他にすることもなかった。二度、三度、四度と繰り返して聴くうちに、妙なものが聞こえてきた――詠唱、泣き声、悲鳴、そして首を絞められているかのようないくつかのうめき声。レコードは一種のジャムセッションのようで、ミュージシャンを何人も集めて演奏をさせ、ただそれをテープで録音したみたいに感じられた。そして演奏の間に、同じ部屋の中でかなり変なことが行われていた。パーティーかもしれない。何か。背後のノイズはしばしば楽器の音に掻き消された。電子音の演奏者はレコードに刻まれた打楽器とは全く異なるリズムを聞いているようで、それはまるで、彼女に聞こえない音が――彼女が本当に聞きたい重要なメッセージ、仮に好奇心を満たすためだけだとしても、どうしても聞かなければならない何かが――演奏者らの耳には聞こえているかのようだった。

彼女は寮で横になり、目を閉じ、ニッキー・カパルディのファーストアルバム並みに耳になじんできた一節を聴いた。太鼓の鼓動に高い笛の音と不気味なとどろきが加わり、音が徐々に高まってロケットの打ち上げみたいな轟音に達する。とどろきの中からベース音が立ち上がり、そこにギターとキーボードらしき別の楽器が加わる。目を閉じ、ヘッドホンという繭にくるまっていると、まるで自分がカプセルの中にいて、今から宇宙に打ち上げられるみたいに感じられた。

犬の咆哮のような何かの声も入っていた。何かの言葉を叫ぶ子供の声も聞こえた。誰かの名前を呼んでいるのかもしれない。馬のひづめ、エンジン、咳、砂の上を裸足で走る足音。銃の発砲音。

そこには一つの世界が丸ごと収められていた。

翌日、ワジ・アルハマム村の住人は仕事を開始した。奇妙な日課だ。毎朝、全員でホールに集まり、一日の予定を聞く。時々、パトロールが行われるので、仮想の家と職場に待機して、捜索を受けたり、尋問に答えたり、時には変なレーザー銃で撃たれたりしなければならなかった。たいていの場合、兵士はただにやけ顔で「こんにちは《サラーム・アライクム》」と言いながら辺りを歩くだけだ。それがゲリラ対策の主な活動のようだった。予定に暴力が含まれている場合、村人は伝統衣装の上に、レーザー銃による模擬射撃を感知できる特殊なハーネスを装着した。撃たれたら、その場で横になり、腹の上にけがの状態を記したカードを置く。時々、メークアップの専門家が来て、さらにリアリティーを加えるために血糊をまき散らした。その後、衛生兵が駆けつけ、カードに書かれたけがを治療し、あるいは袋に遺体を詰め、運び出した。一連の出来事がワジ・アルハマムの住人の心に及ぼした影響を計算するスコアキーパーがいて、翌日の打ち合わせの席で、親米感情が増した設定にするか、減じた設定にするか、新たな指示を出した。

ライラの役割は主に〝診療所〟と書かれたコンテナの中で立っていることだったが、時折、外に出て、敵対的な顔で表通りの人混みに加わらなければならなかった。兵士が村を訪れるときは、わずか数人が一台の武装車両で来る場合もあれば、少佐が率いる軍用ジープの大車両隊が来る場合もあった。きれいにアイロンの掛かった軍服を着た小柄な少佐は、軍人というより店の販売員のようで、戦争における中間管理職といった感じだった。少佐が来ると、隊は扇形に展開し、四方に銃を向けた。すると少佐はボールペンや歯ブラシなど、士気を高める記念品を村人に配って回った。その後、兵士が市長のオフィスを取り囲み、少佐がハフィズ伯父と会見をした。会見はたいてい、ハフィズ伯父が善行の見返りに新たな何らかの賄賂を要求して終わった――掘り抜き井戸、あるいは衛生設備、あるいは女子が通う学校。少佐はたまに演説をした。女の通訳がそれをアラビア語に訳したが、彼女のしゃべるマグレブ方言を理解できる者は一人もいなかった。

　仕事の大半は、ライラが思っていたより簡単だった。緊張するのは、兵士が強制捜査をする場面だ。村人はさまざまな場所――家ということになっている場所――に集まらなければならない。それは実際に眠る場所とは違っていたが、あまりにもリアルで、ゲームとは思えなかった。彼女はいまだに父《ババ》の夢にうなされた。ある夜、隣のベッドに寝ている女が、うなり、暴れるライラに眠りを邪魔され、彼女を揺すり起こしたことがあった。皆、とても思いやりがあったが、ライラは同情されるのが嫌だった。夜に襲撃が行われたときは、彼女はできるだけ後ろに下がり、じっとｉＰｏｄを聴き続けた――フードを頭にかぶらされ、手錠を掛けられるまでの間。

演習が始まって三週間ほど経ったある日のこと、兵士がカフェの客全員を射殺した。ヘザーはこれを受けて、村で初めての暴動を起こすようにと言った。少佐が心配そうな顔で村を訪れ、万年筆や携帯口糧（兵士の携帯に便利なように作られた食糧）を配り、市長のオフィスにせかせかと入ると、ハフィズ伯父と相談をした。村人は外に集まり、拳を突き上げ、「くたばれ、アメリカ！　くたばれ、ジョージ・ブッシュ！」と叫んだ。ライラは実際に起きてもいないことに腹を立てるふりをするのを馬鹿らしく感じたが、一部の村人はかなり本気になり、面と向かって兵士を怒鳴りつけ、アドリブでさまざまなアラビア語の侮辱の言葉をぶつけていた。彼女は母国で何度もデモを――失業者のデモ、どこかの宗派の活動家のデモを――見たことがあるが、それはこんなものではなかった。けれども、ワジ・アルハマムは田舎の村ということになっているから、これで充分にリアルなのかもしれない。兵士たちは間違いなくおびえている様子で、銃に本物の弾薬が入っていればいいのにと思っているような表情を浮かべていた。

　デモ参加者に紛れていた暴徒が故意にトラブルを巻き起こした。暴徒は、普通の村人とは違い、アメリカ軍の兵士が演じた。でたらめにローブを羽織り、ヤシュマーグとバンダナをかぶったそのいでたちは、まるで大学の友愛会館で開かれる古代ローマ風パーティーに参加しているかのようだった。暴動が始まると、計画通り、暴徒の一人が即席爆発装置《IED》を爆発させ、多数の人を死傷させた。軍はさらに数名を殺すことでそれに応じた。少佐はミーティングを短く打ち切り、急いで前線基地に戻った。そこで皆が休憩に入り、コーヒーと甘いものを取った。

その後、ヘザーがでこぼこだらけの大通りを軍用ジープでやって来て、次の展開について説明をした。どうやらワジ・アルハマムの民衆の心は完全にアメリカ軍から離れてしまったようで、今後はこのローテーションが終わるまで、できる限り〈青組〉の手を焼かせなければならない。暴徒たちは笑い、互いにハイタッチを交わした。ライラはできるだけ彼らから離れた場所に移動した。

暴徒は町外れのコンテナの中で生活し、モスクの壁面に釘で打ち付けたプラスチック製の箱を使い、不機嫌な顔でバスケットボールのシュート練習をして一日を過ごしていた（奇襲攻撃はほとんどが夜に行われたから）。そこは本物のモスクではなかったので、遊びに使われることに抵抗を持つ者はほとんどいなかったが、村人の一人か二人はそれを不敬行為だと考えていたらしく、導師《イマーム》もかなり深刻に受け止めていた。彼は熱心な宗教者という役割に合わせて変な付け髭をデザインし、毎朝、面倒を惜しまず、大きな鏡の前で大量のゴム糊を使って絹のような長い髭を顎に貼り付けていた。彼は聖職者のローブをまとうとかなり堂々として見え、顎に髭を付けたときには、まるで周囲の尊敬を集める霊的指導者のように振る舞い、村の女に簡素な服装を説いたり、光塔《ミナレット》に取り付けたスピーカーで熱のこもった演説をしたりした。ある日の午後、耳障りなハウリング音が響くと、彼がモスクに取り付けられたゴールについてわめき始め、あれは神——彼に平安あれ（イスラム教では、預言者などの名を口にした後にはこの言葉を言うのが決まり）——に対する侮辱であり、侵略者の傲慢を表す憎き象徴だと宣言した。もう我慢ならない、と彼は言い、神を信じるものは皆、この無知に立ち上がり、ともにゴールを外そうと呼びかけた。義憤に駆られた彼は、建物に梯子を立て掛け、上り始めたところでようやく計算間違いに気付いた。ローブを着た男どもがM-16の銃口を彼に向け、周囲を取り囲んでいた。彼はおとなしく梯子を下りた。その後、皆は暴徒たちと距離を置くようになった。

暴徒を演じている兵士たちは全員、イラク戦争の経験者だったので、秘密裏に活動し、〈青組〉兵士に奇襲を掛け、爆弾を仕掛けるのはお手の物だった。彼らは村人に乱暴をすることはなかったが、友好的でもなく、自分たち以外と交わろうとはしなかった。その中に一人、ライラが特に恐ろしいと感じる男がいた。男は非常に長身の黒人で、歩くときは背中を丸め、銃を子供のおもちゃのように抱えた。一度も笑顔を見せず、村人が少しでも暴徒たちの宿泊所に近寄ると、まるで本当に撃とうとしているみたいに銃を構えた。導師《イマーム》は「今度、バスケットのゴールに指一本でも触れたら喉を掻き切るぞ」と彼に脅されたと言った。「あれは本気だ。目を見りゃ分かる」と彼は言った。暴動の後、村人が説明を聞かされているとき、その兵士が急に天を仰いでコヨーテのように吠えると、仲間の男たちは腹を抱えて笑った。ヘザーはいらついた表情を見せたが、何も言わなかった。アルヴァラード中尉も無言だった。ライラは彼らもおびえているのだと気付いた。

一日の仕事が終わって兵士が帰ると、ライラは必ず普段の服に着替えた。村人の大半は故郷のイラクにいたときと同じ服装ができるのを喜んでいるようだった。何人かがハフィズ伯父に向かって、姪っ子が吸血鬼みたいな格好をしているのを何とも思わないのかと尋ねた。伯父は以前ならいつも彼女の味方をしてくれたが、ワジ・アルハマムでは彼女の反抗的態度をあまりよく思っていない様子だった。わしは市長だ、と彼は言った。わしの立場も考えてくれなければ困る。ライラに直接何かを言う者は他に誰もいなかったが、それは単に、彼女が誰とも口を利こうとしなかったからだった。ただ一人の友達はヌールという名だった。二十代前半で、ほとんど英語を話せず、演技者になる前はLA東部の汚い一角にある食品工場で冷凍食品を包装していた。彼女は砂漠に、両親と二人の兄弟と来ていた。彼女とライラは時々、一緒に音楽を聴いた。ヌールはライラより年上だったが、アメリカの生活についてはほとんど知らなかった。ライラは喜んで先生役を務め、バンド名を教え、テレビで聞いた俗語の意味を説明した。冷凍食品工場で一緒に働いていたのは大半がヒスパニック系の女性だったので、ヌールはスペイン語をいくらか覚えていた。彼女はライラに〝役立たず《ペンデーホ》〟と〝くたばりやがれ《チンガ・チュ・マードレ》〟というフレーズを教え、リッキー・マーティンの歌を勧めた。ヌールはかわいらしい物、女の子っぽい物が好きだった――ピンクのアクセサリー、ぬいぐるみ、きらきらしたマニキュア。ライラは何とかしてその趣味を変えさせようと頑張ったが、ヌールは頑固だった。

「あなたって、よく分からない」ある日、彼女はライラに言った。

「どういう意味？」

「あなたは美人だわ。せっかくの美貌をうまく利用すればいいのに。どうしてそんな服装をするの？　全身黒ずくめとか？」

「これが好きなの」

「でも、家族はどう？　家族のことは考えない？　どうして何も言われないの？」

「いい？　私は自分がやりたいことをやる。イスラム教徒向けのバービー人形みたいな格好は絶対に嫌だから」


もちろん理由はあった。黒い服にも音楽にも。ライラは初めてアメリカに来たとき、迷子になった気分だった。考えられるのは父のことだけ。眠ることも、食べることもできなかった――サラ伯母は彼女の好物を食卓に出すようにしてくれたけれども。彼女は当時の自分の振る舞いを思い出し、恥ずかしくなった――皿を押しやったり、ビリヤニの味がおかしい、ブレクが塩辛すぎると伯母に文句を言ったり。彼女が言いたかったのは、ママの料理と味が違うということだった。彼女には、母がまだアメリカに来ていない理由が理解できなかった。あれほどイラクを出たがっていたのに。ライラは母と電話がつながったとき、急ぐように説得した。「心配なの」と彼女は言った。「早く会いたい」。しかし母はいつも、何かの言い訳をした。ライラは心配しなくていい。私は大丈夫。すぐにそっちに行くから。

「いつ？」

「すぐよ」

「約束してくれる？」

「約束する」

しかし、母は来なかった。そして、徐々に電話での口調が変わってきた。母はバグダッドの状況がよくなりだしたと言うようになった。爆発事件や停電が減り、街は安全になってきた、と。

「じゃあ、私たちも戻った方がいい？」

「駄目よ、ダーリン。まだ駄目」

「じゃあ、ママはいつこっちに来るの？」

「いつかね」

〝いつか〟とはどういう意味か？　サラ伯母とハフィズ伯父は辛抱強く、親切だったが、ライラは最初の一年間、何度も夜中にうなされ、目を覚ました。一度は赤ん坊のようにおねしょまでした。ジャミーラが夜に彼女に寄り添ってくれた。ライラは彼女の肩で泣き、母がいなくて寂しいと打ち明けた。どうしてママは来ないの？　ビザのせいだとジャミーラは言った。ハフィズ伯父には共和党の大物に友人がいて、そのおかげでライラとサミールはアメリカに一時滞在する許可が得られた。その大物は今、永住許可が得られるように骨を折ってくれている。でも、母《ママ》については問題が複雑だ。父《パパ》は昇進のためにバース党に加わっていた。だから母も支持者《シンパ》と見なされているらしい。

「じゃあ、私たちがそっちに戻る」電話口ですすり泣きながらライラは嘆願した。

「駄目よ、ダーリン。それはしない方がいい。あなたたちがこっちに戻っても、いいことはない」

徐々にサンディエゴが普通に思えてきた。街は楽しかった。かつては四角いテレビ画面の中に限られていた生活が、彼女の周囲にあふれ出してきた。ローラーブレードで走る人、コンバーチブルに乗る人、ビキニ姿の女、コンビニで売っているスーパーサイズの飲み物。学校はつらかった。以前は男の子と同じ教室で勉強したことがなかったし、他の女の子はとても押しが強く、最初は誰にも話しかけることができなかった。皆は彼女には英語が分からないのだと思い、手振りを交え、言葉を句切りながらゆっくりと話しかけた。ほとんどの子はイラク人がテント暮らしで、ラクダに乗っていると思っていた。彼女はアメリカ人が何一つ知りもしない土地で戦争をしていることが信じられなかった。彼女が説明をしようとすると、頭のいい同級生でさえ、自爆テロと狂った九・一一のことしか話したがらなかった――まるで全世界で死んだことがあるのはニューヨークの人だけであるかのように。彼女は一度、癇癪を起こし、学校のカフェテリアで挑発してきたフットボール部の連中に向かって叫んだことがある。「私たちは野蛮人じゃない！　テレビだってある！『コスビー・ショー』も『セイブド・バイ・ザ・ベル』も観たわ！」。それを聴いた皆がなぜそんなに笑ったのか、彼女には理解できなかった（前者は一九八四―九二年に、後者は一九八九―九三年にアメリカのNBCで放送されたコメディー番組。どちらも二〇〇〇年代のティーンエージャーにとっては古い番組になる）。

彼女は腹を立てたが、嫉妬も感じていた。彼女はアメリカの女の子になりたかった。自信を持ち、大声でしゃべり、『コスビー・ショー』を観ていたことのどこが面白いのか分かる人間になりたかった。いちばん優しく接してくれたのは学校に適応していない生徒たちだった――黒い服を着て、少なくとも、人生の中で何かしらつらい目に遭った感じの子供たち。毎朝登校前に、新たな包みから取り出される、新鮮で馬鹿みたいなピンク色の手付かずのケーキとは違う連中。彼女は昔から音楽が好きだったので、不適応な生徒がどんなバンドを好んでいるかを調べた――むなしい気持ちとか、心で泣いているとか、傷つき、壊れ、死にたいなどと歌うバンドのことを。彼女も翼をなくした天使の一人だった。心は百万のかけらに砕けていた。彼女は生まれて初めて小遣いを受け取った。パンダみたいに目の周りを黒くメークしても、伯父と伯母は彼女を不憫に思っていたので、やめさせようとはしなかった。サラ伯母さんはぎょっとしていたが、ハフィズ伯父は今時のティーンエージャーを育てる気分を楽しんでいるようだった。ある意味で彼はライラの背中を押してさえいた。ヘンナ染料を使った入れ墨と一時的に紫色に染める髪は、自分たちがアメリカ人一家であること――自分たちは新しい母国の自由に感謝しようとしない愚かな移民とは違うということ――の証明だったからだ。

サンディエゴにいる間はエモ系のファッションも問題なかった。しかし、伯父が急に一家を連れてこの世の果てみたいな砂漠の中に移り住む決断をしたことで、ライラとサミールは新たに〝ターバン野郎〟、〝サダム〟、〝砂漠のニガー〟などと悪口を言われながら、無学な白人の子供たちと付き合っていかなければならなくなった。ゴス系の服と凝りすぎた音楽は少し滑稽に思えてきたが、それでも自分で見つけた自分の趣味には、誰にも文句を言われたくなかった。

数週間が経った。最初のローテーションが終わり、事務的な少佐の率いる部隊はイラクに派遣された。ライラたちは彼らが出発するのを見送ってから一週間、家に戻った。彼女は中古品屋を訪れ、サミールと時間をつぶした。サミールはよそよそしく不機嫌で、女の子から電話だと言っては何度も自分の部屋に消えた。二人はテレビをたくさん観た。ある日の午後、二人がパジャマのままテレビの前でごろごろし、トークショーを観ていると、司会者がラージ・マサル事件の新展開を論じていた。子供に何があったにせよ、マサル夫妻に責任はないのか、という議論だ。ニッキー・カパルディについては何も言及がなかったが、いろいろなブログによると、彼は今イギリスでリハビリ中らしく、政府からの正式な謝罪がない限り二度とアメリカツアーはやらないと言っているとのことだった。これまでのところ、ホワイトハウスがその問題に関心を見せている様子はない。ファンは署名集めを呼びかけていたが、ライラはその気になれなかった。番組でコメンテーターたちが自説を述べている間に、ライラはサミールのノートパソコンを開き、弟と一緒にユーチューブでマサル夫妻のインタビューを観た。夫妻は互いに引き立て合う色のパステルカラーのシャツを着て、手をつなぎ、〝二人は悪魔教を信奉する小児性愛者で人身売買をしている〟という噂を打ち消すために最大限の努力をしていた。

「姉ちゃんは両親が犯人だと思う?」。サミールはそう訊きながらピーナツを空中に投げ、口で受け止めようとした。

「ううん」

「俺は犯人だと思う。あの女は狂った売女《ばいた》みたいな顔をしてた」

「あんただって子供がいなくなったら普通の顔はしていられないわよ」

「俺の子供はそもそもアスペルガーにはならねえし」

「もしもそうだったらの話」

「俺の子供はならねえの。俺が言いたいのはそれだけ」

彼女は村に戻る日が来ると、少しホッとした。

新しい〈青組〉の少佐は前回の少佐とは全く違うタイプだった。まるでアニメに出てくる兵士か、プラスチック製のおもちゃの兵隊のようで、頭は角刈り、目玉は飛び出し、体は筋肉むきむきだった。初日に彼は、戦車に積んだスピーカーで『アラビアのロレンス』のテーマ曲を流しながら車列を率いて村を訪れ、力を誇示した。しかし、自信とは裏腹に、彼が率いる部隊はまだ無能で、おどおどとおかしな発音の挨拶で村人に呼びかけ、人混みに向かってむやみに発砲した。間もなくワジ・アルハマムの人心は再びアメリカ軍から離れた。ヘザーは村人に、架空の新設セメント工場の除幕式に訪れた少佐に石を投げるように指示を出した。

ある日、ハフィズ伯父は断頭ビデオで主役を演じた。ビデオは、村でいちばん不気味な場所ということで、モスクで撮影された。暴徒は全員が参加したがったので、アルヴァラード中尉はキャスティングのオーディションを行い、最もテロリストらしく見える六人に絞り込んだ。ビデオはアル・モハヴェという偽のテレビチャンネル向けに作られた。それは軍の食堂で流され、シミュレーションの進捗が報告されるチャンネルでもあった。アル・モハヴェのリポーターが時折、村を訪れ、アメリカ軍に対する好感度を住人にインタビューした。彼らは特にヌールを好んだ。彼女は泣きわめいたり、怒りをぶつけたりするのがうまかったからだ。ハフィズ伯父は占領軍に協力していたので、早朝に劇的な形で市長室から誘拐された。彼は丸一日暴徒と一緒にベトナム戦争の映画を観て過ごし、その間、角刈りの少佐は全家屋の家宅捜索を行ったが、徒労に終わった。ハフィズ伯父の死は（アル・モハヴェの報道によると）〈青組〉にとっては大きな打撃となるだろう。軍には占領地の治安を維持する能力が欠けていると考えられるからだ。ライラに言わせれば、軍は占領地におやつを配ることさえできないのに、ましてや治安を維持するなんて不可能だ。しかし、彼らは実際にイラクに行く前にそれをシミュレーションで思い知る必要があるのだろう、と彼女は思った。ライラとヌールは処刑人たちが用意を整えるのを見た。彼らはいつにもまして馬鹿げた服装をしていた。一人はディッシュダッシャーをなくしたので、『人魚姫』のビーチタオルを腰に巻いていた。ハフィズ伯父はカフィエ（アラブ人が着用する四角い布）のかぶり方を教えてやろうとしたが、両手が背中で手錠を掛けられているという事実に妨げられた。

「おまえたち、こっちに来て、手伝ってやれ」

呼ばれたライラとヌールはカフィエと格闘した。ライラは不本意ながら、背の高い黒人の暴徒が頭に布を巻くのを手伝うことになった。彼は堂々としていて、いつもよりずっと怖く見え、砂漠の旅に向かう前のベルベル人のようだった。驚いたことに彼は笑顔を見せ、ありがとうと言った。彼が彼女に話しかけたのはそれが初めてだった。

「君、ライラっていうんだろ?」と彼は言った。その声は驚くほど高く、まるで女の子の声のようだった。

「うん」

「あの歌、好きなんだ」

彼女はぽかんとしていたに違いない。彼はギターを弾くような仕草をして、短いメロディーを口ずさんだ。

「エリック・クラプトンのファンじゃないのか」

「あんまり」

「俺も。でも、あの曲は例外。あれは誰が聴いてもいい」

彼は再びほほ笑み、彼女が何かを言うのを待った。彼女は気まずそうに地面を見つめた。

「おい、ライラ」とハフィズ伯父が厳しい口調で言った。「こっちへ来い。もう用意はできた」

背の高い兵士は伯父を無視し、ダップの手を差し出した（ダップとは仲間同士の儀式的な握手のようなもので、リズミカルに手を動かしたり、ひねったり、叩いたり、拳をぶつけたりする）。「俺はタイ」

彼女がダップに応じると、彼は素早く手をひねり、回し、最後は拳同士をぶつけ合った。

「そう、そんな感じ」と彼は笑った。「うまいぞ」

アルヴァラード中尉が手を叩いた。「オーケー、お嬢さんたち。本番に取り掛かろう」

ハフィズ伯父は床にひざまずいた。タイがその頭にフードをかぶせた。

「アッラーは偉大なり《アッラーフ・アクバル》！」と暴徒の一人が叫んだ。

「早すぎる！」とハフィズ伯父が言った。彼の声はフードのせいでくぐもって聞こえた。

暴徒のリーダー役を任されたのは、熱のこもった演説の腕を買われた導師《イマーム》だった。彼は最初、形式張ったアラビア語から始め、所々で〝慈悲深く寛大なアッラー〟に呼びかけ、イスラム圏の若者に十字軍とユダヤ人に対する戦いの手を止めないよう訴えた。彼は若者に、人生における選択はただ二つ、勝利か殉教かだと言い、一瞬、部下には演説が一言も分かっていないことを忘れ、「ブッシュの十字軍に死を」という言葉を連呼させようとした。カメラを持っていたアルヴァラード中尉は〝巻き〟のジェスチャーを始めた。導師《イマーム》はそれを無視し、侵略者の偽善について新たな演説を始めた。世界の歴史において最もひどい拷問を行いながら、蛇の舌を使って人権と尊厳を説く侵略者ども。アルヴァラードは辛抱できなくなった。

「いいからさっさと首を切れ！」

「アッラーは偉大なり《アッラーフ・アクバル》！」と暴徒たちが叫んだ。タイがハフィズ伯父の首にのこぎりを当て、血糊の入った袋を破ると、リアルな血が噴き出て、シャツを赤く染めた。ハフィズ伯父は地面に倒れた。

「カット」とアルヴァラード中尉が言った。「撮影終了だ」

皆が立ち上がった。タイはハフィズ伯父の手錠を外した。伯父はアルヴァラード中尉がビデオを放送に回す前に出来映えを見せてほしいと言って聞かなかった。伯父は満足げだった。「すごくリアルだ」と彼は言った。「すごく血なまぐさい」。彼はうれしそうにモニター画面をライラの方に向けた。「わしがやつらに何をされたか見たいか？ひどいやつらだろ！」

暴徒の一人が、母親に送ってやりたいからビデオのコピーがもらえないかと訊いた。アルヴァラード中尉は絵がきの方がいいと思うと言った。タイがライラのそばに来て、手から血をぬぐった。「すごくクールだったぜ」

彼女は肩をすくめた。「拷問と暴力が好きな人間にとってはね」

「そうだな。ところで君、レコード持ってるだろ？」

「何で知ってるの？」

「おいおい。俺たちがここに来てから何週間も経ってる。今度、レコードプレーヤーを持ってきて、何か聴かせてくれないか？」

「やめておくわ」

「俺の荷物にもレコードが入ってるんだ。ほとんどはソウル。昔ながらのやつ」

「ふうん」

「おい。君の首を切ったりはしないからさ」

ライラはその言葉を面白いと思わなかった。ハフィズ伯父は彼女を守るように肩に手を回した。導師《イマーム》はタイに怒りの視線を投げかけた。タイはそちらに一歩踏み出した。導師《イマーム》は目にゴミが入ったふりをした。

その後、タイはライラを見かけると必ず声を掛けた。友達とバスケットをしているときには、彼女の方にボールをパスすることもあった。彼は二度とレコードプレーヤーの話題を出さなかったが、好意を持ち続けていることは間違いなかった。

「彼いくつだと思う？」ある日、彼女はヌールに訊いた。

「さあ。二十二歳くらい？　二十三かな？　どうして？」

「別に」

「好きなんだ！」

「まさか」

「でも、あの人は黒人よ、ライラ。きっと伯父さんが黙ってないわ」

「全く、ヌールったら！　私は何も言ってない。人の話、ちゃんと聞いてよね」

ある日の午後、彼女は診療所の外に座り、〈青組〉が定例パトロールに来るのを待っていた。ベルベル人風のスカーフを巻いたタイが前を通り過ぎた。彼女は彼に声を掛けた。

「奇襲攻撃に行くの？」

「いいや。昼間はその予定はない。今晩はやつらの基地に、ロケット砲を打ち込む。クールな夜になりそうだ」

「へえ」

「君にしたら変な気がするだろうな、こういうのは」

「〝こういうの〟って？」

「戦争ごっこ」

「あなたにとっても変な気がするんじゃないの？」

「けど、君は向こうで育ったんだろ？　アメリカに来る前は」

「うん」

「じゃあ、変だと思わないか？　間抜けたちが君らを襲撃するふりをするのを見ながらここで生活するって？」

「まあ、それが人生ってものよ」

彼は笑った。「確かにそういう考え方もあるな。出身はどこ？」

「バグダッド」

「俺もあそこにいた。短期間だけど、北の方に。ティクリートは知ってる？」

「もちろん」

彼女がどうして彼に次の質問をしたのか、仮に訊かれても説明できなかっただろう。思わず質問が口をついて出た。「誰か殺した？」

彼は長い間彼女を見ていた。

「うん」

「イラク人を？」

「それ以外に殺す相手がいるか？」

彼女はその場を去るとき、ずっと彼の視線を背後に感じた。

その晩、彼女は横になったまま眠れず、彼が言ったことを思い出していた。彼の口調はうれしそうでも悲しそうでもなく、後悔しているようでも自慢げでもなかった。ただ無感情。彼女は懐中電灯を探った。ヌールはニッキー・カパルディの写真が載ったゴシップ誌を見つけていた。彼女は布団を頭からかぶり、記事を読み始めた。リハビリ施設を出たニッキーが、ロンドンで開かれたチャリティーイベントの会場を去る際に撮られた写真だ。復活！　ショアディッチハウスで開かれた〝拒食症と闘うアーチストの集い〟を去りながら、「疲労と感動」を口にするニッキー・C……（ショアディッチハウスはロンドン東部にある会員制の高級クラブ）。彼女は雑誌を放り出した。彼の横にいる女はがりがりだ。ひょっとすると彼女も、拒食症に悩む一人なのかもしれない。

翌日、彼女はまたタイを見かけた。彼は手を振ったが、立ち止まってしゃべることはしなかった。その直後に導師《イマーム》が聖職者然とした深刻な顔で彼女に駆け寄った。

「おまえに話がある」と彼は言った。「大事な話だ」

「何ですか？」

「いいか。私は、おまえの年の離れた兄のようなものだ。おまえの様子はずっと見ているが、どうも気に入らん。おまえは礼儀正しい娘だから、私がこう助言したら素直に受け入れてくれるだろう――ああいう、何というか、男とおしゃべりをするのはいかん」

「挨拶をしただけです」

「挨拶だろうと何だろうと関係ない。私の言うことを聞きなさい。おまえのためを思って言っているんだ。最近はふしだらなことが横行している。特にこの場所では。あの兵隊たちだってすごく悪いやつらだ。動物みたいな連中だ」

「あなたは戦争を支持していたんじゃないんですか?」

「いいから、最後まで私の話を聞きなさい。おまえはちゃんとした若い娘だ。おまえのことはもう伯父さんにも話した」

「どうして?」

「おまえも知っての通り、私の美容院はそこそこうまくいっている。若い娘も何人か雇っているが——はっきり言わせてもらおう——連中は売春婦だ。あばずれだ。店が終わった後、あの子らは短いスカートを穿いたり、露出の多い服を着たりしてナイトクラブやディスコに行く。見ていると本当に腹が立つ。だからおまえには厳しく言うんだ。おまえを尊敬しているからな。おまえはイスラム教を信じるよき娘だ。アメリカ人の売春婦とは違う。伯父さんにも常々そう言っている」

「オーケー。まあ、何でもいいです。そろそろ行かなきゃ」

「しかし、おまえは周囲の影響を受けやすい。彼もそれを感じている。髪を伸ばして化粧をしているホモの歌手とかな。私はおまえの伯父さんに、しつけが甘すぎるという話をした。そして、おまえの教育を手伝うことを申し出た」

「教育?」

「おまえは、根はとてもいい娘だと思う。しかし、その化粧は落とさなきゃならんし、服も地味にしなきゃならん。それに、兵士たちとのおしゃべりも禁止だ。連中は不道徳だ。特に黒人はな。やつらは猿同然だ」

それは彼女が耳にした中で最もぞっとするスピーチだった。数学クラブの部長がバレンタインデーに彼女宛ての詩を書き、クラスで読み上げようとしたとき以来の気色悪さだ。彼女はそれ以上は話を聞こうとせず、向きを変え、女子寮に駆け戻った。さすがにそこまでは導師《イマーム》もついてこられないからだ。彼女は兵士が家に来て、父《ババ》を連れ去ったとき以来、これほどの怒りを感じたことがなかった。あの男は自分を何様だと思っているのか? どうして偉そうに私に指図をするのか? 彼の敬虔な言葉の裏には奇妙な、いやらしいニュアンスが感じ取れた。私がおまえの面倒を見る。私がおまえの教育を手伝う……。彼女は彼の汚らわしい本心を知っていた。

その後、彼女はできるだけ長い時間を、タイと一緒に過ごすようになった。タイはどこかで見つけてきたディスコ音楽のレコードを持ってきた。ルーファス&チャカ・カーンというバンドだ。二人は山並みの向こうに日が沈む頃、診療所コンテナの屋根に上り、砂漠に向かって大音量でレコードをかけ、一緒に聴いた。

「正直に話すよ」とタイが言った。「俺は時々馬鹿なことを言ったり、したりする。俺は回教徒《ハージ》が苦手なんだ」

「え?」

「ごめん。君らにとってはよくない言葉だってことは分かってる。俺は別に人種差別をしてるわけじゃない。ただ単に――うん、イラクにいると、四六時中、周りに気を付けていなきゃならない。誰を見ても脅威に見える。だから頭の中がそういうふうになってしまうんだ」

「じゃあ、私たちがみんなテロリストだと思う?」

「君は違う。でも、あの導師《イマーム》はそれっぽいな。やつは俺を殺したいと思っているかもな」

「あの人が本当は美容師だって知ってる?」

「何だよ、それ。マジで?」

「タイ、どうして私たちを嫌うの? 私たちがあなたに何をしたっていうの?」

「理屈じゃないんだ。ここは海兵隊基地。世界でいちばん安全な場所だ。俺はもうイラクには戻らない。他の阿呆を訓練して送り出すだけ。でも、くつろげない。単に緊張の糸を切りたいだけなのに。一晩、ぐっすり眠りたいだけなのに」

「何かあったの?」

「いつの話?」

「イラクで」

「ああ。そうかもな」

「何かひどいこと?」

「すごくひどいこと」

「もう乗り越えた?」

「いいや」

「私もそう」

彼女は彼に父《パパ》のことを話そうかと思った。彼なら分かってくれたかもしれない。しかし彼女はそうはせず、アシュター銀河司令部のレコードをかけた。彼は、今までに聞いた中で最悪の曲だと言った。「アラブの曲よりひどい」と。すると彼女は、腹を立てても当然の場面だったが、笑った。彼は彼女に、今晩、大きな奇襲攻撃があると言い、見物したいかと訊いた。彼女が見てみたいと答えると、彼は彼女を宿泊所まで連れて行き、砂漠用の迷彩に覆われたヘルメットを見せた。その正面には双眼鏡のようなものが取り付けられていた。黒い金属製の装置には二つの接眼レンズがあり、先はレンズが一つになっていた。他の暴徒が見守る中で、彼はヘルメットを彼女にかぶらせ、重さでそれがずり落ちないようにストラップを調整した。

「おまえまさか、その子に貸すんじゃないだろうな、タイ?」

「文句あるか?」

「なくしたらどうする?」

「なくさないさ、なあ、ライラ? 明かりを消してくれ、ダニー」

誰かがスイッチを切り、部屋が暗くなった。タイは双眼鏡を彼女の目の前に下ろし、横のボタンを押した。と突然、彼女の周囲の世界が緑色に光った。何もかもがはっきりと見えた。ベッドに寝そべる男たち、散らかった背嚢《はいのう》、紐に掛けられた洗濯物、さらには壁に貼ったヌードポスター。

「どうだい。これがナイトビジョンだ、ベイビー!」

「信じられない! コンピュータゲームみたい!」

「熱も感知する」

「その通り」と誰かが笑った。「タイがちんぽを出してるのが見えるだろ」

「黙れ、カイル」

真夜中、ライラはタイの指示通りに女子寮を抜け出し、村外れの低い丘に登って、通りを見下ろした。アメリカ軍が見せしめのために、家を一軒一軒捜索することになっていた。ワジ・アルハマム村民の心をつかみ損ねた角刈り少佐のお気に入りの戦略だ。空には雲一つなく、星がちりばめられている。ライラは暗視ゴーグルを装着し、暴徒が位置に付くのを見た。緑色の人影が地面に腹這いになり、建物の陰でロケットランチャーを組み立てる。道路に即席爆発装置を埋め、後続トラックが通ったときに爆発し、タイの言う〝殺害ゾーン〟に車列を封じ込めるようセットしている。彼は彼女に、座る場所に気を付けるよう警告していた。正確に指示通りの場所に行かなければ砲火に巻き込まれる可能性がある、と。暴徒は実弾を発砲するわけではないし、爆弾も単なる爆竹にすぎないが、危険であることに変わりはない。彼女は戦闘から遠く離れ、尾根の上から動いてはならない。幸運にも、ゴーグルにはデジタルカメラのようなズーム機能が備わっていた。彼女は冷たい空気が入らないようパーカのジッパーを上まで閉め、ゴーグルをいじり、あちこちを拡大して眺め、人気《ひとけ》のない砂漠をハイテクな視線で見つめた。

　暗闇の中でいろいろなものが動いていた。そうか。彼らにはイラクがこんなふうに見えていたんだ。彼らがヘリで上空を飛ぶとき、彼女の家はこんなふうに見えていた。彼女はしばらくそこに仰向けになった後、立ち上がり、ゆっくりと三百六十度回り、世界を見下ろし、世界を支配した。村を離れた空漠の中に、一つの輝くものがあった。ズームを使ってサイズを倍にしても、それが何かは分からなかった。他の場所には、太鼓《コンガ》のような明るい光、大通りを村に向かってくる〈青組〉の車列が見えた。車列が近づき、暴徒らが計画通りの攻撃を仕掛けようと徐々に定位置で身構える。と突然、その全てがとても遠く感じられた――男の子がやるお遊びのように。西部劇ごっこ。あるいは缶蹴り。

　彼女は振り返って、また光を見た。何だろう。動物？光までの距離も分からなかった。何〝クリック〟？　きっと私も兵士にはこんなふうに見えるんだ。熱の光の小さな点。爆弾か無人機か狙撃ライフルの標的となる座標。ボタンを押す。引き金を引く。蠟燭の火を消すように彼女を消す。そのとき突然、奇妙な光の方が、奇襲を見物するよりも重要に感じられる。近づいてくる車列に最後の一瞥をくれてから、彼女は急いで丘を下り、光の方へ歩きだす。

　十分歩いた。背後で大きな爆発音が響き、その後、銃声が聞こえた。振り返ると、強力なエネルギーを放つ閃光が見えた。再び前を向き、歩き続ける。前方に何かがあった。間違いなく生きている。人間にしては小さすぎるように見えた。

　彼女はその正体を見て、思わず口に手を当てた。その人物はまるで、宇宙から落ちてきたかのようにそこに立っていた。子供。小さな、輝く少年。

一九四二年

彼には自分たちの姿が相手にどう見えるか分かっていた。まさに絵に描いたような田舎の警官。彼と保安官は腹を突き出し、口を開けて玄関の前に立ち、一団の来訪を眺めていた。

車列はまるで火事でも起きたかのように、メインストリートをやって来た。兵士をいっぱいに積んだトラックと参謀らが乗るオリーブ色のプリマスが警察署の玄関前に停まった。車から降り立った男は平服を着ていた。灰色の中折れ帽、ツートンカラーのウィングチップの靴、下襟が広くて尖った、おしゃれなスーツ。プリンス保安官代理の目には、国家の安全の守護者というより、ポン引きか、おかまの俳優のように見えた。間違いなくFBIには見えない。近づいて握手をすると、象でも卒倒しそうな強烈な香水の匂いが彼を襲った。

「オフィスは？」と男が言った。挨拶もできないほど忙しいらしい。

「東条《トージョー》と一戦を交えるつもりかな？」グライス保安官はトラックに乗った兵隊の方を指しながら言った。

「何の話だ？」

「戦争をしそうなほどの大軍勢じゃないか。ここには日本兵はおらんよ」

「国内戦線というものを知らんのか。ここにも知らせが届いているかと思ったが」

男はそう言いながら、二人を押しのけ、建物に入った。そして、カウンターの下をくぐり、グライスのオフィスに入ると、彼の椅子に座った。机に足こそ上げなかったものの、ほとんどわが物顔の振る舞いだ。保安官は今にもその頭をかち割りそうな顔をしていた。

「君には全面的に協力してもらいたい」男はグライスの椅子を左右に回転させながら言った。

「なるほど」

「そして、他言は無用だ」。彼はプリンスを親指で指し示した。「この坊やは信頼できるのか？」

「大丈夫。アイクの仕事ぶりは立派なものだ。それに口が堅い」

「坊や、おまえは先住民か？」

「父はそうでした」

これがいらつく。いつ聞いても、腹が立つ。逆だ。男が冒険《アバンチュール》をして、黒い肉を味わうなら分かる。ところが、白人の女が先住民の男とやるなんて考えたくない。

「ローンレンジャーとトントみたいなコンビがお手伝いをしてくれるというわけか」男は一瞬の腹立ちをジョークに変えて言った。「さて、本題に入ろう。こちらとしては細々《こまごま》したことまで全て確認する必要がある。ミス・エヴェリーナ・クローがうちの事務所に届け出た情報によると、おたくの管轄にドイツのスパイらしき人物がいるそうだな。電波でメッセージを送っているとか」

グライスはにやりと笑った。「どうやら無駄足だったようだ。ミス・エヴェリーナは決して信頼の置ける情報源とは言えない。彼女が言っているのはある老人《メトセラ》のことだ（メトセラは、聖書によると、ノア時代以前のユダヤの族長で、九六九歳まで生きた）。頭のおかしなその老人はピナクル・ロックのそばで暮らしている。〝そば〟というより〝下〟だけれども。二十数年前からずっとそうだ。私がドイツ人でないのと同じように、彼もドイツ人ではない」

「〝下〟って？」

「自分の手で穴を掘ったんだ。ミス・エヴェリーナの父親がバーT牧場を所有していた頃に、彼から銀の採掘権を買い取った。でも、あそこに銀なんか埋まっちゃいないのは誰でも知っている。ああ、昔はサドルバック山地の方で銀が採れたらしい。でも、大昔に掘り尽くされたよ」

「要点を話してくれ、保安官」

「要点？　あんたはさっさと引き返して、ロサンジェルスに戻った方がいい。ミス・エヴェリーナは暇を持て余しているだけだ」

外では、トラックに乗った男たちがたばこを吸い、水筒の水を飲んでいた。どの男が上官かは分からないが、兵隊を日陰に移動させることさえ思い付かなかったらしい。

「なるほど」と彼は言い、靴の爪先の傷を見つめた。「老人《メトセラ》な。本名は分かるか？」

「それより先にあんたが名乗ったらどうだ？」。グライスは初めて怒りを表に出した。

男はぽかんと保安官を見ていた。「私のことはマンローと呼んでくれて構わん。階級は大尉だ」

「マンロー大尉。所属は？」

「雑用係かな。グライス保安官、余計はことはいい。昨日、おたくの上司から、私に全面的に協力するようにと指示があったはずだ。覚えているか？　全面的な協力だ。

こっちが協力するんじゃない。そっちが協力するんだ。だから、知っているならその男の名前を教えろ。そうすれば少しでも早く問題が片付いて、おたくは——どうやら随分とお忙しそうだが——自分の用事に戻ることができる」

グライスは感情を顔に出さなかった。「男の名はデイトン。ミス・エヴェリーナが初めて何やら言ってきたときに私が土地取引の書類を調べさせた。何も怪しいことはない。ミス・エヴェリーナはかなりの歳だ。一度も結婚していない。暇だからいろんなことを考えるんだ」

「だが、情報によるとデイトン氏は無線装置を持っているらしい。危険人物であってもなくても、無線を使っているとなると関心を持たないわけにはいかない」

「一体何を送信するっていうんだ?」

「われわれが知りたいのはまさにそこのところだ。おたくと相棒が案内してくれれば、すぐにでも出発できるんだがね」

アイク・プリンスがよく知る通り、この日、グライスはバリントン家を訪れ、未亡人と楽しい午後を過ごす予定だった。ピナクルズまで行って、メトセラを引っ張り出すことに興味は全くない。しかし、彼らはマンローの車に乗った。アイクは制服を着た運転手と並んで助手席に、保安官は不満そうに後部座席に乗り、できるだけマンローから体を離すようにして座った。

長く、暑く、静かな道中だった。

車がハイウェイを離れ、ピナクルズに向かう轍《わだち》をたどり始めたとき、プリンスは窓の外を見た。頭上で、白い飛行機雲が傷痕のように空を二つに分けていた。戦争が始まってから、軍が砂漠の至る所に現れた。方々に有刺鉄線の柵が張られ、道路にはトラックが行き来し、〝法の定めにより進入禁止〟という看板があちこちに立った。昼も夜も、サドルバック山地の向こうにある爆撃演習場から、砲弾の音が響いた。時々、雷鳴のような音が聞こえ、空を見上げると、普通の飛行機にしては速すぎる銀色の物体が見えることもあった。空軍が新型のスーパー航空機をテストしていた。秘密のテクノロジーだ。夜には謎の光が見えた。

この戦争についてどう思うか、あるいは謎の光の正体は何だと思うか、とアイク・プリンスに尋ねる者はいなかった。そもそも誰も、何かについて彼に訊いたりしなかった。訊かれてもいないことに答える義理はない。例えば、老人《メトセラ》について。老人が岩の下の洞穴に暮らしている理由について。彼は老人について、本人よりも多くのことを知っていた。

アイクの母は、病気でもう長くはないと悟ったときに、彼に話した。あなたは自分が何者か、よく覚えておきなさい。彼は当時、まだ幼かったが、忘れることはなかった。だから孤児院に連れて行かれたときも、他の子より気丈でいられた。彼は混血の孤児だったが、親から譲り受けたものがあった。彼は父親の本当の名前を知っていた。だが、それを言い触らしたりはしなかった。暗い場所にしまっておいた方が力を増す種類のものがあるからだ。

高地砂漠に暮らす人は誰でも、ウィリー・プリンスの物語を知っていた。三文小説的なお話、連続ラジオドラマのような物語だ。辺境《フロンティア》における最後の本物の人狩り。それは先住民の物語でもあった。先住民の物語には必ず二つのバージョンがある。白人のバージョンによると、ウィスキーで頭がいかれた野蛮人、ウィリー・プリンスが子供を誘拐し、およそ一週間にわたって砂漠を追われ、ピナクル・ロックで最後の抵抗をし、犬のように銃殺されたことになっている。他のバージョンの物語があることをほとんどの人は知らない。もしかしたら保留地に住む年老いた女の中には、キルトを縫いながら物語を聞かせる者が何人かいるかもしれない。そして彼、アイク・プリンスももう一つのバージョンを知る一人だ。〈走るマネシツグミ〉が白人男の妻と恋に落ち、嫉妬に駆られた白人男が捜索隊を引き連れて追跡を始め、〈走るマネシツグミ〉が昔の人の走り方で走り、ミュールジカが亀を引き離すように軽々と捜索隊の先を行き、ついに、この世界と黄泉《よみ》の国を結ぶ空《そら》の穴、十字路にたどり着いた。〈走るマネシツグミ〉は死んだコヨーテと骨を交換し、死骸を自分に見せかけ、白人の目を欺いた。彼は白人の手を逃れ、はるか西の〈雪の山〉で長く幸せな生涯を送った。

覚えている人もいれば、忘れた人もいる。しかし、嫉妬に狂った白人男の名前や、男がその後、自分がしたことに対する罪悪感から頭がおかしくなったことを知っている者はほとんどいなかった。男が再び岩山に戻り、黄泉《よみ》の国に通じる穴を掘って、あの世のウィリー・プリンスと入れ替わろうとしていたことを知る人は、さらに少なかった。

アイク以外には誰一人——生きている人間では誰一人——ウィリー・プリンスに息子がいたことを知る者はいない。

そんなことを誰かに教える義理はない。

ようやくピナクルズが砂埃の向こうに見えた。三つの尖った岩が大地と空を結んでいる。それを目にしたアイクの肩に恐怖が積もり、マントのように彼を包んだ。彼は自分がこの岩山を避けてきた理由を知っていた。そして、糸の先がサボテンの棘に引っ掛かっているかのように始終、岩山に呼び寄せられる気がする理由も。

彼らが車から降りると、途端に風が強くなった。砂がアイクの目と鼻に入り、歯の隙間にまで入ろうとした。マンローは帽子をさらに深くかぶり、彼の指示を受けた従卒が兵士を配置に就かせた。辺りを駆け回る男たちのズボンが風でぱたぱたと脚にまとわりつき、大小さまざまな砂の渦が地面から舞い上がった。

確かに、岩の上二十フィートほどの場所にアンテナが立っている。凧みたいな金属製の竿から延びたワイヤーが、人間が入れそうな洞穴の中へとつながっている。入り口の周囲には山のようながらくた。工具、屑、材木。錆びつき、半分砂に埋もれた古いフォードのモデルTが、選鉱屑みたいな盛り土の脇に停められている。馬巣織りが破れ、ばねが飛び出したシートが、張り出した岩の下に煉瓦を土台にして置かれ、ソファみたいに使われている。物干しロープにぶら下がる、色あせたデニムの作業着とズボン下。薪の山と斧。穴の奥から雑音の混じるスウィングバンドの曲が聞こえる。ロサンジェルスのFM局のようだ。

グライス保安官が穴の前でしゃがんだ。「デイトン、いるか?」

返事はなかった。

「デイトンさん、出てきてくれ。話がある」

マンローがまた仕草で従卒に指示をし、従卒が大声で命令を出した。兵士たちが肩に掛けていたライフルを下ろし、穴の方に狙いを付けた。

グライスはいらついて周りを見た。「焦るなよ」と彼はぼやいた。「ただの老人だ。耳が遠いだけかもしれない」

彼はさらに大きな声で呼びかけたが、返事はなかった。

「デイトン、出てこい!」

スウィングミュージックが止まった。洞穴から男の声が聞こえた。声は弱々しく、しわがれ、聞き取りづらい。

「何の用だ?」

「話がしたい」

「帰れ。ここは私有地だ」

「こっちは警察だ、デイトン。上がってきてくれ」

「帰れ」

「遊びじゃないぞ。出てこい。話をしよう。そうすれば、おとなしく帰る」

中から物がぶつかる音、こすれる音が聞こえ、穴の縁に梯子が立て掛けられた。白髪交じりの頭が現れ、周囲を見回した。彼は兵士を見た途端、首を引っ込めた。

「デイトン。大丈夫だ。話がしたいだけだから」

グライスは相手を安心させるように努めた。老人は穴の中から返事をした。声は風に掻き消され、ほとんど聞き取れなかった。

「話なんかごめんだ！」

グライスはマンローのそばまで戻り、砂が口に入らないように顔にハンカチを巻いた。彼は砂埃の中にかすかに見えるアンテナを指さした。「分かるだろう？　鉱石ラジオか何かさ。彼は脅威でも何でもない」

「それでも家宅捜索は必要だ」

老人は叫び続け、彼らを悪魔と呼び、もしも私の知識を（それが何であれ）取り上げる気ならかかってこい、と言った。それから彼は苦しそうにひどく咳き込んだ。アイクはつらそうな咳を聞き、彼はどんな穴蔵を作り、どんな汚い住処《すみか》に暮らしているのだろうかと考えた。

マンローが前に進み出て、中を覗き、すぐに後ろに下がった。

「畜生、銃を持ってやがる」

まるでそれを確証するかのように、鋭い発砲音が響いた。アイクの耳には.30-06スプリングフィールド弾の音に聞こえた。

「そんなものは必要ない！」とグライスが叫んだ。「馬鹿な真似はよせ」

マンローは従卒と話をし、兵士を一人呼んだ。

「ガスを使って、やつを外に出すぞ」

アイクの母がかつての結婚相手について、息子に教えたことが一つだけある。そのイメージは彼の頭を離れなかった。孤児院での子供時代、アイクは、顔に火傷を負った男と対面し、戦うことを思い描いた。二十一歳の大人になり、制服を身に着けた今も、それは頭の中を巡っていた。あの怪物が穴の中にいる。対決を永遠に引き延ばすことはできない。

「待ってください」と彼は言った。「僕から話してみます」

他の者たちが、彼が口を開いたことに素直に驚き、振り返った。

「僕に行かせてください。僕が連れ出します」

「できるもんか！」グライスが言った。

マンローは面白がった。「いいや、やらせてみよう。やってみろ、坊や。さあどうぞ。やつを狩り出せ」

グライスはアイクの行く手に立ちはだかった。「おまえは猟犬みたいな真似をしなくていい。あいつには喜んで命令を聞く部下が山ほどいるんだから」

「いいんです、保安官」とアイクが言った。「やりたいんです」

怪物を相手にするときは、追うか追われるか、そのどちらかしかない。

入り口の際まで近づくと、穴の深さが感じられ、静かな雷のような響きが聞こえた。彼はデイトンの名前を呼び、しゃがみ、再び名前を呼んだが、今回は先住民の言葉を使った。

「〈皮をむかれた男〉」と彼は呼びかけた。「聞こえるか？」

彼は多くのことを知っていた。

そのとき、風がやんだ。男が返事をした。「誰だ？ 私を呼んでいるのは誰だ？」。彼は先住民の言葉で何かをつぶやいたが、残念なことにアイクには理解できなかった。

「僕はアイク・プリンス」と彼は英語で言った。「父は〈走るマネシツグミ〉、母は〈塩の顔の女〉だ」

沈黙があった。それから再び、穴の縁に梯子が掛けられた。アイクは梯子を伝って穴に降りていった。

中は汚い穴蔵ではなく、散らかった小さな居間になっていて、ガス灯に照らされていた。椅子とテーブル、そして軍用のベッドがあった。床は簀がかけられ、壁は漆喰《しっくい》のように滑らかだった。男自身はしわだらけで、ネズミのようだった。顔は実際に見ると、恐ろしくはなかった。片側は傷痕で滑らかな皮膚、反対側には深いしわが刻まれていた。二つの面を持つ男。二つの世界を見る男。彼は大昔の軍用ライフル、スプリングフィールドを持っていた。しゃべるときは、首を絞められているみたいにつらそうな声を出した。アイクは彼を怖いと思わなかった。こんな抜け殻みたいな男を誰が恐れるだろう。もはや対決も、輝かしい敵討ちもありえないことを彼は知った。感じられるのは侮蔑だけだった。

「どうして私をあの名前で呼んだ？」デイトンは苦しそうな声で尋ねた。

「あなたはあの名前を二度と聞くことはないと思っていた」。それは叙述で、質問ではなかった。

「君がエリザの息子か？」

アイクはうなずいた。そして部屋を見回した。アンテナからのワイヤーはラジオにつながっていた。クルミ材の大きな箱に収められたよくあるタイプのラジオ。金持ち向けにデザインされたものだ。デイトンは砂埃から守るためにそれを布切れでくるみ、コイルとクランクの付いた別の装置――おそらく発電機だ――につなげていた。至る所に紙が散らばっていた。平らな場所には書類の束、壁際には膨れ上がったファイル。

「それは何？」

「知識だ」

「〝知識〟ってどういう意味？　あなたが何を知ってるっていうんだ？」

「私はそれを守る。知識を暗闇から救い出すのが私の役目だ」

「あなたが住んでいる場所自体が暗闇じゃないか、爺さん。そのライフルを下ろせ」

デイトンは銃を下ろした。「書類に手を触れたら殺す」彼は悲しげに言った。

グライス保安官の声が穴の中に響いた。

「そっちはどうなってる？」

「大丈夫です、保安官。今、外に出るように説得しているところです」

「嫌だ。外に出るくらいなら死んでやる」

「自分の姿を見ろ。もう死んでいるも同然じゃないか」

地元の子供たちはメトセラの洞穴についてさまざまな噂を流していた。財宝とか、迷路のようなトンネルとか。実際には、噂されているようなものはなかった。動物の巣穴のような小さな部屋があるだけ。紙で作ったネズミの巣。ここにはあらゆるがらくたが集められていた。鉱山を掘る道具、銅線。年老いた道化は、ベッドの下に〝デュポン社製爆薬　特殊ゼラチン〟とステンシルで書かれた木箱を押し込み、六番の雷管を収めたブリキの箱をコーヒーと缶詰の間に並べていた。

「エリザは男の子を産んだんだな」と彼は言った。

「そういうことだ」

「私は彼女にひどいことをした」

アイクは肩をすくめた。「今さら謝っても遅い」

「しかし、おまえは彼女の息子だ。彼女は男の子を産んだんだ」

どうして僕は今まで洞穴に住む老いた道化と対面することを恐れていたのだろう、とアイクは考えた。男はまさに、年老いた道化そのものだった。その姿を目にした今、全ては終わった。彼は梯子を登って元の世界に戻り、また普通に生きていくことができる。

「僕はあなたを一目見たかった。その用事はもう終わった。連中はあなたが出てくることを望んでいる。言われた通りにした方がいい」

「君の名前は？」

「アイク・プリンス。今さらあなたに教えても意味がないけれど」

「アイク・プリンスか。それだけ？　もう一つの名前は？」

アイクにはその質問の意味が分かったので腹が立った。彼には白人の名前しかなかった。

「外に出た方がいい。さもないと、やつらはここに催涙ガスを放り込んで、あなたを狩り出すだろう」

「君がこれを受け取ってくれるならそうしよう」。デイトンは書類の山を指してそう言った。「これが誰のものかを強いて言うなら、君のものだ。私が生涯を懸けた研究だ。アイク・プリンス、私は先住民を研究した。だから君の母親はあの場所にいたんだ。研究のために」

「あなたは馬鹿なのか？　そんな古い書類など要らない。あなたから何かを受け取ろうとは思わない。あなたは自分が罠にかけられたことに気付いているのか？　あなたはこの何年も、穴蔵に暮らしてきた。あなたが僕の父を閉じ込めたかった穴の中に。でも、彼はあなたをはめたんだ。あなたは彼と入れ替わった。彼は生きていて、あなたは死んだのだ」

老人の目に涙が溜まっていた。彼はファイルの山に駆け寄った。「お願いだ」彼は懇願した。「私は君の父親のことをしゃべってしまった。連中に彼の名前を教えた。あんなことになるとは思っていなかったんだ。私は嫉妬していた。嫉妬に狂った夫だ。頼む。ここにある知識は君のものだ。君が受け取らないなら、全てが暗闇に葬られることになる」

書き付けの入った箱に必死に――まるでそれが英国女王陛下の戴冠用宝玉であるかのように――しがみつく男の姿は哀れだった。

「あなたには外に出るつもりがなさそうだと報告することにします」

アイクが立ち去るとき、老人はそこに立ったまま箱を抱えていた。彼は梯子を登った。上でグライスとマンローが待っていた。「説得を聞きません」と彼は言った。「ガスを使った方がよさそうです」

マンローの部下が一人、トラックに戻り、金属製容器を取ってきた。グライス保安官は首を横に振った。「それを使うのはまずいと思う。やつは普段からまともに息ができないんだから」

マンローはスーツから砂を払おうとしていた。「ああ、悪いがおたくの意見を聞くつもりはない。頭のおかしな老人と交渉する時間もない」

彼が合図を送ると、一人の兵士が穴ににじり寄り、ガス弾のピンを抜き、中に落とした。シューという音がして、煙が湧き出た。彼らは煙を避《よ》けるため、後ろに下がった。煙は風に乗り、乾湖の方へと流れた。

雷のような音が響いた。

爆音は彼らに尻もちをつかせた。雨のように降る石や砂利を避けるために、皆が車の下に避難した。アイクには何が起きたかが分かった。催涙ガスを投入するように促したとき、彼はおそらくこうなることを知っていた。石の雨が降る中で彼は笑っていた。これで普通に生きていける。いい警官になり、自分の義務を果たす。過去への蓋はもう閉じられた。

その後、彼らが皆立ち上がり、マンローの頭の傷を手当てし、負傷した三人の兵士を病院に送り届け、グライスが長たらしい報告書の作成に取り掛かり、事件の責任が誰にあるかを調べ始めたときには、もちろん結局、アイクが穴に入り、証拠物を集める役を務めることになった。バラバラになった家具。小さくて読みにくいデイトンの手書き文字に覆われた、燃えさしの書類の山。老人の遺体に関しては、ほとんど何も見つからなかった。あったのはわずか

二、三の骨のかけらだけだった。

二〇〇九年

　ラージが笑顔で父を見上げた。焦げ茶色の目は星々のように異質《エイリアン》で、謎めいていた。「見て」配達用のバンを指さして彼が言った。息子がもっとよく見ようとぴょんぴょん跳びながら扉に近づくと、ジャズは青くて小さなスニーカーの片方をぎゅっと握り締めた。奇跡。リサはその言葉を使った。神とリサは最近、仲が良かった。

「今日は遠くに出掛けるぞ」と彼は息子に言った。二人はいつも遠くまで出掛けた。ここ数か月、二人は散歩ばかりしていた。冬の間中、雪が積もってベビーカーを押すのが大変なときも。リサはしばしばオフィスから電話をかけてきて、今、どこにいるのかと訊いた。外だよ、とジャズは答えた。彼は適当な用事をでっち上げた。スーパーマーケットとか、クリーニング屋とか。彼は街の見知らぬ一角に立って、そんな嘘を言った——通り過ぎる車からウーファーの音が響き、小切手を現金化する店やプエルトリコ系の食品雑貨屋の前に人がたむろしている一角だ。

　彼はラージにもう片方の靴を履かせ、ベビーカーを玄関前の階段の下まで運んだ。「乗るか？」と彼は訊いた。ラージは首を横に振った。二人は手をつないで坂を下り、川の方へ向かった。チェルシーに、彼が行きたい本屋があった——もっと近所にも本を買える場所はいくつもあったけれども。彼とラージはよく歩いた。やがて二人は適当な橋を使ってマンハッタンに渡る。そしてどこかで軽食を買い、公園のベンチに座る。そんな外出で一日の大半がつぶれた。

　今日は少なくとも、気温が高い。この六月は雨が多く、肌寒かった。丸一日雨降りということが何度もあった。二人は揃いの黄色いポンチョを着て通りを歩いた。ラージの髪は濡れた黒い舌に変わり、顔に貼り付いた。今日は空が灰色で、街を湿気が覆い、通行人の体が汗で光っている。犬の散歩をする人、何かのケーキを車から家まで運ぶ近所の人。大きなピンク色の箱を儀式みたいに抱えるその姿はまるで、宗教的な遺物か、不発弾を扱っているかのようだ。その隣人が笑顔で会釈し、大袈裟に目を見開いて、興奮を意図していると思われる表情を浮かべる。全くもう、今日はこのケーキのおかげで大変なんです！　彼女はハンドバッグから玄関の鍵を出しながら一瞬、さりげなく、貪欲な視線をラージに向ける。ジャズは彼女を知っている。キャリー＝アン、またはキャロル＝アン。夫は泌尿器科の医師。今は愛想がいいが、数か月前には、通りですれ違っても彼を無視した。よくやるよ、と彼は思った。クソったれめ。この前まで僕のことをどう思っていたか、知らんぷりをするがいい。

ジャズとラージは地下鉄駅の隣にあるコーヒー屋の前を通り過ぎた。そこは以前、彼の行きつけの店だったが、前年の八月からずっと行っていなかった。ある朝、仕事に行く途中で店の列に並んでいると、後ろから肩を叩かれた。何の用かと思って彼が後ろを振り向くと、女が顔に唾《つば》を吐きかけた。人殺し、と彼女は言った。小児性愛者。神はあなたを憎んでいるわ。彼はあまりのショックに何も反応できなかった。今起こったことを理解した頃には、女はもう店を出て、ガラスの扉が閉まるところだった。

後ろにいる男は全てを見ていた。「唾をかけられましたよ」信じられないという表情でジャズが言った。「今の見ました？　唾をかけられましたよ」。男は肩をすくめ、床に落ちている何かに目を向けるふりをした。ジャズは紙ナプキンで顔を拭いた。誰も彼と目を合わせなかった。ようやく順番が来て、カウンターの向こうにいる若い女が、妙に皮肉のこもった言い方で、何か飲み物は要りますかと訊いた。そのとき彼は、そこにいる全員が自分のことを知っているのだと気付いた。それで、奇妙な雰囲気の説明が付く。彼を他の客から隔てている、目に見えないシャボン玉のような無関心の障壁。彼はすぐに店を出ると、それから三日間、家から一歩も出なかった。ラージの行方が分からなかった数か月間で、彼は自分の正体がばれたときの周囲の反応に慣れた。沈黙の嫌悪。動物的な反感。彼は自分に言い聞かせた――世間は僕のことを知らないのだ、と。彼らの怒りは本当は別のものに向けられている。レジの列や地下鉄の中にいる僕を見たとき、人はそれぞれが心に抱える暗闇と向き合わされるのだ。そう考えても役には立たなかった。通りでは肩をぶつけられ、店ではなかなか店員に注文を聞いてもらえなかった。一度、通りかかった車の窓からソーダの缶を投げつけられたときは、泡の立つオレンジ色の液体が彼の足元の歩道まで大きなアーチを描いた。

気の重い、孤独な月日だった。リサはフェニックスの実家に戻っていた。彼の古い友人たちはよそよそしく、それぞれの生活に忙しそうだった。ある夜、彼はウィリアムズバーグ橋を真ん中まで渡り、川と自分とを隔てる金網フェンスの高さを確かめた。そして、そういう場合、どんなことが起きるのだったかを思い出そうとした。着水時の衝撃で死ぬんだっけ？　着水時には気を失うだけか。飛び降りる理由、飛び降りない理由。しばらくして、彼は踵を返し、元来た方へ戻った。

頭の中を巡っている物語には、胸が悪くなりそうな重みがあった。僕のせいで事件が起こった。彼はラージに消えてもらいたいと思っていた。ＬＡからあのひどい場所まで車を走らせる間、彼はそのことばかりを考えていた——以前の人生を取り戻せたらいいのに、リサと二人で親の目を離れた子供のように街を自由に駆け回れたらいいのに、と。その後、リサがラージのお守りの紐を切り、彼の邪悪な思考がその隙に付け入り、悪さをした。インターネット上の狂人たちは真実を語っていた——彼が息子を殺したのだ、と。意志の力で。悪い魔法の力で。一種のスプーン曲げ。

彼は両親と口を利かなくなった。最初、両親は彼に、インドから導師《グル》を呼ばせようとした。母がずっと献金を続けていた、パンジャブに住む神人だ。来てもらうのは導師《グル》以外に従者は三、四人で充分。必要なのは飛行機代以外にホテル代と食事代。彼は癇癪を起こし、「僕がすすんで村の賢者《スワーミー》のカモになると思っているなら母さんはとんだ愚か者だ」と言った。「でも、あなたには払える金額でしょ」と彼女は言った。「あなたはお金持ち。それにあなたの息子のためよ」。ある夜、母が電話をよこし、父から話があると言った。父はずっと具合がよくなかったらしい。電話口に出た父の声は震えていた。「坊主《ベタ》、これは神の意志だ。そうとしか言いようがない。おまえが導師《グル》を呼びたくないなら、奥さんとまた子供を作れ。心も体も丈夫な子供を。早くした方がいい。奥さんがつらい記憶を忘れられるようにおまえが手助けしろ。長い目で見ればそれがいい」。ラージがいなくなってからわずか二週間後にこの会話だ。まるでラージがゴミか、遺伝子の浪費であるかのように。

当時、彼らはリヴァーサイドのビジネスホテルに滞在していた。うるさいエアコンの音、ルームサービスのトレーの山。リサはそこにいないも同然で、ベッドの上でじっとうずくまっていた。彼は父の電話を切り、彼女に寄り添い、背中から尻を手でなで、ずっと体を洗っていない動物的な臭いを嗅いだ。彼女はうなり、青白い手を伸ばして、サイドテーブルの上で何かを探った。テレビのリモコンだ。テレビのスイッチが入り、だらだらした昼間のおしゃべりが聞こえた。マフラー、二重ガラス、新しいおいしさ。彼は時々頭がおかしくなりそうだと感じ、清潔なレストランで食事をし、ウェイトレスの視線を我慢した。また別の日には、あきらめて一緒にテレビを観、ギャヴィンがディーナの車を壊し、ペトラが昏睡状態から目を覚ます話を追った。

彼はベッドの上に座り、気付くとまた同じことを考えていた。国立公園で何が起きたかという問題、そしてどちらを向いたか、道を歩きながら何が聞こえたか、といったあらゆることの忘れられた細部を考えただけではない。その前日、リサが彼とラージをモーテルに置き去りにした日のことについても思いを巡らせた。彼女の身に何かが起きた。酔っ払っていたことは間違いない。しかし、彼女はどこかへ——どこか遠い場所へ——行っていたという感触を彼は得ていた。彼女には約二十四時間連絡が取れなかった。車なら二百マイルか、もっと遠いところまで行ける。彼は日に日に、彼女の失踪がラージの失踪と結び付いていると考えるようになった。もしも彼女が何かを知っていて、それを言おうとせず、そのせいでラージが……。彼はニューヨークに戻ったとき、彼女に届いたクレジットカードの請求書を開封し、ラスヴェガスかパームスプリングスからの請求を調べようと思っていた。彼女が嘘をついているというわけではない。彼女は全く何も言おうとしなかった。完全な引きこもりだ。彼は無力さを思い知らされた。そして窓辺の椅子に座り、布団の中で丸まった不定形の物体を怒りの目で見つめた。まるで巣穴の外で待ち構える捕食動物のように。

「君は何も間違ったことはしていない」十七日目に彼は、穏やかな口調を使って彼女にそう言った。それは探りを入れるための実験だった。「君が何をしたにせよ、それは無関係だ。今起きていることは君のせいじゃない」

「あなたには分かってない」

「じゃあ、聞かせてくれ」

彼女は首を横に振った。彼はしつこく促したが、彼女は何も言わなかった。しばらくして、睡眠薬が既に彼女を眠らせたことに彼は気付いた。

彼は、バスルームの床に倒れている彼女を見つけたとき、自殺をしようとしたのだと思い込んだ。彼は半狂乱で九一一に電話した後で、彼女の目が開いていることに気付いた。数分後、部屋はホテルのスタッフと救急隊員でいっぱいになった。彼女はどこも具合が悪そうではなかった——しゃべろうとしないことを除いては。何かを飲んだかと訊かれても何も答えなかったので、病院に連れて行かれ、一晩入院して、毒物検査を施された。結果は陰性だった。

医師は〝精神崩壊〟と診断した。彼女の父親が飛行機で来て、自分に任せろと言った。ルイスは娘をコロラドにある高級医療施設に入れたがった。彼はいざというときには金を惜しまないタイプだった。そうすることで、自分が何かをやっている気になれるからだ。戦場での負傷者のようにヘリで移送しよう、と彼は繰り返した。ジャズはそれに反対し、病院内のスターバックスで激しい口論になった。

「私たちはあの娘《こ》の家族だ」

「僕だってそうですよ」

「ジャズ、それは意味が違う。今問題になっているのはうちの娘だ。君にも私にも分かっていることだが、君とあの娘は合わない部分がある」

「それはどういう意味です?」

「こっちのことは私に任せてくれ、ジャズ。とにかく、あれは私の娘だ。今の状態がよくないことは私にも分かる」

「じゃあ、これは僕のせいだっていうんですか?」

「誰のせいなのかは知ったことじゃない。でも今、娘はあの——分かるだろ——クソみたいな精神病棟にいるんだぞ」

それから彼は泣きだした。涙が頬を伝い、彼は「ああ、もう」と「ああ、クソ」ばかりを何度も繰り返した。ジャズはスターバックスの客に好奇の目で見られないよう、彼を駐車場に連れ出した。

その頃はまだ、プライスが一枚噛んでいた。調子のいいクソ野郎。ゴルフクラブでルイスに名刺を渡した、フェニックスに住む不動産屋の男。最初の二、三週間、ジャズはルイスがどこでその人物を見つけてきたのか気に懸けることなく、ただ、助力に感謝した。絶え間なく鳴る電話、記者会見。リサはそのどれにも対応できなかった。つまり、全てがジャズの肩に掛かってきた。彼はホテルの医者に薬を勧められた。そして最初は断り、その後、考え直した。ほとんど眠ることができなくなっていたからだ。ようやく疲労で眠りに就くと、ピナクル・ロックの下の地面を手で掘る夢を見た。あるいは、眠っている間に自分の体を引っ掻き、治りかけた傷や腫れ物がさらに悪化した。薬はそれを防いでくれた。最初の頃は。

警官は彼らを現場に連れて行った。マスコミの車列が砂埃を巻き上げながら、警察車両の後を追った。そこは太陽の光で漂白された世界だった。アンバーアラート（未成年者の誘拐事件や行方不明事件が発生したとき、公衆メディアを通じて発令される警報のこと）のポスターが既にぱりぱりに乾き、黄ばみ、この場における万物の末路だと思われる骨灰色に向かい始めていた。静寂と死。ジャズは岩山に登り、ラージが連れ去られたときを再現するため、指示された通りに、周囲を眺め、目の上に手をかざした。現場に立ち、望遠レンズの中に収められた彼は、周囲の何もない空間を目の当たりにして吐き気を覚えた。そして前のめりにくずおれ、ひざまずいた。もうすぐ、国立公園の掲示板に貼り出された数枚の白いポスターを除いて、ラージの名残は何もなくなってしまう。最後のジャーナリストがラージを忘れたら、ジャズとリサも世間の記憶から消されることになる。

　警察は、誘拐犯が一家を監視していたのだと考えていた。犯人は車で後を尾《つ》けて国立公園内に入り、徒歩で岩山に登るときも後ろにいたのではないか。犯人が単に子供を欲しがっているだけの女性ならまだましかもしれないと警察は言った。その場合なら、あの子が――と、ここで口髭を生やした若い警官は言葉に詰まり、〝精神的に〟、〝心理的に〟と言いかけてから、最終的には何も修飾語を添えずに言った――〝正常〟でないと分かったらすぐに、返してくれる可能性がある。しかし、別の可能性もあった。地下室。空き家。特徴のないバンの後部座席。ジャズは連続殺人鬼の話を面白がる人々のことをあまり考えたことがなかった。映画や分厚いペーパーバック。ガムテープとチェーンソー、針と仮面。ハロウィンの飾りが急に、精神的に重く感じられた。邪悪で堕落した嗜好。

　過度に敏感になった彼の目には、あらゆる場所で非道が起きているように見えた。ホテルを一歩も出なくても、世界は非道にあふれていた。疲れ切った顔で掃除道具のカートを押すヒスパニック系の女のように、それは視界にずかずかと入り込んできた。ドアノブに掛けたポリ袋で届けられる新聞は、その種の情報が満載だった。バグダッドの検問所で射殺された幼い少女。路上の市場で吹き飛ばされた十人の買い物客。いいえ、ああ、すみません《ポル・ファボル》。じゃあ明日。また、明日お願いします。（この部分はスペイン語混じりの英語なので、おそらく、部屋を掃除に来たヒスパニック系の女に話しかけている言葉と思われる）でも、これは今に始まった話じゃない。戦争はずっと世界のどこかで起きていた。顔ぶれと場所が変わっただけ。一人の人間にはどうしようもない。なのにどうして彼は、床に広げた週末版の新聞の前に座り込み、涙を流しているのか？　そうでもしないと自分が潔白だと思えないのはなぜなのか？

友情を見せる人たちもいた。ニューヨークから電話をよこし、様子を尋ね、助力を申し出た人がいた。リサの従兄のイーライはブログを始め、情報提供を呼びかけ、捜査の進み具合について最新情報を書き込んだ。リサは、現在シカゴに暮らしている古い友人のエイミー以外とは、話をしようとしなかった。彼はエイミーに電話をかけ、飛行機代は払うからこちらへ来てくれないかと頼んだ。妻は誰かを必要としているんだ、と彼は言った。僕以外の誰かを。エイミーはやってみると約束し、二日後、悪臭のこもるホテルの部屋を訪れ、カーテンを開け、二人に部屋の掃除をさせ、別のホテルに移らせた。そこは静かで、ベランダの下を高速道路が走ったりはしていなかった。エイミーが家に帰る前日の夜、三人はメキシコ料理のレストランで食事をした。その様子はほとんど普段と変わらなかった。彼女が空港へ向かうとき、リサは彼女を抱き締め、そのまま離れようとせず、必死に背中にしがみついた。

非難が始まったとき、彼にはどう対処すればいいのか分からなかった。あまりにも奇異だったからだ。最初にトラブルの気配が感じられたのは二度目の現場検証のときだ。それは彼が催眠療法を受け、事件当時、自分たちが乗ってきたものと違う車が隣に停まっていたのを思い出した後だった。ジャーナリストばかりでなく、たくさんの人が見物に来ていた。マスコミのバンに混じって、ピックアップトラックが何台も停まっていた。日除けとクーラーボックス、用もないのに見物に来た暇な子供たち。ジャズとリサは細い道を歩いていた。二人は見知らぬ幼児——保安官代理の息子——を乗せたベビーカーを押すように指示された。そのとき、声が聞こえた。「子供に何をしたんだ、リサ？」。それだけだった。彼は怒って後ろを振り向いたが、誰の言葉なのか分からなかった。リサはベビーカーのプラスチック製のハンドルをぎゅっと握り締めたまま、地面を見ていた。

そこから後は雪崩を打ったようだった。地元のテレビ局はラージの誘拐事件に多くの時間を割いていた。最初は同情的なトーンだったが、二週目の終わり頃には、新たに伝える情報を見つけあぐねているようだった。コメンテーターは話に飽き、いらだっていた。彼らは一家を襲った〝想像を絶する〟〝悲劇〟について決まり文句を繰り返すのをやめ、記者会見での夫妻の振る舞いを分析しだした。どことなく冷たい夫婦ですね。非常に超然としている。非常にニューヨーク的だ。二人はある朝、ベッドに寝そべったまま、チャンネルを適当に変えていた。すると地元の情報番組で、パンツスーツを着た二人の女性が――一人は司会者、もう一人はゲストの心理学者だ――ソファに座り、意見を述べていた。番組の中で二人は、ジャズとリサが自らの手でラージを殺害した可能性について語り始めた。「あの女性についてはよく分からない部分があります」と一方が言った。「しかし、何か好感が持てない。彼女は、何というか、普通じゃない。普通の母親ならもっと感情を見せるはずです」

一時間後、リサは激しいパニック発作に襲われた。体がこわばり、あえぐような息をした。ジャズは彼女と呼吸を合わせたが、息は落ち着かなかった。息をしろ、と彼は言った。吸って、吐いて。そしてそのような場面で言うべきだとされている言葉を言おうとした。効果はなかった。さらに言葉を繰り返した。無駄だった。結局、彼はフロントに電話をし、助けてくれ、と言った。なぜかささやき声になっていた。とにかく、早く助けてくれ。僕では手に負えない。

ホテルの医師が彼女にたくさんの鎮静剤を飲ませたせいで、ジャズは夜中に、妻の心臓が止まっているのではないかと思った。彼女は身動き一つしなかった。彼は明かりのスイッチを探った――妻が隣で死んでいるのに、明かりのスイッチさえ見つけられないことにいらだちながら。これは僕のせいだ。他のこともそうだが、これもやはり僕のせい。みんなは彼女を病院に連れて行った方がいいと言ったのに、僕が断った。僕が病院に連れて行かせなかったせいで、彼女は死んだ。彼は彼女を激しく揺さぶった。彼女は寝返りを打ち、うなった。その後、彼はもう一度眠ることができなかった。ブラインドの隙間から見える空がゆっくりと、黒から灰色に変わった。

翌日、彼はプライスに怒鳴った。あなたは何をやってるんだ！　妻にあんな暴言を聞かせるなんて。名誉毀損だ。僕らを守るのがあなたの仕事じゃないのか。プライスは彼に、事はそう簡単ではないと言った。悪く思わないでもらいたいんだが、あなたと奥さんは努力が足りない。問題は、キャラクターとしてあまり皆に好かれないタイプだということだ。二人とも――私はそうは思わないが、他の人には――お高くとまっているように見える。全部が全部、マスコミのせいにはできない。マスコミはマサル一家が差し出す物語に乗っかっているだけだ。彼は上着のポケットを探り、雑誌から切り抜いたページを差し出した。元映画プロデューサーで、その後、注目を集めた裁判や事件を取材するようになった人物が書いた特集記事だ。彼らは、と男は書いていた。焼き石膏で作った夫婦のようだ。色を塗れば本物そっくりに見えるが、人間味がない。

「なあ、あんた《バディー》」と彼は言った。「私たちは話を変える必要がある。まず、あんたはもっと外に出て、人間的な側面を見せなきゃ駄目だ。教会へは行く？」

「僕はクリスチャンじゃない」

「教会には通っていないという意味？」

「プライスさん、あなたは自分に与えられた仕事をしてくれ。僕らはお高くとまってなんかないってみんなに説明してくれ。とにかく、やつらがくだらないことを言うのをやめさせてくれればいい。みんな、あなたも含め、うちの息子のことを忘れているみたいだ。名前はラージ。覚えてる？　行方不明になった少年。事件は彼をめぐるものだ。それ以外のことは関係ない」

「私はこうしてちゃんと自分の仕事をしている。さっきも言ったが、教会に行きなさい。そうすれば世間の風向きが変わる」

「僕はシク教徒だ、プライスさん。そして妻はユダヤ人。おそらくあなたは〝シク教〟なんて聞いたことがないだろうが、ユダヤ人は知ってるだろ？　イエスを殺した民族だって」

「そういう言い方をする必要はない」

「全く。僕は自分の一族を無知だと思っていたけれど、あなた方はとんでもない田舎者だ」

その罵倒は一瞬、宙に漂った。ジャズは肩をすくめた。

「これ以上、あなたの戯言には付き合っていられない。僕も僕の家族についても、あなたは何も分かっていない。首だ。今すぐ出て行ってくれ。僕が自制を失う前に」

プライスは拳を固めた後、ブリーフケースを手に取り、告訴するとか何とかつぶやきながら席を立った。ジャズは廊下まで後を追い、やれるものならやってみろと叫んだ。プライスは彼を〝エリート主義のクソ野郎〟と呼び、「世間の人があれこれ言う気持ちはよく分かる」と言った。彼は偉そうな足取りで廊下を進み、観音開きの扉の向こうに消えた。

翌朝、ジャズはルイスに電話をかけ、彼が勧めていた医療施設のことを相談した。リサはベッドの上に座り、疲れた目で彼を見ていた。彼はこそこそと受話器を抱え込みながら、自分が彼女を秘密警察《ゲシュタポ》に売り渡しているみたいに感じた。

「よく分かりませんが、お義父《とう》さん、それがいちばんいいのかもしれません。少なくとも、ゆっくりできるでしょうし」

リサの声は疑念を帯びていた。「私の話をしてるのね」

「もうちょっとだけ待ってくれ、ハニー」

彼は外で電話をかけるべきだった。でも、彼女は先ほどまで寝ていたのだ。それに、彼は廊下に出たくなかった。ホテルは、他の客に迷惑がかかるので、彼らに出て行ってもらいたいと思っていた。ロビーにはたくさんの人が出入りしていた。駐車場に停めた車に傷をつけられたという訴えもあった。

ルイスは電話をパティーと替わった。

「あなたは自分がやっていることが分かっているんでしょうね」と彼女は言った。「私にはさっぱり分からない。どういうことか分かる、ジャズ？　あなたは言うこととすることが違うの。この前は〝僕に任せてください〟って自信満々で言ってた。ところがやっぱり手に負えなくて、今度は〝施設に入れる〟ですって？　うちの娘をそんな軽い気持ちで施設に入れる？　信じられないわ」

施設の件は元はルイスが言いだしたことだと反論しても、彼女は聞く耳を持たなかった。彼女はジャズがついに正体を現したと考えた。答えははっきりしていた。リサは実家に戻るべきだ、ということだ。ジャズには何かを言い返す気力がなかった。そして、リサを車でフェニックスに送り届けた。リサが客間で荷物をほどく間、ジャズはキッチンに立ったまま、パティーとルイスと気まずいコーヒーを飲んだ。

「さてと、それじゃあ」とルイスが口を開いた。「道中ご無事に《ボン・ヴォヤージュ》」。まるで彼を旅に送り出すみたいに。

ジャズは外に出て車に乗り、しばらくの間、頭を空っぽにしてじっと座っていた。それからエンジンをかけ、空港に向かった。

事態が悪化したのは、彼がニューヨークに戻ったことが原因だったかもしれない。ある新聞はそれを〝逃亡〟と呼び、ラガーディア空港の到着ロビーを歩く彼を望遠で撮影した写真を大きく載せた。サングラス、キャリーバッグ。金持ちの冷血漢というイメージそのままだ。ツイッターでは突然、〝#マサル〟がトレンドの話題になった。インターネットは彼を殺人者と呼んだ。ありとあらゆる人が何かを言いたがっているようだった。情報をシャットアウトするべきだということは分かっていた――テレビ、ネット、絶え間なく聞こえてくるおしゃべりの声。しかし、なぜかそれはできなかった。世間が自分についてどう思っているかを彼は知りたかった――正面からそれと向き合うために。彼は新聞、雑誌の記事を読み、ブログを眺め、ウェブカメラで撮影された動画を観、まるでヨガの修行者が酷寒の川に入るように、ぞっとする噂の渦に身を浸した。今や彼とリサが、アメリカで最も悪い人間になったみたいだった。誰かが彼のEメールアドレスを見つけ、世間が〝真実〟を知ったときには何が起こるかを事細かに記し、ひどい脅しをかけてきた。あるジャーナリストは、一部の人以外には番号を教えていない彼の携帯に電話をかけてきて、あなたがラージを殺したのですかと単刀直入に訊いた。

「息子は行方が分かりません」と彼は男に淡々と言った。「息子を見つけるために力を貸してほしい。それだけです」

腹を立てるべきだったのか？　彼には何の感情も湧かなかった。ひょっとすると薬の飲みすぎだったのかもしれない。電話の二分後には、相手の声がどんなだったかも忘れていた。

彼は深夜にノートパソコンで映画を観た。普段なら飛行機でしか観ないような恋愛コメディーものだ。彼は今の人生を、できるだけ飛行機旅行の雰囲気に近づけようとした。眠るのは、ラージの部屋へ引きずっていった肘掛け椅子の上だ。目にはアイマスク、耳にはノイズキャンセリング機能の付いた大きなヘッドホン。それは自分の手で途方もない芝居を演出しているようなものだった――自分を一つの時間と場所からつまみ出し、別の時間と場所に届けようとする試み。感情的な瞬間移動《テレポーテーション》。

リサがフェイスブックで何かを見たと言って泣きながら電話をかけてきた。彼はいらだった。ルイスは彼女にそんなものは見せないと約束していたからだ。「どうしてネットなんか使ったんだ？」と彼は訊いた。「何が書かれてるか分かってるじゃないか」

「あの子、死んだんだって。どこかの変態に殺されたの」

「変なことを言うな」

「まだ生きてると思う？」

「ああ、思う」

「分からないくせに」

「ああ、分からない。でも信じてる」

「意味が分からない」

「大丈夫だって気がする。悪い結果にはならないと思う。それだけの意味さ」

「違う。さっきは〝信じてる〟って言った。意味が違うわ。あなたが信じてることでしょ、ジャズ？　それにどれだけの値打ちがあるっていうの？　それに〝信じる〟っていう言葉があなたにとって何を意味するのかさえ私には分からない」

彼女がどうしてそこまで怒るのか、彼には理解できなかった。宗教のことを言っているのか？　そんなことは今まで、二人の間で問題になったことはないのに。宗教的な信念は貴重品というわけではない。それはどこにでもある。彼は気分のいい日には、宗教を喫煙のようなものだと考えた――社会が徐々に根絶しようとしている昔ながらの悪い習慣だと。気分の悪い日には、レベルの低い精神病の一種だと考えた。それを抱えている人は不合理で、暴力的になることがある。例えば彼の両親は、家族をコントロールするためにいまだに神を使おうとしている。ジャズは科学者として、それを進化的な先祖返りと名付けることができた――名残として、社会的機能が多少あるのかもしれないけれども。ディナーパーティーでアルカイダやサラ・ペイリンについて説明を求められたとき、彼はいつもそんなふうに答えることにしていた。だから、リサの質問に対する正直な答えは、おそらく〝ゼロ〟だ。彼が信じているものの値打ちはゼロだ。しかし、彼が言いたかったのはそのことではない。彼は彼女を安心させたかっただけだ。

その夜、彼はウィリアムズバーグ橋に戻り、途中にある檻《おり》のような場所の落書きだらけの石板にもたれて腰を下ろし、通り過ぎる自転車を眺めた。もしも信仰が厚い人間なら、慰めを得られただろうか？　あるいは、少なくとも計画を立てられたか。行程表。何らかの未来図を。寒さが上着から染み込んできたので、彼は立ち上がり、マンハッタンに渡り、あてもなく金融街をぶらついているうちに、気が付くとブロードストリートの、以前勤めていたビルの前にいた。そしておよそ一時間そこに立ったまま、モザイク状に明かりの点いた窓を見上げ、ウォルターモデルと因果関係と罪について考えた。もしも世界が記号でできているなら、どうして僕にはそれが読み取れないのか？　僕はきっと馬鹿なのだ。僕に言えるのは、全ては結び付いているということ――ラージ、ウォルター、砂漠。被害妄想《パラノイア》が頭の中で花開いた。彼は今、上階の誰かから見られている気がした。双眼鏡かライフルの照準器か。彼は歩調を計算しながらその場を立ち去った。神経を集中していなければ、思わず走りだしてしまいそうだった。

翌日、フェントン会長から電話があったのは偶然とは思えなかった。「僕のことを見ていたんですか？」とジャズは訊いた。フェントンは君が何の話をしているのか分からないが、よく聞いてほしいと言った。残念だが、君には辞めてもらうことになった。ジャズはどう反応したらいいのか分からず、二人の間に長い沈黙があった。彼はまだ会社を辞めていなかったことを忘れていた。

退職の待遇は悪くなかった。フェントンは申し訳ないと言った。しかし、会社というものは常に進み続けねばならず、〝家庭の事情〟があるジャズは仕事に打ち込める状態にない。会長は〝貴重な同僚〟を失うのは個人的にも残念だという口調を装った。彼が努めて優しく振る舞おうとしていることがジャズには分かった。会長はラージを捜すための私立探偵を雇うことさえ申し出た。

「会長にそこまでしていただくわけにはいきません」

「遠慮しなくていいんだ、ジャスウィンダー君。本当に。私にはその程度のことしかできないから」

口調は誠実だったが、彼は申し出を繰り返すことはしなかった。用件が終わった今、二人とも何を話していいか分からなかった。

「電話でこんな話をしてすまなかった。しかし、君にわざわざ会社まで来てもらうというのも……」

「そうですね。ありがとうございます」

「さて。じゃあ……」フェントンの声にためらいが感じられた。「さようなら」

フェントンは、電話を終えてホッとしているようだった。

それでおしまい。ジャズはこれで自由だ。苦痛から気を逸らしてくれるものはもう、何もなくなった。

彼は毎日、電話でリサと話したが、本当に会話しているというより、儀式に近かった。彼女は以前より具合がよくなったようだ。実家の来客用の寝室で寝ている彼女は、徐々に周囲の世界に目を向け始め、時には母親の趣味をだしにしたジョークを言うまでになった――母が選んだ花柄の壁紙に文句を言ったり、クロゼットのドアノブにぶら下げてある小さなポプリ袋が邪魔だと言ったり。電話はいつも短かった。ジャズは自分たちが芝居をしているみたいに感じた――まるで信仰を失った司祭がただ儀式だけを執り行っているかのように。

「元気かい？」

「何とかね。あなたは？」

「元気だ。眠れてる？」

「睡眠薬があるから」

「昼間は何を？」

「母に言われてガーデニングの手伝い」

「あの庭で本当に何かが育つのかな。映画の『デューン砂の惑星』みたいな土地なのに」

「見たらびっくりするわよ。サボテンとかを植えてるの。母は願掛けのできる井戸も掘るつもりみたい」

「いいね」

「でしょ?」

「例の業者と話をしたよ。リフォームはキャンセルってことで了解してもらった」

彼は彼女が何か言うのを待った。

「だから、その件はもう心配要らない」

「疲れたわ、ジャズ。もう休まなきゃ」

「そっちは何時?」

「何時って?」

「そっちはまだ明るい?」

「うん」

「会いたいな」

「うん」

「こっちに戻れよ。君はこっちにいた方がいい」

「そうかしら」

「そうさ」

「ここなら、少なくとも何かの知らせがあったときに、すぐに——」

「うん」

「ねえ、私は本当に疲れた」

「オーケー。じゃあ、もう寝た方がいい。愛してる」

「私も愛してる」

カチャ。

時が経つにつれ、電話を切った後、家が巨大な寄せ木張りの棺桶のように感じられることが多くなった。周囲を見回しても、何にも見覚えがない気がした。たくさんの品々。たくさんのテニスラケット、ディナー皿、趣味のよい額に収められた版画。本当にこれは全部僕のものか? 彼はラージの部屋で眠るのをやめた。ぬいぐるみたちの非難めいた視線に耐えられなかった。主寝室で寝るようになってからは、夜中に目を覚ますことがあった。ぼんやり見えるクロゼットの扉の背後に積まれた服と靴の塊が、羊毛と海島綿の津波になって襲ってきそうに思えた。

彼はもう一度やり直したかった。未形成な胎児に戻って温かい羊水の中を漂いたかった。彼はある日、ソーホーを歩いているときに、ノーブランド《ジェネリック》の服を専門に取り扱う日系の衣料品店に立ち寄り、ジーンズとグレーのTシャツと白のテニスシューズを買った。そして、店内で着替えを済ませ、着てきた服をポリ袋に詰めた。すると、煩わしいブランド、過去の痕跡から自由になったことがうれしく、肩の荷が下りたような気がした。その後、元の服は、アスタープレイスの地下鉄駅の前にいたホームレスに与えた。彼は暗くなるまで歩き続けた。一般的《ジエネリツク》な都会を歩く一般的《ジエネリツク》な男。気が付くとミッドタウンの無個性なビジネスホテルの前にいた。彼はそこにチェックインした。エレベーターに乗って部屋のある階まで上がり、カードキーを扉の横のホルダーに差すと明かりが灯ったので、再びスイッチで明かりを消した。ニューヨークのホテルにしては珍しく、窓が開いた。彼は黄昏の中でベッドに横たわり、通りから聞こえる車の音に耳を傾けた。彼自身の生活を思い起こさせるものは何もなかった。聞こえるのは街の音だけ。どこの街であってもおかしくない。このコロニーで、蟻《あり》である彼はフェロモンに導かれてここに来た。そして体に組み込まれたプログラムに従い、ここで休む。彼は数週間ぶりに深く眠った。

彼は二日目も部屋を取った。そして三日目も。四日目の朝、彼は窓辺の椅子に座り、通りの向かい側にあるオフィスビルの中で働く人々を眺めていた。そこでは会社員たちがデスクに向かい、パソコンの画面を見つめていた。あるいはファイルや書類を抱えて、オフィスの中を動き回っていた。互いに話しかけることはめったにない。何をしているのかははっきりしなかった。彼はそれが気に入った。抽象的な仕事に従事する人を見ていると、気分が落ち着いた。彼がいつまで眺めていようと、皆はずっと同じように仕事を続けるのだ――いつか死が、リストラが、あるいはエントロピーが彼らを襲うまでは。彼は意識の隅で携帯電話の着信音が鳴っているのに気付いた。一瞬、出ようかと思い、やはり出ないことにし、それからまた、漠然とした義務感に促されて電話に出た。最初は、声が言っていることの意味が分からなかった。どなたですか？……どこからかけているんです？……意味がよく――あ、はい……は？……何ですって？　本当ですか？

電話はサンバーナーディーノ郡の保安官事務所からだった。ラージが見つかった。無事に。

彼は段階を踏んで情報を理解しようとした。息子さんは無事です。少し脱水症状が見られますが、それ以外は……。いいえ、ずっとどこにいたのかは現段階ではまだ分かりません。砂漠です。軍の敷地で。ええ、息子さんはちゃんと理解していました。いいえ、理由は分かっていません。「もちろんです」と彼は反射的に言っていた。今すぐそちらに向かいます。どのくらいかかるかは分かりません。できるだけ急いで行きます。そちらに着く正確な時間が分かったら連絡します。彼はその電話を切り、リサに電話をかけた。彼女は錯乱気味にすすり泣いた。ありがとう神様、と彼女は繰り返した。祈りに応えてくれた神様、ありがとう。

彼はホテルをチェックアウトし、タクシーでJFK空港に向かった。車がミッドタウントンネルに入った途端、彼は強烈な不安に襲われた。僕は勘違いしたのかもしれない。単なる願望充足の夢かも。本当のはずがない。彼は携帯の電波が戻るとすぐに保安官事務所に電話した。電話の向こうでパーティーみたいな物音がしているのが聞こえた。「もっと大きな声でしゃべってください、マサルさん」と保安官代理が言った。それはさっきまで何度も背中を叩かれた男の声だった。「ここには人がたくさんいるものですから。みんな、お祝いに駆けつけてくれたんです」

「じゃあ、息子を見つけてくれたんですね」

「ええ、見つけました」

「生きてるんですね?」

「さっきも言った通りです。ぴんぴんしてますよ。元気な坊ちゃんだ」

「さっきも聞いたのは分かってるんですが、でも――もう一度聞かせてもらえませんか? 何があったかを順を追って」

保安官代理は詳細を繰り返した。ラージは海兵隊基地で演習の最中に発見された。どうやって基地の敷地に入れたのかはまだ不明。彼がいたのは最寄りの公道からは十マイル離れた場所だ。誘拐犯がそこで車から降ろしたに違いない。しかし、どうしてその場所を選んだのか、どうやって車でそこまで行くことができたのかは全くの謎だ。海兵隊の境界警備は最高水準だと考えられている。熱センサー、動体センサー、上空からの監視。至る所に警備の目が張り巡らされている。

彼はJFKでラスヴェガス行きのチケットを買った。じっとしていられず、ゲートの前を行ったり来たりした。荷物を持たずに飛行機に乗ろうとしている彼は係員に疑われ、ボディーチェックを二度受けた。フライトは永久に続くように感じられた。周囲の人は本を読み、映画を観ていた。彼は座席に座ったままエンジンの音を聞き、念力でパイロットを急がせようとした。ラスヴェガスのマッカラン空港では警察官が彼を待っていた。それは薄い口髭を伸ばした若い男で、彼が掲げているカードではマサルという名前の綴りが間違っていた。車は州間高速道路一五号線を走った。夕日が砂漠を赤みがかったまばゆい黄金色に変えた。彼は様子を訊こうとリサに電話をかけた。

「聞こえてる？」

彼女は泣いていた。「うん。聞こえてる」

「あの子は無事？」

「戻ってきたわ、ジャズ。本当に戻ってきた」

車は走った。黄金の大地は勝ち誇っているようだった。栄光の啓示。

マスコミは保安官事務所の外で待っていた。見慣れた群衆だ——駐車場で電話しているリポーター、十フィートのスタンドの上で光っているテレビ用の照明。彼が車から降りると、皆が彼の名前を呼びながら、マイクとカメラを持って押し寄せた。「どんなご気分ですか、ジャズ？　どんな気持ちですか？」。車の運転をした警官が扉を開け、彼を静かなロビーに押し込んだ。

制服を着た笑顔の男たちが彼の手を取って握手をした。彼らはジャズを会議室のような場所に案内した。長テーブル、背もたれがプラスチックでできている椅子、壁に貼られた色のあせた一般向けポスター、そして部屋の反対側では、ラージがリサの膝に座っていた。ジャズが部屋に入ると、少年が顔を上げ、笑顔を浮かべた。母子の姿はまるで宗教画のようだった。ヤショーダーとクリシュナ、聖母マリアとイエス（クリシュナはヒンドゥー教で最も人気がある神の一人で、その育ての母親がヤショーダー）。ジャズはひざまずき、二人を抱き締めた。そして息子の熱い湿った息を首筋に感じ、顔の柔らかな皮膚と髪の匂いを嗅いだ。本物だ。これは現実だ。彼が息を吐くと、まるで風船の空気が抜けるように、息がいつまでも出続けた。リサの手が優しい円を描き、涙を流す彼の背中をさすった。

二日後、一家は飛行機でニューヨークに戻った。他の乗客が喝采を送り、彼らの顔を一目見ようと通路から身を乗り出した。次の一週間は、ラージが失踪したときよりもさらに、取材の嵐が激しかった。マサル一家は今や、悲劇に打ち克つアメリカンストーリーと化していた。彼らの存在は多くの人の励みになった。誰もが彼らに近づき、感傷的な炎に当たって心を温めようとした。話を聞きたいという人々がかなりの金額を提示したけれども、彼らはあらゆるインタビューを断った。「私が望むのはただ一つ」ＪＦＫ空港の女子トイレまで追いかけてきた特に図々しいリポーターに向かってリサは言った。「私たちについてあれほどひどい嘘を書いた人たち全員に、素直に謝ってもらいたいということです」。もちろん、誰一人謝らなかった。

しばらくの間、主役たちに接触を拒否されたマスコミは脇役への取材で我慢しなければならなかった。大きく取り上げられたのは、ラージを見つけた若いイラク人女性だった。彼女は夜のトークショーでインタビューを受けた。誰もが彼女に好感を持った。移民として模範的で、アメリカが誇れるタイプだと一般に受け止められた。「小さくうずくまる、貧しい人々、自由の空気にあこがれる人々」（自由の女神像の台座にも刻まれている有名な詩）と、女流詩人エマ・ラザラスを引用するコメンテーターが一人ならずいた。匿名の篤志家が彼女に、大学進学の費用を負担したいと申し出た。イギリスのロックスター、ニッキー・カパルディは山男のような髭をこれみよがしに生やし、気が進まなそうな様子でＢＢＣに出演し、「燃える砂漠に立つ少年」という訳の分からない歌を歌った。彼はインタビュアーに「俺はラージに共感する」と言った。「いろんな意味で、砂漠の少年というのは俺のことだ」

映画プロデューサーを名乗る人物から、一家の物語の映画化権を買い取らせてもらえないかという電話がかかってきてから、ジャズは携帯の電源を切ったままにした。彼はもはや、世間の言っていることを追う必要性を感じなくなった。再び一人の私人に戻りたかった。友人たちが一人また一人と祝福の電話をかけてきた。数か月連絡のなかった人々、明らかに最悪のシナリオを予想していた人々が、自分たちはずっと一家を信じ、支えてきたという虚構を作り上げようと努力するせいで、会話がぎこちなくなった。ジャズが連絡をもらっていちばんうれしかった相手はエイミーだった。ジャズとリサはスカイプで彼女と話し、ラージの顔をウェブカメラに映して見せた。彼女は泣きながらまるで一瞬、実際に手を触れられると勘違いしたみたいに、画面に手を伸ばした。

一家はあまり外出しなかった。できるだけ家にいて、食べ物は配達を頼み、窓の外のカエデが葉を落とすのを眺めた。三人は時々、手をつないでプロスペクト公園を散歩した。冷たい風に備えて厚着をし、ホッとすると同時に不気味な静けさの中を歩いていると、まるで何かの魔法によって音が奪い取られたかのように感じられた。ジャズがたまに見慣れたものを指さしてあたかも新奇なものみたいに会話を切り出しても、結局、特に話すほどのことはなく、苦痛と別離の月日が言葉を使い尽くしたという結論に戻ってくるだけだった。ジャズかリサが泣きだすことは頻繁にあった。二人は何の前触れもなく泣きだした。妻が赤い目をして洗濯物を畳んでいるのを見ていたジャズが自分の本に目を戻すと、めくろうとしたそのページも涙に濡れていた。

より大きな世界は、奇妙で小さな一家の物語から離れ始めていた。大事な大統領選挙が控えていたので、隣人たちは〝信じることのできる変革《チェンジ》〟を想像し、票固めに動いたりあちこちにポスターを貼り出したりしていた。しばらくの間、一家は普段通りの生活という、かさぶたのような薄い皮膜に包まれた。それからまた、大きな事件によって傷口が再び開いた。ジャズは望遠鏡を反対側から覗いているような気持ちで金融危機を眺めていた。数か月前なら彼の人生を支配していたであろう出来事——リーマン・ブラザーズの倒産、ダウ平均株価の急落——が今では、自分とは無関係の別の世界での出来事みたいに感じられた。彼の有価証券も相当なダメージを受けていたはずだが、どうなっているかをインターネットで調べることはしなかった。どうにでもなれ、と彼は思った。巨大な抽象の世界、何もない空間でのギャンブル。目の前の世界では木の葉が落ち、息子の肌には匂いがある。もらった退職手当のおかげで、少なくとも一年は仕事を探す必要がない——倹約すればもっと長くても大丈夫だ。ウォルターモデルは今回の混乱を予測していただろうか？　もしもサイとフェントンがこの死屍累々の中でまだ収益を得ているのなら、二人とも英雄として賞賛されているはずだ。フェントンは今頃、どうしようもなく思い上がっているだろう。

しかし、そうはいかなかった。以前の同僚が電話をかけてきて、フェントンの会社がつぶれたと教えてくれた。ジャズは二階の書斎で、救世軍に寄付するがらくたの箱に囲まれながら、今はある格付け会社に勤めているその男の話を聞いた。フェントンのオフィスには現在電話がつながらない。噂によると、ウォルターの扱う資金はこれまでにないほどの借入金を使って運用されており、住宅ローン市場で買い持ち《ロング・ポジション》の状態にあったらしい。暴落が起き、信用が干上がると、ビジネスは崩壊した。

それから何日か、弁護士や管財人からジャズの所に、混乱を収拾する手助けをしてほしいという電話があった。サイ・バックマンが失踪したと聞かされても、ジャズは丁重に依頼を断った。警察が関心を寄せているらしい。バックマンはディスクと書類を持ち逃げしたようだ。刑事告発の可能性もあるということだった。

ジャズの頭に一つの考えが思い浮かび、彼はそれを否定しようと精いっぱいの努力をした。もしもウォルターが暴落を引き起こしたのだとしたらどうか――あるいは、〝引き起こした〟とは言わないまでも、何らかの形で後押し、影響を与えたのだとしたら？　彼はその考えを捨てた。住宅ローン市場の問題は巨大で、システムに内在するものだ。バックマンのモデルとは関係がない。しかし、不合理だとは思いながらも、その考えが頭を離れなかった。バックマンは第二世代の高速版ウォルターを動かしたのか？　ジャズはバックマンと一緒にいるとき、何か神秘的で恐ろしいものを垣間見た。〈ノイエ・ギャラリー〉で展示ケースを覗き込むときのサイの表情が思い浮かんだ。彼は自身の力に酔っているように見えた。ウォルターは彼の行く手にどんな誘惑を仕掛けたのだろうか？　どうして彼は逃げることを選んだのか？

　マスコミは二、三日、この問題を取り上げ、世界各地のビジネス中心地で目撃された〝逃亡する投資家〟の様子を伝えた。その後はまた、選挙の話題。過熱した文化戦争の党派主義によって、国民の意識からそれ以外の話題が掻き消された。マサル一家とは無関係にバラク・オバマが選ばれた――ジャズとリサは列に並ぶと、素性を見破られ嫌がらせをされるのではないかと不安で、地元の投票所には行けなかったが、投票用紙を郵送し、資金を寄付し、夜遅くまで起きて祝賀パーティーの映像を見た。テレビを消し、床に就くと、外から車のクラクションや笛の音が聞こえた。ジャズはラージの様子を見に行った。驚いたことに、少年は寝ておらず、窓のそばに立っていた。彼は息子の髪をくしゃくしゃにした。

「大きな音だろ？」

ラージが顔を上げ、「ブップー！」と言った。

ジャズは自分の耳を疑った。

「ラージ？　そうだよ！　車だ！　ブップーだ！」

彼は息子を抱き寄せ、溺れかけたところを川から救い出されたみたいにあえぐような息をし、涙声になりながら寝室に駆け戻った。数分かかってようやく、リサが状況を理解した。

「しゃべった！　ラージがしゃべった！　車のクラクションが聞こえたんだ。そしたら〝ブップー〟って」

「本当？」

「間違いない」

「やっぱりそうだったんだ！　変化が起きている気がしたのよ。この前――公園で何かをしゃべったの。大きなグレートデーンを散歩している人を見て、〝ワンワン〟って言った。はっきりとはしなかったんだけど、やっぱりきっとそう言ってたんだわ。鼻歌とか喃語《なんご》とかとは違ってた」

「なのに、僕には教えてくれなかったわけ？」

「確かじゃなかったから」

「僕が聞いたら喜ぶとは思わなかった？」

「確かじゃなかったって言ったでしょ？　それに正直に言うとね、ジャズ、あなたは信じてくれないだろうと思った。嘘だって言われるのが嫌だった。でも、もうどうでもいいでしょ？　そんなことはどうでもいい」

二人は互いに少し腹を立てたまま眠りに就いた。翌日、二人は沈黙の中で朝食を取った。ラージは窓の外のカエデを指さした。「木《ツリー》」と彼は言った。そしてもう一度。「木《ツリー》」。その朝、彼は同じ言葉を何度も繰り返し、歌に変え、メロディーを付け、母音をサイレンのように長く伸ばした。そして日が経つごとに新しい単語を加え、台所にある物や街で見かけた物に名前を与えた。

ブッブー
木《ツリー》
ジュース
鳥さん《バーディー》
ニンジン《キャロット》

夜《ナイト》・夜《ナイト》

二人は息子を小児科に連れて行った。その女性医師も〝普通では考えられない進歩〟だと言った。彼女は二人に、できるだけ子供と会話するように助言し、今後は〝かなりの希望が持てる〟と言った。ラージの状態は以前考えられていたほど深刻でない可能性がある。このまま進歩が続けば、〝期待を上方修正〟できるかもしれない。リサはパークアヴェニューを歩きながら喜びに踊り、ミュージカルスターのように回ったり、スキップしたりした。彼女が最後にそれほど美しく見えたのがいつだったか、ジャズには思い出せなかった。彼は太陽の光で潤んだ目を輝かせながら、ラージの手を強く握り締めた。素晴らしい天気だ。よく晴れた一日。彼らはタクシーを呼び止める前にしばらく散歩をすることにした。七十何番街辺りの並木が植えられた閑静な一角で、教会の前を通りかかった。リサが教会に入ることを提案した。

「どうして？」

「お祈りをしたいから」

彼は困った顔をしていたに違いない。彼女は笑った。

「私たちは神の祝福を受けたのよ、ジャズ。それは認めるべきだと思うわ」

「でも――」

「うん、ここがキリスト教の教会なのは分かってる。でも、全部一緒じゃないの？　同じ一つの真理に至る道がたくさんあるだけ」

彼女はラージの手を取り、大きな木の扉を押し開けた。そこはカトリックの教会で、祭壇の中央に飾られた気味の悪い十字架の上では、乳白色のイエスが苦痛に白目をむき、身もだえしていた。リサとラージがそこに向かう足音が、大理石の床に響いた。ジャズが躊躇して立ち止まった入り口の脇には、缶詰の寄付を呼びかけたり、アフリカの子供たちを支援するプログラムを説明したりするチラシが置かれていた。居心地の悪い彼は、場違いな人間でないふりをするために、オルガンの演奏会を告知するポスターを読んだ。リサはイエスの前で少しためらう様子を見せ、聖歌隊席の背面にある付属礼拝堂の小ぶりな祭壇の前に移動した。彼女は箱に小銭を入れ、細い蠟燭を選び、聖母マリアの石膏像の前で燃えている蠟燭から火を取った。それからラージに手を貸してひざまずかせ、その横で自分も頭を下げ、手を合わせた。そんなことをする彼女を――熱心で芝居がかった姿を――見るのは変な気分だった。彼は司祭か誰かが奥から出てきて彼女を――神聖なるイエスの館に来た不浄なユダヤ人を――追い払うのではないかと半分、不安に思っていたが、そんなことは起きなかった。年配の二人の女性が現れ、聖水盤に指の先を浸し、まるでそこにいる誰かか何かが返事をしてくれると思っているかのように、祭壇の前で膝をついて小さな十字を切った。

リンゴ

行く

ラージ

ママ

ブーンブーン

イエス《ジーザス》

数週間が経つと、ラージの進歩が加速しているように思えた。以前のラージはいつも人と目が合うのを避け、肌が触れ合うのを嫌がり、抱こうとすると身をよじり、なでようとするとぐずったり、叫んだりした。ところが今では父親と目を合わせ、計り知れない深みから見つめ返すので、ジャズは逆に不安になった。ラージは居間の敷物の上に寝転がり、自分でゲームを考え、好きな順番におもちゃを並べてそれぞれに名前と称号で呼びかけ――ジャズはそれを聞き取ろうとしたができなかった――話をした。その遊びには以前と違う何かが感じられた。以前のラージには存在しなかった世界とのつながりが。

ラージを誘拐した人物については捜査が全く進展していないことを警察は認めた。そして、捜査の規模は明らかに縮小されつつあった。海兵隊は監視カメラの映像を解析したが、何も異常は見つからなかった。ラージが発見された場所の周辺にタイヤ痕はなかった。「まるであの子は何もないところから突然に現れたみたいだ」と、ある捜査員は言った。ジャズは毎週のように警察に電話をしたが、新しい知らせは何もなかった。彼は電話が嫌がられているという印象を受けた。息子は無事だ。それだけでも充分奇跡だ。彼はそれで満足すべきだし、感謝すべきだ――リサと同じように。しかし、答えの必要な疑問があまりにも多かった。楽しそうにキッチンテーブルに恐竜のおもちゃを並べている少年は、心に何か大きな傷を負っている。それが何かを父親が突き止めるまでは、空白が残されたままだ。一家の地図に未知の部分が残る。ドラゴンさんはここ。

ジャズの頭の中では、このことが堂々巡りを続けていた。ラージは戻ってきた、そしてラージは変わった。というよりむしろ、ラージは別人になって戻ってきた。彼は何かが違っていた。しゃべるようになったというだけではない。新しい魂が彼を動かし、世界と関わらせている。ジャズはそれを喜んだ。喜ぶのは当然だ。これほど事態が好転するとは夢にも思っていなかったから。ただ、どうしてそうなったのかを理解したかった。彼は半分ふざけながら息子をくすぐり、「何があった？　どこに行ってたんだ？」と尋ねることがあった。半分ふざけながら。半分だけ。残り半分は、恐ろしい事実の暴露に身構えていた。

何があった？

どこに行ってた？

今でも僕の息子なのか？

ある夜、リサが彼に、人と会いに行くからラージのことを任せてもいいかと訊いた。

「何の集まり？」

彼女は困ったような顔をし、手で曖昧な仕草をした。

「読書会みたいな感じ」

「〝みたいな感じ〟って何？」

最終的に彼は本当のことを訊き出した。それはユダヤ教の勉強会だった。週に一度、〝現代女性の観点から〟宗教テキストを読む集まりだ。

「あなたがどう思うかは分かってる」とリサは言った。

「でも、そういうのとは違うの」

「僕はまだ何も言ってないよ」

「言ってることは分かるでしょ？　とにかく、あなたが考えているようなものじゃない。みんな面白い人たちよ。十時には帰るから」

犬
大きな犬
家
僕の家
僕のパパ
僕の《マイン》

勉強会はリサの日常生活の一部になった。彼女は毎週水曜、皆で食べるために自分で作った料理を持って出掛けるようになった。家では、会話の中にヘブライ語やイディッシュ語を混ぜるようになり、特に、新しい友人たちと電話で話すときにはそれらを頻用した――引きずる《シュレップ》、変人《メシュゲネ》、異教《ゴイ》徒。彼は階段に立ったまま、立ち聞きした。僕はゴイだったわけ？　部外者？

その後、彼女は仕事が見つかったと言った。彼は彼女が仕事を探していたことさえ知らなかった。彼女はキッチンのカウンターに車のキーを置き、彼に報告をした。私は出版の仕事に戻る。神秘に関する少部数の本ばかりを扱う小さな出版社で、編集の仕事をする、と。

「けど、それを僕と相談しようとは思わなかったわけ？」

「ていうか、その仕事に就けるかどうか、はっきりしていなかったの。その後、仕事のオファーがあったときには、どう返事をするか迷った。でも結局、そうなった」

「イエスと返事したんだね」

「イエスと返事をした」

「じゃあ、ラージの世話は誰がする？」

「いい加減にしてよ！　あなたは仕事をしてないじゃない。働く気もなさそうだし」

「待てよ。今の生活を支えているのはまだ、僕の方の収入なんだぞ」

「そういう意味じゃない。お金の出所は知ってるし、それに当面、あなたは仕事をする必要がない。それに文句を言っているんじゃないわよ、ジャズ。ちゃんと分かってる。私たちはひどい目に遭った。だから、そこから立ち直るには時間がかかる。でも、私がこの仕事をしたっていいじゃない？　いけない理由があるなら言ってみてよ」

「ただ、その――僕にだって関係ある話だ。ラージにも。それなのに君は勝手に決めてきた」

「断れってこと？」

「いいや、でも――」

「でも何？」

「ちゃんとした出版社じゃなさそうだし」

「〝ちゃんとした〟というのは、主流っていう意味？　もう、はっきり言いなさいよ、ジャズ。どうしてもっとはっきり言わないの？　科学がどうとか、検証可能な仮説がどうとか、得意のお説教を始めたらどう？」

「僕はただラージのことを話したいだけだ」

「へえ。私もそうよ。あなたと違って私は働きたい。五年よ、ジャズ。私は五年間、家でラージと過ごしてきた。どうしてこの程度のことで文句を言うの？」

「オーケー。僕は別に、君が好きなことをするのを邪魔するつもりはないよ。ただ――結論を出す前に相談してほしかっただけ。僕らは家族なんだから」

二人は最終的に、話し合いで結論を出した。彼女は仕事に出る。彼はラージと家で過ごす。少なくとも六か月の間は。その期間の終わりにはまた二人で状況を見て、先のことを決める。口に出されることのない変数はラージの状態だった。もしも回復が続けば、あらゆることが可能になるかもしれない。デイケアとか、学校とか。以前はそんなことを考えるのが許される状況ではなかった。将来の計画を立てるなんてあまりにも現実離れしていて、ジャズは頭が少しパニックを起こした。ひょっとして期待が裏切られることになりはしないか？　将来のことをまたあれこれ計画して、その通りにならなかったらどうしよう？　リサが仕事に出掛けた最初の日、彼はキッチンのカウンターにラージと並んで座っていた。ラージは小さな拳で赤のクレヨンをしっかりと握り、絵を描いていた。そして何も言わず、冷めた表情で父の顔を見上げた。落書き帳に描かれた絵はおおよそ何の絵か分かった。何らかの航空機。あるいはロケットだ。

あの車
あの家
パパ、行く
行く
もっとジュース

飛ぶ
飛んでく
もっとジュースちょうだい、パパ

新しい日課が始まった。毎日の散歩だ。二人は週に二度、言語療法士のドクター・シディクィに会いに行った。彼女は若く魅力的で、ふさふさした黒髪がつややかに波打ちながら肩に掛かり、あるいは緩いポニーテールでまとめられ、後れ毛が顔に掛かっていた。結婚指輪はしていなかった。ジャズは訓練の間、雑誌を読んだり、二人の様子を観察したりした。ラージも父親と同様に、彼女のことが気に入っているようだった。彼女は簡単なパターンと状況を作り、質問を投げかけ、物を差し出したり受け取ったりし、ラージがうまく新しいパターンをのみ込むと褒めた。ラージの語彙は順調に増えたが、〝語用論〟的な部分に問題があるようだ、と言語療法士は言った。何かを要求するタイミング。〝こんにちは〟〝ありがとう〟〝ごめんなさい〟をどんなときに言うかがまだ分かっていない。彼女はセッションの後、ジャズと話をし、どれだけ進歩しているかを説明した。その間、ラージは一人で遊ぶか、あるいは二人の足元に置かれたスツールにおとなしく座って体を揺らしていた。ジャズは彼女に対しては心を開き、正直に秘密を打ち明けなければならないと強く感じた。そして、捜査が全く進んでいないことを話し、犯人は海兵隊基地に勤めている人物ではないか――ひょっとすると、奇妙な戦争ごっこを手伝っているイラク人の一人かも――という個人的な疑念を語った。彼にはもっと言いたいことがあった。ラージについて。自分自身について。

「あなた方が経験したことは私にはとても想像が付かない」と彼女はある日言った。彼は喜びに赤面した。他の誰かが同じことを言ったとしたら、単なる決まり文句にしか聞こえなかっただろうが。

ママの本
ママの本、ちょうだい
ここ来て、パパ
パパ、今どこ
待つの
今どこ？

ある夜、リサが勉強会に出掛けているときに、彼は居間の入り口に立ったラージにじっと見られていることに気付いた。その目つきには何か寡黙な知性が感じられ、ジャズは急に息子のことが怖くなった。疑問が自然に一つの形になった。おまえは何者だ？　「おまえは何をしてる？」でも「おまえは何を考えている？」でもなく、「おまえは誰だ？」でさえない。おまえは何者だ？　僕の息子でないなら、おまえは何者だ？　彼は自分に酒を注ぎ、しっかりしろと言い聞かせ、その夜はずっと子供と同じ部屋にいないようにして、半分、書斎に身を潜め、緊急事態に備えて扉を開けたままにした。リサが玄関の鍵を開ける音が聞こえると、彼は彼女のそばに駆け寄りそうになった。彼女はラージを抱え上げ、抱き締め、以前は許されなかったスキンシップに存分に浸った。彼女は普段との違いを何も感じていないようだった。

その後、床に就く用意をしながら、彼は彼女に話そうとした。

「ラージの行動のことだけど、あれって普通だと思う？」

「今までに比べたら普通ね」

「ていうか——どう言えばいいのか分からない」

「また逆戻りしてるってこと？」

「違う、そうじゃない。ただ——何かがおかしい気がするんだ」

「それはもちろんそうよ」

「そのことじゃない」

「何かって……」

彼は言葉を見つけられなかった。リサは怪訝な表情で彼を見た。それから彼に近づき、抱き締めた。

「分かるわ、ジャズ。でも、ただ信じればいいんだと思う。ね。ただ信じるの」

「別人だって思ったことはない？」

「どういう意味？」

「あれはラージじゃないって」

「何が言いたいの？」

「何でもない。気にしなくていい。疲れてるだけだから」

この調子で話を続けたら妻をおびえさせることになる、と彼は気付いた。彼自身がおびえ始めていた。僕が抱いている考えは普通ではない。不適切な考えだ。頭の中の声が何度も、静かにささやいた——これは僕の子供じゃない。これは僕の子供じゃない、これは僕の子供じゃない……。だから彼は、ラージをベビーカーに乗せて散歩に出掛けることで、声を封じ込め、忘れようとした。リサは仕事が忙しかった。家には、タイトルに〝黄金〟〝道〟〝啓示〟〝光〟などという単語が入った本の原稿やゲラが散らかっていた。彼女はラージを普通の学校に入れるという話を堂々と持ち出すようになった。「あの子ももうすぐ心の準備が整うと思うわ」と彼女は言った。「実際、かなり頭もいいみたいだし」。ジャズはある日、キッチンのカウンターに書類の束が積まれているのを見つけた。そこには高価で専門的な知能テストの詳細が記されていた。オーティス＝レノン学力テスト、スタンフォード・ビネー知能検査。どうしてこんなものが家にあるのか、と彼は尋ねた。

「私、思うんだけど」と彼女は言った。「極端にできるのは極端にできないのと同じくらい心の準備が必要な事態かもしれない」

「よく分からない」

「うちの子は特別なの。普通の子供とは違う」

「二、三か月前までしゃべることもできなかった」

「ねえ、ジャズ。あなたには分からないの？」

「分からないって、何が？」

「まあ、あなたってがちがちのマイナス思考なのね」

「僕が言ってるのはただ——」

「あなたの言いたいことは分かったから、もうやめて。そういう負のエネルギーの近くにはいたくない。いいエネルギーを吸い取られちゃうのよ、ジャズ。本当に」

翌朝、サイ・バックマンが死んでいるのが見つかったと、彼の昔の助手から電話があった。ピレネー山脈の山中で登山客が遺体を見つけた。おそらく自殺。リサがエリスに電話をかけた。リサによると、かなり取り乱した様子だったらしい。二人が電話で長々と話す間、ジャズは妻の後ろをうろうろしていた。エリスによると、ウォルター・モデルの失敗はバックマンにとって個人的な大打撃だったようだ。彼はエリスに行き先を告げずに旅に出た——とはいえ、終焉の地がフランス国境に接するスペインの町、ポルトボウの近くというのは驚きではなかったけれども。

ジャズはむなしさを感じながら、ラージを連れてドクター・シディクィに会いに行った。彼は普段通りにセッションを始めてもらう代わりに、話があると言った。彼女は椅子に座り直して、彼に向き合った。

「どういうお話でしょうか？」

「僕は今の状態を喜ぶべきだということは分かっています。今のラージの状態のことです。でも何だか——いろいろと疑問がある。分からないことが多すぎる。正直言って、怖いんです」

「怖い？」

彼は急に自分が口にしたことが恥ずかしくなってカー

ペットを見つめた。彼がやましい気持ちでラージに目をやると、彼は床に腹這いになり、周りを農場に見立てておもちゃの動物を並べ、ジャズをじっと見ていた。

ドクター・シディクィは辛抱強く、彼が話を続けるのを待った。彼はラージの視線を体で感じた。首の後ろを二本の小さな指が押すような身体的な感覚だ。

「ねえ、アイーシャ。変なことを言っているのは分かっているんだけど、息子が同じ部屋にいたら話ができない。少しの間、子供の面倒を見てくれる人はいませんか?」

「大丈夫ですか?」

「いや、あまり大丈夫じゃない」

彼女は若い同僚を呼び、その女がラージを別の部屋に連れて行った。

「さて、ジャズ、何の話なんです? 聞かせてください」

「狂った話なんです。自分でも分かってる。こんなふうな気持ちになるのは間違いだと分かっています。きっと何か名前のある病気です。何とか症候群。僕はずっとすごいプレッシャーを受けていたから。うちはみんなそう。一家でプレッシャーを受けた。僕が言いたいのは、きっとおかしいのは僕自身で、ラージじゃないってことです。でも、あの子が戻ってきてからずっと、何かが違うんです。同じ子供とは思えない」

「彼がこれほどの進歩を見せたのは普通のことではありません。しかも、大きな心の傷を負った直後なのに」

「違うんです。僕が言いたいのは同じ子供じゃないってこと。あれはラージじゃない」

「おっしゃる意味がよく分かりません」

「見た目がそっくりで、体の匂いもそっくり。体はラージのものです。でも、あれはラージじゃない」

「あれは息子さんじゃないとおっしゃるのですか?」

「僕はあの子が怖い」

「どうして? ただの子供ですよ?」

「ただの子供に見える。よく分からないけれど、本当にただの子供なのかもしれない。僕には彼が何者なのか分からない。でも、あれはラージじゃない」

彼女は彼に慎重なまなざしを向けた。

「ジャズ、ちゃんと眠れていますか?」

「ええ。まあ、すやすやとまではいきませんが。でも、眠れないってことはありません。どうしてそんなことを?」

「何か普段と違ったことは?」

「例えば?」

「不安を感じる?」

「ええ」

「他に何かを考えて不安になることは？　例えば、奥さんのことについて？」

「いいえ」

「最近、何かが——聞こえることはありませんか？　普段と違うものが。例えば、声とか。誰かが背後で悪口を言っていると感じたことは？」

「声？」

「ええ。例えば、ラージについていろいろなことを言う声」

「いいえ。特に」

「〝特に〟というのは？」

「いいえ。何もないってことです」

「それならよかった。でも、時々ラージが怖いとおっしゃるんですね。では、あなたは衝動的に——ラージから身を守りたいと感じたことはありますか？」

「息子に暴力を振るおうとしたことがあるかという意味？」

「ええ、要するにそういうことです」

「僕は頭がおかしいとおっしゃるんですか？」

「そうではありません。でも、あなたはここに来ていきなり、息子さんが息子さんじゃないと断言した」

「僕があの子に危害を及ぼすと思ってるんですね？」

彼は立ち上がった。

「座ってください。マサルさん。ジャズ。お願いです」

彼女は両手を差し出した。彼は急に彼女を抱き締めたくなった。長い髪をつかんで彼女を引き寄せ、暗青色の唇にたっぷりとキスをし、歯の間に舌を押し込みたいと思った。そして一歩前に踏み出してから、自分にブレーキをかけた。

「僕は怖いんです」彼はもう一度言った。

「ジャズ、あなたが信じがたいほどのプレッシャーを受けてきたことは知っています。でも、私はもう一度尋ねなければなりません。あなたは息子さんに対して暴力的な衝動を覚えたことはありませんか？」

「いいえ」

「よかった。本当によかった」

「僕はただ——知りたいだけです。誰かが彼をさらった。ひょっとして彼らが——いや——ひょっとして彼が入れ替わったという可能性は考えられませんか？」

「〝入れ替わった〟？」

「そっくりの分身と。あらゆる点で本物とそっくりだけれど、本物ではない何かと」

彼女は顔をしかめ、両手を自分の膝に戻した。上品で慎重な仕草だ。女性が落ち着きを取り戻し、ガードを固めるときのジェスチャー。彼は裸の彼女――背中と胸に汗が光る体――を想像した。すると心が乱れ、興奮した。もしも彼女が僕を慰めてくれさえすれば。もしも僕の体に触れてくれれば、それだけでいいのに。

「いいえ」と彼女は言った。「その可能性はないと思います」

二〇〇八年

一瞬一瞬が、過去と未来の間に浮遊する中有《バルド》だ。私たちは常に変わり目にいて、一つの状態から次の状態へ移り変わる途上にある。彼女は何年も前からずっと疑念を抱き続けていた――私は本当にこの場所にいるのだろうか？　ドーンという人物は本当に存在しているのか？　あるいは、一時的な力の集まり、湖面に立つさざ波にすぎないのか？　ベッドメークの途中、あるいは傷だらけのグラスを紙に包んでいる最中に突然、忘れていた記憶がよみがえり、気が付くと、澄んだ白い光からこぼれ落ち、最後の儀式の夜のドームにいる。

ニューヨークから来たあの女をジュディーの所へ連れて行ったのは間違いだった。でも、彼女は完全に酔っ払っていて、既に厄介なことになっていたから、そうするのがいちばんいい対処に思えた。彼女を長椅子に横たえるのをジュディーに手伝ってもらいながら、ドーンは何があったのかを説明した。基地から来たろくでなしが〈マリガンズ・ラウンジ〉の外で彼女を襲い、輪姦しようとしていた、と。

「で、彼女には旦那さんがいるのね？」

「今頃、何をやってるんだか。奥さん一人にあんな店で酒を飲ませるなんて。まあ、旦那が一緒でも〈マリガンズ〉じゃあ、どうにもならなかったかもしれないけど。旦那はパキスタン人で、ボートシューズを履いているような男よ。子供には知的な障碍《しょうがい》がある」

「気が触れているってこと？　幻覚を見たりするのかしら？」

「違うわ、ジュディー。知能の発達が遅れてるってこと。犬と同じで幻覚なんか見ない。この女《ひと》の格好を見て。服も砂だらけ」

その女――リサ――は少し寝言を言ってから深い眠りに落ちた。持って帰って、と彼女はつぶやいた。こんな物、私は注文した覚えがない。ジュディーは驚いた顔をして、私だって注文してないわ、と言った。それからドーンに、どうしてそんなに急いでいるのかと尋ねた。何でもかんでも物だけ置いてさっさと帰ろうとしないでよ。頼みたいことがあるの、と。

「私の頼みじゃないのよ」

「全く、ジュディー。鎮痛剤はまた、たくさん持ってきてあげたでしょ？　それに、あなたが言っていたチョコレートミルクも」

「そうそう。チョコレートミルク」

彼女が欲しがったのは少なくともお金ではなかった。それに、ジュディーは今回珍しく、電話の内容を覚えていた。彼女によると、男はあちこちを放浪しているということだった。彼女にチョコレートミルクが欲しいと電話をよこしたのだが、男は彼女は薬物をやりすぎて車の運転ができないらしい。

「ドーン、私を車に乗せてってよ」

「冗談でしょ？」

「本気よ。大事な用事なの」

「チョコレートミルクなんてクソ食らえよ」

「彼はそれを必要としてる」

「チョコレートミルクが欲しいって電話してきたって？本当にそんな電話があったの？」

「神に誓うわ。持って行かなかったら怒られる。シリアルにかけるのが好みみたい」

「で今、砂漠にいるの？」

「加熱調理中よ」

「そういうことなの？　もう薬が切れた？」

「彼はチョコレートミルクを欲しがっているだけ。生きるか死ぬか緊急事態じゃなければあなたに電話したりしないわ」

結局、ドーンはいつものように頼みを聞いてやった――哀れみから、あるいは以前から抱き続けている、この世は単なる仮の世界で、何をしても関係がないという気持ちから。二人は、羊の皮にくるまって長椅子で眠るニューヨーカーのリサをそのままにして、車に戻った。途中はほとんどずっと道なき道《オフロード》で、ドーンの古い日産《ニッサン》ががたがたと揺れた。ヘッドライトに浮かび上がる灌木が亡霊のように見えた。

虚無の中に伸びる一本の線。

ドーンが車を運転しながら横目で助手席を見ると、ジュディーは身をよじりながら手にできたかさぶたをめくっていた。何年も会うことのなかった二人が、今また、暗闇で車を走らせている。

彼女が現れたのはいつだったろう？　九〇年代の初め頃だ。モーテルの経営は順調で、ドーンが自分はもう死んでいるのかもしれないという疑念に終止符を打とうとしている頃だった。そんな確信を持つことは許さないと言わんばかりに、ちょうどそんなタイミングにジュディーが現れた。ジュディーたちはコルベットのスティングレーでモーテルの前に乗り付けた。スプレーで数色の下地塗りを施し、黒とベンガラと灰色のパッチワークみたいに仕上げた車だった。ドーンはなぜか実際に姿を見る前に、誰が乗っているかが分かった。運転手は車から出なかった。女は車から降り、事務室にやって来た。彼女が扉を開けると、電子チャイムから短いメロディーが流れた。

ジュディーの顔にはしわが刻まれ、もはや若々しい快活さは感じられなかった。本当のことを言うと、彼女はマー・ジョウニーにそっくりだった。白いシャツ（いまだにあの白いシャツだ！）にデニムを穿いた中年女性。髪は灰色で、生まれてからあまりしゃべったことがなさそうな薄い唇。二人はカウンターを挟んで見つめ合った。年を取り、疲れ、つらい経験や悩み事でやつれた顔。それはまるで、初対面のときを色あせた形で再現したかのようだった。コピーのコピー。何度もコピーを繰り返したせいで、元は希望にあふれ、鮮明だったものが、今では単なる染みのような模様に変わっていた。

生《せい》にしがみついてはならない。しがみつこうとしても、自分の力ではどうにもならない。そして、いかに啓示《ヴィジョン》が恐ろしいものであっても、恐れてはならない。現実の鮮明な光を認識すること。集中せよ。

「ジュディー」

「こんにちは、ドーン。ここ、きれいに改装したのね」

二人はぎこちなく抱き合った。ドーンは、ジュディーの細さともろさを腕の中に感じた。背骨は峰のように浮き出ており、肩甲骨は退化した翼のようだった。コルベットのエンジンが事務所の薄い壁越しに響いた。不気味な低い振動が、網戸を小刻みに揺らした。ドーンは窓の外を覗いた。最初は、運転席にいるのが誰なのか分からなかった。それから、男が車外に出て、たばこを吸った。長い顎。腐肉をあさるような、不快な表情。どこで会っても一目で分かる顔だ。

「彼と一緒なの？」

「そう。彼が私を見つけてくれた」

二人が見ている前で、コヨーテが車の周りを歩き、体を掻いた。彼はたばこを吸い終わると、ブーツで吸い殻を踏みつぶし、車に乗り込み、立ち去った。タイヤが撥ねた砂利が壁の金属板に当たった。

「ひょっとして、あなたはこのまま置いてけぼり？」

ジュディーの笑い声には気軽さがあまり感じられなかった。「後で戻ってくるわ。あなたが町に戻ったって噂を聞いたから、挨拶しに寄っただけ」

「あなたはまたここに住むつもり？　それとも通りかかっただけ？」

「しばらくこっちにいるつもり。スリーマイル街道沿いの敷地に大型のトレーラーハウスを置いてる。とりあえずね。そのうち、もうちょっといい家を探す予定」

「岩山には戻らない？」

「あそこは国定記念物に指定されたって聞いたわ」

「遊歩道も標識も整備されてる。先住民が残した記号の周辺には障壁まで作られてるのよ。何か飲む？　キッチンに、ソーダと蒸留酒《シュナップス》があるけど」

「蒸留酒《シュナップス》がいい」

二人はカーポートの下で折り畳み椅子に腰掛け、酒を飲み、往来を見つめた。ジュディーは何年もの間、どこに行っていたのか言わなかったし、ドーンも訊かなかった。それは言葉よりも沈黙で伝わることの方が多いタイプの会話だった。コヨーテは何年か南米に行っていた。ベリーズ。ユカタン半島にある国。古い神々が住む土地だ。彼とジュディーはしばらくニューメキシコに暮らした──何日歩いても人っ子一人出会わないような山の中で。二人は一時期、都会でも生活をした。ジュディーは闇の時代について何も触れなかったし、ドーンもそれは同じだった。代わりに他のメンバーについて尋ねた。メンバーは分裂の後、四散していた。ジュディーが知っている消息もあったが、多くはなかった。マー・ジョウニーは癌で亡くなった。クラーク・デイヴィスもリノにある二十四時間営業の食堂で、銃で撃ち殺されていた。じゃあ、ウルフは？　ドーンがその名を出すと、ジュディーは肩をすくめた。彼は西に向かった、と彼女は言った。ドーンはそれが何を意味するか知っていた。この世の人間は二度と彼の消息を聞くことはないという意味だ。

コヨーテは厄介なことに首を突っ込んでいた。ひと月かふた月経った頃、スリーマイル街道沿いに置いていたトレーラーハウスが火事になり、しばらくの間、彼とジュディーは〈タコ・ベル〉の裏に車を停めて生活した。火事の後、彼は少しおとなしくしていたが、やがてまた活発に動きだし、おんぼろのＲＶで砂漠に出掛け、毒薬を作った。そして仕事の合間に、穴だらけの服を着て毛皮からエーテルの臭いを漂わせながら〈マリガンズ・ラウンジ〉に顔を出し、金を使った。ドーンはコカイン常用者と付き合ったことがあるので、その臭いが何を意味するか分かった。

あっという間に、彼の覚醒剤が町中に広まった。中毒者が町にあふれた。こけた頬、もろい歯。食堂で喧嘩を始める人、サークルKの裏のゴミ捨て場をあさる人。彼らは何でも盗んだ。屑鉄、中庭用の椅子やテーブル。ドーンは、ハンドルに墓石を載せてメインストリートを自転車で疾走する男を見かけたこともある。彼女は並べていた椅子の半分と、プール用掃除機を盗まれた後、質屋で四五口径を買い、事務室のデスクの引き出しに常備した。小ぶりな女性向けの拳銃なんて要らない。誰かが来たら絶対に風穴を開けてやる。何にも手出しはさせない。

商売上は、幸いなことに、観光客はそんな様子にほとんど気付かなかった。彼らは国立公園に行き、決まったポイントで写真を撮り、帰っていった。間もなく、コヨーテの覚醒剤が広く砂漠周辺にも出回り、あらゆるトレーラーハウスと狭小住宅に浸透し、人々を飢えた亡霊に変えた。口は針の穴のように小さいのに、胃袋は山のように大きく、いくら食べても満腹にならない。覚醒剤はハイウェイと線路に沿って広まり、下水管、電線、テレビ用ケーブルを伝い、中毒者が暮らす建物にまで染み込んだ。通気口、家具、子供の食事を調理する電子レンジの側面にも、覚醒剤がこびりついた。

ジュディーも常用者だった。彼女は夜遅くまで起きていて、常にハイな状態で、たばこを吸い、誰かと電話をし、あるいはただひたすら、相手もいないのにしゃべり続けた。彼女とコヨーテは町から少し離れた、風変わりな古い家に引っ越した。木造のその家は美しい建物で、ドーンはそれをいい家だと思ったものの、好きにはなれなかった。ドーム形の屋根とヒッピーっぽいデザインが彼女に司令部を思い起こさせた。彼女は時々、真夜中に電話で呼び出され、どこかを切ったか転んだかしたジュディーを手当てするために、消毒薬かウィスキーか包帯を持って車でその家に駆けつけた。単に話し相手を求めて電話をかけてくることも多かった。彼女は出会った男たち、訪れた場所を思い出し、いかに子供が欲しかったかを打ち明けた。そして、本人がまだ生きているかのように——まるで同じ部屋にいるかのように——クラークの話をした。それから次には被害妄想《パラノイア》におびえ、ドーンが嘘をついて警察を呼んだと責めた。コヨーテはたくさんの銃を隠し持っていた。いつか黒い《ブラック》ヘリコプターが襲来して、対決しなければならなくなったときに備える自動小銃だ（ブラック・ヘリコプターは、しばしば陰謀論において、政府が反乱分子を制圧するときに使うとされる、組織名などが記されていない黒いヘリのこと）。ドーンはいつも、たくさんの銃に囲まれて女一人で暮らしているジュディーのことを心配していた。彼女は一度か二度、ジュディーと死について話そうとしたことがある——自分たちは今でもまだ、あの昔の嘘の中に絡め取られていて、内なる現実の光を認識できないままにさまよっているのではないかという不安について。

「邪悪な過去の行いはとても大きな影響力を持つのよ、ジュディー。無知のサイクルは無限に続く」

「神秘主義の戯言は聞きたくない。予言なんてもう飽き飽き」

「これは予言とは違う」

「同じことよ。あなたにはまだそれが分かってないだけ」

コヨーテはドーンを避けた。彼は相変わらずつかみ所がなかった。彼女はある夜、〈マリガンズ・ラウンジ〉で彼を捕まえ、あなたが作る汚らわしい薬のせいでジュディーが死にかけていると率直に言った。彼女だけじゃない。町のみんながそう。あなたは町のみんなに毒を与えてる。どうしてこんなにひどいことをするの？

彼はただ笑った。「何が心配なんだ？」と彼は問い返した。「自分でも、今のこれが現実だって確信さえ持てないくせに」

彼は彼女の弱みを知っていた。彼女は踵を返して店を出た。勝ち誇ったような彼の咆哮《ほうこう》が彼女の耳に届いた。

ジュディーは何とか日々をしのいだ。死ななかった。趣味を持つようになった。籠編み。刺繍。キルト。さまざまな織物。数年経つと覚醒剤ブームがピークを過ぎ、別の町に移った。コヨーテは商売の手を広げた。金の出し入れはLAとラスヴェガスで行っていた。彼はコンピュータを使って何かを始め、ニューヨーク証券取引所のコンピュータにハッキングし、証券の値動きを操作できると言った。嘘だ、絶対に。彼は小物だ。もしもそんなことができる大物なら、こんな砂漠の片隅でくすぶっているはずがない。彼にはユマの先住民保留地に、ギャンブルで大儲けをしている友人がいた（先住民が運営する〝インディアン・カジノ〟が多くの保留地で公に認められており、一部では主幹産業となっている）。コヨーテは月に一度か二度彼らに会いに行っては、変わった道具をたくさん詰め込んだ箱を持ち帰った。それらはエアコンの効いたトンネルを通って、メキシコから運び込まれたものらしい。彼が何をしているのかはよく分からなかった。彼自身にもよく分かっていないだろうとドーンは思った。俺はコミュニケーション革命に参加しているんだと彼は言った。家の中にはテレホンカードの入った箱があった。携帯電話、警察レーダー感知器。それは衝動強迫であり、中毒だった。コヨーテはフェンスを見れば必ずその下をくぐりたくなるのだ。物事を混ぜ返し、何でもかんでもつないでみなければ気が済まない。彼は変化を愛した。

その調子で時が経った。彼らは皆、年を取った。物事は変化した。時には突然、時には、誰も変化に気付かないほどゆっくりと。

ドーンは前方に明かりを見つけた。

コヨーテのくたびれたRVが乾湖の縁に停められていた。発電機から電源を取ったランプが二つ灯り、ドアの前の地面を照らしていた。彼は折り畳み椅子にふんぞり返り、ガスマスクを首からぶら下げ、ペットボトルで混ぜたウィスキーのコーラ割りを飲んでいた。車が近づくと、彼は椅子を二つ出した。二人は彼にチョコレートミルクを渡し、腰を下ろし、マリファナを吸い、それぞれの考えにふけった。

それで、と、しびれを切らしたジュディーが言った。私の分は残ってないの?

日が昇る直前、ドーンはリサを駐車場まで送り、彼女が車に乗るのを見届けた。二人は前後に並んで車を走らせ、坂を上り、モーテルに戻った。ドーンはそれで一件落着だと期待していたが、少年が失踪したと知ると、おそらくそれは自分のせいだと思った。警察や記者に説明できるような意味での関与ではない。彼女は何も間違ったことはしていない。しかし、リサをあそこに連れて行くことで、彼女はあの一家を巻き込んでしまった。一家はコヨーテと関わり、運命と人生を掻き乱された。何が起きているにせよ、ドーンは関わりたくなかった。私には関係ない。彼女は今、はっきりと気付いた――私はまだあのドームの中にいて、存在の階層を下の方へと向かいながら、恐怖へと突き進んでいる。全てが失われたわけではない。彼女の意識の片隅で、またあの音が響き始めた。現実という名の甲高いホワイトノイズ。

二〇〇九年

自分より上にあるものを知ろうとしてはならない。自分より下にあるものを知ろうとしてはならない。自分の前にあるものを知ろうとしてはならない。現代人の問題は――数ある問題のうちの一つは――謙虚さを忘れていることだ。マンハッタンに向かう朝の通勤地下鉄で人混みにもまれている最中に、読んでいる本の一節ではっとわれに返り、辺りを見回す。すると、他の日なら気に留めることもない（あるいは以前なら気に留めることもなかった）平凡な顔が目に入る。世界の枠組みにおける自分の役割を無批判に信じている男女。グローバル都市の住人、惑星上で最も力のある国の市民としてある種の権利を自分も受け継いでいると確信している人々。そこには、世界の全てを知る権利が含まれる。あるいは、故意にその一部を無視するとしても（というのも、彼ら自身は仕事や娯楽で忙しいので）、自分の代わりに誰かが全てを知り、説明を用意してくれる、あるいは、自分で説明を聞かないとしても、自分の代わりに説明を聞き、最善の利益をもたらす形で行動してくれる専門家がいることを当然のように思っている。リサには、朝の通勤客がひどく醜く見えた。ラージが行方不明になったとき、彼らの自信の裏にあるものが垣間見えたからだ。不可知の存在が眼前に現れたときの、あの取り乱しよう。不可知と言っても、今、分からないということではない。自分も自分の雇った専門家もまだしっかりと調査をしていないとか、まだその語でネット検索をやっていないとか、関係する会社や政府の部局に電子メールで問い合わせをしていないとか、正しい金額の小切手を渡していないとかいうわけではない。そうではなく、原則的に知りえない、人間の理解を超えているという意味だ。恐怖が彼らを危険な存在に――時には、凶暴な存在に――変える。というのも盲目的なパニックに襲われた彼らは、その虚構――世界は本質的に理解可能だという虚構――を後生大事に守るため、手当たり次第に誰かを犠牲の山羊《スケープゴート》に仕立て上げ、八つ裂きにするからだ。

リサは通勤客の真の顔を知っていた。彼らは以前、彼女に敵対し、その鉤爪で彼女の肉を引き裂いたから。彼女は彼らの正体を目にし、それ以来、再び自分を取り戻すのが人生における大きな課題となった。そのためには、かつて彼女を憎んだ人間たち、道徳的で有意義だと信じる自分たちの世界観を維持するために彼女の死を望んだ人々に囲まれながら、普通に地下鉄に乗り、百貨店に行き、レジの列に並ばなければならない。彼女が学んだ教訓は（これは、一連の事件を、骨まで達しおそらく一生癒えることのない傷ととらえるのではなく、一つの教訓、与えられたチャンスと考えようとする作業の一環だったのだが）、真の知は限界の知だということだった。世界の中心、その背後、あるいは向こう側、あるいはその上かその下には、私たちが近づくことのできない謎がある。以前の人生においては、彼女はそれを指し示す言葉を持たなかった。その後、ラージが行方不明になり、再び戻され、彼女は一つの言葉を得たが、そのことは誰にも言わなかった。夫や、世俗的で頭のいい都会的な友人たちの前では気恥ずかしくて口にできなかった。今では、それを堂々と〝神〟と呼ぶことができる。マンハッタンへ向かう地下鉄の中で、自分の理解に自信を持つことができる。世界は不可知だが意味はある。自分はその意味によって守られ、自由を与えられている。彼女があざける他の乗客の信念と彼女自身の信念との間に何か共通したものがあると誰かが言おうものなら、彼女は激しく、怒りに満ちた反応をしただろう。というのも、彼女の感情、彼女の自己認識は苦悩と引き換えに得たもので、彼らの単なる無知とは違うのだから。

彼女は自分が一度破壊され、再度組み立てられたように感じていた。今、置かれている立場を名付けなければならないとしたら、〝象徴〟のような気分だった。自分がまるで、本当の自分よりも大きく、もっと重要なものを代表し、限界の知を象徴しているかのように。それは神の代理などという大それたものではないが、神が置いた標識の一つであり、歩んだ人生によって神の存在を指し示す一人の人間、この世の虚栄心を抜け出す道を示し、不可知で不可侵なものへの敬意を抱くべきことを教える道しるべだった。

彼女はこうしたことの多くを、勉強会に加わるまではよく知らなかった。特にエスターが手取り足取り、彼女を導いてくれた。彼女はいくつもの疑問を抱いていた――そもそも疑問があったからこそ、その勉強会に来たのだから。他の六人の女性も多かれ少なかれリサに似ていた。手に職を持ち、大学出で、年齢は三十代から四十代。メンバーは月に一度か二度、大体エスターの家に集まった。この集まりはブルックリンで開かれている他の百の読書会と同じようなものだと、エスターはしばしば冗談めかして言った――ただし私たちがやっているのは、単に作者が作り上げた登場人物たちの行動に納得したり、感動したり、喜んだりするよりももっと頭を使うことだけれども、と。そうした新しい友人たちに囲まれるのはいい気分だった。説教くさい人や偉そうな人は一人もいなかった。共有する文化について詳しく知るために集まった、ごくごく普通のユダヤ人女性ばかりだ。もちろんリサは、自分が特別な立場にあることを自覚していた。彼女の周囲には特別なオーラ、少し身震いを覚えるような華々しさがあった。過熱したマスコミ報道をどうやって乗り切ったのか、と皆は遠慮がちに尋ねた。皆は彼女を苦しみの代表例として取り上げ、ふさわしい引用句を掘り起こし、共有した。

リサは自分が経験した魔女狩りについて――マスコミにさらされた母親という体験について――本を書くべきだとエスターは考えていた。リサは、女嫌いのマスコミに追い回される女の気持ちを他の誰よりもよく知っている。熱の入った著作になるはずだ。論争を引き起こすだろう。同じ経験をしている女性たちには大きな励みになる。リサはその提案について少し考えたが、やはり気が進まなかった。本を書くのが大変というだけではない。何日間もパソコンに向かい、あの最悪な日々を思い出さなければならないのはつらい――リヴァーサイドのホテル、エアコンの音、テレビ、そしてルームサービスの汚れたトレー。それに加えて、自分をさらけ出す作業が苦痛だった。彼女はもう充分に論じ尽くされ、非難し尽くされていた。子供が戻ってきた今、彼女はその存在を存分に味わいたかった。誰にも邪魔されず、誰にも見られず、誰にもあれこれ言われることなく、自分だけで子供と向き合いたかった。

エスターは理解を示した。私たちには皆、プライベートな生活を送る権利がある、と彼女は言った。他の誰にもまして、あなたにはその権利がある。エスターは沈黙の美しさを理解していた――落ち着いた抑え気味の声がきちんと相手に届く、そんな口数の少なさ。リサはそんなエスターを尊敬していた。リサとジャズは、ラージを取り戻した最初の頃、ほとんど何もしゃべらなかった。それはまるで二人とも、何か繊細でもろいもの――魔法の繭《まゆ》、水晶でできた蜘蛛の巣――が周囲に形成されていると思っていて、大きな声を出したり、急に動いたりすると、それが壊れてしまうのではないかと心配しているかのようだった。彼らは中世の農民のように、あらゆる兆しや徴《しるし》を避けるようにして暮らした。彼らは宅配便の配達人からも隠れた。

二人はとても傷つき、とても繊細になっていた。折れた骨がやがてまたつながるように二人が元に戻ることを彼女は期待し、ジャズも同じ気持ちでいると思っていた。新しい愛のフィラメントがキッチンテーブルとシンクとの間を結んでくれるだろう、と。二人はとてもつらい経験をした。これで別れるなんて馬鹿げている。彼が彼女のために尽くしてくれたことは否定できない。彼女が倒れたとき、彼が手を貸して、立ち上がらせてくれた。彼女が何もできなくなったとき、知らない子供を乗せたベビーカーを押し、検証のためにあの恐ろしい岩山に向かう道を再び歩かされたとき、自分を見失ってバスルームの床に倒れ、体を硬直させ、あらゆる責任を放棄し、息を止め、全身に血を送る心臓を止めようとしていたとき、ジャズが一生懸命に介抱してくれた。彼はその場にふさわしい言葉を口にしようとした。しかし、できなかった（そのことが邪気のように二人を包み込んでいた）。彼は彼女に意識を取り戻させることができなかった。結局、彼の愛と思いやりは充分ではなかった。

二人は違っていた。もちろん最初からずっとそうだったし、それが二人が互いに惹かれ合った理由の一つでもあった。相思相愛。なじみのない新鮮な人との触れ合い。しかし、異国趣味ということではない。それとは違う。彼女はずっとジャズを、ある文化の代表としてでなく、一人の個人として見ようとしてきた。ラージが戻ってきた後、ジャズの両親はボルティモアから列車に乗ってやって来た。神様のおかげだ、と彼らは言い、手を合わせた。そのときだけは、リサも同じ気持ちだった。しかし、義母はやりすぎた――キッチンに立って目を閉じ、ラージの頭に手を置き、パンジャブ語で何かをつぶやいた。リサは息子を奪い返したくなった。これはあの人たちの文化だ、と彼女は自分に言い聞かせた。単なる文化。ジャズはあの文化に生まれた。でも、彼は違う。彼女と彼との間にある問題は純粋に個人的なものだ。

彼女にとっては、ラージが戻ってきただけで充分だった。彼は傷を負わされてはいないようだ。愛と忍耐があれば、失われたものは取り返せる――ラージの存在がそう証明していた。しかし、ジャズは満足していないようだった。説明を欲しがっていた。彼はおもちゃを捜す犬のように証拠を嗅ぎ回り、明らかに迷惑がられるほど頻繁に警察に電話をかけた。彼は次から次に新しい理論をまくし立てた。ある夜、彼女が仕事から帰宅すると、彼がモハヴェ砂漠の詳細地図を広げ、コンパスで円を描いていた。メモと計算を走り書きしたレポート用紙がその脇に置かれていた――幼児が一時間で歩ける範囲、最寄りの公道の位置。

「困るんだよな」と彼は言った。「ラージが発見された一帯は、地図の中で空白になってる。軍の土地だから地図データが機密扱いさ」

「警察は必要な情報を全部持ってると思う。警察に分からないことは、私たちにも突き止めようがないんじゃない?」

「警察は何もしてないよ。これ以上の捜査は必要ないと思っているようだから」

「警察には他にも仕事があるわ、ジャズ。他の事件とか」

「でも、あの子には何があったんだ? 君は何があったと思う?」

「そんなこと、関係ある?」

彼は彼女に、哀れむような目を向けた。「どうしてそんなことが言えるんだ? 僕らの息子だぞ。誰かが彼をさらった。僕らから奪っていった。犯人が野放しだっていうのに――いつまた同じことをやるかもしれないのに――どうして普通にしていられるんだ?」

「私には分からないわ、ジャズ。ただ、もうこれ以上は私たちの仕事じゃないと思うだけ」

彼女は時々、二人の人間の間にあるエネルギー、そこを流れる電流は一定なのかもしれないと思った。彼女が自信を取り戻し、強くなるにつれて、彼は弱くなるように見えた。体もやせた。Tシャツにスウェットの上下という格好で、家の中を歩き回る姿は亡霊のようだった。無気力な彼の姿は彼女をいらだたせた。「どうしちゃったの?」ある夜、バーニーズの買い物袋を抱えて帰宅した彼女は、ジャズに言った。彼はシリアルの食べ滓《かす》がこびりついたボウルと前日の『ニューヨーク・タイムズ』紙を散らかしたままでソファに寝そべり、犯罪再現番組を観ていた。ラージは彼女の書斎で、自分一人で遊んでいた。彼は押しピンとクリップの入った箱をひっくり返し、敷物の上に尖った混沌を作り出していた。彼女が慌てて床を片付けながら怒って文句を言うと、ジャズはあくびをしながらリモコンをいじった。「あなたは前と別人みたい。また仕事を始めた方がいいわ。仕事をしているときの方がよかった」

「何をしたらいいか分からない」と彼は言った。その一言だけ。まるで、何かの終わりに到達してしまい、先を続ける意志がないかのように。

エスターは素っ気なかった。「まだ彼のことを愛しているの？」。二人は一緒にコーヒーを飲んでいた。リサはその場にラージを連れてきていた。ラージは行儀よく、カフェの小さなテーブルの前に静かに座り、アイスクリームを食べていた。青と白のセーラー服風の新しいブラウスを着たお利口さん。彼女は気まずそうに息子に目をやり、話を聞いていないかどうかうかがった。

「エスター、何てこと言うのよ！」

エスターは眉を上げ、大した質問ではないという顔をした。「馬鹿げたことを訊いてるんじゃないわよ。もしもあなたが彼を愛しているのなら、他のことは全て、どうにかなる」

リサは考えた。「うん」と彼女は言った。「愛していると思う」。うん、何となく。うん、以前の彼に免じて。目の前には少しがさつで、胸の大きなエスターがいた。大きな琥珀のアクセサリー、化学療法の副作用でいまだに薄い髪を覆っている絹のヘッドスカーフ。子供たちはもうブラウン大学とペンシルヴェニア大学に進学している。弁解しようがないほど太った夫ラルフは、いつもお土産を抱えて帰ってくる――彼は必ず、デリカテッセン、書店、あるいはおいしそうなマカロンを売っている菓子屋の前をたまたま通りかかる。ラルフは妻が生きていることに心から感謝していたので、毎朝、会社に行って妻と離ればなれになるのがつらく、せめて何かの土産でも買わなければ、夜帰宅したときにうれしさのあまり、大きな太鼓腹で妻をつぶしてしまいそうだということらしい。彼らの家は寺院であり、一家のテーブルは祭壇だった。リサはどうしても、比較をせずにはいられなかった。

彼女はラージの髪をなでた。今のラージはそれを素直に受け入れ、ひるむことがなかった。

「私は――私は彼に忘れてほしいの。あれじゃあまるで、今でも同じ場所にいるみたい。あの恐ろしい砂漠をさまよっているようだわ」

前の晩、二人は大喧嘩をした。ジャズが黙ったままラージを深く探るような目で見ているのに彼女が気付いたことが原因だった。最近のジャズはいつも、息子にそんな視線を向けていた。彼は床に座り、刑事のような目で、子供が一人で遊ぶのを見ていた――まるで恐竜のおもちゃを触る手つきの中に決定的な情報が隠されているかのように。彼は顔も上げずに言った。

「ひょっとして、この子は――どう思う？」

「ジャズ」

「物理的な証拠はない」

「子供の前ではやめて」

「でも、決定的とは言えない。何も見つからなかったから、というのはね。だって、この子は何か月も行方が分からなかった。単に治ったというだけかもしれない」

「いい加減にして。黙ってよ！　その話はしたくない。しかも、子供の前ではよくないわ」

彼女はラージを抱き上げ、半ば引きずるようにしてバスルームへ連れ込み、扉を閉めた。中に入ると、便器の蓋の上に座り、彼を強く抱き締めた。ラージは少し文句を言い、その腕から脱出しようとした。ジャズがためらいがちに扉をノックした。

「あっちへ行って」と彼女は言った。「あっちへ行って。この子は戻ったの。どうしてそれで満足できないの？」

もちろん、彼女も同じ疑問を持っていた。ラージはどこで眠っていたのか？　何を食べていたか？　毎朝、目を覚まして、何を見たか？　犯人は彼に触れ、風呂に入れ、髪をといてやったのか？　犯人は一人？　二人？　きっと女が含まれていたはずだ、と彼女は思った。だとしたら、夫婦か。その女はラージをベビーカーから降ろし、未舗装の遊歩道を走りながら何を考えたか？　絶望に駆られていた？　怒っていた？　気が触れていた？　疑問が疑問を生み、二倍、四倍に膨れ上がって、めまいを誘う不確定性の深奥へとつながっていった。そんな底なしの疑問に対処するには、入り口の落とし戸《トラップドア》を閉めるしかない。穴を覗かないことだ。ジャズにはそれが分かっていない。神が息子を連れ戻してくれた。それで充分だと思わなければならない。

パラケルスス出版で仕事をしないかという話が出たとき、彼女はそれほど真剣に受け止めていたわけではない。その話は勉強会のメンバーの一人、ポーラからもたらされたものだった。彼女は栄養士で、出版社のカールと友人だった。カールの会社が編集者を探しているというのを聞いて、彼女はすぐにリサのことを思い出したのだという。リサはとっさに、私には合わなそうと答えていた。ポーラは怪訝な顔をした。どうして？　完璧だと思ったのに。リサが目録に目を通すと、色彩セラピーとかダウジング関連の書籍に交じって、しっかりした真面目な本もたくさん出版していた。彼女は結局、面接に行くだけの興味を持った。カールは典型的なロウアーイーストサイド的人物で、白髪交じりのポニーテール、左耳に小さな象牙のピアスという派手な格好の、左翼の残党だった。最初はアングラ新聞から始め、七〇年代半ばに現実の革命という夢がしぼむと、書籍の出版に手を広げたらしい。彼は長年、アパートを拠点にパラケルスス出版をやってきたが、インターネットの出現（彼はそれを〝神の恵み〟〝奇跡〟と呼んだ）によって、会社はその手の出版社の中では大手の一つにまで成長した。彼はアイアンガーヨガの手引きやイラスト入りの『チベット死者の書』などのヒットで稼いだ金を、ビジネスに還元したいと考えていた。彼はリサに、イーストビレッジにあるローフードレストランで食事をしながら、世界的宗教に関するシリーズを担当してくれる人を探していると説明した。あまり大衆的すぎず、専門的すぎもしない形で大きな宗教の聖典を紹介する企画。さまざまに交錯する宗教の流れを一般読者が知るための近道。九番街のオフィス以外の場所で仕事をしても構わない。彼女はその場でイエスの返事をした。

　ジャズは皮肉を言った。もしも仕事をしたいのなら、どうしてちゃんとした出版社を探さないのか、と。嫌な言葉だ。ジャズの得意な言葉の一つ。〝まともな〟〝筋の通った〟〝現実的な〟などと同じ部類。彼は冷やかすような口調でタイトルを読み上げた。『太陽の封印――光の子《ライトワーカー》のマニュアル』。『ＵＦＯと魂の啓示』。こんなゴミみたいな本を世に出すために働く気か？　ええ、と彼女は言った。確かにオカルト愛好家をターゲットにした本もある。でも、私が担当するのはもっと中身のある本、自分でも心から関心が持てる本だ。あなたがどう思おうと勝手だけど、私はこれ以上自分の信念を馬鹿にされるのは許せない。

「君の〝信念〟って何なんだい？」

「私の息子が帰されたということ。そして、私には借りがあるということ」

「〝借り〟って誰に対して？　警察？　見つけてくれた人たち？」

「あなたとこの話をしても無駄」

「だって、訳が分からないじゃないか」

「何があったか、私には分かってる。私はラージを信じ続けた。そして、彼は私の所に帰ってきた」

「リサ、君は茫然自失の状態だった。自殺しかねなかった。ラージはきっと死んでるって、君は僕に言ったんだよ」

「でも戻ってきた」

「ろくに当時のことを覚えていないくせに。僕は思ったよ――いいかい、君の魔術的な思考のせいでラージが見つかったのだと思っているなら――どうかしてるよ、な？」

「じゃあ、散らかった部屋でごろごろしながらポテトチップを食べて、陰謀論をでっち上げてるあなたが正常で、それよりましなことをやろうとしてる私の方が頭がおかしいってことね？」

「陰謀論？」

そんな調子のやりとりが続いた。うんざり。絶望的にうんざり。しかし結局は、彼も同意した。彼には働く気がなく、彼女には働く気があった。金は充分にあった。彼女が会社にいる間、彼がラージの面倒を見る。それで父子《おやこ》の距離が縮まるのではないかと彼女は思った。散歩の話を聞いて、彼女は喜んだ。父と息子がやるにふさわしい、健康的な趣味に思えた。二人がそれほど遠くまで散歩しているとは、ある日、ベビーカーの車輪を見るまで気が付かなかった。車輪はほとんど樹脂がはがれ、金属がむき出しになっていた。

給料はわずかで、それで暮らす必要のない彼女には幸いだった。だが、仕事はとても面白かった。最初に任された仕事はチベット仏教に関する本で、ヒマラヤで長年研究を積んだカリフォルニア在住のアメリカ人仏教教師《リンポチェ》が執筆することになっていた。カールは既に第二巻の、中世キリスト教神秘主義に関する本の準備に取り掛かるよう彼女に圧力を掛けていた。彼女はカールのそばにいられるのがうれしかった。小さなオフィスで書類の山に埋もれて仕事をしたり、彼がもう一人の編集者であるテリや会計担当のメイ・リンとおしゃべりするのを聞いたりすることが楽しかった。カールはあっという間に、ほとんどエスターに引けを取らないほど重要な人物になった。彼女は一対一で話せる機会を楽しみに待つようになった。タイ料理か日本料理か近くのベジタリアンカフェで買ったサンドイッチを食べながらする、ランチタイムのミーティング。カールは正のエネルギーだった。彼は自分でそんなふうに言っていたが、実際に知り合ってみると、それは傲慢でなく、単に事実を言っているだけだった。彼は瞑想をした。乗っている自転車はピストだった。飲み物は紅茶キノコ。オフィスの倉庫には密閉ガラス瓶で作った気味の悪い発酵飲料が並んでいた。彼は東アジアの歴史と地理のマニアで、特にラオスとカンボジアについて熱い口調で詳細を語った。彼は彼女よりもかなり年上で――（おそらく）六十代――やせているが筋肉質だった。彼女は漠然と、彼を抱き締めたらどんな感触だろう、あの太もも、あの胸に手を触れたらどうだろうと考えるようになった。

まるでコーナーを曲がり切ったようだった。彼女の生活は日々、少しずつよいものになっている気がした。ラージがしゃべり始めると、これは私たちが上位の存在に守られている証拠だと彼女は同僚に言った。勉強会では、彼女とエスターと他のメンバーが感謝の祈りを捧げた。彼女は空想をさらに飛躍させ始めた。ラージは――この言葉を使っても大袈裟ではない気がしたのだが――奇跡だ。彼は日々、何か新しいことをやり遂げた。通常よりも学習曲線の傾きがかなり急なことを考えると（医師もそう口を揃えた）、何でも可能に思えた。彼はひょっとすると天才かもしれない。途方もない知性が、世界から隔てられた場所で誕生していたということかも。彼女は学校案内を取り寄せ、天才児を対象にしたプログラムの入学条件を熟読した。新たな可能性に感銘を覚えていないのはジャズだけのようだった。ラージに教育心理学者のテストを受けさせ、ニューヨークにあるエリート小学校に入れる準備をしたいという要望（完璧に筋が通った希望）をリサが口にしたとき、ジャズは顔をしかめた。それでまた（当然のことながら）喧嘩になった。どうして私と同じように素直に感謝できないのか？　どうして喜ばないのか？　彼は「君の言う光なんて見えなくて結構だ」と言って、家を出て行った。そして、深夜に帰ってきたときには、古い赤ワインのようなすえた臭いをさせていた。きっとどこかのバーで腐っていたのだろうと彼女は思った。

二人が一つになれるときもあった。友人たちは戻ってきた。少なくとも、数人は。彼女が許せない相手もいたし、前年の出来事のせいで敬遠し続けている友人もいた。しかし、社会生活が戻り始めた。二人は近所で子守を見つけ、ラージを任せて、実験的にディナーに出掛けた。実験は成功した。彼らは情報誌を買い、街ではやっているものをチェックした。エイミーが新しい恋人を連れて、泊まりがけでやって来た。恋人はとても感じのいいナイジェリア人の医師だった。リサの手料理でディナーパーティーを開き、エスターとラルフともう一組の夫婦を呼んだ。皆が席に着いて食事を始める前に、彼女は一緒に短い祈りを捧げてほしいと言った。ジャズは驚いた様子だった。他の客は理解した。最後にアデが大きな声でアーメンと言った。

後で、汚れた皿やグラスをキッチンに運びながらジャズが噛みついた。


「全く、あれには困ったよ」

「どうして？　どうして困るの？」

「皆に強制してたじゃないか。押しつけがましいよ」

「あなたにとってはね」

「人の話を聞けよ、リサ」

話はラージをめぐる口論に変わった。何が可能か？　将来はどんなか？　あなたは目の前で起きているいい出来事に対して故意に目をつぶっている、と彼女は彼を責めた。時々あなたは自分の子供を信じていないみたいに見える、と彼女は言った。そんなふうに責められても僕にはどう応えればいいかさえ分からない、と彼は言った。

彼女は勝ち誇った。「それは私の言うことが正しいと、本心では分かっているからよ」

「違う。君の非難が的外れだからだ」

「あなたは砂の中に突っ込んでいる頭を外に出すべきだわ」

「全く、リサ。砂の中に頭を突っ込んでいるのは僕か？　君の頭の方が深く埋まってるじゃないか。いいかい。僕は前向きに考えようと努力してる。実際、今までは楽天的と言ってもいいほどだった。用心しつつ、楽天的。ラージは調子がよさそうに見える。でも、何があったかを考えてみろよ。今後、あの子に何があってもおかしくない。抑圧された記憶、トラウマ。犯人を突き止め、何があったかを知るまでは、確かなことは何も言えない」

その夜、彼女は寝つけないままベッドで、サイレンの音が遠ざかるのを聞いていた。ジャズは枕のバリケードで周囲を固めて布団にくるまり、非難がましく体を丸めていた。彼女はトラウマなど心配する必要がないことを彼に納得させようとした。ラージの順調な成長を見れば、そんなことは問題にならないのは明らかだ、と。しかし、実際には彼女もそれを気に懸けていた。彼女は正直に言うと、持ちたいと思っているほどの確信を持てずにいた。ラージが受けたダメージについて。いろいろなことについて。長い間、彼女はこだわり続けていた——ジャズのようにラージが失踪した日のことについてではなく、その前夜、自分が町をうろついた日のことについて。彼女はあの夜、制御が利かなかった。今まで一度もそんなことはなかったのに。ひょっとすると、誰かが酒に何かを混ぜたのかもしれない。あれはそういうことが起きても不思議のない、怪しげなバーだった。頭にはぼんやりした記憶しか残っていなかった——女が運転する車に乗ったこと、未舗装の道路を照らすヘッドライト、そしてたどり着いた家のこと。奇妙なタマネギ形の屋根、三角の窓、磨いた木の床に敷かれた動物の革の敷物。頭に浸透したアルコールが全てを溶かし、ぼんやりした影に変えていた。石造りの暖炉と揺り椅子に腰掛けた女の姿だけが実体を伴っていた。砂埃とたばこの臭いがするベッドに倒れ込み、頰の下にごわごわした先住民の毛布を感じたのを彼女は覚えていた。二人の女性がベッド脇に立ち、しゃべっていた。

「この人はどうしよう?」

「このまま寝かしておけばいい。大丈夫よ」

「もしも目を覚ましたら?」

「泥酔してるから、朝までぴくりともしないわ」

どうしてその場面が記憶に残っているのか? 二人は私を置き去りにしたのか? どこに行ったのか? 私はあの奇妙な家でどれだけの時間、気を失っていたのだろう? 落とし戸《トラップドア》は開いていた。蛆《うじ》が蠅に変わるように、疑問が孵化し、うごめいた。ラージは神隠しに遭い、あの豊かな闇の中へ連れ去られた。彼女たちはリサのことを何か話していた。ラージのことも。ラージについて何を言っていたのだろう? 落とし戸を閉めなさい。頑丈なかんぬきを掛けて。人が踏み入ってはならない場所がある。


ラージの言語療法士から電話がかかってきたのは、全く突然のことだった。彼女はもちろん、その女性に会ったことがあった。その道でトップクラスの腕を持つ、高額な言語療法士だった。リサたちは彼女の仕事に充分満足していた。

「お邪魔してすみません、マサルさん」

「構いませんよ。どういうお話でしょうか?」

「本当なら、直接会ってお話ししたいのですが――難しい問題なのです。できるだけ早い段階でお知らせしたくて電話にしました。実は今日、ご主人とお目にかかりました」

「一人で?」

「いいえ。今日、ラージを連れて面談にいらっしゃいました。でも、ラージのいないところで話したいとおっしゃるんです。ラージを部屋から出して」

「どうしてでしょう?」

「どうして私を話し相手に選んだのか、私には分かりません。ひょっとすると私が――ええ、私なら話を分かってくれるとお思いになったのかもしれません。もちろん、そういうのは私の専門ではありません。でも、ご主人の話を聞いていると――心配になりました。軽い観念形成をお持ちのようです。とてもおびえていらっしゃる様子でした」

「観念形成?」

「ラージが息子ではないという考えをお持ちなのです。こういうケースは普通ではありませんが、前例がないわけではありません。お話によると、ラージが――本物の方のラージが――そっくりの分身、双子みたいな人物と入れ替わったと思っていらっしゃいます。どうして私に告白なさったのかは分かりませんが、しばらく前からそんなふうに思っていらしたようです。普通でないことは自覚なさっています。論理的な説明が欠けていることもお分かりです。かなり悩んでいらっしゃるご様子でした」

「まだよく分かりませんが」

「私はどうして子供が入れ替わったと考えるようになったのかと尋ねました。どうして気付いたのか、何が変わったのか、と。お返事では、何もかもが完璧にラージにそっくりらしくて、ただ、同じ子でないことだけは明らかだということでした。ここにいるラージはあらゆる面で息子さんにそっくりなのだけれども、本質的な部分で同じ子ではない、と」

「でも、それはおかしいわ。意味が分からない。夫が本当にそんなことを？　誰かがラージをそっくりさんと入れ替えたって？」

「ひょっとすると、誘拐事件のトラウマで……」

「そのせいで正気を失ったとおっしゃるの？　今のお話は要するにそういうことですよね」

「確かに精神科医に診てもらった方がいいとは思います。是非、そうすべきだと。あなた方はお二人とも――ご家族皆さんがかなりのストレスを経験なさいました。これは単なる一時的な反応かもしれません。少し休んで、何かの薬を服用すれば、全て解決するのかもしれません。そこは微妙なところなのです、マサルさん。さっきも申しましたが、私は専門家ではないので判断ができません。是非、専門の医師に相談なさってください。ご主人はラージを傷つける気はないとおっしゃいました。幻聴はありませんし、何かの衝動に駆られることもないそうです。子供に対して危害を及ぼすことはないとおっしゃっていました」

「何てこと！　夫は今、息子と外出しているわ。どうすればいいの？　警察に通報した方がいい？」

「それは必要ないでしょう。さっきも申しましたが、子供には危害を加えないとおっしゃっていますし。しばらく様子を見て、ご主人に直接お尋ねになってはどうですか？　嫌なことをお知らせして申し訳ありませんでした。心中をお察しします。もしも必要なら、私の方から何人か当たってみて、誰か専門医を推薦するようにしますが……」

リサはキッチンのカウンターの前に置かれた高いスツールに座り、体を左右にひねった。彼女は回路がショートし、失速したみたいに感じていた。普段、小銭を集めているボウルの中身をカウンターの上に広げ、硬貨を並べて模様を作り、特に何の規則もなしに人差し指でそれを動かした。ようやくジャズが扉を開けるのが聞こえ、玄関でコートとブーツを脱ぐ音がした。ラージが勢いよく部屋に駆け込んできた。彼女は彼を抱え上げ、強く抱き締めた。

彼女はどう切り出したらよいのか分からなかった。ジャズが話を始め、彼女に今日の出来事を訊いた。子守の予約はした。二人は映画に行く約束をしていた。君は何が観たい？　彼は全く普段通りに見えた。彼女は彼を見た。いつもよりも緊張しているか？　おびえた様子があるか？

「ドクター・シディクィから電話があったわ」

「へえ。それで？」

「ジャズ、私にはよく分からない。先生の話だと、あなたはラージがうちの息子じゃないって言ったそうじゃないの」

突然、彼の顔から生気が消えた。顔が空っぽになった。彼女はそれを見て、話は本当だったのだと悟った。彼女は反射的に、口に手を当てた。彼は首を横に振り、なだめるように、広げた両手を差し出していた。

「あのさあ」と彼は言った。そしてもう一度。「あのさあ」

「一体どうなってるの？」

「筋が通っていないのは分かってる。でも他の人はともかく、君なら分かってくれるだろ？」

「〝分かってくれる〟って、どうして分からないといけないの？」

「君は信じてるじゃないか——ああいう、いろんなことを」

「〝いろんなこと〟って？」

「あれは奇跡だったと思うって、言ってたよね？」

「彼が帰ってきたのは奇跡だと思う。あの子が——何？　替え玉だなんて思わない。あなたの頭では何がどうなってるのか、私にはさっぱり分からない。あなたは言語療法士にどんな話をしたの？」

「駄目だ——あの子がいるところでは話せない。ラージ、向こうの部屋に行って遊んでなさい」

ラージは困ったような顔で二人を交互に見た。

「いいから、ダーリン。向こうの部屋に行って。恐竜は？　恐竜を居間に持って行ってもいいよ」

ラージは従った。ジャズは椅子に腰を下ろし、両手で頭を抱えた。

「リサ、妙な話に聞こえるのは僕だって分かってる」

「あなたには分かってない。正確には彼女にどんな話をしたの？　あなたは精神科医に診てもらった方がいいと彼女は言ってた。あなたが息子を傷つけるとは思わないとも言ってた。彼女はそう言わずにはいられなかった――つまり、そうは思わないけど、確信が持てなかったってことよ」

「ラージには絶対に手出しはしない。誓うよ」

「じゃあ、何なの？　あれはラージよ。分からないの？　どこもおかしくない。何も変わってないわ」

「はっきりとは言えないんだ。まるで――まるで何者かが彼の皮をかぶっているみたいな感じ」

「怖いこと言わないでよ。あなたの口からそんな言葉が出るなんて信じられない」

「それは自分でも分かってる。僕だって怖いんだ、リサ。何が起きているか、僕には分からない」

「誰かに相談した方がいいわ」

「精神分析医？」

「ええ、分析医。全く、その状態で今までずっと、あの子をベビーカーに乗せて街をうろついていたなんて。どこに行ってたんだか知らないけど。よく何も起きなかったわね」

「ラージには絶対に手出しをしないと言ってるだろ」

「でも、あれはラージじゃないって思ってる。何かが彼の皮をかぶってると考えている」

「リサ、分析医にはちゃんと診てもらうよ。君の言う通りにする。僕が悪いのか、僕の心が病んでいるのか、何にしても調べてもらう。でも、君は変だと思わないのか、あの子の変化を？　すっかり別人じゃないか」

「ええ、そうよ。よくなった。どうしてあなたにはそれが受け入れられないのか、私には分からない。私たちの祈りが叶えられたのに、あなたはそれを信じようとしない」

「彼に何があったのかを知る必要がある。何も知らないなんて耐えられない。あの子は何かが違う。そう、あの子はラージじゃない気がする。理由は説明できない。あの子が君を見るときの目つきをどう思う？」

「私を見る目つき？」

「僕らを見る目つき。たくさんの経験を積んだみたいなあの目。僕らの秘密を全部知っているみたいな目つき」

「彼は子供よ、ジャズ。ただの子供。あなたは今晩、一階で寝てね。私たちの近くにいてほしくないわ」

「そんなのは馬鹿げてる、リサ」

「馬鹿げてる？　そうかしら」

「そんなことはする必要がない」

「離れてて、ジャズ。私はまだ考えがまとまってない。あまりにも変な話ばかりで。少し考えさせて」

「あの子を見ろよ、リサ。僕が言いたいのはそれだけだ。本当に、よく見てくれ」

彼女はラージを二階に連れて行った。彼女がラージの歯を磨き、パジャマに着替えさせ、寝る準備をしている間に、ジャズは一階をうろつき、扉を乱暴に開け閉めし、腹立ち紛れにキッチンで音を立てていた。しばらくすると床越しにテレビの音が聞こえた。フルボリュームの刑事ドラマだ。

彼女は眠りに就く前、扉の前に椅子を置いた。

翌朝、ジャズがキッチンの入り口でうろうろしている間に、彼女はカールに電話をかけ、今日は会社に行けないと言った。

「そこまでする必要はないよ」とジャズは言った。「頭がおかしいわけじゃないんだから」

「二人っきりにはできないわ」

「約束するよ、リサ。分析医に診てもらう。探してみる。予約を取る。ちゃんと行く」

その日、彼女はラージから目を離さなかった。彼女はキッチンテーブルに向かい、マックブックで精神科医、精神分析医、さまざまなセラピストを探した。ドクター・シディクィは電子メールで二人ほど専門医を紹介してくれていた。結局、彼女が電話したのはそのうちの一人だった。彼女が導きを求める黙禱を捧げてから書斎に入ると、ジャズが床に横たわり、ストレッチをしていた。

「あのソファで寝たら、背中が痛い」

「不便をかけてごめんなさい」

「いいよ」

「あなたが危険じゃないことを確かめる必要があるの」

「分かった」

「賭けはできない」

「僕は絶対――」

「あなたは危険じゃない――それは分かった。精神科医を探してあげたわ。これが名前と電話番号。木曜の午後に診てもらって。男の精神科医の方がいいかと思って、そうしておいた」

「あ、そう。分かった」

「女の方がいい？」

「いいや、構わない。診てもらうことにするよ」と彼はメモを見ながら言った。「このドクター・ズッカーマンに」

彼女は安堵した。その夜、彼女とジャズは同じベッドで寝た。ただし、彼女は鏡台を扉にかかるように置き、彼が動かしたら物音がするようにした。彼は怒った。

「トイレに行きたくなったらどうすればいい？」

彼女は肩をすくめた。「そのときは私を起こせばいい」

「分かったよ。好きにしてくれ」

翌朝、彼女はカールに電話をし、細かいことは言わずに、深刻な事態が起きていることを知らせようとした。彼には話をすると既に心に決めていた。でも、会って直接話したかった。できれば、昼食を取りながら。彼は共感してくれるだろう。力も貸してくれるかもしれない。

「今日は出勤できません。ちょっと――個人的な都合で。すみません。はい、分かっています。先方には私から電話して、予定を変更してもらいます。無理なんですか？　なるほど。困りましたね」

ジャズは彼女の後ろに立っていた。あまりに近くにいたせいで、彼が口を開くと彼女は跳び上がった。

「なあ、リサ。こんなことはいつまでも続けられない。今まであの子に手を出したことはない。今後も手出しはしない。絶対にないよ」

「ジャズ！　ごめんなさい、カール、少しだけ、切らずに待っていていただけます？　何なの、ジャズ？」

「仕事に行けよ。子供の面倒は僕が見る」

会議は重要だったし、カールは困惑しているようだった――腹を立てているということはないが、彼女が期待していたような、理解を示してくれる雰囲気ではなかった。彼女は書類を鞄に入れながら、ジャズはこの数か月、週に何日もラージと二人きりでいて、何の問題も起きなかったのだと自分を納得させようとした。たぶん大丈夫。彼女が家を出るとき、父子は玄関前に立ち、手を振って見送った。大丈夫だ。

彼女は昼休憩にジャズの携帯に電話をした。「今どこ？」背景に車の音が聞こえはしないかと耳を澄ませながら彼女は訊いた。ジャズには子供を連れて外出しないように頼んであった。とにかく家にいて、と彼女は言った。私も早く家に帰るようにするから。

彼の声は気楽そうだった。「ああ、家だよ」

「何も問題ない？」

「完璧」

その声の調子がどことなく妙だった。彼女は電話を切った後、しばらく机に向かっていたが、嫌な予感が徐々に胸に染み込んできた。新刊の表紙のデザインを眺めているカールとテリには何も言わないまま、彼女は鞄をつかむと一番街に出てタクシーを拾った。

彼女はぎりぎりのタイミングで帰宅した。ジャズとラージは既に外にいた。ラージは雨用の黄色いポンチョを着ていた。車のトランクが開き、ジャズがそこに鞄を積んでいた。彼女はタクシーの運転手に適当な札を握らせ、車の前に駆け寄り、ラージとジャズの間に立った。

「どこへ行く気？」

「仕方がないんだ、リサ。止めないでくれ」

「この子をどこに連れて行くの？」

「どこも何もないよ。現場に戻らなけりゃならない。何があったかを突き止めない限り、僕らは先へ進めない」

「この子をさらう気だったの？　私に何も言わず、連れ去る気？」

「君は僕の頭がおかしいと思ってる。説明を聞いてくれないじゃないか」

「この子は行かせない」

「今日じゃなくても、遅かれ早かれ行かずにはいられない。永遠に否定し続けることは不可能だ」

「警察に電話するわ」

「その必要はない」

「どう考えても必要あるわよ。あなたは頭がおかしくなった。うちの息子を誘拐しようとしてる」

「一緒に来てくれ」

「あなたは病気よ、ジャズ。助けを必要としてる」

「君だって疑問があるだろ？　僕と来てくれ。一緒に答えを探そう。謎を解こうじゃないか。何かの説明があるはずだ」

二人は声を荒らげていた。リサは隣人たちが通りの反対側に立って見ていることに気付いていた。彼女は明るい顔をして手を振り、何でもないふりをした。

「家に入って、ジャズ。お願いだから。中で話しましょう」

「一緒に来ると約束してくれるなら」

「オーケー、オーケー。言う通りにする。とにかく中に入って」

「ラージ、ママも来てくれるって！　みんなで冒険だ！　わくわくするなあ」

一時間後、彼らは午後のラッシュアワーの中、のろのろとした速度でＪＦＫ空港に向かっていた。車はジャズが運転していた。彼女はラージと一緒に後部座席に座った。ラージは足をぶらぶらさせながらチャイルドシートに座り、反対車線の車を数えていた。

「青い車」と彼は言った。「赤い車。赤い車、白い車、黒い車、青い車、白い車」

彼女は自分が誘拐されているような気分になった。彼女は地下鉄で吊革につかまりながら、別の乗客が聖書を読んでいるのを見かけることがあった。多くはアフリカ系かヒスパニック系で、都会の最低賃金仕事に向かう人々だった。清掃係、ビル管理人。彼らが神を信じるのは主に防御としてなのだろうと彼女は以前から考えていた。借金を寄せつけないとか、家族を病気から守るとか。彼らの聖書はしばしば外国語で書かれていて、よく読まれた跡があった。いくつかの文章に下線が引かれていたり、蛍光ペンで印が付けられていたり。彼女はいつも、自分がそのような人々より上だとは言わないが、彼らは自分から遠い存在だと思っていた。そんな彼女が今、自分だけの読み古された聖書が手元にあればいいのにと願っていた――この恐ろしい旅に携えていく心の支えが欲しいと。

ジャズは空港で長期間用駐車場に車を停め、荷物をターミナルに運んだ。私は逃げ出すべきか、警官を探した方がいいのか、と彼女は考えた。何と説明したらいいのだろう？　ジャズの決意は固い。彼が逮捕され、精神病院にでも入れられなければ、他には止めようがない。彼女はラージを連れて動く歩道《ムービング・ウォーク》を駆けだす自分の姿を想像した。無駄だ。逆に調子を合わせていれば、正気を失っていることを彼に自覚させられるかもしれない、と彼女は自分に言い聞かせた。

彼らはラスヴェガス行きのチケットを買い、周りに目を配りながらラウンジに座り、見るともなくテレビを眺めた。ニュースのコメンテーターが戦争を論じていた。イラクからの撤退。アフガニスタンでの作戦行動。山岳地帯と荒涼とした砂漠の映像が短く映し出された。それは何かの前触れのようだった。

「飛行機に乗るの、ママ？」とラージが訊いた。

「うん」

「パティーおばあちゃんとルイスおじいちゃんにも会う？」

「いいえ、ベイビー。あなたがいなくなってたときにいた場所に行くだけよ」

「それどこ？」

ジャズはラージに聞こえるように身をかがめた。「おまえがいた場所さ。いなかったときに。おまえはパパたちの所にいなかった」

「見えなかった」

「そうだ」

「僕は寝てた」

「違うんだ、ラージ。寝てたときの話じゃない。長い間、パパたちと会えなかったときの話だ」

「夜夜《ナイト・ナイト》してた」

「違うんだ、ラージ」

「やめてよ、ジャズ。その子に構わないで」

　彼女はこっそり携帯でメールを送っていた。母親とエスターに、ＳＯＳのメッセージを。ジャズの行動がおかしい。今、無理やり砂漠に連れて行かれるところ。助けて。母から電話がかかると、ジャズは素早く振り向いた。出ちゃ駄目だ、と彼は言った。電話には出ないでくれ。

　飛行機の旅は果てしなく時間がかかった。マッカラン空港では、車を借りるために列に並んだ。二人とも、決してラージを相手に任せなかった。互いに、自分が目を離せば相手がずるをして逃げ出すと確信していたからだ。ジャズとラージが男性用トイレに入っている間、彼女はその前から離れなかった。彼女がトイレに行くときは、ラージを連れて入った――ラージが「おしっこはない」と言い、手を引っ張ったら痛いと訴えていても。

　個室に入ると彼女はエスターに電話をかけた。「あなた大丈夫？」とエスターは訊いた。「脅されてるの？」

「いいえ、そういうのじゃないの。でも彼は、ラージがラージじゃないって言ってる。本物のラージが別の何かと入れ替わってるって。彼は岩山に戻れば謎が解けると思っているみたい。彼は頭がおかしくなったのよ、エスター。どうすればいいか、私には分からない」

「じゃあ、どうして飛行機に乗せたの？」

「さあ、分からない。そうするのが簡単に思えたから。気の済むようにやらせたら、自分がおかしいことに気付くかなと思って」

「そうかもしれない。いったん向こうに着いたらきっと彼も落ち着くでしょう。そこからどのくらい？」

「車で二時間ほど」

「私から警察に連絡した方がいい？」

「分からない。警察はどう動くかな？　ジャズは人前では正常に振る舞うこともできるわ。たぶん、うまく言い逃れをする」

「とにかく相談してみようか。こういう状況になってると知らせるだけでも。あなたがそこで警官を捕まえて騒ぎを起こすよりはいいかもしれない」

「オーケー。そうかもね。でも、やっぱりよく分からない。うん、とりあえず通報はやめておいて。向こうに着いたらまた電話するわ。私から連絡がなかったら、警察に電話して」

「幸運を祈るわ」

「ありがとう、エスター。また後で」

ジャズは扉の外で疑るような目をして、そわそわしながら待っていた。

「どうしてこんなに時間がかかったんだい？」

彼女は返事をしなかった。彼女はラージをチャイルドシートに座らせ、自分も乗り込み、ジャズが座るのを待った。あなたに危害が及ぶことはない、と彼女は思った。いかなる危害も決して。あなたは慈愛にあふれた神の子だ、その無限の思いやりと知恵があなたを永遠に守っている。あなたが生きているのはそんな世界だ。神の魂に満たされた世界。

午後の遅い時刻になっていた。ラスヴェガスがさえない郊外に変わり、トレーラーハウスが並ぶ駐車場、何もない空き地が通り過ぎる。立ち並ぶ看板が宣伝しているのは、将来の開発計画、カジノ、人身侵害専門弁護士、福音派教会、ストリップクラブ。その後、強烈なインパクトのある大地が開けた。西に傾いた太陽に黄色く染められた白い岩。ジャズは州間高速道路を外れ、二車線のアスファルト道路に入った。その頃には、大地は黄金に光り、遠くの山並みは赤銅色に変わっていた。

「もうすぐだ」と彼は言った。「感じる？」。それはラスヴェガスを出て以来、二人の間で初めて交わされた言葉だった。「こんなことをして悪かった。君をおびえさせてすまなかった。でも、感じないか？　こうすることが正しかったと感じない？」

「ええ、感じる」と彼女は言った。驚いたことにその言葉は本心だった。異質《エイリアン》な土地は美しかった。周囲に広がる空漠は何かをはらんでいるように感じられた。そこにある可能性が現実の形を取るのを見てみたいと彼女は思った。

車は老朽化した町を通り過ぎた。二、三軒の家とガソリンスタンド、そして扉を板でふさいだモーテル。町の端にはねじれた木が生え、枝にはカラスの群れのように、古いスニーカーが引っ掛かっていた。道が尾根に上がり、盆地に下りた。そこでは何かの化学物質が生産されているらしく、小屋と巨大なタンクがいくつか平原に設置されていた。その後、車はまた坂を上った――まるで太陽の巨大な円盤に、その中心に真っ直ぐに突っ込んでいくように見えた。このまま行けば衝突。

道の前方に、点滅する光が見えた。そこには障壁《バリア》が置かれていた。ハイウェイパトロールの車が両方の車線にまたがるように斜めに停められていた。彼らがパトカーの手前で車を停めると、中から警官が出てきた。ジャズは窓ガラスを下ろした。

「申し訳ありませんが、Uターンしてください」

「ピナクル・ロックまで行きたいんですが」

「地元の方《かた》ですか?」

「いいえ」

「じゃあ、申し訳ありませんが、Uターンをお願いします。この先で大きな事故があったんです。危険なのでここから先は行けません」

「どんな事故です?」

「詳しいことは知りません。爆発事故があったようです。何かの化学物質が流出したらしい」

「でも、どうしてもピナクル・ロックまで行かなきゃならないんです。遠くから来たんですよ。はるばるニューヨークから」

「そうなんですか?」

「子供もいるんです、ほら。この子もとても疲れてる」

「それならなおさら、危険物のある場所へ子供を連れて行かない方がいい。州間高速に戻ればいくつかモーテルがあります。十五マイルほどバックすれば迂回路の標識もあります」

「分からない人だな。僕らはあそこへ行きたいんだ。別の道はあるんですか?」

「知りませんよ。私は仕事をしているだけです。すみませんが、Uターンして、来た道を戻ってください」

「お願いです。あなたには分かってない」

「あのですね、私はあなたと議論をするためにここにいるわけじゃありません。他に選択肢はないんです。Uターンをして、今来た方へ戻ってください」

ジャズはハンドルを大きく切った。細いリボンのような道が背後に伸びた。長い影が山腹を削るように見えた。彼らは黙ったまま車を走らせた。リサは彼をこっそりと見た。彼は顎を引き、瞬きをせずに運転していた。

突然、何の前触れもなく、彼は道を逸れた。砂の上で車が跳ね、背後に大きな砂煙が上がった。砂利が車体をかすめた。クレオソートブッシュが車の腹をこする、リズミカルな鈍い音がした。リサはダッシュボードに手を伸ばし、体を支えた。

「何をやってるの？」

「僕はあきらめない」

「やめて、ジャズ！　お願いだからやめて！　危ないわ！」

車が揺れた。ジャズはハンドルを左右に回して大きな岩を避けた。車は徐々に上り坂にさしかかった。そしてついに何かに乗り上げて大きく揺れ、止まった。巨大な白いマシュマロのようなエアバッグが開き、車内の空間を満たした。ジャズはそれも気に留めていない様子でシートベルトをもがきながら外し、扉を開けた。彼はラージを車から引き出し、肩車をした。

「行くぞ！」

リサは半泣きでその後を追った。目の上を切っていたので、血で視界がぼやけた。ラージは言葉にならない何かをずっとつぶやいていた。それは徐々に、人間の言葉というより、小鳥のさえずりかファクスの送信音のように聞こえてきた。彼らは岩屑《がんせつ》の斜面を登った。歩きにくい場所ではジャズがリサに手を貸した。背後では岩が小さな雪崩のように崩れ落ちた。彼女は地面から熱が吐き出されるのを感じた。もはや、自分に何が起きようと気にならなかった。


世界が縮小し、存在するのは足元の砂利と荒い息だけになった。彼らはようやく丘の尾根に立った。汗をかき、あえぐように息をする三人が、互いに手をつなぎ、足元に広がる巨大な盆地を眺め渡した。平らな表面を乱しているのは、遠くに見える、三本指の手のようなピナクル・ロックだけだ。何も問題はなさそうに見える。雲もないし、火の手が上がっているわけでもなく、有害物質の霧も見えない。空気は青い。前方には、巨大な欠如、空漠だけが広がっている。そこには何もなかった。

一七七五年

以下はスペイン植民地副王、知事、軍政府長官たるドン・アントニオ・マリア・ブカレリ・イ・ウルスア閣下の命により一七七五年に行われた旅に関する、サンタクルス・デ・ケレタロ使徒団のフランシスコ・ガルシス神父の日記の記述。副王閣下の命令は同年一月二日の手紙に記され、前年十一月二十八日にメキシコで開かれた戦争委員会で決議されたものである。同様に、使徒団の団長であるロムアルド・カルタヘナ神父が一七七五年一月二十日付の手紙に記した命により、ガルシス神父はコロラド川以西の土地を視察し、近隣の民と交渉し、彼らがキリストの教えを受け入れる心構えがあるか否か、国王の臣民となる用意があるか否かを見極めるよう、指示を受けた。次の文章は公開が可能になる以前、ローマ及び世界異端審問最高神聖評議会議長、枢機卿カルロ・レッツォニコ猊下《げいか》によって出版が禁じられていた。

百五十四日目。先週、西と北西に十四リーグ旅し、今日、たくさんのヤシの木に覆われた泉に近い、チェメグエバ族の村に着いた。村人は私の前に来て、脅したが、私が殉教を免れたのはただ、地獄に落ちた人間を描いた絵を見せることによってであった。拷問者たちはそれを見た途端におびえ、絵を裏返してもう一度聖マリアの優しい顔を見せてほしいと乞うた。ゆえに私はかの地を、〝運命の泉《アグアヘ・デ・カイロス》〟と名付けた。

百五十九日目。この四日で西に十リーグ旅した。通訳たちはここが彼らの国の境界で、ここから先は敵の国だと言い残して今朝、去った。彼らは私に、先にあるのは荒れ地だけだからこれ以上は進むなと言った。私は彼らが〝敵〟と結託した存在だと信じているので、彼らが去ることをうれしく思った。私は彼らが鹿のように素早く去るのを見た。

百六十四日目。食料も水もかなり乏しい。ここにはネズミも小さなトカゲもほとんどいない。今、いちばんの望みは井戸を見つけることだ。〝運命の泉〟以来、おいしい水に出会っていない。私は幻覚にさいなまれているが、それが神のなせる業か、敵――その名をここに記す勇気はないが――のなせる業か見極められない。

百六十五日目。今日、割れ目だらけの土地で方位磁針をなくした。岩の間に手を突っ込み、何時間も捜したが、見つからなかった。敵は私を笑い、神聖なる神の光によって自分で道を見つけろと言っていることだろう。

百六十八日目。サンイグナチオ山脈に登り、何もない広大な白い平原を見下ろした。そこにあったのは三本の尖った岩から成る小山《ビュート》のみで、それは三位一体を表す吉兆に見えた。水や植物の兆しはなかったが、神を信じ、その恩寵の印に向かって歩きだした。高台からは、平原の向こうにまた山並みがあるのが見えた。きっとその向こうにも別の山並みがある。そう考えると、私の心は恐怖でいっぱいになった。というのも、私の飢えと渇きはひどく、風の音が川のせせらぎに聞こえ、行く手に転がる白い石がパンに見えたからだ。

百六十八日目。三位一体の岩の麓で立ち止まった。敵は私に、岩によじ登っててっぺんから飛び降り、神の天使たちに助けを求めてみろと命じた。しかし私は、神が二本足で歩く力を与えてくれることを信じた――たとえ、異教徒の飛脚《ランナー》のように大地を走ったり、嘘つきな敵のように宙を飛んだりすることができなくても。敵は、正しい者と同じ太陽の光に身を包んでいた。神から生じたものは全て、神を見つめ返すときにのみ生を得る。ゆえに私は欺瞞に満ちた敵の光から目を逸らし、真正なる神の光に目を向けた。私は苦境に追い込まれているが、神に対する信仰は揺るがない。

私が岩陰で休んでいると、空が割れるように見え、切望の矢が私の胸から飛び出し、神を包むベールを貫いた。神の愛があふれ出し、獅子《ライオン》の頭をした人間という形で、天使として私の上に舞い降りた。男は私に呼びかけ、あなたは神に愛されていると言い、生と死に関わる重大な秘密を明かした。それは明かされた途端に、記憶から消えた。というのも、無限なるものは無限なる存在にしか知られえず、人間の頭には収まりえないからだ。私がそうしたメッセージの全てを沈黙と静寂の中で受け取ると、その生物は再び空に消え、私はまた砂漠に一人、取り残された。

公開が禁じられていた部分はここで終わり。

謝辞

この本の執筆はニューヨーク、テキサス州マーファ、サセックス、シェルター・アイランド、スペツェス、カリフォルニア州ヴェニス、そしてカリフォルニア、ネヴァダ、アリゾナ、ユタのさまざまなホテルやモーテルで行われた。

私と一緒に旅をし、私に食事を提供し、歓待し、いろいろな話を聞かせてくれた方々全員にお礼を申し上げたい。特に、キャロルとリチャード・バロン、ブルック・ジーハン、ジョニー・ゲラー、イーハブ・カラフ、ケイティー・キタムラ、レナード・ナイト、ハーディープ・シン・コーリ、私の両親ラヴィとヒラリー・クンズル、キャロベス・レアード、アラン・モイルとチヨコ・タナカ、ジェラルディン・オグルヴィー、メガン・オルーク、サイモン・プロッサー、ローレン・レッドニス、ビック・ルンガ、ジェイムズ・スロヴィエツキ、ジョージ・ヴァン・タッセル、ルーシー・ウォーカー、ダリル・ウォードとキャサリン・ツォプフに感謝申し上げる。

二〇〇八年から二〇〇九年にかけて、ニューヨーク公共図書館の研究者・作家のためのドロシー・アンド・ルイス・B・カルマン・センターと同所での同僚の友情がなければ、きっと本書は存在しなかっただろう。ジーン・ストルースと図書館スタッフに感謝を捧げる。

フランシスコ・ガルシス神父は実在の人物である。彼は実際、一七七五年から一七七六年にかけてソノラ州、アリゾナ州、カリフォルニア州を旅し、そこで見たものを記録している。しかし、(私が知る限りでは)その本の一部が失われたり、異端的として削除されたりしたことはない。

訳者あとがき

モハヴェ砂漠はアメリカ合衆国西部、カリフォルニア州の南部にある。そのただ中にある（架空の）ピナクル・ロック、あるいはピナクルズと呼ばれる尖塔状の巨大な岩山が本書の中心的舞台だ。実際、ロサンジェルスから北東に二百数十キロほど行った辺りに映画の撮影にも何度も使われている奇岩群「トロナ・ピナクルズ」があり、そこがモデルとなっている。

映画『２００１年宇宙の旅』に登場するモノリスのように神秘的に、あるいは『未知との遭遇』に登場するデビルズ・タワーのように神々しく砂漠にそびえるピナクル・ロックは、不思議な縁《えにし》でいくつもの時代と世界を結び付ける。先住民の間では、そこはあの世とこの世を結ぶ場所とされる。十八世紀には、キリスト教の伝道師がそこで天使の姿を見る。十九世紀にはモルモン教の暗殺組織に属する男がそこで謎の飛行船に招き入れられる。二十世紀初頭、近辺で白人の少年を連れた先住民の姿が目撃された結果、人狩りが行われ、その後、岩山に謎の老人が住み着く。さらに二十世紀半ばに岩山に来た男が宇宙人との交信を試み、ＵＦＯカルトのような組織を作り上げる。やがて信者の子供が一人、行方不明となり、その後、謎の帰還を果たす。そして二十一世紀、そこに旅行に来た一家の幼い子供が神隠しに遭う……。

あらすじだけをこう紹介すると、少し現実離れした物語のように聞こえるかもしれない。しかし本書は多くの点で現実にあった出来事や事件を丁寧に踏まえて書かれている。例えば、空飛ぶ円盤に関連する話が好きな人ならシュミットのモデルとなった実在人物の見当が付くだろう。本書でも繰り返し言及される〝アシュター〟という宇宙人と接触したとされるジョージ・ヴァン・タッセル（一九一〇―七八年）がそれである。彼はカリフォルニア州のジャイアント・ロックと呼ばれる巨岩のそばに信者を集め、一種のＵＦＯ教を説いた。彼が主催したジャイアント・ロック大会はＵＦＯ関係の集会として毎年開催され、最盛期には一万人以上を集めることもあった。また本書で起きる幼児行方不明事件と過熱したマスコミ報道の下敷きには、おそらく二〇〇七年五月にポルトガルで起きたマデリン・マクカーン失踪事件がある。これは、ワイドショーなどでも頻繁に取り上げられたジョンベネ・パトリシア・ラムジー殺害事件（一九九六年）に比べるとあまり日本では報道されなかったように思うが、ヨーロッパのメディアではかなり大きく扱われた事件で、ポルトガルを旅行中の裕福なイギリス人家族の幼い子供（三歳）が行方不明になり、その後、両親が被疑者となるという展開をたどった（結局、その嫌疑は晴れるが、子供はいまだに見つかっていない）。二〇〇八年にウォール街で起きたサブプライムショック、リーマンショックも本書の大事な背景だし、モルモン教（公式には末日聖徒イエス・キリスト教会）が自警団、あるいは一種の暗殺組織としてのダナイト団を持っていたのも史実だ。

　小説がこうして一定のリアリティーを備えており、また主たる舞台がピナクル・ロックという一つの場所であるとはいえ、読者は最初、物語があちこちの時代に飛ぶ（そして時には同じ出来事が別の人物の視点から語り直される）ことにいささか不安や当惑を覚えるかもしれない。だが、同時に読者はこうした特異な語りの配列や視点の切り替えによって、時系列に従って記されていないいくつものエピソードの間に、いわゆる〝因果関係〟とは異なる、奇妙だけれど意味のある暗合ないしは呼応を読み取ることを強いられる（実際、アメリカのある書評はその挑戦に大胆に応え、「こちらの時代にここで目撃された子供はあちらの時代のあの子と同じではないか」といった解釈まで試みている）。『ジェネレーションX』で話題を呼んだカナダの小説家・アーティストであるダグラス・クープランドは『ニューヨーク・タイムズ』紙に掲載された書評の中で本書を、デイヴィッド・ミッチェル『クラウド・アトラス』やマイケル・カニンガム『めぐりあう時間たち』と同じ系列にある作品とし、時代と空間を往還するこれらのタイプの作品を〝超越文学《トランスリット》〟と呼んだ。それはもはや「〇〇の時代」と称することが不可能となった現代――ポスト〝時代〟の時代――における新しい現実を描く手法だ、とクープランドは言う。あるいは新しい文学理論に関心のある読者なら、イェール大学で文学を教えるワイ・チー・ディモクが唱えている「深い時間《ディープ・タイム》」（歴史的な出来事を、時系列ではなく、大きなスケールで自在に考える際の概念）を小説作品のレベルで実践しているのが、こうした小説群だと受け止めるかもしれない。理屈っぽい話は脇に置くとしても、本書のように〝ちょっと変わった形で時代と場所を扱う〟小説作品が目立ち始めたのは確かで、本書がそうした中でもぬきんでた傑作であることは間違いない。

次に、本邦初紹介となる作家の経歴について説明しておきたい。ハリ・クンズルは一九六九年ロンドン生まれのイギリスの作家（父親がインド系）で、現在はニューヨーク在住。オクスフォード大学で英文学を学び、雑誌『ワイアード』（英国版）で働いた後、旅行ジャーナリストとして『ガーディアン』紙、『デイリーテレグラフ』紙、『タイムアウト』誌などに記事を書いたり（一九九九年には『オブザーバー』紙によって「今年の新人トラベルライター」に選ばれている）、音楽雑誌、科学技術・文化雑誌の編集をしたり、スカイTVで番組司会を務めたりした。

激動期のインドを舞台とし、混血の主人公を扱ったデビュー長篇『インプレッショニスト（*The Impressionist*）』（二〇〇二年）は評価が非常に高く、百万ポンドを超える破格の原稿料も話題となった。〝インプレッショニスト〟という語はしばしば美術の領域で〝印象派〟を意味する言葉として用いられるが、第二義として〝知名人の物まねをする芸人、形態模写芸人〟という意味がある。デビュー作のタイトルはこの後者の意味で、主人公が周囲の目と環境に合わせて自在に変幻することを暗示している。この作品は二〇〇二年のベティー・トラスク賞（英国連邦に居住する三十五歳以下の作家が書いた処女作に贈られる）、二〇〇三年のサマセット・モーム賞（三十五歳以下の作家が前年に書いた作品に贈られる）を受賞、他の有力な文学賞の最終候補にもなった。若手作家に与えられる栄誉あるジョン・ルウェリン・リース賞（歴代受賞者にウィリアム・ボイド、ジャネット・ウィンターソン、デイヴィッド・ミッチェルらがいる）も決定していたけれども、クンズルは同賞を後援する新聞社が普段から移民排斥的な論調であることを理由に、受賞を拒否した。彼はまた二〇〇三年、〝『グランタ』誌が選ぶ二十人の若きイギリス人作家〟にも選ばれた。

その後、二〇〇四年にはコンピュータウイルスをめぐる滑稽な騒動を描いた『トランスミッション（*Transmission*）』、二〇〇七年には、ベトナム反戦運動世代の二重生活という主題を扱った『マイ・レボリューション（*My Revolutions*）』を発表し、これまた高い評価を得た。

そして二〇一一年に発表した第四長篇『民のいない神（*Gods Without Men*）』は、ある書評によると〝『クラウド・アトラス』と『未知との遭遇』のマッシュアップにデイヴィッド・フォスター・ウォーレスとドン・デリーロのスパイスを加えた作品〟、別の書評によると、イギリス人が書いた〝偉大なるアメリカ小説〟だ。イギリスの作家でクンズルよりも若いネッド・ボーマンという気鋭の作家が、あるインタビューの中で、「イギリスの小説家は残念なことに、ピンチョンみたいなアメリカの作家の影響をあまり受けていない」と嘆いているが、クンズルはその少数派の一人で、実際、自分に大きな影響を与えた作家としてピンチョンとドン・デリーロを挙げている。

『民のいない神』ではそうした大西洋横断的な作家の個性が見事に開花している。この小説は宗教、文化、神秘などの大きなテーマに大胆に取り組んだ多面的な力作であり、細部にもさまざまな工夫が凝らされている。デリーロやピンチョンと比較される作風というとやや読者を身構えさせるかもしれないが、文体は平明、時にユーモラスで知的、あるいは詩的で、ごく一部分を除けば、難解さや読みにくさを感じる読者はほとんどいないだろう。その明晰さの半面、実は再読しなければ気付かないような仕掛けも組み込まれているが、それが読書の妨げにならないところが巧みだ。

一般にポストコロニアル系の作品（〇〇系××人が書いた作品）というと移民や二世の文化的葛藤ばかりに焦点が当てられる傾向がある。しかし、この小説の射程はもっと大きなものだ。読後には、UFOカルトやニューエイジのような思想、戦争とシミュレーションの親近性、メディアスクラムとネットの文化、巨大なデータベースから相関を読み取る計算プログラムや数学者、アメリカ先住民の伝承などが奇妙に関連したものとして見えてくるのが面白い。

クンズルは二〇〇一年の九・一一同時多発テロの際、アメリカ西海岸で足止めを食い、砂漠に出掛けた経験がこの作品の核にあると語っている。実際、文化と宗教と〝人種〟の問題、ハイテク兵器と戦争、モノを伴わない経済とビッグデータなど、あのテロ以来噴き出している二十一世紀的な諸問題がここに描き出されている。

中でも重要な意味を持つ宗教に関して言えば、作者クンズルは「私自身は特定の宗教や神を信じていない」と語っているが、その一方で、生物学者リチャード・ドーキンスや哲学者ダニエル・デネットらが唱道しているような無神論については〝何か重要なものを見落としている〟と批判的でもある。

ここで少しだけ、訳者個人の解釈を入れた話を記しておきたい（余計な干渉を避けたい方は次の行アキまで飛ばしてお読みください）。

本書が石蹴り遊び風に時代を行き来して物語るのは（その一部分を極端に単純化するなら）、それぞれの時代に新たに生み出されるさまざまな知（古くは宗教、もっと新しいところでは物理学、文化人類学、UFOカルト、フードファディズム、ビッグデータ）が傲慢な主体に簒奪されては、また次のものに取って代わられる風景のように思われる。本書で最初に言及される歴史的事件が第二次世界大戦末の原爆投下であり、最新の歴史的事件の一つが中米小国の金融危機であるのは偶然ではない。オカルトや俗信が批判されているのではなく、あらゆる場所にはびこる独善的な傲慢が断罪されている。そして新たな世界を開くのは常に、異界・異文化・異人とつながる者たちだ。

言い換えるなら、クンズルの意識の焦点にあるのは次の問題ではないか。つまりわれわれは、宗教的／オカルト的／疑似科学的な姿勢で謎に向き合う人々と、科学的／客観的／理性的な態度で向き合う人々との間に真の対立を見るべきではないということ。そして謎を前にしたとき、「あなたには分からないだろうが、私はこれの意味を知っている」と傲慢に語る人々（その根拠が聖典であれ、科学的検証であれ、宇宙人のメッセージであれ）と、信念の多様性に寛容な人々との間にこそ決定的な亀裂がある。

いや。本当は、無理にそんな単純な解答めいたことを本書から導き出すべきではない。なぜなら、本書の結末では何も決定的な答えが示されないからだ。これを不満に感じる読者もいらっしゃるかもしれない。実際、一部ではあるがアメリカではそんな書評も見受けられた。しかし、謎の答えを知っているとうそぶく主体を疑う小説の結末は、むしろこれ以外ではありえないのではないだろうか。

ハリ・クンズルは本作の後、小説以外の場でもさまざまな活動をし、話題を集めている。二〇一二年一月には、インドのジャイプルで開催された文学祭に参加した際、仲間と四人でサルマン・ラシュディの『悪魔の詩』（同国では出版が禁止されている）を朗読した。クンズルによるとその目的は、「宗教的感情を逆なでするためではなく、命に関わる脅迫によって沈黙させられた作家に声を与えるため」だった。二〇一三年には『記憶の宮殿（*Memory Palace*）』と題する中篇程度の小説を発表した。これはロンドンのビクトリア・アルバート美術館で開かれた展覧会に提供されたもので、小説の描くオーウェル的／『華氏451度』的な未来を二十人のアーティストたちがさまざまな形で作品にして持ち寄るという興味深い試みだった。二〇一四年には『トゥワイス・アポン・ア・タイム――ニューヨークを聴く（*Twice Upon A Time: Listening to New York*）』というマルチメディア作品を公開した。これは、盲目の作曲家・音楽家のルイス・トーマス・ハーディン（通称〝ムーンドッグ〟）を想像上の案内役として、ニューヨークに暮らすようになったクンズルが街を歩きながら考えたことを記したエッセイ風の文章に、ムーンドッグの曲と街の音や風景写真を添えた野心作で、マルチメディア性を単に付けたりにすることなく効果的に用いている点が高く評価されている。

このスリリングな若き才能が今後さらにどのような方向へと向かい、どのような活動をするのか、非常に楽しみだ。それと同時にまた遠からず、面白い小説を私たちに読ませてくれることにも期待したい。

本書の翻訳はとても楽しい作業だった。私が今までに訳した作家の中でクンズルは最も年齢が自分に近く、しかも子供の頃からUFO話に興味があったという点やアメリカの現代作家に興味を抱いているという点にも共感を覚えた。この非凡な小説の翻訳をこうして出版できたのは、多くの方々のおかげです。京都大学文学部と神戸市外国語大学の集中講義でこの作品の冒頭を一緒に読んだ学生の皆さんからも新鮮な刺激を受けました。本書の出版に当たっては、企画から編集の段階に至るまで、担当の藤波健さんにお世話になりました。どうもありがとうございました。訳者の日常をいつも支えてくれるFさん、Iさん、S君にも感謝しています。どうもありがとう。

二〇一四年十一月

木原善彦

訳者略歴
一九六七年鳥取県生まれ
京都大学大学院文学研究科英語学英米文学専攻博士課程修了
大阪大学大学院言語文化研究科准教授
主要著書
『UFOとポストモダン』（平凡社）、『ピンチョンの『逆光』を読む　空間と時間、光と闇』（世界思想社）ほか
主要訳書
T・ピンチョン『逆光　上下』、R・パワーズ『幸福の遺伝子』（以上、新潮社）、H・マシューズ『シガレット』（白水社）、D・マークソン『これは小説ではない』（水声社）ほか

〈エクス・リブリス〉
民のいない神
二〇一五年二月五日　印刷
二〇一五年二月二五日　発行
著者　ハリ・クンズル
訳者 ©　木《き》原《はら》善《よし》彦《ひこ》
発行者　及川直志
印刷所　株式会社三陽社
発行所　株式会社白水社
東京都千代田区神田小川町三の二四
電話　営業部〇三（三二九一）七八一一
編集部〇三（三二九一）七八二一
振替　〇〇一九〇‐五‐三三二二八
郵便番号　一〇一‐〇〇五二
http://www.hakusuisha.co.jp
乱丁・落丁本は、送料小社負担にてお取り替えいたします。
誠製本株式会社
ISBN978-4-560-09038-1
Printed in Japan